Composition et mise en pages
Nord Compo à Villeneuve-d'Ascq

Cet ouvrage a été imprimé par
CPI Bussière à Saint-Amand-Montrond
en mars 2021

MIXTE
Papier issu de
sources responsables
FSC® C108412
FSC
www.fsc.org

Le papier entrant dans la composition de ce produit
provient de forêts certifiées FSC®
FSC® se consacre à la promotion d'une gestion
forestière responsable.

Numéro d'éditeur : 2163545
Numéro d'imprimeur : 2057005
Dépôt légal : janvier 2021

Imprimé en France

Le Royaume d'Esiah

TOME 3

Le sang des Rois

Mélanie GAUJON

Le Royaume d'Esiah

TOME 3

Le sang des Rois

Éditions de Noyelles,
avec l'autorisation des Éditions Nouvelles Plumes

31, rue du Val de Marne, Paris

ISBN : 978-2-298-16996-6

1

LES LIVRES DES ORIGINES

Des centaines de journalistes s'étaient rassemblés face à des armoires de verre blindées conçues pour accueillir deux précieux ouvrages venus tout droit des cieux. Du moins est-ce ce que Miss Cunningham prétendait devant les télévisions du monde entier. Derrière son pupitre, la reporter contemplait son auditoire, invité à l'occasion de la présentation de ces trésors du passé. Éblouie par d'innombrables flashs, elle affichait un sourire mais ressentait une angoisse profonde, invisible sur son visage de poupée.

— Bonjour à tous, dit-elle après une grande inspiration.

Le silence s'installa dans la salle. La journaliste inspecta l'immense foule, à la recherche d'un soutien. Depuis l'annonce de cette découverte, Miss Cunningham ne dormait plus que d'un seul œil. La Confrérie des Morts la traquait.

Cette organisation n'était pas la seule à vouloir l'attraper. La reporter subissait les menaces de toutes les communautés religieuses, scientifiques et politiques. Pour cette raison, elle trouva préférable de dévoiler l'existence de ces ouvrages avant que les autorités ne s'en emparent par peur de voir naître des tensions.

Une multitude de scientifiques avaient étudié avec minutie leur contenu, les écritures, la fabrication du papier pour vérifier leur authenticité et estimer leur ancienneté. Au résultat, la plupart ne réussirent pas à s'accorder. Le sujet donna lieu aux rumeurs les plus abracadabrantes. L'affaire fit couler beaucoup d'encre et le monde se divisa entre ceux qui y croyaient et les plus sceptiques.

Rien n'aurait pu changer l'opinion, pas même la preuve

formelle que ces deux livres provenaient des Royaumes d'Esiah et d'Odéon. Si ce n'est que des événements étranges avaient lieu dans tous les pays depuis leur trouvaille, des hallucinations collectives à des phénomènes paranormaux. Les hommes ne savaient plus quoi penser. La découverte avait semé le trouble plus qu'elle n'avait réussi à unir les mortels. Sans compter sur l'action de la Confrérie des Morts qui n'hésitait plus à agir sur les hommes pour accroître leur peur : celle de l'inconnu, de l'étrange.

La journaliste ne vit aucun visage familier en dehors de celui de Jordan, son assistant. Lui, si frêle, n'aurait jamais pu se battre contre un homme invisible aux grands pouvoirs comme ceux des peuples des deux Royaumes des Morts. Cela ne la rassurait pas. À cette pensée, elle força son sourire et poursuivit son discours accompagné du seul bruit des objectifs :

— Je n'ai pas besoin de me présenter. Tout le monde connaît mon nom. Le sujet défraie la chronique ; ma boîte à lettres déborde.

La salle se mit à rire de concert puis se calma quand Miss Cunningham quitta son pupitre pour laisser glisser ses doigts sur le verre protégeant les ouvrages sacrés. D'innombrables appareils photographiques se dressèrent devant elle.

— Voici deux livres ancestraux retrouvés dans des catacombes appartenant à des organisations secrètes, Odéon et Esiah. Ces deux sociétés ont des milliers d'années d'existence. Leurs manuscrits ont été découverts grâce aux témoignages de personnes capables de parler avec les morts, des individus que l'on nomme généralement des médiums. Les cartésiens refuseront d'y croire mais ils devraient écouter car il y a bien des manifestations impossibles à expliquer par le biais de la science. Pourtant, elles ont toutes une explication.

La lumière s'estompa. La journaliste se porta sur le côté et appuya sur un bouton d'ordinateur pour afficher sur un écran géant les données résultant des études menées par plusieurs laboratoires.

— Il a été prouvé que ces ouvrages ont été écrits il y a des milliers d'années mais les dernières pages sont plus récentes. Elles datent de la Renaissance. Ces livres sont rédigés dans deux langues étrangères jusque-là difficiles à déchiffrer. Après plusieurs mois de recherches, traducteurs et graphologues ont réussi à décrypter une partie des textes. Les recueils parlent de la majorité des prophètes connus jusqu'à présent, en passant par la naissance du christianisme à celle de l'islam ou du bouddhisme. D'après une dernière analyse au carbone 14, chaque recueil est écrit sur une période allant d'une centaine d'années à plus de trois cents ans. Mais selon les graphologues, chacun d'eux ne porte l'écriture que d'un seul et même auteur.

L'auditoire lança un « oh ! » d'exclamation. La journaliste haussa la voix pour être entendue.

— Ces analyses ont été réalisées par cinq laboratoires différents. Tous en viennent à la même conclusion.

Elle passa en revue les rapports venus des quatre coins du monde. Un des journalistes se leva.

— Vous voulez dire qu'il existerait des êtres capables de vivre plus de trois cents ans ?

— Exactement, répondit-elle avec assurance. Et le docteur Ethan Loow est là pour vous en parler. Il répondra à vos questions d'ici quelques minutes.

De sa main, Margaret désigna l'homme aux cheveux longs poivre et sel. Il était reconnu par ses pairs comme un chercheur chevronné.

Une femme, perdue au milieu de la foule, prit la parole :

— Que révèlent ces livres ?

— Une réalité que nous devrions tous connaître mais qui n'a jamais été dite pour ne pas briser un équilibre, déclara Miss Cunningham. Quand l'un des livres annonce la venue d'un prophète, le second prédit l'arrivée d'un autre homme et la naissance d'une nouvelle religion destinée à diviser les peuples afin que subsistent pour toujours de l'amour et de la haine.

— N'êtes-vous pas en train de dire qu'il existe de bonnes religions et de mauvaises ?

— Pas du tout. Je n'ai jamais prétendu cela. Je dis que les religions ont été créées dans un seul but : réunir des peuples et en diviser d'autres pour créer un équilibre des forces entre le bien et le mal, insista la journaliste en posant ses mains sur les armoires de verre. Cependant, ces livres ont un point commun. Les deux citent un être suprême, dictant la conduite des hommes : le créateur des mondes, Elohim, l'être à l'origine de toutes les religions.

Se tournant vers son auditoire, elle remarqua au fond de la salle des hommes vêtus de blanc et de noir. Ils investissaient les lieux sous les yeux aveugles des journalistes présents. Depuis déjà deux mois, Margaret voyait ces êtres venus d'ailleurs à force de les côtoyer.

L'écran géant cessa de fonctionner puis ce fut au tour des caméras, des micros et des lampes. L'éclairage de sécurité se mit en marche et tout le monde attendit que le courant revienne sans paniquer jusqu'à ce que retentissent des cris effroyables au sein des derniers rangs.

Margaret recula d'un pas et buta contre une surface métallique. Un homme habillé d'une armure couvrit sa bouche d'une main.

— Ne criez pas Margaret, nous sommes là, lui souffla-t-il.

La journaliste reconnut la voix de Milo. Il la tira en arrière, tenant dans sa main libre son bâton transformé en épée rougie comme le fer plongé dans le feu. Avec dextérité, le garde s'interposa entre un ennemi et la journaliste pour la protéger, dressa son arme contre son opposant, le transperça à hauteur du torse. Le sang gicla sur les joues opalines de Margaret. Elle ferma les paupières et se laissa traîner en arrière, le souffle coupé.

Quelques pas encore et ils s'arrêtèrent près d'un autre

homme dont on apercevait le visage à peine éclairé par le bloc autonome de la sortie de secours.

— Mission accomplie, déclara Milo.

— Mission non accomplie, rectifia le Roi Pyrrhos. Ton frère n'est pas encore revenu. Mon fils non plus. Je ne suis pas cet idiot d'Almandin. Je ne vois rien dans le noir. Débrouille-toi pour rétablir la lumière. Nous devons les neutraliser.

La journaliste l'observa d'un œil apeuré. Il grimaça en croisant son regard.

— Serait-il possible pour vous de faire preuve d'un peu plus de courage, Miss Cunningham ? De l'aide, vous en avez. Alors cessez de faire cette mine.

— Eh oui, Miss Cunningham. Il est toujours aussi aimable, reprit Milo. Restez là. Je ne serai pas long.

— Tu as deux minutes. Pas plus, prévint le Roi.

— À tes ordres, Pyrrhos.

— C'est Michael, sale petit garnement !

Le Roi avait repris son nom d'héritier depuis la réunification du royaume. Une façon pour lui d'effacer l'homme qu'il était sous l'emprise de Mylès, de se construire une nouvelle image.

De colère, il arracha la journaliste des bras du guerrier et disparut de sa vue. Milo fonça alors dans la salle plongée dans la pénombre où résonnaient des cris d'horreur et dans laquelle dansaient des lames rougeoyantes semblables à des faisceaux de feu.

Des objets volaient dans tous les sens, emportés par les esprits du vent. Les mortels se tortillaient sur leur siège comme des animaux devenus fous. Milo frappait tous ceux qui portaient leur arme contre lui, avançant sans savoir où il marchait, pareil à ses frères d'arme qu'il reconnaissait au frôlement de leur armure de métal. Leurs ennemis ne portaient qu'un maigre tissu léger qu'il était facile de percer.

La Confrérie avait pris possession de l'intégralité du bâtiment. Milo dut mettre à terre une dizaine de soldats avant de retrouver son frère et le Prince Veland aux prises avec une petite troupe.

Le courant fut rétabli à cet instant sans qu'il ait à intervenir. Le garde aida ses compagnons à venir à bout des soldats ennemis puis colla son dos contre le leur, formant à trois un cercle capable de prévenir une attaque quel qu'en soit le front.

Milo fit un tour d'horizon. Les Siahnnas et Éduins blessés arrivaient à peine à bouger, gémissant leur souffrance. Des corps jonchaient le sol dans des mares de sang. Les mortels semblaient éteints et ses propres soldats, qui n'étaient pas encore tombés, reprenaient leur respiration. Pire encore, les deux livres ancestraux avaient disparu mais le garde tâcha de rester concentré pour ne pas perdre de vue son objectif premier, protéger les humains et sauver leur propre vie.

— J'avais vu plus d'hommes, dit-il à voix basse, en position de garde, l'épée remontée à hauteur de la taille.

— En effet, répondit Veland. Si j'ai bien compté à la lueur de leurs lames, il manque une dizaine de Siahnnas.

— Ils ont disparu avant que la lumière ne soit revenue, poursuivit Nolan. Restez prudent.

Son frère gonfla ses poumons et cria :

— On se regroupe !

Les soldats en armure, Siahnnas comme Éduins, se repliaient autour d'eux quand ils sentirent une force presser leur esprit comme un coup de marteau au milieu de leur tête. Incapables de résister à ces maux, ils hurlèrent de douleur, à l'image des mortels en proie aux hallucinations.

Le Roi Pyrrhos avait fait usage de ses pouvoirs pour se rendre invisible mais le charme fut bientôt rompu. Il réapparut près du pupitre, le visage convulsé. Les ennemis sortirent de leur cachette, ignorèrent le chef de la garde et les deux Princes puis se dirigèrent sur le Roi qui tentait tant bien que mal de rester debout. Margaret Cunningham s'était écroulée à ses pieds.

Pyrrhos enjamba son corps inerte, redressa le dos, ouvrit à moitié les yeux sur le groupe d'hommes armés et leva une main devant lui.

— *Ponpe* ! bredouilla-t-il d'une voix pantelante.

L'incantation immobilisa le tiers des soldats. Les derniers, indifférents au sort de leurs confrères, poursuivirent leur chemin sans peur ni crainte. À leur passage, Milo tendit fébrilement son bâton à leurs pieds. Quelques-uns chutèrent avant de se relever, obnubilés par une unique cible, le Roi, isolé de ses alliés.

Une bataille s'ensuivit à vingt contre un. Le Roi savait manier l'épée mieux que ces hommes et il bloqua leurs lames avec la force qu'il lui restait. À droite, à gauche, en haut, en bas, il esquivait leurs coups et son armure résistait toujours. Sans elle, il aurait déjà été mort car les hommes s'acharnaient sur lui avec la rage des lions. Néanmoins, elle se déformait sous les impacts jusqu'à fondre parfois et elle ne tarda pas à se percer de part et d'autre.

Les têtes cessèrent enfin de cogner. Les gardes du Roi se mêlèrent au combat tout comme ses trois compagnons d'arme. Ils arrêtèrent les soldats de la Confrérie des Morts comme ils purent, attentifs aux zones où ils frappaient pour ne pas causer la mort. Chose difficile à faire face à des mercenaires prêts à tout. La majorité des hommes engagés savait qu'il serait difficile de ne pas finir déchus mais ils préféraient mourir que d'avoir à tuer.

Lorsque la dernière victime fracassa le sol, le Prince Veland se précipita auprès de son père. L'homme suffoquait, crachant le sang pris dans ses poumons.

— Père ! hurla-t-il en venant à son aide.

Milo inspecta la salle d'un rapide coup d'œil. Il ne connaissait qu'une personne capable de lancer une telle incantation sur un membre de la famille royale. Dans une vitre ébréchée, il discerna vaguement le reflet d'un homme, de dos, porteur d'une longue toge blanche. Celui-ci disparut un instant après sans demander son reste. Le garde courut jusqu'à l'endroit où l'individu avait dû se tenir pour être visible de la salle de conférence, sautant par-dessus les corps allongés sur son chemin mais il ne subsistait aucune trace de cet homme.

Nolan rejoignit son frère, perdu dans ses pensées.

— Le Roi doit rentrer, annonça-t-il. Il doit être soigné au plus vite. Je m'occupe de Margaret Cunningham. Nous allons la mettre en lieu sûr.

— Mylès, souffla Milo en essuyant sa bouche. C'était lui. Il était là…

2

UN AVERTISSEMENT

Neuf mois s'étaient écoulés depuis la réunion du Royaume d'Esiah. Des guerriers et leurs familles occupaient désormais la cité mère. Les derniers commerçants avaient été relogés aux quatre coins des terres, loin du tumulte des lames. Le Grand Conseil avait en effet décidé d'écarter au maximum le peuple des conflits et possibles incursions de la Confrérie des Morts en éloignant d'eux l'unique porte ouverte sur le Monde des Mortels. Cette dernière fut installée à l'est de la cité, sur une immense place capable d'accueillir la moitié des troupes restées fidèles à la monarchie. Milo y effectuait chaque jour leur revue et veillait à la surveillance des lieux.

Il régnait toujours là une agitation sans pareille. Dévoreurs, bouliers, soldats à pied, armés du bâton sacré ou autres armes de métal, munis de carquois, de machines de guerre ; tous se croisaient sans cesse en d'interminables files. Sur ordre de la famille royale, l'armée se rendait quotidiennement dans le Monde des Mortels en vue de débusquer les traîtres et d'anéantir la Confrérie. Les soldats se relayaient toutes les heures sur cette place pour tenter de les chasser des différents pays du monde et protéger les humains de leur influence grandissante.

La situation donnait lieu à des allées et venues incessantes entre toutes les strates du royaume et à de multiples réunions avec la communauté des Maîtres du Royaume d'Odéon ralliés à la cause.

Depuis peu, des enclos émergeaient aussi dans toutes les cités du royaume. L'armée construisait ces enceintes en marge des dernières habitations. Le Grand Conseil avait décidé de les installer sans l'accord de l'assemblée. Le peuple ne savait pas encore pourquoi ces impressionnants murs d'acier s'élevaient autour de leurs quartiers alors que le royaume avait retrouvé la paix depuis quelques mois déjà. Les soldats avaient reçu ordre de ne pas répondre aux questions des Siahnnas. Eux-mêmes n'auraient pas su expliquer la raison de ce chantier car seul le Roi et ses plus proches fidèles en détenaient le secret. Le Conseil avait voté à huis clos.

Almandin fixait, du haut de sa chambre ouverte sur la cité mère, l'avenir de son peuple, un avenir compromis s'il ne trouvait pas comment soigner Gaïa, le cœur du royaume.

— Almandin…

Le Roi sortit de ses pensées et se précipita vers le lit sur lequel reposait la Reine, laissant échapper de ses mains les gantelets d'acier qu'il lui restait à enfiler.

— Ma chérie, dit-il en caressant son front. Tu vas bien ? Je dois appeler Maria ?

Mehiel se mit à rire.

— Non, je vais bien. Je désirais seulement obtenir un baiser.

Almandin en sourit et embrassa ses lèvres. D'une main, il dégagea le ventre rond de sa femme et posa son oreille près de son nombril. L'enfant qu'elle portait donna un coup qui déforma sa peau. Les yeux du Roi s'illuminèrent de bonheur.

— Mon fils est déjà fort !

— Il a toutes les qualités de son père mais aussi ses défauts, fit remarquer la Reine sur un ton plaisantin.

— Non, ce n'est pas vrai.

Il s'approcha d'elle avec difficulté, car il portait une armure assez lourde qui le gênait dans ses mouvements.

— Notre enfant se fait attendre comme sa mère. La preuve, Anjali fait la même chose que toi. Elle arrive toujours en retard.

— Car elle a beaucoup à faire.

— Elle a surtout beaucoup d'hommes à repousser. Je me demande quand ce crétin de Milo lui avouera ses sentiments. Notre fille est trop proche de Myron ces temps-ci. Il est venu me demander sa main.

Mehiel eut l'air étonnée.

— Oh, il est venu te voir ? demanda-t-elle avec curiosité. Et qu'as-tu répondu ?

Il parut contrarié.

— Qu'il avait ma bénédiction si c'était le désir de ma fille. Crois-tu qu'elle oserait lui dire oui pour rendre jaloux Milo ?

— Tu connais notre fille. Elle est prête à tout.

Almandin soupira. Mehiel se moqua gentiment de lui avant de passer ses bras autour de son cou.

— Je vais discuter avec Anjali, lui dit-elle, son front collé contre le sien. Milo est un homme. Il te ressemble beaucoup. Jamais il ne pourra lui dire qu'il l'aime, surtout s'il suit tes conseils.

— Mais je prodigue de très bons conseils !

— En ce qui concerne le royaume. Mais j'ai le regrettable devoir de te dire que tu es pitoyable au niveau sentimental. Dis à Milo que tu as promis la main de notre fille à Myron. Nous verrons bien ce qu'il dira.

Esquissant un sourire de connivence, Almandin secoua la tête.

— Tu es pire que moi ma chérie, lui dit-il, avant de l'embrasser avec tendresse.

— Je le sais.

Quelqu'un frappa.

Almandin quitta le lit, partit dans le hall d'entrée et ouvrit la porte. Milo se tenait devant lui. Son armure était couverte de sang et criblée de coups. Son visage, d'un teint pâle, portait d'innombrables éraflures. Le garde savait se battre aussi bien qu'Adel. Jamais il n'avait porté autant de stigmates au retour d'un combat. Almandin devina ainsi la violence de la bataille qui s'était jouée en son absence. Un échange de regards suffit à comprendre.

— J'ai une affaire urgente à régler ma chérie ! cria-t-il derrière lui.

— Rien de grave au moins ? demanda Mehiel de son lit.

— Non, rien. Anya va venir te tenir compagnie. Je ne serai pas très long. À tout à l'heure !

Lorsque la porte fut refermée derrière lui, Milo se mit en route vers la chambre de Pyrrhos. Almandin marcha à ses côtés, le visage fermé.

— Qu'est-il arrivé ?

— C'est ton frère. Il faut faire vite. C'est déjà un miracle qu'il soit encore en vie.

Le Roi pressa le pas.

— Je pourrais avoir un peu plus d'explications ?

— Ton frère s'est fait attaquer par une dizaine de soldats.

— Mon frère est plus fort qu'une escadre. Parle.

— Quelqu'un a oppressé nos esprits. Nous n'avons pas pu l'aider.

Milo entra dans la chambre et resta en retrait. Pyrrhos, souffrait, le corps inerte, livide, à moitié inconscient, allongé sur son lit blanc couvert de sang. Son fils serrait sa main. La peur se lisait dans ses yeux.

— Va avertir mon père, dit Almandin à Milo.

Le guerrier n'avait pas attendu l'ordre pour repartir.

Almandin s'avança vers le corps de son frère et inspecta son armure défoncée. L'acier avait pénétré par endroits la chair.

— Tu vas devoir m'aider à ôter son armure, Veland.

— Sauve-le, je t'en prie, susurra le Prince en attrapant son poignet.

— Tout ira bien, je te le promets.

Il avait répondu avec un ton si rassurant que le Prince relâcha son étreinte. Mais Almandin se demanda s'il pourrait soigner autant de plaies aussi profondes. Le fer s'était bien enfoncé et l'enlèvement de l'armure, déclenchant à coup sûr des saignements, allait lui laisser peu de temps pour refermer les blessures.

Il attrapa malgré tout son bâton à son ceinturon et appliqua le plat de sa lame rougeoyante à peine formée sur les charnières de la cuirasse pour les faire céder.

Son frère respirait difficilement. Le décrochement des deux morceaux d'armure lui arracha un cri à peine audible tant il manqua de souffle. Ses doigts plissèrent les draps maculés de sang. Le Prince retira la partie métallique servant à protéger son thorax, la déposa au sol, attrapa son père sous l'aisselle et l'aida à s'asseoir. Du sang gicla à nouveau du corps de Pyrrhos. Ce dernier perdit connaissance.

Almandin arracha le tissu recouvrant sa peau, mettant en évidence des côtes fracassées, des bleus et des plaies profondes jusqu'aux os. Il appuya alors ses paumes sur les entailles jusqu'à ce qu'elles prennent l'apparence d'une simple peau rougie et sale.

Peu après, Pyrrhos retrouva ses esprits et gorgea ses poumons d'air comme s'il venait de retrouver la vie.

— Par... Elo... him...

— Je ne veux pas t'entendre, grogna son frère. Je vais dire à Maria de changer les draps. Veland, tu t'occupes de lui. Il ne doit pas bouger de ce lit de toute la journée.

— C'est entendu, dit le Prince en le remerciant d'un simple sourire.

Pyrrhos attrapa le bras d'Almandin avant qu'il ne se lève.

— Il était... là...

— Je sais, répondit Almandin en posant une main sur la joue de son frère. Je sais. Tu es vivant, c'est l'essentiel. Je me charge du reste.

Milo tapa du poing sur la porte ouverte pour signaler sa présence. Almandin encouragea alors son neveu d'une frappe sur l'épaule puis sortit de la chambre.

Adel l'attendait, adossé au mur, les bras croisés comme au temps où quelque chose le dérangeait.

— Comment va-t-il ? demanda-t-il, tête basse.

— Mieux. Il survivra. Mais j'ai peur que cet épisode n'accroisse son désir de vengeance... Pourquoi ne rentres-tu pas ?

— Je le connais. Il déteste qu'on le voie dans cet état.

Almandin observa ses mains couvertes du sang de son frère. Il les essuya avec anxiété sur son armure. Sans grand résultat.

— Du sang... Je ne vois plus que ça... Quand cela cessera-t-il ?

— Quand nous aurons les pierres, répondit son père en jetant un œil dans la chambre. Mylès était là, n'est-ce pas ?

— Oui, répondit Milo. Je suis certain qu'il s'agissait de lui. Nous sommes tombés dans un piège. Il pensait certainement qu'Almandin viendrait à la place de Pyrrhos pour protéger Margaret.

— Alors le sort de mon frère aurait dû être le mien...

Almandin tira une écharpe de soie du cou de son père pour y frotter ses mains. Adel le laissa faire. Son fils avait senti la peur de Pyrrhos au moment où il avait posé ses paumes sur lui. Le sang rappelait l'inévitable : des êtres chers pouvaient mourir à tout instant en ces temps de guerre. Malgré leur passé, constitué de querelles et de haine, les deux frères avaient fini par se rapprocher.

Cette réaction n'était qu'une preuve d'amour mais elle représentait aussi une faiblesse. Les émotions d'Almandin pouvaient submerger son esprit et le pousser à prendre des décisions irréfléchies.

— Contrôle-toi mon fils, dit Adel. Tu n'aurais pas pu être à la place de ton frère. Tu détiens le bracelet sacré.

— Cela n'arrêtera pas ton si fidèle Conseiller.

Adel décroisa les bras, le front plissé.

— Je te prie de me parler sur un autre ton.

— Excuse-moi, mes nerfs lâchent.

Il envoya l'écharpe le plus loin qu'il put et prit une grande inspiration.

— Comment va Miss Cunningham ?

— Bien, assura le garde. Nolan l'a mise en lieu sûr.

— Dire que je l'ai entraînée dans ces histoires... Je regrette de l'avoir fait. Les mortels ne sont pas prêts à connaître la vérité et ils ne le seront jamais. Cette peur qu'ils ont de nous va causer leur perte et la nôtre.

— Il n'y a pas grand-chose à faire sur ce point, reconnut son père avec un vague haussement des épaules. Tout n'est plus qu'une question de temps. Il faut te mettre en tête que nous ne pourrons pas sauver tout le monde.

— Tu dis vrai. Nous allons envoyer un message à Jason pour qu'il relance la quête aux émeraudes.

— Jason attend la naissance de ton enfant.

— Oui mais l'enfant tarde à naître. On ne peut pas attendre indéfiniment. De toute manière, je ne supporte plus de rester là, de voir mon armée partir dans le Monde des Mortels sans moi, de porter leur sang sur mes mains alors que je devrais être à leur place.

Le Roi marqua une pause, poings serrés.

— Mylès aurait très bien pu achever Michael s'il le voulait. Ce n'était qu'un avertissement. Comment peut-il être si fort...

— Je ne sais pas, souffla son père en se frottant la nuque.

Chose certaine, ils ne connaissaient pas tous les secrets du royaume. Un pouvoir si grand n'avait jamais été vu en dehors des membres de la famille royale mais cela était impossible car Mylès était né peu avant Adel.

— Eh bien moi je sais, dit Almandin en remontant le menton. L'armée est-elle rentrée au complet ?

— Cinq soldats sont morts, répondit Milo. Les autres sont rentrés.

— Veille à ce que leur mémoire soit honorée et rends-moi la bague que tu portes.

Almandin fixait un bijou en acier à l'extrémité pointue,

recouvrant l'intégralité de l'index du guerrier. Milo l'enleva avec un sourire sur le côté et le laissa tomber dans la paume tendue d'Almandin.

— Ton frère ne pouvait pas lever le doigt, dit-il d'un ton léger.

— Dis plutôt que tu mourais d'envie de l'utiliser, répliqua Almandin en refermant sa main sur la bague. L'armée ne quittera pas le royaume jusqu'à nouvel ordre. En attendant, mon fils, je veux que tu entraînes nos soldats. Mon père t'aidera.

— Je dois m'occuper de l'entraînement de ta fille.

— Non. Myron s'en chargera.

Milo releva le front.

— Je suis son maître, dit-il le ton grave et le regard ténébreux.

— Eh bien tu ne l'es plus ! Myron est son fiancé.

Adel se retint de rire.

— Voilà une bonne nouvelle ! cria-t-il, la mine exaltée. Je suis ravi de l'apprendre. Dommage que ça ne soit pas vrai…

— Ah oui, et pourquoi cela ? demanda le garde avec un soupçon de reproche.

— Parce que tu n'es qu'un abruti !

— Cela étant dit, Myron est vraiment venu demander la main de ma fille, dit Almandin avec le plus grand sérieux. Et si Anjali accepte sa proposition, je ne serai pas contre.

Milo menaça le Roi en pointant son bâton vers son torse.

— Tout cela est de ta faute. Ta fille va s'empresser de lui dire oui. Mais Myron n'est pas l'homme qu'il lui faut.

— Et toi, penses-tu l'être ?

— Non, dit le garde en baissant son arme.

— Alors comme ça, tu penses ne pas être l'homme qu'il me faut ?

La Princesse Anjali arriva derrière lui, habillée d'une

armure semblable à celle des soldats, agrémentée d'une jupe courte en acier réservée aux femmes du royaume.

Milo la fixa une seconde. Elle avait perdu son visage d'enfant, devenu celui d'une femme sûre d'elle, plus fin, au regard inébranlable. Depuis huit mois, elle recevait l'éducation d'une dame et se comportait à présent comme telle, faisant preuve d'une plus grande maturité.

Les yeux de la Princesse s'arrondirent à la vue des nombreuses éraflures que le garde portait sur le visage. Elle s'inquiétait sans doute pour lui.

— Non, je pense surtout qu'aucun homme n'arriverait à te supporter, lâcha-t-il soudain.

Les traits d'Anjali se crispèrent. Ces mots sonnèrent comme un coup de grâce. Elle se retint de le gifler, les dents serrées.

Milo détourna son regard d'elle pour le reporter sur le Roi.

— Si vous avez besoin de moi, je serai dans la salle d'eau, dit-il d'une voix grave.

— Je vais te rejoindre, fils, annonça Almandin. Nous avons à discuter, entre hommes.

— Alors je vais quelque part où tu ne me trouveras pas.

Le garde partit aussitôt vers la salle d'eau sous le regard amusé d'Adel.

— Il n'est peut-être pas aussi bête que je le croyais, dit-il en se massant le menton.

— Si, trop pour s'unir à ma fille, poursuivit son fils avant de se retourner vers Anjali. Tu as vu comme il te parle ? Milo n'est pas l'homme qu'il te faut, ma fille. Par contre, je serais ravi de pouvoir t'unir à Myron.

— Je fais ce que je veux et je n'ai pas besoin de ta bénédiction, lui susurra-t-elle. Maintenant, si vous le voulez bien, je vais voir mon oncle qui est à présent en parfaite santé à voir vos sourires enjoués.

La Princesse se faufila entre les deux hommes, jouant de ses épaules pour les repousser et gagner la chambre de

Pyrrhos. Almandin et Adel échangèrent un regard chargé de malice et se donnèrent une poignée de main.

— Pari réussi, dit le premier.

— Comme quoi, il est facile de manipuler l'esprit contradictoire des femmes, murmura le second. Il suffit de leur dire oui pour qu'elles disent non. J'ai hâte de voir mes futurs arrière-petits-enfants.

— Et moi, de célébrer une nouvelle union ! Cela changera des incinérations...

L'armée avait subi de lourdes pertes lors de petits affrontements l'opposant à la Confrérie des Morts. Il ne se passait pas un jour sans qu'un soldat périsse. Le Roi leur rendait hommage chaque semaine au temple d'Esiah, devant lequel reposaient les corps, installés sur de grands bûchers de bois, avant de disparaître dans les flammes. Toute guerre avait son lot de morts, se disait-il, mais plus que des soldats, son peuple entier risquait de perdre la vie.

— Crois-tu qu'il soit temps de prévenir le peuple pour le cœur de Gaïa ?

— Le peuple le saura bien assez tôt. Tu risques de créer un exil sans précédent. Attendons la naissance de ton fils. Nous réunirons alors l'assemblée. Quant au Monde des Mortels, je ne sais pas s'il ne serait pas mieux de révéler notre existence.

— Ce qui m'inquiète vraiment, c'est qu'en ces temps de confusion, il y règne plus de peur que d'amour. Nous n'avons pas réussi à inverser la tendance malgré nos efforts. Si cela continue, l'Haoma sera submergé d'âmes mais le peuple Éduin en manquera...

Adel lui coupa la parole en serrant ses épaules.

— Cesse. Mon fils, tu devrais réfléchir moins et apprendre à gérer tes émotions. Il faut des morts pour que certains naissent. La vie est ainsi faite. Elle n'est pas souvent très juste mais il y a toujours une raison à tout. Ta mère est morte puis ce fut à ton tour. Tu m'es revenu dans le corps d'un mortel et ta mère est à présent heureuse avec Gabriel. Aujourd'hui, Shimei et moi n'arrivons pas à avoir d'enfants. Mais je suis certain qu'un jour, nous en aurons un. La vie est faite de hauts et de bas. Il te faut l'accepter.

— Je n'ai peut-être pas un caractère aussi fort que le tien.

— Il va pourtant falloir qu'il se forge car les mois prochains seront durs. Les visions me l'ont dit.

Il termina par une petite tape sur la joue de son fils. Almandin retrouva le sourire.

— Merci.

— De rien. Je vais voir ton frère.

— Je croyais que tu ne voulais pas y aller ?

— Anjali est là. Il ne pourra pas dire que je suis venu spécialement pour lui.

Adel lui adressa un clin d'œil et entra dans la chambre de Pyrrhos après s'être annoncé d'une grosse voix.

Almandin observa la bague-armure que Milo lui avait remise dans le creux de la main et joua avec, la faisant sauter dans sa paume comme une balle. Décidé à reprendre la quête aux pierres sacrées, il se dirigea vers Gaïa afin de contacter le Roi Jason. Lui seul pouvait maintenant mettre un terme à cette période d'attente et de préparation des troupes pour se consacrer à la recherche de l'ultime gemme capable d'ouvrir les portes de l'Eden.

3

ALLIANCE AVEC LE MONDE DES MORTELS

Le Prince Nolan conduisit Margaret Cunningham à travers un portail de lumière. Le vortex s'ouvrit au milieu d'un parc, près d'un banc sur lequel dormait un vagabond fortement alcoolisé à en croire les débris de bouteille éparpillés sur le sol et l'odeur de bière transpirant de ses vêtements.

Le soleil n'était toujours pas levé. Pourtant, il faisait jour à New York à cette heure-ci. La montre de Miss Cunningham indiquait exactement 14 h 54.

— Vous serez bien ici, lui assura le Prince, avant d'ouvrir la marche.

La journaliste enleva ses chaussures. Elle avait perdu un talon durant l'attaque, peu avant de s'enfuir avec le Prince.

— Comment va mon assistant, Jordan ? demande-t-elle, en le suivant, pieds nus.

— Je ne sais pas pour l'instant mais je tâcherai de me renseigner à son sujet.

Nolan jeta un œil à ses pieds, s'arrêta de marcher, récupéra les chaussures de Margaret et entreprit de briser le second talon.

— Nous devons marcher quelques kilomètres. Vous risquez de vous blesser si vous ne les portez pas.

— J'ai connu bien pire, vous savez.

D'ici, Miss Cunningham apercevait quelques immeubles anciens mêlés au modernisme de hauts buildings, et des panneaux de signalisation en langue anglaise. Les véhicules roulaient à gauche. Derrière elle se trouvait une grande tour d'observation dont elle reconnut le sommet.

— Nous sommes à Sydney, en conclut-elle, le ton las. Je n'ai jamais autant voyagé. J'ai fait le tour du monde depuis que je vous ai rencontrés.

— La Confrérie pourrait s'en prendre à vous. Nous préférons vous garder en lieu sûr.

Le Prince rendit la paire de chaussures à Margaret. Elle les enfila. Ainsi, ils iraient beaucoup plus vite et marcheraient en toute sécurité. Ils reprirent enfin la route en direction de la ville.

— Vous êtes notre porte-parole dans ce monde, poursuivit le Prince. Aucun mortel ne nous connaît aussi bien que vous. Vous devez comprendre votre importance. La Confrérie a déjà tenté de vous évincer à de multiples reprises. Nous voulons éviter le pire.

— Je suis journaliste. Ce genre de péripétie est mon quotidien. Si vous m'avez confié cette mission, ce n'est pas pour que je sois cloîtrée entre quatre murs. J'ai besoin d'être parmi les miens pour amener les hommes à croire en vous.

— Ce n'est qu'une question de temps, Margaret. Notre existence leur sera bientôt révélée mais nous devons rester prudents.

Quand ils eurent gagné la rue, Nolan coupa court à la conversation. Aux yeux de tous, la journaliste marchait seule. Le Prince remonta sa veste sur ses épaules tremblantes et les serra d'un geste amical. Il aperçut à cet instant un petit bouton métallique semblable à une puce et l'arracha délicatement de sa veste. Cette technologie provenait du Monde des Mortels. Peut-être un dispositif destiné à écouter les conversations de Miss Cunningham ? Pas besoin de l'inquiéter plus. Le Prince glissa simplement l'objet dans sa poche sans lui en parler. Elle n'avait rien remarqué.

La nuit paraissait chaude, et pourtant, la journaliste tressaillait. Sûrement le contrecoup. Elle croisa les bras dans l'espoir de cacher les éclaboussures de sang incrustées sur son chemisier blanc. À cette heure si matinale de la journée, même s'il n'y avait pas foule dans les quartiers, mieux valait ne pas attirer plus l'attention sur elle en paraissant parler seule comme une folle.

L'immeuble où ils se rendirent se trouvait non loin de la station de métro Saint James. Margaret suivit le Prince jusqu'au second étage du bâtiment. Nolan exécuta un mouvement de sa main droite devant la porte d'un appartement. La serrure émit un cliquetis. Ils entrèrent dans un salon aménagé qui semblait s'être figé dans le temps. Des tasses de café sales occupaient une petite table basse en bois entourée de multiples sièges.

Miss Cunningham remarqua des photos de famille accrochées au mur.

— À qui appartient cet appartement ?

— Une famille qui vient de périr dans un accident. Personne ne vous rendra visite. Vous serez tranquille ici. Du moins, pour quelques jours.

Nolan entrouvrit les rideaux et jeta un œil suspicieux par la fenêtre comme s'il s'attendait à être suivi.

— Pensez-vous qu'ils peuvent nous retrouver ? demanda Margaret.

— Nous le verrons bien.

Profitant de l'inattention de l'Éduin, la journaliste se défit de sa veste, de ses chaussures, de sa chemise couverte de sang, en profita pour se débarbouiller le visage et partit dans une des chambres fouiller dans un placard. Après tout, personne ici ne lui reprochera d'avoir volé les vêtements d'une morte. Elle réapparut, habillée d'un tee-shirt un peu trop grand pour elle et d'un bas de jogging tout aussi large. Au moins, elle était à l'aise, même si ces vêtements ne lui seyaient guère.

— La Confrérie a récupéré les livres des origines, dit-elle. Que comptez-vous faire désormais ?

— Je ne sais pas, répondit Nolan, imperturbable.

— Savez-vous au moins ce que cet incident va produire ?

Le Prince quitta la fenêtre pour se diriger vers la télévision. Il l'alluma et régla la programmation sur une chaîne d'informations internationales. Les journaux transmettaient déjà des vidéos dont on ne percevait pas grand-chose en dehors de quelques faisceaux lumineux dansant dans le noir ambiant. Les caméras de la salle de conférence n'avaient pas réussi à filmer l'attaque. Même les téléphones portables n'avaient pas pu offrir des enregistrements réellement exploitables. La bande son et la disparition de Miss Cunningham semblaient intéresser les journalistes. Une chance : le groupe mené par le Roi Pyrrhos n'avait fait aucune victime, seulement des prisonniers rapatriés dans leur royaume respectif en fonction de leur origine. Il en fut de même pour le corps des soldats tombés sous les coups des mercenaires engagés par la Confrérie. L'armée royale prenait soin de ne laisser aucune trace de leur passage.

La journaliste apprit alors que cet « attentat », selon les spécialistes du terrorisme, n'avait fait aucune victime mortelle, seulement une dizaine de disparus. Elle en fut extrêmement soulagée. Elle songea à Jordan. Peut-être était-il encore vivant ?

— Cet incident va passer en boucle sur vos chaînes de télévision, prévint le Prince, l'air détaché. Les autorités vont se demander ce qui a pu arriver et n'y trouveront aucune explication. Votre disparition va susciter des interrogations. Votre parole sera remise en doute. En votre absence, ils vous accuseront d'avoir inventé la légende des livres des origines à des fins personnelles.

— S'il ne s'agissait que de moi ! fit la journaliste, révoltée. Ce genre d'événements alimente la propagande des sectes et les croyances en une fin du monde imminente. Le nombre de suicides n'a cessé d'augmenter ces derniers mois. Attendez-vous à d'autres vagues de suicides collectifs et de révoltes dans les villes.

— La Confrérie s'est emparée de la moindre occasion

pour semer le trouble dans l'esprit des mortels. Ce n'est pas faute d'avoir essayé de faire tomber leur organisation.

Miss Cunningham éteignit la télévision.

— Vous ne comprenez pas, reprit-elle, le ton posé. Je ne vous suis d'aucune utilité. Il ne servira à rien de parler en votre nom. VOUS devez parler aux hommes et leur prouver votre existence une bonne fois pour toutes, dit-elle en le pointant du doigt, sans quoi vous réduirez ce monde en une terre de sang.

— Ce n'est pas aussi simple, assura Nolan, et il se mit à marcher d'un bout à l'autre de la pièce, pensif. Nos royaumes se sont alliés afin de limiter l'influence grandissante de la Confrérie sur les mortels. Révéler brutalement notre existence pourrait provoquer la rupture de l'équilibre. En tant que gardiens des âmes mortelles, nous ne pouvons pas prendre un tel risque avant d'obtenir l'emplacement des dernières pierres sacrées. Ces pierres nous donneront la possibilité d'effacer toute trace de notre venue dans votre monde pour rétablir l'équilibre. Si elles devaient tomber entre les mains de la Confrérie, nous ne serions plus en mesure de vous protéger. Pour cette raison, notre alliance a convenu que la mort de quelques milliers de mortels valait mieux que l'anéantissement entier de votre espèce. Notre priorité est de gagner du temps, non pas de précipiter la rupture de l'équilibre en révélant brutalement notre existence, ce qui mènerait au chaos. Nous avons l'avantage des pierres. Nous devons le conserver.

Le seul être mortel au courant de l'existence de ces pierres se nommait Margaret Cunningham. Le Maître Raïken s'était empressé de rapporter l'emplacement de la stèle Éduinne à l'assemblée des Maîtres du Royaume d'Odéon. Le Roi Lucifel, quant à lui, désirait tenir au maximum les Siahnnas à l'écart du secret. Jusqu'ici, le Conseil d'Esiah, désormais au courant de l'existence de la stèle, avait réussi à contenir les rumeurs. Mais par la force des choses, la famille royale serait bientôt dans l'obligation d'en informer le peuple et cela n'arrangeait pas les affaires du royaume, déjà très occupé par la préservation de leur arbre de vie. L'annonce pousserait les Siahnnas à se lancer dans une véritable chasse au trésor, si tant est que l'emplacement de la stèle leur soit révélé...

— Avez-vous trouvé l'emplacement des dernières pierres ? s'enquit Margaret.

— Non. Réduire l'action de la Confrérie sur les terres mortelles a requis toute notre attention. Nous devions les affaiblir avant de nous lancer dans cette quête car ils sont eux aussi à leur recherche. Mais depuis quelques semaines, le Roi Lucifel ne sort plus du Royaume d'Esiah. Il attend la naissance du Prince héritier, comme nous tous.

— Raison pour laquelle je n'ai pas vu M. Winster depuis longtemps ! Pensez-vous réellement que cet enfant vaut autant de sacrifices ?

Le Prince hocha la tête, les mains jointes derrière son dos.

— Cet enfant représente un espoir pour le peuple Siahnnas. Il est un don d'Elohim, une preuve que le créateur soutient la famille royale dans cette quête. Nos peuples ont des principes, des traditions. Nous n'y arriverons pas sans leur appui. La naissance d'un Prince donnera un second souffle au peuple siahnnas et galvanisera les troupes.

— Mais cela ne changera rien pour le peuple Éduin, constata Margaret.

— Le peuple Éduin ne peut agir seul. Les Siahnnas ont des capacités bien plus grandes que les nôtres, notamment, celle de manipuler nos esprits. De plus, nous participons principalement à la défense des différentes espèces. La politique menée par la famille royale au sein du Royaume d'Esiah joue donc un rôle capital dans la marche du monde car elle influence considérablement les décisions prises au sein de mon propre royaume, réduit à un simple bouclier dans cette guerre. Nous sommes liés les uns aux autres. L'union sera ce qui nous permettra de mettre un terme à la révolte menée par la Confrérie des Morts. Il nous faut donc porter un regard avisé sur ce que chaque royaume vit et nous soutenir mutuellement. C'est pourquoi mon père refuse de partir à la recherche des prochaines pierres avant la naissance de l'héritier du trône d'Esiah.

À ces propos, la journaliste leva un sourcil.

— Un simple bouclier ? N'êtes-vous pas en train d'insinuer que vous êtes pris dans une guerre que vous n'avez pas voulue ?

— J'en viens à me dire que cette guerre était nécessaire, affirma le Prince. Elle aurait eu lieu, tôt ou tard. Le peuple Éduin est un peuple pacifiste. Mais nous n'hésitons pas à nous engager pour des causes justes. Cette situation a été voulue par le créateur. Nous nous devions donc d'agir en suivant nos convictions. Mon père a fait confiance au Roi Lucifel. J'ai moi-même beaucoup d'estime pour cet homme et j'ai la certitude qu'il nous conduira à un monde plus juste. Il saura mettre un terme à cette guerre en unissant nos peuples.

Miss Cunningham écoutait le Prince avec passion. Elle regretta de ne pas avoir eu son magnétophone à cet instant. Le peuple Éduin ne manquait pas d'honneur, de loyauté, de coutumes et de traditions. Les mortels avaient perdu ces valeurs depuis de nombreuses années, surtout au sein des civilisations les plus évoluées. Margaret se demanda si l'humanité n'aurait pas besoin de les retrouver.

— Le Roi Lucifel est la plus grande menace de la Confrérie, confia Nolan. Cette attaque est un message qui lui est destiné. La Confrérie lui a montré qu'elle pouvait l'atteindre et qu'elle ne se plierait pas devant lui, même si nous avons considérablement réduit leur réseau ces derniers mois. Si le Roi Lucifel tombe, nous perdons cette guerre. Il est, selon les écrits sacrés, l'élu.

« Les écrits sacrés », pensa soudainement Margaret. Elle en avait déjà vaguement entendu parler de la bouche même du Roi Lucifel. Mais le jour où il s'était présenté à elle avec le Roi Jason, les deux hommes lui avaient raconté tellement d'histoires sur leurs peuples qu'elle ne put toutes les retenir.

Le Prince comprit, à ses yeux pétillants de curiosité, l'objet de sa prochaine question.

— Autrefois, ceux que l'on appelait les Anciens au Royaume d'Esiah pouvaient lire dans l'avenir et transmettre les présages au Roi en les écrivant sur le livre sacré, expliqua-t-il en s'asseyant face à elle. Ces textes ont été conservés par la famille royale depuis les origines. Au Royaume d'Odéon, ces hommes portent le nom d'Érudits. Si les Anciens du peuple siahnnas avaient prévu l'arrivée d'un sauveur et d'un élu dans leur rang, les Érudits du peuple Éduin n'ont fait aucune prophétie à ce sujet. Si les prédictions sont justes, seul un Siahnnas réussira à gagner le Royaume d'Eden à l'ouverture des coffres sacrés pour parler au créateur.

— Le Roi Lucifel, devina la journaliste.

— A priori. Mais l'avenir peut être modifié. Nous pensons qu'un membre de la Confrérie désire prendre sa place, l'ancien Conseiller du Roi Adel, le commandant en chef de la Confrérie, dénommé Mylès. Il était présent lorsque les soldats de la Confrérie ont volé les livres des origines.

Nolan plissa les yeux. Son intuition l'encourageait à se méfier de cet homme. La Confrérie n'aurait jamais pu devenir aussi forte sans lui. Il fallait bien le reconnaître, le Maître Raïken n'avait pas l'étoffe d'un chef de guerre, ni la patience et l'expérience pour transformer des cohortes mal organisées en une véritable armée destructive en si peu de temps. Les soldats engagés dans la Confrérie, surtout les Siahnnas, avaient acquis des techniques très poussées. L'armée usait de stratégies de plus en plus intelligentes et efficaces au fur et à mesure de leurs rencontres. Cette évolution résultait sans doute possible des enseignements de Mylès.

— C'est ainsi lui qui a mis à mal vos troupes, en déduisit Miss Cunningham. Et à voir votre regard, je suppose que cet homme est votre principale préoccupation.

— C'est un être redoutable, Margaret.

Quelqu'un frappa soudain à la porte et la journaliste, prise dans ses pensées, sursauta. Le Prince vérifia l'identité de la personne présente d'un rapide coup d'œil à l'œilleton. Il s'agissait de deux prétoriens.

— Mon père attend mon rapport, annonça-t-il aussitôt. Je dois vous laisser. Deux gardes resteront postés devant votre porte. Si vous avez besoin de quoi que ce soit, n'hésitez pas à leur demander. Je reviendrai vers vous d'ici peu.

— Entendu.

Le Prince lui lança un sourire bienveillant puis il ouvrit la porte, la referma, et salua les deux prétoriens devant l'entrée de l'appartement.

— Prévenez-moi au plus vite si des mortels arrivent. Je reviendrai avec d'autres instructions dans la journée.

Les Éduins acquiescèrent d'un signe de la tête. Le Prince leva son index et sa bague scintilla. Un vortex se forma devant lui. Il se fondit dans la lumière.

Sur la grande place d'Odéon, la Reine Minéa attendait le retour de son fils en compagnie de Selena et du Roi Jason. Aussitôt qu'il fût arrivé, elle s'empressa de le rejoindre, le cœur rassuré et pleine de joie.

— Nolan ! cria-t-elle, et elle l'étreignit. Lorsque j'ai vu les prétoriens revenir du Monde des Mortels, j'ai craint le pire pour toi. Comment vas-tu ?

— Très bien maman, ne t'inquiète pas.

Sa fiancé Selena l'étreignit à son tour et posa une main sur sa joue.

— Je me demande bien quand cette guerre cessera, dit-elle avec une once d'inquiétude.

— Malheureusement, il nous est impossible de le

savoir, regretta le Roi Jason, derrière eux. Vous avez perdu les livres des origines d'après nos informations.

— Oui. Le Roi Pyrrhos a été grièvement blessé. Mylès était là, d'après Milo.

— Et Miss Cunningham ?

— Elle s'en remettra. Je l'ai laissée à Sydney.

Les deux hommes s'échangèrent un regard. Le Roi examina alors son fils de haut en bas. Le Prince portait quelques éraflures sans grande importance mais il n'avait pas pu éviter une lame. Cela se voyait au niveau de son bras où se trouvait une plaie bien plus profonde.

— Tu iras voir le Guérisseur, décida le Monarque. Je me déplacerai à ta place lors de la prochaine bataille.

— Tu n'as pas besoin d'y aller à ma place, assura Nolan, et il déchira une partie de sa tunique pour recouvrir l'entaille de tissu. Ce sera mon rôle lorsque tu ne seras plus là.

— Mylès vient de lancer un avertissement. Je doute que la prochaine fois il vous laisse repartir dans le même état.

— S'il avait voulu nous tuer, il l'aurait fait depuis longtemps.

— Dans son intérêt personnel, il n'hésitera pas à le faire d'une manière ou d'une autre si la situation l'y oblige.

Son père avait toujours le dernier mot. Nolan le laissa dire sans répliquer. Il n'avait pas tort.

— J'ai reçu les derniers rapports des prétoriens, reprit Jason. La population de nos cités s'est encore réduite. Nos efforts dans le Monde des Mortels n'ont rien donné. La recherche des pierres sacrées doit reprendre au plus vite.

Il remit un pli à son fils. Ce dernier le lut avec grand intérêt.

— Le Roi Lucifel demande à ce que la dernière pierre en notre possession soit posée sur la stèle ? dit-il avec surprise. Mais l'enfant n'est toujours pas né.

— Je suis tout de même d'accord avec lui. L'enfant

naîtra d'ici peu. Nous ne pouvons plus attendre. Cela évitera qui plus est au Maître Raïken de faire irruption dans le palais et de menacer ta mère pour retrouver cette pierre qu'il sait être entre nos mains.

— Je sais me défendre, répliqua sa femme avec fermeté.

— Là n'est pas la question, trancha Jason. Nous avons passé un marché avec le Maître Raïken. Nous devons désormais le respecter. La pierre sera posée sur la stèle demain, en sa présence. Nos troupes sont prêtes. Les prétoriens se sont entraînés avec les Siahnnas dans le Monde des Mortels. Ils sauront réagir sur ces terres en cas de conflit avec la Confrérie.

Revenant du palais, le phœnix royal aux ailes argentées, Megon, se posa sur l'épaule de Sa Majesté.

— Marchons ensemble, dit aussitôt le Roi à l'attention de son fils.

Il posa une main dans le dos de Nolan et remercia les deux femmes avant de s'éloigner d'elles.

— L'un des prétoriens m'a informé de la situation dans le Monde des Mortels, indiqua Jason. Les images de cette attaque circulent déjà sur leurs écrans.

— Il y avait dans la salle des hommes venus de tous les continents, répondit son fils.

Il sortit de sa poche un petit objet plat pas plus grand qu'un ongle.

— L'un d'eux a réussi à poser cette puce sur les vêtements de Margaret. Elle est surveillée. De toute évidence, les mortels cherchent à savoir qui nous sommes.

— Quand lui as-tu retiré cette puce ?

— Quand nous sommes arrivés à Sydney. Je n'ai pas vérifié ses vêtements avant d'emprunter le portail. Elle se trouvait sur sa veste. Ils ne tarderont pas à la retrouver. Que veux-tu que nous fassions ?

Le Roi sembla réfléchir un instant mais la réponse fut vite trouvée. Il était temps de prendre contact avec des représentants du Monde des Mortels. Les récents événements, visions étranges et fantomatiques, attaques inexpliquées, enlèvements d'humains sensibles aux manifestations paranormales, poussaient les hommes à s'intéresser aux sciences informelles et à croire au surnaturel. Jason pensait qu'ils étaient prêts à entendre la vérité même si les autorités de tous les pays tentaient de conserver les informations détenues hors de portée des populations. L'enjeu restait de trouver le gouvernement qui saurait les écouter, traiter avec eux, leur faire confiance, tout en rassurant l'espèce humaine.

— Laissons-les venir à nous, dit-il dans ce but. Des mortels vont chercher à comprendre comment elle a pu parcourir tant de kilomètres en si peu de temps. Dis aux prétoriens de les suivre et de la protéger s'ils décident de la ramener dans leur pays. Ils prendront alors contact avec nous. Margaret sait comment nous appeler.

— Oui, mais les individus qui recherchent Margaret sont peut-être liés aux membres de la Confrérie. Qui sait si Mylès n'a pas déjà pensé à s'allier aux mortels ?

— La Confrérie a à sa disposition des moyens plus efficaces que des mouchards pour retrouver Miss Cunningham. Mais nous pourrions tenter de savoir ce qu'il en est au sujet d'une possible alliance avec les mortels auprès du Maître Raïken. Ce serait un bon début. J'ai cependant bon espoir. Les mortels ne prendraient pas le risque de perdre la gouvernance de leur monde pour la céder à des hommes qu'ils considèrent comme des dieux.

— La Confrérie leur offre l'opportunité de poursuivre leur vie sur leur terre en tant qu'âme. Certains leur confieraient le monde pour gagner l'immortalité ou, tout simplement, pour l'argent, assura le Prince Nolan car il connaissait la plus grande faiblesse des mortels, la soif de richesse et de pouvoir.

À cette réflexion, l'oiseau bleu cracha un noyau de glace et agita ses ailes enneigées.

— Les mortels qui agissent ainsi ne sont que des fous ! lâcha-t-il. Aimerais-tu vivre pour l'éternité ?

— Je ne sais pas ce que cela fait de vivre une vie comme la tienne, Megon, reconnut le Prince.

— Il vaut mieux ne pas le savoir. Parfois, je désirerais cesser de reprendre vie dans la glace. L'éternité n'est pas un privilège. Lorsque l'homme prend conscience que ses jours sont comptés, il prend soin de ne pas les gâcher. Un homme immortel n'éprouverait aucun plaisir, ne ressentirait plus l'amour, ne connaîtrait plus de limites. À quoi bon vivre ainsi ?

— L'homme est attiré par l'inconnu. Il ne sait pas ce que signifie l'immortalité.

— Il vaut mieux qu'il ne le sache jamais, rajouta l'oiseau bleu, l'air peiné. Nous devons les préserver de cela. Telle est notre mission.

— Et que doit-on faire selon toi ?

Le bec du phœnix resta scellé. Soit Megon ne connaissait pas la réponse, soit il préférait ne pas la leur donner. Le Prince optait plutôt pour la seconde option.

Mais alors, que faire si l'homme choisissait cette voie ? Songeur, le Roi demeura silencieux mais une pensée sembla soudain traverser son esprit.

— Tu as peut-être raison sur un point.

— Lequel ? demanda son fils, le regard rempli de curiosité.

— Jusqu'ici nous pensions que Mylès voulait obtenir les pierres sacrées car il est celui qui a permis de relancer leur recherche vingt-cinq ans après la découverte de la première émeraude. Mais il cherche peut-être simplement à nous ralentir car il n'a pas besoin des pierres sacrées pour briser l'équilibre.

— Pourrait-il réellement le faire sans l'approbation du créateur ?

— Le créateur pourrait le laisser faire s'il le pense plus fort que vous, intervint l'oiseau, ses yeux brillants d'un éclat peu commun.

— Cet homme est complètement fou, se révolta le Prince. Pourquoi lui donnerait-il raison ?

Pour la première fois de sa vie, Nolan crut voir de l'inquiétude sur le visage habituellement si serein de son père.

— Si nous ne parvenons pas à le contrer avec toute la force dont nous sommes pourvus aujourd'hui, cela prouvera notre incapacité à occuper la fonction que le créateur a bien voulu nous confier, lui expliqua Jason.

— Tu parles comme si toutes ces dernières années n'avaient été qu'un... test servant à déterminer qui est le plus apte à gouverner et à protéger le libre arbitre des hommes, lança Nolan, une nuance d'ironie dans la voix. Je ne peux croire en un créateur qui jouerait à un jeu aussi diabolique et coûteux en vies.

— Et pourtant, tu es prêt à sacrifier des vies pour maintenir l'équilibre, railla l'oiseau.

Le Prince ne sut quoi répondre.

— Mylès n'aura pas rompu son vœu de sauvegarder le libre arbitre des hommes s'ils décident par eux-mêmes de devenir immortels, rajouta son père. Nous verrons bien la réaction du Maître Raïken demain. S'il cherche à s'emparer de la troisième pierre sacrée sans la poser sur le coffre, nous saurons que l'objectif de la Confrérie n'est pas d'ouvrir les portes de l'Eden mais de persuader les hommes de gagner l'immortalité...

4

ARCANTA

Cela faisait de long mois que la famille royale conservait la troisième pierre sacrée du Royaume d'Odéon. Suite au départ de Mylès pour le Monde des Mortels, le Maître Raïken manifestait moins d'ambitions à retrouver les dernières pierres sacrées. Les assauts répétés des armées alliées du Roi Jason et du Roi Lucifel sur les différents quartiers de la Confrérie l'avaient conduit à s'investir lourdement sur le terrain pour éviter le déclin dans ses propres rangs. De très nombreux Éduins partis pour le Monde des Mortels commençaient à regretter leur départ mais les terres éduinnes leur étaient maintenant inaccessibles. Tous connaissaient la règle, appliquée depuis la dernière grande assemblée des Maîtres. Les portes du Royaume d'Odéon resteraient fermées à ceux qui décidaient de vivre parmi les mortels, et ce, pour toujours.

Contrairement aux autres Éduins exilés, Raïken avait obtenu l'autorisation de revenir à Odéon pour consulter les prédictions de la stèle. Depuis neuf mois, malgré ses déconvenues politiques, il revenait chaque semaine et entrait comme bon lui semblait dans le palais pour consulter la stèle. Une façon pour lui de vérifier que Jason n'était pas parti seul à la recherche de la prochaine pierre sacrée.

Cette fois-ci, le Maître Raïken fut accueilli par l'Intendant Judicaël, puis il se rendit seul consulter l'inscription portée sur la stèle. Celle-ci indiquait que la pierre se trouvait au palais. Jason l'avait en effet rapportée du fin fond de la mer neuf mois plus tôt et l'avait précieusement conservée en attendant d'affaiblir les troupes placées sous l'emblème de la Confrérie.

L'inscription n'avait donc pas changé depuis sa dernière visite. Satisfait, Raïken s'apprêtait à repartir pour le Monde des Mortels quand le Roi Jason et son fils arrivèrent dans la cavité souterraine où il se trouvait alors. Ses traits s'affaissèrent à la vue du joyau vert roulant entre les doigts du Roi.

N'aurait-il pas dû être heureux de constater que la quête aux pierres sacrées allait être relancée ? Son expression pour le moins contrariée signifiait tout le contraire. Qu'allait-il faire maintenant ? Tenter de trouver la prochaine pierre avant eux ou essayer de s'emparer de celle qui se trouvait sous son nez pour éviter de la poser sur le coffre ?

— Jason..., soupira-t-il. Quelle surprise... de vous voir ici avec l'une des pierres sacrées...

— Judicaël vient de me dire que vous étiez de passage. Cela tombe bien. Il est temps de terminer la quête aux émeraudes, ne pensez-vous pas ? dit Jason en avançant sur la plate-forme invisible menant à la stèle.

— Pourquoi maintenant ?

— Y voyez-vous une objection ?

Le Maître Raïken sembla plongé dans une intense réflexion, comme si tous les scénarios se succédaient dans ses yeux voilés.

Il sortit de sa torpeur quelques secondes plus tard :

— Vous êtes aidé de votre fils. Laissez-moi revenir avec quelques alliés avant de poser ce joyau sur le coffre. Ainsi, nous partirons à armes égales à la recherche de l'avant-dernière pierre.

Raïken manquait cruellement de stratégie. Qu'importe celui qui trouvait la pierre avant l'autre car les deux hommes devaient poser chacune des dernières pierres ensemble. C'était l'une des conditions de leur pacte. Alors pourquoi désirait-il obtenir l'avant-dernière pierre avant eux si ce n'est pour entraver la quête aux émeraudes ?

Le Maître Raïken prétendait gouverner les troupes éduinnes ralliées à sa cause mais il ne possédait aucunement l'aura du Conseiller Mylès dont il n'était en réalité qu'un pion. Le Maître n'était pas assez intelligent pour conduire une rébellion mais son caractère docile et sa soif de grandeur le rendaient facilement manipulable. Son pouvoir ne tenait qu'à son alliance passée avec le charismatique Mylès. Il agissait toujours selon ses instructions. Du moins est-ce ce que Jason devinait au vu des ruses adoptées par le Maître pour le contrarier, ruses qui se révélaient souvent finement manigancées quand il n'était pas pris au dépourvu.

Pour l'occasion, la surprise avait conduit Raïken à se dépêtrer seul et il en était venu à vendre la mèche sur ses véritables intentions.

— Et quand reviendrez-vous ? demanda Nolan.

— Demain.

Jason acquiesça du menton.

Bien embêté, le Maître n'attendit pas une minute de plus pour gagner la sortie de la grotte, après un bref signe de tête en guise d'au revoir. Sans doute pensait-il la fuite plus sage que la discussion à cet instant.

Quoi qu'il en soit, le Maître Raïken revint le lendemain avec quelques-uns de ses disciples pour assister à la pose de la troisième pierre sacrée sur le coffre. Avait-il pris le temps de consulter Mylès pour savoir quoi faire ? En tout cas, il laissa Jason insérer la pierre et une nouvelle énigme apparut sur la stèle :

« La quatrième pierre voyage dans le ciel. »

La phrase rendit tout le monde dubitatif. Seuls les mythiques dirigeables armoriés ou les cymarans voyageaient dans le ciel, et cette pierre était d'un tel enchantement qu'aucun Éduin n'aurait pu l'ignorer si elle avait orné l'un de ces vaisseaux ou la selle d'un tel oiseau.

La pierre devait donc se trouver à un endroit inaccessible

où elle demeurait cachée depuis des siècles. Et il existait un lieu dans le ciel qui ne cessait de parcourir lui-même le royaume.

— Allons voir Selena, décida Jason.

Son fils et lui se dirigèrent vers l'une des pistes d'atterrissage du palais où stationnait la caravelle de la navigatrice. Raïken, largué, opta cette fois pour l'inaction et laissa les deux hommes partir seuls à la chasse au trésor.

— La pierre doit se trouver sur l'île flottante d'Arcanta, indiqua Jason.

— Je n'y avais même pas pensé ! avoua Nolan. Il faut dire que nous n'entendons plus parler de cette cité depuis des lustres. N'y vivent que des ermites. Je me demande d'ailleurs où elle se trouve actuellement.

L'île flottait aléatoirement au-dessus des terres du royaume. Seuls les habitants des cités au-dessus desquelles l'île voyageait et les navigateurs réguliers en connaissaient la position. Certains avaient déjà dû réaliser des manœuvres d'évitement à la dernière minute pour ne pas s'échouer contre les pourtours rocheux de cet emblématique caillou, souvent perdu dans les nuages.

L'île bougeant à longueur de temps, aucun point de passage n'y avait été installé et il était obligatoirement nécessaire de s'y rendre par les airs. C'est pourquoi Selena proposa, à l'arrivée du Roi et de son fils, de les accompagner avec la caravelle.

— Larguons les amarres ! dit-elle avec joie.

Elle aimait déployer les voiles et filer entre les cordages. C'était le genre de femme libre qui aimait partir à l'aventure, tout ce que Nolan détestait en vérité – les sirènes et autres animaux en tout genre n'étaient pas ce qu'il préférait en ce monde, d'autant plus qu'il se montrait rarement patient – mais il apprenait à apprécier l'inattendu en étant à ses côtés.

Un arc de bronze permit à Selena d'ouvrir un passage aussi large que la caravelle vers une autre cité, de l'autre côté du royaume.

À peine était-elle remontée sur le navire que les voiles gonflèrent et la caravelle se souleva dans les airs.

— Direction Arcanta !

L'embarcation passa à travers l'écran de lumière puis monta très haut dans le ciel, au-dessus de chalets de bois. Megon la suivit en volant à bâbord. Ils se trouvaient désormais au-dessus d'une vallée, bien loin d'Odéon.

— J'ai entendu dire que la cité était passée au-dessus de Célestine hier, dit alors Selena. Le rocher se serait chargé en eau et serait maintenant plongé dans le brouillard. Il faudra être prudents en arrivant dans ses environs.

— Si tu n'arrives pas à te poser, nous continuerons le chemin avec Megon, prévint Jason.

Le voyage dura ainsi près d'une heure pendant laquelle Nolan et Jason profitèrent du vent, debout sur le pont. Puis, au loin, apparut soudain un nuage plus gros que les autres et d'une forme verticale particulièrement allongée.

Selena sortit sa longue-vue. Sur la pointe du bas, un petit amas de roche dépassait du brouillard.

— Ça doit être elle ! s'écria-t-elle en rangeant sa lunette et elle se jeta sur la barre.

D'un bon coup vers la droite, elle lança la caravelle vers le gros nuage. Le Roi et son fils se cramponnèrent comme ils purent avant que le navire ne vire.

Aux abords du nuage, la caravelle ralentit et perça avec précaution l'épaisse couche blanche. Enfin, quelques bâtiments taillés dans la pierre apparurent. Le tirant d'eau faillit s'engouffrer dans l'un des toits. Selena braqua à temps avant d'amorcer la descente vers une zone libre sur laquelle le navire stationnerait sans difficulté.

Sur cette île flottante, le vent tournait continuellement alors elle abaissa les voiles et laissa le bateau se poser tout en douceur. Une fois au sol, elle s'aida de l'esprit de l'air pour maintenir droit l'imposant navire et installa les cales pendant que le Roi et son fils débarquaient.

Quelques moines sortirent des bâtiments de pierre pour admirer la caravelle. Ils portaient tous une sorte de robe couleur safran, héritée sans doute de leur ancienne vie dans le Monde des Mortels. L'île abritait les âmes qui désiraient se retirer du reste du royaume pour méditer.

— Nous n'attendions pas la caravelle du Roi, dit l'un d'eux en venant à leur rencontre.

Ce devait être leur porte-parole car il fut le seul à s'avancer.

Il n'y avait aucune femme parmi eux. Elles n'étaient pas acceptées ici. Le sachant, Selena resta sur le bateau. Megon, quant à lui, rejoignit l'épaule de Jason.

— Une affaire urgente nous a conduits à nous déplacer sans prévenir, expliqua le Roi.

— Le temple de Sikellion, je suppose.

C'était un ancien temple construit sur le rocher avant qu'il ne se mette à léviter.

Le moine en avait-il parlé parce qu'il savait ce qu'ils cherchaient ici ?

Le Roi ne répondit rien pour ne pas mentir. Il ne savait pas si la pierre se cachait sur ce rocher ; encore moins si elle se trouvait dans le temple. Il n'avait jamais mis les pieds ici. D'ailleurs, le précédent Roi à s'être rendu sur ce caillou était son père !

Au royaume, il était important d'entretenir le souvenir des anciens temps. C'était donc l'occasion de chercher la pierre en même temps que d'accomplir un acte politique.

— Nous en sommes les gardiens, poursuivit le moine. Mais à force de se percher au-dessus de la falaise, les cymarans ont créé un éboulement et l'entrée du temple a été obstruée.

— Nous pouvons certainement vous aider, proposa Jason.

— Ce serait un honneur.

Le moine partit en avant, les mains dans le dos, pour conduire le Roi et son fils à l'entrée du temple.

Comme les autres, le moine était un mortel, mort depuis quelques années déjà. Il avait choisi un paradis de retraite, loin de tout, isolé sur une montagne mouvante. Il inspirait la solitude et l'apaisement.

Dans le Royaume d'Odéon, les âmes choisissaient ce qu'elles faisaient dans leur vie après leur mort. Ainsi, les Éduins s'assuraient qu'elles étaient heureuses pour obtenir d'elles l'amour dont ils avaient besoin pour survivre. Ces hommes avaient simplement besoin d'être en harmonie avec les éléments et de prier pour accéder au bonheur. Chacun y trouvait son compte.

Le rocher n'était pas très large. Il devait à peine faire un kilomètre de circonférence. Sa hauteur par contre était incommensurable. Des marches de pierre permettaient d'accéder au point le plus haut, d'où ils avaient vue, quand les nuages s'effaçaient de l'horizon, sur un ciel d'un bleu azuré.

Il ne fallait pas avoir le vertige car des centaines de mètres plus bas, les bâtiments, construits à l'image de pagodes, semblaient se dresser vers eux comme des pics. Là, il y avait une entrée, enfin, plutôt ce qu'il en restait. De gros rochers étaient tombés du sommet de l'île et bloquaient l'accès au temple, creusé à même la montagne. Pour un Éduin, il était simple de les déplacer grâce aux esprits de la nature mais les âmes mortelles ne disposaient pas de ce pouvoir.

— Cela fait très longtemps que nous ne pouvons pas venir prier ici, expliqua le moine.

Au sommet, un groupe de cymarans piaillèrent. Ils aimaient se tenir sur le pic car il s'agissait de l'endroit le plus haut du royaume.

Quand Jason et son fils commencèrent à retirer les blocs de pierre, les oiseaux poussèrent des cris stridents. On aurait dit qu'ils protégeaient l'entrée du temple. Certains commencèrent à descendre du sommet, battant des ailes pour défendre leur territoire.

Ce genre d'oiseau pouvait mesurer jusqu'à sept mètres d'envergure, alors les voir débouler, l'air menaçant, ailes déployées, impressionna grandement Nolan. D'habitude, ces animaux se démarquaient par leur docilité.

Megon, l'oiseau royal, se chargea de les tenir à distance en se montrant plus féroce qu'eux, ce qui facilita grandement le travail du Roi et de son fils. L'accès au temple dégagé, ils avancèrent vers l'intérieur et s'arrêtèrent subitement.

— L'entendez-vous aussi ? demanda le moine.

Il semblait y avoir quelque chose à l'intérieur de la galerie. Ou quelqu'un. Une voix résonnait entre les murs ou dans leur esprit. Personne ne sut.

— Oui, répondit Jason.

— Les anciens moines gardent ce temple depuis plus de cinq siècles car nous pensons qu'il abrite un esprit bienveillant.

— Et si cet esprit partait avec nous aujourd'hui ?

La pierre devait être là. Ces voix, Jason les avait déjà entendues auparavant.

Le moine pensait qu'elles provenaient d'un esprit. Cela offrait à ce temple une aura mystique et en faisait un endroit propice aux prières car béni du créateur. Les moines partiraient-ils si la magie de la pierre sacrée venait à s'éteindre ?

— Nous resterons tout de même ici car nous y sommes heureux, reconnut le moine sans trop y réfléchir. Les cymarans viennent nous voir tous les jours. Leurs piaillements sont les seuls bruits qui dérangent nos instants de recueillement. Nous pensons que cet endroit est magique.

— Vous avez déjà accédé à une autre vie. Pourquoi continuer à vous recueillir ? s'étonna Nolan qui ne comprenait pas sa trop grande dévotion.

— Nous nous recueillons non plus pour les morts mais pour les vivants. Nous leur souhaitons aussi de trouver la paix.

— L'esprit de ce temple les aidera à la trouver, assura Jason.

— Alors partez avec lui.

Le moine renonça à entrer et recula de quelques pas. Puis il redescendit la montagne.

— J'ai comme l'impression qu'il ne t'aurait pas laissé partir avec s'il ne t'avait pas cru ! s'écria Nolan.

— Ces moines ont peut-être l'air inoffensifs et d'un âge avancé mais ils apprennent les arts de combat asiatiques depuis des générations. Ce rocher est le leur et ils ne comptent pas s'en séparer.

— Comment ce rocher est-il arrivé dans les airs ?

Ils pénétrèrent à l'intérieur du temple tout en discutant.

— Fut un temps, nous avions accueilli sur nos terres un grand rêveur qui faisait de la science, commença à expliquer Jason. Il avait tout étudié ici car ces terres regorgeaient de ressources différentes du Monde des Mortels. Là-bas, il avait déjà réussi à faire voler un homme. Ici, il voulait réussir à faire léviter une cité. Au bout d'une multitude d'expériences, il y est parvenu. On m'a dit que sa réincarnation était un esprit encore plus éclairé qu'il ne l'était autrefois mais que ses expériences avaient conduit à des milliers de morts. Son âme n'est jamais revenue au royaume.

— Il a passé les portes d'Esiah ?

— Il me semble que leur ingénieur, Gamerron, s'est largement inspiré de ses recherches avant qu'ils n'acceptent de le faire passer par la Porte de la Résurrection.

— Comment peux-tu être aussi au courant de ces choses ?

— Depuis que nous pouvons rencontrer les Siahnnas, j'étudie de mon côté les interactions entre nos deux royaumes pour mieux comprendre le cycle de vie. Gamerron fait de même au Royaume d'Esiah.

— Tu ne m'en as jamais parlé.

— Tu étais un peu jeune. Mais je t'expliquerai comment cela fonctionne si jamais nous parvenons à sauver le cœur du Royaume d'Esiah. Si l'arbre de vie venait à s'éteindre, les âmes damnées resteraient dans le Monde des Mortels. Cela créerait un déséquilibre qui nuirait à notre propre royaume et pourrait causer notre extinction. C'est pourquoi nous devons nous aider mutuellement et trouver les dernières pierres au plus vite.

Nolan pencha sa tête en avant. Veiller sur l'équilibre restait leur priorité.

Pour cela, ils devaient mettre la main sur l'avant-dernière émeraude, qui était assurément là, dans ce temple.

Jamais Nolan n'en avait vu un aussi prodigieux, taillé à même la roche avec des motifs d'animaux, des éléphants, des tigres, mais aussi des divinités, de somptueuses sculptures portant des pierres précieuses, des niches, des fenêtres, des piliers, le tout construit dans un seul bloc de roche : la montagne elle-même. Une véritable œuvre d'art.

— Quel est cet endroit ?

— Un sanctuaire comme il en a été construit en Inde pour accueillir un dieu.

Des émeraudes, il y en avait tant ! La seule façon de repérer la bonne restait d'écouter son appel enchanté.

— Je l'entends...

— Par ici...

Megon fila rapidement vers l'émeraude qui luisait telle une luciole, sur le socle d'une sculpture du dieu Shiva. Celle-là avait été plus facile à prendre que les précédentes. Raïken n'avait même pas pointé le bout de son nez.

— Et maintenant, que faisons-nous ? demanda Nolan en retirant la pierre de la sculpture.

— Invitons Raïken à venir la poser sur le coffre, dit Jason. Nous verrons bien comment il réagira...

Le voyage de retour se fit sans encombre. La stratégie de Raïken avait été simple : rester à Odéon et guetter le mouvement du navire royal, un moyen efficace pour prendre possession de la pierre convoitée sans se fatiguer. Alors lorsqu'il vit l'embarcation revenir, il s'invita de lui-même au palais, en tête d'un petit cortège de prétoriens ralliés à la Confrérie.

— Avez-vous trouvé la pierre ? lança-t-il aussitôt arrivé sur la plate-forme d'atterrissage de la caravelle.

Le Roi et son fils n'étaient même pas encore descendus du navire qu'ils se faisaient alpaguer.

— Maître Raïken, vous êtes venu bien entouré, constata le Roi demeurant sur ses gardes. Cependant, vos soldats n'auront pas le droit d'entrer au sanctuaire. Il s'agit d'un lieu sacré.

Il leva l'émeraude en l'air. Le Maître montra son désappointement, les traits plissés.

— Je le conçois, répondit-il comme s'il n'avait pas été surpris. Ils resteront devant l'entrée.

Comprenant qu'ils allaient poser la pierre dans la foulée, le Maître n'attendit même pas Jason pour gagner la galerie souterraine avec sa horde. Seulement, il respecta son engagement et pénétra seul dans la galerie.

Il s'avança jusqu'à la stèle, tourna autour, lut l'inscription gravée dans la pierre. Enfin, il reporta son regard sur Jason.

— Puis-je avoir le privilège de poser la pierre sur le coffre ?

— Si vous le désirez.

Jason la lui tendit. Le représentant la saisit, en admira l'éclat, se retourna vers la stèle, voulut la déposer sur le coffre. Le joyau ressortait toujours de sa loge. Après trois essais non concluants, le Maître Raïken fit volte-face et affronta le Roi, le regard colérique.

— La pierre que vous m'avez donnée est une fausse ! Vous avez rompu notre traité.

Les accusations du représentant firent naître une expression étonnée sur le visage de Jason. Le Prince arracha impulsivement la pierre des mains du Maître Raïken et en scruta sa lueur d'un œil averti. Elle ne possédait pas le même éclat étrange qui la rendait si différente des autres.

— Vous avez échangé la pierre ! lui reprocha-t-il. Ce n'est pas la même.

— C'est scandaleux ! Jamais je ne me permettrais !

Tout en prêtant une oreille attentive à leur dispute, le Monarque s'approcha de la stèle, la seule à pouvoir indiquer l'emplacement exact de la pierre sacrée.

— Où se trouve la véritable gemme ? demanda-t-il face à l'inscription.

Tout à coup, un rayon lumineux vert émana de sous la veste du Maître Raïken. Désarçonné, l'homme effectua des mouvements agités des bras, balbutia quelques mots confus, balaya d'un coup d'œil paniqué les quatre coins de la salle et voulut s'en échapper. Le Roi leva juste le bras. Le tricheur tomba sitôt à plat ventre, soulevé par les esprits du vent. Il venait d'avouer sa faute.

Jason n'avait jamais eu un regard aussi noir au point que son fils préféra ne pas intervenir.

— Maître Raïken, vous avez signé de votre sang le traité qui nous lie. Vous venez de le rompre. Je vous souhaite de vous faire pardonner par Elohim car vous connaissez la sentence.

Le représentant tenta de se relever mais une pression invisible le forçait à rester plaqué au sol. La précieuse émeraude sacrée jaillit de sa poche et gravita dans les airs jusqu'à la main du Roi.

Sans s'attarder plus longtemps sur son cas, Jason se retourna vers la stèle et incrusta la pierre sur le coffre. L'inscription changea :

« La stèle du Royaume d'Esiah révélera l'emplacement des dernières pierres sacrées. »

— Le Royaume d'Esiah a désormais notre destin entre ses mains, en conclut-il.

Derrière lui, le Maître Raïken s'était relevé avec peine. Il jeta un regard sur l'inscription puis s'empressa de partir, non sans mal ; il s'était blessé au genou en tombant. Mylès se chargerait sûrement de son compte, car il venait en un instant de dévoiler les plans de la Confrérie. En dérogeant aux clauses du traité signé avec le Roi, il perdait aussi un atout essentiel, l'accès à la stèle du Royaume d'Odéon. Le représentant constituait la faiblesse de la Confrérie, surtout celle de l'ancien Conseiller d'Adel, davantage habitué à plus d'ingéniosité, mais contraint de devoir composer avec lui pour obtenir une force de défense éduinne au sein de ses rangs. Alors Jason obligea son fils à le laisser s'enfuir, pensant le Maître Raïken plus utile à gêner la Confrérie qu'enfermé dans le palais. Elohim se chargerait de celui qui avait trahi leur traité.

L'heure suivante, le Roi transmit la nouvelle à Esiah. Le représentant, quant à lui, passait la Porte des mortels.

5

RETOUR AU FRONT

Depuis deux jours, Almandin attendait des nouvelles du Royaume d'Odéon mais il n'avait reçu aucun message par le petit vortex liant leurs deux mondes. Cela commençait à l'inquiéter. En attendant de retourner sur le front, il relança l'entraînement des troupes stationnées à Esiah et se perfectionna lui-même dans une salle réservée au combat.

Le Roi avait perdu du poids en l'espace de neuf mois. Ses cheveux avaient poussé sur sa nuque jusqu'à ses épaules carrées. Son visage d'humain, plus robuste qu'autrefois, reflétait de longues heures de bataille.

Son père veillait à son état de santé. Il s'était renseigné sur les habitudes alimentaires des mortels pour lui rapporter les provisions nécessaires au maintien de sa condition physique. Pas un plat ne pouvait être dégusté sans son accord. Adel avait rapidement compris que son fils était capable de se goinfrer si personne ne l'arrêtait. Il lui présentait donc des portions bien mesurées pour ne pas qu'il reprenne ses petites poignées d'amour. Cette fois-ci, son père lui avait proposé un plat de viande bien consistant car la journée allait être longue et l'effort intense.

Avant de commencer l'entraînement, Almandin mangea donc une cuisse de poulet dont il jeta l'os sur le plat et but une rasade d'eau. Puis il s'essuya la bouche du dos de la main et sortit de son fourreau une épée des plus aiguisée.

— Vous êtes prêts ? demanda-t-il à ses compagnons en appréciant l'éclat de sa lame.

Il avait réuni dans la salle son père, Milo, Anjali et Veland pour tester sa résistance face à plusieurs opposants et ceux-ci étaient les plus puissants à sa connaissance. Son corps de mortel constituait un handicap pour se battre dans le Monde des Mortels car il ne décelait pas la lumière du soleil, seulement la chaleur de ses rayons. Cependant, ces mois à tester ses limites sur ces terres avaient mis en évidence une autre contrainte : ses pouvoirs étaient limités aux peurs qu'il avait absorbées au Royaume d'Esiah. Ceux du bracelet sacré aussi.

Il lui fallait donc acquérir une bonne défense en plus d'une attaque redoutable, et savoir puiser dans l'espace environnant les moindres bruits relatifs aux déplacements de ses adversaires pour contrer leurs coups. Dans ce but, il s'entraînait, un bandeau de tissu sur les yeux, une épée dans la main gauche et son inestimable bâton dans la main droite. Son armure, forgée dans la lave, avait l'inconvénient d'être lourde mais résistait à toute épreuve.

— Je suis prêt, mon frère.

Pyrrhos était sorti de son lit contre les recommandations du Guérisseur de la couronne. Il avait meilleure mine mais Almandin préférait qu'il se repose encore car les membres de la famille royale demandaient un temps de récupération supérieur à ceux des autres Siahnnas. Depuis la réunification du royaume, Michael avait connu plus de batailles que n'importe quel autre homme, son frère étant consigné au royaume aux côtés de la Reine enceinte.

— Tu dois rester couché, fit remarquer Almandin en le désignant du bout de son arme, front plissé.

— Je veux repartir. Pour cela, j'ai besoin de te prouver que je suis apte à combattre.

— Tu es fatigué, Michael. Pourquoi ne veux-tu pas prendre un peu de repos ?

— Calista m'attend.

Calista... Elle avait disparu en même temps que Mylès, après qu'il eut détruit une partie du cœur de Gaïa. Pyrrhos n'avait pas cessé de la rechercher, se livrant à des luttes acharnées contre la Confrérie des Morts. En vain.

Il ne pouvait se résoudre à l'abandonner. Il aurait donné sa vie pour elle. Almandin le savait et ne disait rien. Son frère n'aimait pas parler d'amour.

— J'ai essayé de le dissuader, expliqua le Prince Veland, mais je n'y suis pas arrivé.

— Ce n'est pas grave, dit son oncle. Je le comprends.

— Cela fera une personne de plus contre toi, s'exclama Adel. Le jeu va devenir intéressant !

— À qui le dis-tu... Je suis donc d'accord pour que tu te battes avec nous, mon frère.

— Je rappelle cependant la règle, reprit son père en balançant son bâton d'une main à l'autre. Tout le monde recule si Almandin est touché. Pour cela, vous devrez percer son armure.

— Et je vous souhaite bien du courage !

Adel regarda son fils de biais, secoua la tête et poursuivit ses mises en garde :

— Tous les coups sont permis à une seule exception, dit-il, le doigt pointé en l'air. En aucun cas vous ne devez lui couper la tête. Je crois que nous regretterions tous son incroyable suffisance et sa prétention sans limites.

— Ainsi que mon intelligence supérieure et mes talents de guerrier, répliqua son fils avec un sourire audacieux.

— M'enfin, si tu perds la tête, c'est que tu n'étais pas aussi bon que tu le prétends. Je retire donc l'exception ! Vous pouvez lui trancher la gorge. Cela nous évitera des migraines effroyables.

— Mais vous devrez nettoyer le mur imbibé de mon si précieux sang. À vous de voir.

Almandin haussa les épaules et porta à son visage un masque blanc qui épousait parfaitement ses lignes et sur lequel avait été gravé, à hauteur de sa joue gauche, un splendide phœnix noir à l'allure de dragon. Une couche épaisse de céramique recouvrait ses yeux de sorte à reproduire ses conditions d'évolution dans le Monde des Mortels en obstruant sa vue. De sa main droite, il détacha son bâton de sa ceinture, le transforma en une seconde épée, aussi fine que la première tenue dans sa main gauche, et frotta les deux lames dans un bruit de cisaillement. Lorsqu'il eut fini de se préparer, le Roi entra dans le cercle formé par ses amis et garda le silence jusqu'à ce que le choc du premier coup d'épée inaugure le combat.

— Papa, reconnut-il quand il arrêta la première lame. Tu es le seul à faire preuve d'autant de force.

— Concentre-toi au lieu de parler, fils. Il faut absolument que tu évites de te prendre une raclée cette fois-ci. Il en va de ta vie.

Adel retira son épée, effectua un geste de la main à l'adresse de ses compagnons, et le groupe commença à tourner à ses ordres autour du Roi.

Almandin avait déjà suivi cet entraînement plusieurs fois sans jamais réussir à le terminer intact. Mais s'il avait appris une chose, c'est qu'un homme contre dix a plus de chance de s'en sortir que ses adversaires pris dans la mêlée. Du moins, s'il connaissait bien les techniques de combat et restait assez concentré. L'épée laissait une distance suffisante pour se protéger tandis que ses opposants risquaient de se heurter à trop vouloir se rapprocher ensemble de leur cible. Et chacun savait que la lame du bâton sacré, la plus redoutable des armes, tranchait la chair et l'os avec une netteté impeccable.

Débuta alors une danse armée dans laquelle s'enchaînaient les coups, plus rapides au fur et à mesure que le Roi ripostait. Affranchi de sa vue, Almandin décelait le sifflement des lames, entendait les pas de ses adversaires, et quand il eut repéré ceux de son père, plus lourds que ses autres opposants, il envoya son bâton dans les airs en un coup bien placé sur le poignet pour le sortir du jeu. Ainsi, il pouvait poursuivre le combat avec moins de concentration car Adel constituait sa plus grosse menace, étant le plus expérimenté. Surpris, l'homme recula, ramassa son arme et observa le combat en massant son bras douloureux.

Avec la même stratégie, le Roi se débarrassa ainsi de son neveu, le Prince Veland, puis de son frère. Celui-ci n'avait toujours pas recouvré toutes ses forces vu la facilité avec laquelle il s'était retrouvé désarmé.

Anjali et Milo, ses deux derniers opposants, lui donnèrent une minute de répit, pour trouver un moyen rapide et efficace de percer l'armure d'Almandin. La jeune femme attrapa alors dans sa main gauche une jitte plaquée contre sa cuisse, munie d'une dent unique, recourbée et pointue, puis échangea un regard complice avec le garde. Tandis qu'elle bloquait le bâton sacré de son père dans la griffe de son arme, Milo dégagea la lame gauche du Roi pour placer le tranchant de son épée sous sa gorge. Almandin, immobilisé, vaincu, tira plusieurs fois sur son bâton, essayant de le libérer de la jitte de sa fille sans y parvenir.

— Qui lui a appris ça ? cria-t-il, le menton relevé sous l'épée de son garde.

— Celui qui n'est plus son Maître, murmura le jeune homme dans son oreille. Tu n'as jamais pensé à te protéger avec une telle arme, je suppose. Mais elle te serait grandement utile car le prochain à te mettre une épée sous la gorge te coupera les cordes vocales pour ne pas t'entendre geindre avant de mourir.

— Et je lui trancherai le ventre en même temps, répliqua le Roi en martelant l'armure d'acier de Milo avec la pointe de son épée.

Amusé par la feinte, le garde baissa son arme, sourire aux lèvres. Le Roi ôta son masque et observa sa fille avec fierté. Grande, mince, elle avait la beauté de sa mère et l'esprit combatif de son père. Son visage s'était affiné, son regard avait changé. Plus déterminé, incisif, il ressemblait à celui de son père dans les moments de guerre, quand rien ne pouvait le dévier de son chemin.

Il la félicita d'un baiser sur le front puis désigna sa jitte :

— Ma fille n'a pas besoin de ça pour être meilleure que toi, lança-t-il au garde.

— Je ne me battrai pas contre ta fille pour te prouver le contraire.

— Non, tu vas te battre contre elle parce que j'ai besoin de voir comment elle se débrouille maintenant. C'est un ordre.

Son regard de marbre ne laissait pas d'autres choix que d'obéir. Milo se plia donc à son exigence. Almandin lui envoya son épée et demanda à sa fille d'avancer.

Il avait remarqué avec quelle légèreté sa fille exécutait chacun de ses mouvements. Il s'agissait là d'un avantage de taille. Elle usait d'une technique remarquable, meilleure que celle de son grand-père. Mais plus que la précision, son atout majeur résidait dans sa rapidité d'action. Elle se déplaçait avec l'agilité des félins. Elle pouvait surprendre facilement ses adversaires de dos ou dans le noir. Almandin l'avait entraînée en cachette pendant des heures pour son plus grand plaisir. Ces instants passés ensemble les avaient considérablement rapprochés. Il en était persuadé : elle était prête à se battre à ses côtés contre l'armée de la Confrérie.

La Princesse ramena sa natte tressée dans un ruban d'acier sur sa poitrine et attendit que le garde se mette en position, tournant dans sa main droite sa longue lame parcourue de lignes noires. Lorsqu'il fut prêt, Anjali se jeta sur lui telle une panthère sur sa proie, le visage possédé par la soif de vaincre. Les épées se cherchaient sans cesse, se frottaient avec une rapidité surprenante. La jeune femme faisait preuve d'une rage indestructible et frappait aussi fort qu'elle pouvait pour repousser le garde dont elle bloqua l'épée grâce à sa jitte.

— Je peux savoir ce que tu as, lui dit-elle, alors que leurs lames s'étaient croisées. Tu ne me parles plus depuis ton retour à Esiah.

— C'est sans importance.
— Pour moi, ça ne l'est pas.
Elle fit pivoter sa jitte d'un mouvement du poignet, brisant en deux la lame d'acier de Milo.
— Idiot.
— Idiote.
— Tu es pitoyable.
— Toi aussi.
Le garde laissa tomber son épée brisée et éloigna la Princesse d'un coup de coude dans le ventre. Anjali fit quelques pas en arrière, dos courbé, s'élança ensuite sur son corps avec une fureur décuplée, balançant avant tout sa jitte loin du combat afin de se retrouver à armes égales avec son adversaire. Le jeune homme para ses attaques sans grande difficulté mais elle frappait si fort qu'il dut reculer à son tour. Alors qu'il tentait de l'arrêter dans son élan en retenant son bâton sacré, qu'elle appuyait contre son épée comme si elle voulait la trancher en deux, la jeune femme l'observa dans les yeux et lui souffla :
— Je t'aime.
Surpris par ces mots imprévisibles, le garde s'immobilisa et relâcha son attention. La Princesse en profita pour dégager sa lame. Elle la dirigea contre son torse avant de stopper la pointe au plus près de son armure.
— Subterfuge, dit-elle avec un sourire triomphant. Y aurait-il un cœur sous cette carapace d'acier ?
Bien sûr, Milo savait que la Princesse n'avait pas menti, car il lisait en elle comme dans un livre ouvert. Et cette prétendue ruse avait réussi à piquer son cœur sans qu'il sache réellement pourquoi.
Forcé de constater sa défaite, mais ne s'avouant pas vaincu pour autant, il plongea son regard dans celui de la jeune femme, frôla délicatement la peau de son cou avec le plat de sa lame, prenant soin de ne pas lui faire une seule égratignure. Et quand elle se perdit dans ses yeux, il enfonça le tranchant dans sa tresse pour le retirer

d'un coup sec. La natte de la Princesse tomba à terre, dénouant ses cheveux raccourcis à hauteur de la nuque.

— La prochaine fois, attache-les mieux, chuchota-t-il. On peut facilement t'agripper s'ils ne sont pas bien noués.

La Princesse resta de glace le temps de comprendre que ses longs cheveux châtains ondulés venaient d'être coupés. Le garde put voir sur son visage ses yeux s'assombrir et ses lèvres trembler. Désirant la pousser à bout, il esquissa un sourire mesquin, et cela persuada Anjali de le gifler avec une surprenante fermeté. Enragée, elle quitta la salle d'entraînement sans même se retourner.

Son père piqua sa tresse tombée à terre avec la pointe de son épée et la souleva en l'air comme un trophée.

— Il semblerait que ce qu'elle t'a dit t'ait mis hors de toi, mon fils, dit-il à l'intention de Milo. Comment s'y est-elle prise pour te faire baisser ta garde ?

— Elle a utilisé la force des femmes, le charme, selon Anya, répondit le garde en frottant sa joue rougie.

— Et à voir ta réaction, on peut dire que tu n'y es pas insensible. Comment vais-je expliquer cela à sa mère ?

Il envoya au milieu de son visage les cheveux de sa fille et frappa l'arrière de son crâne.

— Même les Amazones n'ont pas les cheveux courts. Une Princesse se doit d'avoir les cheveux longs ! Abbbbruti !

— Ta fille est une Princesse d'une autre époque. Ne t'inquiète pas pour elle. Elle saura faire de ce petit incident une originalité dont elle tirera bien plus d'avantages que d'inconvénients. Lorsqu'elle se regardera dans son miroir, elle ne verra plus une femme mais une guerrière.

Le Prince Veland se mit à rire dans sa barbe, tout en échangeant un regard de connivence avec le garde, devenu, depuis quelques mois, un véritable ami. Après réflexion, le Roi trouva l'idée plutôt bonne et félicita Milo en le ramenant contre lui par les épaules.

— Quand lui feras-tu ta demande ?

— Quand tu cesseras de m'importuner, dit-il en le repoussant avec son bras.

— Alors ça veut dire que tu n'es pas contre ! C'est une excellente nouvelle, fils. Je veux avoir rapidement des petits-enfants car je ne vivrai pas longtemps avec mon corps de mortel…

Le Roi évoquait la naissance de petits-enfants avec une tendresse surprenante mais sa voix tremblait à l'allusion de sa future mort. Touché par ces mots, Milo le ramena vers lui en attrapant son épaule.

— Je comprends désormais pourquoi tu es si pressé. Mais ne t'inquiète pas. Tu as le temps d'en avoir. Tu ne mourras pas demain. J'ai fait le serment de te protéger.

— Je préfère que tu rendes ma fille heureuse plutôt que tu te sacrifies pour moi. Alors évite d'en faire trop, veux-tu ?

Les deux hommes se bousculaient amicalement quand des hurlements aigus résonnèrent dans le hall.

À la porte de la salle d'entraînement apparut Séraphin. Depuis la réunification du royaume, l'homme, aux cheveux blonds comme les blés, avait troqué sa tenue noire de garde pour se parer d'une longue tunique crème ceinturée. Il occupait les fonctions de Conseiller du Roi.

Ce poste contrastait totalement avec ses anciennes activités, où le terrain détenait une place capitale. Mais l'ancien protecteur du Roi n'avait pas quitté ses habitudes pour autant car il continuait à s'entraîner dur et restait l'un des meilleurs combattants du royaume. Devenir Conseiller lui avait cependant permis de prêter une oreille attentive aux bruits de couloir, à ce qui pouvait se dire parmi les représentants du peuple. Ainsi, Almandin avait placé son plus fidèle homme de confiance à une place stratégique, lui permettant d'anticiper et de gagner de vitesse les diplomates qui lui étaient opposés.

— Almandin, Pim est devant le palais, prévint le Conseiller. Il demande à te voir.

— Je me disais bien avoir reconnu ces cris nasillards ! Pourquoi hurle-t-il comme une truie ?

— Les gardes l'ont ligoté en voyant la tenue des soldats de la Confrérie.

— Et tu ne leur as pas demandé de le relâcher ?

— Les soldats de la Confrérie sont les ennemis de Sa Majesté, répondit Séraphin, en effectuant une révérence excessive.

La plaisanterie amusa tout le monde, en dehors de Pyrrhos, toujours aussi taciturne. Le Roi eut un sourire moqueur.

— Les gardes ont mal fait leur travail, dit-il en tentant de reprendre son sérieux. La prochaine fois, veille à ce qu'ils le bâillonnent. Fais-le venir !

Séraphin fit signe aux gardes d'avancer vers l'entrée. Ils tenaient entre eux le pauvre Pim ligoté.

— Détachez-le et sortez, ordonna Almandin.

Les gardes s'exécutèrent. Pim tomba à genoux dans la salle. Les hommes le laissèrent là et repartirent effectuer leur ronde près de la Porte des mortels. Séraphin resta avec eux dans l'attente des nouvelles instructions.

— Votre Majesté, votre machine ne fonctionne pas ! argua Pim, en se trémoussant sur le sol. J'ai fait tout ce que vous m'aviez dit mais les soldats s'en sont pris à moi dès que j'ai eu foulé le sol du royaume !

— Hélas, c'est ce qui arrive parfois, s'excusa Almandin en haussant les épaules. Les machines sont imprévisibles, comme les hommes.

— J'aurais pu mourir !

— C'est une très bonne réflexion ! poursuivit le Roi, en levant un doigt. Mais fort heureusement, ça n'a pas été le cas. Je dirai à Gamerron de régler ça. Que nous vaut l'honneur de ta visite, mon ami ?

— Je sais où se trouvent les livres des origines.

— De quoi me parles-tu ?

— Les livres que vous avez donnés à cette mortelle,

Dame Margaret Cunningham et que la Confrérie a dérobés. Ils se trouvent à Pittsburgh.

De toute évidence, quelqu'un avait omis d'informer Almandin sur ce vol.

Il s'en retourna vers son frère.

— Je ne m'en souviens pas vraiment, affirma Pyrrhos.

— J'ai oublié de vous le dire, avoua Milo avec un sourire d'excuse.

— Tu deviens tête en l'air. C'est un signe. Tu es amoureux, lui lança Almandin, l'œil brillant de malice.

Le garde ne prêta pas attention à cette réflexion et préféra recentrer la conversation sur le véritable enjeu de la discussion, une manière pour lui d'éviter la question d'une possible histoire avec la fille du Roi.

— Les mortels préfèrent rester aveugles, dit-il d'un ton détaché. Ces ouvrages n'ont jusqu'ici servi à rien. La Confrérie révélera bientôt notre existence d'une autre façon et le peuple humain ne pourra plus nous ignorer.

— C'est bien là le problème, répondit Adel. La Confrérie va utiliser la manière forte.

— Nous n'avons plus de temps d'être diplomates, reprit le garde. Tu le sais.

— Sauf si nous les prenons de court, intervint Almandin. Mais pour cela, nous avons besoin de Miss Cunningham et de ces livres.

— Que comptes-tu faire avec ? demanda Pyrrhos, dubitatif.

— Expliquer moi-même aux hommes qui nous sommes. Ils ont besoin de nous voir et de nous écouter pour croire en nous. Ils ont besoin de savoir que nous existons pour les protéger. Si la Confrérie se met à attaquer leur communauté avant que nous n'ayons réussi à faire d'eux des alliés, ils perdront confiance en nous et Mylès se servira d'eux pour détruire l'équilibre en plongeant le Monde des Mortels dans le chaos.

— Tu n'as pas tort. Mais j'ai peur que ce ne soit déjà trop tard. La Confrérie se montre de plus en plus.

Les mortels commencent à nous voir. La folie gagne les hommes, lui fit remarquer son père.

— Il n'est jamais trop tard. Je parlerai au peuple des mortels aux côtés de Jason et de Miss Cunningham. Ensemble, avec les livres des origines.

— Tu n'as pas besoin de ces livres pour parler aux hommes, railla Adel, l'air moqueur.

— Non, mais j'ai besoin d'une excuse pour me dégourdir les jambes.

— Sa Majesté est dotée d'une intelligence remarquable ! s'écria subitement l'espion, resté à genoux face au Roi.

Obtenir tant de compliments de sa part était pour le moins suspicieux.

— Qu'est-ce que tu veux ? lui demanda sèchement Almandin.

— Revenir au royaume, Votre Altesse, pria Pim en rampant sur ses articulations pour s'approcher de lui. Cette Confrérie me donne la chair de poule... Ils vivent dans des caveaux avec des dévoreurs, des cymarans et des âmes. Je n'en peux plus d'entendre tous ces cris. Ils sont effroyables... Je vais devenir fou ! J'ai l'impression de vivre dans la Tour des Supplices, lorsque Sa Majesté n'avait pas encore vidé les lieux.

— Tu as récupéré la liste des sites où ils se rassemblent ?

— Non, je n'y ai pas accès... Mais...

L'espion lui attrapa les jambes et lui baisa les pieds. Une chose qu'aucun Siahnnas extérieur aux proches du Roi n'aurait osé faire par peur d'être châtié.

— Par pitié, Votre Majesté...

Almandin le repoussa avec dégoût devant les yeux amusés de ses amis, sans parvenir toutefois à s'en dépêtrer.

— Par Elohim, relève-toi Pim !

— Majesté, promettez-moi de me garder ici !

— Si tu me relâches !

Ayant obtenu satisfaction, l'espion se releva dans la plus grande joie. Le Roi épousseta ses vêtements et replaça son col en effectuant une grimace qui lui déforma tout le visage.

— Tu seras affecté à l'enceinte construite en bordure de la cité d'Esiah, décida-t-il. Séraphin va t'y mener.

Et il termina par un geste de la main lui indiquant la sortie.

— Oh, Sa Majesté est trop grande...

Séraphin se saisit du bras de Pim et l'emmena hors de la salle d'entraînement. Almandin retrouva un sourire éclatant.

— Ma fille avait besoin de passer ses nerfs. Je pense qu'elle doit être sur la place, en train de mettre à terre quelques soldats. Milo, rends-moi service, va donc la chercher avec Veland et rejoignez-moi à la porte Est. Nous partons pour Pittsburgh !

Les deux garçons commencèrent à s'éloigner quand le Roi ajouta :

— Et n'oubliez pas d'emmener aussi Myron !

À cette simple phrase Milo se figea.

— Nous n'avons pas besoin de lui, assura-t-il, le ton grave.

— On ne peut décidément plus avoir d'humour avec toi !

Le garde adressa un regard noir à Almandin et reprit la route avec le Prince Veland, d'humeur joviale. Une heure après, le groupe s'était formé et passait une porte pour rejoindre la ville de Pittsburgh.

6

LE QUARTIER DE PITTSBURGH

Almandin n'était pas retourné dans le Monde des Mortels depuis des jours. Une éternité. Le Roi éprouvait un besoin d'évasion, même s'il appréciait passer du temps avec la Reine. Néanmoins, il se sentait plus utile sur le terrain qu'assis derrière un bureau à écouter des doléances. Il retrouva son entrain d'autrefois dès qu'il sentit le vent frôler la peau de son visage. Cette sensation le stimula et lui offrit un regain d'énergie. Être né dans le Monde des Mortels lui avait donné le goût de la nature et de la nourriture, quasiment inexistant à Esiah. Cela faisait de lui un Siahnnas piégé dans un corps de mortel sans la faculté de voir le jour, un être partagé entre deux mondes. Il apprécia sa première bouffée d'air, chargée d'une odeur de terre humide. Le Roi l'aurait d'autant plus savourée s'il n'avait pas pour compagnie deux têtes de mule au caractère bien trempé, sans doute amoureux, mais qui ne se comprenaient jamais.

Anjali mettrait certainement du temps à pardonner le comportement de Milo. Ces deux-là ne s'adressaient plus la parole, si bien que le Roi décida de former deux équipes avant d'attaquer le quartier de la Confrérie, situé dans un vieil entrepôt de la ville. Il envoya son neveu et sa fille en éclaireurs. Milo et lui avançaient à leur suite, au fur et à mesure qu'ils dégageaient les lieux.

Les deux hommes attendaient patiemment un signe de leurs coéquipiers partis liquider des soldats, en haut d'une mezzanine. Le garde suivait leur progression avec attention.

— Cesse de regarder ma fille et concentre-toi sur ta mission, chuchota Almandin à l'intention de Milo.

— Tu savais qu'elle me battrait tout à l'heure. Combien de cours a-t-elle pris avec toi ?

— Assez pour devenir meilleure que toi en un temps record !

— Ce doit être une question de sang, souffla Milo, de mauvaise foi. Il est impossible d'apprendre autant de techniques en si peu de temps et de les maîtriser. Elle te ressemble de plus en plus…

— Que d'excuses ! Que crois-tu que nous faisions alors que tu partais guerroyer avec mon frère et mon neveu dans le Monde des Mortels ? Je n'allais pas rester les bras croisés à remplir de la paperasse. Maintenant que l'élève a dépassé le Maître, tu n'as plus besoin de la protéger. Il serait temps de passer à autre chose…

— Cela signifie surtout que ta fille n'a plus besoin de Maître. Myron n'a donc aucune utilité auprès d'elle.

— Je ne te connaissais pas aussi jaloux que ça ! lança le Roi, sur un ton provocateur.

— Je ne suis pas jaloux, mais objectif, affirma Milo en conservant son sang-froid.

— Depuis sept levers de voûte, tu ne fais que critiquer ce pauvre Myron très dévoué à notre cause. Tu viens régulièrement te plaindre auprès de moi. Si ce n'est pas par jalousie, alors pourquoi ? Il a de très grandes qualités. C'est un homme bon. Il ne mérite pas tes propos.

Le garde demeura silencieux puis répondit simplement :

— Je ne l'apprécie guère, voilà tout.

— Passe à l'action au lieu d'essayer de l'éloigner de ma fille ! J'ai l'impression que mes lettres ne t'ont pas beaucoup servi. À voir le temps que tu mets à te déclarer, je commence même à me demander si tu as déjà eu une relation avec une femme.

La voix d'Anjali gronda soudainement dans leurs oreilles :

— Éteignez donc vos oreillettes si vous ne voulez pas qu'on vous entende...

Milo plissa les yeux, éloigna l'écouteur de son oreille et éteignit le micro attaché sur son armure près de son cou.

— Ça aussi, c'était une idée de génie, Almandin, lui dit-il avec agacement.

— Ce n'est pas de ma faute si tu ne sais pas vivre avec ton temps, lui rétorqua le Roi en jouant l'innocent.

— Je me demande comment Mehiel fait pour te supporter...

— Je tiendrai ce secret bien gardé..., chuchota Almandin avec un sourire espiègle.

— Vous pouvez venir. Nous avons fini, annonça le Prince Veland au micro.

Le groupe se reforma après s'être débarrassé d'une quinzaine de gardes. Sans laisser le temps à la réflexion, le Roi créa deux nouvelles équipes.

Veland et Milo partirent en avant. Almandin resta cette fois-ci en arrière avec sa fille.

— Alors, cette conversation entre hommes ? lança Anjali, par curiosité, quand elle fut seule avec son père.

— Rien de plus que ce que tu as pu entendre.

— Tu as fait exprès de laisser ton micro allumé.

— Tout réside dans la stratégie, ma fille ! Je te l'ai déjà dit ! déclara Almandin avec une immense fierté.

— Mais je croyais que tu préférais que je m'unisse à Myron ?

— Non, je t'ai dit cela pour que tu fasses le contraire car c'est ce que fait toujours ta mère. D'ailleurs, elle en a soumis l'idée. Milo est l'homme qu'il te faut. Nous en sommes persuadés.

Plus une parole. Almandin se demanda pourquoi Anjali conservait le silence alors qu'il l'encourageait à se rapprocher de Milo. Il ne pouvait pas voir l'expression de son visage mais dans son cœur de père, il sentait sa fille perdue.

— Tu ne dis rien ? dit-il avec étonnement.

— Je ne sais plus quoi penser, avoua-t-elle, en touchant ses cheveux raccourcis à hauteur de la nuque. Comment as-tu su que maman était la femme de ta vie ?

— Elle me rendait fou et je la rendais folle. Je suppose que c'est toujours le cas...

— Alors tu as peut-être raison.

Le Roi lâcha un long soupir en s'appuyant sur son bâton à l'apparence d'une canne.

— Ton grand-père l'a élevé dans le seul but de te protéger. Il ne t'a jamais vue comme une femme, plutôt comme une mission. Il n'a jamais appris à aimer. Laisse-lui un peu de temps. Et puis..., poursuivit-il avec hésitation. Si tu veux un conseil de ton vieux père malgré sa jeunesse éclatante, ma fille, tu devrais lui montrer ce qu'est une femme. Je doute qu'il ait déjà eu une relation, si tu vois ce que je veux dire. Alors n'hésite pas à user de tes charmes.

— Papa !

Les joues de la jeune femme se colorèrent. Elle frappa doucement le bras de son père. Il en fut très amusé.

Tandis qu'il conservait un œil averti sur les formes rouges qui progressaient dans le quartier, une lumière apparut, plus petite. Elle se dirigeait vers eux.

À cette distance, Almandin ne distinguait pas très bien ce qui arrivait car la lueur était trop faible, mais il devait s'agir d'un Éduin, à en juger par la couleur bleue de sa silhouette.

— Âme bleue en haut des escaliers, prévint-il dans son microphone. Elle vient d'apparaître. Prenez garde.

D'un geste du bras, Almandin invita sa fille à le suivre. Ils s'approchèrent de l'âme bleue, en prenant garde d'estomper leurs pas. Le Roi la perdit de vue au second étage de l'entrepôt. Anjali entrevit seulement l'habit traditionnel des prétoriens, et de longs cheveux noirs de jais.

Au détour de deux galeries, Almandin lança son bâton à hauteur d'une tête. L'âme créa un rempart qui céda sous la pression du coup. Les deux hommes se confrontèrent.

— Bonjour Almandin, lui dit l'Éduin, dont le Roi reconnut la voix.

Il s'agissait de Jason.

— Jason, mon vieil ami ! s'exclama Almandin, ravi de le revoir, et il baissa son arme pour lui infliger une tape amicale dans le dos. Comment vas-tu depuis tout ce temps ?

— Aussi bien que toi, apparemment.

— Mais, que fais-tu ici ?

Un soldat de la Confrérie, caché derrière un large poteau d'acier, se jeta soudain sur eux. Le Prince Veland, arrivé sur les lieux avec Milo, lui envoya son bâton dans les pieds. Mais l'homme poursuivit sa course. Le Roi Jason le bloqua avec ses mains, réalisa une clé et le projeta contre la barrière de sécurité. Anjali termina le travail en l'assommant d'un bon coup sur le crâne. Pour une fois, Almandin n'eut rien à faire, à son grand désarroi. Il n'avait pas pu le voir en action, mais avait suivi le mouvement de la forme bleue apparaissant à ses yeux.

Jason ne l'avait pas habitué à tant de violence. Derrière la force sereine se cachait un homme aux multiples facettes et aux talents insoupçonnés. Le Roi Jason savait parfaitement bien se défendre à mains nues en combat rapproché.

— Quelle dextérité tu as ! s'étonna Almandin. Dommage que je n'aie pas pu voir ça ! Je ne te connaissais pas un esprit aussi combatif. Peut-être parce que je ne t'ai pas souvent côtoyé sur le champ de bataille.

— Il est vrai. J'envoie souvent Nolan pour le préparer à ses futures conditions de Roi.

— L'initiation de la nouvelle génération… Je fais de même, regarde donc.

Almandin passa en revue un par un les membres de son équipe – qu'il aurait su reconnaître malgré sa cécité –, d'abord Veland, puis Milo et Anjali :

— Je te présente la sagesse, le guerrier, et la malice.

Un trio qui marquera l'histoire de notre royaume, j'en suis certain.

— Autant que toi, je présume, fit Jason, d'un air taquin.

— Tout à fait !

Anjali haussa un sourcil. La malice lui aurait sûrement bien coupé la langue pour faire taire son incroyable prétention.

— Pourquoi n'es-tu pas venu avec Nolan ? demanda subitement Almandin.

— Il est resté à Odéon. Je suis venu vous apporter quelques nouvelles.

Almandin qui avait l'ouïe fine entendit soudain une sorte de tumulte imperceptible aux oreilles des autres. Les livres des origines devaient être dans cette direction.

— Tu m'en diras plus sur le chemin, lui dit-il avant d'ouvrir la marche. Les enfants, suivez-nous, nous partons en avant avec Jason.

Les garçons soupirèrent et suivirent sans objecter. Sa fille grogna entre ses dents en entendant le mot « enfant ». Forcé de les accompagner, le Roi Jason, quant à lui, se porta aux côtés d'Almandin :

— Nous avons trouvé l'avant-dernière émeraude. Comme tu nous l'avais suggéré, nous avons décidé de la poser sur le coffre sacré en présence du Maître Raïken. Il a demandé à obtenir le privilège de l'incruster sur le coffre, ce que je lui ai accordé. Cependant, le Maître Raïken a voulu s'échapper avec au lieu de l'insérer.

— Je doute qu'il ait pu partir aussi facilement avec cette pierre, dit Almandin en laissant glisser sa canne devant ses pieds pour avancer.

— Il n'a pas eu le temps de le faire.

— Ce qui paraît plus plausible.

Le Roi Lucifel ne tarda pas à parvenir à la même conclusion que Jason :

— Il existe deux explications. La première, le Maître Raïken cherche à gagner du temps, en nous empêchant de partir à la recherche des dernières pierres. La seconde est qu'il ne désire pas procéder à l'ouverture du coffre.

— Ces deux raisons ne sont pas incompatibles.

— En effet.

Almandin s'arrêta de marcher pour réfléchir, appuyé sur sa canne.

— Les plans de Mylès auraient donc changé. Il s'est aperçu qu'il pouvait arriver à ses fins sans faire appel au créateur, ou du moins, sans qu'il désapprouve ses actes.

— Je le crains.

— Tout en protégeant le libre arbitre des hommes dans ce cas.

— Les soldats engagés dans la Confrérie sont des volontaires. Celui qui tue ne peut être considéré comme un criminel si la victime connaissait les risques liés à son engagement. Quant aux hommes, ils ont toujours été attirés par l'immortalité. Peu importe les conditions dans lesquelles ils vivront si cela est une conséquence de leur choix.

Malheureusement, Jason n'avait pas tort. Et depuis neuf mois, neuf longs mois, Mylès avait eu l'occasion de rencontrer bon nombre de mortels pour les inciter à choisir leur camp.

— As-tu finalement posé la pierre sur le coffre ? demanda le Roi Lucifel avec inquiétude.

— Oui. La stèle de ton royaume révélera l'emplacement des dernières pierres.

Almandin esquissa un léger rictus. La réussite de leur mission dépendait exclusivement des révélations de la stèle. Mais plus important, Mylès, cet homme dangereux qui connaissait le royaume sur le bout des doigts, allait à coup sûr vouloir regagner le fleuve noir pour accéder aux informations de la stèle et contrarier leurs plans en les empêchant de rejoindre l'Eden.

Sans répondre, le Roi se remit en route en direction des bruits qu'il avait perçus précédemment, et le groupe le suivit dans le plus grand silence. Les plus jeunes portèrent une main à leur ceinture quelques mètres plus loin, quand ils entendirent des pas, des claquements de ferraille, des voix floues, semblables à celles des taverniers après trois ou quatre verres de bière. Au fond du couloir, derrière une porte d'acier, les insultes valsaient, entrecoupées de cris de joie, de sifflements et de bruits de chaises.

Almandin ouvrit grand la porte et pénétra dans un hall d'entrepôt où s'étaient regroupés une quarantaine de soldats, Éduins et Siahnnas, pour assister à un match de hockey retransmis en direct à la télévision. À côté d'eux, d'autres, moins nombreux, s'amusaient à courir derrière une canette à moitié défoncée qu'ils frappaient à l'aide de leur bâton transformé en crosse.

Certains comprirent qui venait d'entrer à la vue de l'armure étincelante d'Almandin porteuse du blason royal et de la perle pendant à l'oreille de Jason. Mais les trois quarts des effectifs, prisonniers du spectacle qui se jouait entre eux ou sur le grand écran de la salle, ne daignèrent même pas jeter un coup d'œil sur leurs nouveaux hôtes.

Sa Majesté le Roi Lucifel décida donc d'interrompre leur pause. Un vif coup de canne sur le sol et un toussotement attirèrent leur attention.

— Mesdames, Messieurs, nous nous présentons à vous, commença-t-il à dire avec des gestes très maniérés. Roi Jason du Royaume d'Odéon et Roi Lucifel du Royaume d'Esiah. Nous venons en paix.

La plupart des soldats de la Confrérie se levèrent aussitôt. Le signe de la main et le sourire forcé d'Almandin ne parvinrent pas à convaincre ces hommes de leurs nobles intentions. L'un d'eux se précipita vers l'alarme. Mais il n'eut pas le temps de donner l'alerte. Tel un chef d'orchestre, le Roi Jason exécuta un geste mélodieux du bras. L'esprit du vent souleva la pauvre âme. Le soldat termina son envol dans le mur.

— Nous cherchons les livres des origines, leur annonça l'Éduin. Pourriez-vous nous indiquer leur emplacement ?

— Si vous nous les donnez immédiatement, nous vous

assurons de ne pas saccager votre quartier et vous pourrez poursuivre votre si grande activité en toute quiétude, poursuivit Almandin.

Les soldats ennemis sortirent leurs lames de leurs fourreaux ou saisirent des flèches dans leur carquois.

— Je te parie que je mets plus d'hommes à terre que toi, murmura Almandin à l'attention de Jason.

Un soupir de lassitude se fit entendre parmi les jeunes apprentis, restés derrière les deux Rois.

— Et c'est reparti, souffla Milo, en passant sa lame derrière sa tête pour s'étirer les épaules.

Veland planta son bâton dans le sol.

— Jason ne jouera pas à ce jeu-là, assura-t-il.

— Et pourtant, tu es prêt à les laisser se battre devant toi pour admirer leur combat, rétorqua Anjali, bras croisés. Mon père gagnerait de toute façon.

— J'en suis moins sûr que toi, répliqua, jovial, son cousin.

On put voir se dessiner, sur les lèvres du Roi Éduin, un sourire presque imperceptible. Et lorsque l'un des Siahnnas décocha la première flèche, le Roi Lucifel s'élança dans la foule d'ennemis. Jason dévia le trait et partit combattre du côté opposé de la salle, ne laissant ainsi aucune possibilité aux hommes de s'échapper. Les plus jeunes gardaient l'entrée.

Anjali compta le nombre de soldats à mettre à terre et si le chiffre était exact, avant que les premiers ne tombent sous la lame de son père ou ne soient renversés par des esprits de la nature, aucun des deux hommes n'aurait pu sortir victorieux de ce défi.

— Il peut y avoir égalité, dit-elle. Ils sont en nombre pair.

Milo envoya subitement son bâton dans la tête d'un soldat, lequel s'affala sur le sol, assommé.

— Problème réglé, répondit-il. Une autre suggestion, Princesse ?

— Tu ne m'as plus appelée ainsi depuis le jour où j'ai compris ce que cela impliquait d'être la fille du Roi.

Le chef de la garde l'observa un instant, lèvres scellées, mais elle plongea ses iris ambrées dans ses yeux clairs. Pour ne pas montrer sa gêne, il détourna aussitôt son regard d'elle et se concentra sur la bataille.

Les deux Rois terminaient de mettre à terre leurs opposants quand Almandin reçut un appel de son frère Pyrrhos, par ce lien qui les unissait tous deux depuis l'échange de leur bâton. Les deux frères avaient travaillé ce don durant neuf mois pour établir un contact continu entre eux. Cette liaison indestructible, en dehors de la mort d'un des deux hommes, leur permettait de voir ou de ressentir ce que l'un décidait de transmettre à l'autre par le biais des pensées, de se relayer aux points stratégiques les plus importants sans jamais se perdre de vue.

Sous l'emprise de sa vision, le Roi Lucifel lâcha son bâton. Et Jason dut bloquer l'arme d'un membre de la Confrérie, qui s'apprêtait à profiter de cet instant d'inattention pour lui donner le coup de grâce.

Les images envoyées par Pyrrhos concernaient Mehiel. Le Roi l'avait vue un bref instant, allongée sur son lit, grimaçante, en proie à la souffrance, entourée des femmes du palais. Elle était, semblait-il, en train d'accoucher.

— Anjali ! cria-t-il, après avoir retrouvé ses esprits. Ta mère va donner naissance.

Sa fille sauta au-dessus de la rambarde et le rejoignit en hâte, au milieu des soldats ennemis gisant à terre. Il récupéra sa lame tombée à ses pieds et se redressa de toute sa hauteur.

— Je ne peux pas rester, dit-il pour Jason. Ce fut un plaisir de partager ce combat avec toi, mon ami. Tu as gagné, mais la prochaine fois, ça ne sera pas si facile. Je te tiens informé dès que nous nous rendons à la stèle.

— Je m'occupe des livres des origines, répondit Jason, et il serra son épaule, un sourire illuminait son pâle visage. Prends soin de Mehiel et de votre enfant.

— Nous n'avons malheureusement pas eu le temps de terminer notre conversation. Nous devons révéler notre existence aux mortels. Il est grand temps. Mylès a pris trop d'avance sur nous.

— Les mortels surveillent Miss Cunningham. Ils viendront certainement la chercher. Ce serait l'occasion idéale pour effectuer un premier contact.

— Si c'est mon soutien que tu étais venu chercher, tu l'as. Tu peux parler en mon nom.

Almandin frappa amicalement son dos, les yeux remplis de joie et d'excitation. Puis il secoua légèrement sa fille, tout aussi impatiente à l'idée de découvrir le nouveau petit être qui allait bientôt entrer dans leur vie.

— Les garçons ! cria Almandin en se retournant vers Milo et Veland. Je vous laisse ramasser ces soldats. Ramenez-les à la Tour des Supplices et rejoignez-nous au Cianath !

7

SHAYTAN

Almandin et Anjali furent accueillis par Adel sur la grande place d'Esiah. L'ancien Monarque affichait un visage éclatant de bonheur. L'enfant n'était toujours pas né et le Roi Lucifel, des plus enthousiaste et nerveux, insista pour rejoindre immédiatement la salle d'accouchement sans prendre la peine de se changer.

Le visage noyé sous la sueur, Mehiel se mordait les lèvres pour ne pas crier mais les contractions étaient fortes et l'enfant poussait sans cesse. Le corps du bébé, plus gros que celui d'Anjali à sa naissance, tirait sur ses entrailles avec une telle énergie que Mehiel en broya la main d'Anya.

Maria et Shimei attendaient patiemment la venue de la tête mais rien n'apparaissait encore. La Reine put lire dans leurs yeux une inquiétude grandissante, et voir les pulsations du sang qui battait dans ses veines. Almandin s'agenouilla à ses côtés, embrassa son front et demanda à Anya de lui laisser sa place. Il attrapa les mains de sa femme et les serra fort.

— Je suis là, mon amour, ne crains rien, dit-il avec un sourire. Tout va bien se passer.

— J'ai peur Almandin... C'est plus dur... que pour Anjali...

— Mais nous y arriverons, à deux.

Il caressa son front, dégagea des mèches de cheveux collées à sa peau et l'embrassa encore.

— Vois-tu Anjali, elle est déjà grande, murmura-t-il avec douceur. Dans quelques minutes, nous aurons un autre enfant. Et tu n'y penseras plus. Je sais que c'est dur. Je le sens. Mais plus tu auras peur, plus tu auras mal. Fais-moi confiance...

Mehiel répondit par un sourire crispé et emmêla ses doigts à celui du Roi avant de reprendre son souffle. Une nouvelle crampe, plus puissante que la précédente, lui arracha un gémissement. Une surface lisse et ronde, parsemée de petits poils courts, apparut enfin entre ses jambes.

— Pousse ! cria Maria.

Les yeux brillants de larmes, Mehiel courba le dos et poussa, poussa encore comme elle put, aidée d'Almandin qui la retenait par les épaules et bientôt, ce fut la délivrance. La chair s'étira, se déchira, et le corps de l'enfant tomba dans les bras de Shimei, nimbé d'un liquide visqueux. Maria l'entoura d'un linge pourpre et dégagea sa bouche. Les cris de l'enfant illuminèrent le visage d'Almandin, émerveillé par ce miracle de la vie. Il déposa la Reine épuisée sur son lit, embrassa une dernière fois son front et s'en vint auprès du bébé, manquant de trébucher.

— C'est moi qui coupe !

Il attrapa les ciseaux que Shimei s'apprêtait à saisir et se retourna vers le bébé que Maria portait tout contre elle. Elle découvrit son sexe. Il s'agissait d'un garçon. Le Roi en fut encore plus réjoui.

— Nous avons un fils !

Et il examina son enfant du bout du doigt, n'osant pas trop le toucher. Sa peau fripée était plus claire que celle d'Anjali. Almandin resta bouche bée face au fruit de son amour.

Sa fille, chez qui la joie se doublait de la crainte d'un enfantement, demeura immobile.

— Je ne veux pas avoir... d'enfants...

— Tu dis cela, mais tu en voudras à ton tour, répondit Maria avec un sourire tendre.

Le Roi saisit le cordon et le coupa avec une grande fierté. Maria partit rapidement laver l'enfant dans un bénitier rempli d'eau tandis qu'Almandin se rapprochait de la Reine pour déposer ses mains sur son ventre encore bien rond. Le visage de Mehiel, auparavant crispé de douleur et de fatigue, se détendit.

— Merci, dit-elle d'une voix affaiblie.

— Tu dois te reposer. Je vais m'occuper du bébé.

— Tu vas surtout vouloir le montrer à tout le monde, répondit la Reine avec un sourire.

— Oui, car tu m'as donné le plus beau bébé du monde...

Il caressa doucement la joue de sa femme. Jamais il n'avait été aussi heureux.

Maria porta enfin l'enfant entouré d'un linge propre à ses parents. Les yeux humides, Almandin l'accepta dans ses bras puis le déposa sur la poitrine de sa femme. La Reine le berça pendant que les femmes évacuaient les draps souillés de sang.

— Un garçon..., soupira-t-elle. Tu désirais tellement avoir un garçon...

— Parce que nous avons déjà une fille.

Almandin découvrit le corps de son enfant et l'observa de plus près. Il ressemblait à celui des humains mais il lui manquait l'attribut des mortels nécessaire à l'alimentation.

— C'est un Siahnnas. Je suis content.

— Tu dois vouloir le montrer au peuple entier maintenant qu'il est né, se moqua gentiment Mehiel. Porte-le à ton père mais fais attention à lui.

— Jamais je ne pourrais lui faire de mal ! C'est mon fils !

Le Roi l'emmitoufla dans son manteau pourpre, le cala contre son torse et marcha lentement jusqu'à la porte, les yeux rivés sur ce petit être fragile qui ne criait plus mais faisait de grands mouvements de bouche.

— J'ai un fils ! hurla-t-il quand la porte s'ouvrit.

— Tu parles tellement fort qu'on le sait déjà ! répliqua son père. Montre-le-nous, au lieu de criailler.

La nouvelle de l'accouchement avait attiré ici tous les proches du couple : la famille royale dans son intégralité et leurs plus fidèles amis, Gamerron, Fandor, Séraphin, Katell, leur fils. Tous étaient présents pour l'événement et attendaient patiemment de pouvoir admirer l'enfant. La pauvre Katell, plus petite que les autres, se dressait sur la pointe des pieds pour le voir. Le Roi découvrit avec délicatesse son fils et l'exposa à tous. Cela donna lieu à une démonstration de joie.

— N'est-il pas magnifique ? s'exclama Almandin. C'est mon fils !

— Nous avions compris, lui fit remarquer Gamerron sur un ton plaisantin. Mehiel va-t-elle bien ?

— Oui, elle va se reposer. Et moi, je vais m'occuper de mon fils ! Déroulez les banderoles !

— À vos ordres, Votre Majesté !

Samael courut jusqu'au balcon et détacha les liens entourant d'immenses pans de tissu pourpre d'une centaine de mètres de long qui descendirent en cascade vers les toitures des maisons. Les premiers soldats à les voir répandirent la nouvelle dans tous les quartiers. Quelques désignés furent missionnés pour prévenir les autres cités. L'armée entière leva les armes vers le ciel et cria à la victoire.

— La nouvelle va remotiver les troupes ! se réjouit Adel en entendant le grondement des soldats.

— Et moi, je suis le plus heureux des hommes, avoua son fils.

L'enfant tendit son bras en avant. Le Roi lui donna naturellement son doigt. Son fils le serra dans son poing. Almandin le contempla de ses yeux éblouis, ce petit être si frêle, si magnifique, potelé par endroits. Il l'aimait déjà plus que tout au monde. Un seul sourire sur son visage bouffi faisait chavirer son cœur. Mais il sentit soudain les os de son doigt craquer sous la main si minuscule de son fils. La douleur fut si intense qu'il en devint blême. Almandin réprima un cri, bouche grande ouverte.

— Mon doigt… mon doigt…, bafouilla-t-il avec affolement. Dégagez… Enlevez… Prenez-le… Mon doigt…

Adel éclata de rire et posa son index sur le front de l'enfant. Le petit lâcha le doigt de son père, cassé en plusieurs morceaux. Almandin mit son fils dans les bras de la première personne qu'il vit sur le coup : son frère Pyrrhos.

— Espèce d'idiot, pourquoi me le donnes-tu ?

— Il m'a cassé le doigt, ce monstre ! cria Almandin en agitant sa main.

Se soignant rapidement, il observa son fils avec un autre regard, moins enjoué cette fois, celui d'un homme apeuré. L'enfant avait une force surhumaine, de quoi plier en deux une barre de métal entre ses doigts. Il pleura quand son père recula, saisi d'angoisse.

— La force des Rois…, murmura-t-il. Il est pourvu de ton don, père…

Adel confirma d'un mouvement de la tête en récupérant l'enfant qu'il berça contre son cœur. Le bébé cessa de s'agiter.

— Cela s'explique facilement. Ton fils est le futur héritier de la couronne.

— Mais… S'il fait du mal à sa mère ? Je ne peux pas le laisser avec elle…

— Si, tu peux. Les enfants nés avec ce don n'agissent ainsi qu'avec leur père. Ils savent qu'ils peuvent soigner leurs blessures. Ils le sentent. C'est un peu… comme un jeu, dit l'ancien Roi en caressant la joue de son descendant. J'étais ainsi étant petit.

Ces paroles ne rassurèrent pas pour autant Almandin. Il baissa les épaules, l'air las.

— Qu'ai-je fait à Elohim pour mériter autant de problèmes ?

— Tu es maudit, mon fils, je te l'ai toujours dit ! Comment désirez-vous l'appeler ?

— Je lui ai trouvé un nom qui lui siéra parfaitement ! Shaytan !

— Le nom donné à Satan ? s'étonna Fandor.

— Oui, un nom qui fera sa renommée. Je poursuis ainsi la tradition des enfers. Il ne lui manque plus que les cornes, d'ailleurs...

— C'est à toi qu'on devrait les mettre !

Mehiel s'était levée avec l'aide d'Anya. Les deux femmes se tenaient debout à l'entrée. La Reine jugea Almandin d'un regard furieux. Le Roi prit un air innocent :

— Ma chérie, tu ferais mieux de retourner te coucher !

— Pas avant de récupérer notre fils !

— Mais c'était une plaisanterie, voyons !

— De très mauvais goût ! Cet enfant n'est pas un jouet ! Mettez-le dans son berceau !

Le Roi se retourna vers son père.

— Tu as entendu la Reine ? Allez, du nerf. Avant qu'elle ne me tue...

Adel le porta alors dans la chambre. Mehiel pinça l'oreille d'Almandin.

— Tu reparles encore une fois de notre enfant de cette façon et je ne te laisse plus le toucher.

— C'est promis ma chérie, je ne le ferai plus, s'excusa-t-il avec une mine désolée. Tu m'as donné le plus merveilleux des enfants. Mais tu es fatiguée et je veux que tu te reposes.

Il la souleva par surprise et la porta dans ses bras. Mehiel se pendit à son cou.

— On ne peut décidément rien te refuser...

— Parce que je suis le Roi !

La déposant sur le lit, à côté de leur fils, il caressa son visage arrondi par la grossesse. Son père les laissa seuls, refermant la porte derrière lui.

— Tu m'as offert le plus beau cadeau qu'une femme puisse donner à un homme, souffla le Roi. Je te promets de le protéger quoi qu'il puisse arriver, tout autant que je le ferai pour Anjali.

— Shaytan, c'est un très joli prénom si on ne connaît pas ses origines, dit-elle avec amour. J'accepte qu'il porte ce nom. Je sais que tu seras un très bon père car tu l'es déjà pour notre fille. Mais tu sais, ce n'est encore qu'un nourrisson. Les enfants ressentent les émotions de leurs parents. Je ne veux pas que tu aies peur de lui.

— Je n'ai pas peur de lui... C'est seulement... que j'ai peur pour toi.

— Il ne m'arrivera rien.

— De toute manière, mon enfant, tu ne pourras pas toujours la protéger.

Mésilande se posa au-dessus du berceau et examina l'enfant. Almandin ne l'avait pas vue de la semaine, elle qui ne le quittait jamais auparavant, trop curieuse pour rater l'occasion d'écouter aux portes.

Soudain, le phœnix arracha une plume de ses ailes et l'enfonça dans la bouche de l'enfant à l'aide de son bec comme il aurait nourri des oisillons. Le nourrisson grimaça et se mit à pleurer tandis que la plume disparaissait au contact de sa langue.

Almandin se leva dans la précipitation et dirigea sa main contre son oiseau pour le chasser du panier de bois.

— Mais qu'est-ce que tu fais !

Mésilande rejoignit le lit et plongea ses grands yeux de saphir dans ceux de la Reine.

— Ton fils régnera quels que soient les événements.

Mehiel demeura sans voix. Ce rituel, cette plume de feu que son fils avait bu, avait fait grandir dans ces yeux une lueur d'inquiétude. Elle semblait chercher un sens aux derniers mots prononcés par l'oiseau. Ils sonnaient comme une prophétie de mauvais augure.

— Ce n'est rien, la rassura Mésilande. Une simple coutume quand naît un héritier. Toutes mes félicitations. J'ai hâte de pouvoir le servir à son tour.

— Pourquoi lui as-tu donné cette plume ? demanda le Roi en l'attrapant par le gosier.

— J'aurais dû le faire pour toi. Cela t'aurait évité de mourir une première fois.

— Une première fois ? répéta la Reine. Qu'est-ce que ça veut dire ?

Almandin relâcha son oiseau.

— Tu ne m'attires que des ennuis, imbécile !

L'oiseau agita les ailes et repartit de la chambre par une ouverture percée haut dans le mur. Le Roi se pencha au-dessus du berceau, préoccupé par la santé de son fils. Heureusement, le bébé se portait bien et se calma au seul effleurement de sa joue.

Mehiel passa ses bras autour de la taille d'Almandin.

— De quoi parlait-elle ?

— Les visions ne disent pas toujours la vérité. N'écoute pas les dires de cet oiseau de malheur.

— Quelles visions ?

Le Roi repensa à son reflet dans le fleuve noir, celui d'un jeune homme au visage blanc et aux cheveux noirs, comme ceux de son père, avec des yeux verts mais plus sombres que les siens. Mehiel ne devait pas savoir.

— Ça n'a pas d'importance. Ne t'inquiète pas...

— Je t'aime. Je ne veux pas te perdre.

— Nous resterons ensemble, c'est une promesse que je te fais.

Le Roi enlaça sa femme, la porta jusqu'au lit et s'allongea à ses côtés. Mehiel caressa son front, ses joues puis ses lèvres avant d'y déposer un baiser.

— Je sais que tu as peur de l'avenir, dit-elle. Tu deviendras vieux tandis que je resterai jeune. Mais je ne m'en soucie guère. Je t'aime. C'est tout ce qui compte.

— Tu dis cela, mais ça ne sera pas pareil quand je commencerai à avoir des cheveux blancs. Si je ne meurs pas avant faute de perdre peu à peu ma vigueur au combat.

— Je t'ai attendu durant vingt-cinq ans. Ce n'est pas pour te perdre encore une fois. Je resterai avec toi... jusqu'à la fin.

Sa voix s'estompa. Elle ferma les yeux et se lova contre lui.

Almandin l'embrassa sur le front.

— Jusqu'à la fin…

Son fils s'était assoupi, aussi paisiblement que la Reine, cramponnée à son veston. Lentement, il se dégagea d'elle et s'assit sur la chaise, tout près du panier de bois. Almandin fixa les êtres les plus précieux à ses yeux avec une once d'inquiétude car la nouvelle de l'accouchement ne tarderait pas à franchir les frontières du royaume. La naissance de l'héritier du trône, voulue par Elohim, représentait un espoir pour le peuple Siahnnas mais une menace pour la Confrérie des Morts. Le Roi craignait que l'organisation ne veuille éliminer son fils afin d'anéantir la monarchie.

Mésilande partageait sûrement son opinion. Le rituel de la plume ressemblait à celui du sang, versé en sacrifice lors des incantations destinées à obtenir les faveurs du créateur pour briser les limites des pouvoirs du bâton sacré comme de l'âme. Peut-être avait-elle voulu protéger son enfant en établissant un lien matériel avec lui, par le don d'une partie de son corps ? Almandin ne pouvait faire que des suppositions. À son habitude, l'oiseau préférait conserver ses secrets. Cela devenait pesant.

Le Roi resta assis des heures à les contempler, puis il s'endormit, une main posée dans le berceau de son fils.

8

LA LEVÉE DES ARMÉES

Le Seigneur Mylès, sa mère et la Princesse Satya avaient élu domicile au quartier principal de la Confrérie. Chaque semaine, sa position changeait à travers le monde, passant de l'Asie à l'Europe, à l'Afrique et au continent américain. L'alliance des deux Royaumes des Morts avait tout juste réussi jusqu'ici à débusquer quelques quartiers désaffectés en suivant les traces des supposés membres les plus haut placés proches de l'ancien Conseiller.

Le Maître Raïken avait fait l'objet d'une bonne filature mais échappait toujours à leur vigilance. Instruction lui avait été donnée de franchir un nombre incalculable de vortex avant de passer la dernière porte menant au quartier principal. Mylès, qui plus est, savait disparaître sans laisser de traces ou tout juste en laissait-il assez pour mener l'alliance vers une autre piste. Un émissaire de confiance apportait régulièrement au Maître Raïken la dernière position de Mylès. C'est ainsi qu'ils procédaient.

Après son échec cuisant pour conserver l'avant-dernière émeraude, le Maître Raïken n'eut pas d'autre choix que d'en avertir l'ancien Conseiller, et il gagna sans plus tarder sa résidence temporaire à Rio.

Le quartier ne regroupait qu'une poignée d'hommes et de femmes, tous siahnnas, des guerriers chevronnés, capables d'exterminer tout ennemi de leur nouveau maître, Mylès. Comment les avaient-ils contraints à le servir ? Même Raïken ne le savait pas mais ces hommes lui étaient fidèles au-delà de l'honneur et du sang.

Le plus terrible d'entre eux, Vargas, gardait une porte devant laquelle Raïken fut stoppé net.

— Laissez-moi passer, dit-il face à l'homme à l'allure imposante. Je dois m'entretenir avec le Seigneur Mylès.

— Le Seigneur Mylès est actuellement occupé, répondit le garde.

— J'ai des informations de la plus haute importance à lui confier.

— Alors il vous recevra d'ici peu.

La carrure singulière du dénommé Vargas fit reculer le Maître Raïken. En attendant que la porte s'ouvre, il marcha mécaniquement devant elle, l'air soucieux.

Vingt minutes plus tard, les huisseries grincèrent et il se retourna d'un coup.

Trois hommes et deux femmes sortirent de la salle. Ils n'avaient pas l'air de Siahnnas ni d'Éduins. Leurs vêtements, cousus dans des textiles de coton et de lin, des costumes très cintrés, aux couleurs classiques, leur conféraient une allure de mortel. Le Seigneur Mylès leur parla en une langue étrangère, l'anglais, langue que Raïken maîtrisait fort bien. Leur discussion portait sur la tenue d'une nouvelle réunion avec d'autres mortels dans dix jours.

Mylès aperçut Raïken et, sans le présenter, le fit entrer dans la salle tandis que les mortels s'éloignaient.

Le Maître se retourna deux fois vers eux avant que la porte ne se referme :

— Avec qui étiez-vous en train de discuter ?

— Des mortels, qui auront un rôle majeur dans la poursuite de notre plan, expliqua Mylès en lui désignant un siège. Je vous en avais parlé il y a peu. Une rencontre en votre présence est déjà prévue. Je tiens à ce que vous soyez au cœur de cette collaboration.

Puis il posa sur lui des yeux bleus glaçants, très intimidants.

— Pourquoi vous êtes-vous déplacé, Maître Raïken ? Vous semblez inquiet.

Raïken faillit manquer son siège en s'asseyant. Il se rattrapa de peu à la table tandis que Mylès prenait place à ses côtés.

— Le Roi Jason a posé l'avant-dernière pierre sur le coffre sacré, soupira le Maître. Il a compris que je l'avais dupé. Je suis condamné à mort…

Mylès ne bougea pas d'un cil, son regard de glace plongé dans le sien. Il n'était pas homme à compatir à son sort. Le voir périr aurait même été avantageux pour lui.

— Je pensais que vous alliez subtiliser la pierre.

Le ton n'était pas celui du reproche mais on sentait dans son expression impassible qu'il n'appréciait pas cette nouvelle. L'erreur commise allait précipiter les événements qu'il avait tant pris soin de planifier.

— Le Roi a compris mon intention, reconnut Raïken. Il m'a chassé des lieux.

Imperturbable, Mylès ne laissa échapper aucun soupir, ne manifesta aucun mépris, aucune colère. Il se faisait sans doute assez confiance pour changer ses plans et parvenir tout de même à atteindre ses objectifs.

— Le Roi Jason a rejoint le Roi Lucifel dans le Monde des Mortels, dit-il en pleine réflexion. Sans doute se sont-ils entretenus à ce propos.

— Le Roi Lucifel, me dites-vous ?!

— Ils ont attaqué tous deux le quartier de Pittsburg et repris les livres des origines que nous avions cachés. Quarante-deux de nos soldats ont été faits prisonniers.

— Le Roi Lucifel n'était pas apparu depuis des mois. Peut-être a-t-il décidé de venir car son frère ne peut plus combattre. Le Roi Pyrrhos aurait a priori été touché à de multiples endroits par une quinzaine de gardes, comme vous devez le savoir, puisque vous dirigiez cette opération.

— Oui, mais je suis certain que le Roi Pyrrhos doit être en forme aujourd'hui. La famille royale a en effet reçu le don de guérir facilement des blessures les plus graves.

— Et comment font-ils ?

— Le Roi Lucifel est pourvu d'un pouvoir thaumaturge

qui lui permet de soigner ses blessures et celles de ses proches.

Raïken redressa le dos, l'air abasourdi :

— Le pouvoir de soigner les blessures ? Il est donc plus puissant que nous le pensions !

— Cela ne fait pas de lui un être immortel pour autant.

— Mais un danger pour la Confrérie !

Mylès conserva son masque d'impassibilité. Ce n'était pas une simple façade. Il demeurait inébranlable, quels que soient les événements, quels que soient les retournements de situation ou la puissance de ses ennemis. Rien ne lui faisait peur et cela en faisait un homme à part, à la fois craint et admiré de tous ses partisans.

— Cet homme ne voit rien dans le Monde des Mortels, dit-il. N'oubliez pas qu'il n'est plus un Siahnnas. Son corps est celui d'un mortel aveugle. Il n'a pas perdu toutes ses capacités mais vous n'avez aucune crainte à avoir.

— Vous paraissez bien sûr de vous.

— En effet, car le Roi est bien moins fort qu'auparavant et nous le serons bientôt plus que lui.

Mylès tira une chaîne de son cou. En son centre pendait une petite loupe contenant un liquide rougeâtre. Il la dégagea des maillons puis la laissa glisser sur la table jusqu'aux doigts du Maître Raïken.

— Cette fiole contient le sang des Rois.

— Le sang des Rois ?!

Les yeux pétillants d'avidité, le Maître Raïken s'empressa de porter la fiole à hauteur de ses yeux et chercha à découvrir chaque nuance du liquide sous l'éclat des néons.

— Oui. Elohim a offert aux premiers-nés de la famille royale un sang différent du peuple siahnnas, expliqua Mylès. Il permet à son possesseur d'assimiler deux fois plus d'énergie que toute autre personne en un instant donné.

— Mais alors… Maintenant que le Roi Lucifel est devenu mortel, il ne doit plus porter ce sang…

— Non. Mais Elohim l'a fait renaître avec ce pouvoir, à moins que sa puissance actuelle, bien qu'amoindrie depuis sa renaissance, ne soit due qu'au bracelet sacré dont il est l'actuel possesseur.

Raïken détourna son regard de la fiole et se perdit dans ses pensées en comprenant que le Roi Lucifel serait bien moins puissant s'il perdait le bracelet sacré aux incroyables pouvoirs.

— Et cette fiole… Elle contiendrait donc ce sang, c'est bien cela ? dit-il avec grand intérêt.

— C'est bien ce que vous avez entendu.

— Mais… Comment l'avez-vous eu ?

— L'important n'est pas de savoir comment je me le suis procuré mais comment l'utiliser à notre avantage.

— Expliquez-vous.

— Il existe une légende inscrite dans le livre sacré d'Esiah. Celle-ci annonce la levée d'une armée élue par le créateur pour défendre ses intérêts, une armée toute-puissante qui exterminerait son ennemi grâce à des pouvoirs semblables à ceux des Rois.

— Une armée… porteuse de leur sang…

— Vous avez tout compris.

Raïken observa de nouveau la fiole qu'il manipulait entre ses doigts. Au-delà de la curiosité, ce liquide lui inspirait de la crainte, car la levée d'une armée pourvue d'une telle puissance présageait un conflit meurtrier aux conséquences dévastatrices.

Un poing martela soudain la porte d'entrée. Il sursauta.

Mylès partit lui-même ouvrir. C'était le ténébreux Vargas qui avait fait montre de toute sa force pour annoncer une visite. La Princesse Satya fit alors son apparition dans l'embrasure, suivie d'une vieille dame petite et fluette, dont le visage, couvert de rides, révélait son âge avancé.

Raïken se leva aussitôt et les salua d'un mouvement de la tête.

— Princesse Satya. Dame Philea. Nous ne nous étions pas vus depuis fort longtemps.

La vieille femme hocha la tête. Après des échanges de convenance, Mylès lui tendit le bras et l'accompagna jusqu'à sa place car elle éprouvait bien du mal à marcher. Elle semblait affaiblie. Sa bouche lâcha un petit cri sourd quand elle parvint à s'asseoir. Non sans difficulté.

Quel âge avait-elle au juste ? Les Siahnnas atteignaient rarement cette période de la vie où les muscles et les os devenaient vulnérables au point de rompre.

La Princesse Satya occulta soudain la vue de Raïken et s'installa à son tour autour de la table. Elle nargua Raïken d'un mauvais œil avant d'afficher un sourire factice.

Mylès reprit alors ses explications, debout derrière le siège de Philea.

— Les pouvoirs extraordinaires des Rois sont dus à un simple phénomène biologique. Le sang de la lignée royale contient une substance, transmise de génération en génération, qu'il est possible d'extraire et d'injecter dans le corps de tout Siahnnas. La force de nos soldats sera alors décuplée.

— Cette substance, pourrait-elle servir pour les prétoriens ? demanda Raïken.

— Malheureusement non. Elle ne peut être appliquée qu'aux Siahnnas puisqu'elle sert à capter une plus grande quantité d'énergie sous forme de peurs.

— Êtes-vous sûr qu'il n'y aura aucun risque pour vos soldats ?

— La procédure n'aura que des avantages.

Il y eut un silence.

Raïken n'en tirerait aucun avantage pour la population éduinne, si ce n'est que la Confrérie décuplerait sa force de frappe et parviendrait à mieux protéger ses positions. Après tout, qu'avait-il à perdre maintenant qu'il avait brisé le pacte passé avec Jason ? Son seul espoir de survie résidait dans la recherche des dernières pierres sacrées. Et pour les retrouver avant lui, il devait compter sur l'expérience de Mylès et sur les Siahnnas ralliés à leur cause.

— Nous connaissons déjà les différences existantes entre nos manières de combattre puisque nous ne sommes pas à l'origine un peuple offensif, finit-il par dire. Alors j'accepte que vous procédiez à ces injections. Je doute cependant que cela permettra de défier le Roi Lucifel. N'oubliez pas qu'il possède encore le bracelet sacré.

— Il ne l'aura plus pour très longtemps si nous réussissons à lui prendre le calice. La Princesse Satya est susceptible de porter le bracelet étant donné sa parenté.

À l'évocation de son nom, Satya passa une main dans ses longs cheveux noirs d'ébène et ses yeux prirent l'apparence d'amandes. Derrière la douceur de sa grande beauté se cachait une prédatrice redoutable dont la morsure se révélait bien souvent fatale. Raïken se méfiait d'elle plus que de Mylès.

Satya symbolisait malgré tout le futur des Siahnnas. Fille de Roi, elle pouvait prétendre à son héritage et au titre de Reine : une belle représentante portée au sommet par un homme des plus intelligents. Voilà ce que tout le monde pensait d'elle. Mais pour parvenir à l'élever à ce rang, il lui fallait récupérer les pouvoirs du fabuleux bracelet. Un obstacle de taille se dressait devant eux : le Roi Lucifel gardait secret l'emplacement du calice.

— Comment comptez-vous le leur prendre ? reprit le Maître. Il faudrait que le Roi emmène le calice dans le Monde des Mortels, ce qu'il ne fera jamais, ou vous rendre au Royaume d'Esiah. Mais ils nous bloquent l'accès. Un seul lien existe aujourd'hui entre nos mondes, une porte dont la clef se trouve être au doigt du Roi ! Et si le Roi ne porte pas lui-même la bague, il la confie à son plus fidèle et puissant serviteur. Il s'agit souvent de son frère ou du Seigneur Milo. Vous connaissez sa réputation. Ce bijou est mieux protégé que le calice lui-même.

Il secoua la tête et se massa le visage :

— Même si nous parvenons à entrer dans le Royaume d'Esiah, le Roi ne nous dira jamais où se trouve le calice, à moins de le persuader de nous le donner. Mais il préférerait se sacrifier !

Alors que le Maître s'emportait, Mylès restait calme et détendu.

— Même les Rois ont des points faibles, assura-t-il. Il suffit de le connaître. En tant qu'ancien Conseiller du Roi, je peux vous assurer que le Roi Lucifel en a un. Je réussirai à entrer dans le royaume.

Raïken posa ses coudes sur la table et mit son visage dans ses mains réunies. De ses narines jaillit un long soupir de résignation.

— De toute manière, nous n'avons pas vraiment le choix, dit-il, les yeux perdus dans le vide. La stèle du Royaume d'Odéon a indiqué que la stèle du Royaume d'Esiah dévoilerait l'emplacement des deux dernières pierres. Il faut nous rendre au Royaume d'Esiah, j'en ai bien peur.

— J'en fais mon affaire, assura Mylès. Je rapporterai le calice sacré et l'emplacement de la dernière pierre qui permettra d'ouvrir les portes de l'Eden. Mais à une condition.

— Laquelle ?

— J'ai besoin d'une armée de Siahnnas pour assiéger la cité d'Esiah.

L'idée laissa Raïken perplexe. La cité d'Esiah était réputée imprenable.

— Et que deviendront nos différents quartiers pendant que vous tenterez de réaliser l'impossible avec toutes nos forces de défense et d'attaque ?

— Les troupes du Roi Jason et du Roi Lucifel seront concentrées sur un autre front. Ils n'auront pas la possibilité de se retourner contre nous.

L'assurance de Mylès persuada Raïken d'accéder à sa requête :

— Très bien mais je veux être informé à chaque instant de l'évolution de la situation.

— Entendu. Vous avez ma parole.

Le Maître se redressa soudain et s'appuya sur la table. Quelque chose semblait le chagriner.

— Avant de vous quitter, pourrai-je savoir comment vous comptez pénétrer dans Esiah ?

— Il est temps que le peuple humain connaisse notre existence. Je suis certain que le Roi Lucifel fera le déplacement si nous envahissons une cité mortelle. Ses handicaps sur ce territoire sont beaucoup trop grands pour qu'il résiste face à une horde de soldats. Quant à la bague, je l'aurai. D'une manière ou d'une autre.

Ces derniers mots furent prononcés comme une sentence. Mylès avait déjà scellé le destin du Roi.

— Finalement, je préfère ne pas savoir, répliqua amèrement Raïken. Débrouillez-vous. Il nous faut la dernière pierre avant eux.

— Nous l'aurons.

Le Maître hocha la tête et quitta la table. Ses gestes saccadés révélèrent son malaise. Les Éduins n'aimaient pas la violence. Raïken méprisait la guerre. Cependant, ses convictions politiques, son envie de voir chaque Éduin et chaque Siahnnas libres de vivre sans contraintes le poussaient à outrepasser la morale et les valeurs qu'il s'était toujours fixées.

— Je reviendrai quand vous aurez obtenu l'emplacement de la prochaine pierre, dit-il.

Et il salua les femmes puis Mylès avant de retourner dans son propre quartier. Quand il fut sorti de la salle, Satya leva le menton d'un air hautain et plissa les yeux :

— Je n'aime pas le ton que cet homme emploie.

— Il faut savoir rester humble dans ce cas, Satya, expliqua Mylès.

— Comment as-tu pu supporter les sautes d'humeur de mon père pendant toutes ces années ?

— Parce que j'avais un objectif à atteindre. L'attente est longue mais le résultat vaut le sacrifice.

La Princesse soupira d'ennui :

— Lorsque nous aurons évincé le Maître Raïken, il te faudra reconstituer la monarchie. Je doute que Calista soit la femme idéale. Tu as beau lui effacer la mémoire, elle refuse d'oublier sa vie auprès de mon père.

— L'amour est une force pour ceux qui s'en servent mais un point faible pour ceux qui le vivent. Rappelle-toi de cela.

— Ta réflexion ne résout pas le problème de la naissance d'un héritier.

— Patience. Nous avons bien plus urgent à penser pour l'instant.

Philea attrapa le bras de Mylès et il l'aida à se remettre debout.

— L'un de nos espions m'a affirmé que l'enfant était né, dit-il en commençant à marcher avec elle, et la Princesse suivit le mouvement. Ton oncle va repartir au front et se relancer dans la quête des pierres, le Maître Raïken n'ayant pas mené à bien sa mission.

— Nous devrions nous débarrasser de lui avant qu'il ne compromette notre plan, suggéra Satya.

— Non. Nous avons encore besoin de lui pour traiter avec les mortels. Je te charge de former l'armée qui viendra assiéger la cité d'Esiah avec nous. Chacun devra être pourvu des pouvoirs de la monarchie avant de combattre les soldats de ton oncle dans le Monde des Mortels.

— Es-tu sûr de pouvoir entrer à Esiah ?

La vieille femme toussa et se prêta à rire.

— Ne sous-estime pas les pouvoirs de mon fils, Satya.

9

PREMIER CONTACT

— Où en est-on ?

Nolan venait de réapparaître à Sydney et avait regagné l'immeuble où séjournait Margaret le temps d'échapper à la Confrérie. La nuit était tombée.

La journaliste n'avait pas quitté l'appartement depuis son arrivée. Les prétoriens lui avaient apporté de quoi se sustenter afin de garantir sa protection.

L'Éduin gardant la porte d'entrée répondit :

— La mortelle est surveillée par d'autres mortels postés en face, sur les toits.

Désormais, la journaliste était surveillée par ses semblables. La puce retrouvée sur sa veste provenait certainement de ces mortels. S'il s'agissait d'un émetteur, ils avaient sans doute capté un signal à New York, puis une minute plus tard à Sydney quand Margaret avait franchi le vortex les menant ici.

— Quand sont-ils arrivés ?

— Il y a près de trois heures.

La distance leur avait peut-être fait perdre le signal. Cela expliquerait pourquoi ils n'étaient arrivés que deux jours plus tard, le temps de comprendre que Margaret avait quitté les États-Unis.

Nolan monta tout en haut de l'immeuble de façon à mesurer l'étendue de leurs forces. Au milieu de la nuit, il distinguait difficilement les hommes planqués derrière les murs sur les toitures environnantes. Cependant, la lune faisait scintiller l'acier de leurs armes.

Grâce à leur reflet, il dénombra une dizaine de canons,

braqués sur les fenêtres de l'appartement. C'était assez pour lancer une offensive coordonnée. Ils s'apprêtaient à récupérer la journaliste en pensant qu'elle n'était pas seule, qu'elle se trouvait en présence d'autres hommes capables de la protéger. Sinon, pourquoi auraient-ils déployé autant de moyens pour la délivrer ou la kidnapper, elle qui n'avait jamais su se servir d'une arme et qui ne savait pas se battre ?

Peut-être avaient-ils compris que Margaret était passée d'un continent à un autre en une fraction de seconde ? Et se doutaient-ils de l'existence d'une technologie avancée qui permettait de se déplacer à une vitesse prodigieuse entre deux points du globe.

Sûrement était-ce la raison pour laquelle Margaret faisait l'objet de tant de convoitises. Car après tout, l'homme avait le défaut de toujours vouloir plus que les autres, d'être plus grand, plus puissant, de se montrer meilleur que ses compatriotes. Nolan n'aurait pas été étonné qu'ils aient voulu récupérer cette technologie à leur profit.

— Personne n'est encore entré dans l'immeuble ? demanda-t-il au prétorien lui-même posté sur le toit.

— En dehors des résidents, non.

— Ils ne devraient plus tarder à venir la chercher. Ne la perdez surtout pas de vue. Agissez seulement s'ils s'en prennent à elle.

Le prétorien hocha la tête.

Nolan attendit près d'une heure sur le toit, les yeux rivés sur les hommes armés. La journaliste ne devait pas savoir ce qui se jouait là. À cette heure de la nuit, elle dormait profondément. Il était trois heures du matin. Les lumières de son appartement étaient éteintes. Quoi qu'il en soit, au moindre danger, le Prince la défendrait.

Les minutes passèrent. Puis trois hommes sortirent de l'immeuble d'en face, habillés à l'image des autres mortels : jean, chemise au col ouvert et petite veste. L'un d'eux paraissait soûl. Les deux autres le tenaient de chaque côté et l'aidaient à marcher. Ils ne mirent pas longtemps pour traverser la rue désertée. Et ils entrèrent dans l'immeuble comme si de rien n'était. Pendant ce temps, les snipers en haut du toit pointaient toujours leur fusil sur leur cible : Margaret Cunningham.

À l'intérieur, celui qui était soûl parut retrouver subitement toute sa conscience. Ses deux compagnons sortirent de leur veston un pistolet dont le canon était équipé d'un silencieux. Lentement, ils progressèrent dans les escaliers, sans bruit, l'un derrière l'autre, dressant la pointe de leur arme dans toutes les directions.

Nolan suivit leur avancée du regard. Ces hommes ne le voyaient pas. D'un doigt, le Prince ordonna aux prétoriens de ne pas intervenir. C'était la seule façon de connaître leurs véritables intentions.

Quand l'équipe arriva devant la porte de l'appartement, l'un d'eux crocheta la serrure tandis qu'un autre posait un système d'écoute contre le bois. Un signe du menton et ils s'infiltrèrent tous trois dans l'appartement. Toujours sans bruit. La lumière rouge de leur viseur valsait dans l'obscurité, à l'affût d'un mouvement ennemi.

Celui qui avait joué à l'ivrogne n'était pas aussi bien équipé que ses collègues. Il suivait le reste de l'équipe à bonne distance, veillant à ce que tout se déroule sans anicroche.

L'un des assaillants ouvrit finalement la porte de la chambre où dormait paisiblement Miss Cunningham. La journaliste, allongée sur le lit, ne sentit pas se dresser sous son nez le canon d'un pistolet.

Lorsque la zone fut sous contrôle, l'homme qui se tenait en arrière entra à son tour dans la chambre et s'approcha du lit sans allumer la lumière. L'éclairage extérieur illuminait une partie de son visage creusé. Il devait être dans la quarantaine, brun, les yeux noirs, et la peau légèrement mate.

D'une main, il entrava la bouche de Miss Cunningham. De l'autre, il bloqua ses poignets sur le lit. Surprise, la journaliste se réveilla en sursaut, paniquée. Elle manquait d'air. Un gémissement étrange jaillit du fond de sa gorge. Nolan faillit intervenir mais l'un des trois hommes fit signe à la journaliste de se taire et montra sous sa veste une plaque gravée d'un numéro de matricule.

— Nous sommes de la CIA, murmura celui qui obstruait encore sa bouche d'une main. Calmez-vous. Nous ne vous voulons pas de mal.

Le ton de sa voix inspirait confiance. La journaliste détendit ses épaules et cessa de respirer fortement par le nez. Les deux autres hommes inspectaient la chambre à l'aide d'un appareil qu'ils déplaçaient près des murs, du plafond et des meubles. Rien ne leur échappait.

Quand ils eurent fini de passer la chambre au peigne fin, celui qui tenait Margaret sonda ses yeux.

— Promettez-moi de ne pas crier.

La journaliste battit des paupières par deux fois. Il relâcha alors la pression sur ses poignets et retira sa main de ses lèvres.

— Êtes-vous seule ?

— Dites-lui oui, conseilla Nolan.

Et ces mots n'eurent de résonance que pour Margaret car les autres ne pouvaient pas l'entendre. Elle seule avait acquis le pouvoir de percevoir les Éduins et les Siahnnas à force de collaborer avec eux.

La journaliste aperçut ainsi le Prince près de la porte d'entrée. L'homme qui la retenait jusqu'ici dévia son regard vers lui, suivant celui de Margaret.

— Qui est là ? demanda-t-il soudain.

Il ne distinguait rien du Prince.

Son collègue alluma la lumière. Personne. Il ne voyait personne. Mais Margaret si.

La journaliste cessa de regarder Nolan, comprenant que l'homme avait vu ses yeux se tourner vers la porte.

— Que me voulez-vous, dit-elle pour attirer de nouveau son attention. Et qui êtes-vous ?

L'homme semblait ne pas l'écouter. Pendant dix bonnes secondes, ses yeux restèrent fixés sur la porte, dans l'espoir de voir surgir quelque chose. Mais rien. Et il lâcha un soupir de déception. À quoi s'attendait-il, au juste ?

— Habillez-vous et suivez-nous. Nous vous ramenons aux États-Unis, Miss Cunningham.

Ils ne s'étaient pas trompés. Ces hommes venaient pour elle. Restait à savoir ce qu'ils lui voulaient.

L'un des trois gaillards tendit des vêtements à Margaret. Pas d'autre choix que de leur obéir : elle les enfila pendant qu'ils lui tournaient le dos. La salle de bain lui était interdite. Et quand elle demanda à se rendre aux toilettes, même réponse. Margaret en trouverait avant de quitter Sydney. C'est tout ce qu'elle savait.

Les hommes la pressèrent jusqu'à monter dans une grande berline aux vitres teintées arrivée en bas de l'immeuble. Nolan en profita pour y grimper à son tour, laissant les deux prétoriens sur place.

Margaret sembla soulagée de le voir. Au moins n'était-elle pas seule face à ces agents du gouvernement américain. Quoiqu'un seul d'entre eux entrât dans le véhicule après eux : l'homme qui avait réveillé Margaret, le beau brun au visage creusé. Une vitre opaque les séparait du chauffeur.

L'agent de la CIA resté avec Margaret était responsable des opérations : les autres l'appelaient chef, comme s'il ne portait pas de nom. Il tapa dans la vitre et le moteur de la voiture se mit à vrombir.

Durant le trajet, Margaret examina minutieusement son ravisseur, son instinct de journaliste toujours en éveil. L'agent fit de même, comme s'il cherchait à deviner Margaret.

Les yeux de cet homme ne cessaient de la détailler, de ses cheveux roux bouclés à ses mains sagement croisées au-dessus de ses cuisses jointes. Essayait-il d'analyser son comportement ? Margaret s'efforça de faire bonne figure. Il n'y eut aucun échange de mots. Ils se livraient tous deux à une guerre des regards dont aucun ne voulait sortir perdant.

Nolan, de son côté, observait régulièrement les alentours, essayant de mémoriser la route empruntée. Ils ne se dirigeaient pas vers l'aéroport mais vers une piste de décollage privée à une heure de Sydney.

Le temps s'éternisant, la journaliste s'impatienta :

— Où m'emmenez-vous ?

— Dans une zone privée d'où nous décollerons, répondit l'agent.

— Pourquoi ne pas prendre l'avion de l'aéroport ?

— Vous êtes partie des États-Unis sans votre passeport. N'est-ce pas ?

Il n'avait bien sûr retrouvé aucun papier dans l'appartement. Margaret était partie sans son sac.

— En effet. Mais pourquoi posez-vous cette question ? Vous le savez déjà.

— Alors il serait difficile pour vous de quitter l'Australie par un moyen de transport traditionnel.

— Je vous retourne la remarque. Vous n'êtes pas censé être là non plus. À moins d'avoir passé un accord avec le gouvernement australien. Mais j'en doute fortement. À voir la discrétion dont vous avez fait preuve pour venir me trouver, j'en déduis que cette mission devait rester secrète. Que cherchez-vous ?

— La même chose que vous, Miss Cunningham.

La journaliste eut l'air surprise par cette réponse. Que savaient-ils au fond de ses desseins ?

— C'est-à-dire ?

— La Confrérie des Morts.

Nolan parut tout aussi stupéfait que Margaret. Ce nom n'était pas encore connu du peuple mortel en dehors de ceux qui avaient été en contact avec les Siahnnas et les Éduins. Et ils se comptaient sur les doigts d'une seule main.

La voiture s'arrêta enfin. L'agent sortit le premier, ouvrant la portière à Margaret. À l'horizon, les nuages effilés prenaient quelques couleurs rosées. Il ferait bientôt jour.

D'un doigt, Nolan dessina une porte dans le vide et un vortex se forma devant lui. La porte de lumière rejeta les deux prétoriens chargés de surveiller l'immeuble où avait séjourné Margaret. L'un d'eux reçut pour ordre de rentrer à Odéon avertir le Roi Jason. L'autre resta auprès de Nolan.

La voiture les avait conduits au milieu de nulle part. De vieux hangars protégeaient des avions à hélices près d'une piste d'atterrissage de fortune entourée de grandes allées d'herbe jaunie. La voiture s'était garée devant l'un des bâtiments. L'intérieur cachait un jet privé resplendissant. Un autre agent y mettait la dernière main.

L'endroit devait être abandonné depuis une bonne dizaine d'années à en croire les affiches à moitié déchirées qui ornaient les murs. Le chef des opérations convia Margaret dans un bureau à l'allure peu engageante. La pièce était munie de grandes vitres recouvertes d'un film opacifiant couleur aluminium. On y voyait comme dans un miroir.

Nolan n'y était nullement reflété, mais il resta figé devant elles. Margaret se contenta de le regarder, songeuse. Ce genre de miroir sans tain était régulièrement utilisé dans les salles d'interrogatoire.

— Qui est là ? demanda alors l'agent de la CIA en suivant son regard.

Et il s'approcha de la vitre, gardant les yeux fixés dans la même direction que Margaret.

— Vous voyez quelqu'un d'autre. Qui est-ce ?

Sa voix trahissait sa curiosité. Depuis qu'il avait trouvé Margaret, il cherchait à rencontrer cette autre personne. Il supposait que la journaliste était accompagnée de quelqu'un d'invisible. D'un fantôme peut-être.

Le Roi Lucifel avait donné son accord pour entrer en contact avec les mortels. Le temps était venu.

Saisissant l'occasion, Nolan apparut devant lui, de

manière brutale, et l'agent tomba à la renverse sous l'effet du choc.

Nolan s'approcha de lui et tendit une main pour l'aider à se relever.

— Je me présente, Prince Nolan, fils du Roi Jason du Royaume d'Odéon, expliqua-t-il. Vous êtes ?

La journaliste s'installa confortablement sur une chaise pendant que l'agent reprenait ses esprits.

— L'effet est toujours renversant, dit-elle, d'un ton moqueur. Mais vous allez vous habituer.

L'agent resta assis par terre, les yeux fixés sur le Prince, et son visage, d'abord empreint de peur, se détendit. Ce n'était pas l'homme auquel il faisait face qui lui avait inspiré sa crainte, seulement son apparition soudaine. Son expression ne montrait aucune méfiance mais ses yeux noirs, brillant de curiosité, attestaient sa soif de savoir. Il espérait le voir apparaître depuis le début pour percer ses secrets. C'est ce qu'il était venu chercher : une réponse à toutes ses questions concernant les êtres invisibles qui entouraient Margaret.

— Nicolas Warwick, répondit l'agent, et il parut hésiter à saisir sa main.

Finalement, il se releva seul et, sans quitter le Prince du regard, prit appui sur le dossier d'une chaise. Sûrement pour éviter de tomber à nouveau.

— Comment êtes-vous entré ?

— Par cette porte, dit Nolan en lui montrant l'entrée de la salle.

— Comment avez-vous fait pour nous cacher votre présence ?

— Manipulation de l'esprit.

— Qui êtes-vous ? Enfin, je veux dire… à quelle espèce appartenez-vous ?

— Je suis un Éduin. Nous sommes ici pour défendre les intérêts des mortels. Nous avons besoin d'entrer en contact avec votre dirigeant.

— Vous pouvez avoir confiance en lui, intervint Margaret. Nous travaillons ensemble depuis près d'un an.

L'un des collègues de Warwick entra dans la salle et lui porta un dossier. Un vague regard sur Nolan et il quitta la pièce.

L'agent de la CIA posa le dossier sur la table et s'assit face à lui.

— Vous ne semblez pas surpris de notre existence, constata Nolan.

— En effet.

L'agent ouvrit sa pochette et étala des feuillets sur la table.

— L'année dernière, des événements étranges ont commencé à se produire dans le monde entier. Le gouvernement américain a créé une unité spéciale destinée à étudier ces phénomènes paranormaux.

Il se retourna vers Margaret.

— Vous étiez, Miss Cunningham, l'une des premières à vous être intéressée à la disparition de médiums. C'est pourquoi nous avons récupéré vos recherches. Vous avez été mise sous écoute et surveillée. Des spécialistes se sont joints à notre unité et vous ont observée. Certains d'entre eux ont vu auprès de vous des êtres visibles uniquement aux yeux de ceux qui disposent d'un don. Aucune caméra ni appareil photo n'est parvenu jusqu'ici à les capter. Du moins en totalité.

D'un doigt, il désigna des clichés pris aux alentours des quartiers de la Confrérie des Morts que l'alliance avait ravagés pour réduire leur présence dans le Monde des Mortels. Y apparaissaient quelques ombres blanc et noir, et des monstres aux ailes déchiquetées.

— Nous pouvons apparaître à vos yeux uniquement si nous le décidons, révéla Nolan en jetant un œil sur les clichés. Cela requiert une grande quantité d'énergie. Certaines âmes restent piégées dans votre monde. Elles n'ont pas cette capacité.

— Qu'êtes-vous, au juste ?

— Il y a plus de deux mille ans, le créateur de toute chose, Elohim, a conçu deux royaumes destinés à protéger les êtres mortels en garantissant leur libre arbitre. Ces deux royaumes sont le Royaume d'Esiah et celui d'Odéon. Deux âmes mortelles ont été placées à leur tête. Je suis descendant de l'un d'eux. En plus de veiller sur le libre arbitre des mortels, ces deux royaumes accueillent leur âme après leur mort, le temps qu'ils puissent se réincarner et renaître dans votre monde. Nous sommes ce que vous appelez, l'enfer et le paradis.

— L'enfer et le paradis ?

— Le Royaume d'Esiah accueille les âmes damnées. Mon royaume accueille les âmes pures.

— Nous sommes donc censés devenir comme vous après notre mort ?

— Les âmes damnées deviennent des spectres, perdent leur corps, et vivent séparés des Siahnnas. Au Royaume d'Odéon, les choses sont différentes. Les âmes pures conservent leur corps et vivent parmi les Éduins. Siahnnas et Éduins, nous avons les mêmes origines que le peuple mortel, à la différence que nous avons reçu du créateur des pouvoirs pour accomplir notre mission et la possibilité de vivre plus longtemps.

— Des centaines d'années, à en croire le témoignage de Miss Cunningham avant sa disparition.

— C'est bien cela.

— Et quel genre de pouvoir détenez-vous ?

— Le pouvoir de manipuler l'esprit des mortels, celui d'entrer en symbiose avec les esprits de la nature en ce qui concerne mon peuple, et celui de pouvoir manipuler l'esprit de tous en ce qui concerne les Siahnnas du Royaume d'Esiah.

L'agent de la CIA l'écoutait sans prendre de notes. Les derniers mots de Nolan lui firent froncer les sourcils. Craignait-il ces pouvoirs ?

— Pourquoi prendre contact avec nous aujourd'hui ? demanda-t-il.

— Nos royaumes sont sur le point de s'effondrer. Leur chute entraînera celle du peuple mortel. Nous avons besoin de vous pour sauver votre espèce et la nôtre. Pour cette raison, nous désirons nous entretenir avec votre dirigeant.

La demande laissa M. Warwick perplexe. Il soupira en se calant dans sa chaise.

— Je crains qu'il ne vous faille m'en dire davantage.

— Un Siahnnas dénommé Mylès a décidé de détruire nos royaumes respectifs en poussant nos peuples à s'installer sur vos terres. La présence de notre espèce sur votre territoire est à l'origine des événements surnaturels que vous connaissez. Bientôt, il n'existera plus qu'un seul royaume. Les mortels deviendront immortels, mais vous serez considérés comme le dernier maillon de la chaîne. Vous perdrez votre corps. Vous deviendrez des âmes errantes sous l'emprise du peuple Siahnnas.

L'agent se gratta le front, les yeux rivés sur son dossier.

— Ce Mylès, fait-il partie de la Confrérie des Morts ?

— Mylès est à leur tête.

De nouveau, un soupir de l'agent, plus las cette fois.

— Cet homme s'est rapproché de nombreuses personnalités politiques, annonça-t-il, le ton grave. Il leur a offert l'immortalité…

Le Prince ne montra rien de sa surprise. Cependant, cette information confirmait leurs soupçons : Mylès n'avait pas besoin des pierres sacrées pour remodeler le monde. Il suffisait pour lui de s'unir avec les mortels, de leur faire croire à un avenir meilleur dans lequel ils auraient vaincu la mort.

— L'immortalité ne se vend pas, Monsieur Warwick, rétorqua Nolan. Elle ne s'offre pas non plus. L'obtenir demande un sacrifice de taille. Le prix à payer est votre âme.

— La Confrérie des Morts aurait négocié l'immortalité contre la possibilité pour ses membres de vivre dans les pays acceptant leur présence.

— La Confrérie des Morts ne vous a pas tout dit.

— C'est ce que nous cherchons à savoir. Vous reconnaîtrez qu'il est difficile pour un simple « mortel » de croire en l'histoire que vous êtes en train de me conter. Dans cette situation, il paraît compliqué de déterminer qui a raison et qui a tort entre vous et cette Confrérie des Morts.

Pendant qu'il disait cela, Warwick tambourinait l'un de ses documents confidentiels d'un doigt. Le ton était plus sec, démontrant son engagement total dans cette guerre froide.

Margaret sortit alors de sa réserve :

— Si vous avez étudié toutes mes recherches, vous devez savoir que la Confrérie des Morts est à l'origine de la disparition de plus d'une centaine d'individus sur le territoire américain. Ces individus n'ont jamais été retrouvés. Ils servaient à connaître les effets d'une exposition prolongée des Siahnnas et Éduins sur les hommes, mais aussi à nourrir les dissidents.

— Comment ça ?

— Nous ne pouvons pas rester très longtemps sur vos terres, expliqua le Prince. Nous ne mangeons pas comme vous. Notre source d'énergie est l'amour en ce qui concerne les Éduins, et la peur pour les Siahnnas. Dans le Monde des Mortels, nous puisons l'énergie en manipulant l'esprit des hommes. Mais les hommes ne sont pas très résistants, raison pour laquelle le nombre d'âmes mortelles arrivant au Royaume d'Odéon a triplé depuis que la Confrérie a envahi vos cités.

— L'année dernière, des monstres volants d'une espèce inconnue ont semé la pagaille dans les villes de Palm Springs et de San Jose, poursuivit Margaret. Les jours suivants, ces bêtes ont été retrouvées mortes dans des entrepôts désaffectés de ces deux villes. Les autorités n'en ont jamais parlé. Ces entrepôts étaient tenus par la Confrérie des Morts. Cette organisation a ramené ces bêtes du Royaume d'Esiah et d'Odéon pour préparer la guerre qui ne tardera pas à éclater sur terre. Les quartiers de la Confrérie ont été démantelés par l'armée unie des Royaumes d'Odéon et d'Esiah. Mais il reste encore de nombreux quartiers occupés par la Confrérie dans le monde entier. Ces deux exemples à eux seuls doivent vous permettre de faire la distinction entre ceux qui représentent un danger et ceux qui peuvent nous aider.

Warwick se mura dans un profond silence. Son index tapotait mécaniquement son dossier. Encore et toujours. Que voulait-il entendre de plus ?

Le Prince fronça les sourcils :

— Depuis un an, l'armée unie tente d'évincer les Siahnnas et Éduins qui se sont installés sur vos terres parce que la seule présence ici de ces dissidents engendre la panique dans votre propre civilisation. Les hommes gagnent des pouvoirs paranormaux. Ils commencent à percevoir le surnaturel et cela les rend fous.

— Parce que la vérité n'a toujours pas été dite, répliqua l'agent.

— Parce que les hommes ont besoin maintenant de savoir pourquoi ils perçoivent des choses qu'ils ne voyaient pas jusqu'ici, ajouta Margaret.

— Mais lorsqu'ils l'apprendront, ils comprendront, assura Nolan. La folie pourra disparaître si nous apprenons à nous faire confiance mutuellement.

Warwick eut l'air insatisfait. Il restait profondément sceptique, attendant sans doute des preuves tangibles, preuves que Nolan ne pouvait pas fournir. Le Prince en était conscient. L'enjeu était trop important pour se laisser bercer par de simples paroles émises par un homme venu d'on ne sait où.

— Nous tentons de vous étudier depuis votre arrivée sur terre, avoua l'agent. Les données récoltées sont insuffisantes pour déterminer si vos actions sont louables ou non. Vous expliquez aujourd'hui que votre peuple est divisé, que notre monde est en danger à cause de votre présence ici. Et vous me dites que vous êtes nos protecteurs. Cela n'a aucun sens. Pourquoi ledit Mylès, de votre royaume, aurait-il décidé de s'installer ici ?

— Ce n'est certainement pas pour vous offrir l'immortalité, mais pour prendre la place du créateur. Il compte détruire nos trois mondes pour en construire un nouveau, dans lequel il prendra le pouvoir tandis que les mortels perdront toute leur humanité.

Voyant l'agent plus enclin à l'écouter, Nolan tenta le tout pour le tout :

— Il existe un moyen de gagner ce que nous appelons les portes de l'Eden, le Royaume des Cieux, le lieu où se trouve le créateur. Si Mylès n'obtient pas votre soutien, il se lancera à la poursuite de la clef permettant d'ouvrir les portes de l'Eden pour se confronter au créateur.

Les yeux de Warwick s'illuminèrent. Cette information l'avait piqué au vif.

— Et cette clef, quelle est-elle ? Où est-elle ?

— Nous sommes actuellement à sa recherche.

— Mais encore ?

— Vous me dites devoir apprendre à nous faire confiance. Cela est réciproque, Monsieur Warwick. Comme vous l'avez souligné, Mylès est entré en contact avec de nombreuses personnalités mortelles. Qui nous dit que vous n'êtes pas associé à lui ?

Un mince sourire apparut sur les lèvres de l'agent.

— Je ne peux pas vous donner de preuves, répondit-il comme s'il s'avouait vaincu.

— Nous sommes donc dans une impasse.

Un nouveau silence interrompit leur échange, et le Prince, d'esprit combatif, argua, en s'appuyant sur la table :

— Le peuple Éduin et le peuple Siahnnas se sont unis pour vous protéger contre ces dissidents. Notre devoir est de veiller sur le libre arbitre des hommes. Que ce soit aujourd'hui ou demain, vous devrez trancher. Vous aurez le choix entre accepter l'offre de Mylès, auquel cas vous signerez la destruction de votre propre civilisation mais aussi de la nôtre, ou lutter contre lui et accepter notre protection pour nous donner une chance de réparer les conséquences de nos échecs passés. Cette décision vous appartient et nous la respecterons, quel qu'en soit le prix à payer pour nos espèces respectives. Comme je vous l'ai dit, notre mission première est de protéger le libre arbitre des hommes, pas de sauver notre propre espèce.

— Vous renonceriez à vous battre pour protéger le libre arbitre des hommes, quitte à y perdre la vie ?

— Nos royaumes ont été créés à cette fin. Le créateur vous a fait maître de votre destin. Nous ne nous opposerons pas à votre décision.

Le Roi Jason venait tout juste d'arriver dans la salle et s'était contenté d'écouter les propos de son fils. Il observa la grande vitre teintée avant de lui tourner le dos.

Ne se doutant pas de sa présence, Warwick baissa le front, croisa ses mains sur la table et soupira longuement.

— Je dois vous avouer que je ne crois pas en Dieu. Mais il semble avoir une grande importance à vos yeux.

— Si vous acceptez l'offre de Mylès, il obtiendra votre soutien et le créateur ne s'opposera pas à votre décision, même si cela doit mener à votre destruction, prévint Nolan, en faisant mine d'ignorer la présence de son père. Vous n'êtes pas assez forts pour lutter contre les pouvoirs dont nous sommes pourvus, dont celui de manipuler l'esprit des mortels. Mylès utilisera vos voix pour vous assujettir. Il fera de vous ce que vous appelez des esclaves.

— Et que proposez-vous ?

— Une union des peuples mortels, siahnnas et éduins. Nous désirons nous exprimer face à l'ensemble de vos communautés afin d'obtenir votre soutien.

— Rien que ça ? ironisa l'agent.

Et il protesta d'un rictus.

— Cela n'est pas un jeu, Monsieur Warwick, rappela le Prince, la voix irritée. Nous aurions pu nous passer de votre approbation pour rencontrer votre dirigeant.

Si je le voulais, je pourrais être auprès de lui dans les cinq minutes qui suivent. Cependant, cela ne servirait à rien s'il n'est pas convaincu du bien-fondé de notre demande. Nous avons donc décidé de suivre le protocole propre à votre peuple pour entrer en contact avec vos communautés.

— Vous pensez bien que je ne décide de rien.

— C'est la raison pour laquelle je vous demande d'en référer à votre hiérarchie, Monsieur Warwick.

L'agent se pencha légèrement en avant :

— Si vous êtes unis au royaume, comment avez-vous dit déjà ? D'Essia, me semble-t-il.

— Esiah.

— Oui, c'est bien ça. Si vous êtes unis à eux, où se trouve à l'heure qu'il est son gouverneur ou je ne sais pas comment vous l'appelez ?

— Un Roi. Il s'agit du Roi Lucifel. Il se trouve actuellement à Esiah, retenu par une affaire importante. Il se déplacera dès lors que nous aurons reçu l'autorisation de rencontrer votre dirigeant.

— Président.

M. Warwick jouait-il avec ses nerfs ? Nolan garda sa réflexion pour lui.

— Nos peuples sont différents, Monsieur Warwick, dit-il, après un long silence. Sur bien des points. Mais la différence n'empêche pas l'unité. L'unité est ce dont nous avons le plus besoin aujourd'hui.

— Il est difficile tout de même de croire que l'enfer et le paradis se sont unis.

— L'enfer n'est pas l'incarnation du mal. Le Roi Lucifel est un homme bon. Il y a vingt-sept ans, une guerre a éclaté au sein du Royaume d'Esiah. Nous avons découvert que cette guerre avait été orchestrée par Mylès. Le Roi Lucifel s'est donné la mort pour gagner le Royaume d'Odéon, seule manière de sauver son royaume. À sa demande, il a été renvoyé dans le Monde des Mortels par l'assemblée des Maîtres, afin que nous puissions le retrouver et le ramener à ses origines, dans le Royaume d'Esiah. Son âme s'est réincarnée dans le corps d'un simple mortel il y a vingt-six ans. Faites donc vos recherches. Il est né en Inde. Il s'appelle Almandin Winster. Le Roi Lucifel a vécu jusqu'à l'année dernière sur vos terres. Il comprend votre culture, vos préoccupations. Il y a un an, nous l'avons retrouvé et ramené auprès de sa famille Siahnnas. Sans lui, le Royaume d'Esiah serait encore entre les mains de l'ennemi.

L'agent hocha simplement la tête. Il ne notait toujours rien. Était-il déjà au courant pour Almandin ?

— Vous êtes Prince, c'est bien ça ?

— C'est exact.

— Votre mère et votre père doivent donc être les représentants légitimes de votre peuple.

Il n'en fallut pas plus pour que Jason se manifeste en se dévoilant dans son angle droit.

— C'est aussi exact. Je suis le Roi Jason. Mais en ce qui concerne mon fils, il est tout à fait capable de mener à bien ces négociations en tant que futur Roi.

La chaise de Warwick crissa quand elle recula. Sa gorge émit un bruit rauque. Puis ses paupières clignèrent plusieurs fois comme s'il cherchait à se réveiller.

La main tendue vers la vitre teintée, Jason fit appel au feu pour faire fondre le verre, et la vitre coulant vers le sol laissa entrevoir une pièce cachée à côté de la salle d'interrogatoire.

À l'intérieur, cinq personnes les observaient derrière les vitres teintées. Trois d'entre elles se tenaient debout. Une autre s'occupait d'enregistrer une vidéo. La dernière tapotait sur son clavier, téléphone portable calé entre son oreille droite et son épaule. Les cinq se figèrent telles des statues de pierre quand la vitre fut réduite à une masse épaisse couleur argent.

Le Roi Jason leur adressa un sourire et les salua en penchant la tête en avant. Les personnes répondirent timidement de la même façon. Alors le Roi se retourna vers Warwick :

— Maintenant que vous avez votre vidéo, serait-il possible de l'adresser à votre Président ? Le temps est précieux. Nous reviendrons à cet interrogatoire plus tard. Nous avons déjà trop attendu.

L'agent de la CIA resta un instant de marbre, les yeux fixés dans ceux de Jason. Puis il se leva brutalement de sa chaise.

— Restez ici. Je n'en ai pas pour longtemps.

La pièce mitoyenne ayant été découverte, il partit vers le hangar passer un coup de fil à l'écart.

Nolan se rapprocha de son père :

— Les mortels semblent douter de tout, dit-il tout bas dans la langue éduinne. La tâche sera difficile.

— Difficile mais pas impossible, Nolan.

En disant cela, son père observait les mortels dans la pièce d'à côté. Leur regard ressemblait à ceux des visiteurs d'un zoo : des regards émerveillés, remplis d'intérêt.

— Que pensez-vous de ce Warwick ? demanda-t-il finalement en anglais, à l'attention de Miss Cunningham.

La journaliste se mit à réfléchir, les doigts posés sur son menton :

— Je pense qu'il en sait déjà beaucoup. Il n'a pas été surpris par votre existence.

— Parce que de nombreux médiums vous ont déjà observés et décrits.

La voix provenait de la pièce voisine.

L'un des hommes, toujours debout, s'était exprimé. Était-il lui aussi un médium ? Effectuait-il des recherches pour le compte des mortels ?

Les véritables médiums détenaient le pouvoir d'entrevoir les Éduins et les Siahnnas car ils possédaient une conscience plus développée de l'existant et prêtaient attention à leur environnement, à la puissance des énergies spirituelles.

L'homme avança d'un pas, collant le bout de ses

chaussures au bas du mur sur lequel la vitre avait coulé comme de la lave en fusion.

— Comment est-ce, dans votre royaume ? bégaya-t-il. La réponse, elle, semblait l'effrayer.

— Cette question, l'avez-vous posée parce que vous avez peur de la mort ? lui demanda Jason.

— J'ai toujours su... qu'il y avait une vie après la mort, reconnut l'homme en remontant ses lunettes sur son nez, mais je ne sais pas à quoi elle ressemble.

— Le secret de notre existence a toujours été gardé pour éviter aux mortels de croire qu'une vie dans notre royaume valait mieux qu'une vie sur terre.

— Mais ne craignez-vous pas que les gens préfèrent la mort en apprenant la vérité ?

— L'heure de votre mort est déjà scellée. Si vous choisissiez de vous opposer à votre destin, votre âme risquerait de rester piégée dans ce monde. Et même si vous parveniez à atteindre notre royaume, vous ne pourriez pas y rester éternellement. La vie de votre âme doit suivre un cycle. Elle est faite de réincarnations.

— Et pourrais-je savoir... quand je mourrai ?

— Connaître votre destin risquerait d'influencer vos choix. Il est préférable de ne pas savoir.

L'homme esquissa un sourire entendu.

Savoir qu'une vie existait après la mort était déjà trop car les humains restaient éternellement insatisfaits. Leur soif de grandeur et de pouvoir les mènerait à vouloir en connaître davantage. Face aux actes de corruption auxquels Mylès se livrait pour tenter de tirer son épingle du jeu, il serait nécessaire d'en dire le moins possible sur les conditions de vie après la mort. Les mortels seraient trop tentés de croire qu'ils créeraient un monde idyllique s'ils choisissaient l'immortalité.

Warwick revint assez rapidement, téléphone en main. Il le tendit à Jason :

— Cette conversation est enregistrée. Je vous passe la Présidente Curtis.

Jason récupéra le téléphone : un drôle d'appareil qu'il n'avait pas l'habitude de manipuler. Il ne s'en était jamais servi, d'ailleurs.

Sans montrer sa gêne, il porta l'objet à son oreille, à l'image des mortels :

— Présidente Curtis, je suis le Roi Jason du Royaume d'Odéon.

— Roi Jason, Monsieur Warwick m'a dit que vous aviez la possibilité de me rejoindre dans les cinq minutes qui suivent, dit une voix dans l'écouteur. Je vous attends donc à la Maison-Blanche.

— Nous arrivons dans dix minutes. Le portail le plus proche de la Maison-Blanche est un peu éloigné.

— Entendu.

Et la communication fut interrompue.

Jason rendit le téléphone à Warwick.

— Miss Cunningham vient avec nous, lui dit-il.

— Dans ce cas, je vais devoir vous suivre, répondit l'agent de la CIA.

La journaliste se leva et épousseta ses vêtements.

— Prenez alors un sac, lui conseilla-t-elle. Vous allez en avoir besoin.

Jason créa une porte de lumière au milieu du vide et un cri d'admiration jaillit depuis la pièce voisine.

Les médiums n'étaient pas les seuls impressionnés. Derrière son air si sérieux et antipathique, Warwick semblait mourir d'impatience de découvrir les secrets de ces portails.

Le Roi invita donc l'agent de la CIA à passer le premier, suivi de Miss Cunningham. Puis son fils et lui quittèrent à leur tour Sydney.

10

LA PRÉSIDENTE CURTIS

L'herbe jaunie du hangar à avions avait laissé place à de petits buildings et de grandes avenues. Si Warwick n'avait pas compris tout de suite l'allusion de Miss Cunningham, il devina pourquoi l'usage du sac aurait été nécessaire car passer par un vortex donnait l'impression d'être propulsé dans une centrifugeuse. L'estomac retourné, il partit répandre son contenu dans un buisson.

— Ne vous inquiétez pas, avec le temps, vous vous y ferez, le consola Margaret en frappant à quelques reprises son dos. Maintenant, je vous conseille de vous accrocher à eux pour entrer dans la Maison-Blanche en évitant les fouilles.

Elle termina par un petit clin d'œil malicieux.

L'agent la regarda de biais car ses nombreux reflux l'empêchaient de répliquer.

Une fois les nausées passées, Warwick redressa le dos et s'essuya la bouche à l'aide d'un mouchoir. Enfin, il consulta son Smartphone. Il était 17 h 30 à Washington.

— L'effet du voyage va rapidement s'estomper, déclara Jason. Si vous voulez bien vous tenir à nous, nous vous rendrons invisible aux yeux des autres mortels.

Il tendit son bras à l'agent. Après une petite hésitation, Warwick consentit à le lui saisir, même s'il paraissait gêné de marcher avec lui comme s'il s'agissait de son amant.

Margaret se montrait plus détendue et se prêta même au jeu de la plaisanterie avec Nolan qu'elle tenait son bras emmêlé au sien. Mais ses yeux de journaliste aguerrie se tournaient de temps à autre vers Warwick. L'agent avait l'air d'être devenu sa prochaine proie. Ils remontèrent ainsi l'avenue Pennsylvania.

Lorsque la Maison-Blanche se dévoila derrière les barreaux noirs bordant le parc, Margaret détourna son regard de lui. Ils allaient rencontrer la Présidente Curtis. Et même si leurs échanges allaient être tenus secrets, la journaliste n'en perdrait pas une miette.

L'agent de la CIA suivit les deux Éduins sans piper mot. Il analysait leur comportement et les procédés utilisés pour atteindre le bureau ovale. Pas une seule fois il ne se permit d'intervenir jusqu'au moment où ils arrivèrent au secrétariat de la Présidente. Là, il relâcha le Roi.

Ne l'ayant pas vu venir, la secrétaire sursauta et se tapa le genou contre le plateau de son bureau.

— Mon Dieu, vous m'avez fait peur ! s'écria-t-elle en essayant de retrouver son souffle.

— Je suis Nicolas Warwick, dit-il, et il sortit sa plaque. La Présidente m'attend.

La secrétaire se frotta le genou tout en détaillant l'agent de la tête à la taille. Sa tenue jean chemise n'était pas des plus appropriées pour s'entretenir avec une telle autorité.

La secrétaire reçut alors un appel sur la ligne directe. Elle décrocha.

Pendant dix secondes, elle écouta son interlocuteur tout en observant l'agent.

— Oui... très bien... Je le fais entrer.

Puis elle raccrocha.

— La Présidente Curtis est disponible, annonça-t-elle en relevant le menton. Vous pouvez entrer.

Warwick ouvrit la porte et pénétra dans le bureau ovale, ses coéquipiers du jour sur ses talons.

Dès qu'il referma la porte, tous firent leur apparition devant une Présidente déjà préparée à les recevoir : aucun tressaillement ni battement de cils de sa part.

Les cheveux grisonnants, coupés court, elle portait un tailleur resserré à la taille et des talons aiguilles que Miss Cunningham regarda avec envie. Son visage marqué donnait l'impression d'une certaine rigidité. Mais derrière son allure dure et froide, la Présidente avait l'air efficace, et droite.

— Miss Cunningham, Roi Jason, Prince Nolan.

— Présidente Curtis.

D'un geste de la main, la Présidente les invita à s'asseoir sur le canapé. Warwick resta debout près de la porte d'entrée du bureau. Les autres s'installèrent dans le petit salon.

La Présidente s'empara de quelques dossiers et les rejoignit.

— Comment avez-vous fait pour venir aussi vite ? demanda-t-elle par curiosité.

— Nous avons passé une porte de lumière, expliqua Jason.

— Ce qu'ont dit les analystes est donc vrai.

Elle s'assit face à eux, posant sa pile de dossiers sur ses genoux :

— Il y a un an, j'ai demandé à M. Warwick de créer une unité spéciale pour étudier les phénomènes étranges qui se déroulaient aux quatre coins du monde. Nous avons cru que nos ennemis avaient mis au point de nouvelles technologies et des virus susceptibles d'agir sur les capacités mentales des êtres humains. Le général Osni m'avait même parlé de manipulations génétiques lorsque nous avons retrouvé des animaux inconnus dans des entrepôts de Californie. Il nous a fallu du temps pour accepter le fait que ces phénomènes relevaient du paranormal.

— Il ne s'agit pas de paranormal, dit Jason.

— Je sais. Il s'agit d'une réalité dont nous ignorions l'existence.

Elle se rapprocha de Jason et l'observa, le regard inquiet.

— J'ai suivi vos explications en direct. Elles ne m'ont pas rassurée. Même si le peuple des États-Unis est très croyant et pratiquant, il est difficilement concevable d'imaginer qu'il puisse exister des conflits au paradis, d'autant plus si ces conflits remettent en cause notre cycle de vie.

— Nous devons aujourd'hui persuader votre peuple de nous faire confiance. Nous avons besoin de vous pour cela.

— La Bible annonce une apocalypse. Le peuple croira en la fin du monde si vous révélez la vérité.

— La Bible a été écrite par des prophètes, ce que nous appelions autrefois des Érudits. Leurs prédictions ont été avérées jusqu'ici. La guerre est inévitable, Présidente Curtis. Mylès révèlera la vérité à notre place si nous n'agissons pas rapidement.

— Cet homme s'imposera comme le sauveur de l'apocalypse en proposant à tous l'immortalité.

— Sauf si vous les persuadez du contraire. Le Roi Lucifel connaît bien votre monde. Il a évoqué l'existence d'une organisation internationale qui a les moyens d'agir dans l'ensemble des communautés de votre monde.

La Présidente passa une des pochettes qu'elle tenait fermement au-dessus des autres.

— M. Winster devait en effet travailler à l'Organisation des Nations unies avant sa disparition. D'ailleurs, il a fait quelques brèves apparitions à New York en l'espace d'un an.

Elle ouvrit un dossier marqué du sceau « confidentiel » et déposa sur la table qui les séparait quelques fiches. La photo d'Almandin prise par Miss Cunningham apparaissait sur l'une d'entre elles.

— Lorsque nous nous sommes intéressés au dossier de Miss Cunningham, nous avons étudié ses différentes affaires, expliqua-t-elle. M. Warwick a entrepris des recherches sur toutes les personnes rencontrées par Miss Cunningham depuis le début de son enquête sur le kidnapping des médiums. Le dossier de M. Winster a attiré notre attention.

Attrapant sa paire de lunettes pendouillant au-dessus

de sa poitrine, elle la plaça devant ses yeux et commença à lire une fiche :

— Né aveugle avec une cicatrice sur la poitrine. Malgré cela, passé maître en combat rapproché, à mains nues comme au bâton. Excellent interprète. À vingt ans à peine, il savait écrire et parler plus de huit langues. Don de percevoir l'invisible. Arrêté à de multiples reprises pour s'être immiscé sans autorisation dans des enquêtes criminelles.

À ces propos, elle abaissa sa fiche et haussa un sourcil face à Jason. Un sourire d'excuse se dessina sur les lèvres du Roi :

— Monsieur Winster a toujours eu une attirance pour la justice.

— Et le goût de la contestation, reprit la Présidente. Le point positif, Monsieur Winster a toujours eu gain de cause. Ses parents vivent à Jaipur sous bonne protection, si j'en crois les rapports qui m'ont été fournis ?

— C'est en effet le cas.

La Présidente posa sa fiche sur la table et retira ses lunettes :

— Où se trouve Monsieur Winster à l'heure qu'il est ?

— Dans son royaume, aux côtés de sa femme, pour la naissance de l'héritier du trône, répondit Jason.

— Cette naissance est-elle plus importante que l'avenir du monde ?

— Nous livrons bataille depuis plus de vingt-cinq ans déjà. Des milliers d'Éduins et de Siahnnas ont péri au cours de cette guerre. Ce chiffre peut vous paraître insignifiant mais notre longévité nous impose de réduire le nombre de nos naissances. La venue de cet enfant représente un espoir pour le peuple siahnnas. Il est aussi le symbole du triomphe de la vie sur la mort.

— Je comprends.

Elle soupira malgré tout.

— Les rapports de Monsieur Warwick me font penser qu'il est possible de vous faire confiance, dit-elle après un instant de silence. Cependant, vous manquez de temps et il vous sera difficile de convaincre la population sur vos réelles intentions. Selon les services secrets, une cinquantaine de Présidents, ambassadeurs et gouverneurs auraient déjà passé un accord avec la Confrérie des Morts. Comme vous le devinez, j'attendais de pouvoir vous rencontrer pour trouver une solution à ce problème commun.

— Dans cette optique, nous demandons la possibilité de nous exprimer face aux représentants de l'Organisation des Nations unies.

— Il serait souhaitable de commencer par le Conseil de sécurité qui se réunit la semaine prochaine. Il sera justement question des actions à mener pour limiter les phénomènes dont nous sommes victimes depuis l'installation de la Confrérie des Morts dans les différents pays du monde. L'assemblée se tiendra à huis clos.

— Nous viendrons.

La Présidente balaya la pièce du regard. Elle termina par Miss Cunningham et lui adressa un léger sourire. La journaliste ne s'était pas exprimée jusqu'ici, laissant le Roi répondre à ses multiples questions. Elle n'aurait pas su quoi dire à sa place, quoi qu'il en soit. Son métier de journaliste l'aurait plutôt conduite à l'interroger à son tour. La Présidente ne lui en avait pas donné l'occasion. Elle maîtrisait les échanges avec doigté.

D'ailleurs, Mme Curtis précisa à Jason et son fils :

— Je vous conseille de vous présenter avec vos compagnes. Elles doivent aussi prendre la parole. Les monarchies deviennent de plus en plus rares. Et les femmes s'impliquent de plus en plus en politique. Si vous voulez convaincre toutes les communautés du monde de vos intentions bienfaitrices, vous aurez à comprendre notre culture et vous y adapter.

Emmener Minéa dans le Monde des Mortels restait compliqué. Elle n'avait pas le droit, en temps normal, de quitter le royaume, mais elle l'avait déjà fait par obligation lorsqu'elle avait été kidnappée par la Confrérie des

Morts. Sa seconde venue dans le Monde des Mortels s'expliquerait par sa présence demandée lors d'une réunion politique avec les représentants mortels. Devant les Maîtres, cela se plaiderait.

— Ce sera chose aisée, assura Jason. Notre royaume accueille chaque jour des milliers d'âmes provenant de tous les pays de votre monde. Leur venue nous oblige une adaptation quotidienne à vos mœurs, Madame Curtis.

Une question semblait encore brûler la langue de la Présidente :

— Pensez-vous pouvoir retrouver la « clef » permettant de rencontrer Dieu ? demanda-t-elle plus bas.

La Présidente avait sans doute suivi avec grand intérêt l'interrogatoire mené par M. Warwick à Sydney. Cependant, Jason n'était pas sûr qu'ils puissent retrouver les dernières pierres sacrées avant Mylès. L'ancien Conseiller d'Adel les recherchait aussi et se trouvait être un adversaire de taille.

— Je l'espère, répondit-il sans expliquer plus.

— Je vous le souhaite aussi, car si je ne me trompe pas, votre guerre sera menée sur notre territoire. J'accepte de vous aider mais ma priorité est de maintenir la paix dans mon pays. Je crains malheureusement que cette entreprise ne soit infructueuse car l'immortalité est plus attirante que la guerre.

— Je préfère moi aussi la diplomatie à la violence mais il existe des situations qui imposent de mener des actions fortes, Présidente Curtis.

Alors que la Présidente s'apprêtait à répondre, deux Éduins entrèrent dans le bureau. Le Roi et son fils se retournèrent vers eux.

Les mortels ne les voyaient pas en dehors de Miss Cunningham qui les observa à son tour.

— Une visite, je suppose ? demanda la Présidente.

— En effet, répondit Jason.

Il invita les deux prétoriens à se rendre visibles, ce qu'ils firent avant de faire une révérence au Roi. L'un d'eux avança ensuite d'un pas et lui parla dans sa langue natale :

— Votre Majesté, je me vois dans l'obligation de vous interrompre, pardonnez-moi. Je suis venu en urgence.

— Ne deviez-vous pas être aux côtés des parents du Roi Lucifel ?

Il s'agissait en effet de deux prétoriens affectés à la protection des parents mortels du Roi Lucifel. L'ancien Conseiller pouvait aisément se servir d'eux à des fins de chantage alors il avait été décidé de placer une équipe de prétoriens aux abords de leur maison.

Le prétorien baissa la tête, s'apprêtant à annoncer une mauvaise nouvelle :

— La Confrérie a envahi leur résidence. Nous avons réussi à fuir avec les deux mortels mais des milliers de soldats de la Confrérie ont pris possession d'une partie de la ville de Jaipur.

Le Roi et son fils échangèrent un regard craintif.

— Où avez-vous conduit les parents du Roi Lucifel ? s'enquit Jason.

— Dans l'appartement du Roi, à New York.

— Très bien. Retournez à Jaipur et faites-moi un rapport régulier de la situation. Nous nous chargeons d'avertir le Roi Lucifel. Nous serons au palais. Soyez prudents.

Les hommes ouvrirent une porte de lumière et disparurent aussitôt, suivant les ordres du Roi d'Odéon.

Jason et son fils se levèrent.

— Veuillez nous excuser. Nous vous recontacterons dès que possible, Présidente Curtis, annonça Jason en anglais.

— Que vous arrive-t-il ? demanda la Présidente, l'air crispé.

— La Confrérie des Morts s'est emparée de la ville de Jaipur…

11

LE LIVRE SACRÉ

L'atmosphère était étrange et nébuleuse. Des paroles à peine audibles, des images floues, et parmi elles, celle de Mylès, son visage si serein affichant un sourire mesquin visible de moitié, voilé par une ombre. L'homme disparut soudain en une fumée noire tandis que résonnaient des cris apeurés de nourrisson.

Almandin se réveilla en sursaut, l'enfant blotti contre son torse. Penchée au-dessus d'eux, Mehiel fit un pas en arrière. Sous les yeux du Roi coulaient des larmes intarissables. Il ne savait pas pourquoi il pleurait.

Son corps entier contenait l'émotion qui l'avait assailli, effroyable, insoutenable, un mélange d'horreur, de tristesse, d'écœurement. Jamais il n'avait eu cette sensation si forte que même la mort n'aurait surpassée, une sorte de désespoir cinglant, d'une fatalité irréversible qui anéantissait sa vie.

Mehiel entoura l'enfant d'un manteau de laine et le recueillit dans ses bras.

— Qu'est-ce qu'il t'arrive ? Je ne t'ai jamais vu ainsi, dit-elle, affolée, en le berçant. Tu pleures…

— Ce n'est rien…, balbutia Almandin, et il essuya rapidement ses yeux du revers de sa manche.

Il regarda le nourrisson, les mains tremblantes de peur. Se pouvait-il qu'il ait senti les émotions de son fils, lui-même porteur des dons sacrés de son père : la force et la vision du futur ? Son fils, si jeune et si fragile, avait-il vu l'avenir ? Le Roi se détourna de lui, s'appuyant sur le lit.

Posée au-dessus de la petite bibliothèque, Mésilande

les observait. Elle s'était glissée par la petite fente reliant les appartements royaux aux chambres voisines. Le Roi l'examina d'un mauvais œil, comme s'il l'accusait d'être responsable de ces songes. L'instant d'après, son regard changea. Il esquissa un faux sourire pour enlacer sa femme.

— Je suis heureux d'avoir un fils. Je suis seulement heureux de vous avoir, toi, Anjali et Shaytan. Mais je dois vous laisser. Le travail m'appelle.

— Tu n'es pas dans ton état normal, dit-elle en secouant la tête. Tu me mens. Je te connais trop.

— Je vous aime.

Il l'embrassa, caressa la joue de son fils, à présent calmé, puis leva sa main en l'air. Mésilande se posa au bout de ses doigts. Étonnée de la voir dans leur chambre, Mehiel resta sans réaction tandis que le Roi et l'oiseau s'éloignaient d'elle.

— Mais...

— Je reviens bientôt ! chanta Almandin en lui faisant un signe de la main. À tout à l'heure, ma chérie !

Il quitta enfin l'appartement et marcha lentement dans le couloir, sans dire un seul mot, son regard sombre tourné vers son oiseau de feu. Le phœnix soutint ce regard, le temps de parcourir quelques galeries.

D'un battement d'ailes, l'oiseau grimpa sur son épaule.

— Mon enfant, je sais ce que tu désires mais je ne te dirai rien.

— Tu sais que mon fils court un danger. Voilà pourquoi tu le protèges. Tu connais l'avenir.

L'oiseau ne répondit pas. Le Roi soupira.

— Tu es né en même temps que le royaume. Tu es toujours là au moment où nous avons besoin de toi. La stèle ne se manifeste qu'en ta présence. Quel lien existe-t-il entre toi et Elohim ?

— Aucun.

— Balivernes ! cria le Roi. Dis au créateur que je n'accepterai plus aucun sacrifice.

— Et s'il ne se plie pas à tes exigences ?

— Alors j'agirai en conséquence. Je ne servirai plus ses intérêts.

— La trahison se paye cher. Je sais de quoi je parle.

— Tu sais toujours tout mais tu ne dis jamais rien. Là est le problème.

Le Roi s'arrêta de marcher. Un sourire audacieux se dessina sur ses lèvres.

— Mais il est temps que tu parles. Tu es le premier être vivant d'un sang différent de la famille royale qui réussit à entrer ici. Je savais bien que tu ne nous disais pas tout.

Mésilande releva le bec pour inspecter les lieux : une chambre funéraire remplie de gisants, des liserés d'eau coulant naturellement sur les murs. Sans qu'elle s'en rende compte, Almandin s'était joué d'elle en l'emmenant dans le sanctuaire sacré pour savoir si son corps pouvait franchir les limites imposées par le sang des Rois.

Les yeux exorbités, Mésilande quitta l'épaule de son maître pour se percher à une hauteur inatteignable, crachant sur lui des gerbes de feu.

— Traître !

— Tu n'avais qu'à regarder où nous allions.

Almandin émit un ricanement et traversa la ligne de tombeaux de ses ancêtres en direction de l'abside, à l'arrière de la grande salle aux sépultures.

— Tu n'avais jamais dit que tu pouvais entrer dans le sanctuaire sacré ! dit-il de loin. Sais-tu que l'on parle de toi dans le livre sacré du royaume ?

Intriguée, Mésilande prit son envol et se posa sur la table vide où gisait autrefois le corps sans vie de la Reine Sybille, face à l'armoire d'argent scellée protégeant l'ouvrage écrit par les Anciens. Le Roi releva sa manche, découvrit une clef pendue à un bracelet fin et l'inséra dans le fermoir. Deux petites portes s'ouvrirent, derrière lesquelles apparut le précieux manuscrit, relié par une couverture de métal ouvragée. Les pages semblaient souffrir du temps. Le papier avait jauni, l'encre s'était partiellement effacée. Almandin humecta son index et les tourna avec doigté, cherchant à retrouver des passages marqués à l'aide de morceaux de feuilles déchirées. Il s'arrêta sur un texte en syllique écrit d'une plume délicate.

— L'envoyé du créateur ouvrira les portes de l'Eden. Il protégera pour l'éternité la descendance des Rois. Le sauveur délivrera son âme de son corps de lumière, lut-il avant de se retourner vers elle. L'éternité n'est-elle pas acquise lorsque l'on est un phœnix ?

— Ce ne sont que des inepties ! siffla-t-elle. Vas-tu croire en toutes ces prémonitions ?

— Des prémonitions qui nous viennent des Anciens, ces êtres qui avaient le pouvoir de parler avec le créateur et de voir l'avenir.

— Le créateur s'est vite rendu compte qu'il avait fait erreur. À connaître l'avenir, les hommes se perdent. Ce livre aurait dû périr en même temps que le palais de Cirta.

Loin d'être convaincu, le Roi ouvrit le manuscrit sur une nouvelle page.

— L'élu est cité à de maintes reprises. Mais une ligne a été effacée, sûrement parce que le Conseil des Anciens avait décidé de censurer cette phrase. J'ai voulu savoir ce qui était écrit. J'ai passé des heures à lire ce manuscrit. J'ai noté les moindres mots, j'ai essayé d'interpréter tous ces songes. Les Anciens inscrivaient chacun à leur tour leurs visions dans le désordre le plus complet. Il faut vraiment le vouloir pour recoller chaque morceau à sa place. Mais j'y suis parvenu.

Il referma l'ouvrage et le reposa dans son écrin d'argent.

— Je ne suis pas l'élu. Je suis le sauveur et mon fils est l'héritier. Je ne sais pas qui est l'élu, mais j'aimerais bien connaître son identité. Vois-tu, il est écrit que l'élu est de sang royal. Mais le mot qui a été effacé est *dapal*, impur, de sang mêlé. Cet être appartient à une lignée non officielle de la famille royale. Une lignée que je ne connais guère car il n'en existe pas à l'heure actuelle. À moins qu'elle ne se soit toujours cachée de nous.

Le phœnix se tut un long moment avant de relever la tête.

— Tu sais bien qu'il n'en existe pas. Ce mot a été effacé car la personne qui l'avait écrit s'était trompée.

— Ce que je ne comprends pas, c'est que le sauveur a pour tâche d'aider l'élu à retrouver les pierres sacrées. Alors je dois forcément le connaître…

Le Roi se mit à réfléchir en marchant. Pris dans ses pensées, il ignora l'oiseau, de plus en plus énervé. Ses queues, semblables à des tentacules de feu, entourèrent le torse d'Almandin pour l'immobiliser et capter son attention.

— Ton raisonnement est absurde ! lâcha-t-il. Tu es l'élu. Ton sang n'est plus aussi pur qu'autrefois. Ton corps est celui d'un mortel, ne l'oublie pas.

— C'est juste. Nous pouvons l'interpréter d'une autre façon. Mais je n'y crois pas beaucoup. Mon sang n'est plus pur, il est vrai. Cela ne fait pas de moi un bâtard pour autant.

— Qui a parlé de bâtard ?

— Le livre. *Dapal* signifie en premier lieu bâtard. Me crois-tu assez ignorant pour ne pas le savoir ?

Le phœnix tordit son bec sur le côté, fixant l'ouvrage avec curiosité, comme s'il y trouvait soudain quelque chose de mystérieux.

— Qu'y a-t-il, Mésilande ? demanda le Roi en remarquant son trouble. Je pensais que tu connaissais l'avenir, mais on dirait que tu as toi-même été trompée par Elohim.

— Tu es censé être l'élu, répondit l'oiseau avec hésitation. Qui d'autre pourrait l'être ?

— C'est ce que nous devons découvrir. Alors il serait peut-être intéressant de me dire ce que tu sais et qui tu es vraiment.

Mésilande se tut encore une fois. Il fallait néanmoins

la faire parler car le Roi avait besoin de savoir ce qu'elle cachait, de toute évidence.

Il emmêla ses doigts à son plumage de feu et pénétra du regard ses yeux vitreux.

— Je te fais une promesse si tu me restes fidèle, chuchota-t-il, je ferai tout pour te délivrer. Ma parole a certainement plus de valeur que celle d'Elohim car un véritable dieu, si puissant soit-il, ne chercherait pas à corrompre l'humanité pour donner des leçons de moralité.

— Megon et moi sommes liés par un pacte. Je ne peux répondre à tes attentes. Tu vas devoir te débrouiller seul.

— Les garçons !

C'était la voix d'Adel et le bruit lourd de ses pas. Il entrait à l'instant dans le sanctuaire sacré.

L'oiseau échappa aux doigts d'Almandin, s'accrocha au mur de l'abside, à hauteur des torches allumées. Il recroquevilla ses ailes, enfonça son bec dans son gosier et atténua l'éclat de son plumage de feu, de quoi prendre l'apparence d'une flamme agitée, à s'y méprendre...

Mésilande possédait un talent fou de dissimulation, un talent que le Roi découvrait. Elle pouvait ainsi épier n'importe qui sans que personne s'en aperçoive. Même lui doutait à présent qu'elle se trouvait toujours là tellement l'imitation pouvait être parfaite. Elle cligna d'un œil et une amande bleu saphir se dessina au bout de la flamme avant de disparaître dans un déluge de feu.

Son père, arrivé dans l'abside, s'arrêta à l'entrée, surpris de trouver son fils seul. Il balaya du regard les lieux par deux fois et se gratta la tête.

— Almandin ? Avec qui parlais-tu ? Je croyais que ton frère était ici...

Le Roi jeta un regard discret sur son oiseau. Le phœnix ne bougeait plus, en dehors de ses plumes de feu qui rougeoyaient dans le noir. Il se demanda s'il devait parler de lui à son père mais il aurait perdu sa confiance et par la même occasion, tout espoir qu'il lui révèle un jour ses secrets. Pour cette raison, il préféra se taire.

— Je parlais à voix haute, mentit-il. Je réfléchissais…
— Et à quoi ?
— Aux prédictions du livre sacré.
— Ce livre peut être interprété de différentes façons, expliqua son père. Les écrits des Anciens conservent une part de mystère. Leurs prédictions restent difficiles à déchiffrer. Mais je suis sûr et certain que tu es venu ici plusieurs fois pour tenter de trouver leur signification. N'est-ce pas ?
— Oui. J'ai passé des heures à le lire…
— Je pense qu'il vaut mieux faire attention aux livres que l'on ouvre. Ils peuvent influencer, surtout ceux qui cherchent à y trouver de l'espoir ou à connaître leur destin par crainte de l'avenir. J'étais comme toi, fut une époque. Mais je regrette aujourd'hui d'avoir lu ce livre.

Prisonnier de ses pensées, Adel promena machinalement une main sur l'écrin d'argent protégeant l'ouvrage sacré.

— Mon père m'a enseigné ces prédictions dès mon plus jeune âge. Il pensait qu'un Roi devait connaître l'avenir de son peuple pour changer le cours de l'histoire. C'est à cela que sert le pouvoir des Rois, m'a-t-il dit un jour. D'ailleurs, il a muré les Anciens dans le silence pour que leurs visions ne soient accessibles qu'aux Rois seulement. Pour autant, je ne suis pas certain que tous les Anciens aient écrit la réalité de leurs songes. Il se pourrait très bien qu'ils aient voulu influencer la marche du monde en y inscrivant des événements qui n'auront jamais lieu afin de créer un royaume reflétant leur propre représentation du bien et du mal. Les hommes qui ont des visions du futur ont toujours tendance à prendre de mauvaises décisions pour éviter d'affronter leur destin. Je sais de quoi je parle.

Almandin pensa que son père avait toujours cherché à éviter la réalisation de ses visions quand il ne voulait pas les accepter. Malgré ses efforts, il n'avait jamais réussi à vaincre le destin. Les choix qu'il avait faits pour modifier le futur n'avaient rien changé. Peut-être était-il mieux de ne pas savoir ce qui les attendait ? Mais la tentation était trop grande de connaître l'avenir, ne serait-ce que pour imaginer quel monde viendrait à naître s'ils ne trouvaient pas de solution pour mettre un terme à la croisade insensée menée par Mylès. Connaître le futur lui donnait le courage et la force de vaincre.

Adel tapota l'épaule de son fils.

— Tu es resté trop enfermé ces derniers temps. Il faut que tu sortes d'ici. Ça ne te va pas, de trop réfléchir, dit-il en lui tendant un pli. Ce message est arrivé hier d'Odéon. Ils ont placé l'avant-dernière pierre sur le coffre. Mais je crois que tu le sais déjà, étant donné que Jason s'est proposé de te rejoindre dans le Monde des Mortels pour retrouver les livres des origines.

— En effet, répondit Almandin en prenant le message. Les a-t-il récupérés ?

— Il les garde en lieu sûr dans son palais.

— Bien. Nous devons nous rendre immédiatement à la stèle. Le Maître Raïken va bientôt faire son rapport à Mylès, si ça n'est pas déjà fait. Il faut placer un bataillon devant la porte d'Esiah, au cas où il chercherait à entrer au royaume pour se rendre à la stèle.

— C'est déjà fait, mon fils.

— Tu penses vraiment à tout ! s'exclama Almandin, comme si cela l'étonnait. Peux-tu aller chercher Anjali ?

— Elle doit être en train de s'entraîner, répondit son père, en approuvant d'un signe de la tête.

Adel fit quelques pas vers la sortie avant de se retourner de moitié.

— Siffle donc Mésilande. Je ne sais pas où se trouve encore cette sorcière. Je la trouve étrange, dernièrement.

— Peut-être parce qu'elle ne supporte plus… son corps de lumière…, souffla Almandin.

Son père resta silencieux un instant et se décida à faire demi-tour.

— Le livre sacré… encore lui… Je n'aurais jamais dû

te laisser cette clef, dit-il en pointant du doigt le bracelet d'Almandin. À trop chercher à savoir, on finit par se perdre. Rappelle-toi de cela, mon fils. Méfie-toi de tout ce que tu entends, de tout ce que tu lis et des interprétations qu'on en fait. Je vais chercher ta fille et Milo. Nous nous rejoindrons à l'entrée du fleuve noir.

— Pourquoi Milo ?

— Parce qu'il peut lire dans nos pensées, parce qu'il connaît l'emplacement de cette stèle…

Il s'approcha de l'oreille d'Almandin et lui glissa d'une voix basse :

— Parce qu'il a le droit de la voir désormais en tant que futur Prince, étant donné qu'il s'unira à ta fille.

— Tu as eu une vision ? demanda le Roi avec un soupçon de curiosité.

— Non, mais je le sais. Par contre, si tu ne fais rien pour les rapprocher, ils n'y arriveront jamais.

Adel lui pinça la joue. Enfin, il pivota sur les talons et sortit du sanctuaire sacré. Aussitôt, Mésilande décolla son ventre du mur, secoua l'intégralité de son corps, les griffes plantées dans la pierre, et d'un bond, se réfugia sur l'épaule de son maître qu'elle constella de poudre de cendres.

— Tu as failli me vendre, lui reprocha-t-elle.

— Oui, mais je ne l'ai pas fait. Je voulais savoir si mon père avait bien lu le livre sacré et à mon avis, il le connaît par cœur. Il lui accorde seulement moins d'importance que moi car il doute de la parole des Anciens.

— C'est ce qui le rend plus intelligent que toi, railla l'oiseau.

— Ou moins ouvert au destin que nous réserve Elohim.

— C'est ce que je te dis, mon enfant. Il est plus intelligent que toi. Accepterais-tu de perdre un proche parce que tel est son destin ?

Choqué par la question posée, le Roi se figea en pensant à son fils que l'oiseau protégeait grâce au rituel de la plume. La seule idée qu'il puisse mourir, aussi bien que

Mehiel, leur fille ou tout autre proche, fit remonter en lui un sentiment d'oppression. Le désespoir avait déchiré son cœur à son réveil, quand il portait son bébé dans ses bras. Plus que ça, la question n'était pas innocente. Il dut se résoudre à penser qu'il pourrait perdre un être cher dans les semaines à venir.

— Impossible..., souffla-t-il avec horreur.

— Alors ne parle plus jamais du destin qu'Elohim te réserve, celui du fleuve noir. Suis tes convictions. Ne sois pas influencé par des mots ou des images. Fais ce que tu crois être bon. J'ai confiance en toi. Ne me déçois pas.

L'oiseau enroula sa tête dans le cou d'Almandin. Son plumage, aussi doux que le coton, dégageait une chaleur apaisante qui le berça quelques secondes comme la main d'une mère son enfant. Il se sentit bien, au point d'en fermer les yeux.

— Je ne te décevrai pas car je suivrai toujours mon instinct. C'est une promesse, dit-il en passant ses doigts dans sa gorge plumée.

— Que ta promesse soit gravée dans les lignes de ta main.

Mésilande enveloppa la main du Roi avec l'une de ses queues rougies et, du bout d'une plume de feu, incrusta sur sa paume la marque du rachis et des barbes. Pris par surprise, Almandin serra les dents sous la douleur, retira aussitôt sa main encore fumante et voulut la soigner. Malgré ses dons, la trace ne s'effaça pas et la peau cicatrisa autour de la fine brûlure, formant une empreinte parfaite comme une plume fossilisée dans la pierre au milieu de sa main.

— Qu'est-ce que c'est encore ? cria-t-il en la fixant avec colère.

— Un pacte. Comme celui que j'ai passé avec le créateur, sauf qu'il n'avait pas cette forme. Chaque fois que tu douteras, tu regarderas cette marque et tu te rappelleras de ta promesse. Tu te dois à présent de suivre ton intuition et tes convictions.

— Mon père a raison. Tu n'es vraiment qu'une sorcière !

— Nous nous ressemblons sur ce point.

Et l'oiseau se mit à ricaner à grands bruits de gorge avant de s'étouffer quand le Roi tordit son gosier entre ses doigts. Mésilande expulsa de son bec de petits nuages de fumée et frétilla comme un poisson sorti de l'eau.

— On ne se ressemble pas, rectifia le Roi en la relâchant brusquement. Je n'ai pas ton sale caractère. J'espère que tu ne me décevras pas non plus car je me ferai un plaisir de tout répéter à mon père. Je suis certain qu'il aimerait savoir de quoi tu es capable.

— Tu le regretterais amèrement mon enfant, bredouilla-t-elle et elle toussota. Tu voulais mon aide. Tu l'as. Alors ne te plains pas.

— Oh, mais je ne me plains pas pour ça ! Ce que tu as oublié, c'est que Mehiel va la voir, cette marque, ou la sentir, plutôt. Qu'est-ce que je vais lui dire ? Que je me suis fait un nouveau tatouage sur la main ?

— Tu sais trouver de bonnes excuses. Tu as promis. Je te fais confiance.

— Maudite sois-tu, petite peste. Je me vengerai un jour.

Furieux, le Roi grimaça de manière à se donner un air féroce. Mais l'oiseau de feu connaissait trop son maître et ses humeurs changeantes pour se laisser duper. Mésilande gloussa en s'éloignant de lui à tire-d'aile.

À l'entrée du sanctuaire, Milo et Adel les attendaient déjà et l'oiseau dut manœuvrer pour ne pas se faire prendre en train de passer la ligne d'eau. Mésilande profita d'une inattention pour filer dans le couloir.

Pyrrhos avait lui aussi fait le déplacement, à la grande surprise d'Almandin. Sa fille Anjali manquait à l'appel. D'ailleurs, son père n'aurait jamais eu le temps d'aller la chercher. Il venait à peine de quitter le sanctuaire. Les trois hommes affichaient leur mine des mauvais jours.

Almandin fronça les sourcils, craignant une mauvaise nouvelle.

— Nous n'irons pas au fleuve noir, mon fils, lui annonça l'ancien Roi.

— Comment ça ? s'interloqua Almandin, et l'oiseau se posa finalement sur son épaule, pris d'un grand intérêt.

Pyrrhos lui tendit un message. Au fur et à mesure qu'Almandin avançait dans sa lecture, son visage s'affaissait. Jason lui annonçait l'invasion de sa ville natale de Jaipur par les membres de la Confrérie, et la disparition mystérieuse de ses habitants. Par chance, ses parents avaient échappé au sac mené par les dissidents dans leur résidence. S'ils n'avaient pas été placés sous la garde des prétoriens assignés à leur protection, peut-être seraient-ils déjà morts ?

Le message rendait aussi compte des premières observations des espions du Royaume d'Odéon. Des membres de la Confrérie auraient été aperçus dans les quartiers de la ville. Ils vérifiaient les bâtiments les uns après les autres. Aucune trace des mortels. Que leur avait réservé Mylès ? Almandin était au moins persuadé d'une chose : Jaipur n'avait pas été choisie au hasard. L'ancien Conseiller le provoquait personnellement.

— Qu'a-t-il encore en tête ? se demanda-t-il sans cesser de fixer le papier. Je ne comprends pas. Que veut-il faire des mortels ?

— Nous ne le savons pas, confia Pyrrhos. Je pense qu'il s'agit d'un piège. Mylès cherche à nous faire sortir du royaume.

— Quoi qu'il en soit, nous ne pouvons pas le laisser faire.

— Si tu veux intervenir, il va te falloir une armée, fit remarquer Milo. Pour la mener dans le Monde des Mortels, tu auras besoin de l'approbation du Conseil.

— Alors convoquez-le tout de suite ! ordonna Almandin en relevant le front. Même s'il s'agit d'un piège, nous devons y aller. Que serions-nous aux yeux des mortels si nous ne faisions rien pour les sauver ?

— Crois-tu réellement que Mylès s'en prendra aux mortels ? rétorqua le garde. Jason t'a fait comprendre que Mylès n'a pas forcément besoin des pierres sacrées pour mener à bien ses projets. Il a surtout besoin d'obtenir le soutien des mortels. Il trouvera un moyen de retourner notre intervention à son avantage.

— Alors que proposes-tu ? Attendre les bras croisés ?

Le Roi examina ses compagnons un à un. Les trois hommes se regardèrent dans un silence équivoque. Aucun d'eux n'avait une solution convenable à opposer.

Milo se risqua à répondre, sans grande certitude :

— Attendre quelques heures de voir comment évolue la situation. Mylès nous enverra peut-être un message.

— Oh oui ! Attendons une invitation, s'emporta Almandin, le ton ironique. Cette fois-ci, il nous proposera peut-être de visiter New York !

Son frère secoua la tête, exaspéré.

— Nous avons besoin de temps pour mobiliser les troupes. Le Conseil ne te laissera pas partir avec l'intégralité de l'armée. Nous ne savons même pas combien d'hommes ont envahi Jaipur. Ce serait risqué de s'engager sur le front sans cette information.

— Je te rappelle aussi que tu es aveugle dans le Monde des Mortels, poursuivit son père. Tu es devenu le meilleur combattant du royaume, j'en suis persuadé, mais cela ne suffira pas. Mylès t'attire dans un lieu qu'il maîtrise bien mieux que nous car lui et les siens vivent désormais dans le Monde des Mortels. Il nous faut une bonne stratégie avant tout.

Almandin se massa le visage. Quelles options s'offraient à eux ? Courir le risque de mener ses hommes à la mort en partant à l'offensive dans le Monde des Mortels ou décider de ne pas céder à la provocation en espérant que Mylès abandonne son plan, faute de n'avoir aucun ennemi à évincer ? La seconde option paraissait inacceptable dans la mesure où elle reposait sur une seule hypothèse, selon laquelle Mylès désirait les attirer dans un piège. Pari risqué.

Au pied du mur, le choix était rapide. L'armée devait intervenir pour défendre les intérêts des mortels. Almandin jeta un dernier regard au message de Jason. La Confrérie avait investi le nord de Jaipur, du quartier de Lalkothi au fort Nahargarh. Ses parents vivaient au milieu de cette zone, dans le quartier de Bani Park. Almandin connaissait cette ville mieux que quiconque, du moins, du bout de sa canne... D'après ses souvenirs, le fort surplombait la ville de Jaipur. La Confrérie avait dû l'investir pour garder un œil sur l'ensemble des quartiers occupés. La majorité de l'armée adverse devait s'y trouver.

— Je vais envoyer Samael et Katell dans le Monde des Mortels en éclaireurs, annonça-t-il après réflexion. Ils prêteront main-forte aux prétoriens de Jason et viendront me rendre compte. En attendant, réunissons le Conseil. L'armée doit se tenir prête à partir.

— Toute l'armée ? demanda Milo.

— Non, la moitié. Un bataillon stationne déjà devant la porte d'Esiah, si je ne me trompe pas. Ils resteront là. Nous enverrons seulement le reste de l'armée. Mylès ne fera jamais l'erreur de rassembler tous ses hommes au même endroit.

Almandin observa son frère en disant cela car il n'existait pas une personne mieux placée que lui pour comprendre ce que Mylès avait en tête. Pyrrhos avait vécu toute sa vie auprès de lui, s'était inspiré de ses conseils et avait appliqué ses méthodes en matière de guerre. Almandin devina ses pensées à son expression renfrognée.

— Mylès a toujours une réponse à tout. Il te connaît trop. Il sait que tu vas venir. Et malheureusement pour nous, il reste imprévisible en plus d'être fin stratège. Cette charogne ne se permettrait pas de te provoquer s'il n'était pas sûr de gagner.

— Si je savais au moins ce qu'il mijote, soupira Almandin. Mais ça n'est pas le cas.

— Que te dit ton instinct ? intervint contre toute attente Mésilande.

Le Roi tourna la tête et fixa les yeux saphir de son oiseau de feu, posé sur son épaule.

— Mon instinct..., répéta-t-il et durant un court instant, il se perdit dans ses pensées. J'ai un mauvais pressentiment. Mylès nous pousse à faire un choix délicat. Quelle que soit notre décision, nous n'aurons pas la chance de notre côté. Si nous intervenons, une partie de nos hommes risque de perdre la vie. Mais si nous ne faisons rien, nous risquons de montrer au créateur que nous sommes incapables de protéger les mortels. Nous perdrons, qui plus est, tout espoir d'alliance avec eux.

Il resta muet quelques secondes, puis reprit la parole en fixant les trois hommes, le regard insistant. Son instinct lui dictait la conduite à tenir.

— Nous ne devons pas seulement penser aux conséquences immédiates de nos actions, mais œuvrer pour le futur de notre peuple, dit-il avec certitude. Ce royaume est en guerre depuis tellement d'années... Personne ne sait combien de temps ce conflit va encore durer. La meilleure des solutions est celle qui nous permettra de maintenir un équilibre à long terme. Ce ne sera pas le cas si nous restons passifs. Il s'agit d'une guerre, ne l'oublions pas. Cela implique que nous devrons livrer bataille tôt ou tard. Jusqu'ici, nous n'avons fait que gagner du temps pour préparer notre armée au combat. Mais nous savions qu'un jour, nous aurions à nous rendre dans le Monde des Mortels pour affronter la Confrérie car nous avons poussé ses membres à se réfugier sur leurs terres. Ils ne peuvent plus entrer dans notre royaume ni dans celui d'Odéon. La bataille décisive se jouera donc dans le Monde des Mortels. C'est un fait. Si nous ne sommes pas prêts maintenant, nous ne le serons jamais.

Adel croisa les bras en hochant la tête. Milo demeura

perplexe. Pyrrhos émit un grognement. Même s'ils n'approuvaient pas la méthode, une intervention restait la meilleure des solutions. Face à leur silence, le Roi trancha.

— Le Conseil doit se réunir au plus tôt, décida-t-il. Prévenez les représentants. Je me charge d'envoyer Katell et Samael à Jaipur.

Sur ces mots, il s'éloigna du sanctuaire, son oiseau de feu accroché à son épaule droite.

12

ENTRE DEVOIR ET DOUTE

Décidé à intervenir à Jaipur, le Roi donna mission à ses espions et prit conseil auprès de son ami Gamerron. S'il existait une personne capable de l'aider à mettre au point une stratégie, c'était bien lui, le dirigeant de Gaïa, le meilleur ingénieur du royaume. Cet homme faisait toujours preuve d'une imagination débordante et maniait les technologies humaines avec une aisance surprenante, comme s'il était né avec un ordinateur et des pinces au bout de ses membres.

Sur le chemin du retour, Almandin pensa à prendre des forces en dégustant quelques aliments en conserve qu'il réchauffa dans l'âtre de la bibliothèque où il acheva la préparation de ses plans.

Enfin, quand il sut que les Illustres allaient bientôt arriver en salle du Conseil, il envoya Mésilande auprès de Milo et s'arrêta à ses appartements. Mehiel devait s'y reposer.

De retour dans sa chambre, il fut surpris de voir la Reine debout, en train de s'apprêter, elle qui avait accouché la veille. Même s'il avait pris soin d'effacer ses maux grâce à ses dons, elle restait faible. Son état physique détonait avec son humeur actuelle. La Reine paraissait révoltée.

Almandin soupira, même s'il comprenait les raisons de son énervement. Elle devait être au courant pour Jaipur. Il n'avait pas pris le temps de l'informer personnellement.

— Qu'est-ce que tu fais ? demanda-t-il innocemment depuis l'entrée.

— Je me rends au Conseil que tu as convoqué en urgence, répondit Mehiel, le ton sec.

— Tu m'en veux de ne pas être venu t'en parler avant Séraphin, je présume ?

— Non, ce n'est pas Séraphin qui est venu me voir mais ton père.

Décidément, son père ne lui rendait pas la tâche facile. Pour éviter la discussion, Almandin rejoignit le berceau de son fils mais le bébé ne s'y trouvait pas.

— Où est Shaytan ?

— Avec Maria.

Mehiel reposa bruyamment sa brosse sur sa coiffeuse. Si elle l'avait pu, elle l'aurait détruite à mains nues.

Almandin s'approcha d'elle et passa ses bras autour de sa taille. Elle protesta en le repoussant pour échapper à son emprise.

— Arrête, je sais ce que tu essaies de faire. Ça ne marchera pas cette fois.

Elle finit par s'éloigner de lui et lui fit front :

— Je te connais trop. Je sais que tu me caches quelque chose. Tu me mens. Tu n'avais jamais fait ça avant.

— Pourquoi dis-tu ça ?

— Ta réaction avec notre fils tout à l'heure. Le fait que tu ne viennes même pas me voir pour m'informer de ce qu'il se passe dans le Monde des Mortels avec Mylès.

Il vida ses poumons. C'est vrai, il préférait la mettre à l'écart des problèmes politiques. Cela n'avait rien à voir avec un manque de compétences. Almandin n'aimait pas qu'elle y prenne part car elle était capable d'affronter tous les dangers pour suivre ses convictions. Ils se ressemblaient sur ce point. Elle pouvait bouger des montagnes et offrir tout son être pour défendre une cause. Mais il tenait trop à elle pour prendre le risque de la perdre.

— Je suis ta femme, rappela-t-elle. Je suis là pour t'épauler, mais je me suis aussi engagée à accomplir les devoirs d'une Reine en m'unissant à toi. J'ai l'impression de ne pas jouer ce rôle pour l'instant car tu me mets à l'écart des affaires du royaume. Je ne suis pas une simple génitrice, Almandin. J'étais auparavant représentante, destinée à devenir une dirigeante. Autrefois, tu te confiais plus facilement. Maintenant, tu as peur de le faire. Je sais que tu cherches à me protéger mais ce n'est pas en agissant ainsi que tu le feras.

— Je dois me rendre dans le Monde des Mortels avec l'armée, avoua-t-il difficilement. Mais j'ai un mauvais pressentiment. Je ne voulais pas t'inquiéter.

— Eh bien maintenant, c'est fait.

— Comme quoi j'avais raison de ne pas te le dire.

Il lui sourit et caressa une de ses joues. Elle se calma aussitôt, résignée.

Comme elle baissait le regard, il posa un doigt sous son menton et les yeux embrasés de Mehiel se posèrent enfin sur lui.

— Tu dois accomplir ton devoir de Reine et de mère comme je dois accomplir mon devoir de Roi et de père, lui dit-il avec douceur. C'est pourquoi mon père restera ici avec toi et Shaytan. Une partie de l'armée stationnera devant la Porte des mortels. Une autre sera envoyée à Garak.

— Tu as peur que Mylès ne revienne au royaume ?

— J'ai peur qu'il ne s'en prenne à nos enfants. J'ai demandé à Myron de surveiller Anjali. Elle gardera la Porte des mortels avec mon frère.

— Et toi ? demanda Mehiel en lui saisissant les mains. Qui va te protéger ?

Elle désirait seulement être rassurée. Mais aucune réponse n'aurait pu la satisfaire car elle ne supportait pas la situation. C'était ce qui la rendait si nerveuse. La guerre avait déjà éloigné Almandin d'elle une fois. Elle ressentait seulement de la peur, autant de peur que lui.

— Je n'ai pas besoin de l'être, assura-t-il avant de poser son front contre le sien. Par contre, il m'appartient de protéger mon peuple. Veland et Milo m'accompagneront. J'ai confiance en eux.

— Ton père ne sera pas d'accord. Anjali non plus.
— Pour une fois, ils se plieront à mes exigences.
Mehiel se dégagea de lui et lui tourna le dos.
— J'ai préparé tes affaires.
Elle les lui désigna du menton avant de s'éloigner. Il n'avait même pas eu le temps de la serrer tout contre lui et de la réconforter.

Quelques minutes plus tard, le Conseil fut réuni au Cianath, autour d'une table ronde. Y prenaient part tous les anciens membres de la Chambre de l'Edenrah, les nouveaux dirigeants et la famille royale dans son intégralité. Mehiel était assise à sa place, entre sa fille et son époux, le Roi, et elle ne loupait aucun mot, aucune information. Elle observait minutieusement chacun de ceux qui prenaient la parole car elle savait une chose : leur avenir à tous allait se jouer ici, aujourd'hui.
L'annonce de l'invasion d'une cité mortelle sonnait comme le début d'une nouvelle ère. La Confrérie des Morts envoyait un signal fort : elle était prête à conquérir le Monde des Mortels. Restait à décider comment réagir face à cette provocation.
— Selon les derniers rapports, une centaine de soldats seraient postés près du fort, expliqua le Roi. Les autres sont dispersés dans les quartiers. D'après le Roi Jason, des portes auraient été ouvertes entre Jaipur et d'autres villes mortelles durant l'invasion. Elles auraient servi à évacuer les habitants de la ville.
— Les mortels qui n'ont pas réussi à passer par ces portes se trouveraient au niveau du fort, reprit Adel. Nous pensons que la Confrérie a envoyé les mortels vers d'autres lieux dans un but précis, mais nous ne savons pas vraiment lequel. L'hypothèse première serait qu'ils désireraient les utiliser comme monnaie d'échange ou peut-être ont-ils l'intention de se servir d'eux comme boucliers lorsque nous arriverons.
— Mylès a déjà usé de cette tactique, confirma le vieux

Hemett, membre de la Chambre de l'Edenrah. Il n'hésitera pas à l'employer de nouveau.

— Ce qui complique une intervention à Jaipur, intervint Celymen, sa collègue. Surveillent-ils nos portes ?

Gamerron hocha brièvement la tête :

— Malheureusement oui. Les lieux correspondant aux coordonnées des portes siahnnas et éduinnes les plus proches de la cité ont été placés sous la garde de soldats voués à leur cause. Nous pouvons tout de même y accéder. Les portes suivantes se trouvent à dix lieues environ.

Chacun fit le calcul pour savoir comment déplacer les troupes sur une telle distance. Le visage de Kadek se ferma.

L'ancien Président de la Chambre de l'Edenrah avait l'habitude de contester chacune de leurs décisions quand elles s'avéraient risquées. Cet homme entièrement dévoué à son peuple préférait éviter l'affrontement et défendre les intérêts du royaume plus habilement, à l'image de Mylès. Il savait manœuvrer en véritable serpent de mer, ce qui faisait de lui un homme respectable, doté d'un bon sens du devoir mais difficile à convaincre. Malgré tout, Almandin l'appréciait car il était toujours de bon conseil et lui permettait souvent de se remettre en cause. Son comportement parfois exaspérant, sa franchise souvent offensante n'étaient que le reflet d'une loyauté sans faille.

— La distance à parcourir pour s'y rendre est beaucoup trop grande, dit Kadek. Nous n'avons pas de dévoreurs et de cymarans à disposition dans le Monde des Mortels, vous le savez.

— Et la Confrérie en a, j'en suis parfaitement conscient, en convint le Roi.

— Sur place ?

— Oui.

Tout le monde se tut. Kadek chercha du regard qui pourrait l'aider à convaincre le Roi de renoncer à se rendre dans le Monde des Mortels. Il passa en revue la famille royale, murée dans le silence. Même Milo, d'habitude très engagé et toujours partant pour guerroyer, semblait avoir perdu la parole.

Aucun n'osait se positionner contre une intervention. Personne ne défendait non plus l'idée insensée d'entrer dans le jeu de Mylès. Car le problème résidait là. Personne n'était dupe. Mylès avait tout calculé. Il fallait maintenant prendre la meilleure décision : celle qui assurerait un minimum de morts chez les Éduins, les Siahnnas, et les mortels.

Seule Anya, ancienne Reine du royaume, assise aux côtés de son fils, le Prince Veland, semblait sceptique mais demeurait muette, lançant de grands soupirs d'exaspération lorsqu'elle désapprouvait. Mehiel, quant à elle, restait impassible, froide. Son teint livide marquait sa peur. Elle était contrariée mais ne disait rien.

Le silence de la famille royale énerva encore plus Kadek. Le Roi avait déjà tout prévu avant même la tenue du Conseil. Et cela le rendait fou.

— Nous ne sommes pas à armes égales, Votre Majesté, insista-t-il. Une intervention à Jaipur est pure folie.

— Plus nous attendons pour les combattre dans le Monde des Mortels, plus leur armée se renforce, ne le voyez-vous pas ? répondit Almandin.

— Leurs stratégies sont plus élaborées. Leurs soldats sont mieux formés. Ils se sont habitués à vivre sur ces terres. Il devient de plus en plus difficile de contrer leurs attaques.

— Le Seigneur Mylès cherche peut-être à mesurer sa force actuelle, souffla l'Illustre Rhodri.

— Nous avons besoin de connaître la nôtre aussi, rétorqua Hemett.

— Comment réagissent les mortels face à la disparition des habitants de Jaipur ? demanda Celymen.

— Leur propre armée est déjà sur place, informa le Roi. Elle forme un périmètre de sécurité. Des hélicoptères survolent la zone. Pour l'instant, leurs écrans ne montrent que des cymarans et des dévoreurs.

— L'arrivée soudaine d'un si grand nombre de soldats sur leur terre révélera notre existence aux yeux des mortels, reprit Kadek. Si nous combattons à Jaipur, nous trahirons ce secret que nous tentons de conserver depuis la création par Elohim des deux Royaumes des Morts.

Almandin retint un soupir d'agacement :

— Mylès ne s'est pas posé cette question lorsqu'il a emmené avec lui des Siahnnas et des Éduins vivre dans le Monde des Mortels, Seigneur Kadek. Il est grand temps de révéler notre existence. Le Roi Jason a d'ailleurs pris contact avec un représentant mortel. Que vous le vouliez ou non, nous devrons bientôt composer avec les mortels si nous voulons les protéger et subsister par la même occasion.

Kadek ne répondit rien mais fronça les sourcils. Même si l'idée d'être connu des mortels ne plaisait à personne, il s'agissait d'une évidence. Tôt ou tard, les Royaumes des Morts feraient la une des journaux mortels car d'autres qu'eux se chargeraient de révéler leur existence.

— Combien de Siahnnas ont quitté le royaume jusqu'ici ? demanda Celymen.

— Une vingtaine de milliers, répondit Adel en tant que général en chef des armées.

— Et en ce qui concerne les Éduins ?

— Environ quatre-vingt mille d'après le Roi Jason, annonça Almandin.

Le vieux Hemett fit de gros yeux.

— Vous désirez vous battre contre une armée de cent mille hommes ? s'écria-t-il.

— Je ne pense pas qu'ils seront si nombreux à Jaipur. Mylès ne prendra pas le risque de perdre l'intégralité de sa force de frappe.

Pyrrhos ricana en guise de protestation, que seuls ses voisins de table – son fils et son père – entendirent. Adel lui fila une petite tape sur la cuisse pour le sommer de se taire. Pyrrhos n'en pensait pas moins : Mylès était capable de tout.

— A-t-il adressé des revendications ? continua Hemett.
— Aucune.
L'ancien chef de la garde de Pyrrhos, Myron, devenu dirigeant de l'Astreïa, se tourna vers Sa Majesté :
— Qu'en pense le Roi Jason ?
— Les prétoriens se préparent déjà à livrer bataille. Le Roi Jason propose un rassemblement de nos troupes à Sambhar.
— Et comment comptez-vous reprendre la cité ?
Almandin fit signe à Gamerron d'afficher une carte de Jaipur au milieu de la table. Elle apparut sous forme d'hologramme.
— Nous devons commencer par le fort, indiqua Almandin en montrant du doigt son emplacement. Il s'agit du point stratégique. Une porte située au plus haut de la colline nous permettra d'y accéder rapidement.
— N'est-elle pas gardée ?
— Justement si, poursuivit le Roi. Mylès sait que nous avons envoyé des espions. Katell et Samael se sont fait repérer à ma demande. Jusqu'ici, nous avons toujours pris des précautions pour attaquer les quartiers de la Confrérie. L'ex-armée de l'Edenrah excelle dans la stratégie défensive, mais doit encore s'améliorer en ce qui concerne l'attaque. Mylès connaît ce point faible. Il pense que nous arriverons par l'extérieur de la ville pour protéger au mieux nos hommes au vu des observations faites par nos espions sur les lieux. Seulement, si nous appliquons cette stratégie, nous risquons d'être pris en étau. Mylès doit disposer de soldats aux endroits même où il a envoyé les habitants de Jaipur. Dès que nous arriverons dans la cité, il enverra ces troupes inactives à l'arrière du front. Nous devons donc bloquer l'accès aux portes une fois que nous serons passés.
— Et comment comptez-vous le faire ?
— Des Éduins garderont les coordonnées des trois portes situées sur le champ de bataille, annonça Gamerron, en projetant à la place de la carte de Jaipur un schéma

explicatif. Ils avaient déjà utilisé cette méthode avant la scission du royaume pour nous empêcher d'accéder au Monde des Mortels lorsque l'armée de libération avait voulu y conquérir des âmes.

Pyrrhos plissa les yeux à l'évocation de cet événement, car n'avait-il pas, à cette époque, été placé à la tête de cette supposée armée de libération sous l'influence de Mylès ? Une nouvelle fois, l'histoire le ramenait à ses fautes. Il se jura de se venger de cet homme qui lui avait tout pris, jusqu'à sa propre fille Satya.

— Des Siahnnas feront de même avec les coordonnées des portes éduinnes, reprit le dirigeant de Gaïa, sans prêter attention à l'expression irritée de l'ancien Roi. Avant l'arrivée de nos troupes, Katell et Samael installeront au milieu de la zone cet engin que voici.

Le représentant sortit de sous la table une sorte de mécanisme rond pourvu de crochets, de la taille d'un bras d'homme. Il le montra à l'assemblée.

— Il s'agit d'un dispositif capable de créer un champ magnétique qui désactivera tout objet électronique sur une zone définie. Ainsi, les soldats ne pourront plus utiliser leur disque. Ils n'auront donc aucun moyen de s'échapper ni d'arriver par petits groupes.

— Ce qui signifie que nous n'aurons pas non plus cette possibilité, déduisit Hemett en cherchant à comprendre son fonctionnement.

— En effet. Il sera nécessaire de sortir de la zone pour se servir des disques ou de la bague, dit Almandin en bougeant l'index de sa main droite.

Le Roi y avait enfilé ce bijou, le seul dispositif du royaume permettant d'ouvrir un vortex entre le Monde des Mortels et le Royaume d'Esiah. Depuis la fuite de Mylès, personne d'autre n'avait le droit de rejoindre le Monde des Mortels sans autorisation. Et quand ils recevaient cette autorisation, les soldats devaient attendre que Gamerron ouvre une porte dans le Monde des Mortels à un point de rendez-vous et une heure préalablement fixés pour rentrer au royaume.

— D'où l'importance de créer une ligne de front difficile à franchir pour les membres de la Confrérie, dit-il avec malice. Nos soldats devront abattre un maximum de dévoreurs et de cymarans, ou tenter de les subtiliser à l'ennemi, pour éviter que l'armée adverse ne sorte du périmètre.

Le vieux Hemett se frotta la barbe :

— Mylès n'aura aucune solution de repli si vous y parvenez.

— Si tant est qu'il soit sur place ! lâcha Kadek avec hargne.

— Il viendra, répliqua aussitôt Pyrrhos, le ton certain.

— Nous tenons là une chance de le vaincre une fois pour toutes, conclut le Roi.

La plupart des membres du Conseil acquiescèrent mais la Reine connaissait les craintes d'Almandin concernant cette attaque. Il savait cacher ses émotions derrière un incroyable aplomb. Cela n'avait pas changé, malgré sa résurrection dans un corps de mortel. Mehiel lui serra la main sous la table du Conseil. Il lui adressa un regard aimant et confiant en retour. Elle n'en fut pas plus rassurée. Bien au contraire.

— Qu'en est-il des mortels qui ont disparu ? demanda Celymen.

— Nous savons désormais où Mylès les cache. Ils se trouvent sur cinq sites différents, expliqua Almandin, tandis que Gamerron présentait aux membres du Conseil une carte du monde parsemée de cinq points rouges. Nous n'attaquerons pas ces sites avant d'avoir repris Jaipur. Nous risquerions de tuer des mortels au cours de l'attaque.

— Et si la Confrérie les tue ? poursuivit la représentante.

— Mylès aura du sang sur les mains, et il lui sera difficile de plaider sa cause auprès des mortels lorsque notre existence sera révélée, dit le Roi. S'il avait voulu tuer les mortels, il l'aurait fait au lieu de les retenir en otage. Mylès cherche à nous faire venir dans le Monde des Mortels. Il a en effet l'avantage du terrain.

— Si tu es persuadé qu'il ne veut pas s'en prendre aux mortels, alors pourquoi vouloir libérer Jaipur à tout prix ? demanda Anya.

Elle s'était retenue de parler tout le long et on sentit dans sa voix comme une sorte de contrariété.

— Tes parents mortels sont en sécurité, dit-elle. Mylès n'a aucun moyen de te faire chanter. D'ailleurs, cela m'étonne bien de lui de les avoir laissés s'échapper car il utilise toujours les faiblesses des autres et il ne commet aucune erreur.

— Tu as mis le doigt sur un point important, Anya, approuva Almandin. Si nous ne cédons pas à sa provocation, il trouvera une autre façon de nous attirer dans le Monde des Mortels, ce qui pourrait être bien pire qu'une simple prise d'otages.

— Mylès parvient toujours à ses fins, intervint son frère pour appuyer ses dires. Il manipule les autres puis les brise. S'il désire obtenir quelque chose, il trouvera un moyen de l'avoir, de gré ou de force.

Les paroles de Pyrrhos laissèrent place à la réflexion.

Le Roi eut un moment d'absence. Jusqu'ici, Mylès n'avait fait aucune revendication. La seule chose dont l'ancien Conseiller pouvait être certain était que le Roi ferait le déplacement. Et si Mylès avait finalement tout manigancé dans la seule intention de se retrouver face à lui ? Même s'il parvenait à le tuer, le royaume, désormais pourvu d'un organe de décision qui lui était propre, continuerait le combat contre la Confrérie, comme l'avait fait l'Edenrah à sa mort contre l'armée de libération de Pyrrhos.

Adel donna un coup de coude dans les côtes de son fils pour le sortir de ses pensées quand Dame Celymen lui posa une dernière question :

— De combien d'hommes avez-vous besoin ?

— La moitié des troupes, répondit le Roi, après avoir repris ses esprits. Les autres bataillons garderont la grande place ainsi que la cité de Garak. Ils resteront sous le commandement de mon frère. Ma fille Anjali sera à ses côtés. J'assurerai quant à moi le commandement des troupes qui se rendront dans le Monde des Mortels. Veland et Milo seront chacun à la tête d'un bataillon.

Tous les concernés se turent. Le Roi avait pris sa décision concernant la stratégie à adopter, et personne n'aurait pu le faire changer d'avis. D'ailleurs, aucun d'eux n'avait émis une objection quand il leur avait dévoilé son plan.

Le Seigneur Kadek se leva brusquement.

— Je m'oppose fermement à cette intervention, cria-t-il en frappant du poing la table du Conseil. Il s'agit là d'une mission suicide.

— Seigneur Kadek, avez-vous une autre proposition à nous faire ? demanda Almandin. Nous avons eu cette information il y a quatre heures. Plus le temps passe, plus nos chances de retrouver des habitants de Jaipur vivants s'amenuisent. Je vous suggère donc de nous donner votre solution maintenant si vous ne voulez pas vous sentir coupable par votre indécision d'avoir causé la mort de milliers d'êtres humains.

Aucun mot ne sortit de la bouche du représentant. Il préféra se rasseoir en ramenant sur son poitrail la longue cape couleur terre de sa tunique.

Le Roi fixa un à un les autres membres du Conseil.

— Qui d'autre s'oppose à l'envoi de nos troupes ?

Il attendit une longue minute, silencieux. Mais personne ne parla ou ne bougea.

— Le Conseil a donc voté, en conclut Almandin en se relevant, et l'ensemble de ses membres suivit le mouvement. L'armée part le plus tôt possible.

Le Roi se retourna vers Gamerron :

— Envoie un message à Jason, et dis-lui que nous nous retrouvons à Sambhar.

13

JAIPUR

L'armée s'était séparée en deux groupes distincts. Le premier rassemblait les combattants choisis pour affronter les soldats de la Confrérie dans le Monde des Mortels. Le groupe se composait de trois bataillons, menés par le Roi Lucifel, qui passait les troupes en revue. Le second, moins garni, constituait un vivier de défense, placé sous les ordres de Pyrrhos.

Le frère du Roi avait été choisi pour garder la grande place de la cité d'Esiah, devant la Porte des mortels. Depuis la fin du Conseil, il ne cessait de marmonner, contrarié de ne pas pouvoir accompagner Almandin sur le champ de bataille :

— Votre mission première est de ramener mon frère vivant, dit-il, face à son fils et Milo, me suis-je bien fait comprendre ?

— Almandin n'a pas sollicité de protection, répondit le garde, en passant son arme derrière son dos pour s'étirer. Je ne pense pas qu'il nous laissera le suivre.

— Je me contrefiche de ce qu'il a pu vous demander. S'il arrive quoi que ce soit à mon frère, je vous jure que vous regretterez de franchir cette porte en retour, menaça Pyrrhos, sourcils froncés. Almandin est l'élu. Mylès va chercher à l'évincer. Il ne doit pas réussir à l'approcher. Est-ce clair ?

— Très clair Pyrrhos, dit le garde, d'un air indifférent.

— C'est Michael, sale petit garnement ! s'emporta aussitôt le concerné, grimaçant. Quand vas-tu le comprendre ?

— Quand tu ne marcheras plus dans ses provocations, père, lui répondit son fils, avec un léger sourire.

Pyrrhos l'observa, silencieux, les yeux plissés. Veland émit un petit bruit de gorge et frappa dans l'épaule de son ami.

— Nous allons prendre soin de mon oncle, n'est-ce pas ? lui dit-il, en espérant recevoir de sa part un peu d'aide.

— Almandin fait bien ce qu'il veut, comme tous les membres de cette famille, soupira Milo. Là est le problème.

Le Prince lui envoya son coude dans la taille. Pyrrhos s'apprêtait à répliquer quand son frère arriva avec sa fille, Anjali. Le Roi portait sa fine armure, confectionnée par le dirigeant de Gaïa dans un métal solide, presque indestructible, de manière à résister aux lames modelées dans le bâton des soldats.

— L'armée est prête, annonça-t-il. Jason et Nolan nous attendent.

Anjali serra son cousin dans ses bras, puis elle s'arrêta devant Milo. Ses yeux noisette le fixèrent avec tendresse. Et après un moment d'hésitation, elle l'étreignit par surprise. Le garde se laissa faire, et la ramena même tout contre lui en passant une main derrière son dos.

— Faites attention à vous, dit la Princesse avec timidité.

— Je prendrai soin de ton père, assura Milo.

Et il eut à cet instant un regard rempli d'amour, qui dévoilait ses sentiments. Un amour naissant qu'Almandin prenait plaisir à observer. Sa fille avait pardonné le geste de Milo, celui par lequel il avait réduit d'un coup d'épée le poids de ses cheveux légèrement ondulés. Un espoir de voir peut-être un jour ces deux jeunes gens aux caractères opposés s'unir pour la vie.

La Princesse s'empourpra ; cela se voyait au teint sombre que prirent ses pommettes basanées. D'une main indécise, elle entreprit de passer autour de son cou un pendentif argenté. Quelques soldats, en rang derrière eux, sifflèrent la scène, et bientôt les hommes montrèrent leur joie en frappant de leurs poings leur plastron d'acier. Le chef de la garde, confus, ne sut trop comment réagir mais un regard glacial porté sur l'armée transforma immédiatement l'agitation en murmures, chuchotements et grandes inspirations.

— C'est juste... un porte-bonheur, balbutia Anjali en posant une main sur le torse cuirassé du garde. Revenez vivants.

Une lueur d'affection brilla dans les yeux de Milo quand il croisa le regard de la Princesse. Almandin le poussa dans le dos, contre sa fille, et le garde, à présent au plus proche d'elle, embrassa tendrement son front. L'armée leva les armes vers la voûte de feu et émit un cri de guerre. Un sourire naquit finalement sur les lèvres de Milo. Que pouvait-il faire contre une armée tout entière qui s'accordait un moment de divertissement avant de partir sur le front ?

Almandin donna le signal de départ. Une frappe sur le dos de son frère, et il déposa à son tour un baiser sur le front d'Anjali. Enfin, il lui pinça la joue avec fierté, et quand elle eut fini de protester gentiment, il conduisit Veland et Milo vers l'immense porte de lumière ouverte sur la place. L'armée avança derrière eux.

— Si tu voulais être discret, c'est raté, lança le Roi à Milo, l'œil brillant de malice.

— Rappelle-moi qui m'a poussé dans le dos ? demanda le garde.

— Je ne me sens coupable de rien. Sais-tu au moins ce qu'elle t'a offert ?

Milo saisit le pendentif entre ses doigts tout en continuant à avancer. Le bijou disposait d'une encoche permettant son ouverture. Dans la tradition du royaume, les femmes l'offraient à leur amant avant de partir en mission. Almandin agita le sien devant les yeux du jeune homme, lequel jeta un rapide coup d'œil derrière lui en direction d'Anjali. La Princesse ne les quittait pas du regard, immobile, aux côtés de Pyrrhos.

— Il faudrait y mettre les cheveux de ma fille, lui dit Almandin avec un sourire en coin. Où as-tu mis ceux que tu as coupés avec une netteté impeccable ?

Le Roi visait à présent le cou du jeune homme, sur lequel pendouillait un second pendentif, celui qu'il portait depuis toujours, le médaillon provenant de sa mère, dont Almandin avait échangé la pierre rouge lorsqu'il était encore enfant.

— Ne t'avise même pas d'y toucher ! prévint Milo en levant son bâton devant son nez.

— Décidément, ma fille et toi êtes vraiment faits pour vous entendre ! Petit cachottier... Je me demandais où était passée sa tresse. Je l'avais laissée dans la salle d'entraînement...

— Mésilande devrait surtout apprendre à se taire.

Veland eut subitement un rire. Milo comprit ainsi qui l'avait réellement trahi.

— Vous faites vraiment partie de la même famille, dit-il à ses deux compagnons, l'air las. Aussi fourbes l'un que l'autre.

Cette réplique eut pour effet d'augmenter les rires du Prince Veland :

— C'est de bonne guerre, ne trouves-tu pas ? ajouta-t-il, le ton moqueur.

— La prochaine fois, raconte-lui plutôt comment tu as bouché ses toilettes en essayant de comprendre comment cela fonctionnait, répliqua Milo, et il termina par un petit clin d'œil.

Le Roi frappa l'arrière de leur crâne, l'un après l'autre.

— Il suffit, les enfants. Un peu de concentration, dit-il en reprenant son sérieux. Et vous me nettoierez mes toilettes en rentrant si vous ne voulez pas que je salisse vos chambres.

Avant de passer l'immense porte de lumière, Almandin jeta un coup d'œil plus haut que la Tour des Supplices, vers les fenêtres piégées dans la masse rocheuse, à cent mètres du sol. Mehiel se trouvait là, dans les appartements du Cianath, avec leur fils. Il les aimait plus que tout et espérait les revoir bientôt mais un affreux pressentiment lui tordait les entrailles. Malgré ses doutes, ses peurs, il devait aller jusqu'au bout de sa mission et mettre de côté ses émotions.

Le vortex avala finalement les trois hommes et chacun des soldats, puis le Roi perdit la vue dans le Monde des Mortels, sur une route de terre ocre inhabitée, entourée de collines parsemées de petits arbustes. Le Roi Jason et son fils les attendaient à trois cents mètres de là. L'armée éduinne stationnait sur une plaine, au nord-est du point de rencontre. Milo fit stopper les troupes.

Les deux Rois se saluèrent amicalement, tout autant que Milo, son frère, et le Prince Veland. Les cinq hommes se réunirent en cercle de manière à finaliser la stratégie à adopter.

— Quelle est la situation ? demanda Almandin aux deux Éduins.

— Aucun mouvement à signaler pour l'instant, répondit Jason.

— Les soldats de la Confrérie gardent-ils les portes de la zone occupée ?

— Les éclaireurs ne les ont pas repérés, dit simplement Nolan.

Le Roi Lucifel fit tourner son bâton transformé en canne dans la paume de sa main. Cela l'aidait à réfléchir.

— Mylès nous laisse donc choisir notre zone d'entrée, en déduit-il.

— Sûrement a-t-il prévu toutes les options, pensa le Roi Éduin.

— Il ne protège pas ses arrières. C'est beaucoup trop simple.

Almandin se mordilla les lèvres, l'air embêté :

— Mylès nous ouvre les bras. Je n'aime pas ça… Katell et Samael sont déjà en route. Avant qu'ils n'enclenchent le dispositif, j'aimerais tenter de rentrer en négociation seul avec Mylès.

— Ça n'était pas prévu au programme, protesta Milo, le front plissé.

— Je le sais. Mais Mehiel n'aurait jamais accepté de me laisser partir seul si j'en avais parlé durant le Conseil.

— Elle n'aurait pas été la seule, fit remarquer le Prince Veland. Aucun d'entre nous n'aurait été d'accord.

— Je me demande seulement si je ne suis pas la cible de Mylès, expliqua le Roi. Je ne veux pas risquer la vie de mes hommes pour sauver ma propre personne.

— Mon père est persuadé que tu es visé, avoua le Prince à son oncle. Il nous a demandé de te protéger.

Milo expira une grande bouffée d'air.

— Que comptes-tu faire ? dit-il à Almandin, le ton agacé. Te rendre ? Te battre seul contre tous ces hommes ? Tu es l'élu, et à ce titre, nous devons assurer ta protection, telle est notre mission, que tu le veuilles ou non.

— Je veux seulement nous donner une chance de découvrir ce que Mylès souhaite vraiment avant de passer à l'attaque. Je resterai joignable grâce à mon oreillette.

— Tu ne partiras pas seul, décida Milo. Je viens avec toi.

— Non, j'ai besoin de toi à la seconde porte.

— Nous pouvons laisser la seconde porte aux mains de la Confrérie, proposa le garde. Les soldats se déplaceront sur les autres fronts dès lors qu'ils apprendront notre arrivée.

— Et puis, je peux mener seul une troupe sur le front sud, ajouta le Prince Veland.

Almandin approuva le plan d'un hochement de la tête.

— Nos portes sont trop éloignées des vôtres. Nous ne pourrons pas vous prêter main-forte dans les premiers temps de l'assaut, prévint Jason.

— Comme nous ne pourrons pas vous venir en aide au moment où nous franchirons le vortex pour les mêmes raisons, nuança le Roi Lucifel. Ce conflit concerne bien plus le peuple Siahnnas que le peuple éduin. Protège les tiens, c'est le plus important. Nous nous reverrons sur le champ de bataille, mon ami.

Le groupe s'encouragea en posant une main l'une sur l'autre et chacun rejoignit son poste. Veland prit la tête d'un bataillon pour se rendre dans le quartier de Banni Park. Le reste de l'armée fut rassemblée sous les ordres de Milo et attendit les instructions du Roi, placé en avant des troupes.

Almandin enfila un masque blanc sur lequel il avait dessiné un phœnix en traits noirs et passa ses doigts sur le cadran de sa montre. L'heure était venue de pénétrer dans Jaipur.

Milo ouvrit une porte de lumière vers le fort, aussi large que les colonnes d'hommes s'étalant derrière eux. Pendant ce temps, le Roi passa une lame nouvellement formée dans sa main, de quoi entamer sa paume. Puis il serra fortement le poing et observa de longues secondes le vortex, maintenant qu'il venait de retrouver la vue. Il prononça quelques mots en syllique, plaqua son épée le long de sa jambe et attendit Milo.

Le chef de la garde se porta à ses côtés et installa son oreillette. Nul besoin de se parler. Le Roi entra dans le vortex et ressortit face au fort, dont il ne voyait pas grand-chose, la lumière de la porte n'ayant pas une portée suffisante pour en éclairer les murs. Almandin s'apprêtait à faire face à des âmes en rouge, mais il avait beau porter son regard à gauche comme à droite, il n'y avait personne en vue. Il avança d'une dizaine de mètres avant de s'arrêter.

— Mylès ! cria-t-il en traçant devant ses pieds une ligne dans la terre à l'aide de sa lame. Viens me chercher si c'est moi que tu veux !

À cet instant, des points rouges et bleus se dévoilèrent sur les remparts, au niveau des meurtrières, au-dessus de la terrasse du palais, aux fenêtres, derrière les buissons. Les soldats de la Confrérie étaient plus nombreux qu'il ne l'avait prévu. Almandin devina leur intention au mouvement de leur silhouette lumineuse. Les premières flèches furent décochées. Un mur invisible les repoussa avant qu'elles n'atteignent le Roi.

— Aucune négociation possible, dit ce dernier en conservant son calme tandis que les soldats sortaient peu à peu à découvert. Envoie les archers. Nous lançons les hostilités.

Le vortex ouvert derrière lui laissa aussitôt échapper deux rangées d'hommes. Ils s'agenouillèrent face au fort.

Almandin se déplaça sur le côté, sans jamais dépasser la ligne tracée au sol. Si les flèches ennemies ne réussirent pas à franchir l'indestructible mur invisible dressé par l'incantation du Roi, celles du royaume fendirent l'air, mais les soldats éduins dévoués à la cause de la Confrérie les dévièrent grâce à l'esprit du vent.

Même si Almandin ne discernait rien au-delà de deux cents mètres – qui constituaient la distance couverte par la lumière du vortex –, il devina néanmoins la trajectoire des flèches en admirant l'éclat de leurs pointes d'acier. Elles brillaient dans le ciel au contact des rayons du soleil.

— Envoie les Arcantes. Nous devons neutraliser les Éduins, dit-il dans son micro.

— Et les fantassins ? répondit Milo.

— Pas encore.

En attendant l'arrivée des Arcantes – les soldats les mieux entraînés à manipuler l'esprit des autres –, le Roi fit usage de ses propres pouvoirs et mit à terre des ennemis. Il chargea leur tête de leur pire peur. Un instant, il sentit une résistance de la part de certains hommes, mais cela devait être une simple impression car aucun Siahnnas n'avait la possibilité de résister à la pression exercée par un descendant de sang royal.

Les Arcantes passèrent la porte de lumière, posèrent leur genou à l'arrière des archers, et gorgèrent à leur tour l'esprit des soldats ennemis de douleurs. Almandin entendit soudain des cris aigus d'oiseau et des grognements enroués. Une pluie de cymarans et de dévoreurs déferla au-dessus du fort. Ils venaient du bas de la colline, de la ville même de Jaipur, où devaient se dérouler la bataille livrée par le Prince Veland et celle tenue par le Prince Nolan.

— J'ai besoin des harpons.

— Ton bouclier va bientôt céder, dit Milo à son oreille.

— Je le sais, pas besoin de me le rappeler. Envoie l'unité de blocage à la porte éduinne en même temps.

Trois machines sur roues semblables à de gigantesques arbalètes sortirent du vortex. Chacune d'elles avait besoin de la force d'au moins dix soldats pour avancer. Les harpons visèrent les oiseaux aux plumes colorées et les monstres de chair que les soldats de la Confrérie poussaient à toute vitesse à coups de talon sous le ciel bleu azur de la cité. Des animaux pris dans les filets de l'armée royale se fracassèrent au sol. D'autres furent coupés dans leur élan par le mur invisible du Roi et remontèrent au plus haut à la recherche d'une faille.

Un hélicoptère se mêla bientôt à l'action. Des mortels filmaient le champ de bataille depuis la cabine, passant l'objectif des soldats tout de noir vêtus à ceux porteurs d'une armure. N'étaient-ils pas conscients des risques encourus ? Le Roi se concentra sur le pilote pour manipuler ses pensées et l'obliger à quitter le périmètre. Mais un dévoreur détruisit d'un grand coup de patte la queue de l'hélicoptère. L'engin s'écrasa contre le mur d'enceinte du fort dans une impressionnante explosion, sans laisser de survivant. Les hommes à terre rampèrent au sol ou se couvrirent les yeux. Les soldats de la Confrérie n'avaient aucune pitié pour les mortels. Ils n'hésiteraient sûrement pas à en tuer d'autres si nécessaire.

Tandis que l'unité de blocage partait aider les troupes éduinnes là où se trouvent les portes, sous couvert de l'armée royale, Almandin demanda à Milo de le rejoindre avec le reste des fantassins. Le bouclier invisible qui les protégeait des tirs adverses céda. Il ne restait plus aucune alternative. Il fallait désormais se lancer à l'assaut du palais et de l'enceinte du fort. Almandin leva son épée en l'air et la pointa dans cette direction.

La porte de lumière rejeta des fantassins par centaines. Ces derniers coururent aussi vite qu'ils purent dans la direction de l'épée du Roi pour atteindre les fortifications sans se faire emporter par les rafales ennemies. Le vortex disparut après le passage du dernier soldat. Almandin fut alors plongé dans le noir total. Les archers, Arcantes et porteurs de harpons reçurent l'ordre de garder la place.

Une nouvelle fois, le Roi sentit autour de lui les flux d'énergie s'agiter étrangement. Ses propres soldats arrivés au plus près des murs s'écroulèrent, les mains serrées autour de leurs tempes. Milo transforma son bâton en bouclier et protégea Almandin contre des flèches ennemies. Le garde regarda ses hommes s'effondrer, impassible.

— Les soldats de la Confrérie semblent plus forts dit-il pour Almandin. Ils manipulent les flux d'énergie avec une facilité surprenante. Je le sens.

— Comme s'ils avaient acquis la force des Rois...

Almandin marcha, le pas décidé, la pointe de son épée griffant les pavés de pierre qui menaient au palais. Milo le suivit mais stoppa son avancée avant d'atteindre le corps des soldats au sol, et leva son épée vers le ciel. Les hommes restés debout se retranchèrent derrière lui. Le Roi poursuivit seul sa route vers le palais.

Le poignet d'Almandin se mit à briller. Son bracelet prit une couleur rouge écarlate. Les soldats ennemis comme ses propres hommes s'écroulaient sur son passage. Le Roi sentait encore les flux d'énergie se mouvoir, flux qui ne pouvaient pas l'affecter, lui qui était fils de Roi. Cependant, ces flux pouvaient atteindre ses hommes et bloquer leur progression. Le Roi ne pourrait pas venir à bout des soldats de la Confrérie à lui seul, surtout s'ils l'attaquaient en nombre avec ce pouvoir exceptionnel dont ils semblaient être tous dotés. Comment avaient-ils pu obtenir cette capacité réservée à la famille royale ?

Le micro d'Almandin cessa de fonctionner quand il atteignit la porte du palais. Katell et Séraphin devaient avoir réussi à installer l'appareil à impulsions magnétiques. La Confrérie semblait avoir été vaincue sur ce front. L'endroit était dégagé. Le Roi se défit donc de son oreillette et fit signe à Milo d'avancer d'un mouvement du bras. On n'entendit bientôt plus que les pas lourds du bataillon placé désormais sous le commandement de Milo.

L'instant d'après, le Roi perçut de nouveaux cris de cymarans et de dévoreurs en provenance du contrebas de la colline. Les murs du palais se mirent à trembler sous la puissance du bourdonnement. Le Roi se tenait dans la cour quand une avalanche de ces bêtes cacha les rayons du soleil pour s'abattre sur l'armée royale. Pas un homme mais trois montaient chacune d'entre elles. Des Éduins sautèrent à terre au niveau de l'enceinte et érigèrent un mur de terre devant les yeux de Milo grâce aux esprits de la nature. La cloison isola le Roi de ses troupes. Le garde appela les Arcantes en renfort.

Almandin ne voyait pas les objets dans le Monde des Mortels, seulement les âmes. Où qu'il porte son regard, sa vue se gorgeait de rouge et de bleu. Qui aurait pu prévoir que la Confrérie enverrait autant d'hommes l'affronter ? Il se retrouvait seul face à une légion. Mylès avait pris la peine de concentrer l'ensemble de sa force de frappe sur une seule prise, lui. Voilà donc l'objectif. Almandin s'était fait berner.

Les soldats de la Confrérie se risquèrent à l'attaquer, décidés à ne lui laisser aucun répit. Le bracelet rouge étincela de nouveau. Une vague de peur dégagea la zone sur une vingtaine de mètres mais il n'y avait aucune issue. Lorsque des hommes tombaient, d'autres tentaient de l'évincer. Le Roi dut se résoudre à faire usage de son bâton, transformé en épée, son arme de prédilection. Il déchira la cuisse de l'un, l'épaule de l'autre, planta sa lame dans le torse d'un traître, et para les attaques comme il put. Les lames ennemies ricochaient sur son armure indestructible. L'une d'elles parvint à s'infiltrer dans une fente et lui transperça le bras. Éreinté, Almandin voulut faire usage des pouvoirs du bracelet mais il n'y parvint pas. À force de les utiliser, il avait épuisé son énergie. Alors dans un ultime effort, il continua de frapper les hommes en espérant qu'on lui vienne rapidement en aide.

Les soldats se dégagèrent enfin du Roi et il reprit son souffle, brandissant son épée au-dessus de sa tête. Il entendit le bruit métallique d'une chaîne ricocher sur le sol, si bien qu'il tourna sur lui-même pour tenter de trouver d'où venait le son, mais sa vue était obstruée par le rouge des âmes siahnnas.

Encerclé, pris au piège, Almandin fit reculer les hommes en décrivant un cercle de sa lame effilée, se maudissant lui-même d'avoir commis une erreur qui pouvait lui coûter cher, celle de ne pas s'être ressourcé en peurs avant de ne plus pouvoir utiliser les dons du bracelet rouge des Rois. Un seul mot lui aurait suffi pour se sortir de ce pétrin s'il n'avait pas été réduit à l'impuissance d'un simple mortel.

Soudain, le Roi vit la forme des âmes se mouvoir rapidement autour de lui, tout en conservant leurs distances. Le bruit de la chaîne se fit plus proche, tellement proche qu'il la sentit se serrer autour de ses pieds quand deux soldats tirèrent sur les maillons pour le faire coucher, sa tête frappant d'un coup sec sur le sol. Almandin n'avait rien vu venir.

Le Roi se retrouva dos à terre, emprisonné comme une bête sauvage au milieu d'une ronde. Mais sa main était encore libre, et il se força à relever le dos, frappa à maintes reprises avec son épée sur la chaîne pour se libérer. Son corps se fit traîner sur une dizaine de mètres puis ses pieds se soulevèrent. La Confrérie l'avait attaché à un dévoreur.

L'animal prit alors les airs. Le Roi se retrouva suspendu dans le ciel, la tête en bas. La bête tournoya au-dessus de l'enceinte, son trophée gigotant au bout de la chaîne. L'armée royale, sidérée, se terra dans un silence horrifié.

Bloqué par la cloison de sable bâtie par les Éduins, Milo somma les harpons de ne pas viser la bête. À cette hauteur, une chute du Roi aurait été mortelle. Puis, par réflexe, il s'avança vers le mur de pierre érigé devant lui, transforma son bâton en claymore, s'entailla le poignet, récita une incantation en syllique et planta sa lame dans la terre avant de la tourner. Le mur s'effondra dans un déluge de poussière. L'armée traversa la fumée en toussotant. Les hommes se heurtèrent bientôt. Le combat se poursuivit au corps à corps. Le sang gicla de part et d'autre. Le dévoreur emporta le Roi loin du champ de bataille. Milo partit à la recherche d'une de ces bêtes dressées pour les suivre.

Le corps d'Almandin gesticulait dans les airs comme un animal attaché que l'on traîne de force à l'abattoir. Le cavalier dessina des cercles au-dessus de ses précieux alliés, un moyen de montrer l'impuissance actuelle du Roi face à la Confrérie ; un moyen de déstabiliser l'armée unie des Royaumes d'Esiah et d'Odéon.

Se résignant, le Roi cessa de bouger et porta son regard sur la ville de Jaipur pour évaluer le nombre d'hommes engagés sur le front. Sa tête, remplie de sang, commençait à lui faire mal. Du rouge et du bleu partout. Il ne voyait que ça. Les hommes criaient à son passage, de surprise, d'horreur mais il y avait bien plus d'acclamations. La Confrérie fêtait déjà sa victoire. Ils étaient plus nombreux. La bataille était perdue d'avance.

Lorsque des cymarans et des dévoreurs montés par des hommes en armure décollèrent, l'homme chargé d'escorter le Roi lança sa bête au galop. D'autres montures leur barrèrent le chemin. Almandin fut à nouveau coupé de ses alliés.

Le dévoreur amorça sa descente à la sortie de la ville, sur une plaine en terre battue occupée par des milliers de Siahnnas. La bête descendit lentement sur place et le corps d'Almandin toucha le sol. En premier la tête, puis les épaules et le buste. Son dos dérapa sur les cailloux quand la bête se posa. Son armure protégeait sa peau mais les frottements du tissu contre la chair lui firent serrer les dents.

Almandin tenait dans sa main droite le bâton sacré et s'apprêtait à en faire usage dès qu'il aurait cessé d'être traîné dans la boue. Après tout, qu'avait-il à perdre désormais ? Alors lorsque la corde se relâcha, le Roi s'efforça de frapper sur sa chaîne, encore et toujours, sans prêter attention aux hommes qui se regroupaient autour de lui. À peine avait-il brisé un maillon qu'il sentit la chair de son poignet broyée par un nouveau lien de métal. Bientôt, chacun de ses membres fut enchaîné et les hommes tirèrent de chaque côté jusqu'à ce qu'il ne puisse plus bouger. Écartelé, ses os tiraillés, il relâcha son arme, haleta, mais s'interdit tout cri de douleur malgré l'atrocité de ses maux.

— Tu es un homme puissant. J'ai donc préféré prendre mes précautions, Almandin.

Le Roi aurait reconnu cette voix parmi toutes, celle de Mylès, l'instigateur de cette sombre histoire, le responsable de cette attaque, l'homme à abattre. Almandin pencha sa tête en arrière, la laissa se reposer et reprit son souffle, sans répondre. Comment pourrait-il maintenant se sortir de ce piège ?

Les soldats relâchèrent légèrement leur prise. De toute façon, Almandin n'avait plus de force en lui. Mylès écrasa son bras sous sa semelle. Du bout des doigts, il décrocha le masque du Roi, faisant apparaître son visage constellé de sueur.

— Tu ne cries pas, tu ne dis rien, mais j'ai besoin que tu parles. Où se trouve le calice sacré ?

Le Roi resta muet, l'expression figée. Pourquoi voulait-il

obtenir le calice ? Il n'aurait pas pu le porter, à moins qu'il ne le destinât à Satya, la fille de Pyrrhos, qui s'était retournée contre sa propre famille.

Mylès appuya plus fort. Almandin réprima un cri entre ses dents.

— Je parviens toujours à mes fins, prévint l'ancien Conseiller. Il vaudrait mieux que tu parles, avant que je ne choisisse un autre moyen d'obtenir ma réponse.

— Tu ne l'auras jamais ! cria Almandin en tirant sur ses chaînes. Ordure !

Il cracha sur ses chaussures et ricana, par défi. Alors Mylès attrapa son bâton, le transforma en épée, et posa la pointe sur la bague-armure d'Almandin.

— Il me faut donc cet objet. Soit tu me le donnes. Soit je le récupère d'une autre façon.

— Crève !

Almandin serra le poing de toutes ses forces car ce bijou, aussi petit soit-il, avait une importance capitale : il s'agissait de la clef permettant d'ouvrir les portes du Royaume d'Esiah. Il espéra la venue de ses alliés, avant que le Conseiller ne réussisse à la lui prendre. En vain.

Mylès esquissa un sourire, et d'un geste vif, envoya le tranchant de la lame au milieu du poignet du Roi, coupant net la chair et l'os dans un jaillissement de sang. Almandin hurla à s'en déchirer la gorge tandis que le Conseiller se penchait au-dessus de la main agitée de soubresauts, desserrant les doigts du Roi pour lui subtiliser la bague.

— Avec tes dons, cela devrait s'arranger, du moins, en partie. Je te le souhaite, car ta famille va avoir besoin de toi. Je veux le calice avant ce soir.

Enfin, Mylès subtilisa le bracelet autour duquel pendouillait la clef du livre sacré et il reposa la main coupée près du corps du Roi.

Une fois qu'il eut fini de le dépouiller, l'ancien Conseiller se retira avec ses soldats, abandonnant le corps d'Almandin qui se vidait de son sang.

Dans un ultime effort, le Roi, épuisé, anéanti, roula sur le côté de sa main arrachée, l'attrapa de ses doigts tremblants d'angoisse, la colla comme il put contre le moignon, et tandis qu'il grelottait de froid, la greffa avec ses derniers moyens sur son bras grâce à son pouvoir thaumaturge. Il avait manqué de précision et d'énergie. La plaie continuait de saigner. Une cicatrice se dessina à l'endroit même où la lame avait brisé l'os.

Le Roi eut à peine le temps d'apercevoir une gigantesque porte s'ouvrir sur la plaine. La lumière du vortex fit apparaître à ses yeux l'armée de Mylès, organisée en rang, composée de milliers de soldats, hommes et femmes, qui avaient choisi une destinée lugubre. L'ancien Conseiller avait tout parié sur cette bataille. Il avait engagé la plupart de ses mercenaires sur le terrain. Certains d'entre eux, positionnés en avant du cortège, portaient l'armure au blason royal. Des traîtres s'étaient sûrement glissés dans ses propres rangs avant de rallier la Confrérie au cours de la bataille.

Le Roi s'agenouilla. Sa tête retomba en avant. Il bougea les doigts de sa main malade. Il n'avait pas réussi à la soigner correctement, et il serait handicapé durant de longues semaines, lui qui avait besoin plus que tout à présent de savoir manier son arme mieux que quiconque. Ses pensées allèrent vers son fils, sa fille et la Reine. Il craignait pour leur vie. Alors il tenta de mettre en garde son frère par ce lien qui les unissait tous deux depuis qu'ils avaient échangé leur bâton.

Des cymarans et des dévoreurs arrivèrent finalement par vingtaines sur la place. Il ne restait plus aucun ennemi. La monture de Jason, escorté par deux de ses soldats, et celle de Milo se posèrent près du Roi, tandis que les autres sécurisaient les lieux en balayant le ciel. Le garde accourut, angoissé à la vue de cette mare de sang dans laquelle trempaient les genoux du Roi.

— Almandin ! cria-t-il en passant un bras autour de sa taille. Qu'est-il arrivé ?

— Mylès... Il a la bague... Il va rentrer dans le royaume...

Jason se retourna vers ses gardes.

— Demandez à Nolan d'envoyer un message à Garak par le tunnel de lumière. Dites-leur de fermer leur vortex. L'armée de la Confrérie va pénétrer dans leur royaume. Un autre passage devra être ouvert sur la plaine pour que leurs soldats puissent regagner la cité.

— À vos ordres, répondirent les prétoriens.

Ils ouvrirent une porte lumineuse et passèrent à travers à dos d'oiseau. Almandin attrapa le col de Milo de sa main violacée. Il n'avait pas eu la force de se débarrasser de ses chaînes. Une lueur de désespoir brillait dans ses yeux.

— Il veut le calice... Il faut protéger Mehiel et les enfants...

— Tu es fatigué, Almandin, murmura Milo. Dors.

Le garde passa une main devant les yeux du Roi et le retint dans ses bras. Il jeta un œil sur la blessure d'Almandin, envahi, pour la première fois, d'une colère sans précédent et d'une peur immense.

— Nous ne pouvons plus rien faire, dit-il pour Jason en examinant la main tranchée d'Almandin. Nous sommes tombés dans un piège. Adel se trouve aussi à Esiah. C'est à lui de décider s'il donnera le calice ou non. Gamerron nous ouvrira certainement une porte pour rentrer à Garak. D'ici là, Almandin doit retrouver des forces. Mylès lui a coupé la main. Elle est en mauvais état.

Milo se laissa tomber, assis, et ferma les yeux.

— Anjali se trouve aussi à Esiah... Si j'avais mieux protégé Almandin, nous n'en serions pas là...

— Ce n'est pas de ta faute, le rassura Jason en portant une main sur son épaule. Adel sait ce qu'il doit faire. Fais-lui confiance.

— Il ne donnera jamais le calice, je le sais. Et Mylès... Il n'hésitera pas à aller jusqu'au bout...

14

ÉTAT DE SIÈGE

Le Roi Pyrrhos entraînait les soldats sur la place de la cité d'Esiah, en attendant des nouvelles du front et le retour de l'armée. Sa nièce Anjali, restée à ses côtés, fixait avec crainte le bataillon stationné à quelques mètres d'eux, face à la passerelle menant au Monde des Mortels.

Pyrrhos avait appris à cacher ses émotions mais la rage, animant le moindre de ses gestes, trahissait son anxiété. Sa fine rapière fendait le vent et frappait les soldats avec une force décuplée. S'il avait été plus déterminé, plus persuasif, l'armée serait restée au royaume, son fils aussi. Au moins n'auraient-ils pas été séparés à cause de cette stupide blessure qui le clouait au royaume.

Tandis qu'il combattait l'ancien chef de la garde royale, Myron, une vision d'horreur s'empara de son esprit : une main ensanglantée, avec en son bout un os saillant et de la chair déchirée. Il sentit une douleur à son poignet, aiguë, brutale, de quoi lâcher son épée. Surpris, son adversaire arrêta sa propre lame à dix centimètres de son cou. Puis le visage de Mylès et la bague apparurent. Tout s'emmêlait dans sa tête.

— Mon frère..., dit-il, les pupilles dilatées, puis bientôt, les images et la douleur s'estompèrent, et son cœur cessa de battre à tout rompre.

Il prit une grande bouffée d'air. Le garde voulut le soutenir mais il s'y refusa.

— Votre Majesté, vous allez bien ? demanda tout de même l'homme à la cicatrice au visage.

— Non, il s'est passé quelque chose...

Anjali l'observa avec une profonde inquiétude, puis elle fixa de nouveau le bataillon, en comprenant que son oncle venait d'avoir une vision, transmise par son père, alors aux prises avec l'armée de la Confrérie dans le Monde des Mortels.

— Envoie des hommes à Gaïa, gronda le Roi à l'attention de Myron. Aucun vortex ne doit être ouvert à partir du Monde des Mortels.

— Mais l'armée n'est pas rentrée, Votre Majesté.

— C'est un ordre ! Tout de suite !

Myron relaya l'ordre auprès des soldats affectés à la garde royale. La princesse se cramponna au bras de son oncle.

Il fronça les sourcils.

— Je ne changerai pas d'avis, trancha-t-il, le regard inébranlable.

— Qu'as-tu vu ? demanda Anjali en resserrant ses doigts autour de son brassard. Qu'as-tu vu pour empêcher l'armée de revenir au royaume ? Ils peuvent mourir si nous ne les laissons pas revenir.

— Je pense que ton père a perdu la bague.

Elle cessa de respirer. Ses pensées allèrent vers son père, vers Milo, vers son cousin Veland. Jamais son père n'aurait pu perdre la bague, jamais il ne l'aurait laissée à l'ennemi, et Milo l'aurait protégée à tout prix. Étaient-ils encore en vie ?

— Je crois que Mylès lui a arraché la main, ajouta son oncle. Il va tenter de pénétrer dans le royaume, c'est ce que ton père a voulu me faire comprendre.

Les yeux de la Princesse se portèrent aussitôt au loin, sur l'immense baie vitrée surplombant la cité.

— Maman, Shaytan, grand-père… Ils sont au Cianath…

Le Roi se mit à siffler. Il appelait Mésilande. Elle seule pouvait prévenir son père dans les meilleurs délais. Mais aucune trace de l'oiseau de feu. Il fulminait.

— Mésilande n'est jamais là quand on a besoin d'elle !

La porte du Monde des Mortels s'ouvrit soudain sur la

grande place de la cité d'Esiah. Les hommes en faction se postèrent aussitôt face à l'immense carré de lumière. Un régiment entier s'agenouilla à terre, arcs en main, tandis que derrière lui s'alignaient arbalétriers et fantassins. Des dévoreurs prirent position en dernière ligne. Les deux membres de la famille royale remontèrent au plus vite les rangs pour rejoindre l'avant de la troupe. Les soldats respectèrent le silence, attendant les instructions du Roi.

Pyrrhos fixait la lumière, prêt à lancer son armée contre l'ennemi par un simple mouvement de son épée. Cependant, pendant quelques secondes, qui semblèrent être une éternité, pas une seule âme ne daigna faire son apparition, et le Roi hésita sur la marche à suivre : attendre encore quelques instants ou envoyer un éclaireur à travers le portail ; auquel cas l'homme choisi pour mener cette mission risquerait grandement sa vie.

Finalement, une vingtaine de soldats boitillants, porteurs de l'armure estampillée du blason royal aux allures de phœnix, pénétrèrent dans le camp. Le Roi ne donna aucun ordre, pas même celui d'aller leur porter secours. Un détail l'intriguait. Certains ne portaient pas le bâton sacré, offert à tout homme engagé sur le champ de bataille pour le compte du royaume. Et s'il s'agissait bien de leurs troupes, son frère se serait porté en avant.

— Allons les aider ! décida Anjali, et elle voulut s'avancer, quand son oncle la retint par l'épaule et leva son arme très haut.

— Ce sont des ennemis. Archers ! cria-t-il aussi fort qu'il puisse.

Les hommes tirèrent en direction des blessés. Ces derniers se mirent à courir sur la passerelle et tombèrent sous une pluie de traits.

Mais bientôt, le portail rejeta des flèches. Elles montèrent haut sous la voûte enflammée de la cité, avant de s'abattre sur la deuxième ligne de front, sans réussir à percer la cuirasse des fantassins, bien que certains fussent touchés. De nouveaux soldats arrivèrent par centaines.

Eux aussi lancèrent des flèches sur les hommes du Roi. Anjali transforma son bâton en bouclier et couvrit son oncle. La deuxième salve eut cependant raison de quelques combattants. Plus de doute : la cité se faisait assiéger.

Une nouvelle marée humaine déferla enfin sur les troupes royales. Le ciel se chargea de flèches. Le Roi fit signe à la rangée de fantassins d'avancer. Les deux armées se confrontèrent dans un grondement d'acier. Les dévoreurs excités en arrière vinrent leur prêter main-forte. Les rangs furent ainsi rompus. Le Roi Pyrrhos se résolut à faire reculer ses hommes pour éviter une boucherie sanglante, pendant qu'Anjali tentait de contenir l'invasion, tout près de lui. Toujours aucune trace de Mésilande ni de Mylès, à coup sûr, placé au commandement de ces troupes. L'ancien Conseiller du Roi n'avait-il aucune pitié pour ses hommes, au point de se servir d'eux en avant-poste comme de la chair à canon ?

Les soldats de la Confrérie passèrent ainsi la passerelle. Au fur et à mesure de leur avancée, les hommes se regroupaient et formaient un rempart solide. Pyrrhos se défit de quelques enrôlés et s'approcha du mur composé d'hommes, entraînant derrière lui la Princesse Anjali et son ancien garde Myron.

Le mur s'étirait de plus en plus, et rien ne parvenait à le détruire. L'ennemi avait endossé l'armure presque indestructible des gardes royaux. Si l'un d'eux tombait par malheur sous l'épée d'un soldat, un autre prenait sa place comme l'on remplace le maillon d'une chaîne. Les cavaliers chevauchant les dévoreurs dressés tombaient de leur selle comme des mouches avant d'atteindre leur cible. Les hommes de la Confrérie usaient de leur pouvoir psychique pour mettre à terre l'armée du Roi. Mais comment pouvaient-ils le faire avec autant de puissance, sans être descendants de la lignée royale ? Pire encore, ce grand pouvoir nécessitait beaucoup d'énergie, et Pyrrhos craignit qu'ils ne mettent à mal le cœur de Gaïa déjà très fragile. D'ailleurs, une légère secousse calma les hommes durant un court instant, avant que chacun ne reprenne l'affrontement sans perdre l'équilibre.

La Princesse suivit du regard cette longue rangée d'hommes, qui gagnait de plus en plus de terrain, et elle remarqua qu'elle s'avançait vers l'est de la cité, vers le palais.

— Les soldats se dirigent vers le Cianath ! Ma mère et mon frère s'y trouvent !

Elle voulut courir pour rejoindre la résidence du Roi même s'il fallait pour cela se défaire d'un grand nombre d'adversaires.

Myron lui barra le chemin.

— Ils sont avec votre grand-père et le Conseiller de votre père. Au vu de la situation, vous devez rentrer à Garak.

— Hors de question ! Écartez-vous !

— Ces hommes ont reçu l'ordre de vous mettre en lieu sûr, répondit l'ancien garde en désignant une dizaine de protecteurs.

Pyrrhos serra les dents. Au portail de lumière apparut une petite cohorte encadrant un homme porteur d'un long manteau beige tombant jusqu'à ses chevilles. À ses côtés, une belle jeune femme, aux longs cheveux noirs d'ébène. Mylès et sa fille, Satya… Il comprit ainsi pourquoi les hommes de la Confrérie avaient formé un mur indestructible, qui n'en était pas un en réalité, mais plutôt un passage ouvert vers le Cianath. Car à l'intérieur de ce rempart, l'espace restait libre. L'ouverture était assez large pour laisser passer quelques hommes sans être pris dans la mêlée des combats. Mylès avait créé un rempart de soldats pour infiltrer plus facilement la résidence du Roi.

Pyrrhos retint une nouvelle fois sa nièce.

— N'as-tu pas remarqué ? lui dit-il, avec aigreur. Ces soldats sont bien plus puissants que nous. Mylès est entré dans le royaume. Le Cianath sera assiégé, nous ne pouvons rien y faire. Notre priorité est de fermer le vortex pour arrêter cette invasion. Seul Elohim sait ce qu'il se passe avec Gamerron et pourquoi il ne referme pas le portail !

Il vit s'approcher d'eux des soldats de la Confrérie, porteurs de chaînes. Pyrrhos se souvient de l'image transmise par son frère. Il sentait encore les maillons s'enrouler autour de ses membres et lui broyer les os. Un piège très subtil, qu'ils tenteraient ici de reproduire, à plus de trois contre un. Il fallait partir avant d'être faits prisonniers par ces hommes, auquel cas Mylès se servirait d'eux comme d'une monnaie d'échange s'il ne les sacrifiait pas avant à des fins de pression.

Sans plus attendre, Pyrrhos se jeta sur eux à corps perdu, faisant usage, même s'il ne le fallait pas, de son pouvoir de manipulation mentale. Avait-il vraiment le choix face à ces hommes qui semblaient posséder la force des lions ? Mais le Roi, moins souple, moins précis, et surtout plus lent depuis ses multiples blessures au torse, se fit enrouler le bras et tirer vers le sol, après s'être libéré pourtant de l'emprise de quatre d'entre eux. Anjali enfonça son saï dans un des maillons, piqua la chaîne dans la roche, la tira ensuite d'un bon coup sec et renversa son porteur à terre. Le Roi se releva rapidement et entailla la cuisse d'un des assaillants, tandis que devant eux, Myron et les hommes assignés à la protection de la Princesse combattaient la dizaine d'autres soldats restés debout autour d'eux.

Par chance, la dirigeante de l'Haoma arriva en renfort, chevauchant un dévoreur volant à vive allure sous la voûte obscurcie de flèches. La première dame du royaume, comme on l'appelait maintenant, renversa par surprise les détenteurs de chaînes. La bête écrasa d'un coup de patte la jambe d'un des traîtres avant de se poser.

Shimei bondit à terre.

— J'ai senti la secousse et je suis venue. Où est Adel ?

— Avec maman et Shaytan ! l'informa Anjali, qui l'accueillit avec joie. Il faut les prévenir.

— Vu l'avancée de leurs troupes, je pense qu'ils

doivent déjà être au courant. J'ai confiance en Adel. Ils ne craignent rien, la rassura Shimei.

— Notre armée est tombée dans un piège, déclara Pyrrhos, le ton grave. Nous allons au Drôme. Donne-nous ton dévoreur et reste avec nos troupes au sol. Nous nous occuperons du Cianath une fois que le vortex sera fermé et la place reprise. Myron restera avec toi.

La première dame acquiesça d'un mouvement de la tête et lui céda les brides de l'animal.

— Soyez prudents, dit-elle.

Myron rassembla ses troupes et se plaça sous les ordres de Shimei. Le Roi, quant à lui, grimpa sur le dévoreur et tendit sa main à Anjali. La Princesse monta en selle et s'agrippa à son dos. D'un coup de bâton dans le flanc, Pyrrhos lança l'animal dans les airs.

D'en haut, la cité d'Esiah ressemblait à un théâtre de guerre. Des Siahnnas gisaient à terre. D'autres se battaient à coups d'épée, de hache ou de flèches selon leurs affinités et leurs compétences. Pyrrhos préféra ne pas s'attarder trop longtemps. Un coup de talon et l'animal plongea au plus près des chaumières, de façon à échapper à l'ennemi. À l'est de la cité, la monture emprunta un tunnel menant à l'Haoma, à l'écart du champ de bataille. Peu avant un dédale de pierre, le Roi tira brusquement sur les brides. Le dévoreur ouvrit ses grandes ailes déchiquetées, la gueule béante, et remonta à la verticale, manquant de faire tomber la Princesse et son oncle. Anjali ne connaissait pas cet endroit, caché dans la pénombre. La percée s'élevait bien plus haut que le Cianath, à en croire le temps qu'ils mirent pour en atteindre le bout.

Au sommet, le dévoreur se cabra en rencontrant l'un de ses congénères, monté par un soldat ennemi. La bête attrapa entre ses mâchoires saillantes le cou de l'autre. Les deux montures, entremêlées, s'échouèrent sur un plateau de roche, gardé par deux membres de la Confrérie. La Princesse roula à terre avant de se relever sur les genoux. Pyrrhos se fracassa l'épaule en tombant sur le dos, et enfonça sa lame dans le torse d'un agresseur qui se jetait sur lui pour l'achever. Son dévoreur attrapa le corps du soldat ensanglanté dans sa gueule. Les os craquèrent sous ses dents aiguisées.

Les deux derniers ennemis brandirent leurs épées. Anjali flanqua l'un d'eux à terre en coinçant sa lame entre les dents de son saï, qu'elle avait soigneusement caché à l'intérieur de sa chausse. Son oncle se redressa sur les jambes, essuya sa bouche du revers de sa main et se défit du dernier en prononçant un mot en syllique qui le fit plier en deux. De sa chaussure, il écrasa le ventre de son ennemi et envoya son bras dans son visage pour l'assommer. Puis il observa une porte en métal, fondue dans un mur de roche noire. Il s'approcha d'elle, prêt à se servir de sa rapière, positionné devant sa nièce.

— Mylès a une très bonne connaissance des lieux, lui dit-il. Je ne pensais pas qu'il oserait remettre les pieds ici un jour.

— Où sommes-nous ? demanda Anjali, en retrouvant son souffle.

— Devant la porte que j'ai moi-même fait installer pour accéder au Drôme. Les seuls qui la connaissent sont morts ou travaillent avec Gamerron.

Pyrrhos passa une main devant un interrupteur et la porte s'ouvrit sur le centre de contrôle. De l'entrée, il distingua deux Siahnnas, à terre, le corps presque désarticulé ; des agents placés sous les ordres du dirigeant de Gaïa. L'un d'eux avait une profonde entaille près des côtes. Le second devait avoir été terrassé par un sortilège mental ; Pyrrhos n'observa aucune ecchymose. D'autres ne bougeaient plus, un peu plus loin, dans la grande salle. Puis il y avait Gamerron, assis derrière une multitude d'écrans. Un homme le tenait en joue. Quand il fut repéré, le soldat posa la lame de sa fine épée sur la gorge du dirigeant.

— Avancez et je le tue, prévint-il.

Gamerron tendit la tête en arrière, ignorant ses craintes,

et incita Pyrrhos à attaquer d'un regard inébranlable. Le soldat était seul à présent, contre deux descendants de la lignée royale.

La lame de Pyrrhos prit la forme d'une dague. Il l'envoya d'un geste précis du poignet dans le cœur du soldat. L'homme s'effondra aussitôt. Le dirigeant évita la lame de justesse et, sans se soucier de l'ennemi tombé à terre, vérifia dans la foulée les données issues du Drôme avec un aplomb étonnant, comme si rien ne venait de se passer.

— Merci, dit-il à Pyrrhos. J'ai cru que je n'arriverais jamais à reprendre la salle de contrôle. Ils m'ont gardé en vie pour que je laisse la Porte des mortels ouverte.

— Tu l'as tué..., laissa échapper Anjali en fixant le corps poignardé du soldat ennemi.

L'homme avait encore les yeux ouverts, des yeux clairs, figés dans la stupeur.

— Je suis déjà maudit pour avoir tué ton père. Que veux-tu que cela fasse de plus ? grogna Pyrrhos. Il méritait son sort.

Il retira son arme du soldat mort, et nettoya sa lame sur les vêtements noirs de sa victime. Puis il fixa les écrans de contrôle de l'arbre de vie.

— Ferme le vortex immédiatement, ordonna-t-il à Gamerron.

Le dirigeant de Gaïa s'exécuta en pianotant sur une sorte de clavier tactile.

— Un message est arrivé d'Odéon, dit-il en même temps. L'homme que tu as tué l'a brûlé.

Il propulsa sa chaise en arrière, écrivit un message et l'envoya dans un tube. En attendant son retour, le dirigeant s'occupa des flux d'énergie qui avaient causé des tremblements de terre dans tout le royaume.

— Ils sont en train d'épuiser l'arbre de vie, alerta Gamerron, préoccupé. Que se passe-t-il à Esiah ?

— Ces soldats ont la force des Rois, déclara Pyrrhos, avec agacement. Ils finiront par tuer l'arbre de vie si nous ne les arrêtons pas.

Le Royaume d'Odéon renvoya le tube une minute plus tard. Le dirigeant de Gaïa ouvrit la capsule et transmit immédiatement le message à Pyrrhos, lequel en prit connaissance :

— Ils sont en vie, dit-il, avant de chiffonner le papier entre ses doigts. Ouvre-nous un passage sur Garak. Tu devras y faire entrer les troupes. Esiah est assiégée. Rien ne doit y entrer ou en sortir.

Gamerron pencha la tête en avant :

— Compris. Je vais transférer le centre de contrôle à Garak. Ce sera plus pratique. Je vous rejoins dès que j'ai fini. Je ramènerai les blessés.

Puis le dirigeant manipula à nouveau son clavier. Une porte lumineuse apparut à l'extrémité de la salle de contrôle. La Princesse et Pyrrhos se fondirent à l'intérieur, rejoignant ainsi la cité blanche, dans l'attente du retour des troupes.

À cet instant, Adel, Mehiel et le bébé manquaient à l'appel. Une garnison fut dépêchée pour vérifier les principaux passages permettant de fuir la cité d'Esiah. Sur le front, personne ne les avait vus. Pyrrhos en était sûr : Mylès avait réussi à s'emparer du Cianath.

Anjali courut vers le vortex ouvert devant la porte principale de Garak quand elle vit en ressurgir son cousin, le Prince Veland, et Milo. Les deux hommes tenaient entre eux le corps immobile du Roi Lucifel, blessé au combat, les cuisses éraflées, le dos de sa chemise en lambeaux. Son armure, réduite en charpie, lui avait été arrachée, de manière à diminuer le poids de son corps et le ramener plus facilement à Garak.

L'armée tout entière suivait les trois hommes. La porte de lumière déversait une masse d'hommes vidés, anéantis, couverts de sang séché et de terre. Les soldats portaient sur leur visage les traits sombres de la défaite. Certains claudiquaient ou marchaient le dos courbé, à deux, voire à trois, pour rejoindre la cité. En dehors de gémissements étouffés, ils progressaient désormais au rythme de leurs pas douloureux et du cliquetis de leur armure. Des femmes de Garak vinrent leur porter secours. D'autres préparaient déjà des lits de camp improvisés à l'intérieur de la ville.

— Qu'est-il arrivé ? demanda Pyrrhos à son fils, quand ils les rejoignirent. Vous étiez assignés à sa protection !

— Les soldats de la Confrérie nous ont séparés..., répondit Veland, la mine abattue.

Pyrrhos examina tout d'abord son fils, d'un rapide coup d'œil, laissant apparaître une expression contrariée, mais soulagée à la fois. Le Prince n'avait que quelques égratignures, sans plus. Puis il eut pour Milo un regard noir de colère, que le garde esquiva en baissant la tête. Enfin, il détailla son frère, de son visage fatigué, endormi, à sa main violacée.

— ... pour lui arracher la main à première vue, poursuivit-il avec dégoût. Mylès a pris la cité mère. Il se dirigeait vers le Cianath quand nous avons quitté les lieux. Le cœur de Gaïa est en train de s'effondrer.

Anjali échangea un regard avec Milo. Le garde, peu fier d'avoir perdu la bataille, conscient d'avoir mis en danger la vie de son père, affichait un visage grisâtre que la jeune femme ne connaissait guère, mais elle en comprenait les raisons. Inquiète pour son père, elle l'entoura de ses bras. Le Prince Veland lui céda sa place auprès de lui. Elle aida Milo à le porter, sans dire un mot.

Pyrrhos se chargeait de régler leurs comptes. Les deux hommes subissaient sa colère devant l'armée tout entière.

— Nous serons bientôt morts parce que vous n'avez pas su protéger mon idiot de frère, assez stupide pour tomber dans un piège aussi grotesque ! cria-t-il, la rage au ventre.

Puis il remarqua le torque de son frère, autour de son cou.

— Au moins, nous savons que Mehiel n'est pas morte. Elle doit être prisonnière avec mon père et Shaytan à l'heure qu'il est. À son réveil, mon frère mettra cette terre à feu et à sang pour aller les sauver. Je vous suggère donc de trouver un plan pour les ramener avant que Mylès ne réussisse à briser ce royaume à cause de votre incompétence !

D'un signe de la tête, Pyrrhos invita Anjali à ramener son père au palais de Garak, avant de trop s'emporter devant elle. Maria vint lui prêter main-forte, ainsi que Fandor. Anjali accepta de partir, non sans regret ; Milo n'avait jamais été aussi pâle.

Dès qu'ils furent partis, Pyrrhos releva la tête. Il jugea son fils et Milo d'un regard sombre, les mains jointes derrière son dos.

— Il n'y a pas de place pour les âmes sensibles désormais. L'humanité de mon frère nous tuera tous si vous ne réussissez pas à le raisonner, leur dit-il, le ton dur. Il vous faisait confiance. Ne le décevez pas une seconde fois.

Il fit une pause et, quand il fut certain qu'il avait toute leur attention, donna ses nouvelles instructions :

— Vous partez tous les deux pour Esiah aider Shimei et Myron à reprendre la place. Lorsque ce sera fait, vous y laisserez un bataillon et vous reviendrez ici attendre les prochains ordres. Mylès saura où nous trouver s'il veut négocier. Je doute que nous puissions reprendre le Cianath à l'heure qu'il est.

Veland et Milo courbèrent légèrement le dos.

De loin, on entendit la voix paniquée de l'Illustre Kadek, membre du Conseil. L'homme au kufi dévala les escaliers de la cité jusqu'à ses portes en agitant ses membres dans tous les sens. Sur son chemin, il repoussait avec impétuosité les hommes éreintés, tout juste revenus du front.

— Mais qu'est-ce que cela signifie ? cria-t-il à leur approche.

Pyrrhos se retourna vers lui, gonfla ses poumons et l'observa de haut.

— Nous avons perdu la cité mère. Je déclare l'état de

siège. Je dirigerai les opérations à venir. Le Conseil est dissous jusqu'à nouvel ordre, dit-il avec l'autorité du Roi qu'il était autrefois.

— Vous ne pouvez pas ! s'insurgea Kadek, le visage crispé. Cette décision appartient au Conseil !

— Le Roi n'est pas en état de prendre une décision. Je revendique ce droit en vertu du code d'Esiah. Nous attendrons les revendications de Mylès pour passer à l'offensive. Jusqu'ici, je vous suggère de vous rendre au temple pour prier Elohim, Seigneur Kadek.

Se désintéressant de lui, Pyrrhos fit un tour sur lui-même, jugea les soldats restés là à le regarder tonner, et leur intima de toute sa voix :

— Dispersez-vous !

Les habitants regroupés autour d'eux, tout autant que les soldats, s'éloignèrent après quelques révérences. Pyrrhos lança un dernier regard sur son fils et Milo avant de regagner lui aussi le palais, dans l'intention d'y quérir des nouvelles de son frère. L'Illustre Kadek le talonnait, disposé à en découdre.

— Pardonne mon père, dit alors Veland, à Milo. Il est parfois brutal. Il a peur pour le royaume et il n'a pas réussi à éviter l'invasion de la cité.

— Ton père a raison, lui répondit le garde avec peine. Rendons-nous au moins utiles en allant aider les nôtres à Esiah.

Le Prince lui tapa fortement l'épaule puis lui serra en guise d'encouragement.

Quand ils retrouvèrent Shimei à la cité d'Esiah, le Cianath demeurait impénétrable.

15

LA RÉVÉLATION

Un tremblement de terre secoua les appartements royaux du Cianath. Déséquilibrée, la Reine attendit que la secousse passe, vérifia que le petit Shaytan dormait toujours dans son berceau, et rejoignit Adel, près des baies vitrées du salon. Elles offraient une vue complète sur la cité d'Esiah. Au loin, une dizaine de dévoreurs s'excitaient dans les airs, décrivant des cercles au-dessus de la porte de lumière menant au Monde des Mortels. De la fumée remontait vers la voûte de feu. L'ancien Roi posa une main sur la vitre, concentré sur les bêtes rugissantes, droit devant lui, à l'horizon.

— Que se passe-t-il ? demanda Mehiel en jetant un coup d'œil à travers la baie.

Un dévoreur surgit soudain devant leurs yeux. Adel recula d'un pas, protégeant par instinct sa belle-fille, juste derrière lui. Le cavalier fit demi-tour et mit sa monture en position stationnaire de l'autre côté de la vitre. Il agita les bras avant de faire piquer du nez l'animal. Adel suivit le dévoreur du regard. En bas, des hommes s'approchaient de l'entrée du Cianath.

— Prends le bébé, ordonna Adel. Nous partons sur-le-champ.

L'ancien Roi inspecta le cou de Mehiel. Elle portait toujours son torque.

— Les soldats de la Confrérie, balbutia alors la jeune femme. La bague…

— Tu as toujours ton torque ce qui signifie qu'Almandin n'est pas mort. Dépêchons-nous.

La Reine courut jusqu'à la chambre du bébé, le recouvrit d'un linge blanc et le ramena contre sa poitrine. Le petit s'était réveillé mais ne disait rien. Le cœur de sa mère battait pourtant à un rythme effréné.

— Mésilande n'est jamais là quand nous avons besoin d'elle, pesta Adel avant de s'emparer de la main libre de la Reine. Nous allons devoir emprunter les couloirs secrets du Cianath. Une fois dans l'Haoma, nous gagnerons Garak.

Mehiel hocha la tête en guise de réponse, puis ils prirent la route en empruntant les passages secrets du Cianath par une porte dérobée dans le couloir.

Des escaliers ceinturés de torches enflammées descendaient en colimaçon vers la pénombre. Ils dévalèrent les marches jusqu'au croisement d'une autre allée puis arrivèrent à un couloir humide aux murs ruisselant d'eau. Adel connaissait bien les lieux. Il décida de changer de chemin pour s'éloigner le plus possible des entrées secrètes devant lesquelles devait désormais stationner l'ennemi. Les escaliers s'enchaînaient les uns derrière les autres et se croisaient. Un véritable labyrinthe.

L'ancien Roi s'interrompit brusquement et demanda à Mehiel de se taire d'un signe des doigts. La Reine plaqua son dos contre le mur, serrant sans s'en rendre compte la main d'Adel avec une force insoupçonnée. Des hommes semblaient remonter dans leur direction. Ils entendaient des bruits de pas et de métal, comme le claquement de lames d'acier contre une armure.

Quand la dizaine d'hommes arriva à leur niveau, ces derniers passèrent devant eux sans même les voir. Adel avait fait usage de ses pouvoirs pour disparaître à leurs yeux. L'habit noir des soldats indiquait leur appartenance à l'armée de Mylès. Quelques-uns portaient l'armure royale. Des traîtres.

Contre toute attente, Adel vit arriver en contrebas de l'escalier son ancien Conseiller, Mylès, suivi d'une jeune femme brune, Satya, la fille de Pyrrhos. Le sang de l'ancien Roi ne fit qu'un tour à la vue de ces deux conspirateurs. Devait-il tenter de s'attaquer à eux, alors que l'héritier du trône, un enfant à peine né, se trouvait derrière lui ?

La raison l'emporta sur la haine. Adel se contenta d'observer Mylès remonter les marches une à une, avec un aplomb et un calme redoutables, démontrant à quel point, cet homme, habillé d'une simple toge recouverte d'un manteau, débordait de confiance en lui. Sa première victoire avait été de battre Almandin sur les terres mortelles. L'homme s'emparait désormais du Cianath, symbole du pouvoir des Rois ; il usurpait la couronne. Le sentiment de haine contre son ancien Conseiller atteignit son paroxysme.

Mylès arriva enfin à hauteur d'Adel. Là, il s'arrêta et tourna la tête dans sa direction.

— Bonjour Adel, dit-il en plongeant ses yeux bleus dans les siens.

L'usurpateur les voyait. Inconcevable. Invraisemblable. Seul Almandin avait la possibilité de déjouer les pouvoirs de son père car il était devenu le Monarque, porteur du bracelet sacré. Pour le voir, Mylès devait appartenir à la famille royale, être Roi ou fils de Roi, plus puissant qu'Adel ; son aîné.

À peine le temps de réfléchir, Adel attrapa avec dextérité son bâton mais l'ancien Conseiller posa plus rapidement le sien sur son bras droit pour l'empêcher d'en faire usage. Craignant un combat, la Reine renforça son emprise sur son fils, qu'elle serra de toutes ses forces contre son cœur. Le petit se mit à crier.

— Si j'étais toi, je baisserais mon arme, prévint Mylès, sans se soucier de la Reine. Tu sais qui sortirait vainqueur d'un tel combat.

— Étant donné la situation, je n'ai pas tellement le choix, répondit simplement Adel en transformant son bâton en épée.

— Au contraire. Je te fais la promesse que rien ne sera

fait à la Reine si tu acceptes de te rendre. De plus, je n'ai rien à gagner à te tuer. Je désire seulement discuter.

— Est-ce ce que tu as fait avec mon fils ?

— La discussion ne menait à rien. Almandin n'a pas voulu me donner la bague. J'ai dû lui couper la main.

Mehiel poussa un cri d'horreur.

— Sa vie n'est pas en danger, poursuivit Mylès. Il guérira vite à condition qu'il puisse se servir de ses pouvoirs.

Adel crispa ses doigts autour du pommeau de son épée. Sous l'effet de la colère, son arme se mit à vibrer.

— Espèce de monstre, cracha-t-il à Mylès, en lui adressant un regard belliqueux.

— Ton fils a utilisé un autre terme pour cela. Que décides-tu ?

Dans ce contexte, le risque était trop grand de perdre Mehiel et son fils s'ils venaient à combattre. Pour l'évincer, Adel avait besoin d'estimer l'étendue de ses pouvoirs, de connaître son histoire. Alors il transforma son épée en bâton, préférant opter pour la discussion plutôt que la manière forte.

— Qui es-tu vraiment ? demanda-t-il avec aigreur.

— Je suis certain que tu le sais déjà, lui dit Mylès avec un mince sourire. Du moins as-tu un doute.

— Je préfère en avoir le cœur net.

L'ancien Conseiller approuva d'un geste de la tête, avant de se retourner vers Satya :

— Occupe-toi de la Reine et de l'enfant. Installe-les dans leurs appartements. Qu'ils ne manquent de rien.

Enfin, il s'approcha de Mehiel, contempla le bébé et lui caressa la joue.

— Il a les yeux de son père, remarqua-t-il. Des yeux vert émeraude, comme la Reine Sybille.

La gorge de Mehiel se serra au moment où cet homme posa la main sur son enfant. Si elle avait été plus forte, elle l'aurait repoussé. Mais son action aurait été vaine. Même Adel avait préféré baisser sa garde. Alors, pour le bien de son fils, elle le laissa faire, muette comme une tombe.

Mylès possédait une aura surprenante. Quelque chose de malsain et de doux l'habitait. Un mélange de bien et de mal, d'inoffensif et de terrifiant, impossible à décrire, qui le rendait bon et mauvais à la fois.

La Princesse Satya passa en avant :

— Votre Altesse, veuillez me suivre s'il vous plaît, dit-elle pour la Reine, et Mehiel emboîta le pas, après un dernier échange de regards avec son beau-père.

Quand elles furent parties, Mylès invita Adel à remonter les escaliers. L'ancien Roi se mit en marche :

— Qui es-tu ?

— Je suis ton frère, révéla Mylès. Nous avons le même père.

Fils de Roi, aîné, bâtard. Voilà pourquoi il possédait ces pouvoirs, songea Adel.

— Et Philea n'est autre que ta mère, je suppose, conclut-il.

— C'est exact. Comment l'as-tu appris ?

— Philea a quitté le royaume en même temps que toi. C'est elle qui t'a remis à mon père à ta naissance.

— Notre père, rectifia Mylès.

— La seule raison pour laquelle tu es plus fort que moi est que tu es né en premier. Que veux-tu ? Le royaume ?

— En partie. Je désire surtout obtenir le calice.

Le calice sacré… Adel l'avait oublié. Il permettait à tout homme de la lignée principale des Rois d'obtenir les pouvoirs suprêmes, de devenir presque invincible grâce à la manipulation des esprits, d'utiliser les bandeaux d'énergie pour semer la peur dans l'inconscient de tout être, qu'il soit Siahnnas, Éduin, ou bien mortel. Fils de Roi, Mylès pouvait lui aussi porter le bracelet sacré. Adel n'imagina pas ce que pourrait devenir le royaume et le Monde des Mortels si le calice tombait entre ses mains répugnantes.

— Tu veux le calice pour obtenir le bracelet des Rois, comprit Adel.

— Je veux le calice pour reprendre ce qui m'appartient, confia Mylès. Pendant des années, mon père m'a appris tout ce qu'il savait sur le royaume pour qu'un jour, je puisse prendre sa succession. Je suis en effet le premier-né de son sang. J'aurais dû être à ta place à sa mort. Mais personne ne connaissait mon existence, en dehors de mes parents.

— Parce que tu n'es pas né d'une union royale.

— Cela ne change en rien le fait que je sois le fils aîné de notre père.

Mylès poussa une porte dérobée dans le mur des passages secrets. Elle s'ouvrait sur un vaste couloir bordé de pierre noire. Adel reconnut rapidement les lieux. Son ancien Conseiller l'avait mené au sanctuaire sacré.

— Contrairement à tes parents, les miens se sont aimés, expliqua Mylès, en poursuivant son chemin. La Reine avait été choisie à sa naissance parmi les femmes de sang royal pour devenir une simple génitrice, tout comme Sybille. Mais notre père avait décidé que ses obligations ne l'empêcheraient pas de mener sa vie comme il l'entendait. Il a donc descellé ma mère et lui a donné un enfant. Il m'a confié tous les secrets du royaume, m'a enseigné les incantations interdites et m'a offert le bâton sacré avant même que tu ne l'aies. Lorsque tu as été en âge de participer au Conseil d'Esiah, il m'a fait ton Conseiller. Grâce à lui, je suis devenu influent et le peuple m'a apprécié.

Quelque chose sonnait faux dans son histoire. Adel n'avait jamais connu sa mère, morte en couches, comme la Reine Sybille. Mylès et lui n'avaient qu'un an d'écart. Si ses parents s'étaient réellement aimés, pourquoi leur père n'avait-il pas choisi de s'unir avec Philea à la mort de la Reine ?

— À voir ce que tu es devenu, je doute que ta mère ait su un jour ce que signifiait l'amour, lança Adel, le ton aigre. Mon père n'aurait jamais descellé cette maudite sorcière.

— J'en suis pourtant la preuve.

Mylès traversa la ligne d'eau du sanctuaire sacré. Aussi incroyable que cela puisse être, l'enfant bâtard réussissait à entrer dans le sanctuaire. Adel contracta ses mâchoires. Mylès se rendit dans la galerie où était autrefois entreposé le corps sans vie de la Reine Sybille, face au livre sacré du royaume.

— Connais-tu l'intégralité du livre sacré ? lui demanda Mylès en sortant de son col une petite clef qu'il inséra dans le cadenas du livre.

Adel comprit que son fils avait été défait de ses biens les plus précieux dans le Monde des Mortels. Cette clef, Almandin la portait toujours autour de son cou, par respect des traditions. Mylès se l'était appropriée, comme s'il était déjà devenu maître des lieux. Adel le maudit mais ravala sa soif de vengeance.

— Je l'ai lu plusieurs fois, dit-il, avec un soupçon d'animosité. Mais j'ai toujours pensé que la parole des Anciens ne devait pas influencer nos choix.

— Il ne faut pas non plus l'ignorer. Une simple phrase annonce la venue d'un être au grand pouvoir, issu d'un sang royal mais impur, la naissance d'un bâtard qui changerait la marche du monde.

— Tu ne peux pas être l'élu. L'élu est un homme qui sauvera le monde, pas un homme qui le détruira.

— Je ne veux pas le détruire. Je veux nous rendre maîtres du monde à la place d'Elohim, que nous puissions vivre librement sans dépendre d'un dieu.

Mylès disait cela avec conviction et sérieux. Adel eut un rire nerveux :

— Crois-tu qu'il te laissera faire ?

— Jusqu'à présent, il ne m'a pas arrêté, confia Mylès en désignant les lignes écrites par les Anciens sur le livre sacré. J'ai pris le contrôle d'Esiah. S'il avait voulu empêcher cela, voilà longtemps que je serais mort.

Mylès referma le livre. Adel fit le tour des tombeaux, sentant monter en lui une vague d'écœurement.

— Depuis le début, tu nous as trompés, moi et mes fils, cracha-t-il du plus profond de son cœur. Je me demande même si tu n'as pas orchestré la mort de Minéa pour éloigner Almandin du trône.

— C'était en effet dans mes intentions, reconnut Mylès, et il ne montra aucun regret. Minéa n'aurait pas dû mourir. Elle devait simplement rejeter Almandin. Mais elle n'a pas réagi comme je l'avais prédit.

Horripilé par le comportement de son ancien Conseiller, Adel secoua la tête, se retenant de lui briser les os.

Mylès sortit de l'antichambre. Adel le suivit, sans un mot.

— Ton fils a beaucoup de courage, je l'avoue, poursuivit l'ancien Conseiller en marchant parmi les sépultures. Je ne pensais pas qu'il serait encore capable de régner après sa mort.

— Alors tu as organisé le viol de Minéa pour briser mon fils ?

— Ce n'est pas tout à fait exact. Minéa était un moyen comme un autre de parvenir à mes fins.

Ç'en était trop. N'était-il pas conscient de la souffrance qu'il avait engendrée au royaume qu'il réclamait de droit ? Adel planta de rage une épée nouvellement formée dans le sol du sanctuaire :

— Sais-tu au moins ce qu'elle a traversé ? cria-t-il avec fureur. Le Guérisseur Zarack l'a descellée et de cet acte monstrueux est né un enfant. Je l'ai confié à un couple de confiance car Minéa n'arrivait pas à accepter sa propre chair. J'ai dû garder le secret pendant des années avant qu'Almandin ne le découvre. Ce jour-là, j'ai cru que je le perdrais pour toujours, comme j'avais déjà perdu mon second fils par ta faute. Tu as joué avec nos vies comme si nous n'étions que des marionnettes et je ne partirai pas de ce monde avant que justice ne soit rendue.

Mylès stoppa sa marche et l'examina un instant, dans le plus grand silence. Adel crut deviner dans son regard une lueur d'étonnement, qui contrastait avec l'expression impassible et presque glaciale affichée sur son visage depuis le début de leur échange.

— Almandin a dû vouloir retrouver cet enfant quand il l'a su, dit alors Mylès.

Adel ne comprit pas pourquoi son ancien Conseiller s'intéressait à lui. Mais son existence l'intriguait.

— Qu'est-ce que tu veux savoir ? lui demanda Adel, sourcils froncés.

— Tu as dû vérifier que cet enfant n'était pas celui de ton fils. Almandin a sûrement voulu faire de même. Compte tenu de votre entente et de son caractère, j'en déduis qu'il l'a retrouvé car il va toujours au bout de ses convictions, quitte à se sacrifier.

La dernière phrase eut le même effet qu'un coup de poignard dans le dos. Adel n'aurait jamais imaginé rencontrer une personne aussi dénuée d'humanité et de compassion.

— Tu m'horripiles, lâcha-t-il.

Le Conseiller reprit sa marche, sans regarder derrière lui. Adel aurait bien profité de cette ouverture pour lui donner le coup fatal, mais l'ancien Conseiller semblait détenir des techniques de combat bien meilleures que les siennes. Le connaissant, il aurait su déjouer l'attaque, étant resté sur ses gardes. Mylès usait d'une bonne stratégie et ne laissait rien au hasard. Encore une fois, Adel n'eut d'autre choix que de le suivre. Il récupéra son arme et remonta jusqu'à lui, tentant de réprimer son envie folle de frapper la mâchoire de son frère aîné.

— Almandin a recueilli un enfant avant de mourir, un enfant que tu as par la suite élevé et entraîné comme ton propre fils, lui dit Mylès, quand il arriva à ses côtés. Il n'y a qu'à voir les techniques utilisées par Milo pour s'en apercevoir.

Mylès avait deviné l'identité de cet enfant. L'ancien Roi regrettait à présent d'y avoir fait allusion.

— Pourquoi t'intéresses-tu autant à cet enfant ?

— Je suis seulement impressionné de voir avec quelle

facilité tu m'as caché son existence pendant tant d'années. Autrefois, tu me confiais tout.

— Oh, non, ce n'est certainement pas pour cette raison que tu veux en parler. Tu caches autre chose, n'est-ce pas ?

— Comme ?

Adel se mit à réfléchir à voix haute :

— Milo a toujours eu plus de facilité que les autres et ses capacités ressemblent à celles de la famille royale... Se pourrait-il que tu sois... ?

Oh oui, c'était donc cela... Adel s'immobilisa sur place, estomaqué par la situation. Le fils bâtard avait engendré un enfant dont il ne soupçonnait pas l'existence, par la force, pour le pouvoir, dans la seule intention de briser Almandin, pour lui faire perdre pied et s'emparer du trône. Peut-être même pour obtenir un héritier. Adel venait de livrer cet enfant sur un plateau. Et à voir l'intérêt que lui portait Mylès, il allait chercher à le retourner contre eux, ou, à défaut, à l'éliminer.

— Je ne l'ai pas violée si c'est la question que tu te poses, le coupa Mylès. Je ne suis pas ce genre d'homme.

— Alors quel genre d'homme es-tu ? lui demanda Adel, sous le choc.

— Je n'utilise la force qu'en dernier recours.

— Dans tes intérêts mais pas dans celui du peuple.

— Le peuple a besoin qu'on lui montre la voie, assura Mylès, et il rejoignit un plateau du Cianath laissé à l'air libre, l'ancienne sellerie du Roi Pyrrhos. Parfois, cela nécessite des sacrifices.

— Tu es complètement fou, s'indigna Adel.

— Non, je suis mes convictions.

Les soldats de la Confrérie avaient pris possession de la plate-forme d'atterrissage où deux dévoreurs avaient déjà été sellés. Le Conseiller en désigna un à l'aide de son index.

— Vois-tu le dévoreur que mes soldats ont harnaché ? Il t'est destiné. Retourne à Garak et demande à Milo de venir. S'il n'est pas là dans les deux heures qui suivent, la Reine sera morte.

— Il est hors de question que je la laisse seule entre tes mains, assura Adel, le regard tranchant.

— Si tu restes, elle n'a aucune chance de survivre, ajouta Mylès, toujours aussi imperturbable. Réfléchis bien.

Que faire ? Mylès n'avait pas tort. Rester au Cianath n'aurait rien pu changer. En revenant à Garak, Adel en saurait plus sur la situation actuelle et sur ses marges de manœuvre. Il leur fallait gagner du temps pour établir une stratégie. Retrouver Milo constituait donc une bonne solution.

Milo était doté d'une intelligence remarquable, d'un sens du devoir et de l'honneur bien plus développé que celui des soldats de l'armée royale. Il savait user des incantations interdites. Mylès ne lui faisait pas peur. Adel lui vouait sa plus grande confiance. Tel fut son choix.

L'ancien Roi se hissa sur la bête et attrapa les rênes.

— Nous allons très vite nous revoir, prévint-il, en défiant Mylès du regard.

— Je le sais.

L'ancien Roi fit décrire à sa monture deux ou trois cercles sur place, sans quitter Mylès des yeux, puis il envoya son talon dans la cuisse de l'animal, et prit aussitôt son envol.

Mylès examina les alentours, d'un rapide coup d'œil. Il découvrit Mésilande, embusquée dans un coin sombre de la sellerie. Démasqué, l'oiseau sortit de sa cachette et rejoignit la chambre du Roi dans laquelle devaient être retenus la Reine et son enfant.

Adel profita de son vol pour inspecter la cité d'Esiah. L'armée de la Confrérie avait pris d'assaut le Cianath et gardait la place sur laquelle Gamerron avait installé la porte menant au Monde des Mortels. L'ancien Conseiller n'avait pas pris l'exercice à la légère. La Porte des mortels, à présent fermée, n'avait jamais connu un tel rassemblement. Puis il vit des corps, par centaines, de part et d'autre du champ de bataille, parfois agglutinés, sur le ventre, sur le dos. Adel espérait qu'Anjali et Pyrrhos s'en soient sortis indemnes.

Les troupes royales faisaient front à l'est de la cité. La bataille avait cessé. Chacun tenait désormais son poste, dans l'attente que l'autre camp lance l'offensive. Adel ne comprit pas pourquoi l'armée n'avait pas encore réussi à récupérer la Porte, ni même pourquoi les hommes s'étaient repliés en défense au lieu d'attaquer pour reprendre du terrain.

Malheureusement, l'ancien Roi n'eut pas le temps d'en voir plus. Un soldat de la Confrérie, en monture, le prit en chasse. Alors il fouetta son dévoreur avec les brides pour forcer l'allure et lui échapper. De toute manière, il devait partir s'il voulait arriver à temps à Garak et envoyer Milo au Cianath avant les deux heures exigées par Mylès.

À son arrivée à la cité blanche, des archers furent déployés sur l'enceinte. Katell, qui donnait les ordres, reconnut Sa Majesté, et sonna la fin de l'alerte. La bête put se poser sans heurt près d'eux. Fandor grimpa rapidement les marches pour rejoindre Adel, Milo et Shimei derrière lui.

D'un bond, l'ancien Roi descendit de sa monture, et il étreignit rapidement sa femme. Au moins allait-elle bien. C'était l'essentiel.

— Va prévenir Anjali et Pyrrhos de mon arrivée, lui dit-il, et Shimei se pressa d'aller les chercher.

— Où sont Mehiel et Shaytan ? demanda alors Fandor, en notant leur absence.

— J'ai dû les laisser à Esiah, annonça Adel, l'air grave. Je n'ai pas eu d'autre choix que de les laisser seuls. J'ai vu que l'armée était rentrée.

Milo échangea un regard avec Adel. Le temps n'avait pas effacé leur complicité. Le garde se permit de lire dans son esprit. Ce qu'il y découvrit le fit pâlir d'effroi.

Aucun mot ne sortit de sa bouche. Adel serra son épaule en guise d'encouragement et se retourna vers Fandor :

— Des morts à déplorer ?

— Oui, de nombreux soldats, lui répondit l'ancien garde, sans plus de détails.

La guerre avait déjà coûté des milliers de vies. La mort faisait désormais partie du quotidien.

— Et les mortels ?

— Mylès les a fait libérer avant d'envahir Esiah. Mais des images circulent déjà sur leurs écrans. On y voit d'ailleurs Almandin attaché sous un dévoreur au-dessus de Jaipur, expliqua Fandor, l'air grave.

L'ancien chef de la garde porta une main sur son torse. Cette pensée lui faisait mal au cœur. Il avait élevé Almandin depuis ses dix ans, et considérait le Roi comme son propre fils, au même titre que Séraphin. D'ailleurs, Adel s'enquit de lui, car le nouveau Conseiller du Roi était au Cianath à l'heure où Mylès y pénétrait. Adel n'avait pas pu le rejoindre et n'aurait su dire s'il s'en était sorti.

— Avez-vous retrouvé ton fils ? demanda-t-il à Fandor.

— Nous l'avons retrouvé sur la place, répondit son père, avec soulagement. Il va bien.

— J'ai eu si peur pour lui… Où est Almandin ?

— Il est au palais, toujours endormi, lui répondit Fandor. Sa main a été… tranchée…

— Il ne peut pas repartir au combat dans cet état, ajouta Milo. Nous avons repris une partie de la cité. Mais le Cianath est une véritable forteresse. Pyrrhos a déclaré l'état de siège.

— Il a bien fait, approuva Adel, et il tendit les brides de sa monture à Fandor. Garde ce dévoreur ici. Il doit être prêt à partir dans les prochaines minutes.

L'ancien chef de la garde hocha la tête. Adel passa son bras derrière la nuque de Milo et l'entraîna à l'écart de ses hommes.

— Mylès est mon frère et tu es son fils, lui murmura-t-il.

Il veut te voir, sûrement pour te le dire. Il désire obtenir le calice sacré.

— Je ne suis pas le fils de cet homme. Je ne le serai jamais.

Le garde baissa la tête. Comment accepter cette insoutenable vérité ? Il était le fils génétique d'un homme abominable et dérangé, qui consumait le royaume à petit feu, qui décimait sa véritable famille, ceux qui l'avaient pris sous leur protection depuis la perte de ses parents adoptifs. Le garde rejeta cette idée. Il repoussa Adel et prit une grande inspiration. Non, il ne pouvait pas y croire.

L'ancien Roi plaqua ses mains autour de son visage et pénétra son regard perdu :

— Nous avons peu de temps alors écoute-moi bien, lui dit-il tout bas. Je sais ce dont tu es capable. Ta force, ce pouvoir de lire dans les pensées… Je croyais que cela te venait de ta mère mais je me suis trompé. Le livre sacré dit que l'élu est un bâtard de la famille royale. Mylès croit qu'il s'agit de lui. Du moins, le croyait… J'ai trop parlé. Il connaît maintenant ton existence et il va penser tout comme moi que tu es l'élu. Deux options s'offrent à lui, te persuader de le suivre dans sa folie ou tuer son propre sang.

Le garde releva le front. Une lueur d'indignation grossissait dans ses yeux :

— C'est faux, soutint-il avec mépris. Je ne serai jamais le fils de cet homme, quel que soit le sang qui coule dans mes veines.

— Mylès veut te voir. Si tu n'y vas pas, Mehiel mourra, insista Adel. Comprends-tu la situation ?

En aucun cas Milo n'aurait laissé Mylès tuer Mehiel. Le garde hésita sur la procédure à suivre. Cette nouvelle remettait tout en cause.

— Anjali ne doit pas savoir, dit-il finalement, en pensant à sa réaction, persuadé qu'elle n'accepterait jamais d'avoir auprès d'elle le fils de l'homme qui avait brisé la vie de ses parents.

— Je ne dirai rien, c'est promis, jura Adel, et il tapota sa joue, en lui adressant un fin sourire, car Milo venait ainsi d'avouer son amour pour Anjali.

Le garde balaya son bras du revers de la main et gonfla ses poumons, le temps de reprendre contenance.

— Que voudrais-tu que je fasse ? demanda-t-il, sa mission passant avant ses sentiments.

— Mylès va certainement te demander de le suivre. Tu vas devoir faire un choix.

— Je préférerais en parler à Almandin avant. Il s'agit de la vie de Mehiel et de leur enfant.

— Almandin ne pourra pas supporter de devoir faire le sacrifice des êtres les plus chers à ses yeux pour sauver son peuple, assura Adel en prenant ses distances. Il mourrait plutôt que d'avoir à le faire. Mais il va devoir y songer s'il se réveille. Mylès veut obtenir le calice sacré pour prendre possession des pouvoirs du bracelet sacré. En aucun cas, il ne doit l'avoir. Car s'il l'obtient, sa puissance sera si grande qu'il sera difficile de le vaincre. Il ne fera qu'une bouchée de nous.

— Même s'il faut pour cela sacrifier la vie de Mehiel et du bébé ? demanda Milo, pour être bien certain de comprendre ce qu'il attendait de lui.

— Au prix de leur vie s'il le faut, oui.

Le garde s'appuya sur le mur d'enceinte et releva le menton.

— Je ne peux pas l'accepter, dit-il d'un ton ferme.

— Mais moi je peux, déclara Adel, dont le ton trahissait la nervosité. Je ne veux pas que mon fils fasse ce choix. Je vais assumer à sa place. Il ne doit pas savoir que Mylès est mon frère. Il ne doit pas savoir, tu m'entends ? Car s'il le sait, il sera partagé entre son amour pour sa famille et le devenir de son peuple.

— Si tu ne lui dis pas, il apportera le calice sacré à Mylès.

— Je l'en empêcherai ! répondit aussitôt Adel, sa voix tonnant au fur et à mesure de la discussion.

Milo croisa ses bras en attendant que l'ancien Roi se calme. Par son comportement agressif, nerveux, Adel admettait avoir perdu tous ses moyens. Aucune solution acceptable n'aurait pu être trouvée. À la fin de la journée, Almandin perdrait son royaume ou sa femme et son enfant, ou même les trois. Adel préférait penser au plus grand nombre. Milo refusait de sacrifier Mehiel. Aucun compromis n'était possible.

— Almandin a son mot à dire, affirma Milo, le ton aigre.

— Mais tu ne comprends pas qu'il va se laisser porter par ses sentiments ! s'emporta Adel. Là est sa faiblesse. Mylès le sait très bien.

— Alors qu'il en soit ainsi, lança Milo, le visage tendu. Après tout, ton fils a fait assez de sacrifices pour son peuple. C'est à son peuple, aujourd'hui, de se sacrifier pour lui.

Adel soupira puis se frotta le visage, le temps de la réflexion :

— Quand nous aurons tout perdu, au nom de l'amour, me tiendras-tu le même discours ? lui demanda-t-il en secouant la tête en signe d'objection.

— Je ne pense pas, répondit Milo, regard baissé, puis il releva les yeux. Tout ce que je voudrais, c'est laisser le temps à Almandin d'agir pour qu'il ait l'impression d'avoir essayé de sauver le peu qu'il lui reste.

Partagé sur la question, l'ancien Roi fixa son élève un bref instant. Enfin, il s'accouda au mur d'enceinte, le regard tourné vers l'horizon :

— Tu as gagné. Je vais le réveiller, lui dit-il, sans pour autant être convaincu de ses propos. Il désapprouvait l'idée.

— Quant à moi, je pars à Esiah pour gagner du temps.

Le garde voulut partir mais Adel le retint par le bras.

— Fais attention, Milo. Mylès est dangereux, prévint-il.

— Je sais ce que j'ai à faire.

Milo le rassura d'un sourire et gagna sa monture tandis

que Pyrrhos et Anjali rejoignaient enfin le mur d'enceinte. La jeune femme sauta dans les bras de son grand-père et l'enlaça. Adel se réjouit de les voir en vie, elle et son fils.

— C'est si bon de te voir, lui dit-elle.

Puis elle aperçut Milo. Il resserrait les sangles de sa selle.

— Milo, où va-t-il ? demanda-t-elle à son grand-père, avec inquiétude.

— À Esiah, lui confia-t-il. Laisse-le partir.

Malgré les interdictions de son grand-père, la Princesse courut jusqu'à lui. Rien n'aurait pu la retenir d'y aller. Milo s'apprêtait à grimper sur l'animal quand elle l'entoura de ses bras.

— Milo ! Je t'aime, lui dit-elle, tandis que des larmes coulaient le long de ses joues. Ne fais pas comme mon père quand il est parti pour ne plus revenir.

— Nous nous reverrons, c'est une promesse, la rassura Milo, en essuyant son visage.

— Pourquoi ai-je du mal à te croire ?

— Parce que tu as peur. Mais il faut savoir affronter nos craintes car elles nous empêchent d'avancer. C'est la raison pour laquelle ton père est parti. C'est la raison pour laquelle je pars. Et tu dois l'accepter.

Milo déposa sur ses lèvres un baiser sincère et doux. Après quoi, elle posa sa tête contre son cœur et laissa filer sa main entre ses doigts. Le garde se hissa sur le dévoreur, adressa un dernier sourire à la Princesse, et décolla, faisant galoper sa monture en direction du Cianath.

En haut des remparts, Adel regardait Milo s'éloigner de la cité blanche.

— Alors, quel est le plan ? demanda Pyrrhos, à ses côtés.

— Gagner du temps. Nous tentons de parlementer.

— Envoyer Milo n'est pas la solution, grogna son fils, les bras croisés car il avait le sentiment d'être mis à l'écart d'une affaire importante concernant le royaume.

— Mylès l'a fait demander.

Pyrrhos, consterné, fit la grimace.

— Puis-je savoir pourquoi ?

— Fais-moi confiance, lui dit Adel, et il lui frappa dans le dos. Je vais réveiller ton frère. Je pense que je vais avoir besoin de ton aide…

16

LES DEUX ÉLUS

La monture de Milo arriva à la cité d'Esiah à travers un vortex. Dès qu'elle fut en vue du Cianath, un groupe de cinq dévoreurs se lança dans les airs et vint à sa rencontre. Leur chef fit signe à Milo de le suivre. Les bêtes se resserrèrent autour de lui pour l'accompagner jusqu'à la sellerie. Mylès pensait peut-être éviter qu'il ne soit considéré comme un ennemi et pris en chasse par les soldats de la Confrérie. À moins qu'il n'ait voulu soigner l'arrivée de son fils biologique, songea Milo.

La sulfureuse Satya l'attendait déjà, parée de beaux bijoux, habillée d'une robe noir et argenté réservée aux plus grandes festivités. N'étaient-ils pas en guerre, pourtant ? Milo l'examina de haut en bas avant de sauter à terre. Un soldat récupéra sa monture.

— Milo, nous ne nous étions pas vus depuis longtemps ! s'extasia la jeune femme, et elle avança vers lui avec grâce. Comment va mon oncle, le Roi Lucifel ?

— Bien.

— Je n'en crois pas un mot. Il aurait accouru pour sauver sa famille si tu disais vrai.

La Princesse n'avait rien perdu de son air suffisant et hautain. Pour l'occasion, elle avait coiffé ses cheveux noirs d'ébène en un chignon flou, et passé au crayon le contour de ses yeux en amande. Satya glissa ses doigts le long de son torse recouvert d'un acier résistant. Elle le dévorait du regard. En réponse à ses avances, Milo la dévisagea avec mépris. Elle poursuivit ses caresses le long de son buste, espérant déclencher en lui un élan de passion :

— J'ai été assez surprise de savoir que tu viendrais à sa place, dit-elle, d'une voix suave. Mylès m'a demandé de t'accueillir.

— Alors conduis-moi à lui, somma le garde, pour ne pas s'éterniser en discussions inutiles.

— Tu n'es pas curieux de savoir comment vont la Reine et l'enfant ? fit la belle Satya, d'un air étonné, en effleurant du bout de ses doigts son cou.

Le garde saisit la main de la Princesse, l'éloigna de lui et la relâcha avec dédain.

— Je le saurai quand tu me mèneras à eux, lui dit-il, à quelques centimètres de son visage. Où sont-ils ?

Vexée de ne pas avoir su engendrer en lui un désir charnel dont elle aurait bien tiré avantage, la Princesse grimaça à l'image de son père et lui tourna le dos.

— Mylès veut que tu le rejoignes au sanctuaire sacré, ragea-t-elle en le regardant de biais. Tu devras donc attendre pour les voir. Je prends soin de la Reine et de son fils le temps que tu reviennes. Mésilande t'accompagnera au sanctuaire.

La Princesse lui montra du regard l'oiseau de feu, perché au-dessus des étalages de selles. Puis elle l'abandonna dans le quartier. Les hommes de la Confrérie tenaient le garde à l'œil. Mylès était assez méfiant pour ne pas le laisser sans surveillance.

Milo leva un bras à l'horizontale. Mésilande se posa au bout de ses doigts et remonta jusqu'à son épaule.

Ils partirent tous deux en direction du sanctuaire.

— Qu'est-ce que tu mijotes ? demanda Milo, irrité, quand ils furent seuls, dans le couloir.

— J'essaie de sauver Mehiel, se justifia le phœnix.

— En aidant Mylès ?

— En restant aux côtés de la Reine, rectifia l'oiseau, et il gonfla sa collerette de feu. Comment va Almandin ?

— Il ne s'est pas encore réveillé. Qu'est-ce que tu nous caches encore ?

— Rien. Je n'étais pas au courant.

— Comme toujours ! ironisa le garde, une chose qu'il ne faisait que rarement, quand la colère prenait le dessus sur la raison.

— Cette fois-ci, je dis la vérité.

Milo s'arrêta de marcher. Quelqu'un l'épiait. Il le sentait.

À sa gauche, les yeux de l'ancien Conseiller du Roi, Mylès. Des yeux légèrement bleutés, comme les siens, contemplatifs, l'admiraient.

Le garde n'avait jusqu'ici jamais croisé son chemin, si ce n'est lorsqu'il était enfant, quand le Roi Adel lui avait fait visiter le Cianath avant de perdre la couronne. Ou si. Il avait dû le voir quand il était allé délivrer sa mère, kidnappée par la Confrérie. Milo avait affronté un homme redoutable qui semblait croire que ses facultés et ses facilités au combat n'étaient pas seulement dues à un entraînement acharné mais provenaient aussi de ses gènes. Mylès savait-il avant ce jour qu'il était son père ?

Il existait entre eux un lien étrange, que Milo n'aurait su décrire. Peut-être avait-il ce sentiment à cause de la fascination dont Mylès faisait preuve à son égard à l'instant présent. Son regard intense se fixait sur lui comme on regarde un inestimable trésor.

— Il me semble t'avoir vu pour la première fois à l'âge de neuf ans, lui dit l'ancien Conseiller en se rapprochant de lui. Mais nous n'avons jamais vraiment eu l'occasion de nous connaître.

— À vrai dire, je me souciais très peu de vous. Ce qui est encore le cas.

Le garde le jugea d'un rapide coup d'œil en scrutant son esprit. Les pensées de l'ancien Conseiller semblaient impénétrables. Alors il força ses dons au point de saigner du nez.

Le regard de Mylès redoubla d'émerveillement pendant que Milo essuyait du dos de sa main le sang coulant sur sa bouche.

— Tu as un don, dit l'ancien Conseiller.

Plus aucun doute. Adel disait vrai. Aucun homme n'avait jamais réussi à lui cacher ses pensées. Sauf lui. Mylès. Un être puissant, redoutable et malfaisant. Son père biologique. Le garde soutint son regard, sans faire montre de sa consternation, pour lui tenir tête. Le phœnix cessa d'agiter ses longues tresses de feu dans son dos, comprenant à quel point cet homme pouvait être volontaire.

— Quel est-il ? poursuivit l'ancien Conseiller avec le plus grand intérêt, l'empathie, la télépathie… la vision… de l'avenir ?

Tout laissait croire que cet homme possédait lui aussi un pouvoir immense parmi ceux qu'il avait cités. Milo se mura dans un silence profond en essayant de ne montrer aucune expression qui trahirait ses pensées.

— Sais-tu comment je le sais ? reprit alors Mylès.

— Vous allez me le dire.

— Tu n'es pas le fils du Guérisseur Zarack mais le mien.

— Je ne suis pas votre fils, assura le garde, en relevant le front. La porte du sanctuaire sacré m'a repoussé quand je l'ai approchée. C'est ainsi que j'ai découvert le sort réservé à ceux qui essaient d'y pénétrer.

Non loin du sanctuaire sacré, il attrapa son bâton et l'agita devant l'entrée. Cette fois-ci, aucun arc électrique ne se forma. Il persista à faire passer son bâton et avança même d'un pas. De nouveau, rien. Milo réussissait à franchir la ligne d'eau. Comment cela pouvait-il être possible ? Dans ses souvenirs, il était venu là avec Adel et Anjali pour chercher le Miroir des Limbes. Lors d'un combat, son bâton avait frôlé la ligne d'eau et le sanctuaire l'avait repoussé. Non. En revoyant la scène, le sanctuaire avait repoussé son ennemi, qui avait emmêlé son bâton au sien. Voilà pourquoi.

— Quand bien même, je ne serai jamais votre fils, lâcha Milo une fois la surprise passée.

Un éclat de joie traversa les pupilles du Conseiller, un éclat comme on en voyait peu sur son visage ordinairement figé. La nouvelle devait le satisfaire. Milo était bien son fils.

— Tu te trompes. Je connais ton histoire, dit Mylès. Veux-tu que je te la raconte ?

— Ai-je le choix ?

Mylès esquissa un mince sourire, en bon entendeur :

— J'ai bien connu ta mère, commença-t-il à dire, en replongeant dans ses souvenirs. Elle appartenait à l'une des plus grandes familles de ce royaume, très proche de la famille royale. On la soupçonnait d'avoir eu des liens de parenté avec une ancienne lignée de cousins éloignés. Elle fut, pour cette raison, traitée comme l'une d'entre elles. Minéa n'eut aucun mal à devenir membre du Conseil d'Esiah. Je l'ai très souvent côtoyée. Ta mère était d'une grande beauté. J'ai ouï dire qu'elle se plaisait beaucoup au Royaume d'Odéon auprès du Roi Jason.

— Venez-en aux faits, le coupa Milo.

Le Conseiller fit une pause, interrompant un bref instant son propos :

— Tu ne sais pas toute la vérité sur ta naissance, prétendit-il. Ce pouvoir que tu détiens est un don offert à certains membres de la famille royale. Il est rare que des lignées bâtardes donnent naissance à des enfants dotés d'un tel talent mais cela s'est déjà produit il y a des centaines d'années d'après ce que je sais...

Puis il parut hésiter à poursuivre son discours.

— Je devrais peut-être me sentir honoré ? demanda Milo, un sourcil relevé.

— Tu as de la chance d'avoir ce don. Il t'a été offert par Elohim.

— Mais à quel prix ? répondit Milo, indigné. Minéa n'aurait jamais commis d'infidélité. Vous l'avez forcée.

— En vérité, ta mère n'a pas été violée. J'ai seulement gravé dans son esprit et dans celui du Guérisseur Zarack un souvenir confus et irréel d'un acte qui n'a jamais eu lieu. Mais le pauvre homme ne l'a pas supporté et a perdu la raison, expliqua Mylès, comme s'il s'agissait d'une simple anecdote. Quand Minéa est revenue à Esiah, il l'a assassinée. Je n'avais pas prévu cette réaction de sa part. Tu connais la suite.

— À vrai dire, j'aimerais bien que vous m'expliquiez pourquoi vous avez détruit sa vie.

— Je n'avais rien contre ta mère. Je ne pensais pas que les choses se finiraient ainsi pour elle. C'est une autre personne que je visais, avoua Mylès, ses yeux brillant d'une étrange lueur malsaine.

À l'époque, le Conseiller cherchait à asseoir son pouvoir, à reprendre le trône occupé par son demi-frère.

— Adel, pensa alors Milo, tout haut.

— Pas exactement, rectifia Mylès, en faisant quelques pas devant lui. Comme tu dois le savoir désormais, je suis son frère ou du moins, son demi-frère. Notre père m'a élevé dans le plus grand secret pour faire de moi un Roi. Il n'a pas eu le temps de me confier le royaume. À sa mort, Adel a pris sa succession et je l'ai servi en tant que Conseiller. Je ne savais pas si je parviendrais un jour à reprendre le trône. Alors il me fallait un fils que je puisse prendre pour page au palais. Minéa était le parti idéal, la promise d'Almandin, sa plus grande faiblesse, comme la Reine Mehiel. Je savais que je pouvais l'atteindre par les sentiments. Il me fallait les séparer pour éloigner tout prétendant au trône. En faisant d'elle une génitrice, je brisais Almandin et j'obtenais un fils de sang royal. J'ai cru que ça n'avait pas fonctionné quand Minéa a disparu. Adel avait l'habitude de me consulter pour le moindre de ses soucis. Mais je n'ai jamais su qu'il avait aidé ta mère à te faire disparaître. J'ai eu un doute quand tu es venu en aide à Minéa à notre quartier de Londres. Si je l'avais appris plus tôt, j'aurais insisté pour que tu sois élevé à mes côtés au Cianath car tu es issu de la première lignée des Rois.

Le Conseiller déversait ces mots dans la plus parfaite indifférence. À croire qu'il n'éprouvait aucun sentiment, aucune pitié. Son action avait été guidée par un seul but, atteindre le sommet, gouverner, prendre le dessus sur les autres. Tout n'avait été qu'une question de stratégie.

— Vous me dégoûtez, lâcha le garde, les poings serrés. Vous servir d'une personne pour en atteindre une autre. Ce n'est pas digne d'un homme de votre rang.

— Cela est digne d'un stratège. Les meneurs d'hommes comme les Rois doivent toujours agir dans l'intérêt de la cause, répliqua Mylès, le visage impassible. Et la cause vaut le sacrifice.

— Quand bien même je serais votre fils biologique, je n'accepterai jamais d'avoir pour père un fanatique qui détruit son propre royaume pour obtenir le pouvoir. Le sang importe peu.

Le Conseiller resta silencieux sans le quitter du regard et reprit :

— Pourquoi crois-tu que je veuille briser l'équilibre des mondes ?

— Vous voulez exterminer les espèces pour qu'il n'en reste plus qu'une et devenir son maître, répondit Milo, car il ne voyait pas d'autres explications.

— Non, ce n'est pas tout à fait exact. Bien sûr, pour tout peuple, il existe une hiérarchie qui permet d'éviter l'anarchie.

— À moins que ce ne soit la hiérarchie qui crée elle-même les troubles. N'est-ce pas ce que vous êtes en train de faire ?

Le Conseiller afficha un sourire crispé.

— Qu'elle soit une hiérarchie de force ou élue, des hommes sont portés au plus haut des communautés pour gouverner. Le Monde des Mortels a connu des milliers de guerres. Aujourd'hui encore, les peuples se battent pour obtenir le pouvoir, rien que pour le pouvoir. Je ne suis pas de cette espèce. Les Siahnnas ont toujours eu un honneur et une cause à défendre, contrairement aux mortels. Cette guerre que nous nous livrons pourrait être évitée si nous nous comprenions assez.

— Et quelle est donc la cause que vous défendez avec tant d'ardeur ? ironisa le garde.

— Un monde libre, sans contraintes, sans limites, confia Mylès, et ces mots, prononcés tout bas avec passion, sortirent de sa bouche comme un espoir. Depuis la naissance de nos royaumes, le créateur nous a imposé une vie en pensant qu'il était mieux de séparer les espèces par des strates. Mais il est possible de vivre ensemble sur un même territoire.

S'il n'avait pas connu la guerre depuis sa tendre enfance, Milo aurait bu les paroles du Conseiller. Cet homme promettait une belle destinée, sans se soucier du mal que le rêve pouvait provoquer.

— C'est de la pure folie et vous le savez. Si vous éliminez les strates, vous ferez vivre sur une seule terre des êtres aux forces et aux capacités différentes dont les plus vulnérables sont les mortels, exposa Milo, pour tenter de l'en dissuader. Les humains disparaîtraient les premiers, chassés par les âmes de l'Haoma qui ne se battent que pour la gloire.

— Pour cela il existe des lois, des règles à respecter, trancha Mylès. C'est le prix à payer pour être libre.

— Non, soupira le garde, plus par désolation que par objection. Les humains deviendraient des âmes, et ces âmes ne pourraient plus se réincarner. Elles resteraient pour toujours des fantômes. Et il y aurait une autre façon d'être libre. Demander au créateur d'éliminer les liens qui nous unissent aux âmes, de faire en sorte que nous n'ayons plus besoin d'elles pour vivre. Pourquoi vouloir réunir toutes les espèces sur un même territoire ?

— Pour que la mort n'existe plus.

C'était donc cela son véritable objectif. Mettre fin au cycle de la vie. Milo, stupéfait, en resta coi un instant.

— L'immortalité, finit-il par murmurer, telle une révélation. Voilà donc votre but. Vous refusez la mort.

— Almandin l'aurait aussi refusée s'il avait dû vivre loin de la Reine en sachant qu'elle l'attendait dans un royaume inaccessible, reprocha le Conseiller, et il montra pour la première fois une certaine sensibilité dans sa voix écorchée. Sa chance a été de pouvoir la rejoindre. Ce n'est pas le cas de tous.

— Vous parlez comme si cela vous touchait personnellement, comme si vous étiez lui mais que vous n'ayez pas eu cette chance, releva le garde en cherchant à comprendre.

— Cet homme n'a pas de sentiment. Il est simplement fou, intervint le phœnix.

Depuis le début de leur conversation, l'oiseau les écoutait tous deux, sans bouger, silencieux. Mais les dernières répliques de l'ancien Conseiller du Roi l'avaient piqué au point de ne plus pouvoir retenir sa langue de feu.

Mylès se retourna vers lui, le sourire triomphant, et Milo comprit alors à quel point cet homme pouvait se montrer intelligent et manipulateur. Il avait essayé de faire parler le phœnix et savourait cette nouvelle victoire.

— Je craignais ne jamais entendre ta voix, Mésilande, répliqua aussitôt Mylès.

— L'immortalité. Tu ne sais pas de quoi il s'agit. L'ennui, la lassitude, l'indifférence, la solitude. Voilà ce qu'est l'immortalité, cracha le phœnix, le toisant de ses grands yeux bleu saphir.

— Tu ressens cela parce que tu vois mourir ton entourage. Mais dans un monde d'immortels, ce serait différent.

— Lorsque tu as tout vécu, tu perds goût à la vie. L'immortalité est une damnation. C'est la peine réservée à ceux qui ont osé se rebeller contre la marche du monde.

— Comme tu l'as fait avec Megon ? demanda l'ancien Conseiller du Roi avec grand intérêt.

L'oiseau garda le bec clos, son corps de feu penché en avant, comme s'il s'apprêtait à l'attaquer.

— Avant d'être un oiseau, qu'étais-tu, au juste ? poursuivit Mylès, avec une irrésistible curiosité. Une femme, une âme ou une habitante de l'Eden ?

— Les trois ne sont pas incompatibles, Mylès, répondit

sèchement le phœnix. La différence entre un homme et une femme est le corps. Tout corps est porteur d'une âme. Les âmes traversent les strates suivant l'évolution de leur esprit.

— Intéressant. Et que deviennent-elles après avoir terminé leur évolution, après… l'Eden ?

— Des gardiennes, ce que tu ne pourras jamais être car il faut avoir une once d'humanité pour y accéder. Il n'est pas donné à tous de comprendre les hommes, ceux que nous avons le devoir de protéger. Et l'évolution de l'âme n'est pas toujours bonne. Ne te l'a-t-on jamais dit, mon enfant ? lui dit Mésilande, par provocation. Les esprits qui croupissent dans l'Haoma en sont un exemple. Les strates que tu désires détruire servent à distinguer les méritants des vauriens de ton genre.

L'oiseau cracha une gerbe de feu dans sa direction. Le Conseiller la reçut sur sa veste immaculée, épousseta sa manche roussie et sans même répliquer, retourna son attention sur son fils biologique :

— Mon frère t'a-t-il enseigné le livre sacré ?

— J'en connais une grande partie sans l'avoir lu, répondit Milo, l'air absent.

Il analysait le comportement de cet homme, à défaut de pouvoir lire dans son esprit. Mais le Conseiller ne laissait aucune émotion trahir ses pensées.

Mylès franchit la ligne d'eau séparant le couloir du sanctuaire sacré et disparut dans la pénombre de l'antichambre. Milo en aurait bien profité pour s'échapper, retrouver Mehiel, le bébé, et les ramener à Garak, mais les chances d'y parvenir à lui seul étaient minces. Mieux valait gagner du temps en discussions pour laisser Adel et Almandin décider de la marche à suivre à son retour dans la cité blanche. Ainsi, il relâcha l'oiseau dans le couloir puis suivit son père biologique dans le sanctuaire.

Le Conseiller réapparut dans l'antichambre, le livre

sacré entre ses mains. Il porta une page de l'ouvrage devant les yeux de son fils :

— Il te sera facile de déchiffrer ces lignes, étant donné que tu sais parfaitement bien lire le syllique. On m'a rapporté à ce sujet que tu savais utiliser les incantations interdites.

— Pour ma part, j'ai pu constater vos talents en la matière, rétorqua Milo, et il prit connaissance des écrits des Anciens avant de relever le front. L'élu est un homme de sang royal mais impur. Adel m'a expliqué.

— Alors tu dois savoir que l'élu est l'un de nous deux.

— Oui. Qu'attendez-vous de moi ?

— Que tu réfléchisses à notre conversation. J'aimerais que tu rejoignes la Confrérie.

Le Conseiller replaça le livre sacré dans son écrin tandis que Milo réfléchissait à sa proposition. Adel l'avait prévenu. Mylès l'inciterait à rejoindre la Confrérie ou l'éliminerait pour éloigner toute chance de retrouver les dernières pierres sacrées avant lui. D'un côté, le garde resterait vivant, mais il devrait affronter ses amis et prendre part à une quête qu'il réfutait sur tous les points de vue. L'autre solution, celle consistant à fuir le Cianath dans une tentative désespérée, mettait en péril sa vie et celle de ses amis par la même occasion. Le mieux à faire restait d'accepter la proposition, tout du moins, le temps de trouver un moyen susceptible de les sortir de ce guet-apens, Mehiel, le Prince héritier et lui.

— J'accepte à une seule condition, répondit-il. Que vous relâchiez Mehiel et Shaytan.

Le Conseiller demeura silencieux un moment :

— Toi contre eux ? dit-il, surpris. Je ne peux pas. L'échange est inéquitable. Un seul pourra quitter le Cianath. À toi de convaincre la Reine de partir car son fils restera ici.

— Alors conduisez-moi à elle.

Mylès hocha simplement la tête et se mit en marche vers les appartements royaux. Milo lui emboîta le pas.

Quand ils furent arrivés, Mehiel se jeta dans les bras de Milo, heureuse de le savoir vivant. Le jeune homme inspecta rapidement son visage et son corps, cherchant à savoir si on l'avait bien traitée jusqu'ici. Elle ne portait aucune marque mais affichait un regard empreint d'appréhension et d'incertitude.

— Tu vas bien ? lui demanda-t-il avec douceur.

— Oui. Mais je me fais du souci pour Almandin et pour Adel, répondit Mehiel, la mine abattue. Il n'est pas revenu…

— Il est à Garak. Il n'a pas eu d'autre choix que de partir. Almandin va bien, ne t'en fais pas.

Il lui adressa un sourire de réconfort avant de jeter un coup d'œil derrière lui. Mylès attendait de lui une réponse, à savoir lequel des deux entre Mehiel et l'enfant allait partir. La Princesse Satya, à sa gauche, le nargua d'un sourire mesquin. Quant à Mésilande, elle avait fini par rejoindre la Reine et protégeait l'enfant, dans son berceau.

Milo reporta son attention sur Mehiel et lui attrapa une main.

— Tu dois rejoindre Almandin, lui dit-il, droit dans les yeux. J'ai demandé à Mylès qu'il te laisse partir. Mais Shaytan doit rester ici.

— Il est hors de question que je laisse mon fils ici, dit la Reine en secouant frénétiquement sa tête, et elle dégagea sa main de celle du garde. Jamais !

— Il sera en sécurité, tenta d'expliquer Milo. Je te le promets. Je veillerai sur lui.

— Non, dit Mehiel, les larmes au bord de ses cils. Je ne partirai pas sans mon fils.

— Sotte, bredouilla le phœnix.

Son plumage de feu prit une couleur rouge vif. La Reine s'approcha de lui, le visage ravagé :

— Comment peux-tu dire cela ? Crois-tu que je sois assez lâche pour laisser mon enfant entre les mains de ce monstre ? cria-t-elle en pointant du doigt Mylès. Il a osé couper la main d'Almandin pour obtenir sa bague.

Que serait-il capable de faire à mon fils pendant que je ne serai pas là ? Je n'abandonnerai pas Shaytan comme tu as abandonné les tiens !

— Tu as peur mais fais-moi confiance. Il ne lui arrivera rien, promit Milo.

— Non !

La Reine lui tourna le dos, rejoignit le berceau de Shaytan, le prit dans ses bras et le plaqua contre sa poitrine. Puis elle leur fit front, sans perdre son sang-froid. Une manière de défier quiconque de venir les séparer, elle et son fils.

L'ancien Conseiller se rapprocha d'elle et lui tourna lentement autour. La Reine, tremblante d'effroi, resserra son emprise sur son enfant, qu'il contemplait avec admiration, comme une sorte de trophée inaccessible. Enfin, il s'arrêta à ses côtés. Mehiel recula d'un pas.

— Alors, que décides-tu, Milo ? demanda Mylès, impassible. Veux-tu repartir pour Garak et demander à Almandin de m'apporter le calice sacré ou restes-tu ici avec la Reine et son enfant ?

— Que me proposez-vous ?

— Que tu partes ou que tu restes, tu devras m'aider à obtenir le calice.

— Que je parte ou que je reste, vous y arriverez sans moi, rétorqua le garde. Je préfère donc rester pour m'assurer qu'aucun mal ne leur sera fait.

— C'est entendu, acquiesça Mylès. Cependant, comme je l'ai dit, je comptais sur toi pour convaincre Almandin de me donner le calice sacré. Si tu ne retournes pas à Garak, qui le fera ?

— Un phœnix se chargera de lui porter un message, proposa Milo.

— Tâche d'être persuasif.

En un fragment de seconde, le Conseiller attrapa son bâton pendu à sa ceinture de cuir, le transforma en une fine dague et posa la lame dangereusement coupante sous le menton de la Reine. Il en descendit la pointe jusqu'au torque de Mehiel, l'enfonça entre la peau et le bijou, et le souleva légèrement. Par instinct, la Reine releva le front pour ne pas finir la gorge tranchée.

— Sinon, je devrai trouver un moyen plus efficace de l'attirer ici, termina le Conseiller, le regard glacial.

17

LE CALICE SACRÉ

Adel porta une main sur le front de son fils, alité depuis trois heures dans une chambre du palais de Garak. Le Guérisseur de la couronne avait recousu les plaies d'Almandin et soigné son dos écorché du bas des reins jusqu'aux omoplates. Les traces des chaînes subsistaient autour de ses chevilles et de ses poignets. L'ancien Roi éprouvait beaucoup de mal à regarder les blessures de son fils. Elles lui rappelaient le moment où il avait récupéré son corps quand Pyrrhos lui avait enfoncé une lame dans la poitrine pour lui donner la mort.

— Réveille-toi mon fils, lui souffla-t-il dans l'oreille.

— Mehiel... Le bébé..., balbutia Almandin en ouvrant les paupières avec peine.

— Ils sont à Esiah.

Almandin se saisit maladroitement de son bras, avec le peu de force qui l'habitait encore. Sa tête lui faisait mal, comme serrée entre deux étaux. Sa vue demeurait floue.

— À Esiah ? Com... ment ça... à Esiah ? dit-il en hachant les mots. Pourquoi ne sont-ils pas... avec toi ?

— Mylès est entré dans le royaume par surprise, lui confia son père avec calme, sa main entourant celle de son fils. Les troupes se sont fait encercler. Certains soldats ont réussi à s'échapper. D'autres ont été faits prisonniers. Au moment des faits, j'étais avec Mehiel et Shaytan au Cianath. Nous avons voulu emprunter les passages secrets menant à l'Haoma pour échapper aux soldats. Mais Mylès nous a trouvés en bas des escaliers. J'ai dû les laisser à Esiah avec lui.

Au fur et à mesure de ses explications, les yeux du Roi exprimèrent l'effroi. Puis à la fin de son exposé, Almandin se releva sur ses coudes. L'articulation de son poignet droit craqua. Une grimace naquit sur son visage blanchi.

— Tu as osé les laisser seuls avec lui ! cria-t-il, après avoir pris une grande inspiration qui contenait la douleur.

— Je n'ai pas eu le choix. Mylès a donné des instructions. J'ai eu peur qu'il ne s'en prenne à eux si je refusais de les suivre.

Almandin observa sa main violacée, prise de spasmes incontrôlés. Il serra le poing pour ne pas montrer plus de sa faiblesse. Il lui fallait à tout prix retrouver sa santé et l'usage de son poignet s'il voulait délivrer Mehiel et leur fils.

— Avant de prendre la bague... il a parlé du calice sacré, murmura-t-il tout bas. Il désire l'obtenir.

— Il m'a demandé de revenir à Garak pour te persuader de lui donner, reconnut son père, sans lui en dire plus.

— Satya est beaucoup trop jeune et inexpérimentée. Le calice ne lui servirait pas. Alors pourquoi le voudrait-il ? M'enlever les pouvoirs du bracelet sacré ? Même si je ne pouvais plus le porter, Pyrrhos, son fils ou même Anjali en auraient le pouvoir.

Attirées par les éclats de voix, sa fille, Maria et Shimei venaient quérir des nouvelles. Almandin les examina le temps d'une seconde, soulagé de les savoir en vie et indemnes, mais cela ne détourna pas ses pensées de Mehiel et de leur fils. Il reporta immédiatement son attention sur Adel.

— Mylès possède une force impressionnante. Son armée dispose maintenant des pouvoirs réservés à la lignée royale, lui dit-il, grimaçant. La douleur de la cuisse s'était réveillée.

— Je suis au courant.

— Il ne peut pas utiliser le calice sacré, n'est-ce pas ?

demanda Almandin en cherchant la réponse dans les yeux de son père. Il n'est pas de sang royal ?

— Non, répondit Adel, bien que ce mensonge lui brûlât les lèvres.

— En es-tu vraiment sûr ?

— Oui.

Pour la première fois de sa vie, Adel se sentit honteux de devoir mentir à son fils en le regardant droit dans les yeux. Mais que pouvait-il faire d'autre ? S'il avait dit la vérité, Almandin ne s'en serait jamais remis.

Son fils se leva brusquement de son lit. Ses genoux se plièrent de fatigue quand il voulut se mettre debout. Adel le rattrapa de justesse par la taille et l'aida à s'asseoir :

— Tu ne dois pas te lever, lui dit-il. Tu es encore trop faible.

— Je vais chercher le calice et le lui donner, répondit son fils, plus déterminé que jamais.

— Le calice n'est plus dans la bibliothèque.

— Alors où est-il ?

— Je ne te le dirai pas.

Le front d'Almandin se plissa.

— Si, tu vas me le dire ! cria-t-il, en l'affrontant du regard. Qu'est-ce que tu me caches encore ?

— Je ne peux pas te laisser faire, Almandin, argua son père en s'imposant devant lui. Si tu te plies aux exigences de Mylès, le peuple entier saura qu'on peut tout obtenir de toi en échange de menaces. Tu es Roi. Mehiel est la Reine. Vous saviez tous deux ce que cela signifiait quand vous vous êtes unis. Vous saviez très bien les risques auxquels vous vous exposiez.

La réflexion laissa Almandin sans voix. Son cœur, d'énervement, se mit à palpiter.

— Tu es en train de me dire que tu préfères laisser mourir Mehiel et notre fils parce que ma fonction m'ordonne de ne pas traiter avec l'ennemi ? reprit-il abasourdi.

Adel secoua légèrement la tête. Comment persuader Almandin de ne pas donner le calice sacré à Mylès sans dévoiler le secret de cet homme qui faisait de lui l'oncle du Roi ?

— Le cœur de Gaïa est en train de mourir, rappela-t-il. Si tu utilises le pouvoir du bracelet royal, tu détruiras le royaume et l'état de ta main ne te permet pas de te battre contre Mylès à armes égales. Tu ne peux ni traiter avec lui ni te battre contre lui.

— La seconde option me paraît réalisable, assura Almandin. Il suffit simplement que je soigne ma main.

— Tu l'as déjà fait. Tu as manqué d'énergie. Elle mettra un certain temps à guérir.

— Pas si je la soigne correctement cette fois-ci.

Le Roi s'empara de son bâton, déposé là, à ses côtés, sur la petite table de chevet. Il tituba jusqu'à la console de la chambre, beaucoup plus large, y posa sa main à plat et, d'un coup sec, franc et décidé, la trancha avec sa lame. Le sang jaillissant de son bras déchiqueté éclaboussa d'une traînée rouge le mur immaculé. Maria se couvrit la bouche. Shimei attrapa la main d'Anjali et elles lâchèrent toutes deux un cri d'effroi. Adel baissa la tête. La folie s'était emparée de son fils.

Oh oui, un acte irraisonné, complètement fou, accompli durant l'instant où la panique avait pris le dessus sur ses capacités de discernement. Pendant ce laps de temps, Almandin ne fut que l'ombre de lui-même, un corps mécanique répondant automatiquement à un sentiment profond de désarroi. Le corps tremblant, il rapprocha sa main couverte de sang de son poignet découpé. Et quand elle fut réunie à son corps, il testa de nouveau le mouvement de ses doigts. Cela n'avait pas changé grand-chose mais la plaie s'était beaucoup mieux refermée et l'articulation paraissait plus souple.

— Voilà, ce sera parfait, dit-il en essuyant son bras ensanglanté à l'aide de son drap.

— Tu as perdu l'esprit, lui fit remarquer son père, écœuré.

Certainement. Almandin en était désormais conscient.

La peur le rendait fou, au point de lui faire commettre un acte horrible devant les yeux de sa fille. Il ne parvenait plus à la regarder, surpris et gêné à la fois par sa propre réaction, par la fièvre qui s'était insinuée en lui telle une vague ravageuse.

— Maintenant, je veux savoir où est le calice, insista-t-il, le regard tourné vers son père.

Mais Adel ne pipait mot. Alors son fils frappa du poing la table de chevet et scruta les trois femmes, figées d'horreur à la porte d'entrée.

— Est-ce que quelqu'un sait où se trouve le calice ?

Toutes sursautèrent. Aucune d'elles n'avait la réponse.

— Dis-le-moi, ordonna Almandin à son père, sur un ton qui ne souffrait aucune dénégation.

— Tu te sens coupable car Mylès a réussi à te prendre la bague, répondit Adel, en tentant d'adoucir la voix. Mais ce n'est pas de ta faute, mon fils. Personne n'est invincible, même toi.

— Milo…, intervint Anjali, depuis l'entrée. Il est parti à Esiah. J'ai confiance en lui.

Son père réagit, étonné :

— Milo ? Pourquoi est-il parti à Esiah ?

— Mylès a demandé à ce qu'il vienne avant toi, répondit tout simplement Adel, l'air d'être embêté par la question.

— Pour quelle raison voulait-il le voir ?

Son père se leva, observa les trois femmes et glissa à l'oreille d'Almandin, pour ne pas qu'elles entendent :

— Milo est son fils.

Les lèvres d'Almandin restèrent closes. Son père avait-il bien dit que Milo était le fils de Mylès ? N'était-il pas le fruit d'un acte abominable et sordide perpétré sur Minéa ?

— Impossible, soupira-t-il.

Il ne pouvait pas y croire.

— J'ai bien peur que si…

Almandin tomba assis sur son lit :

— Depuis quand est-il parti ?

— Environ une heure.

Anjali n'avait pas pu entendre les mots de son grand-père, mais à en croire l'expression de son père, visiblement anéanti, cela devait être important. Elle chercha à lire dans leurs yeux ce qu'avaient pu se dire les deux hommes. Mais Almandin trouva préférable de ne pas lui révéler ce lien de parenté, du moins n'était-ce pas le moment opportun.

— Sortez ! exigea-t-il, le calme retrouvé. Je dois m'entretenir avec mon père.

— Mais..., commença à protester sa fille.

— Va m'attendre sur l'enceinte, lui ordonna Almandin en lui coupant la parole. J'arrive.

Shimei adressa à Anjali un sourire, la prit par les épaules, et l'emmena en dehors de la chambre avec Maria.

— Depuis quand le sais-tu ? reprit Almandin, quand les deux hommes furent seuls.

— Mylès me l'a révélé avant que je ne parte d'Esiah. Il ne savait pas qu'il avait un fils.

— Alors c'est lui. Lui qui a gâché la vie de Minéa. Peut-être même son assassin...

Adel s'assit au chevet de son fils et expira une bonne bouffée d'air :

— Non, je ne pense pas. Ce n'est pas un assassin. Je ne crois pas qu'il soit du genre à se salir les mains.

— Pourtant, il retient ma femme et notre fils.

— Je sais que tu es en colère, observa Adel, mais réfléchis bien avant de réagir. Milo est incapable de laisser Mehiel et votre enfant seuls à Esiah. Il va essayer de les faire libérer. Le mieux est d'attendre. Tenter une incursion est beaucoup trop risqué pour toi comme pour eux. Mylès s'arrangera pour te faire venir s'il désire vraiment te voir. Il prendra contact avec toi à ce moment-là.

— Que t'a-t-il vraiment dit ? T'a-t-il donné un délai ?

— Rien en ce qui te concerne. Il voulait simplement voir Milo dans les deux heures. Il doit y être maintenant.

Tête basse, Almandin glissa ses doigts dans sa chevelure

châtaine. Il en arracha quelques cheveux, par anxiété. Puis, dans une grande inspiration, le Roi se malaxa le visage et plongea une dernière fois ses yeux vert émeraude, emplis de détresse, dans ceux de son père.

— Où se trouve le calice ? l'interrogea-t-il, le regard suppliant.

— Je te le répète. Je ne le dirai pas, répondit Adel, intraitable.

Il ne restait donc plus qu'à attendre, à espérer, mais le cœur du Roi ne résisterait pas longtemps à l'envie d'aller délivrer les siens, quitte à tomber dans un nouveau piège.

Le temps passa. Aucune nouvelle du front. Au plus haut des remparts, Almandin s'impatientait, cramponné au mur de pierre blanche, le regard perdu au loin sur la plaine faisant face à la porte principale de la cité. Il n'avait toujours pas pris la peine de manger, trop préoccupé par la situation.

Gamerron venait de lui remettre une nouvelle armure, en remplacement de celle qu'on lui avait enlevée dans le Monde des Mortels pour soulager ses blessures. Son bras droit, ceinturé d'acier, avait gonflé. Il se sentait à l'étroit dans cette cuirasse. Elle le protégerait dans le meilleur des cas, mais elle alourdissait considérablement ses déplacements, d'autant plus que l'ensemble de ses articulations avait déjà beaucoup souffert. Le Roi regrettait de ne pas avoir su mieux se soigner grâce à ses dons. La chance ne lui souriait plus.

Sa fille posa une main sur la sienne :

— Tu vas bien ? lui demanda-t-elle songeuse.

— Oui, ma fille, dit Almandin, même si au fond de lui, chaque seconde qui passait le rendait plus angoissé que jamais. Et toi ?

Anjali baissa le regard, comme si elle cherchait à masquer ses sentiments :

— Ça pourrait aller mieux, fit-elle, la voix fragile. Milo

n'est toujours pas rentré. J'ai peur pour lui, pour maman et pour Shaytan.

— Tu n'es pas la seule. Je me rendrais sans hésiter à Esiah si je savais où se trouve le calice. Ton grand-père me cache quelque chose. J'en suis certain. Il tourne en rond comme s'il ne savait pas comment procéder, comme s'il hésitait à agir. Je n'aime pas le voir ainsi.

Almandin se retourna légèrement. Son père attendait des nouvelles d'Esiah, à quelques mètres derrière eux. Les deux hommes ne s'étaient pas adressé la parole depuis une heure. Adel épiait son fils pour être sûr qu'il n'agirait pas de manière impulsive. Il parlait avec Gamerron et Fandor. Certainement de stratégie.

— Mon cœur se met à battre plus fort chaque fois que les cloches sonnent, lui avoua Anjali. Peut-être pourrait-on nous rendre à Esiah, tous les deux, suggéra-t-elle tout bas.

— L'envie ne m'en manque pas, soupira Almandin. Mais il est hors de question de nous battre avec Mylès. Le cœur de Gaïa est trop fragile.

— S'il réclame le calice, lui donneras-tu ?

Almandin avait déjà réfléchi à ce sujet quand son père lui avait interdit de le remettre à Mylès. Adel n'était pas du genre à négocier, mais il l'aurait fait pour sauver Mehiel et son petit-fils, l'héritier du trône, car il leur vouait un éternel amour. Malgré cela, Adel refusait de les échanger contre le calice sacré. Pour une raison qu'il ignorait. Un énième secret, dans une famille qui avait déjà été plongée par le passé dans la tourmente à force de cachotteries et de complots.

— Je donnerais ma vie pour sauver ta mère, tu le sais, répondit Almandin.

Il sembla offusqué que sa fille ait osé lui poser cette question. Il n'existait aucun doute.

— Mais lui offrirais-tu le royaume ?

Le Roi ne répondit pas. Pouvait-il songer une seule seconde à sacrifier la vie de sa femme et de son fils pour sauver son royaume ?

— Le ferais-tu, ma fille ? répliqua Almandin, tiraillé entre l'amour et le devoir.

Sa fille n'apporta aucune réponse. Des larmes coulèrent silencieusement le long de ses joues.

Almandin la ramena contre lui et embrassa son front. Lui aussi avait besoin de retrouver espoir. Rien n'aurait pu le rassurer, en dehors de la vision de Mehiel et de son fils revenant sains et saufs.

Deux longues heures passèrent. Un phœnix arriva à vive allure sur l'enceinte de la cité. Le jeune Samael, stationné sur une tourelle, réceptionna l'animal. Il décrocha le message de la patte de l'oiseau et le porta au Roi en toute hâte, lequel lui arracha le pli des mains, nerveux à l'idée de découvrir ce qui avait été écrit. Sa fille, cramponnée à son bras, retint sa respiration.

— Milo ne reviendra pas, expliqua Almandin en écrasant le papier dans son poing. Mylès demande le calice sacré.

Pas une seconde à perdre. Il se retourna vers son père qui attendait les nouvelles, derrière lui.

— Où se trouve le calice ?

— Je ne peux pas te le dire, répondit Adel, visage fermé.

À la grande surprise de tous, Almandin attrapa son col.

— Mehiel et notre fils vont mourir. Donne-le-moi.

— Je ne te le donnerai pas, répéta son père, en se laissant faire.

— Alors dis-moi où il se trouve !

Almandin secoua son père, le visage déformé par la fureur et l'angoisse. Personne n'intervint, pas même Anjali, qui ne savait que faire, ni même Gamerron et Fandor qui étaient restés avec eux sur le mur d'enceinte, en prévision du pire. Contre toute attente, l'ancien Roi resta un moment silencieux, son regard noir de jais plongé dans les yeux de son fils. Puis il lâcha d'une voix à peine audible :

— Dans l'un des tiroirs du bureau de Fandor.

Aussitôt, le Roi libéra son père et dévala les marches le séparant du palais. Le pauvre Fandor, pris au dépourvu, le suivit en remontant à sa taille la longue toge traînant à ses pieds.

Agacé, Adel frappa du poing le mur d'enceinte, de quoi fendre la pierre blanche. Sa petite-fille, stupéfaite, se mura dans le silence.

— Gamerron, je te donne ordre de desceller les Siahnnas, dit finalement l'ancien Roi, après un moment de réflexion.

— Pourquoi voulez-vous les desceller ? demanda l'homme, dans l'incompréhension générale.

— Mylès veut anéantir le cœur du royaume, révéla l'ancien Roi, la mine contrariée. Il va se servir du calice. Le Drôme va bientôt mourir.

— Mais il ne peut pas, souffla Anjali, les yeux arrondis.

— Crois-moi, il peut…

Suivant les instructions du Roi, le dirigeant de Gaïa s'en alla vers le centre de la cité de Garak, où il avait transféré le centre de contrôle du Drôme. Adel tourna en rond de longues minutes et, quand il vit décoller le dévoreur d'Almandin sur la plaine, cria de sa grosse voix :

— Qu'on m'amène un dévoreur !

Samael, droit comme un piquet, fit remonter l'ordre jusqu'aux soldats stationnés en contrebas. La première dame, Shimei, arrivait alors sur le mur d'enceinte.

— Almandin a saccagé le palais pour retrouver le calice ! dit-elle, sidérée. Que se passe-t-il ?

— Je pars à Esiah, l'informa Adel.

— Je pars moi aussi avec toi ! déclara Anjali.

— Hors de question !

Adel posa son index sur son front. La Princesse perdit connaissance et s'effondra dans les bras de Shimei.

— Prends soin d'elle, demanda-t-il à sa femme, laquelle hocha brièvement la tête, avant de déposer la jeune femme à terre.

Un dévoreur se posa lourdement dans les coursives. Le soldat qui le montait descendit de l'animal. L'ancien Roi prit sa place en selle.

— Reviens-moi entier, pria Shimei en posant une main sur la sienne.

— Dis aux soldats de se préparer. Les Siahnnas auront besoin de nous si les âmes déferlent dans les cités, termina le Roi, et il molesta la bête à coups de talon dans les cuisses, partant sur les traces de son fils.

Au Cianath, Milo s'était immobilisé debout, devant la baie vitrée, l'oiseau de feu sagement posté sur son épaule. Il y campait depuis plus de trente minutes, persuadé de voir apparaître d'ici peu le Roi Lucifel sous le ciel voûté de la cité d'Esiah. Enfin, il y eut un scintillement. Une bête provenant du sud, montée par un homme en armure, s'approchait à tire-d'aile.

— Le voici déjà, dit alors Mylès, avec un sourire de satisfaction.

Le garde fut surpris de voir le Roi arriver seul, sans couverture. L'éclat de lumière, de la couleur de l'or, n'émanait pas de sa cuirasse argentée, mais du calice sacré. Milo en déduisit qu'Adel n'avait certainement pas révélé à son fils le lien de sang existant entre lui et Mylès, car Almandin n'aurait jamais fait le choix d'échanger le calice contre Mehiel et le bébé dans cette situation. Il aurait opté pour la mobilisation des troupes, et aurait lancé une attaque désespérée contre le Cianath. Car si Mylès s'en emparait, le royaume courrait un grave danger.

Un sacrifice valait mieux que des milliers. C'était la devise de la famille royale. Les sentiments ne comptaient plus quand il s'agissait de survie. L'instinct de Milo lui disait de ne pas laisser le Conseiller, dont les yeux pétillaient à présent d'envie et de perversité, obtenir le précieux calice aux pouvoirs infiniment dévastateurs.

De son fauteuil, au milieu du salon, la Reine tentait d'apercevoir son époux, quand Milo se retourna vers elle une dernière fois, avant de briser, à la surprise de tous, la vitre du Cianath à l'aide de son bâton. Le coup, placé de toutes ses forces au milieu du verre, explosa la baie en mille éclats et produisit un appel d'air qui les força à se couvrir la tête et à courber le dos. Le phœnix quitta l'épaule de son maître et agita les ailes, de sorte à ne pas être pris dans le courant.

Le visage éraflé par les nombreux débris de verre, le chef de la garde grimpa sur le muret mis à nu et plongea à plat ventre dans le vide, frôlant de très près la falaise escarpée descendant jusqu'aux portes du Cianath, à proximité des premières habitations. Et l'oiseau de feu suivit aussitôt le mouvement, le bec effilé, les ailes repliées le long de son corps, grossissant à vue d'œil au fur et à mesure de la descente. En à peine une poignée de secondes, il rattrapa le garde, par son large dos, juste avant qu'il ne s'écrase. Il s'en fallut de peu.

Milo se cramponna à ses plumes de feu ; Mésilande s'engouffra dans les ruelles d'Esiah, renversant sur son chemin des barriques d'eau laissées là dans l'agitation des combats.

— Idiot ! grommela-t-elle en remontant au-dessus des toitures. Qu'est-ce qui te prend ? Que serais-tu devenu si je n'avais pas pu te rattraper ?

— J'ai confiance en toi, répondit Milo, et il colla son buste au col de l'animal. Fonce sur Almandin.

— Pour quoi faire ?

— Fais ce que je te dis !

La monture du Roi se trouvait aux abords de la Tour des Supplices quand Mésilande se lança à ses trousses. L'explosion de la baie vitrée avait retenu l'attention de tous, et le Roi Lucifel, déjà tourmenté à l'idée des tractations à venir, cravacha avec acharnement le dévoreur à l'aide de ses sangles. Puis, quand il vit s'échapper du Cianath l'oiseau de feu, et quand il se rendit compte de son approche rapide, fougueuse, Almandin porta instinctivement ses doigts à son cou, la peur au ventre. Son torque était toujours là, à son grand soulagement.

Tout à coup, l'oiseau majestueux à l'allure de griffon frôla la monture du Roi, de quoi troubler l'animal, au point de le déstabiliser dans les airs. La course coupée, la bête battit deux fois des ailes de sorte à se redresser. Le Roi, dérouté par le comportement incompréhensible de Mésilande – il la connaissait depuis toujours –, la regarda effectuer une boucle. Sur son dos, Milo portait à bout de bras le calice sacré ; le garde le lui avait subtilisé au passage. Exaspéré par la situation, Almandin tira avec vigueur sur les rênes de son dévoreur et partit à sa poursuite.

Dans les appartements du Roi, le courant d'air avait rapporté des morceaux de vitres. La Reine avait protégé son enfant comme elle avait pu. Fort heureusement, son corps, notamment son dos, avait arrêté les plus petits éclats qui auraient pu s'insinuer dans la bouche grande ouverte du petit. L'enfant se débattait dans son berceau et poussait des cris stridents. Bien que blessée par endroits, Mehiel le ramena contre elle et jeta un coup d'œil sur la baie. Les rideaux pourpres du salon flottaient à l'extérieur comme des voiles déchirées lâchées au gré du vent. La Princesse Satya, touchée elle aussi au niveau de ses bras découverts, s'essuya le front, une expression révoltée affichée sur son visage démaquillé. Quant à l'ancien Conseiller du Roi, il épousseta sa longue veste beige et suivit de ses yeux plissés le tracé décrit par l'oiseau de feu, sa rencontre avec la monture du Roi, et leur manège incessant au-dessus de la cité. Le vacarme avait attiré les sbires de Mylès dans les appartements. Le Conseiller leur donna ordre de ne pas intervenir et de préparer un dévoreur dans la sellerie.

— Satya, je te confie la Reine et son enfant, dit-il par la suite. Je n'en ai pas pour longtemps.

Il remonta ses manches, après quoi il échangea un dernier regard avec Satya, un regard expressif que la Reine ne put comprendre, mais qui avait à coup sûr une signification pour eux. Et quand ils eurent fini ce bref échange silencieux, l'ancien Conseiller du Roi s'envola lui-même sous la voûte de feu.

Milo entraînait alors la monture d'Almandin au-dessus des maisonnées. Le phœnix se posa une fois qu'il eut trouvé une zone éloignée des lignes de front. Au comble de sa fureur, Almandin se précipita à terre, bien décidé à reprendre le calice sacré des mains de Milo. Son dévoreur, livré à lui-même, s'en alla vers la zone de combat, attiré par l'odeur alléchante du sang.

Seulement Milo n'avait aucunement l'intention de céder le précieux calice. Il cala la coupe sous son aisselle pour libérer sa main gauche et récupérer son bâton dans la main droite. Enfin, il leva l'arme devant Almandin comme s'il s'apprêtait à l'affronter. Le Roi fut coupé dans son élan.

— Qu'est-ce que tu fais ? hurla-t-il, surpris par son agressivité envers lui.

— Mylès ne doit pas avoir le calice.

— Que me cachez-vous, toi et mon père ?

— Je devais attirer Mylès loin du Cianath, confia le garde, puis il entrevit l'homme, qui arrivait plus vite que prévu sur eux, à dos de dévoreur. Je m'occupe de lui pendant que tu vas chercher Mehiel et le bébé.

— Tu ne peux pas rivaliser avec Mylès ! s'emporta Almandin.

— Si !

Milo s'entama la main gauche. Le sang imprégna sa lame rougeoyante. Le garde comptait utiliser une incantation interdite dans son combat contre Mylès.

— Ça ne suffira pas ! protesta Almandin. Tu risques ta vie !

— Je suis son fils. Il ne me tuera pas. Tu n'es pas en mesure de combattre avec ta main. Sauve ta famille. Ils sont avec Satya et quelques gardes. Ils ne devraient pas poser trop de difficultés pour toi.

Rien n'aurait pu arrêter le garde, cela se voyait à son regard dur et incisif, que le Roi n'avait pu remarquer qu'à de rares occasions sur le champ de bataille. Milo lui offrait une chance de sauver Mehiel et leur enfant. Alors il préféra écouter son cœur, et rejoindre sa famille. Il n'aurait servi à rien d'être à deux contre Mylès, de toute façon. Cet homme avait réussi à vaincre une armée à lui seul avant de s'emparer de la cité mère.

Sans perdre de temps, Almandin se hissa sur son oiseau de feu, et se laissa porter vers le Cianath, tandis que le jeune Milo se préparait à accueillir Mylès.

Le phœnix contourna la Tour des Supplices, et il fallait l'avouer, l'oiseau volait bien deux fois plus vite qu'un dévoreur. Une chance d'échapper aux éventuels poursuivants. D'ailleurs, la monture du Conseiller croisa l'oiseau de feu du Roi Lucifel. Si les deux hommes, d'ordinaire, se seraient arrêtés pour se défier, aucun d'eux ne stoppa alors sa course, car chacun devait atteindre son objectif avant l'autre. Almandin comprit ainsi le véritable but du Conseiller, non pas l'anéantir lui, ni mettre fin à sa descendance dont il venait de se détourner, mais s'emparer du calice sacré, et un doute immense s'insinua dans son esprit. Se pouvait-il que son père lui ait menti à propos du Conseiller, sur ses possibilités d'exploiter le bracelet rouge des Rois ?

Almandin ne put retenir la question qui hantait désormais ses pensées :

— Qui est Mylès ? demanda-t-il à Mésilande, en plein vol, la tête collée à sa nuque.

— Un usurpateur, lui répondit tout simplement le phœnix. Occupe-toi de Mehiel et de ton fils rapidement. Milo va avoir besoin de toi.

Le phœnix lécha la roche noire de la falaise, et atteignit à grands battements d'ailes la vitre brisée du Cianath. Là, il projeta le Roi à l'intérieur des appartements en basculant abruptement son arrière-train. Almandin dut effectuer une roulade en avant à la réception. Un premier soldat vint l'affronter. Bien que sa main fût en mauvais état, il parvint à le blesser à l'épaule, puis à la jambe, et avec rage, se débarrassa de deux autres opposants. Le phœnix l'aida à la tâche, sans toutefois intervenir dans les combats. D'habitude, Mésilande ne s'en mêlait guère, mais le Roi, mal en point cette fois-ci, avait besoin d'être soutenu, alors elle renversa un garde avec l'une de ses multiples queues tressées et envoya valdinguer un autre contre le mur des appartements avec son énorme aile de feu.

Enfin, il restait Satya, la fille de Pyrrhos. Elle tenait dans sa main un couteau, très fin, qu'elle avait placé sous le menton de la Reine. Almandin examina sa femme, rapidement, tout en faisant tourner de sa main droite sa lame, de manière à échauffer son poignet encore fragile.

— Nous n'avons pas eu l'honneur d'être présentés, dit-il à la Princesse, à bonne distance. Je suis le Roi Lucifel. Et je crois me souvenir que tu es Satya, la fille de mon frère.

— Tu dis vrai, répondit la jeune femme brune, avec un magnifique sourire prétentieux, et elle appuya la pointe de son couteau sur la peau de Mehiel. Avance et je tue la Reine.

— Tue-la et tu meurs à ton tour, prévint Almandin, prêt à bondir sur elle.

— Il n'y a donc aucune issue.

— Ton père n'a pas dû t'apprendre ses petits tours, sinon, tu aurais su qu'il existe une issue.

Sur ces mots, le Roi disparut à ses yeux. À peine le temps de s'étonner, et la Princesse se retrouva la main gauche d'Almandin serrée autour de sa gorge, la pointe de son épée dirigée contre sa jugulaire. Mehiel était tombée sur le côté, repoussée par le Roi quand il s'était rendu invisible, de sorte à l'éloigner du danger.

Almandin plaqua violemment la Princesse contre le mur et appuya son coude entre ses côtes.

— Pourquoi as-tu trahi ta famille ? lui reprocha-t-il avec colère.

— Je ne l'ai pas trahie… puisque je suis avec Mylès, dit la Princesse, sans perdre son sourire présomptueux, même sous la menace d'une arme.

— Quel rapport y a-t-il avec Mylès ?

Un rire sadique sortit de la bouche de la jeune femme.

— Je vois que tu n'es pas au courant, susurra-t-elle d'une voix enchantée. Laisse-moi t'expliquer… Mylès est le frère d'Adel. Je suppose que Milo ou ton père ne t'ont rien dit à ce sujet.

Les yeux du Roi s'écarquillèrent sous le choc de la révélation. Lors de leur dernière rencontre, Mylès s'en était sorti victorieux. Il savait manier le bâton mieux que quiconque, et possédait une puissance d'esprit comparable à celle de la famille royale. Almandin s'en voulut de ne pas avoir compris plus tôt.

— Mylès va détruire ce royaume, dit la Princesse, et son sourire grandit d'excitation. Vous serez obligés de venir dans le Monde des Mortels et…

— Tais-toi ! cria Almandin, en lui coupant la parole, et il l'assomma d'un grand coup de bâton dans le crâne.

La hargne se lisait sur le visage marqué du Roi. Il lui fallut un moment pour digérer la nouvelle et relâcher la gorge de la Princesse. Ses doigts avaient laissé une marque rouge sur sa peau, tellement il l'avait agrippée avec rage. Et quand le corps de la Princesse glissa finalement le long du mur pour s'effondrer sur le sol de ses appartements, Almandin se retourna vers sa femme. Elle l'avait vu faire, devenir violent, impitoyable, l'espace d'un instant. Et surtout, elle avait entendu les paroles de la Princesse. La Reine, à terre, relevée sur ses bras, parut sur le moment aussi effondrée qu'Almandin. Mylès n'avait pas mentionné ce lien de sang devant elle pendant qu'il la retenait dans l'attente des tractations.

Mésilande passa sa tête à l'intérieur du berceau du bébé. L'enfant continuait de s'agiter. Elle le couvrit de son doux plumage de feu. Cela suffit à l'apaiser.

Abasourdi, le Roi donna un dernier coup sur la tête de la Princesse, devant laquelle il parut soudain tout hésitant. Finalement, il souleva la jeune femme et jeta son corps inerte dans une armoire, dont il récupéra la clef, après l'avoir fermée à double tour. Ainsi, personne ne la retrouverait et ils pourraient la garder prisonnière afin de servir comme monnaie d'échange ou pour qu'elle donne des informations sur les plans de l'ancien Conseiller. Tout s'était fait dans la précipitation, car des éclats de voix gonflaient déjà dans les couloirs.

Almandin courut vers sa femme et l'aida à se remettre debout. Une fois relevée, il entoura ses joues de ses mains rugueuses et sales.

— J'ai commis une erreur... Une terrible erreur en venant avec le calice, dit-il, l'air désespéré. Mésilande va vous ramener à Garak.

La Reine hocha brièvement la tête et, sans plus tarder, récupéra son enfant dans le berceau. Elle grimpa sur Mésilande, passa une main autour de son encolure et cala l'enfant entre sa poitrine et le dos de l'oiseau de feu. Almandin s'installa derrière eux. De nouveaux soldats de la Confrérie arrivaient dans les appartements royaux quand l'oiseau prit son envol.

— Lâche-moi au plus proche de l'affrontement, ordonna Almandin, tandis que le phœnix amorçait sa descente en brassant frénétiquement l'air.

— Que comptes-tu faire ? demanda sa femme.

Le vent fouettait son visage, et elle dut se forcer à garder les yeux ouverts.

— Tuer Mylès s'il le faut. Il ne doit pas s'emparer du calice.

La Reine, tout comme l'oiseau de feu, demeura silencieuse. En dernier recours, le Roi ferait le choix de commettre un crime impardonnable, puni par Elohim au prix de son âme.

De l'autre côté de la cité, Mylès venait de se poser devant son fils. L'ancien Conseiller prit le temps de descendre avec prestance de sa monture. Rien ne semblait l'effrayer, pas même Milo, en position de garde, le bras ensanglanté, prêt à se servir des pouvoirs issus d'une incantation interdite.

— Je pense avoir désormais la réponse à ma proposition, lui dit le Conseiller, l'air serein.

— Je le crains en effet, répondit son fils, qui se préparait déjà au combat, les pieds solidement ancrés au sol.

— Je ne veux pas me battre contre toi pour obtenir le calice.

— Vous allez malheureusement devoir le faire.

L'ancien Conseiller observa l'objet tant convoité, coincé sous l'aisselle de son fils. Cela handicapait lourdement le garde, immobilisé d'un bras.

— À une main contre deux, le combat est inégal, remarqua le Conseiller Mylès.

Il conservait tout de même l'honneur des plus grands hommes, derrière son aspect parfois dur, inflexible et sournois.

— Ne vous inquiétez pas pour moi, assura Milo, et il lança le premier les hostilités, envoyant son épée contre la sienne.

Mylès repoussa son coup. Les deux hommes s'affrontèrent du regard.

— L'élu est l'un de nous deux, dit le Conseiller, en décrivant un cercle autour de son fils. Si tu ne te rallies pas à ma cause, je serai dans l'obligation de trouver un moyen de t'éloigner des pierres sacrées.

— Pour cela, vous allez devoir vous salir les mains, répliqua son fils, et il envoya une nouvelle fois sa lame cogner contre celle du Conseiller.

Derrière eux, la monture d'Adel s'approchait de plus en

plus. Décidé à mettre un terme le plus rapidement possible à ce combat, Mylès renforça ses attaques et redoubla de force. Tant bien que mal, Milo résistait, déséquilibré par son bras gauche, plaqué contre son buste. Mais le Conseiller Mylès donna un dernier coup, du bas vers le haut, et la lame de son fils vola en l'air, au moment où l'ancien Roi Adel, arrivé au galop – il ne lui avait fallu qu'une poignée de secondes pour descendre de sa selle –, s'opposait entre les deux hommes.

— C'est désormais à mon tour, dit-il, face à Mylès. Je pense que ce sera moins facile.

Il frappa l'arme du Conseiller avec toute la puissance de ses dons. Le coup avait été si fort et si brutal qu'il parvint à bloquer la lame de son demi-frère contre le sol. Puis il y eut aussi Almandin qui s'avançait vite sur eux, accroché au col de son oiseau de feu. Alors Mylès n'eut d'autre choix que d'exploiter ses capacités mentales de manipulation psychique pour pousser Adel à lâcher prise.

La terre se mit à trembler, tandis que le Conseiller et son frère s'opposaient dans un jeu dont sortirait vainqueur celui qui parviendrait le premier à faire céder l'autre. Le front perlé de gouttes de sueur, le visage tendu, Adel ne montra aucune faiblesse.

— Le Drôme va bientôt lâcher, prévint Mylès. Tu ferais mieux de me donner le calice.

— Le Drôme mourra quoi qu'il en soit, répliqua Adel, mais ses genoux commençaient à plier.

— Ainsi soit-il.

Mylès poussa Adel à utiliser ses dernières ressources. Mis à mal, l'arbre de vie livra ses dernières secousses, plus fortes, vives et brèves. Des pierres tombèrent en pluie de la voûte de feu. Puis plus rien. Les deux hommes furent pris de vertiges. Le cœur du Drôme avait cessé de battre.

Dans le ciel, Mésilande effectua quelques virages serrés de manière à éviter les plus gros morceaux de roches chaudes s'échappant du plafond de feu telle une multitude de météorites. La Reine eut un malaise. Almandin la sentit s'échapper de ses bras. Pris d'un affolement aussi soudain que bref, il les retint de justesse, elle et son fils, avant qu'ils ne tombent à la renverse. L'oiseau de feu, en plein vol, noua aussitôt une de ses tresses autour de ses trois passagers, de manière à éviter leur chute.

— Ralentis ! ordonna le Roi, et l'oiseau plana quelques secondes au-dessus des habitations.

Piégé dans un corps de mortel, Almandin ne fut pas touché comme les autres par l'extinction de l'arbre de vie. Mais, alors que la Reine reprenait conscience, il vit en bas arriver par les portes de l'Haoma une marée d'ectoplasmes, galopant comme un troupeau de bêtes sauvages, et des portes de lumière s'ouvrir de part et d'autre de la cité mère, dans la zone occupée par la Confrérie des Morts. L'armée de Mylès prenait la fuite, ou bien était-ce là l'ultime but de Mylès, exterminer l'arbre de vie afin de pousser les Siahnnas à envahir le Monde des Mortels pour survivre ? Les soldats pouvaient quitter les lieux sans grande difficulté, maintenant que le Drôme, éteint, ne contrôlait plus l'ouverture des vortex.

Pendant ce temps, le Conseiller, titubant sur ses jambes, profita du malaise plus accentué de son frère pour récupérer l'usage de son arme. Il passa à ses côtés en s'aidant de son bâton, dont il se servit comme béquille, et s'approcha de son fils, le dos voûté. Milo avait récupéré son arme durant la bataille mais il avait subi le même sort que tous les autres Siahnnas du royaume à l'extinction de l'arbre de vie. Presque inconscient, il était tombé à genou, et avait lâché le calice, ayant perdu toute force de le retenir entre ses doigts dénués d'énergie.

Le Conseiller se baissa avec difficulté, tomba lui-même sur les genoux, et se saisit du précieux calice sacré. Il remonta la manche droite de son manteau et posa son poignet au-dessus de la coupe. L'objet brilla. En son sein se dessina un bracelet rouge éclatant, qui enroba le poignet de Mylès. L'ancien Roi, vaincu, reprenait peu à peu ses esprits, et la vision de son demi-frère s'emparant du bracelet sacré des Rois le poussa à une tentative désespérée de tuer son ancien Conseiller. En vain.

Doté à présent de la puissance des Rois, Mylès oppressa ses pensées. Tandis qu'Adel contenait la folie qui brouillait son esprit, le Conseiller reprenait force, et dans ses yeux bleutés naquit une lueur de satisfaction profonde, voire d'extase.

Vaincu, terrassé, Milo s'apprêtait à rassembler ses dernières forces dans l'espoir illusoire de vaincre son père biologique. Cependant, il paraissait impuissant face au regain d'énergie du Conseiller qui l'aurait abattu d'un seul coup d'épée s'il l'avait voulu.

Mylès n'en fit rien. Il contempla son fils de haut et lui adressa un sourire de complaisance.

— Si tu changes d'avis, je serai ravi de t'accueillir dans le Monde des Mortels, lui dit-il.

— Lorsque vous brûlerez... dans les flammes de l'Haoma..., cracha le garde.

Le Conseiller ne retint rien de ses propos et dégagea de sous son manteau un disque noir utilisé autrefois pour ouvrir des vortex à travers le royaume. Et tandis que les spectres provenant de l'Haoma gagnaient la plaine, le Conseiller disparut à travers une porte de lumière, le précieux calice sacré entre les mains.

Le Roi Lucifel arriva à cet instant. Le phœnix de feu le déposa près de son père et redécolla aussitôt, emportant avec lui la Reine et l'héritier du trône.

Le sortilège de Mylès sur les pensées de son demi-frère n'ayant plus d'effet, Adel se redressa sur ses jambes encore frêles, comme anéanti. Dans un premier temps, son fils ne s'occupa pas de lui, et privilégia le débordement des âmes, qui déferlaient vers eux dans un vacarme ahurissant. S'entaillant le bras, Almandin leur barra la route en élevant devant eux un mur invisible sur lequel les fantômes s'abattirent avec fracas. Les premières rangées de spectres, aplaties contre la surface transparente, servirent d'escaliers pour les rangées suivantes, si bien que les âmes formèrent un mont volumineux de corps translucides assoiffés de violence. Puis le Roi frappa la paroi à l'horizontale, et la masse s'émietta sur les côtés, comme un tas de fourmis piétinées. Quelques spectres s'échappèrent, à l'est et à l'ouest, avant que des soldats de la garde royale vinssent leur prêter main-forte, sur terre, comme dans les airs.

Almandin s'effondra sur ses jambes, exténué, blessé physiquement, le moral au plus bas. Il avait senti le bracelet sacré le quitter. Le cœur du royaume était mort. Le Roi venait d'échouer dans sa plus lourde mission, préserver son peuple et sauvegarder ses terres.

Milo s'accroupit à ses côtés.

— Je suis désolé, Almandin. Pardonne-moi.

Le Roi posa une main sur sa tête.

— Ce n'est pas de ta faute, fils. C'est de la mienne.

Si Adel lui avait dit la vérité, peut-être aurait-il réagi autrement. La seule personne à laquelle Almandin aurait pu reprocher cette situation était son père, celui qui lui avait menti. D'ailleurs, Adel lui tendit une main pour l'aider à se relever, mais Almandin refusa de la lui prendre.

— Ramenons les spectres dans les enclos, décida-t-il. Nous n'avons plus le choix désormais.

Et il se redressa. Seul.

18

L'ARMÉE FANTÔME

Le Grand Conseil s'était réuni au complet dans la bibliothèque du palais de Garak. Tous les organes de décision avaient été transférés à la cité blanche. La famille royale s'y était aussi réfugiée.

La nuit avait été longue et éreintante. Déjà, parce qu'il avait fallu combattre les derniers soldats de la Confrérie qui n'avaient pas pu s'échapper de la cité mère. Des prisonniers de guerre. Enfin, parce que les âmes s'étaient emparées des rues, des maisons, avaient saccagé les lieux, s'étaient livrées au pillage. Jamais le royaume n'avait connu une telle avalanche de brutalité. Une véritable terreur. Il fallut réquisitionner l'armée tout entière pour vider les cités des spectres et les enfermer dans les enclos construits aux abords des quartiers les plus fréquentés. Les Siahnnas n'étaient pas préparés à vivre parmi les âmes. Et pourtant, avaient-ils le choix, maintenant que l'arbre de vie s'était éteint ?

Vivre avec les âmes déchues, sur les mêmes terres. Une idée, symbole de désespoir, de fin, difficile à accepter, mais la seule permettant au peuple de ne pas manquer d'énergie. Dehors, la révolte grondait déjà. Almandin s'en voulait de ne pas avoir su protéger les siens :

— Séraphin, peux-tu lire ceci au Conseil ? dit-il en tendant un long papyrus à son Conseiller.

L'ancien chef de la garde en prit connaissance et hésita à en faire la lecture. Le Roi l'invita d'un simple regard à accomplir sa tâche.

— De nombreux morts sont à déplorer, finit par dire

Séraphin, à regret. Plus d'un millier de femmes et d'enfants dans le comté d'Esiah. La cité de Scandri a totalement été détruite par le feu…

— Ç'en est assez ! cria Adel, en se levant brusquement de sa chaise, puis il s'adressa à son fils. Nous savons combien de Siahnnas sont morts hier. Une vie en vaut tout autant que des milliers. Tu t'es sacrifié il y a plus de vingt-cinq ans. Tu as perdu la vie pour une cause. Il en est de même aujourd'hui pour ton peuple.

— C'est faux ! lui répondit Almandin, le ton colérique. Ils n'auraient jamais perdu la vie si je n'avais pas donné le calice sacré à Mylès !

— Tu ne savais pas qu'il était mon frère, Almandin. Tu ne savais pas…

— Votre frère ? s'étonna Dame Celymen.

— Le fruit d'une infidélité envers ma mère, le fils de la sorcière Philea, répondit Adel de sa voix éraillée.

Certains membres du Conseil émirent un hoquet d'ébahissement. Puis la surprise laissa place au silence.

— Mylès a brisé le cœur de Gaïa en utilisant le bracelet des Rois, expliqua Almandin, tête basse. Je le maudis…

— C'est donc cela… Le bracelet des Rois n'est plus en votre possession, comprit le vieux Hemett, les sourcils relevés.

Assis aux côtés de son fils, Adel posa une main sur son épaule.

— Tu as fait cela par amour pour ton fils et Mehiel, lui dit-il avec douceur. Qui ira te le reprocher ? Quel homme aurait été capable de prendre le risque de perdre les êtres les plus chers à ses yeux ?

L'ancien Roi examina un à un les membres du Conseil :

— Je vous le demande, à vous, membres du Conseil. Auriez-vous été capables de le faire ?

Mais aucun d'eux n'osa dire qu'il l'aurait fait, car c'était la vérité. Personne n'aurait été capable de sacrifier un être cher pour sauver le plus grand nombre, personne n'aurait pu prendre cette décision par soi-même. La passion, l'amour l'emportaient parfois sur la raison.

— Vois, poursuivit Adel, en désignant du regard les Illustres puis la Reine, assise de l'autre côté d'Almandin. Aurais-tu préféré sacrifier Mehiel ? Est-ce ce que tu veux qu'elle croie ?

Le Roi examina sa femme avec tristesse. Il l'aimait plus que tout au monde. Mehiel le savait. Il n'avait pas besoin de lui prouver. Ils partageaient tous deux un sentiment d'amour si fort que rien n'aurait pu l'éteindre. Même la mort avait essayé mais elle avait échoué.

Dans les yeux de Mehiel perla une larme. Sous le coup de l'émotion, la Reine se leva dans la précipitation.

— Excusez-moi, dit-elle avant de prendre congé.

Le Roi ne sut comment la retenir. À quoi cela aurait-il servi, de toute façon ? Ils n'avaient pas pris le temps d'en parler, trop occupés depuis la veille à gérer l'invasion des âmes et la révolte du peuple.

Anjali dévisagea son père et, voyant qu'il ne la suivait pas, emboîta le pas à sa mère pour la réconforter. Des reproches, il devait s'y habituer. Concilier sa vie privée et la gouvernance du royaume était un exercice difficile à assumer. Almandin ferma un instant les yeux, anéanti.

— Votre Majesté. Le peuple a besoin de vous aujourd'hui, assura Dame Eilis. Vous devez vous relever. Beaucoup vous en voudront, il est vrai, car il est difficile d'accepter la mort d'un proche. Mais les abandonner ne fera qu'accroître leur ressentiment.

— Je me suis trompé, hier, avoua-t-il. J'ai pris une mauvaise décision. Je ne suis plus apte à être Roi.

— Tout Roi commet des erreurs, assura Hemett. Votre père et votre frère vous le diront.

Le Roi jeta un regard sur la porte qu'avait empruntée Mehiel, hésitant à la rejoindre. Il ne savait plus quoi faire, ni comment réagir. Lui qui avait l'habitude de tout maîtriser se retrouvait confronté à sa propre indécision, au doute et à la peur.

— Mon frère est fatigué, intervint Pyrrhos, pour rompre le silence. Je propose que le Conseil prenne la relève le temps qu'il se repose. Sa main est encore fragile. Il ne peut partir en guerre sans avoir retrouvé tous ses moyens.

— Nous laissons Sa Majesté dicter notre conduite, approuva l'Illustre Kadek, qui pour une fois, ne trouva rien à redire. Il parut même compatir au désarroi d'Almandin.

La solution se tenait peut-être là, s'appuyer sur le Conseil, le temps de retrouver ses esprits.

Almandin approuva l'idée d'un hochement de la tête :

— Qu'il en soit ainsi.

La réunion put reprendre aussitôt :

— Gamerron, que pouvez-vous nous dire sur la force des soldats de la Confrérie ? demanda Dame Celymen. Nos hommes ont rapporté qu'ils semblaient métamorphosés, presque invincibles.

— Je ne peux pas l'expliquer pour l'instant, répondit le dirigeant de Gaïa. Seul un prélèvement sur les prisonniers enfermés dans les cachots de Garak pourra nous en dire plus.

— Vous pensez à une substance en particulier ?

— Je ne sais pas.

Comment Mylès avait-il fourni à ses soldats la force des Rois ? S'il s'agissait d'une substance, cela devait se trouver dans le sang de la famille royale. Il assimilait plus facilement les flux d'énergie alentour et les rendait plus puissants. D'après ce qu'ils avaient pu apprendre jusqu'ici, Mylès savait comment entrer dans le système de Gaïa, avait une connaissance extrême de l'arbre de vie, et avait eu accès aux bases de recherche de Gamerron. Bien pire, il possédait une mère connue pour ses potions magiques, qui gardait dans sa taverne des bocaux remplis de chair humaine et d'os.

— Ces hommes avaient les mêmes capacités que les Princes de sang. As-tu conservé les bocaux trouvés dans le repaire de Dame Philea ? demanda subitement Almandin.

— Oui. Pourquoi ?

— Je pense que tu devrais les comparer aux prélèvements effectués sur les prisonniers. Mylès fait partie de la famille royale. Je suis certain qu'il a voulu rendre son armée plus forte en utilisant notre sang. Sa sorcière de mère a dû lui montrer comment procéder.

Et si cela était avéré, cela signifiait que Mylès avait tout manigancé avec l'aide de sa maudite mère. Elle vivait recluse depuis plus de deux siècles dans sa taverne immonde, près de la Tour des Supplices, là où personne n'osait jamais venir, à part les plus courageux désirant obtenir une potion magique ou une amulette aux vertus diverses et variées.

— Sachant cela, nous ne pouvons pas laisser l'armée repartir pour le Monde des Mortels, intervint alors Kadek. Ce serait les envoyer à une mort certaine.

— C'est impossible. Il nous faut obtenir la dernière pierre sacrée avant Mylès, expliqua Pyrrhos.

— Il ne servirait à rien de l'obtenir s'il faut pour cela sacrifier la moitié du peuple Siahnnas ! lui répliqua l'Illustre.

— Alors nous devons rendre notre armée aussi forte que la leur, proposa Hemett.

— En s'en tenant aux mêmes pratiques que la Confrérie ? objecta à son tour Celymen. Ce serait plaider pour leur cause !

— Et comment comptez-vous faire pour protéger le peuple d'une autre invasion ? lui rétorqua le vieil Hemett. Le cœur de Gaïa contrôlait l'ouverture des vortex. Sans lui, n'importe quel Siahnnas descellé peut entrer dans le royaume et en sortir comme bon lui semble.

— Et ce, en tout point du royaume en dehors des terres entourées de pierre blanche, rappela Gamerron.

Resté jusqu'ici silencieux, Milo, agacé par les discussions interminables du Conseil, se décida à prendre la parole :

— Le problème est bien plus important que ça. Il nous est désormais impossible de vivre à l'écart des âmes. Le peuple sera bientôt au courant. Certains vont vouloir émigrer dans le Monde des Mortels. Nous ne pourrons pas retenir les Siahnnas très longtemps.

— Mais nous ne pourrons pas les empêcher de partir, fit remarquer le Roi. Le peuple est libre.

— Les laisser partir reviendrait à soutenir l'action de Mylès, s'emporta Adel. Nous lui donnerions raison. Il n'attend que ça ! Et nous précipiterions la rupture de l'équilibre.

— Je le sais bien, soupira son fils. C'est pourquoi il est nécessaire de convaincre le peuple de ne pas partir.

— Ce sera difficile, Votre Majesté, poursuivit Dame Eilis. Les Siahnnas ont peur des âmes, tout autant que des hommes répondant aux ordres de Mylès. N'oublions pas non plus que la mort du cœur de Gaïa signifie l'effondrement du royaume. Vous régnez désormais sur des terres mortes.

Des terres mortes. Dame Eilis avait-elle réellement osé prononcer ces mots ? La réflexion laissa place à un silence pesant. Les membres du Conseil baissèrent leur tête. Scandalisé, le Roi se leva et frappa du poing la table de marbre.

— Alors à quoi servent tous ces débats ? cria-t-il, révolté, en faisant le tour de la salle. Quittez donc ce Conseil avant de tomber en poussière ! Il y a dehors des enfants, des femmes et des hommes qui attendent une réponse. Ces gens ont un cœur. Le sang coule dans leurs veines. Leur âme vit dans leur corps de chair. Mais peut-être que je me trompe, encore une fois, puisque je ne règne que sur des terres mortes !

Il s'arrêta derrière la conseillère, passa une dague sous sa gorge et la laissa glisser le long de sa peau. Un mince filet de sang apparut sur son cou. L'Illustre, tremblante de peur, se cambra sur sa chaise.

— La sentez-vous, cette lame ? murmura-t-il avec aigreur. Voyez-vous ce sang couler ? C'est que vous êtes encore en vie. Ne redites plus jamais que les terres du royaume sont mortes car je me ferai un plaisir de vous trouver un tombeau non loin du sanctuaire où sont enterrés les soldats qui ont combattu avec honneur pour notre cause. Pour sauvegarder votre misérable existence...

— Il suffit ! lâcha son père. As-tu perdu l'esprit ?

Almandin le regarda avec hargne, retenant la tête de l'Illustre en arrière. La haine avait envahi la moindre partie de son corps, épuisé par ces interminables guerres qui avaient mené à la destruction de son royaume. La douleur était montée en lui quand la conseillère avait évoqué la mort de ses terres, parce qu'il n'avait pas envisagé la situation sous cet angle, parce qu'il ne pouvait se résoudre à quitter ce royaume pour lequel il avait déjà tout donné. Il se jura de se venger de Mylès, d'une manière ou d'une autre, même s'il perdait l'appui de son peuple et celui de sa propre famille.

Le Roi relâcha Dame Eilis et balança négligemment sa dague au milieu de la table. L'arme ricocha sur la pierre et retomba à terre sous la forme de son bâton :

— Il semblerait que je n'en ai plus besoin désormais. Prenez la décision qu'il vous plaira puisqu'il n'y a apparemment plus que des cendres à sauver.

Après quoi, il claqua avec rage la porte de bois de la bibliothèque, laissant le royaume sous la tutelle du Conseil.

Dehors, la Reine s'appuyait contre une colonne de marbre, le buste tourné vers l'atrium jonché de fleurs de jasmin. Anjali discutait avec elle. Almandin lui fit signe de partir, et elle retourna sans discuter dans la salle pour suivre la réunion du Conseil, heureuse que son père se soit enfin décidé à venir auprès de sa mère.

Almandin s'approcha de Mehiel et l'étreignit avec amour.

— Je suis désolé, lui murmura-t-il à l'oreille. Pardonne-moi.

Des larmes avaient coulé sur les joues de la Reine.

D'une main fébrile, elle s'essuya les yeux en lui tournant le dos :

— Tu t'en veux peut-être de m'avoir choisie au lieu d'avoir pensé à ton peuple… Mais moi… que devrais-je dire ? Je suis encore là… Beaucoup sont morts pour me sauver. J'aurais dû mourir à leur place…

— Ne dis pas de sottises…

Mehiel releva la tête et trouva enfin la force d'affronter son regard, entourant son visage de ses doigts délicats.

— Alors cesse d'en dire aussi, lui dit-elle, avec insistance. Je ne te reconnais plus, Almandin. Où est passé l'homme qui se battait pour son peuple ? Tu n'es pas le seul à souffrir, à haïr, à espérer et à aimer. Ne brise pas tout ce que tu as mis tant de temps à construire parce que la vie est injuste et cruelle. Elle le sera toujours si tu ne fais rien pour sauver le peu que nous pouvons préserver.

— Je n'ai pas réussi à vous préserver, reconnut-il, comme un échec.

Elle se redressa sur les pointes des pieds pour embrasser ses lèvres et plaquer son front contre le sien :

— Quel monde veux-tu laisser à nos enfants ? Un monde où le plus fort est le maître ou un monde bon et juste comme l'a toujours espéré leur père ?

Le Roi eut un sourire aimant.

— Qu'aurais-je fait sans toi ? lui dit-il avant de l'enlacer.

— Majesté !

Mehiel se détacha d'Almandin en entendant l'éclat de voix. Quatre gardes arrivaient en hâte dans le couloir, accompagnés par Maria. Si l'Intendante du palais les avait fait entrer, cela devait être grave, car personne ne se serait permis de déranger le Roi durant une séance du Conseil.

— Les âmes se sont rebellées dans l'enclos de la cité, expliqua le chef de la troupe, après une rapide révérence. Elles essaient d'en forcer les portes. Le bruit est assourdissant.

— Eh bien faites-les taire ! ordonna Almandin, agacé.

— Elles sont beaucoup trop nombreuses, Votre Majesté. Nous n'y arriverons pas seuls.

Milo sortit de la salle du Conseil. Sûrement avait-il entendu le garde demander de l'aide. Ou peut-être en avait-il assez d'écouter une discussion qui ne menait nulle part.

— Je viens avec toi, dit-il à Almandin.

Le Roi approuva d'un signe de la tête et baisa la joue de sa femme pour se faire pardonner. Enfin, il se rendit sous bonne escorte vers l'enclos de la cité de Garak.

Milo resta à ses côtés le long du chemin :

— Ton père t'en veut beaucoup de réagir ainsi, lui dit-il après un long moment de silence. Il faut que tu te ressaisisses. Pourquoi laisses-tu le Conseil décider à ta place ?

— Parce que je ne suis plus capable de gouverner, avoua Almandin, le regard tourné vers l'horizon. J'ai en moi beaucoup trop de haine pour avoir l'esprit clair.

— La Confrérie va profiter de notre absence pour envahir le Monde des Mortels. L'armée ne doit pas rester au royaume.

— Je ne veux plus de morts. C'est la seule solution. Tant que Gamerron ne me dira pas pourquoi les soldats de Mylès ont une force décuplée, l'armée stationnera à Esiah. Tu resteras avec eux.

— Tu ne me protégeras pas éternellement, soupira le garde, en secouant la tête.

— Tu es mon seul espoir. Tu ne peux pas mourir. Mylès ne doit pas être l'élu.

— Il finira par le devenir si je ne quitte pas le royaume. Quelqu'un doit partir à la recherche de la dernière pierre sacrée. Mylès la trouvera bien avant nous si nous ne faisons rien pour l'en empêcher.

— Je le sais... Pire encore, je pense qu'il va essayer de revenir pour se rendre à la stèle, avoua Almandin, le ton de sa voix légèrement craintif. Avec le bracelet sacré, il peut se déplacer n'importe où sans que nous le sachions. Il n'est peut-être même pas parti…

Milo se retint de rire :

— Oh, tu crois qu'il est à côté de nous ? Il nous écoute peut-être à l'heure actuelle…

— Tu plaisantes mais je suis très sérieux, dit Almandin en redressant le dos, mais cela ne parvint pas à convaincre son ancien élève. Tu riras moins quand il se penchera au-dessus de ton lit pour t'éliminer.

Le Roi fit un mouvement brusque du bras, du haut vers le bas, comme s'il achevait quelqu'un à l'aide d'un poignard. Milo se moqua gentiment de lui.

— Il aurait pu nous tuer tous mais il ne l'a pas fait.

— Prendrais-tu la défense de Mylès ? répondit Almandin en levant un sourcil.

— Je dis simplement qu'il n'est pas un assassin, ou devrais-je plutôt dire qu'il ne tuerait pas de ses propres mains.

— Qu'as-tu appris en lisant dans ses pensées ?

— Rien car je ne peux pas lire dans son esprit. Sûrement parce que nous sommes liés par nos gènes. Mais en parlant avec lui, j'ai eu l'impression qu'il cachait un secret. Il m'a dit que tu aurais désiré détruire les barrières qui séparent les trois strates si tu n'avais pas pu rejoindre Mehiel en devenant un mortel. Pour lui, réunir les mondes dans un même lieu permettrait de vaincre la mort. Comme si lui-même agissait afin de rejoindre une personne qu'il avait aimée. Où en son nom, peut-être.

— Mylès n'a jamais aimé personne à ce que je sache. Mais mon père en saura peut-être plus.

D'immenses murs d'acier se dressèrent devant eux, à l'extrémité est de la cité blanche. Les habitants fixaient les lieux, partagés entre la curiosité et l'inquiétude. Chaque vrombissement provenant de ces murs faisait sursauter les badauds assez curieux pour s'en approcher.

Des dizaines de poteaux métalliques, reliés entre eux par des plaques robustes semblables à du bronze, s'étalaient à perte de vue. Les murs montaient haut vers la voûte, à tel point qu'il leur fallut gravir plus d'une centaine de marches pour atteindre le sommet de l'enclos. Là, l'homme en charge des bourreaux en faction, accueillit le Roi et le chef de la garde, l'air soulagé.

— Votre Majesté, dit-il en se penchant face à eux.

— Relevez-vous, demanda Almandin, puis il inspecta l'intérieur des murs.

Une masse de corps vaporeux occupait l'intégralité de l'enclos. Comme un immense champ de fleurs bercées par le vent, les spectres se mouvaient d'un côté puis d'un autre, à l'unisson. Jamais Almandin n'avait vu autant de fantômes réunis. Une vision fantastique, presque irréelle, mais dangereuse. La beauté de leur corps luminescent tranchait indéniablement avec leur caractère fougueux et dévastateur. Même si les bourreaux savaient manipuler les âmes, leur nombre n'était pas suffisant pour repousser la rébellion d'un tel attroupement.

— Comment se fait-il qu'ils soient entassés ? dit le Roi, stupéfait. J'avais demandé à ce que seules les âmes rattachées à la cité soient conduites ici.

— Les ordres ont été respectés, Votre Altesse, affirma le garde. Mais les âmes sont de plus en plus nombreuses à arriver depuis peu. Les enclos des autres cités ne sont pas assez grands pour les contenir.

— Et pourquoi ne suis-je au courant que maintenant ?

— Lucifel ! hurla une âme dans la langue siahnnas.

Cette voix d'homme, puissante et brisée, résonna jusqu'au Roi. Elle avait réussi à calmer la foule, devenue silencieuse. L'armée, stationnée autour de l'enclos, observa la masse de fantômes se resserrer contre les murs pour former un chemin au milieu de leurs rangs. Puis les âmes se prosternèrent et l'une d'elles avança parmi le flot de voiles transparents pour rejoindre le pied de la tour sur laquelle s'était figé Almandin.

Le fantôme arborait des vêtements d'un autre temps, très anciens, déchirés sur la longueur de la veste et un casque de guerrier, porté autrefois par les soldats irlandais. Le Roi le reconnut à sa ceinture sous laquelle pendouillait un crâne, retombant à hauteur du genou.

— Conall Cernach..., murmura-t-il en ne le quittant pas des yeux.

— Tu as retiré aux âmes les terres concédées par tes ancêtres ! cria l'âme. Vois comme tu as trahi la parole des Rois ! Nous nous vengerons ! Toi et tes hommes nous rejoindrez dans cet enclos à bétail !

— J'aurais voulu qu'il en soit autrement, regretta Almandin. Mais nous n'avons pas le choix.

— Mensonges !

Le Roi s'avança au plus près de la balustrade surplombant l'enclos et serra la rambarde sans dire un mot. La culpabilité le dévorait, mais le véritable coupable, celui qui avait détruit le cœur de Gaïa et l'avait obligé à construire ces murailles de fer, se cachait maintenant dans le Monde des Mortels.

— L'homme que tu cherches n'est pas devant toi, expliqua-t-il en plissant les yeux. Tu n'es pas ici par ma faute, mais par celle d'un traître.

— Alors montre-moi cet homme, mets-le dans cette cage, et nous nous chargerons de son cas !

Les milliers d'âmes levèrent leurs bras et poussèrent à l'unisson un cri grave de guerre qui résonna en écho sous la voûte enflammée. Le dénommé Conall afficha un sourire sanguinaire et porta en triomphe le crâne attaché à sa ceinture par une corde. Le Roi observa un instant ses yeux remplis d'une lueur obscure, d'un désir de vengeance suprême, d'une envie de tuer qui dépassait tout ce qu'il avait pu voir jusqu'ici.

Les fantômes commencèrent à grimper sur les murs d'acier. Les soldats tentèrent de les repousser à l'aide de leur bâton. Mais la marée d'ectoplasmes continuait d'avancer, jusqu'à remonter sur les derniers remparts. Milo ordonna qu'on emmène des dévoreurs le long de la muraille. Les bêtes, accompagnées par les bourreaux, s'agitèrent à la vue de ces spectres appétissants, ouvrant leur gueule enduite d'un liquide visqueux, la mâchoire renflée et les muscles raidis. Les soldats tirèrent sur les chaînes pour éviter d'être entraînés avec elles à l'intérieur de l'enclos. Pendant plusieurs minutes, les cris gutturaux des dévoreurs, ceux des âmes et des soldats plongèrent la cité d'Esiah dans une atmosphère de terreur. Les âmes se dispersèrent bientôt sous la menace des monstres aux dents tranchantes, mettant fin aux débordements.

Conall avait bravé l'autorité royale en poussant ses congénères à la mutinerie et continuait de défier le Roi d'un regard vindicatif. Almandin trouvait en lui l'audace dont il avait besoin, cette audace dont il était autrefois pourvu quand il croyait ne rien craindre. Mais Conall, lui, n'avait peur de rien car il n'avait rien à perdre, pas un être cher, ni un corps de chair, seulement une âme, condamnée à errer sur les terres de l'Haoma. Et même la perte de cette simple existence aurait été une délivrance plus qu'une souffrance pour un homme voué à une éternelle servitude.

Les âmes aimaient la guerre mais le Roi la détestait. Elles ne craignaient pas la mort car elles avaient gagné l'immortalité. Leur nombre dépassait celui des soldats engagés dans l'armée royale. Le Roi remarqua leur résistance, leur envie de se battre, leur soif de vaincre.

Une idée traversa soudain ses pensées.

— Conall ! tonna-t-il. Je te propose de parlementer. En privé.

— Parlementer ? répéta l'âme. Il n'y aura aucune concession de notre part.

— Non, je ne veux pas obtenir de concession. J'ai une proposition à te faire.

Milo s'approcha d'Almandin :

— C'est de la folie, dit-il en se penchant au-dessus de son épaule.

— Non, réfléchis bien. C'est la solution.

— Tu es fou, murmura le garde.

— Je suis peut-être fou mais jusqu'à preuve du contraire, c'est moi qui décide.

— Sauf que tu as précisé au Conseil qu'il décidait désormais à ta place. Et je m'oppose à ta décision.

— Le Conseil ne pourra qu'accepter cette proposition si je mets en avant tous les avantages de la situation.

— Et je me ferai un plaisir de leur rappeler les nombreux dangers que cela représente.

Contrarié, Almandin poussa le garde dans le dos et l'emmena à l'écart des autres soldats.

— Cette guerre a déjà coûté trop de vies. Notre peuple souffre et finira par s'éteindre si nous ne faisons rien. Je connais les risques que cela engendrerait mais j'en connais aussi les bénéfices. Au point où nous en sommes, nous n'avons rien à perdre en essayant. Nous avons justement un moyen de poursuivre cette guerre en limitant nos pertes. Alors je te demande, juste une dernière fois, de me faire confiance. J'ai besoin du soutien d'un fils, pas des réprimandes d'un père.

— Tu es loin du compte, Almandin. Ton père ne va pas te réprimander. Il va t'écarteler.

— Et je suis certain que tu me défendras.

Le Roi frappa sur son omoplate avec pour dernière arme un sourire de complicité que le garde ne pouvait ignorer. D'ailleurs, n'aimait-il pas, lui aussi, braver les interdits ?

Le garde n'eut pas le temps de répondre. Le souverain des âmes joignit ses poignets et les offrit au Roi.

— Viens donc me chercher, Majesté ! J'accepte de parlementer.

Souriant de plus belle, le Roi attrapa sur la rambarde une chaîne terminée par des bracelets de fer et la tendit à Milo.

— Va donc ouvrir la porte de l'enclos. Je veux lui parler.

— Tu as perdu l'esprit…

— Fais ce que je te dis.

— C'est une mauvaise idée.

— Mais moi, je la trouve très bonne, insista le Roi. Fais-moi confiance.

Almandin posa la chaîne dans la paume de Milo et enveloppa ses mains, réclamant, par ce geste, sa bénédiction. Agacé, le garde objecta par un simple pincement des lèvres. Il respecta néanmoins la volonté du Roi et demanda aux soldats postés devant la porte principale de l'enceinte d'éloigner les âmes pour que l'on procède à l'ouverture des battants d'acier.

— J'ai confiance en toi, souffla-t-il à Almandin. Mais il sera difficile de convaincre le Conseil. Pendant que tu parleras avec cette âme, j'essaierai de préparer le terrain pour qu'ils prennent la décision avant que tu ne les forces à le faire.

— Je ne te remercierai jamais assez, fils.

— Ne me remercie pas. Je te rends service parce que je crois en toi et que je veux le bien du peuple. Pars, avant que le Conseil n'arrive. L'agitation des âmes a dû interrompre les débats. Ils ne vont pas tarder.

Le Roi hocha la tête, le remercia une nouvelle fois d'un simple sourire et descendit rapidement de l'enceinte pour gagner la porte principale. Le garde le talonna, accompagné d'une escorte.

Des bourreaux s'acharnaient contre les âmes récalcitrantes amassées à l'entrée de l'enclos. Quand la zone fut dégagée, des hommes ouvrirent la barrière de fer, mettant à portée de vue une incommensurable masse de formes vaporeuses luisantes comme l'aurore. La foule d'âmes ressemblait à un champ de fleurs aux pétales transparents déchiquetés par le vent.

Le souverain des âmes s'avança vers le Roi, les bras tendus en avant, tandis que ses congénères assistaient dans le plus grand calme à sa sortie. Le fantôme avait l'allure d'un homme, du moins, en avait-il toujours les traits, piégé dans son corps brumeux et ses habits délabrés, le visage balafré, le regard dépourvu de vie. Il émanait de lui une aura maléfique, accrue par l'embrasement de ses reflets à chacun de ses pas. On devinait, à travers ses ombres, la noirceur de ses cheveux mi-longs et son teint pâle d'autrefois. Cet être connaissait les coutumes Siahnnas et la procédure à suivre pour s'entretenir avec les instances dirigeantes. Alors il laissa Milo passer les bracelets d'acier autour de ses poignets.

Le garde rendit ensuite au Roi la chaîne à laquelle il était lié. Les bourreaux refermèrent au plus vite l'enclos avant qu'une révolte n'éclate parmi les fantômes. Les insurgés se jetèrent ensemble sur les impressionnants murs d'acier dans un bruit assourdissant de tambour. D'autres tapèrent du pied au même rythme que leurs frappes et entonnèrent une prière funeste dans la langue des Anciens. De leurs corps jaillissait une lueur semblable à un voile de soie jaunâtre visible à une centaine de lieues dans le ciel.

Conall éclata de rire.

— Entends le chant des morts, Majesté. Il est là pour te rappeler que nous ne sommes pas que des esclaves. Rends-nous nos terres, et ton peuple ne vivra plus dans la peur.

— Il y a une solution à cela, répondit le Roi en jouant avec les maillons de ses chaînes pour montrer qui était le maître. Suis-moi.

Milo ordonna aux soldats de les laisser seuls et ouvrit la marche jusqu'à la plaine sur laquelle stationnait l'armée, pendant que les hommes mettaient fin au chant macabre des spectres. Durant tout le trajet, pas un mot ne fut échangé. Les guerriers en repos observèrent avec étonnement Sa Majesté accompagnée d'une âme traverser le camp étroitement gardé depuis le départ des troupes ennemies. Les fantassins les plus curieux les suivirent. Le cortège s'immobilisa à l'instant où Almandin s'arrêta devant le seul vortex resté ouvert sur le Monde des Mortels.

Conall empoigna la chaîne de ses mains liées.

— Te moques-tu de moi ? dit-il pour le Roi, le regard troublé par l'immense toile de lumière valsant dans le vide.

— Non, tu vas vite comprendre, Conall Cernach, frère du grand Cúchulainn.

Milo menaça les soldats agglutinés autour d'eux avec son bâton et les fit reculer jusqu'à ce qu'ils ne puissent plus entendre les tractations. Le Roi ramena l'âme près de lui en tirant d'un coup sec sur la chaîne :

— Tu es mort sous les coups des chevaliers de Connaught. J'ai ouï dire qu'on t'avait proposé la royauté d'Ulster mais que tu l'avais refusée.

— J'avais mieux à faire, railla le spectre.

— Tu as poursuivi les guerres dans l'Haoma. Tu t'es rebellé contre nous à plusieurs reprises dès que tu en avais l'occasion. Je connais ton passé légendaire. Un homme qui ne vit que pour la vengeance. On m'a dit que tu avais tué plus d'hommes qu'il n'en existait sur les terres de Connaught. D'ailleurs, n'est-ce pas ce qui t'a conduit ici ?

— J'ai pris plus d'une vie.

— Tu n'as jamais voulu te réincarner. Tu es beaucoup trop bien parmi nous. Tu as fondé une nouvelle dynastie sur mes terres. Les âmes t'ont choisi pour les gouverner. Cependant, je suis dans l'obligation de te retirer tes privilèges. Le cœur de Gaïa est mort. Un homme, digne de te rejoindre toi et tes compagnons, l'a brisé en quelques secondes. Tant que le cœur ne retrouvera pas la vie, tu resteras enfermé dans cet enclos.

— Je n'ai que faire de la vie de ton peuple. Nous avions un traité.

— Un traité que tu as souvent bafoué en mettant en péril la vie de mon peuple. Sache qu'il y a un moyen de remédier à ce problème, mais il me faudrait ton aide. Tu es une âme, je suis un Siahnnas. Tu combats chaque jour pour le plaisir. Moi, je me bats pour sauver les miens. Mais nous avons un point commun. Tu désires te venger de cet homme qui t'a retiré tes terres. Je souhaite faire de même.

Le fantôme se mit à rire.

— Tu réclames mon aide ! Quelle horrible souffrance ce doit être pour toi de faire appel à une âme !

Almandin releva le front et l'entraîna vers le vortex.

— Je ne passerai pas cette porte ! argua l'âme en titubant derrière lui.

— Tu y es contraint. Cette porte n'est qu'un moyen de regagner le Monde des Mortels. Tu vas certainement le trouver changé depuis que tu es mort.

La porte de lumière constituait pour les âmes envoyées dans l'Haoma la fin de leur vie au Royaume d'Esiah, un moyen de rédemption pour ceux qui désiraient expier leurs péchés, une renaissance parmi les êtres mortels, un nouveau départ dans un autre monde. Le souverain des âmes, élevé au rang de Roi par les siens, avait trouvé sa place au cœur de l'Haoma. Cette porte représentait à ses yeux la fin de son pouvoir et de son règne. Sous aucun prétexte il ne l'aurait traversée. Il résista jusqu'au dernier pas, dérapant sur les cailloux. Le Roi tira une fois de plus sur les chaînes et leurs corps disparurent dans les rayons lumineux.

À peine arrivés de l'autre côté, l'âme ferma les yeux, aveuglée par le soleil. Les deux hommes se trouvaient à présent en haut d'une colline surplombant un quartier d'habitations. Almandin libéra le spectre de ses bracelets de fer.

— Il te faudra quelque temps pour t'habituer à la lumière. Ne t'inquiète pas. Cette porte n'est qu'un moyen de retourner dans le Monde des Mortels. Tu peux toujours rentrer à Esiah.

— Traître…, lâcha l'ectoplasme, une main portée en visière. Tu m'as bien eu… Es-tu certain que je pourrai revenir ?

— Aucune âme n'a déjà fait le voyage dans ce sens. Le code d'Esiah l'interdit.

— Je suppose que les Rois ont le droit de ne pas respecter les règles.

— Malheureusement non. Ramener une âme dans le Monde des Mortels peut mettre en péril l'équilibre des mondes. Voilà pourquoi il est important de respecter le code. Seulement le code peut ne pas être appliqué dans certaines circonstances, surtout celles qu'il ne prévoit pas. Dans ces conditions, aucune règle n'est à respecter car il existe un vide juridique.

— Tu es bien plus futé que ton père, remarqua Conall. Mais explique-moi plutôt ce que nous faisons là.

Le Roi enroula la chaîne autour de sa main et respira le doux parfum des fleurs. Il sentait le vent sur son visage et les rayons du soleil réchauffer sa peau. Il pensa que tout pouvait disparaître d'un jour à l'autre.

— Les âmes comme toi arrivent par une porte de lumière à Esiah, commença-t-il par dire, les yeux tournés vers le ciel. Mais il arrive parfois que certaines restent piégées dans le Monde des Mortels car leur volonté de rester est trop grande. À ces âmes les hommes ont donné le nom de fantômes. Ces êtres, invisibles pour les mortels, ont ici de grands pouvoirs, mais ces dons ne sont rien comparés à ceux de mon espèce. L'homme qui a brisé le cœur du royaume s'appelle Mylès, un Siahnnas, un prétendant à la couronne, un oncle bâtard.

— Le Conseiller d'Adel.

— L'ancien Conseiller de mon père, rectifia Almandin. Cet homme veut refaçonner le monde à son image comme s'il était devenu un dieu. Lorsqu'il en aura fini, tout ce que tu as connu jusqu'ici n'existera plus. Les âmes de l'Haoma se retrouveront à errer ici même. Les mortels disparaîtront jusqu'à ce qu'il n'en reste plus aucun.

— Qu'est-ce que cela peut me faire ?

— Mylès est à la tête d'une Confrérie contre laquelle nous nous battons. S'il parvient à ses fins, il ne restera plus dans ce monde que des Siahnnas. Nous avons de grands pouvoirs, ce qui s'avère très utile dans certains cas, sauf s'ils sont mal utilisés. L'une de nos capacités est de savoir manipuler les âmes, ces âmes qui nous font vivre grâce aux peurs que nous leur faisons subir. Mylès vous transformera en bétail pour nourrir ses troupes et asseoir son pouvoir. Vous serez traités comme des esclaves.

Le fantôme resta silencieux une minute et sortit de son fourreau un petit couteau aussi transparent que lui dont il lécha la lame.

— Où se trouve-t-il ?

— Ici, quelque part, répondit Almandin en lui montrant l'horizon. Il se cache avec ses mercenaires. Nous pouvons nous allier contre lui. En échange, je te fais le serment de défendre le peuple des âmes.

— Et comment comptes-tu t'y prendre ?

— Il existe des pierres sacrées capables d'ouvrir une porte vers le Royaume de l'Eden pour parler au créateur. Si nous réussissons à y entrer avant lui, je demanderai au créateur de briser les chaînes qui nous lient, de ne plus dépendre de vous pour vivre. Ce jour-là, j'interdirai aux Siahnnas de retourner dans l'Haoma. Ces terres seront à toi. Nos peuples seront libres et indépendants.

— Comment pourrais-je te croire ? Je suis né avant toi. Je traite avec tes pères depuis plus de mille cinq cents ans. Ta famille n'a jamais rien fait de bon.

Le Roi haussa les épaules et porta ses mains sur ses hanches.

— Alors je me débrouillerai seul et tu resteras dans ton enclos. C'est dommage, car ce que j'allais te proposer t'aurais certainement plu ! Tu peux gagner le Monde des Mortels tout comme tes congénères. J'ai besoin d'hommes pour se battre contre les soldats de la Confrérie sur les terres humaines. Des âmes immortelles sont manipulables, il est vrai, mais il est difficile de les combattre si elles sont des milliers.

— Une armée de mes soldats contre une armée de ton peuple ? demanda le fantôme avec intérêt.

— De quoi démontrer que tu peux être plus fort que nous en étant à leur tête…, susurra le Roi.

Conall manipula son couteau entre ses mains durant quelques secondes avec une expression diabolique avant de nettoyer les deux côtés de sa lame sur le crâne pendu à sa taille.

— Mylès sera là ?

— Oui. Et tu auras un énorme terrain de jeu, à une seule condition.

— Laquelle ?

— Pas une âme ne doit toucher à un être mortel ni à l'un de ses alliés.

Réfléchissant encore quelques secondes, le spectre observa au loin la ville en humectant ses lèvres et annonça sa décision :

— Les bourreaux doivent cesser de se jouer de nous. Nous voulons un espace plus grand le temps de rejoindre l'Haoma. Et je veux donner à mes guerriers de véritables armes.

— Ai-je ta parole que rien ne sera fait aux mortels ?

— Qu'on me fasse manger par un dévoreur si tel n'est pas le cas.

Almandin n'était pas certain qu'il tienne parole mais le souverain des âmes était trop intelligent pour chercher à le trahir ou peut-être chercherait-il au moins une fois à le tester, ce à quoi il répliquerait comme il se doit.

— Le Conseil d'Esiah a décidé que l'armée devait rester au royaume, le temps que nous trouvions pourquoi les soldats de la Confrérie sont plus puissants que nous, reprit-il. Ils sont désormais pourvus d'une force incroyable, semblable à celle des princes de sang. Vous serez seuls face à eux. Ce ne sera pas facile.

— Rien ne nous fait peur, tant que nous avons le droit de les tuer.

— Par leur faute, des milliers de Siahnnas innocents sont morts. Leur sort m'importe peu. De toute manière, je suis aveugle dans ce monde. Je ne verrai pas ce que vous ferez et je ne veux pas savoir.

— Aveugle, hein ?

Conall passa une main devant ses yeux verts. Le Roi saisit son bras au passage.

— Oui, tu as bien compris. Mais je m'arrange toujours pour savoir ce qui m'intéresse.

— Et pour les armes ? poursuivit le spectre avec un sourire grandissant.

— Vous prendrez celles de mes soldats.

— Alors je suis ton homme.

Le Roi planta deux doigts sous sa gorge.

— Si l'une des âmes s'échappe, je me charge de son cas et du tien, m'as-tu bien entendu ?

— Nous aimons trop la guerre pour vouloir nous en soustraire. Le sang les convaincra de rester.

Et l'âme se mit à rire sordidement en pensant aux corps sur lesquels il allait bientôt s'acharner avec son plus grand plaisir. Aigri, Almandin passa les bracelets de fer autour de ses poignets pour le ramener au royaume. Il ne savait pas si ces mots devaient lui faire peur ou le pousser à faire confiance à ce barbare dénué de sentiments, mais la voix sans pitié du spectre lui fit froid dans le dos.

L'armée de fantômes allait créer la surprise et déstabiliser la Confrérie des Morts ; point essentiel à soutenir face au Conseil. Le plus dur restait d'en persuader les membres que cet homme, plus cruel que leur ennemi actuel, pouvait contribuer au retour de la paix. Même Almandin n'en était pas si sûr, à présent. Mais il ne voyait pas d'autres solutions…

19

LE PACTE

Almandin écoutait les réprimandes de son père depuis déjà trente minutes. Ce dernier l'avait attendu avec quelques soldats devant le vortex situé face aux portes de bronze de la cité de Garak, avant de le ramener de force au palais. Il s'était enfermé avec lui à l'écart de tous, dans un petit salon, de sorte à lui remettre les idées au clair.

D'aussi loin qu'il s'en souvienne, Almandin n'avait pas vu les yeux de son père aussi sombres ni entendu des hurlements d'une telle puissance depuis qu'il s'était enfui du Cianath à l'âge de huit ans pour arpenter les ruelles obscures de la cité d'Esiah et percer les secrets de la mystérieuse Tour des Supplices. Almandin avait échoué dans sa quête, mais avait reçu une leçon, restée gravée au fond de sa mémoire malgré sa résurrection.

Un dernier éclat de voix fit bondir le Roi sur son siège et l'éloigna de ces pensées :

— Te rends-tu compte de ce que tu viens de faire, inconscient ? cria Adel, en tournant autour de son fils, avachi dans son fauteuil. Un pacte avec les démons ! Voilà ce que c'est ! Qui aurait eu l'idée de traiter avec une âme de l'Haoma ? Elles n'ont aucune valeur ni aucun sens de l'honneur. Et le risque est encore plus grand pour les mortels. Lâcher une armée de spectres en plein milieu des villes, c'est de la folie ! De la pure folie !

— Ces âmes sont immortelles, père, grommela Almandin, le ton las. Elles pourraient nous permettre d'agrandir nos rangs. Nous limiterions ainsi le nombre d'hommes engagés sur le front.

— Et comment comptes-tu les contrôler ? Conall n'est pas du genre à obéir mais à donner des ordres. Les âmes lui vouent un culte comme s'il était leur dieu.

— Et les dieux ont toujours représenté une force de pression. Si nous laissons les âmes croupir dans les enclos, elles se rebelleront. Nos vies dépendent des leurs. Il vaut mieux être alliés avec elles que d'être leurs ennemis.

— De là à leur donner des armes..., soupira Adel, qui se laissa choir dans un fauteuil. Je ne sais pas ce qu'il t'a pris, mon fils...

— Elles savent très bien manipuler les armes depuis le temps qu'elles se battent dans l'Haoma. As-tu déjà assisté à l'une de leurs batailles ? Ces âmes n'ont peut-être plus de corps mais la rage coule dans leurs veines. Elles n'ont plus de cœur mais elles ont conservé leur esprit. La guerre est leur quotidien. Pour elles, il ne s'agit que d'un jeu. Place-les sur un champ de bataille et elles t'aimeront pour ça, parce que tu les auras sorties de leur état de soumission en leur offrant du plaisir ! s'exclama Almandin avec une mine dégoûtée.

— Ce n'est pas du plaisir mais une boucherie qui t'attend, prévint Adel, le ton grave. Il est interdit d'emmener une âme dans le Monde des Mortels car ces êtres ont commis un crime avant leur mort. Elles risquent de s'en prendre aux humains. Le Conseil n'acceptera jamais.

— Conall a promis que rien ne serait fait aux humains, objecta son fils, le dos droit et le menton relevé. Et quand bien même la faute serait commise, nous sauverions plus de vies en les joignant à nos rangs qu'en les laissant pourrir dans leur enclos. Nous avons besoin d'elles car nous sommes trop peu nombreux. L'ennemi a aussi développé des capacités semblables à celles de la famille royale, ne l'oublie pas.

Adel l'observa, l'expression contrariée :

— Elohim sait ce que nous faisons, insista-t-il, son regard noir de jais plongé dans le sien. Tu seras damné si un seul mortel vient à mourir sous les coups d'un spectre. Désires-tu prendre le risque ?

Almandin avait déjà retourné la question dans son esprit. Sa décision était prise.

— Je le prends, annonça-t-il en hochant la tête.

— Abruti ! cracha son père avec hargne, et il se leva brusquement. Tu n'es vraiment qu'un abruti... Mais au moins, tu es responsable. Je le suis aussi. C'est pourquoi c'est moi qui assumerai les conséquences de ton pacte.

Le Roi écarquilla les yeux, la mine défaite.

— Tu ne peux pas !

— Oh si, je peux, répondit son père en réajustant ses vêtements. Selon le code d'Esiah, tu n'as plus le droit d'être Roi. Tes privilèges te sont confisqués par le Conseil que je préside.

— Et pour quel motif ?

— Tu ne portes plus le bracelet sacré et tu es parti du Conseil en nous laissant les pleins pouvoirs. Les Illustres ont donc le droit de décider à ta place sans ton approbation. Le pacte que tu as passé avec Conall est pour cette raison considéré comme nul.

Adel se para de son plus beau sourire, comme un affront, face à son fils. Ses vingt-cinq dernières années à devoir composer avec la Chambre de l'Edenrah l'avaient rendu plus malicieux.

Almandin bouillonnait intérieurement.

— Ne fais pas ça, dit-il, les doigts crispés autour des accoudoirs de son siège. Tu le regretteras.

— Je t'ai laissé te sacrifier une fois. Cela n'arrivera pas une seconde fois, jura Adel, le menton relevé. Je ne fais pas confiance aux spectres... Maintenant, nous allons poursuivre le Conseil sans toi. Rends-toi utile, fais entrer Conall. Nous avons à discuter avec lui.

— Et que vas-tu faire ?

— Tu veux que l'on croie en toi. Pour cela, tu devrais commencer par croire aux autres. Va plutôt profiter de ton fils. Je ne veux pas te voir traîner devant la salle du Conseil. Est-ce assez clair ?

Adel lui adressa un regard d'acier. Sans attendre de réponse de sa part, il sortit et ferma la porte à la manière de son fils, quand il avait quitté le Conseil après les provocations de Celymen. Le claquement fit trembler les bibliothèques adossées au mur.

Pieds et poings liés, Almandin répondit aux ordres de son père, préférant, par expérience, éviter de le défier. Mais n'était-il pas le Roi, à présent ? Si l'esclandre de son père allait provoquer potins et murmures au sein de son peuple, parce qu'il remettait en cause sa manière de gouverner et ses décisions, Almandin comprenait sa réaction.

Adel avait tout perdu lui aussi, en commençant par son royaume, puis ses enfants. Mylès lui avait tout volé. Son propre frère aîné. Son frère bâtard. L'histoire se répétait encore et toujours. Un royaume brisé par une histoire de famille, par un combat entre frères.

Mésilande jaillit soudain d'une torche telle une flamme crépitante se détachant d'un brasier.

Elle se posa sur son épaule :

— J'ai tout entendu, dit-elle. Veux-tu que j'assiste à la réunion ?

— Oui, et viens me chercher dès qu'elle est terminée. Je serai avec Shaytan.

Le Roi lui caressa le front. Et elle disparut par la fenêtre du salon.

Almandin rejoignit peu après le couloir dans lequel l'attendaient deux gardes et le dénommé Conall. Le fantôme avait les mains liées par une chaîne.

Si les deux Siahnnas se mirent au garde à vous quand il arriva, le spectre se lécha les babines d'un air grossier :

— Alors, Majesté, ton père te pose des difficultés ? dit-il, le sourire effronté.

Almandin l'ignora, récupéra les chaînes et tira dessus, le traînant derrière lui tel un boulet jusqu'à la salle du Conseil. Durant tout le trajet, le fantôme ricana.

Dans un meilleur jour, Almandin l'aurait déjà mis à terre pour lui clouer le bec mais il préféra subir l'humiliation que de mettre à mal les tractations. Si le Conseil refusait sa proposition, le peuple commencerait à douter de lui, à remettre en cause ses actes, ses décisions, sa parole. Il aurait alors bien plus que son père contre lui.

Devant la porte de la salle de réunion, il tendit néanmoins la chaîne, rapprochant dangereusement le spectre de son visage irrité.

— Essaie donc d'être convaincant, susurra-t-il avant de frapper à la porte.

Milo ouvrit, récupéra les chaînes et emmena Conall avec lui. Le spectre avait cessé de rigoler. Dans son œil naquit une lueur sournoise.

Son regard impitoyable disparut derrière la porte. Almandin resta à l'extérieur, exclu du Conseil.

Il regrettait amèrement de leur avoir offert tous ses pouvoirs décisionnels. Coller son oreille contre la porte le démangeait. Cela aurait détruit son image déjà fragilisée. D'autant plus que les gardes l'observaient.

Par dépit, Almandin se résolut à retourner dans sa chambre s'occuper de son fils. C'était sûrement ce qu'il avait de mieux à faire. Il n'avait pas réussi à passer des moments avec lui depuis sa naissance.

Maria quitta la chambre du bébé à son arrivée. Shaytan dormait à poings fermés, bercé par la mélodie d'une boîte à musique. Almandin resta un long moment seul avec son fils. Mehiel assistait au Conseil pendant ce temps.

Il admira leur enfant. Ce petit être si fragile avait failli perdre la vie. Quel royaume lui léguerait-il s'il ne parvenait pas à redonner vie à Gaïa ? Almandin avait épuisé toutes ses options. S'unir aux âmes damnées constituait l'ultime recours. Il n'était pas persuadé d'avoir pris la meilleure décision. L'avenir demeurait plus qu'incertain pour sa famille et son peuple.

Une heure passa. Toujours aucune nouvelle du Conseil. L'attente se faisait longue. Almandin tournait en rond.

Le petit montra soudain des signes de réveil. Sa bouche se tordit et son visage potelé se couvrit de grosses rides. Almandin plongea ses mains dans le berceau et le porta dans ses bras avant les premiers gémissements. Il commença à le bercer. Son fils se calma.

De son index, il caressa sa petite joue et le contempla avec tendresse. Son sourire s'estompa au contact de sa peau. Encore une fois, il ressentit les émotions de son fils. Des sentiments effroyables l'assaillirent, furtivement, brutalement. Le cœur d'Almandin vola en éclats.

L'émotion fut si forte que ses yeux se mirent à couler. Il reposa l'enfant dans son berceau et tenta de tarir ses larmes mais il n'y parvenait pas. Almandin ne contrôlait pas ce sentiment violent qui accablait ses sens chaque fois qu'il prenait son fils. Réussirait-il un jour à serrer son enfant contre sa poitrine sans ressentir le besoin de l'éloigner de lui ? Il aimerait tant le chérir, le couvrir de baisers, l'aimer de tout son être. Mais le porter, simplement le porter, le faisait autant souffrir que du poison dans ses veines.

— Tu pleures ?

Mésilande venait de se poser sur le berceau de Shaytan. Par un léger mouvement de bec, elle exprima sa compassion.

Almandin essuya ses yeux à l'aide de ses doigts. Il n'aimait pas se montrer ainsi.

— Non, ce n'est rien.

— Que se passe-t-il ? De nouvelles visions ?

Almandin s'assit près du berceau. Sa main arrachée se mit à trembler. Maintenant, son corps trahissait son inconscient. Il avait peur. Peur de son enfant. Peur de ses prédictions. Car là était le problème. Son fils lui transmettait ses visions à travers son don d'empathie.

— Comment le sais-tu ?

— Parce que ton grand-père ressentait les émotions

de ton père. Parfois, il ne supportait pas de prendre son enfant dans ses bras.

— Je n'y arrive pas non plus… Il me montre ses visions. Elles sont de plus en plus fortes. Je pensais avoir vécu le pire en sentant mourir le cœur de Gaïa, mais mon fils cherche à me dire que ce temps n'est pas encore arrivé. Il sera bientôt là.

Des larmes coulèrent à nouveau. Quand cela allait-il cesser ?

— J'aimerais tellement l'aimer de toutes mes forces, le porter contre mon cœur mais la douleur est intenable, confessa-t-il. Quel père puis-je être si je ne peux pas lui montrer un peu d'affection ? Je préfère partir d'ici pour ne pas être à ses côtés, pour ne pas m'occuper de lui… Je me déteste…

— Mehiel le sait-elle ?

— Non, je le lui ai caché.

— Tu devrais le lui dire. Elle comprendrait.

— Je ne sais pas… Je pense qu'elle prendrait peur.

Le bec de Mésilande cracha de la fumée. Elle sauta sur une commode, ouvrit un tiroir de son aile et en tira un morceau de tissu. Le saisissant dans son bec, elle le ramena à Almandin pour qu'il essuie ses larmes.

— La peur est un sentiment naturel, Almandin, dit-elle pendant qu'il tamponnait ses joues. Tu as ramené ta famille ici parce que tu as peur, n'est-ce pas ?

— Je veux qu'ils restent ici, confirma-t-il. Esiah est devenue bien trop dangereuse.

— Tu dois pourtant y retourner. Ton père a convaincu le Conseil de s'allier aux âmes. Une assemblée aura lieu demain.

— Mon père m'a retiré ma dignité. Je n'ai rien à y faire.

— Il te l'a rendue après avoir conclu un accord d'alliance avec les âmes.

Le dos d'Almandin se redressa d'un seul coup.

— Conall a exigé cette condition sans quoi il n'acceptait

pas le marché, expliqua Mésilande. Il ne veut traiter qu'avec toi car tu es le seul en qui il ait confiance. Tu vas devoir assumer tes obligations de Roi encore quelque temps.

— Et si je refuse ?

— Tu ne refuseras pas, mon enfant, car c'est ce que tu souhaitais. Par contre, il y a un petit détail qui risque de poser problème. Mais Adel a dit que tu saurais maîtriser la situation.

L'oiseau appuyait ses propos en levant une griffe comme s'il s'agissait d'un doigt.

— Comme les enclos sont trop petits pour accueillir les âmes, il a fallu trouver une solution. Étant donné qu'elles sont à présent nos alliées, il a été décidé qu'elles seraient libres de circuler dans les cités, ce qui permettra de renforcer la cohésion avec tes hommes.

— Et qui a proposé cette solution ?

— Ton père, qui d'autre ? D'ailleurs, il ne va pas tarder. Il m'a très vite repérée et a compris que j'étais venue espionner pour toi. Si je n'étais pas faite de feu, je serais déjà morte.

— Je me demande comment nous ferions sans toi ! ironisa le Roi.

— Imbécile...

L'oiseau hérissa son plumage et largua sur son fauteuil un noyau de feu. Almandin étouffa la flamme sous son mouchoir, murmurant entre ses dents des « petite peste ». Mésilande aimait lui tenir tête et jouer avec ses nerfs. C'était une sorte de rituel.

Quelqu'un se fit connaître à la porte.

Almandin partit ouvrir. C'était son père, comme l'avait prédit Mésilande. Il lui tendait une boîte.

— Je te rapporte ton bâton. Tu vas en avoir besoin dans les prochains jours.

Le Roi fut surpris de cette entrée en matière. Il récupéra la boîte et releva les yeux sur son père. Il n'avait plus l'air en colère. Ni même déçu. Seulement contrarié.

— Tu m'en veux, n'est-ce pas ?

— Je t'en veux d'avoir toujours des idées irrationnelles. Mais c'est peut-être ce qui fait de toi un bon Roi.

Son père n'était pas du genre à lui faire des compliments. Peut-être avait-il senti qu'il avait besoin d'entendre ces mots ?

Même s'il ne le disait pas, Almandin était fier d'être le fils d'un si grand Roi en son temps. Il l'avait toujours idolâtré et aurait aimé lui ressembler, être digne de lui. Ce n'était pas toujours simple d'être comparé à un homme de son expérience, qui possédait un tel charisme. Alors ces mots, dits dans un contexte si particulier, dans un moment où Almandin doutait de tout, même de lui-même, lui ravirent le cœur.

— Conall t'attendra devant l'enclos d'Esiah demain, annonça son père. Ce soir, il parlera à ses semblables. Tu es chargé d'en ouvrir les portes et d'éviter toute effusion de sang. Les soldats mettront à leur disposition leurs armes et les initieront au combat pour éviter qu'ils ne massacrent leurs victimes. As-tu des questions ?

— Je suppose que l'assemblée dont m'a parlé Mésilande n'aura pas lieu dans ces conditions ?

— Tu te trompes. Le peuple a le droit de voir ce qu'il se passe. Si des débordements surviennent durant cette assemblée, nous perdrons le soutien du Conseil. Mais si Conall réussit à contrôler les siens, tu démontreras au peuple que nous n'avons rien à craindre des âmes, qu'il n'est donc pas nécessaire d'émigrer, et que ton idée n'était pas stupide mais ingénieuse. Tu as toute la nuit pour prier, mon fils.

Sur cette dernière phrase, Adel le quitta, sans donner plus d'explications, le laissant à ses réflexions.

Almandin inspira longuement. La nuit allait être longue.

20

LES ÂMES DAMNÉES

Almandin resta des heures allongé sur le dos à regarder le plafond de sa chambre. Mehiel, à ses côtés, avait fini par s'endormir de fatigue.

Le corps humain était bien étrange. Il réagissait aux émotions, aux pensées inconscientes. Almandin ne parvenait pas à fermer l'œil. Son cœur s'accélérait de temps à autre. Ses boyaux se tordaient. Il avait aussi des sueurs froides. C'était plus fort que lui : il redoutait l'assemblée du lendemain. Et il y avait aussi son fils, qui cherchait à le prévenir d'un malheur. Son esprit en alerte divaguait. Il avait besoin de prendre l'air.

Sans faire de bruit, il but un verre d'eau, s'habilla et sortit de la chambre. Depuis la mort de l'arbre de vie, des gardes surveillaient constamment le palais de Garak à l'extérieur comme à l'intérieur. Plus possible d'obtenir de l'intimité. Mais au moins, Mehiel et Shaytan bénéficiaient d'une bonne protection.

Revêtu d'une veste à capuche, Almandin se glissa à l'extérieur du palais. Du haut des escaliers, il admira les toitures des maisons recouvertes d'un manteau de lumière. L'enclos de la cité était visible à des kilomètres à la ronde. Le balai incessant des spectres donnait lieu à de magnifiques aurores dans l'obscurité.

D'ordinaire, les Siahnnas dormaient tous la nuit, en dehors des soldats et des Arcantes partis en mission, mais l'arrivée des âmes au niveau de l'Hestia les tenait éveillés. Des centaines d'habitants marchaient dans les rues. Des groupes se formaient devant des affiches placardées le long des voies. Elles annonçaient la mort de l'arbre de vie, la libération des spectres dans les cités et la tenue de l'assemblée. La nouvelle se répandait comme une traînée de poudre, laissant place au scandale, car cette décision radicale avait été prise sans le consentement préalable du peuple. À ce stade, il n'était plus possible de reculer.

Le chant des âmes, beau et effrayant à la fois, faisait écho sous la voûte étoilée. Les grognements avides des dévoreurs se mêlaient parfois à leur mélodie funeste. Personne n'était habitué à entendre leurs rugissements dans les cités, ni même les hurlements que certaines âmes poussaient quand elles se battaient, clan contre clan. Le pire restait les cris d'agonie jaillissant de leurs corps translucides quand les bourreaux les torturaient pour obtenir d'eux l'énergie nécessaire à la survie des Siahnnas.

Les habitants venaient admirer le spectacle aux abords de l'enclos. Les spectres chargeaient régulièrement les murs. Chaque cognement contre l'acier faisait vibrer les cœurs et déclenchait aussitôt des cris d'effroi. Même les enfants s'amusaient à se défier pour savoir qui serait assez téméraire pour braver les âmes damnées.

Seuls les bourreaux, les Arcantes et les soldats avaient eu un jour le droit d'accéder à l'Haoma, de voir ces corps vaporeux de leurs propres yeux. Les fantômes, désormais amassés près des habitations, faisaient frémir les plus craintifs et ravissaient les plus curieux. Les murs d'acier rassuraient la population. Mais qu'en serait-il le lendemain, quand ces âmes finiraient par sortir de leur cage ?

Almandin craignait un mouvement de panique et des débordements. Conall ne serait peut-être pas à la hauteur de la tâche confiée. Saura-t-il persuader les siens de traiter avec les hommes qui leur faisaient subir tous les jours tortures et souffrances psychiques ?

Pour s'en assurer, il grimpa en haut de l'enclos, là où il se tenait, le matin même, quand le terrible Conall s'était frayé un chemin parmi la masse d'ectoplasmes pour lui parler. Conall devait être là, parmi son clan. Sa mission, le spectre l'avait reçue durant le Conseil. Il devait parler aux âmes damnées et les convaincre de vivre parmi les Siahnnas sans s'attaquer à eux.

Le clan du fantôme constituait le plus grand, le plus craint et le plus méprisé de tous. Ses membres étaient sélectionnés par Conall en personne selon les méfaits commis dans le Monde des Mortels. Le spectre devait avoir au moins cinquante victimes à son actif et connaître les meilleures techniques de torture pour être accepté. Les âmes qui choisissaient la rédemption finissaient souvent par perdre leur tête au milieu de leurs jeux de guerre et ne parvenaient jamais à atteindre la Porte de la Résurrection, seul moyen pour elles, pourtant, de se racheter dans une nouvelle vie.

De fil en aiguille, Conall avait été élu Roi des âmes sur les terres de l'Haoma. Dans l'Hestia, il aurait à faire sa place et ne serait respecté par ses semblables qu'à une condition : qu'il soit aussi perçu comme un véritable souverain par le Roi des Siahnnas. Almandin en était parfaitement conscient. S'il ne voulait pas échouer avec lui, il devait l'aider à gagner en prestige auprès des spectres et le porter à la hauteur de son rang.

Le Roi des âmes accomplissait justement sa lourde besogne à l'intérieur des murs. Almandin l'aperçut de loin. Des corps translucides entassés lui servaient de promontoire. Almandin longea le corridor jusqu'à atteindre la plate-forme, au-dessus du rassemblement. Des bourreaux et des dévoreurs guettaient les lieux. Ils craignaient une mutinerie.

D'en haut, Almandin contempla les centaines d'âmes regroupées autour de Conall. Elles n'écoutaient que lui, comme prisonnières de son aura maléfique, les babines retroussées et les yeux assoiffés de barbarie. Le Roi des âmes leur parlait dans un dialecte celtique qu'Almandin avait du mal à déchiffrer. Il ne reconnut qu'un certain nombre de mots tels que « guerre », « sang » et « libre ». Son discours était entrecoupé de gémissements sordides, de rires mauvais et de gestes ignominieux. Almandin regrettait presque s'être allié avec des êtres aussi malfaisants.

Derrière son allure sauvage, Conall cachait un charisme étonnant que bon nombre de Monarques lui auraient jalousé. Les spectres buvaient ses paroles comme des plantes asséchées et fêtaient déjà leur liberté. La liberté.

C'était cela, l'élément commun qui motiverait autant les âmes que les Siahnnas à s'allier : trouver le moyen de modifier leurs conditions de vie, faire en sorte que les Siahnnas n'aient plus besoin des peurs des âmes pour vivre, que les âmes ne soient plus employées comme du bétail. Les deux parties avaient un intérêt à s'unir, point que Conall avait su mettre en avant. Maintenant, il ne restait plus qu'à convaincre le peuple Siahnnas de pactiser avec les démons...

Au lever de la voûte, Almandin se rendit donc à la cité mère, ravagée l'avant-veille par la Confrérie des Morts. Finalement, son escapade nocturne avait été profitable. Il se sentait revigoré et plus confiant, prêt à assumer ses choix et à endosser les plaintes.

Conall attendait sagement Almandin près de l'enclos de la cité pour en ouvrir les portes, respectant ainsi sa part du marché. Anya, dirigeante de l'Hestia, se joignit à eux et vint à la rencontre d'Almandin avant qu'il n'atteigne le fantôme.

Même si elle occupait d'autres fonctions désormais, Anya avait conservé son titre de Reine et son allure distinguée. Toujours très élégante, elle avait revêtu une longue robe bouffante noir et vert qui lui seyait à merveille mais qui ne se prêtait pas à ce genre d'exercice.

— Où comptes-tu aller ainsi ? lui demanda Almandin en examinant ses vêtements de soie, perplexe.

Anya cacha le mouvement de ses lèvres derrière un éventail :

— L'image comme dirait ton frère. Tu vas en avoir

besoin aujourd'hui car les représentants de l'Hestia s'opposent au relâchement des âmes. Je leur ai assuré que tout se passerait bien.

Une trentaine de représentants de l'Hestia venant d'autres comtés avaient aussi fait le déplacement. Ils se tenaient à l'écart, bien loin des murs d'acier. Si Almandin gagnait leur soutien, il gagnait l'assemblée.

— Peut-on vraiment faire confiance à cet être diabolique ? reprit la Reine.

Elle dévisagea Conall et grimaça outrageusement.

Le fantôme semblait pris d'un ennui mortel. Il léchait la lame de son canif, portant sur les soldats un regard carnassier. Parfois, il admirait la tête de mort qui pendait traditionnellement sous son genou, en la remontant à hauteur de ses yeux. On aurait presque dit qu'il parlait au crâne vide. Était-il fou ou avait-il juste envie d'effrayer tout le monde autour de lui ?

— On m'a dit qu'il tranchait la tête de ses victimes et que celle pendue à sa ceinture appartient à une ancienne maîtresse, tuée dans son sommeil, murmura Anya avec dégoût.

Almandin confirma d'un mouvement de la tête et l'invita à avancer en posant une main dans son dos.

— C'est la raison pour laquelle il nous est si précieux. Il ne redoute rien à part la rédemption. Et il sait faire ce que nous ne voulons pas : tuer.

Jamais Almandin n'aurait osé prononcer ces mots. Sa condition de mortel le rendait plus humain et ouvert d'esprit, prêt à se livrer à des actes immoraux sévèrement condamnés par les valeurs siahnnas.

La Reine parut choquée. Son éventail se referma entre ses mains en un claquement bruyant.

— Tu finiras parmi eux si tu continues dans cette voie, gronda-t-elle en avançant.

— Au moins, tu sauras où me trouver, ironisa Almandin. Je serai en charmante compagnie, avec mon frère.

— Cette famille me rendra toujours folle…

Les voyant arriver, le spectre passa sa langue le long de ses lèvres et les observa sournoisement, sans prendre la peine de faire une révérence.

— Majesté, tu m'as apporté une offrande ?

Conall se mit à lécher son canif en reluquant la Reine Anya de bas en haut. Et un rire abject sortit de sa gorge à moitié déchiquetée.

Outrée, Anya envoya son éventail dans sa glotte et releva le front :

— Tu es peut-être Roi des âmes mais je suis Reine aussi. Tâche de t'en souvenir.

Le spectre suça de plus belle ses babines. Se faire maltraiter, il aimait ça.

— Maintenant que les présentations sont faites, allons libérer les âmes, décida Almandin.

D'un signe de la main, il appela le chef des bourreaux chargé de surveiller l'enclos, lequel donna ordre à ses hommes de se préparer. Maintenant que les âmes allaient circuler librement dans les cités, les bourreaux auraient à les suivre dans les quartiers pour générer les peurs alimentant chaque Siahnnas. Ils auraient aussi à collaborer avec les gardes afin d'assurer la sécurité de la population.

Conall ne manquait rien des préparatifs et observait l'accomplissement de son œuvre d'un œil glorieux. Au moment où sa main se posa sur la porte de l'enclos, il gloussa, et d'un coup sec, ouvrit un battant, pendant qu'Almandin s'occupait de l'autre.

À l'intérieur des murs, les fantômes attendaient leur heure, tournés vers eux, debout, derrière une ligne, prêts à bondir au lancement du départ.

Le Roi des âmes ouvrit grands les bras et cria en avant :

— Liberté !

Puis ce fut la débandade.

Les âmes sortirent de l'enclos tels des animaux en furie, lançant des cris de félins. Certaines imitèrent la démarche des babouins, avançant à quatre pattes. Almandin évita de peu se faire renverser par le troupeau. Il sauta sur le côté en tirant derrière lui la belle Anya. La robe de la Reine se déchira dans l'affolement général quand le bout de son pied se prit dans un trou.

Les spectres se piétinèrent, se poussèrent, projetèrent des cailloux dans le ciel. Autour d'eux, les bourreaux se protégèrent la tête d'un bouclier pour ne pas finir assommés par la grêle. Les représentants de l'Hestia se postèrent derrière de hauts fourneaux.

Face à ce chaos, Conall porta à sa bouche un cor de chasse et souffla de toutes ses forces. Le son résonna à travers les rues et les fantômes, auparavant incontrôlables, cessèrent de s'agiter grotesquement. Certains, frustrés de ne pas pouvoir tout ravager, s'en prirent à leurs congénères. Les bourreaux manipulèrent leur esprit pour modérer leurs ardeurs.

Prise d'une bouffée de chaleur, Anya s'éventa :

— Nous venons d'avoir la preuve que Conall sait les maîtriser.

— En doutais-tu, Majesté ? lui lança le Roi des âmes. Je peux te montrer ce que je sais faire de plus...

Sa langue sortit de sa bouche et décrivit un cercle devant ses lèvres gercées. Son sourire pervers laissait deviner les jeux obscènes auxquels il aurait volontiers joué avec la Reine.

Almandin s'interposa :

— Viens donc nous montrer ce que tu sais faire de plus avec les tiens car les représentants de l'Hestia semblent ne pas apprécier la violence de leur comportement.

Il pointa du doigt la trentaine de représentants qui observaient le carnage en s'arrachant les cheveux. Almandin faillit en perdre son sang-froid. Sa mâchoire se contracta. L'assemblée se tenait dans deux heures et il fallait encore les rallier à sa cause.

— Ne t'inquiète pas, Majesté, nous nous montrerons exemplaires, brocarda le fantôme, et il effectua une révérence exagérée.

Son comportement comme ses paroles inspiraient

toujours mépris, moquerie et insolence. Almandin aurait renvoyé Conall dans sa tombe s'il n'avait pas eu besoin de lui.

— Tu as intérêt, dit-il avec hargne, car si tu n'arrives pas à les tenir en laisse, je vous remettrai en cage et ton règne prendra fin.

Sur ces mots, Almandin l'invita d'un faux sourire à avancer à ses côtés. Le fantôme grogna quelque peu puis consentit à le suivre à travers la cité.

Les quartiers avaient déjà subi un siège deux jours auparavant. La Confrérie n'avait fait aucune victime parmi les familles des soldats habitant en marge de l'entrée du Cianath. Leur objectif n'avait pas été de tuer mais de s'emparer de la résidence du Roi. La plupart des enfants et des femmes avaient réussi à fuir l'armée de Mylès mais personne n'avait pu éviter l'invasion des fantômes qui avait fait suite à l'extinction de l'arbre de vie.

Les habitants avaient retrouvé leur maison. Mais une meute de fantômes survoltés investissait à nouveau les rues. Cette fois-ci, les spectres avaient reçu pour instruction de ne pas s'en prendre à un seul Siahnnas. Ils s'approchaient des maisons avec curiosité, passaient leur tête par les fenêtres jusqu'à croiser le regard pétrifié des occupants, et s'amusaient à les effrayer.

Une brigade de fantômes faisait la chasse à ceux qui ne respectaient pas les nouvelles règles, qui se montraient trop menaçants vis-à-vis des habitants. Pour la première fois, Almandin vit des âmes damnées coopérer avec des bourreaux. Cependant, il aurait à leur fournir un terrain de jeu dans l'Hestia pour se dépenser s'il désirait contenir leur fougue.

Créer des amphithéâtres dans les cités en lieu et place des enclos donnerait l'occasion d'exhiber leur puissance comme ils le désiraient tant, tout en proposant du spectacle aux Siahnnas. Idée brillante que les Romains s'étaient appropriée durant l'Antiquité pour détourner le peuple des déboires politiques en lui offrant de quoi se divertir. La population avait justement besoin d'oublier la guerre et ses conséquences car l'arrivée des spectres était loin de les rassurer.

Bientôt, des centaines de Siahnnas se pressèrent vers l'arène en croisant les âmes damnées sur leur chemin. Almandin espérait que les spectres sauraient se tenir. Au moins jusqu'au début de la séance...

21

L'UNION FAIT LA FORCE

L'heure de l'assemblée avait sonné.

L'arène accueillit plus de Siahnnas qu'elle ne pouvait en contenir. Les fantômes participèrent aussi au grand rassemblement, se nichant tout en haut des gradins d'où ils pouvaient admirer le mélange des étoffes et l'éclat des bijoux. Dans l'Haoma, rien de tout cela n'existait. Les bourreaux, tout de noir vêtus, ne portaient rien de clinquant.

Durant leur vie de mortels, les fantômes collectionnaient tout ce qui avait de la valeur : l'or, l'argent, les tissus précieux. Tous ces objets leur avaient été retirés après leur mort et ils les retrouvaient ici, dans l'Hestia, sur ces terres pleines de ressources...

Certaines âmes arboraient déjà de magnifiques bagues autour de leurs doigts et des colliers de pierres précieuses pendaient à leur cou. Même si elles ne s'étaient pas attaquées aux Siahnnas, elles s'étaient livrées au vol. C'était un moindre mal. Almandin les avait choisies pour leur plus grand défaut : leur caractère rusé et sournois. Quoi qu'il en soit, personne ne pourrait les changer, et d'ailleurs, les âmes auraient perdu leur utilité si on les avait rendues plus dociles.

L'arène noire de monde bourdonnait comme une ruche quand Almandin rejoignit le balcon réservé au Grand Conseil. Il invita son homologue auprès des fantômes, Conall, à se joindre à lui, légitimant ainsi son titre, son rang, lui offrant un pouvoir comme jamais il n'avait été donné auparavant à une simple âme damnée.

Les Siahnnas jugeaient déjà avec mépris ou méfiance cette alliance peu commune entre un représentant du créateur et un être infâme qui ne cherchait qu'à nuire. Leur apparition côte à côte entraîna le silence parmi la foule et arracha des hurlements de victoire aux fantômes. Le corps de Conall se nourrissait de leurs cris déchaînés, s'illuminant sous leurs acclamations. Il savourait son heure de gloire.

Conall leva les bras et les abaissa aussi vite. Les âmes se turent aussitôt.

Les membres du Conseil prirent place autour de la table du balcon. Adel, Pyrrhos et Milo restèrent sur des sièges en arrière, en compagnie de Mehiel et d'Anjali. Le peuple se prosterna avant de redresser le dos.

Séraphin, devenu Conseiller du Roi, présenta alors l'ordre du jour de cette assemblée ô combien exceptionnelle. Après quoi, le Roi prit la parole :

— Peuple Siahnnas. Avant d'entamer les échanges, je souhaiterais que nous observions une minute de silence en l'honneur des soldats morts à Jaipur et à Esiah.

Les Siahnnas baissèrent le front et respectèrent ce moment de recueillement, une longue minute au cours de laquelle Almandin repensa au sang versé sur ses terres comme dans le Monde des Mortels. Y aurait-il eu autant de victimes s'il avait décidé de ne pas répondre à la provocation de Mylès ?

La minute passa et les Siahnnas s'assirent face au balcon du Conseil.

Le Roi désigna Conall de son bras :

— Je vous présente Conall, Roi des âmes damnées. Comme vous le savez, il y a deux jours, l'ancien Conseiller du Roi, Mylès, a assiégé la cité d'Esiah et a détruit l'arbre de vie.

— Comment le Conseiller Mylès a-t-il réussi à entrer dans le royaume et comment s'y est-il pris pour détruire l'arbre de vie ? demanda une femme au milieu des rangs.

Le visage d'Almandin s'assombrit.

Fallait-il être honnête et avouer qu'il s'était fait piéger ? Il avait perdu la bague permettant d'accéder à Esiah parce qu'il avait mal estimé la force contre laquelle ils se battaient. Prince de sang, Mylès s'était facilement emparé du bracelet sacré et avait brisé le royaume en s'opposant avec toute sa puissance à son frère, Adel. Voilà la vérité.

L'information ne devait pas être dévoilée au risque de retourner le peuple dans le conflit les opposant à la Confrérie. Comment auraient réagi les Siahnnas en apprenant ce scandale ? Adel aurait peut-être été répudié, tout comme Almandin, car il existait un fils de Roi plus puissant, bien que bâtard. Il ne restait plus qu'à prier pour que Mylès n'exhibe pas au monde entier le bracelet rouge entourant son poignet.

Gamerron se pencha sur la table du Conseil :

— Je peux répondre à ta place, suggéra-t-il, tout bas.

Almandin acquiesça d'un mouvement de la tête.

Gamerron se dressa devant l'assemblée :

— Mylès a lancé toute sa force armée contre la nôtre à Jaipur de sorte à isoler Sa Majesté. Il s'est emparé de la bague, a pénétré à Esiah et a détruit l'arbre en inoculant un virus dans le système pour l'affaiblir. Il connaissait l'emplacement de Gaïa en tant qu'ancien Conseiller du Roi Adel. Ses hommes se sont infiltrés dans nos locaux et je n'ai pu récupérer les commandes qu'à l'arrivée du Roi Pyrrhos et de la Princesse Anjali. Malheureusement, le mal était fait.

Le dirigeant de Gaïa se rassit. Il avait juste omis une partie de l'histoire. Au moins n'était-il pas obligé de mentir.

— Pourquoi avoir brisé l'arbre de vie ? continua le représentant.

— Pour nous obliger à quitter le royaume et gagner le Monde des Mortels, répondit le Roi. Il désire rompre l'équilibre.

— Dans quel but ?

— Vaincre la mort.

Ces derniers mots furent suivis de chuchotements. Beaucoup n'arrivaient pas à y croire. Personne n'avait osé remettre en question le cycle de vie jusqu'ici.

— Nous ne pouvons pas le laisser briser l'équilibre, poursuivit Almandin. C'est pourquoi nous devons continuer à vivre sur nos terres. En l'absence de l'arbre de vie, nous sommes contraints de vivre parmi les fantômes. Les enclos leur permettront de guerroyer. Les bourreaux puiseront en eux les peurs nécessaires à notre survie dans les quartiers.

Shimei, dirigeante de l'Haoma, se leva à son tour sur le balcon :

— Les bourreaux ont l'habitude de manipuler leurs esprits. Ils continueront à le faire dans l'Hestia. Je veillerai personnellement à ce qu'il n'y ait aucun débordement. Les âmes ont validé ce fonctionnement lors de la dernière réunion de la Chambre.

— Mais cela ne peut pas durer éternellement ! protesta une femme parmi la foule. Ces âmes font peur à nos enfants !

Un autre se dressa dans les gradins du bas :

— Oui, elles sèment la terreur dans les quartiers !

— Nous n'avons dénombré aucun blessé ce matin, fit remarquer Anya. Même si la libération des âmes s'est faite dans le désordre général, elles ont respecté l'accord passé avec Conall. Pas une âme ne s'en est pris physiquement à un Siahnnas.

— Et dois-je vous rappeler que vous avez besoin de cette peur pour vivre ? termina Almandin.

Aucun des arguments ne parvenait à rassurer la population.

La plupart des spectres ne portaient plus que des guenilles transparentes, des lambeaux de chair, de peau et d'os. Le peuple assimilait leur apparence physique à celle d'un spectre.

Les Siahnnas avaient peur de l'inconnu, de ceux qui ne leur ressemblaient pas. Almandin connaissait ce sentiment. Dans le Monde des Mortels, il avait lui-même subi le poids de ses différences, pour son métissage, pour sa cécité, pour le fait de percevoir des choses inexplicables que les autres ne voyaient pas. La plupart des gens le traitaient différemment. Pour dépasser ces dissemblances, il fallait apprendre à se comprendre et faire un pas vers l'autre. Le peuple n'était pas prêt à le faire.

L'un des représentants suspendit sa réflexion :

— Les Siahnnas qui ont rejoint la Confrérie des Morts dans le Monde des Mortels n'ont pas besoin de vivre ainsi pour survivre !

— Si l'équilibre est rompu, les Siahnnas vivant dans le Monde des Mortels côtoieront aussi les spectres, dit Almandin.

— Dans ce cas, que proposez-vous de mieux ?

Almandin observa la marque du plumage de Mésilande incrustée sur sa main. Il avait fait une promesse à l'oiseau : suivre son instinct. Et ce dernier lui disait qu'il était temps, désormais, de ne plus rien cacher au peuple, d'obtenir sa confiance, pour créer l'unité dont ils manquaient désespérément en ces jours difficiles.

— Il existe une stèle, appelée la Stèle du Destin, commença-t-il à expliquer. Sur cette stèle repose le coffre sacré du royaume. L'ouvrir nous permettra de gagner l'Eden pour demander à Elohim de redonner vie au cœur de Gaïa.

La nouvelle ne fut pas accueillie comme une grande surprise par le peuple car Siahnnas et Éduins échangeaient souvent sur l'actualité de leur royaume quand ils se croisaient dans le Monde des Mortels. Or, le Royaume d'Odéon avait déjà eu vent de l'existence de leur propre stèle. Le Maître Raïken s'était fait un plaisir de révéler le secret dix mois auparavant.

— Ce coffre ne peut pas être ouvert pour l'instant, ajouta Almandin. Nous avons encore besoin d'un peu de temps.

— Êtes-vous certain que vous pourrez l'ouvrir ?

— J'ai la certitude que je parviendrai à ouvrir ce coffre. Même s'il faut que j'y perde une nouvelle fois la vie.

— Alors pourquoi s'allier aux âmes ? demanda un autre Siahnnas.

— Il n'est plus question de sauver simplement notre royaume. Nous devons aussi protéger le Monde des Mortels. La Confrérie des Morts a développé des pouvoirs que nous sommes en train d'étudier. Son armée n'a pas peur d'être damnée. Si des Siahnnas ou des Éduins continuent de gagner le Monde des Mortels, nous risquons de compromettre l'équilibre, cet équilibre que le créateur nous a demandé de protéger. Nous devons donc nous battre contre la Confrérie des Morts. Mais nous devons aussi préserver la vie de nos hommes.

Almandin fit une pause et observa les spectres, entassés les uns contre les autres en haut des gradins. Parfois, on entendait des cris provenant de leur groupe. Des bourreaux manipulaient leur esprit et les fantômes se laissaient faire. L'indépendance devait être une récompense assez grande pour qu'ils acceptent d'être traités comme des esclaves tout en combattant pour le peuple Siahnnas.

— Ces âmes sont immortelles, lança-t-il à la foule. Elles savent se battre, bien mieux que nos soldats. Elles sont la meilleure réponse à apporter aux ravages menés par la Confrérie sur les terres mortelles.

— Vous voulez donc emmener des âmes damnées dans le Monde des Mortels ?

— C'est exact, intervint Conall. En échange de quoi le Roi nous a promis de demander à Elohim de ne plus être dépendants des vôtres après l'ouverture du coffre. Nous, les spectres, regagnerons les terres de l'Haoma lorsque cette guerre sera terminée.

— Mais n'allons-nous pas fragiliser l'équilibre en emmenant les âmes dans le Monde des Mortels ?

— Elles n'interviendront qu'en cas d'extrême nécessité,

comme à Jaipur, répondit le Roi. Le code d'Esiah n'interdit pas cette pratique.

Une autre voix s'éleva parmi les représentants :

— Comment pouvons-nous croire ces âmes ?

— Parce que vous avez besoin de nous et nous avons besoin de vous, expliqua Conall.

Ses mots laissèrent l'assemblée dans le doute. Les chuchotements se mêlèrent à de grandes inspirations. Puis des grognements se substituèrent aux murmures. Des représentants s'exclamaient haut et fort au milieu des gradins. Ils affirmaient que les âmes étaient dépourvues d'honneur, qu'elles ne pourraient pas suivre les règles, qu'elles les assassineraient dans leur sommeil, qu'elles finiraient par les tuer tous. Encore fallait-il qu'elles puissent s'exécuter car les bourreaux les surveilleraient de près.

Almandin écoutait leurs plaintes excessives, leurs excuses pathétiques, sans jamais ciller. Pourtant, il mourait d'envie de fermer leurs bouches remplies de mots acerbes. Les Siahnnas lui rappelaient les Maîtres d'Odéon devant lesquels il avait dû s'exprimer avant sa résurrection dans le Monde des Mortels. Ils jugeaient de la même manière, arbitrairement, en se basant sur des idées préconçues. Ils ne parvenaient pas à se projeter dans l'avenir autrement, en y incluant les fantômes. Ne pas les voir avait rendu la dépendance existante entre leurs deux peuples plus facile à accepter jusque-là. Tout devenait plus concret depuis que les âmes vivaient au même niveau que les Siahnnas. Là était le problème.

Le Roi des âmes retomba sur son siège et admira le spectacle, presque allongé sur la table. Il ricana à s'en étouffer.

— Est-ce pour eux que tu t'es sacrifié, Majesté ? se moqua-t-il. Ils ne valent pas mieux que les miens.

C'était vrai sur un point. Leur âme avait la même origine : le Monde des Mortels. Ils avaient tous au moins vécu une de leurs vies dans ce monde avant la création des deux Royaumes des Morts. Ils avaient évolué selon l'histoire de leur peuple. Ils divergeaient seulement par leur moralité, propre à chacune de leur communauté.

Almandin demanda finalement à faire sonner le cor. Le brouhaha de l'arène s'estompa au moment où l'instrument tonna. Le balcon requit toutes les attentions.

L'index du Roi décrivit un demi-cercle autour de l'assemblée. Il pointait les fantômes du doigt.

— Regardez ceux que vous craignez tant ! hurla-t-il de toutes ses forces. Voyez leur corps dénué de chair et d'os. C'est ce à quoi nous ressemblions autrefois, avant de devenir siahnnas. Et avant même de devenir des âmes, nous étions de simples mortels. Rappelez-vous-en. Rappelez-vous-en bien.

Il prit une grande inspiration et balaya du regard les représentants, figés devant lui.

— C'est parce que mon ancêtre, le premier Roi Adel, a eu le courage de demander au créateur de nous rendre justice, qu'il nous a offert ce royaume et une mission, celle de protéger le peuple humain. Alors pourquoi le créateur ne nous aide-t-il pas ? Pourquoi a-t-il permis à la Confrérie des Morts de briser l'arbre de vie de notre royaume ? Pourquoi a-t-il fallu tant de morts…

Cette question, il se la posait en lui-même. Il ne comprenait pas non plus pourquoi tant de barrières se dressaient devant eux.

— Pour trouver la réponse, demandez-vous aussi pourquoi le créateur nous a imposé des limites à la création de notre royaume, dit-il en s'appuyant sur la table face à lui. Car jusque-là, nous n'avons jamais pu vivre sans les âmes et nous n'avons jamais pu revoir le soleil du Monde des Mortels. Alors qu'il serait si facile de nous rendre indépendants en brisant nos liens avec les âmes. La Confrérie des Morts n'a pas tort sur ce point. Mais elle s'y prend mal car ce n'est pas en investissant le Monde des Mortels et en favorisant l'extinction de leur espèce que nous gagnerons un monde plus juste.

Des représentants commençaient à hocher la tête au sein de l'assemblée.

Almandin se retourna vers son père, son modèle, son mentor. Tout ce qu'il savait, il le tenait de lui.

— On m'a dit un jour que tout être était capable de se tromper, dit-il avant de se retourner vers l'assemblée. Le créateur a commis une erreur. Celle de créer un monde de dépendance sans nous laisser la possibilité de le rendre meilleur. Parce qu'il a jugé que nous ne serions jamais à la hauteur de ce défi.

Il s'interrompit.

— C'est faux, dit-il en frappant la table du plat de la main. Les spectres, les mortels, les Éduins et nous, peuple siahnnas, sommes liés les uns aux autres par une histoire commune remontant à la création de l'homme. La diversité de nos espèces crée un équilibre. Nous avons besoin des âmes. Nous avons besoin des mortels. Nous avons besoin des Éduins. Alors nous devons nous battre ensemble pour garantir cet équilibre !

Les hochements de tête se firent plus vifs. Des représentants se levèrent et scandèrent de grands « oui ». Les fantômes commencèrent à frapper du pied.

— Nous montrerons ainsi au créateur qu'il a eu tort de ne pas nous faire confiance, poursuivit Almandin avec passion. Parce que nous sommes capables de nous unir, quelles que soient nos divergences, pour un intérêt commun, la survie de notre monde !

La foule acclama son discours en claquant des mains, en agitant les bras, en criant à en perdre la voix. Les spectres émirent des sifflements aigus. Enfin, les différents peuples avaient décidé de s'unir.

Mais alors qu'Almandin venait de rallier la foule, une aiguille frôla sa joue à toute vitesse. Il l'avait à peine vue du coin de l'œil.

L'aiguille était passée entre Milo et Adel. Elle s'était logée dans une fente derrière eux. Milo l'arracha délicatement du mur et inspecta la pointe, recouverte d'une matière noire. Sûrement un poison, la seule chose contre laquelle le Roi ne pouvait rien faire malgré ses pouvoirs thaumaturges. Il examina alors les gradins, plus haut que le balcon, car l'aiguille devait provenir des rangs supérieurs pour suivre cette trajectoire. Et il demanda à un garde, posté en arrière, de descendre dans l'arène en suivant Mésilande. Le phœnix, qui veillait comme à son habitude sur la famille royale du haut d'une corniche, avait déjà plongé son bec parmi la foule en liesse, à la recherche de l'assaillant.

Les yeux exorbités, Adel attrapa son fils dans le dos par son veston et lui glissa à l'oreille :

— Sortez de là tout de suite...

Puis il entraîna Anjali et Mehiel en dehors du balcon. Tout s'était passé si vite. Le tireur avait profité du tumulte de la foule pour viser. Personne n'avait vu l'aiguille filer au-dessus des Siahnnas plus vite qu'une flèche.

Le peuple continuait de s'agiter, d'applaudir le Roi, mais les membres du Conseil serraient les dents pour ne rien laisser paraître. Eux avaient vu l'aiguille entre les mains de Milo.

Le criminel cherchait peut-être à semer la discorde, à mettre en avant la fragilité de la royauté, à montrer qu'elle pouvait être atteinte en plein cœur ou même à créer un mouvement de panique au sein de l'assemblée. Ce n'était pas permis.

— Les dirigeants me feront remonter toutes les problématiques rencontrées dans les prochains jours, cria Almandin en conservant la tête haute. Je recevrai les représentants d'ici là. Sur ces paroles, je clos cette assemblée.

Il quitta alors le balcon, suivi des membres du Conseil.

Dans le couloir, il défit son col et essuya son front. Il suait à grosses gouttes.

Mehiel vint s'enquérir de son état :

— Quelqu'un a essayé de t'empoisonner, dit-elle avec inquiétude en s'accrochant à son bras.

— Et cette personne a bien failli y arriver ! s'exclama Almandin.

Adel prit une grande inspiration, bras croisés :

— Mésilande l'a repérée dans la foule.

— J'ai tout donné pour ce peuple, et que font-ils pour me remercier ? Ma tête est mise à prix, regretta Almandin.

— Nous avons des espions dans nos rangs, ce n'est pas nouveau, lui fit remarquer Milo. Le tireur t'a manqué de peu. Il ne te visait peut-être pas. Samael est parti le chercher. Nous verrons bien ce qu'il dira.

— Si on l'attrape, grommela Pyrrhos.

Il pesta face aux membres du Conseil.

Anya s'éventa pendant que Myron, Séraphin et Gamerron examinaient tour à tour l'aiguille. Le dirigeant de Gaïa se risqua à toucher la substance collée sur le dard, en renifla l'odeur et haussa un sourcil.

— Je ne sais pas s'il s'agit d'un poison. On dirait... une sorte de charbon...

— Quand bien même il ne s'agirait pas d'un poison, le tireur aurait pu blesser n'importe qui sur le balcon, y compris la Princesse ou la Reine, dit Myron.

— Raison pour laquelle nous devons déjà interroger le tireur, conclut Milo.

Deux minutes plus tard, Samael revint de l'arène, Mésilande sagement posée sur son épaule. D'un battement d'ailes, l'oiseau gagna le bras du Roi et remonta près de son cou.

Le garde semblait très embêté :

— Nous avons un souci...

Il fit un pas de côté et présenta une enfant, derrière lui. Elle devait avoir à peine dix ans, l'âge de Milo quand Almandin l'avait recueilli chez lui.

Elle s'était habillée à la garçonne, pantalon moulant et tunique verte. Ses longs cheveux châtains attachés bien haut au-dessus de la nuque descendaient jusqu'à ses reins. Elle semblait bien éduquée.

— Nous l'avons retrouvée avec ceci.

Le garde montra une sarbacane assez longue, l'arme du crime. L'aiguille empoisonnée avait été soufflée à travers le tube.

Si jeune, et pourtant, elle venait de commettre un crime que bon nombre de Rois auraient puni par une relégation dans la Tour des Supplices. Malgré cela, l'enfant conserva la tête haute, comme si elle cherchait à se grandir pour être à la hauteur des adultes. Son visage, fermé et fier à la fois, ne montrait aucun regret.

— Pourquoi as-tu cherché à empoisonner le Roi ? demanda Milo.

Il posa des yeux inquisiteurs sur elle, cherchant à desceller dans ses pensées la raison de ce geste. L'enfant eut l'air de comprendre qu'il tentait d'entrer dans son esprit car elle le fixa de la même manière. Son esprit restait flou, tourné vers l'obscurité.

— Mon père est mort à Jaipur, dit-elle avec tristesse et ses poings se serrèrent. Je ne veux plus que ça se reproduise.

Il y eut soudain un silence.

Le conflit perdurait depuis longtemps, au point que la mort était devenue banale. Elle faisait partie du quotidien. Chaque jour, des dizaines de soldats perdaient la vie. Almandin avait cessé de les compter. Il s'en voulait déjà beaucoup trop de ne pas savoir comment en finir avec cette guerre. Mais à Jaipur, des milliers de Siahnnas et d'Éduins avaient péri. C'était différent. Ils étaient morts parce qu'il avait décidé d'y envoyer combattre son armée. Cette enfant le renvoyait à sa faute. Une terrible faute, impardonnable. Cette pensée lui brisa le cœur. La seule chose qu'il pouvait faire, c'était s'excuser.

Il s'abaissa à son niveau et plongea ses yeux émeraude dans les siens :

— Comment t'appelles-tu ?

— Lilith.

— As-tu une mère ?

— Elle n'a pas pu venir à l'assemblée. Elle est partie au temple se recueillir devant le corps de mon père.

— Je ne pense pas qu'elle serait heureuse de savoir ce que tu as fait, sachant qu'elle vient de perdre l'homme qu'elle a aimé.

L'enfant détourna son regard de lui. Des larmes coulèrent le long de ses joues rougies.

— Il s'agit d'une guerre. Toute guerre fait son lot de victimes. En tant que Roi, je dois prendre des décisions, pas toujours simples. Je commets aussi des erreurs, comme toi. Je ne connaissais pas ton père mais il devait être brave. Je suis certain que ton père s'est battu avant tout pour toi, pour te donner une chance de vivre dans un royaume en paix.

D'un geste du bras, il désigna sa famille et ses amis présents :

— Tous ici, nous nous battons chaque jour pour ça. Pour t'assurer un avenir, nous avons fait des sacrifices et nous devrons encore en faire, malheureusement...

Mehiel posa une main sur l'épaule de Lilith.

— J'ai perdu mes parents il y a des années dans la guerre qui opposait le royaume à l'Edenrah, dit-elle. J'ai aussi perdu Almandin une première fois avant de le retrouver grâce à la volonté d'Elohim. Il s'était sacrifié pour son peuple, pour nous tous, pour toi.

La petite leva ses yeux humides vers la Reine. Elle venait de comprendre la valeur du sacrifice.

— Ce n'est pas le Roi qu'il faut blâmer pour la mort de ces soldats mais la guerre qui fait rage, poursuivit Mehiel. Ce n'est pas en assassinant le Roi que tu changeras l'issue de ce conflit. Bien au contraire. Il essaie de faire au mieux pour te protéger, comme l'a fait ton père.

Cette fois-ci, l'enfant observa Almandin le regard suppliant, rempli de détresse.

— Promettez-moi... Promettez-moi d'empêcher le Fléau.

Ce mot n'avait rien de commun. Peu l'utilisaient. Le

Fléau faisait partie de prédictions ancestrales. Les Anciens l'avaient appelé ainsi car certains ne voyaient que noirceur dans l'avenir.

C'est aussi ce qu'elle voyait. Son esprit restait sombre. Milo n'y lisait rien.

— Le Fléau ? répéta Almandin, l'air étonné.

— Promettez-moi de tout faire pour sauver ce royaume.

Ses pensées redevinrent claires. Elle avait envoyé son aiguille contre le Roi pour lui être présentée, pour juger de sa volonté et de ses capacités à sauver son peuple. Elle ne désirait pas le tuer, juste lui faire confiance. Le dard ne contenait aucun poison.

Le Roi afficha un mince sourire, hocha brièvement la tête et saisit ses mains.

— Je te le promets.

La petite parut rassurée. Elle répondit elle-même d'un sourire satisfait.

— Je vous offrirai quelque chose pour me faire pardonner, dit-elle, très enthousiaste.

— Ce n'est pas la peine.

— Si. J'y tiens.

Finalement, cette enfant avait réagi impulsivement car son cœur était brisé. Après tout, personne n'avait été blessé. Le crime était donc pardonné.

Almandin se redressa de toute sa hauteur et posa une main sur sa tête.

— Je vais être clément cette fois.

— Qui est Clément ? demanda-t-elle, perdue.

Elle ne devait pas connaître ce mot. Tous se mirent à rire.

— Elle me fait penser à toi quand tu étais petit, dit Almandin en fixant maintenant Milo. Il avait la rage dans le sang et une audace sans précédent. Il voulait venger la mort de ses parents, ce qui l'a conduit à faire de nombreuses bêtises. Un jour, il a même essayé de noyer Mésilande ici présente.

Almandin plongea ses doigts dans le plumage de son oiseau.

— Plus d'une fois, Milo a échappé à notre vigilance pour parcourir le royaume tel un héros légendaire, expliqua-t-il, le ton légèrement moqueur.

— La morale de l'histoire, ma chère Lilith, c'est que ta petite escapade te poursuivra durant des siècles, j'en ai bien peur, lui lança Milo avec un sourire apaisant.

Le Roi ramena finalement Milo contre lui et frappa son torse avec fierté :

— Mais en dépit de toutes ces péripéties d'enfant, regarde ce qu'il est devenu, le chef de la garde royale, commandant notre armée !

Puis il s'abaissa et releva le menton de Lilith d'un doigt :

— Un jour, toi aussi tu pourras rendre justice. Mais il n'est pas encore l'heure pour toi. Tu as encore beaucoup à apprendre.

L'enfant hocha la tête, la mine réjouie.

Almandin se redressa et soupira devant elle. Qu'allait-il faire de cette enfant, maintenant ? Elle venait de perdre son père mais elle avait une mère. Almandin se devait de l'informer de cet acte.

— Où vis-tu ?

— À Esiah, répondit Lilith.

— Je vais la raccompagner, décida Mehiel. Et puis… J'ai envie de marcher dans la cité.

— D'accord, mais Séraphin va t'accompagner.

— Je peux y aller en tant que chef de la garde, intervint Milo.

— Non, j'ai besoin de toi ici, dit Almandin.

Anjali avança d'un pas :

— Je vais aussi y aller. Je pense que les Siahnnas ont besoin de nous voir à leurs côtés. Du temps où je ne savais pas qui j'étais, j'appréciais voir les Illustres partir à la rencontre du peuple pour montrer à quel point ils se préoccupaient de nous. C'est en voyant grand-père et

Milo parcourir l'Edenrah que j'ai eu envie d'apprendre à me battre pour protéger les miens à mon tour.

Almandin ne savait pas pour qui il éprouvait le plus de fierté : celui qu'il considérait comme son fils ou sa merveilleuse fille, pleine de grâce et de maturité, qui ne cessait de le surprendre en prenant à cœur son rôle de Princesse.

Il frappa amicalement le dos de Milo et adressa un clin d'œil à Lilith.

— Comme quoi, malgré ses bêtises, il reste une source d'inspiration.

La petite échangea avec lui un regard de complicité. Puis il l'invita à suivre la Reine et sa fille.

— Allez, va...

Séraphin ouvrit la marche et entraîna ces dames vers les quartiers habités d'Esiah.

— Si nous voulons éviter que des enfants ne prennent la mauvaise voie, nous devons agir vite, lança Almandin, quand ils furent partis. Nous devons retrouver la dernière pierre avant Mylès.

— Avant tout, convaincre les mortels de ne pas choisir l'immortalité, dit Adel.

— Et récupérer le calice sacré, ajouta Milo. Car avec le pouvoir des Rois entre ses mains, Mylès est devenu incontrôlable et presque invincible. Cet homme sait se battre. Il nous en a fait une brillante démonstration.

Alors par où commencer ?

Almandin fit quelques pas sur place, l'air pensif.

— Nous devons trouver son quartier général, dit-il.

— Satya saurait certainement nous dire où il se trouve, suggéra Pyrrhos. Je me porte volontaire pour extirper de son maigre cerveau son emplacement.

— Même si tu y arrives, rien ne nous dit qu'il n'a pas déjà quitté son quartier, rétorqua Milo.

— Pourquoi l'aurait-il fait ?

— Parce que Satya représente justement un danger, étant faite prisonnière. Elle risque de parler. Il le sait.

— Il sait surtout qu'elle nous donnera de mauvaises informations si elle lui reste fidèle, dit Almandin.

Les hommes se mirent à réfléchir, en cercle.

Adel se frotta la barbe :

— Même si nous savions où il se trouve... Une incursion dans son quartier général, c'est de la pure folie. Mylès doit avoir à ses côtés des Siahnnas aussi puissants que la famille royale et des Éduins qui savent manipuler les esprits de la nature. Que comptes-tu faire ?

— Moi, ça m'intéresse...

Conall écoutait la conversation, dos appuyé contre un mur, passant la pointe de son canif entre ses dents.

— Mes hommes seront ravis de t'aider, Majesté.

— Tu as ta réponse, dit Almandin pour son père en levant son bras en direction du fantôme.

— Même si tu reprends le calice, tu ne pourras plus arborer le bracelet sacré, objecta Adel. Tu sais très bien que c'est impossible une seconde fois.

— Mon frère se fera un plaisir de le porter.

— J'apprécie la confiance que tu m'accordes désormais, lui répondit Pyrrhos. Je partirai avec Conall dans le Monde des Mortels si nous obtenons l'emplacement du quartier général.

— Je vous rappelle qu'il n'est plus question de vengeance, insista Almandin.

Son père passa son bras autour de son cou :

— Ne t'inquiète pas pour nous. Occupe-toi plutôt de ce royaume. Commence donc par te rendre à la stèle.

Almandin leva en l'air son poignet entouré d'une cicatrice rouge.

— Qui a envie de perdre une main dans le fleuve noir ? Car pour ma part, je n'ai plus envie d'essayer ! Je ne ramerai pas !

22

LA STÈLE

— Ah ! Moi et mes deux fils réunis ! Ce jour restera à jamais gravé dans ma mémoire !

Adel marchait avec ses fils à travers les labyrinthes menant au fleuve noir. La torche dans sa main décrivit un arc de feu au moment où il se retourna vers Milo :

— Même si celui qui va s'unir avec ma petite-fille alors qu'il la traite comme une potiche nous suit…

— Je ne vais pas m'unir à elle, dit Milo, le ton las en passant devant lui.

— Ce n'est pas ce qu'a dit le fleuve noir.

— Le fleuve noir a simplement annoncé que je m'unirai à une femme. Il ne dit pas laquelle.

— Je ne sais peut-être pas lire dans les pensées, mais je sais ce que signifie le médaillon qui se trouve autour de ton cou.

La langue de Pyrrhos claqua contre son palais.

— De quoi parlez-vous ?

— Milo a inséré les cheveux d'Anjali dans son médaillon, répondit son frère, amusé.

— Vous ne savez pas vous taire, leur reprocha Milo. Il vous faut toujours un os à ronger pour passer vos nerfs. Et je suis l'os…

Il les doubla, suivant Mésilande qui filait dans les couloirs étroits.

Faire preuve d'humour badin était une manière pour eux de se laisser aller, d'oublier les revers et les échecs récents. Milo le comprenait mais commençait à s'agacer.

Ses réactions étaient risibles. Toutefois, Adel parvint à se retenir de rire.

— Almandin était comme toi lorsqu'il a rencontré Mehiel. Quoiqu'il eût déjà bien plus... d'expérience.

— De l'expérience tout court, ajouta Almandin avec malice.

— Il ne restera plus qu'à trouver une femme digne de s'unir avec mon petit-fils Veland.

— Laissez donc mon fils en dehors de vos manigances, répliqua Pyrrhos, le ton acide.

— S'ils pouvaient aussi m'oublier, marmonna Milo entre ses dents.

— Qu'ils pensent à toi leur évite de se mêler de ma vie et de celle de mon fils, lança Pyrrhos, en comprenant l'utilité de s'unir contre le garde. Saviez-vous que Milo a embrassé Anjali avant de rejoindre Mylès au Cianath ?

Les yeux arrondis, Almandin poussa un cri exagéré, feignant d'être outré.

— Sans mon autorisation...

Milo stoppa la marche et pivota sur les talons, mettant en évidence une splendide grimace à la lumière de sa torche.

— Ta fille n'a fait que suivre ton conseil : user de ses charmes.

Et il poursuivit la descente vers le fleuve noir sous les rires moqueurs de ses compagnons de voyage. Milo les laissa caqueter derrière lui, préférant éviter de répondre à leurs provocations.

Cela se passait toujours ainsi. Comme il ne disait rien et n'avait montré aucune faille, Milo subissait en permanence les taquineries de sa famille d'adoption depuis qu'ils avaient découvert une faiblesse de taille : la Princesse avait su prendre une place dans son cœur et dans son esprit. Tout le monde s'en était rendu compte car chaque allusion à ses sentiments pour elle le piquait au vif.

Quelque chose cependant l'empêchait de les avouer. Malgré tous les efforts de la famille royale pour les rapprocher, leur relation ressemblait à un chemin sinueux semé d'embûches.

— Nous y sommes.

Le groupe atteignit la clarté et déboucha sur les rives du fleuve noir.

Adel et Milo jetèrent leur torche sur le sol jauni. Ici, la roche en fusion provenant des entrailles de la terre diffusait assez de lumière pour s'orienter.

L'odeur d'œuf pourri émanant des fumerolles obligea Pyrrhos à remonter sur sa bouche une partie de son col. Il grimaçait de dégoût.

— Et comment faisons-nous pour traverser ?

Pyrrhos ignorait tout de ce lieu. Mylès s'était bien gardé de lui révéler l'emplacement du fleuve noir quand il était son Conseiller. Il n'était jamais venu.

Traditionnellement, ils empruntaient une barque pour rejoindre la rive opposée. Malheureusement, elle s'était détachée du poteau sur lequel Adel avait soigneusement noué la corde lors de leur dernier passage. L'embarcation demeurait invisible à travers les nuages mouvants de brume.

— Elle a dû être emportée par le courant, constata Adel. Il va falloir la chercher le long de la rive. Elle ne doit pas être loin.

Tous se mirent à la chercher d'un côté et d'un autre du poteau, sauf Mésilande, qui profitait des recherches pour dégrossir son plumage de feu avec son bec sur un gros rocher. Quelle peste ! Ses prédispositions pour le vol auraient pu aider à la retrouver plus rapidement.

Alors qu'il tentait de percer la brume de ses yeux, Almandin s'arrêta sur le fleuve noir, le seul à détenir le pouvoir de révéler son destin en image. Son fils avait tellement essayé de le prévenir d'un malheur qu'il fut tenté d'y observer à nouveau son reflet. Alors il pencha sa tête au-dessus du liquide nauséabond dans l'espoir d'y apercevoir une autre vision que celle apparue au cours de sa précédente visite. Mais rien n'avait changé, ni sa boucle d'oreille pendante, ni son teint pâle et ses cheveux noirs comme l'ébène. Pourtant, il avait hérité de la peau mate de sa mère. Rien en dehors d'une résurrection ne l'aurait contraint à devenir aussi blanc que son père. Il dut se rendre à l'évidence : son âme allait gagner un jour le Royaume d'Odéon, d'une manière ou d'une autre.

Il s'éloigna du bord de l'eau.

— Tu n'as jamais montré ton image dans le fleuve noir, lança-t-il à Mésilande.

— C'est juste, mâchouilla-t-elle, le bec rempli de cendres.

— Et pourquoi ?

L'oiseau cracha les restes de plumage sur un tas de roche glaireux.

— Parce que je n'ai pas de reflet dans le fleuve noir, répondit-elle comme une évidence.

— Ah... Alors cela veut dire que tu n'as pas d'avenir ou que tu vas mourir ? Je n'avais pas de reflet dans cette eau avant de renaître en tant que mortel.

— Je suis déjà morte, espèce d'idiot.

Réponse pour le moins surprenante. Almandin ne s'était jamais demandé ce que Mésilande pouvait être avant les origines. Les Siahnnas avaient vécu en tant que mortels avant d'être enfermés ici avec les âmes damnées. La concernant, qu'en était-il ?

Aucun autre oiseau ne possédait ses capacités : celles de parler, de renaître de ses cendres et de prendre l'apparence d'un splendide griffon. Surtout, elle entretenait une relation particulière avec le créateur à travers la stèle. Savait-elle à quoi ressemblait Elohim ? L'avait-elle déjà rencontré ? Et à quelle occasion ?

Le phœnix protecteur du royaume avait tout d'un homme en dehors de son enveloppe charnelle : des réflexions souvent justes, des sentiments profonds qu'il cachait derrière un caractère acariâtre, un grand sens du devoir et un esprit chevaleresque. Mésilande pouvait aussi se montrer perspicace et manipuler les autres avec une étonnante facilité. Tirer les ficelles était son passe-temps favori. Les hommes savaient parfaitement le faire eux aussi, avec leurs humeurs changeantes.

Se pouvait-il qu'elle puisse aussi avoir été mortelle avant de devenir cet oiseau majestueux assigné à la protection de la famille royale depuis l'origine de leur espèce ?

— La barque est prête ! aboya Pyrrhos.

Ses compagnons avaient retrouvé l'embarcation.

Son frère s'était déjà installé sur la partie arrière, bras croisés, derrière son père, placé en son centre, en face de Milo. Le garde occupait la place avant. Il ne restait plus qu'une place au milieu de la barque, au niveau des rames.

— J'ai dit que je ne ramais pas, cria Almandin, furieux, en levant un doigt. Je suis le Roi ! Milo, prends les rames.

— Pourquoi est-ce toujours moi ? protesta le garde.

— Tu es le plus jeune.

— Je te signale que TU es le plus jeune.

Milo fut soudain pris d'un violent mal de tête et son corps se plia en deux sous l'emprise du sort jeté par Almandin. Les autres se rirent de ses peurs.

Reprenant conscience, le garde jeta un regard noir sur le Roi avant de changer de place dans la barque. Il saisit les rames. Le message était passé. Mais les mâchoires du garde se contractèrent. Il se retenait d'exploser.

— Je suis plus jeune par ma résurrection, dit le Roi. Mais j'ai plus d'expérience que toi. Et j'ai besoin d'être au bout de la barque.

— Pourquoi ? demanda Milo.

— Cesse de poser des questions.

Quelques pas dans l'eau noirâtre et Almandin grimpa dans l'embarcation, ses pieds enduits d'une matière visqueuse. Enfin, il positionna son buste face à son élève mais regarda en arrière. L'oiseau venait de s'envoler en direction de l'autre rive.

Almandin claqua alors des doigts. Le garde activa ses épaules, faisant de grands mouvements des bras, et la barque fila à son tour vers la grotte renfermant la Stèle du Destin.

— Faites-moi penser à ne plus partir en escapade avec vous trois, grommela Milo.

Almandin dévoila toutes ses dents.

— De quoi te plains-tu ? lui dit-il en jetant un coup d'œil derrière lui. Je n'ai jamais vu un sourire aussi majestueux sur les lèvres de mon frère ! Pour une fois qu'il montre un semblant de gaieté !

Pyrrhos affichait un sourire malicieux. Il étala ses jambes au fond de la barque et profita de la promenade.

— Si j'avais su à quel point il était plaisant d'avoir un élève bon à tout faire, j'aurais pris un apprenti bien plus tôt, mon frère, lança-t-il tout haut, avant d'arrêter son regard sur les vaguelettes si envoûtantes du fleuve noir.

Et bien que Milo lui tournât le dos, il devina l'attrait ressenti par le frère du Roi pour cette eau divinatrice :

— Si j'étais toi, Pyrrhos, je cesserais mes jérémiades avant d'attirer les sirènes maudites du fleuve noir.

— C'est Michael !

Se laissant emporter par la curiosité, Pyrrhos passa sa tête par-dessus bord et observa l'image renvoyée par les mouvements de l'eau. Les contours de son visage, oscillant au gré des remous, dévoilèrent un homme plus vieux, aux cheveux poivre et sel, dont le cou était entouré d'un torque aux détails finement sculptés. Son front était cerclé d'une sorte de bijou blanc finissant en arabesque.

L'image était si saisissante que ses yeux se noyèrent dans le fleuve.

Son père le ramena contre lui avant qu'il ne sombre.

— Ne regarde jamais cette eau lorsque tu es sur la barque, lui reprocha-t-il.

— Le fleuve noir s'est-il déjà trompé sur l'avenir ? demanda Pyrrhos, éberlué.

— Non, jamais.

Almandin et Milo échangèrent un regard. Le garde finirait par lui dire ce que le fleuve noir avait prédit pour son frère. Mais au sourire radieux de Pyrrhos, Almandin devina une partie de ses pensées. Sans doute était-ce lié à Calista, sa maîtresse, qu'il souhaitait retrouver et épouser par amour.

En attendant d'en savoir plus, Almandin se détourna d'eux et regarda son phœnix. L'oiseau planait à quelques mètres de la barque et surveillait les bulles remontant à la surface. Ce n'était pas tellement l'animal en lui-même qu'Almandin examinait, mais son reflet dans le fleuve noir. Car le jeune Roi n'avait qu'une certitude : Mésilande lui avait menti sur ce point. L'oiseau se trouvait encore trop loin pour qu'il puisse discerner son image dans les sillons alors il força d'un claquement de doigts Milo à s'activer davantage.

Réduit à un simple pantin, le garde observa un instant le Roi lui tourner le dos pour épier le phœnix, trouvant son comportement des plus étranges. Même si Almandin prenait plaisir à se jouer de lui, il n'était pas du genre à user de ses pouvoirs psychiques sur celui qu'il considérait comme son fils sans explications. Alors par habitude, Milo lut dans ses pensées. La révélation faite, lui-même voulut accélérer le mouvement de ses bras pour percer le mystère tourmentant l'esprit d'Almandin. Mais l'animal volait plus vite qu'ils n'avançaient.

Obnubilé par le secret de l'oiseau, le Roi s'était retourné, presque placé à plat ventre sur la proue, au plus proche du bord. Finalement, il distingua sous le phœnix un reflet orangé, plus clair que son plumage de feu, et un voile blanc à peine perceptible. Le tissu imitait le mouvement de ses ailes, aussi grand que son corps et ses longues queues tressées. L'image semblait onduler dans les vagues comme une nappe de cheveux roux lâchés dans le vent.

Stupéfait, Almandin plissa un peu plus les yeux mais le rivage était en vue et le reflet de son oiseau disparut à l'instant où l'animal vola au-dessus de la terre.

Le bateau toucha la berge sans encombre. Frustré de ne pas avoir vu plus de cette mystérieuse toile orangé et blanc qui suivait à la trace son oiseau de feu, le Roi descendit de la barque et l'accrocha au poteau de métal, serrant les liens avec force. Il préféra penser que Mésilande lui avait menti pour une bonne raison – raison qu'elle ne désirait pas dévoiler – plutôt que de croire qu'elle ait pu le tromper après tant d'années passées à ses côtés.

Adel attendit son second fils pour s'introduire dans le couloir menant à la stèle, suivant l'oiseau qui éclairait le chemin. Milo en profita pour s'entretenir avec Almandin en réduisant le pas, en arrière.

— Cesse de réfléchir à voix haute, lui dit-il, tout bas. Je ne suis pas certain que je veuille savoir ce que tu essaies de cacher à ton père.

— Alors cesse de lire dans mes pensées, rétorqua le Roi. Cela m'évitera de t'acheter pour que tu n'ailles pas tout lui répéter. J'ai fait une promesse à Mésilande. Je dois la tenir.

— Il serait peut-être sage de creuser dans le passé de Mésilande. Mon instinct me dit qu'elle est liée aux pierres sacrées.

— Et comment voudrais-tu faire ça ?

— Consulter les archives du premier Roi Adel serait un bon début.

Encore fallait-il les retrouver mais il s'agissait d'une bonne idée. Almandin décida de la remettre à plus tard.

Ils débouchèrent finalement dans la galerie où reposait la Stèle du Destin. Comme Pyrrhos, Milo n'était jamais venu jusqu'ici. Ce que le garde avait pu imaginer en lisant dans les pensées d'Anjali, de son père ou d'Adel n'était en rien comparable avec ce qu'il put enfin découvrir de ses propres yeux. Les murs et le sol foisonnaient de jasmin, prêtant à ce lieu un aspect angélique à l'odeur renversante. Et cette colonne de lumière descendant des cieux pour baigner le coffre d'une lumière presque aveuglante... Pyrrhos lui-même n'avait jamais rien vu d'aussi splendide, dans un royaume symbolisé par sa noirceur.

Le dépôt de la gemme verte sur la stèle d'Odéon avait relancé la quête aux pierres sacrées. La stèle d'Esiah devait indiquer l'emplacement des dernières. Leur dépôt sur les coffres sacrés permettrait d'ouvrir les portes de l'Eden et de redonner vie à ses terres. Almandin espérait les retrouver avant Mylès. Elles représentaient une issue de secours face à l'ombre grandissante que faisait planer la Confrérie des Morts.

Par chance, au centre de la galerie, la stèle s'était parée d'un nouveau présage.

Pyrrhos le lut :

« La réponse se trouve dans les dernières pages du livre de Kochab. »

— La réponse à quoi ? demanda-t-il, en levant un sourcil.

La stèle formula une autre prédiction :

« L'élu sera la clef. »

La gravure changeait en fonction des pensées, comme si le créateur les écoutait ici même. Pyrrhos marqua sa stupéfaction d'un haussement de sourcils.

— Tu peux peut-être nous renseigner ? demanda-t-il à Almandin.

— Moi non. Lui, oui, répondit son frère en désignant Milo de son index.

— Pourquoi lui ?

— Il est l'élu.

Pyrrhos objecta d'un rictus :

— Je ne comprends pas.

— L'élu est un sang-mêlé, confia son frère. Milo est le fils de Mylès.

— Quoi ?!

Pyrrhos n'avait jamais apprécié Milo. Le guerrier n'était pour lui qu'un simple parvenu, ayant bénéficié de la protection de la royauté depuis qu'Almandin l'avait recueilli. Cependant, ce lien de parenté avec Mylès lui offrait un nouveau statut. Milo était Prince de sang, tout comme son père, membre de la famille royale. Pyrrhos ne pouvait pas y croire car il ne supportait pas cette idée.

— Nous l'avons découvert quand Mylès a demandé à le rencontrer, ajouta Almandin.

— Je croyais que Minéa était sa mère ?

— Ce bâtard l'a violée...

— Il n'a pas le même avis sur la question, intervint Milo.

— Qui sait ce qu'il a bien pu faire avec sa sorcière de mère, pesta Adel.

Les quatre hommes s'observèrent, bras croisés. Le royaume s'était morcelé au moment où Almandin avait rencontré Milo. Tout tournait autour de cet enfant, fils illégitime d'un bâtard qui avait décidé de s'approprier le pouvoir.

— Milo peut donc porter le bracelet sacré, fit remarquer Pyrrhos, et il parut soudain pris d'un grand intérêt pour lui.

— Son sang est sûrement trop impur, dit Almandin. Mais il a reçu un don particulier d'Elohim qui me fait douter. Il sait lire dans les pensées.

Que Mylès ait été un oncle ne suffisait pas. Il avait engendré un fils doté d'un pouvoir unique qu'aucun membre de la famille royale n'avait déjà porté. Ce gamin sorti d'un orphelinat était devenu proche cousin de sang noble.

Des spasmes s'emparèrent du visage aigri de Pyrrhos. Ses pensées délétères entraînèrent Milo dans un étrange rire sarcastique :

— Je préférais quand tu me voyais comme un gamin issu d'une famille ordinaire plutôt qu'un lointain cousin Prince de sang, Michael. L'idée de t'être apparenté me fait maintenant froid dans le dos.

Pyrrhos écarquilla les yeux.

— C'est irréel, souffla-t-il, stupéfait.

— Nous devons protéger Milo, dit alors Almandin en posant une main sur le coffre sacré, les yeux rivés sur les pierres rouges incrustées. Depuis tout ce temps, je ne m'étais pas rendu compte qu'il avait toujours été sur le chemin des pierres sacrées, lorsqu'il était enfant. La première pierre est apparue autour de son cou. Il portait alors le pendentif de Minéa.

— Je n'ai pas besoin de protection, trancha Milo.

— Si tu es l'élu, il est de notre devoir d'assurer ta survie, surtout si Mylès connaît ton existence, assura Pyrrhos, le visage fermé. S'il ne t'a pas de son côté, il t'achèvera.

— Je l'ai bien compris quand il m'a proposé de le suivre dans ses projets insensés, répondit Milo, et il hocha la tête. Il me laisse encore le temps de réfléchir mais il m'évincera à notre prochaine rencontre, si je n'ai toujours pas choisi son camp. Je le sais, même si je n'arrive pas à lire dans ses pensées. C'est comme si notre lien de sang m'empêchait de découvrir ce qu'il cache.

— Est-ce la seule personne dont tu n'arrives pas à lire les pensées ?

— Oui.

— Intéressant…

Pyrrhos lui tourna autour, comme un prédateur.

Milo acquiesça en baissant le front :

— C'est ce qu'a dit Mylès. Il a tout de suite senti que j'avais un don, même s'il ne sait pas lequel encore. Cet homme est diabolique.

— Il n'est pas le fils de cette sorcière de Philea pour rien, maugréa l'ancien souverain avant de s'arrêter face à son père. Que contient le livre de Kochab ?

Adel inspira longuement.

— Les visions de Kochab, un Ancien qui vivait du temps de notre premier ancêtre siahnnas, Adel. Il existe un livre par ancêtre. Le livre sacré est le seul qui établisse une compilation des plus grandes visions des ancêtres concernant le royaume, des visions communes à tous les Anciens. Pour cette raison, ce livre a été confié au Roi et à ses descendants. Les autres livres relataient les prédictions ou visions de chaque Ancien du royaume. Ces dernières pouvaient concerner leur vie personnelle, comme celle de leurs proches, ou encore celle de la famille royale. À la disparition des Anciens, lorsque le Conseil a décidé de s'installer à Esiah, mon père a scellé de lui-même chacun de ses livres afin que personne ne puisse lire l'avenir. Mon père avait peur des dons de voyance, ou peut-être n'avait-il pas envie qu'une personne autre qu'un Roi puisse avoir accès aux prédictions des Anciens.

— Il t'a caché l'existence d'un frère, dit Almandin. Je me demande quels secrets nous allons encore découvrir…

— Kochab ne voyait pas que l'avenir, poursuivit Adel. Il voyait aussi le passé des âmes. Le don des Anciens se transmettait de génération en génération. Il s'est perdu au fil des siècles. Les anciens Rois ont interdit aux Guérisseurs de desceller les femmes porteuses du don de voyance. Ils ont aussi forcé les hommes à ne jamais avoir de descendance. À l'heure qu'il est, je crains qu'il ne reste plus aucun Ancien.

— Si, Philea, révéla Pyrrhos.

— Impossible ! cria Adel. Cette sorcière ne peut pas en être une.

— Mylès serait en plus un descendant d'Ancien ? s'étonna Almandin.

— Comme Milo, du coup.

Pyrrhos désigna le garde du menton. Tous les regards convergèrent vers Milo.

— Je n'ai jamais vu l'avenir, si vous voulez tout savoir, dit le garde, pour répondre à la question que tout le monde se posait.

— Mais tu reconnaîtras avoir un bon instinct.

En disant cela, Adel repensait aux nombreuses fois où son élève s'était sorti indemne d'une mauvaise situation en agissant sans réfléchir.

— Je ne dis pas le contraire.

— Tu es décidément un bon parti pour ma fille ! s'exclama Almandin, et il passa un bras autour de son cou pour le ramener contre lui.

— J'espère à ce propos que tu ne lui as toujours rien dit, grommela le garde en le repoussant.

— Non, je te laisse ce plaisir.

L'œil malicieux, le Roi frappa par affection le torse de Milo.

— Qui est au courant pour son lien de parenté avec Mylès ? demanda alors Pyrrhos.

— Nous quatre, Shimei, ta fille et Mehiel, répondit Almandin, et il retrouva d'un seul coup tout son sérieux. Je ne pouvais pas lui cacher la vérité.

— J'ai fait de même avec Veland, avoua Milo. Ton fils est aussi curieux que tous les membres de cette famille. Je n'ai jamais su mentir.

— C'est ça ! Moque-toi de nous ! s'exclama Adel. Veland est surtout ton meilleur ami.

— Qui l'aurait cru ? lança Milo, avec un semblant d'ironie dans la voix.

Et, narguant Pyrrhos d'un regard narquois, il ajouta :

— Fort heureusement, les fils ne ressemblent pas toujours à leur père génétique.

Pyrrhos envoya sa main droite à l'arrière de son crâne.

Milo se frotta la nuque :

— Si c'est cela, me protéger...

— Je ne sais peut-être pas lire dans tes pensées, mais je sais parfaitement bien interpréter ton petit sourire de gamin effronté. Décidément, Almandin a trop déteint sur toi...

Puis il se tourna vers son père :

— Où se trouve le livre de Kochab ?

— Les livres des Anciens étaient autrefois confiés à leurs descendants. Étant donné l'extinction de leurs lignées, ils furent rassemblés au palais de Cirta avant que mon père ne décide de détruire le sanctuaire.

— Tu es en train de dire que ce livre a disparu en même temps que le palais ?!

La voix d'Almandin se haussait au fur et à mesure qu'il parlait.

— S'il n'existait plus, la stèle ne vous demanderait pas de le retrouver, intervint Mésilande.

Elle les écoutait bavarder depuis leur arrivée. Le coffre lui servait de promontoire.

— Mylès s'est déjà rendu au palais de Cirta, dit-elle. Rappelez-vous, lorsque Milo n'était encore qu'un enfant. Il avait trouvé l'une des pierres sacrées dans la vallée des Amours morts. Mylès avait envoyé Katell pour la lui subtiliser. Il lui avait donné rendez-vous dans ce palais sous le nom du Prince Lucifel. Je m'y étais rendue. J'avais aperçu l'homme à la capuche sur les lieux.

— Mylès..., souffla Almandin en se frottant les tempes. Insinues-tu qu'il puisse avoir ce livre en sa possession ?

— Peut-être, répondit Mésilande. Au moins a-t-il une connaissance de ce palais et de ce que l'on pouvait y trouver.

— Il en a consulté les archives...

Adel afficha une mine déconfite :

— Il n'a pas pu le faire. Comme je l'ai dit, chacun de ces livres a été scellé... par un Roi.

La seule possibilité de les desceller restait d'utiliser une incantation assez puissante pour les ouvrir. Et le seul être capable de briser le scellement d'un Roi demeurait le Roi lui-même.

— Nous avons donc besoin du bracelet sacré pour le desceller, en conclut Milo.

— Bracelet qui est en possession de Mylès à l'heure qu'il est ! hurla Almandin.

Il passa ses mains dans ses cheveux épais et jura. Cet être malfaisant ne s'était pas emparé du bracelet sacré pour devenir Roi, mais pour obtenir le pouvoir qui lui permettrait de libérer les pages des livres des Anciens ou, à défaut, pour empêcher ses adversaires de consulter les précieux ouvrages.

— Il y a une phrase dans le Monde des Mortels pour exprimer ce que je ressens en ce moment même, soufflat-il, dépité. « Qu'ai-je fait au monde pour mériter ça ? »

Une nouvelle inscription apparut sur la stèle :

« Tu es devenu Roi. »

Décidément, le créateur faisait preuve d'un humour provocateur. Pyrrhos frappa le dos de son frère en émettant un rire sardonique.

— Être Roi est une fonction difficile que je ne t'envie plus...

— Si j'avais su que Mylès était ton frère, je ne lui aurais jamais amené le calice, reprocha Almandin à son père.

— Et Mehiel et ton fils seraient peut-être morts, lui rétorqua Adel. Le bon côté des choses, c'est que Mylès a besoin du livre pour trouver la dernière pierre. Alors s'il ne l'a pas encore en sa possession, nous avons une chance de retrouver ces pierres avant lui.

— Si Mylès a réellement besoin des pierres pour parvenir à ses fins, nuança Milo. Ce n'est pas le cas pour l'instant.

— Et il nous faudrait remettre la main sur le calice, ajouta Pyrrhos.

— Ou traiter avec Mylès.

Les derniers mots d'Adel firent l'effet d'une bombe.

— Jamais ! Jamais je ne traiterai avec ce scélérat, cracha Almandin, l'expression ravagée.

— Plutôt mourir..., susurra Pyrrhos de la même manière.

— Il ne s'agit pas de votre vie, mais de celle des mortels et du royaume, rappela Adel. Si nous n'avons pas le choix, nous serons dans l'obligation de traiter avec lui.

Pour l'heure, allons plutôt voir du côté du palais de Cirta ce que nous pouvons y trouver.

Puis il passa chacun de ses bras autour du cou de ses deux fils et les rapprocha de lui :

— Et voyons le bon côté des choses. Pour une fois, vous êtes d'accord, les garçons !

Cette petite réplique ne fit pas l'unanimité. Almandin se dégagea de son père. Pyrrhos repoussa son bras. Et ils sortirent de la galerie rejoindre la barque.

En sortant, l'œil d'Almandin fut attiré par un drôle de reflet voguant au-dessus du fleuve noir, un peu plus excentré du chemin qu'ils empruntaient généralement pour se rendre sur l'autre rive.

Il s'approcha du bord de l'eau et plissa les yeux. Mésilande s'accrocha à son épaule.

— Qu'est-ce qu'il y a ?

Almandin s'abaissa, ramassa une poignée de sable et la jeta dans la direction du reflet. Le sable resta suspendu dans le vide. Le phœnix prit alors son envol pour aller voir de quoi il s'agissait mais sa tête cogna contre quelque chose de très dur en plein vol et son corps de feu se déforma sous l'impact. Faisant du surplace, Mésilande entreprit d'enflammer l'objet invisible qu'elle avait frappé. Et elle mit en évidence, à la stupéfaction de tous, une partie de pont suspendu au-dessus de l'étendue d'eau noire.

— Eh bien, maintenant nous savons comment Mylès fait pour traverser le fleuve ! s'écria Adel.

— Et il est bien plus intelligent qu'on ne le pensait, malheureusement, marmonna Almandin.

Ce pont était digne de la confection d'un ingénieur comme Gamerron. Mais le dirigeant n'en était certainement pas le constructeur car il ne s'était jamais rendu au fleuve noir. Par contre, Mylès avait déjà effectué de nombreuses recherches et avait eu accès à ses études avant qu'il ne brise l'arbre de vie. L'ancien Conseiller était-il aussi doué en ingénierie ?

Cette construction lui permettait sûrement de gagner

plus rapidement l'autre rive en se passant de la barque. Habile, surtout s'ils se lançaient dans une course effrénée au moment où ils retrouveraient la dernière pierre sacrée...

— Essayons de trouver ce qui l'alimente ou de le découvrir avant de partir pour Cirta, finit par dire le Roi. Autant nous en servir nous aussi désormais !

23

LILITH

Mehiel et Anjali gagnèrent le cœur de la cité d'Esiah avec Lilith. La petite habitait avec sa mère dans l'une des maisons réquisitionnées pour y établir les soldats partis en guerre. Séraphin les escortait selon les ordres reçus.

Autrefois, la cité regorgeait de monde. Les discussions, les cris des marchands égayaient les quartiers. Mais désormais, plus rien de cela n'existait. L'ambiance avait bien changé.

Le matin, les âmes avaient été libérées dans les rues et les Siahnnas qui osaient braver les spectres marchaient en groupe, non loin des bourreaux. Ils restaient néanmoins nombreux à arpenter la cité. L'assemblée venait de se terminer et les représentants se dispersaient. Il y avait aussi des groupes d'enfants qui jouaient entre eux, comme à leur habitude. Toutefois bien encadrés maintenant que tous devaient partager ces terres avec les âmes damnées.

Depuis déjà des années, personne en dehors des chefs de troupe ne venait en visite au sein des quartiers encore habités car la cité servait majoritairement de garnison. Les petits étalages de cuir colorés, de bijoux et de meubles avaient disparu au profit des forges. Seules les familles des soldats déployés dans le Monde des Mortels vivaient encore là pour être proches de leur mari, de leur femme, de leurs enfants, durant les moments de répit. Elles ne possédaient presque rien ici. La plupart détenaient ailleurs un véritable foyer dans lequel elles prenaient plaisir à se réfugier quand les soldats bénéficiaient de repos.

Ici, Mehiel avait pourtant vécu de très belles années

quand elle occupait un office au sein de l'Astreïa. Elle y avait rencontré Anya, avec qui elle s'était liée très facilement d'amitié. Le destin les avait séparées durant vingt-cinq ans avant de les réunir dans la même famille. Leurs enfants étaient cousins et commençaient à peine à se découvrir et à s'apprécier.

Rien de tout cela ne serait arrivé si Mehiel n'avait pas rencontré l'amour de sa vie, Almandin, fils du Roi Adel, membre de la famille royale vivant dans l'anonymat d'un nom d'emprunt pour apprendre à diriger le peuple dans l'écoute, la bienveillance et la justice.

Que serait devenu le royaume si Mehiel et Almandin ne s'étaient pas offerts l'un à l'autre ? La Reine se le demandait souvent, surtout depuis qu'Almandin avait sacrifié le calice sacré pour les sauver, elle et leur fils, au détriment de son peuple. Qu'étaient devenues ces belles années d'insouciance ?

— Nous allons faire un détour ! décida Mehiel, emportée par ses souvenirs. Je vais vous montrer où nous vivions, Almandin et moi.

— Vous ne viviez pas au Cianath ? demanda Lilith avec surprise.

Au vu de son jeune âge, elle n'avait jamais connu de Reine issue d'une famille dépourvue de titre royal. Les origines de la Reine Anya et de la Reine Mehiel n'intéressaient que les Siahnnas nés avant l'an zéro.

Mehiel retint un petit rire.

— Non, pas du tout ! Je ne suis pas née Reine.

— Je pensais.

— Mon père a été éduqué en dehors du Cianath. Je n'ai pas non plus vécu dans un palais. Il ne faut pas croire que la famille royale ne connaît pas le peuple. Nous avons vécu comme toi. Peut-être toi aussi deviendras-tu une Princesse, qui sait ?

Un sourire éclaira le visage de Lilith.

— Je me marierai avec le Prince Veland !

— Que lui trouves-tu ? demanda Anjali, amusée.

— Il est très beau, doux, et bon avec le peuple.

— Je lui répéterai tes propos ! Il sera ravi de les entendre.

La petite était dotée d'une grande franchise. Elle marchait fièrement entre la Reine et la Princesse. Malgré le crime commis contre Sa Majesté, elle restait une fillette inoffensive au cœur fragile et blessé. Mehiel fut touchée de la voir retrouver un peu de gaité.

Même si elle n'était pas venue depuis de nombreuses années, la Reine se rappelait le chemin de son ancienne maison. Rien n'aurait pu lui faire oublier les instants de bonheur passés ici, en présence d'Almandin et de Milo.

Son ancienne maison ressemblait à toutes les autres : des sortes de petites huttes sorties de terre, percées d'ouvertures par endroits. La seule différence résidait dans le sentiment de nostalgie qu'elle éprouva en la retrouvant, près d'un carrefour.

— J'ai vécu dans cette maison..., dit-elle en s'approchant de la fenêtre.

C'est ici qu'Almandin avait chanté de manière catastrophique pour la forcer à l'accompagner à la rivière Anxalas avant de lui révéler sa véritable identité et ses sentiments. Cette pensée fit naître un sourire d'amour sur ses lèvres.

Le nouvel occupant de la maison la surprit à regarder derrière les rideaux, l'air béat.

— Majesté...

Ses habits de soie avaient trahi sa condition. Les visages de la Reine et de la Princesse étaient aussi connus de tous. Elles partaient régulièrement à la rencontre du peuple et participaient à toutes les assemblées. Le règne du Roi Lucifel était en cela bien différent des précédents. La famille royale circulait librement sans faire l'objet de toutes les attentions.

— Nous nous sommes seulement arrêtées ici car je désirais montrer à ma fille mon ancienne maison, à l'époque où j'ai fait la connaissance de son père, s'excusa Mehiel en agitant ses mains devant elle.

— Vous avez vraiment vécu dans notre maison ?

— Oui.

— Oh ! s'exclama l'occupant, l'air émerveillé.

— Nous repartons, ne vous inquiétez pas ! Nous ne voulions pas vous déranger.

— Vous ne nous dérangez pas du tout, Votre Majesté.

Après un échange de courtoisie, Mehiel s'éloigna de la fenêtre tout en ne la quittant pas des yeux. Tellement de souvenirs remontaient à sa mémoire !

— Ton père avait chanté devant ma fenêtre. Je m'en rappellerai toujours, dit-elle pour sa fille.

— Ces souvenirs semblent te faire redevenir une jeune fille... Je ne t'ai jamais vue ainsi.

— La guerre n'avait pas encore commencé. C'était une autre époque.

— Les gens disent que le Roi avait recueilli le chef de la garde, dit Lilith, dans l'espoir d'en savoir plus.

— C'est le cas. Il s'était beaucoup attaché à lui. Il vivait non loin d'ici. Venez.

Prise d'une grande nostalgie, la Reine les entraîna vers l'ancien quartier des Arcantes où Almandin avait élu domicile à sa prise de fonction comme dirigeant de l'Astreïa, vingt-cinq ans plus tôt. Séraphin ferma la marche, l'œil rivé sur les spectres qui déambulaient librement autour d'eux.

L'ancienne maison d'Almandin se trouvait non loin de là. Elle était pareille aux autres mais se distinguait aux yeux de Mehiel par son histoire.

La Reine ne put s'empêcher de la raconter à Lilith :

— C'est ici qu'ils vivaient avant que nous ne rejoignions Garak. Milo était alors plus petit que toi. Il venait de perdre ses parents dans la plus grande épidémie qu'ait connue le royaume. Il voulait devenir un Arcante. À l'époque, le Roi venait d'obtenir le statut de dirigeant. Il appartenait au corps des Arcantes. Il a fait de Milo son apprenti...

Mehiel ne termina pas ses explications. Les yeux hagards, elle grimaça un sourire.

— Je l'ai aimé au premier regard..., soupira-t-elle.

Elle en avait même oublié les fantômes, la guerre, la mort. L'amour avait triomphé de tout.

Pendant que la Reine se remémorait ses souvenirs, le regard de Lilith fut absorbé par l'éclat intense brillant dans les yeux d'Anjali. La Princesse admirait l'amour que portait sa mère à son père. Ou peut-être rêvait-elle de vivre le même un jour ?

La petite sembla deviner ses pensées :

— Vous aimez le chef de la garde, dit-elle avec ébahissement.

Anjali, visiblement irritée, lui demanda :

— Qui t'a dit ça ?

— Tout le monde en parle ! Vous lui auriez offert un pendentif avant qu'il ne parte à Jaipur. Qu'est-ce que vous lui avez fait pour qu'il vous coupe les cheveux ?

Outrée, la Princesse fit les yeux ronds et toucha par instinct ses cheveux raccourcis à la nuque :

— Comment sais-tu qu'il l'a fait ?

— C'est ce qui se dit. Et puis, vous ne dites pas le contraire.

— Il va m'entendre ! s'emporta soudain Anjali, en pensant qu'il avait parlé.

— Il vous aime lui aussi.

— J'en doute fortement.

— Vous vous unirez à lui.

La Princesse ferma la bouche et soupira. Quelques secondes plus tard, elle croisa les bras.

— Tu te mêles souvent de la vie des autres ?

— Oui. C'est ce que l'on fait souvent dans notre famille.

— C'est pour ça que tu as voulu tuer mon père ?

— Non.

— J'ai hâte en tout cas de rencontrer ta mère !

— Pourquoi ?

— Pour lui expliquer ce que tu as fait. Cesse de poser des questions !

— Vous en posez plus que moi.

Quelle effrontée ! Anjali prit une expression courroucée.

— J'ai l'impression de voir ton père avec Milo lorsqu'il était enfant, se moqua gentiment Mehiel.

— Je doute que Milo ait été aussi pénible.

Anjali prononça le dernier mot de sa phrase comme un sortilège de magie noire. Lilith évita son regard maléfique en lui tournant le dos.

— Il était très espiègle et ne savait pas tenir sa langue, assura Mehiel. Comme Lilith.

Et elle poussa la petite à avancer vers sa propre maison.

— Milo a bien changé, confia Anjali en se remettant en marche.

Sa voix monocorde marquait sa déception.

— Il garde tout pour lui. Même papa est plus bavard...

— Milo a bien plus confiance en lui que ton père, voilà pourquoi.

Séraphin ne put s'empêcher de rire derrière elles. Quand ces dames se retournèrent vers lui, il se racla la gorge :

— Excusez-moi de vous avoir écoutées. Mais il faut bien avouer que Mehiel a raison.

— Je connais cet homme par cœur ! lâcha Mehiel en levant les yeux au ciel.

— C'est la raison pour laquelle il te redoute tant.

L'enfant cligna trois fois des paupières :

— Le Roi a peur de vous ? dit-elle avec surprise.

— Oui, parce qu'elle est sa femme, rétorqua Anjali.

Ils se prêtèrent à rire ensemble, sauf Lilith qui fronçait les sourcils, l'air soucieuse.

— Si vous lui offriez quelque chose, il serait obligé de le prendre ? demanda-t-elle.

— Je suppose, lui dit Mehiel.

— Vous pourriez donc donner quelque chose au Roi de ma part ?

— Que veux-tu lui offrir ?

— Un livre ! lança la petite avec joie, comme si tous ses ennuis venaient de s'envoler.

— Il en sera ravi. Il adore lire.

Mehiel posa une main sur les cheveux de la petite pour la remercier. Mais à cet instant, Lilith perdit son sourire et ses yeux grandirent d'effroi.

— Vous ne le direz pas à ma mère, n'est-ce pas ?

— Pourquoi ne veux-tu pas qu'elle le sache ?

— Elle serait furieuse...

— Que tu veuilles offrir un livre au Roi ?

— Oui..., avoua la petite avec une petite moue.

— Elle sera plus furieuse de savoir que tu as voulu tuer le Roi, crois-moi...

Lilith baissa le front en guise d'excuse. Mehiel lui caressa la tête et la rapprocha d'elle. Cette petite lui rappelait tellement sa fille lorsqu'elle était plus jeune ! Une franche vérité sortait toujours de sa bouche sans qu'elle sache la retenir. Et elle regrettait son comportement par la suite.

Une autre facette d'elle lui conférait des airs de la Princesse dans ses jeunes années. Trois fantômes tentaient de dépouiller un groupe d'enfants dans la rue. Lilith s'interposa aussitôt. Son instinct, son impulsivité l'obligeaient à intervenir malgré le danger qu'un tel comportement pouvait engendrer face à des âmes bien plus fortes qu'elle physiquement. Elle, qui venait d'agresser le Roi, se voyait maintenant en train de protéger les enfants du quartier. Cette petite ne manquait pas de cran !

— Qu'est-ce que vous faites ? cria-t-elle, la tête haute devant l'un des fantômes qu'elle menaçait d'un regard assuré.

L'allure singulière du fantôme, ses horribles loques et son œil sortant de son orbite ne l'effrayaient pas le moins du monde.

Étonné qu'une si petite chose le remette à sa place, le

spectre loucha, grogna, et faillit envoyer le collier chipé à un des enfants au visage de Lilith.

Mehiel arrêta son geste à temps en le retenant par le poignet :

— Conall a pris des engagements. Rompez-les et nous vous faisons passer par la Porte de la Résurrection.

Le spectre la reluqua de bas en haut, résistant à sa prise.

Séraphin le repoussa en arrière à l'aide de son bâton. Alors l'être éthéré glapit, dévoilant une mâchoire édentée, et jeta le collier à terre. Après quoi le groupe de fantômes poussa des cris de fauve et s'éloigna d'eux, à la conquête de nouvelles cibles. Des badauds consternés s'écartèrent de leur chemin.

La Reine ramassa le collier, s'abaissa devant les enfants et leur sourit.

— Ils ne vous feront aucun mal. Nous y veillerons, personnellement.

Elle desserra le poing et présenta devant leurs yeux le bijou volé. L'un des petits récupéra le collier et le porta à son cou :

— Vous êtes la Reine !

— Oui mon garçon, répondit Mehiel, amusée.

— Où est le Roi ? demanda un autre.

— Il a beaucoup à faire en ce moment. Il n'a pas pu se libérer.

— Et le Prince Shaytan ?

— Il est avec Maria. Mais je l'amènerai avec moi la prochaine fois, c'est une promesse.

Une fillette gardait précieusement contre son cœur une poupée de cire qu'elle avait habillée à l'image d'une princesse. Elle contempla Anjali, les yeux émerveillés :

— Vous êtes la Princesse !

— C'est exact, répondit Anjali avec un sourire.

— Pourquoi vous avez les cheveux courts ?

— C'est le chef de la garde qui les lui a coupés ! proclama Lilith aussi fort qu'elle put.

Et les enfants poussèrent un soupir de surprise.
— Anhhhhh !
— Mais pourquoi ? dit l'un d'eux.
— Oui, pourquoi ? répéta un autre.
— Parce qu'il l'aime ! assura Lilith avec un incroyable aplomb.
— Annnnh !
Les enfants s'étaient regroupés autour de Lilith et écoutaient passionnément son histoire. La rumeur allait sans doute circuler dans tout le royaume par sa faute. Anjali agita ses bras devant elle, tentant d'attirer leur attention.
— Mais non, pas du tout ! Les hommes ne coupent pas les cheveux des femmes parce qu'ils les aiment.
— Alors pourquoi ? demanda un garçon.
— Tout le monde vous aime, dit un autre. Vous êtes la Princesse. Pourquoi il ne vous aimerait pas ?
— Parce que l'amour ne se commande pas, répondit Anjali et elle leur adressa un petit clin d'œil.
— Lilith !
Une femme courait dans leur direction, l'air sérieusement paniquée, les sourcils froncés et le visage renfermé. La petite Lilith eut un hoquet de surprise. Elle attendit que la femme arrive, tête basse, honteuse.
— Tu as de la chance, jeune fille ! cria la femme en la secouant légèrement au moment où elle l'attrapa entre ses mains. J'étais sur le point de t'étriper... Où étais-tu passée ?
— J'étais avec la Reine et la Princesse Anjali, répliqua timidement Lilith.
C'était sa mère, habillée de l'habit blanc des Siahnnas endeuillés. Elle revenait du temple.
Bouleversée, elle se calma en jetant sur Lilith des regards exaspérés. Une fois l'accès de colère passé, elle respira profondément, comme soulagée, enlaça sa fille et salua Mehiel et Anjali avec respect.
— Majestés...
— Relevez-vous, demanda Mehiel, nous ne sommes

pas là pour recevoir des révérences, mais pour une simple visite. Pourrait-on vous parler ?

La mère se redressa et fit oui de la tête. La mère et la fille se ressemblaient beaucoup de visage. Certainement de caractère aussi car la mère paraissait capable de passer de la tempête au calme en quelques secondes seulement.

Apaisée, elle convia d'un geste de la main ces dames et le nouveau Conseiller du Roi à la suivre jusqu'à sa maison. Les enfants remercièrent Leurs Altesses et retournèrent jouer ensemble dans la rue. Mehiel appréciait de les voir chahuter ainsi. Ils étaient heureux, ou tentaient de le rester malgré tout ce qu'ils vivaient actuellement. Parfois sans mère ou sans père. Parfois orphelins, adoptés. Comme Milo le fut.

Quand ils arrivèrent dans la maison, Séraphin resta à l'extérieur, par habitude, ses vieux réflexes de chef de la garde reprenant le dessus. Les femmes entrèrent dans le petit salon. Aussitôt, la mère dévisagea Lilith de ses grands yeux noirs. Comme toutes les mères, elle sentait que sa fille lui cachait quelque chose, une sottise assez grosse pour que la Reine fasse le déplacement jusqu'à chez elle.

— Qu'est-ce que tu as fait ? demanda-t-elle à sa fille.

— J'ai tiré sur le Roi Lucifel avec ma sarbacane, marmonna la petite, à la limite de pleurer.

— Quoi ?!

— Un incident, assura Mehiel. Je suis persuadée qu'elle aura compris qu'il ne faut pas recommencer.

La mère soupira, mal à l'aise.

— Son père est mort à Jaipur, dit-elle en guise d'excuses.

La mère posa ses mains sur les épaules de sa fille et la força à quitter le salon.

Lilith exécuta une révérence. Puis elle gagna sa chambre à reculons.

— Je comprends, rassurez-vous, dit Mehiel, et elle émit un petit rire de sorte à dédramatiser la situation.

Anjali remarqua l'éclat d'un iris dans l'ombre de la

porte de la chambre de Lilith, restée entrouverte. La petite les écoutait, bien cachée. D'un regard appuyé, la Princesse l'obligea à quitter sa planque. Cette intrépide jeune fille ne manquait décidément pas d'audace !

— Son comportement est impardonnable, balbutia la mère. Que comptez-vous faire ?

— Il s'agit d'une erreur d'enfant, dit Mehiel. Lilith souffre de la mort de son père. Elle n'a pas réfléchi avant d'agir. Le Roi en est conscient. Tout est déjà pardonné.

— Je vous serai à jamais reconnaissante de ne pas donner suite à cet événement. Je ne sais vraiment pas ce qui lui a pris. Elle n'a jamais été violente ou rancunière.

Finalement, elle observa le ventre de Mehiel, qui était encore légèrement rond quelques jours après son accouchement.

— Vous devriez vous reposer au lieu de parcourir les rues de cette cité, lui dit-elle.

— Je suis restée trop longtemps alitée, répondit Mehiel. Et puis... J'ai besoin de me rendre utile.

— Il n'y a pas grand-chose à faire ici, Majesté. Il s'agit d'un dortoir pour les familles des combattants.

— C'est justement la raison qui m'amène ici. Je connais très bien cette cité. J'ai vécu ici du temps du Roi Adel. Les quartiers ont bien changé.

— Chaque jour, des hommes ou des femmes manquent à l'appel. J'ai aussi connu cette cité, au temps du père de votre époux. La vie animait ces rues. Désormais, les murs tremblent et les rires sont inexistants. Ce n'est pas de votre faute, ni celle de votre famille. Nous aimerions seulement que cette situation cesse rapidement.

— Moi aussi, surtout lorsque je vois la réaction des enfants comme votre petite Lilith. Ma fille n'a jamais connu son père dans les années où elle aurait eu le plus besoin de lui. Mais j'ai pu compter sur nos amis et sur le Roi Adel. Avez-vous quelqu'un qui pourrait vous aider à traverser cette épreuve ?

— Nous gagnerons la cité de Tali d'ici peu. Les parents de mon époux nous y attendent.

La mère resta silencieuse, tête basse :

— Nous avons toujours su que le père de Lilith allait mourir un jour au combat, reprit-elle. Il désirait servir le Roi, comme l'avaient fait ses ancêtres. Il s'agissait de son choix.

Enfin, elle sembla ressentir un profond regret :

— Nul ne peut lutter contre sa destinée, Majesté. Lilith devra le comprendre elle aussi. Vous devriez profiter de vos enfants et de votre époux pendant qu'il en est encore temps.

Mehiel ne sut comment interpréter ces propos.

Cette femme venait de perdre son époux. Peut-être craignait-elle que la Reine ne subisse le même sort ? Mehiel avait déjà vécu cette expérience, savait que le temps était précieux, qu'il fallait profiter des êtres chers comme si le lendemain n'existerait pas. Chaque seconde comptait.

Lorsque ses parents et Almandin venaient de mourir, elle n'avait cessé, elle aussi, de conseiller son entourage de la même manière que cette veuve, de leur faire comprendre que la mort pouvait survenir à chaque instant. Quand était-elle parvenue à sortir de cette période si étrange de la vie où l'on prend conscience que la mort peut tout nous arracher d'un seul coup ? Mehiel n'aurait pas su le dire. Elle avait appris à vivre avec cette pensée, tout simplement. À continuer à lutter contre les mauvais souvenirs. À ne garder que des bons.

La Reine saisit les mains de la veuve et les serra de toutes ses forces.

— Je le fais déjà. Et j'espère que vous retrouverez aussi votre joie de vivre avec Lilith.

La mère de Lilith la remercia d'un mince sourire. C'est tout ce qu'elle pouvait offrir en échange de la clémence dont la famille royale avait fait preuve face à l'acte désespéré de sa fille durant l'assemblée.

Mehiel et Anjali finirent par repartir, laissant le sort de Lilith entre les mains de sa mère. La petite ne leur adressa aucun signe, pas même un au revoir.

Mais sur le chemin du retour, Lilith surgit au croisement d'une rue. La Reine et sa fille s'arrêtèrent net. La petite avait dû se sauver par la fenêtre car sa mère l'avait consignée à la maison.

Lilith enveloppait dans ses bras un joli écrin marron marqué d'arabesques dorées qu'elle tendit avec hésitation à la Reine.

— Vous avez promis, dit-elle, les yeux chargés d'espoir.

Mehiel se saisit de l'écrin. Quand il fut dans sa main, la petite échappa aussitôt à sa vue. Anjali l'appela pour la retenir, mais elle avait déjà disparu aux abords d'une maison.

Étonnée par le comportement si étrange de Lilith, la Reine retourna l'écrin dans tous les sens. Sa surface semblait faite de cuir imprimé. De multiples lignes entrelacées y avaient été gravées. Mehiel avait beau le regarder de plus près, elle ne trouva aucun système d'ouverture.

La petite était partie sans donner d'autres explications. Quelques minutes plus tôt, elle désirait offrir au Roi un livre pour se faire pardonner. La boîte contenait sûrement des pages remplies de mystères, que seul un esprit logique pouvait mettre au jour.

— Qu'est-ce donc ? demanda Anjali avec curiosité. Elle est partie comme une voleuse.

— Un présent pour ton père. Enfin, je crois... Je lui offrirai ce soir.

— Au moins, Lilith a compris comment se faire pardonner !

Les deux femmes rirent de bon cœur. Puis elles reprirent la route vers le palais de Garak, où ils séjournaient depuis le siège du Cianath à Esiah.

Mehiel déposa le coffret offert par Lilith sur la table de chevet de sa chambre. Elle s'occupa ensuite de Shaytan que Maria venait de ramener après une balade dans la cité blanche.

Deux jours avant, elle avait failli perdre son fils, ce merveilleux bébé qui la rendait plus heureuse que jamais. Elle contempla son enfant dans son berceau, prenant plaisir à détailler sa petite moue endormie. Chaque instant comptait. C'est ce qu'elle retenait de sa rencontre avec Lilith et sa mère. Ces moments de contemplation, d'affection, d'amour étaient précieux, plus précieux qu'un trésor.

Des bras l'enlacèrent soudain, tandis qu'elle berçait doucement le panier dans lequel reposait son fils. Almandin déposa dans son cou un baiser et la serra tout contre lui. Elle ne l'avait pas entendu arriver, trop captivée par la vision si chère de leur enfant, dormant paisiblement.

— Comment va ma femme ?

— J'aimerais voir plus d'enfants dans les rues, reconnut-elle en lui rendant son étreinte. Les voir rire. Comme autrefois.

Elle soupira de lassitude.

— Je te promets qu'un jour, ils seront heureux, lui souffla Almandin.

Il posa son front contre le sien et sembla lui aussi profiter de l'instant présent, en l'enlaçant tendrement.

— Quelque chose ne va pas ? finit-elle par demander.

— J'ai l'impression que la situation nous échappe.

— Pourquoi ?

— Nos recherches de la dernière pierre ne mènent nulle part. Je reviens du palais de Cirta. Nous n'y avons trouvé que des portes scellées. Il serait préférable de convaincre les mortels de ne pas s'allier à Mylès. Et puis… Je pense aussi à mes parents. Je ne les ai pas vus depuis plusieurs mois. La ville de Jaipur a été attaquée. Je sais qu'ils sont en sécurité. Mais ils doivent se demander pourquoi je ne les ai pas appelés.

— Je te propose d'aller leur présenter notre fils.

— Ils en seraient ravis… Cependant, je ne peux pas quitter le royaume à un moment pareil. Je dois être là, au cas où Mylès revienne, ou au cas où les spectres s'en prennent aux Siahnnas.

— Ta famille est là. Tu peux compter sur eux. Changer d'air te fera du bien. Nous n'en aurons pas pour longtemps. Juste une petite heure. Qu'en penses-tu ?

Almandin prit le temps de la réflexion.

— Tu as raison. Nous irons demain.

Et il poussa Mehiel à reculer jusqu'au lit.

— Mais pour l'heure, je veux profiter de ma douce et tendre femme…

24

DÉPART POUR LE MONDE DES MORTELS

Mehiel et Almandin s'apprêtaient à partir pour le Monde des Mortels, le bébé dans les bras de sa mère, bien emmitouflé dans un linge blanc.

Ils s'étaient levés tôt. D'autres avaient suivi leur exemple. À leur grande surprise, Milo et Anjali discutaient déjà au milieu de l'atrium, sous la voûte étoilée. Nul ne savait qui des deux était venu chercher l'autre. Ils portaient leur habit d'entraînement mais ne semblaient pas parler de technique de combat ni revenir de la salle d'entraînement, car leurs jambes et leur poitrail auraient été couverts de poussière ou de sang. Ils murmuraient entre eux, tantôt le ton dur, tantôt de manière tendre. Leurs expressions changeaient de la même façon. Leurs traits se crispaient parfois. La Princesse tentait des approches, essayant de lui saisir les mains à de multiples reprises. Sans résultat. Milo lui avait-il finalement avoué être le fils de Mylès, cet ignoble bâtard royal ?

Almandin et Mehiel les observaient, planqués dans l'ombre d'une colonne. Heureusement, le bébé ne faisait pas de bruit.

— Milo a peur de lui dévoiler ses sentiments, regretta Almandin, à voix basse.

— Anjali l'a toujours aimé, assura Mehiel. Elle ne refusera pas ses avances.

— S'il lui en fait ! Il n'arrive pas à se décider. Il a peur de l'amour. Il a aussi peur qu'elle n'accepte pas son lien de parenté avec Mylès.

— Notre fille est prête à tout pour le conquérir. Qu'il

soit le fils de Mylès ne changera rien, bien au contraire. La tradition veut que les Princes ou Princesses de sang s'unissent à des lignées éloignées de la famille royale. Ce lien fait de Milo un membre à part entière de notre famille. Une union avec notre fille serait des plus réussies.

D'un seul coup, le regard de Milo se tourna froidement vers eux. Son don de lire dans les pensées le rendait plus difficile à guetter. Il les entendait sûrement depuis leur arrivée.

— Mince..., pesta Almandin.

Prise en flagrant délit d'espionnage, Mehiel contint un petit rire. Elle n'avait pas honte d'avoir épié sa fille. Après tout, n'était-ce pas le devoir des parents de vérifier que leurs enfants étaient heureux et qu'ils ne craignaient rien ? N'avaient-ils pas pour obligation de les conseiller au mieux afin de leur assurer un brillant avenir ? Cela, ils ne pouvaient pas le faire sans savoir ce que leur fille cachait au fond de son cœur.

Le guerrier s'approcha d'eux, le regard noir, plus noir qu'il ne l'avait jamais été.

— Que faites-vous ici ? dit-il sur le ton du reproche.

Almandin leva les yeux vers le ciel et scruta d'un air émerveillé la magnifique voûte couverte de pierres multicolores qui scintillaient dans la nuit.

— Nous étions en train de contempler les pierres précieuses de la voûte, mentit-il. Elles sont si belles, tu ne trouves pas ?

— Je vous suggère de les contempler depuis l'enceinte de la cité, répliqua Milo, d'une voix grave. Au moins, elles ne seraient pas cachées par les colonnes de marbre de l'atrium.

— Très bonne idée ! J'espère que tu lui as suggéré. C'est très romantique !

Anjali croisa les bras, agacée. Elle retenait ses mots entre ses lèvres tremblantes de colère.

— Ton père et moi allions partir pour Jaipur, expliqua

Mehiel sans laisser le temps à sa fille de parler. Nous ne serons pas très longs.

— Oui. Soyez sages, les enfants, conseilla Almandin.

Aussitôt dit, ils marchèrent d'un pas pressé le long du couloir et filèrent vers la sortie du palais en riant gaiement. Leur fille jurait contre eux. Cette ambiance bon enfant les rendait heureux malgré la situation fragile du royaume qu'ils tentaient de préserver par tous les moyens.

Cette famille, dont les liens dépassaient ceux du sang, leur permettait de tout traverser, quelles que soient les circonstances. Almandin s'y était raccroché dans les moments les plus difficiles de son ancienne vie comme de la nouvelle.

Ses parents mortels, aussi à ses côtés depuis sa renaissance, étaient comme un pilier sur lequel il pouvait aisément s'appuyer, qui l'empêchait de perdre l'équilibre, de s'effondrer. Il éprouvait le besoin de se ressourcer auprès des siens, raison pour laquelle il avait volontiers accepté de leur rendre visite dans le Monde des Mortels. D'autant plus qu'ils devaient faire connaissance avec leur petit-fils, Shaytan.

Aller dans le Monde des Mortels avec leur enfant nécessitait cependant de prendre quelques précautions. De sang royal, Shaytan demandait à être nourri de peurs bien plus fréquemment que les jeunes enfants Siahnnas. Almandin regrettait de ne pas pouvoir accorder plus de temps à ses parents pour découvrir leur petit-fils, le gâter, le chérir. Fils unique, il était le seul à pouvoir leur offrir une descendance. Malheureusement pour eux, cette descendance avait un mode de vie incompatible avec un séjour prolongé dans le Monde des Mortels et possédait un don qu'Almandin redoutait : la force.

Le petit n'avait blessé involontairement qu'une personne jusqu'ici, son père qui détenait le pouvoir de se soigner, mais il fallait tout de même rester vigilant, notamment, en présence des mortels. Almandin craignait sa rencontre avec ses parents même s'il avait hâte de les serrer dans ses bras. Depuis combien de temps ne les avait-il pas revus ? Trois mois peut-être. C'était déjà trop.

Sa ville natale aussi lui manquait, mais revenir à Jaipur trois jours après le dernier affrontement qui l'avait profondément atteint, physiquement et mentalement, fut plus difficile qu'il n'y paraissait.

Comme toujours, Almandin perdit la vue en foulant le sol du Monde des Mortels. Il percevait néanmoins les odeurs mieux que quiconque. Celles du bois et du plastique calciné. Celle des vaches, qui se baladaient toutes seules en pleine rue et avalaient les déchets emportés par les dernières pluies. L'odeur des ordures, éparpillées sur le trottoir, se mêlait au parfum des épices, du thé et des fleurs, habituellement exposés sur de grands étalages, le matin. La plupart des étals avaient fini par terre lors du siège et les rats n'en perdaient pas une miette. En cela, la ville de Jaipur avait conservé des stigmates de la grande bataille qui avait opposé les armées royales à celle de la Confrérie des Morts. Maintenant, les balais faisaient place nette sur les trottoirs. Les marchands reprenaient peu à peu leur travail de négoce mais leurs cris étaient moins nombreux. Les chiens errants aboyaient à tue-tête. La ville reprenait vie, petit à petit, même si le quartier dans lequel résidaient ses parents semblait avoir été déserté. Comme certains habitants, Almandin avait bien du mal à oublier cet événement.

Inconsciemment, il frotta son poignet droit sur lequel demeurait une cicatrice. Celle-ci ne partirait jamais malgré tous les efforts entrepris pour se soigner grâce à ses pouvoirs thaumaturges. Comme la lame enfoncée par son frère dans son cœur avant sa mort, le bâton de Mylès avait laissé des séquelles. Des blessures, il en avait reçu. Mais celle-ci serait gravée à jamais dans son esprit.

Pour ne pas inquiéter ses parents, il cacha la cicatrice sous un large bracelet d'or qu'il serra au mieux autour de son poignet. L'ourlet de ses manches évasées tombait bien plus bas quoi qu'il en soit.

Dehors, quelques formes bleues faisaient le guet aux abords de la maison de ses parents. Ils étaient encore sous bonne protection des Éduins, à son grand soulagement.

Almandin sonna à leur porte.

Son père, Gabriel, vint leur ouvrir. Surpris de le voir ici, il resta deux secondes sans réaction, les contemplant tous trois avec amour, surtout Shaytan que Mehiel tenait bien au chaud contre elle. Le bébé avait ouvert ses petits yeux verts dès leur arrivée à Jaipur et découvrait les couleurs et les formes, comme s'il s'intéressait déjà à ce nouveau monde riche en différences.

Gabriel devina aisément leur filiation. Le petit avait hérité de la beauté de son père, de son teint basané et de ses yeux clairs, semblables à des joyaux. Almandin avait lui-même pris beaucoup de sa mère, Sybille. Quand le petit posa ses yeux sur son grand-père, Gabriel craqua aussitôt pour son adorable moue. À en devenir gâteux.

— Sybille ! cria-t-il soudain derrière lui.

Excité comme une puce, il se retourna ensuite vers eux et se jeta dans les bras de son fils. Enfin, il pivota vers Mehiel, passa une main sur sa joue avec tendresse et lui tendit ses bras, impatient de porter le petit qui lui adressait de grands sourires.

Fière de pouvoir lui présenter, Mehiel lui confia le bébé. Almandin observa chacun de ses gestes avec appréhension, espérant que Shaytan se montre docile avec son grand-père mortel, qui aurait moins supporté un doigt cassé que lui.

Comme Adel l'avait expliqué, les enfants possédant le don de la force savaient à qui jouer ce mauvais tour. Shaytan eut l'air plutôt émerveillé de se retrouver dans les bras de son grand-père. Il poussait même de petits cris de nourrisson.

Le bébé accueillit sa grand-mère Sybille avec autant de joie. Sentait-il leur lien de parenté malgré son jeune âge ?

À peine arrivée à la porte, Sybille ne s'attarda pas en embrassades, surtout lorsque son mari, Gabriel, lui mit l'enfant entre les bras. Almandin et Mehiel furent touchés de les voir si heureux. En pleine santé aussi.

— Je suis si content de vous voir ! dit Almandin. Nous nous sommes inquiétés pour vous. Le réseau téléphonique ne fonctionne toujours pas.

Cette information leur avait été donnée avant leur départ du royaume. Cela leur offrait une bonne excuse pour ne pas les avoir contactés plus tôt. Ils les savaient en vie. C'était le principal.

Ses parents et lui vivaient dans deux mondes séparés, sans possibilité de se contacter en dehors des quelques heures que le couple royal passait de temps à autre dans le Monde des Mortels. Afin de préserver le secret sur l'existence des Royaumes des Morts, ils avaient acquis un appartement à New York, qu'ils n'utilisaient que rarement. Quand ses parents tentaient de les appeler, ils tombaient toujours sur leur messagerie. Almandin prétextait être très occupé, au même titre que Mehiel.

— Nous nous portons bien, comme tu peux le constater, répondit Sybille.

Elle fit quelques papouilles sur les bonnes grosses joues de Shaytan. Le bébé répondit par des zozotements. Elle le berça.

— Nous ne vous attendions pas ici ! dit-elle. Nous nous apprêtions à vous rejoindre à New York. Lorsque tu as appelé avant la naissance du petit, j'ai tout de suite réservé nos billets d'avion. J'avais hâte de voir ce petit ange que voici. J'espérais même assister à sa naissance.

— Nous avons essayé de vous joindre une fois l'enfant né. Mais cela s'est produit peu avant les événements de Jaipur. Nous avons donc décidé de venir pour vérifier que tout allait bien et vous le présenter, confia Mehiel en anglais.

Elle avait appris la langue en très peu de temps, par amour pour Almandin, pour pouvoir échanger avec ses parents mortels.

— Mais comment êtes-vous venus ? N'est-ce pas trop

tôt pour prendre l'avion et l'amener ici ? s'enquit Sybille. Je pensais que l'aéroport était fermé suite à tout ce qu'il s'est passé…

— Mehiel se porte bien. Le bébé aussi, assura Almandin. Nous nous inquiétions plutôt pour vous.

— Quand êtes-vous arrivés ?

— À l'instant.

— Vous devez être fatigués ! Entrez.

Sybille passa la première, suivie du couple et de Gabriel. Elle jeta un regard en arrière.

— Vous n'avez pas de bagages ?

— Nous ne resterons pas longtemps, expliqua Almandin.

— Mais où sont ses langes ? Et le biberon du petit ? J'aurais tant voulu le lui donner, à moins que vous ne l'allaitiez ?

— Il ne mange pas.

— Comment ?

— Il a déjà mangé.

Almandin n'avait pas pensé à tout cela avant de venir. Les enfants siahnnas n'avaient nul besoin de couches et de lait. Almandin avait oublié qu'il existait tant de différences entre leurs mondes, bien qu'il ait eu à se réadapter à sa vie de Siahnnas en tant que mortel. Arriver ici sans bagages ni même de quoi s'occuper de leur enfant donnait l'impression d'avoir fui New York en laissant tout derrière eux.

Les parents d'Almandin y songèrent certainement car ils restèrent silencieux quand leur fils leur répondit, inexpressif, que l'enfant avait déjà mangé. Peut-être pensaient-ils qu'il n'était pas prêt à être père ? Qu'il ne saurait pas éduquer son enfant ?

Gabriel partit préparer du thé pendant qu'ils s'installaient dans le salon.

Ses parents avaient allumé la télévision. Almandin ne discernait pas les images, seulement les voix. Une chaîne d'information retransmettait les dernières actualités. Le siège de Jaipur faisait la une dans tous les pays du monde. Les reporters parlaient d'hommes venus d'ailleurs, de monstres chimériques créés en laboratoire, d'événements dus à la colère des dieux. Toutes les hypothèses étaient passées à la loupe pourvu qu'elles donnent de l'audimat.

— Vous n'allumez jamais cette télévision, remarqua Almandin en s'asseyant. Ces événements vous inquiètent.

— Ils diffusent les images de cet homme en armure, accroché à une bête qui vole au-dessus de la ville, répondit sa mère en berçant le petit. Nous n'arrivons toujours pas à croire qu'il ne s'agit pas d'un film, qu'il s'agit de la réalité. Beaucoup d'habitants ont décidé de quitter la ville. Nous ne savons pas pourquoi Jaipur a été prise d'assaut. Nous ne savons même pas d'où viennent ces hommes ni qui ils sont. Pour l'instant, le gouvernement se tait. Des rumeurs circulent selon lesquelles il s'agirait d'une expérience sur des animaux qui aurait mal tourné. Ces hommes feraient partie d'une armée privée chargée de les récupérer.

En entendant cela, Almandin eut peur. Peur que Mehiel ne découvre cette atroce vérité, la façon dont Mylès l'avait isolé de ses alliés durant la bataille, sa folle traversée de la ville, suspendu dans le vide, tête en bas, attaché à un dévoreur. Il ne lui en avait pas parlé pour ne pas l'inquiéter, pour ne pas qu'elle tente de le dissuader de mener une autre bataille dans les jours à venir si la situation le nécessitait.

D'instinct, il pivota vers Mehiel et voulut saisir l'une de ses mains pour la détourner de l'écran. Trop tard ! Elle rejeta sa main et lui tourna le dos, faisant face aux terribles images qui défilaient sous ses yeux impuissants.

— Que t'es-tu fait au poignet ? demanda soudain Sybille.

Elle venait d'apercevoir sa cicatrice, malgré toutes les précautions prises pour la cacher.

— Ce n'est rien, répondit Almandin, mal à l'aise, et il resserra son bracelet autour de son poignet.

— Nous te trouvons étrange depuis l'année dernière, depuis que tu l'as rencontrée.

Sybille venait de parler en hindi, une langue que Mehiel ne maîtrisait pas encore. Elle avait accepté le choix de son fils car Mehiel le rendait heureux, mais ils s'étaient mariés alors qu'ils se connaissaient à peine. Et depuis leur union, Almandin avait pris de la distance. Il donnait moins de nouvelles.

Ces changements inquiétaient les parents d'Almandin. Ce n'était pourtant pas la faute de sa femme. C'était celle de son statut, de ses fonctions, de sa nature mi-siahnnas, mi-mortelle. Ses parents ne pouvaient pas le comprendre tant qu'ils ignoraient sa double vie, son devoir de Roi des Siahnnas. Ce devoir était malheureusement plus important que tout. Il passait même avant les amis, la vie privée, la famille, l'amour.

L'amour de sa vie avait justement les yeux rivés sur la télévision. Almandin le devinait même s'il ne la voyait pas. Il entendait les larmes de son cœur, les sanglots de son âme. Elle avait vu Almandin pendu dans le vide, à l'instant où il avait failli perdre à nouveau la vie.

Mehiel pleurait, une main posée sur l'écran.

— Que lui arrive-t-il ? demanda Sybille, étonnée.

— Je comprends mieux pourquoi tu ne m'as pas parlé de ce qu'il s'est réellement passé, pourquoi personne n'a rien voulu me dire, sanglota Mehiel, dans la langue des Siahnnas. J'ai entendu des choses au palais mais je n'imaginais pas cela...

Ce devait être un moment de joie, un instant de retrouvailles, une belle rencontre entre un petit-fils et ses grands-parents. La bataille de Jaipur avait tout anéanti : ses proches, l'arbre de vie du Royaume siahnnas, le Monde des Mortels désormais conscient de l'existence d'êtres différents aux pouvoirs qualifiés de destructeurs. Quoi qu'il fasse, rien ne changerait. Tout était déjà fait. Aucun retour en arrière possible. À quoi bon trouver une nouvelle excuse pour ses parents ? Un nouveau mensonge ne cacherait pas éternellement la vérité. Effacer leurs souvenirs, celui de Mehiel, effondrée devant la télévision, lui parlant dans une langue inconnue, limiterait les dégâts mais pour combien de temps ? Leur secret finirait par éclater, tôt ou tard. Alors autant lâcher prise. Maintenant.

— Cet homme attaché à une bête, il s'agissait de moi, dit-il après un silence.

Ces mots sortirent de sa bouche comme une délivrance. Il avait employé l'anglais pour être compris de tous.

Son père apportait alors le thé. Ses pieds se vissèrent au sol. La vaisselle tinta sur le plateau. Sa mère cessa de bercer le petit dans ses bras. Mehiel essuya ses larmes et attrapa ses mains, les serrant de toutes ses forces. Elle avait compris et l'encourageait à parler.

— Mais qu'est-ce que tu racontes ? bégaya son père.

Ses parents l'avaient déjà vu agir de manière impulsive, se mêler des affaires des autres, inconscient du danger. C'est pourquoi ils l'avaient toujours fait suivre par Mohan, son ami d'Inde, resté à New York pour s'occuper de l'entreprise familiale sur le territoire américain. Pensaient-ils qu'il s'agissait encore d'une hallucination ? Il leur avait expliqué maintes fois qu'il était capable de voir les fantômes. Jamais ils ne l'avaient cru. Ou peut-être espéraient-ils que ce soit faux ?

— Crois-tu qu'ils réussiront à comprendre ? demanda-t-il à Mehiel en Siahnnas.

— S'ils n'arrivent pas à croire en leur fils, quel autre mortel pourrait accepter la vérité ?

Mehiel trouvait toujours des mots justes et réconfortants. Il passa une main dans ses cheveux. Sans elle, que serait-il devenu ?

S'armant de tout son courage, il inspira un grand coup et affronta ses parents qui s'étaient tous deux assis en face de lui, appréhendant sûrement la conversation venir.

— Cet homme que vous voyez à la télévision, il s'agit de moi.

— Tu as perdu l'esprit ? demanda son père, comme s'il s'agissait de l'affront de trop.

— On me le dit souvent. Mais non, j'ai l'esprit très clair.

Il enleva le bracelet doré qui entourait sa cicatrice à son poignet et dressa son poing face à ses parents.

— Cet homme, il s'agit de moi. Cette trace, à mon poignet, elle est là parce qu'on m'a coupé la main. J'ai des dons, celui de pouvoir soigner toutes les blessures, celui de voir les âmes des mortels, celui de pouvoir effacer leur mémoire ou même de manipuler leur esprit. Depuis ma tendre enfance, j'apprends des langues inconnues en peu de temps parce que j'ai leur souvenir en moi. De la même façon, je sais me battre comme un homme qui a pratiqué toute sa vie les disciplines de combat. J'arrive à parler aux fantômes, parce que autrefois, avant de naître ici comme votre fils, j'étais un Siahnnas, un être chargé de protéger les âmes mortelles.

Il dégagea sa longue veste de sa taille et extirpa de sa ceinture son bâton sacré. Il le tendit droit devant lui entre ses mains.

— Et ceci est mon bâton, l'arme des Siahnnas liée à notre âme.

Le bâton changea de forme et prit l'allure d'une dague. Gabriel n'en croyait pas ses yeux. La mère d'Almandin poussa un petit cri qui affola le bébé dans ses bras. Elle le calma en le bordant. Après quoi, Mehiel reprit son enfant, le porta contre sa poitrine et fit quelques pas avec lui dans le salon pendant qu'ils discutaient.

— Il y a un an, j'ai appris cette vérité, poursuivit Almandin. J'ai appris que j'étais la réincarnation mortelle du Roi Lucifel du Royaume d'Esiah. Des souvenirs de mon ancienne vie me sont revenus. Depuis, j'ai retrouvé celle que j'aimais avant d'être votre fils et j'ai fait connaissance avec notre premier enfant, notre fille, Anjali.

— Anjali ? répéta Sybille, sourcils froncés. Que nous avons vu à votre mariage ?

— C'est bien ça. Nous vivons ensemble dans notre royaume, un royaume qui se meurt, jour après jour, et que je tente de préserver à n'importe quel prix contre les idées sombres de Mylès, à la tête des hommes qui ont envahi Jaipur. Ils l'ont fait pour me tendre un piège. Ils savaient que je viendrais pour défendre la ville, parce que j'y suis attaché.

Almandin se pencha en avant, joignit ses mains et tenta de percer leur regard, lui, qui ne voyait rien dans ce monde.

— Je sais que tout cela est difficile à comprendre... Difficile à concevoir... Difficile à accepter. Mais je suis votre fils. Je le resterai pour toujours. Rien ne changera. Je ne voulais pas vous effrayer. Vous avez toujours eu du mal à m'accepter tel que je suis.

Ses parents restaient silencieux. Que pouvaient-ils dire de toute façon ? Ils avaient le choix entre croire qu'il était fou ou se laisser porter par la magie dont ils venaient d'avoir un aperçu en voyant un simple bâton parcouru de lignes noires devenir une arme tranchante.

Ils avaient pourtant déjà participé à certains événements sans vraiment le savoir, leur mémoire ayant été manipulée pour oublier leur rencontre avec des êtres venus d'ailleurs, dont certains Éduins, assignés à leur protection depuis un an. Il restait une carte à jouer pour Almandin : leur rendre cette partie de l'histoire, effacée de leur esprit.

Alors il tenta le tout pour le tout.

Almandin posa un doigt sur le front de son père en espérant réveiller ses souvenirs enfouis.

— Tout va te revenir peu à peu, lui dit-il.

Cet acte se révélait moins dangereux pour un mortel que pour un Siahnnas car un Siahnnas ne perdait la mémoire que par un sort bien précis. Et peu savaient le jeter. Pour les mortels, il ne s'agissait pas d'un sortilège mais d'une manipulation psychique semblable à l'hypnose. Les humains conservaient leurs souvenirs mais dans une partie profonde de leur inconscient. Il suffisait de la stimuler.

Son père fronça les sourcils, les yeux dans le vague.

— Je ne sais plus distinguer le vrai du faux, dit-il, perdu.

— C'est normal. Ne t'inquiète pas, tout ira bien.

Cela semblait fonctionner. Gabriel se laissait submerger par les images oubliées qui déferlaient dans son esprit.

Avec son accord, Almandin renouvela le procédé sur sa mère.

— Notre enfant s'appelle Shaytan, dit-il une fois qu'ils eurent retrouvé leurs souvenirs. Il régnera sur les terres Siahnnas si nous réussissons à rétablir l'équilibre entre nos mondes. Pour cela, nous avons besoin d'expliquer la vérité aux hommes. Ils doivent croire en nous. Vous devez croire en moi.

— C'était toi ? bredouilla son père.

— C'était moi, acquiesça Almandin.

— Depuis toujours, je t'ai senti ailleurs, mais cela ne m'a jamais effrayée, reconnut Sybille.

— Tu es toi-même la réincarnation de la Reine Sybille. Tu étais autrefois ma mère, unie à mon autre père, Adel, que vous avez déjà rencontré.

— Qui était accompagné de Shimei ? s'étonna son père.

— Tout à fait. Michael, qui était aussi présent, est mon frère.

Mehiel revint s'asseoir aux côtés d'Almandin.

— Almandin tient beaucoup à vous, leur dit-elle. Il me parle souvent de vous et de sa vie passée à vos côtés dans ce monde. Il ne pourrait pas vous abandonner. Sa vie est seulement différente. Cette réincarnation est un don du créateur. Elle a permis à Almandin de comprendre les mortels en vivant parmi eux. Il appartient désormais à deux mondes. Mais son affection pour vous est éternelle.

— Et notre bébé sera toujours votre petit-fils, termina Almandin.

Sybille et Gabriel s'observèrent l'un et l'autre, les mains enlacées. Leur fils n'était pas devenu fou, ne s'était pas éloigné d'eux volontairement mais par obligation. Quel soulagement !

Le secret révélé, Almandin se sentit comme libéré d'un poids. Pourquoi ne leur avait-il rien dit plus tôt ? Il craignait leur réaction. Il avait peur de les perdre, tout simplement. Il s'était trompé. Ses parents avaient réussi à ouvrir leur esprit, à croire en ses facultés, à ce qu'il était réellement, même si l'idée qu'il puisse risquer sa vie chaque jour au cours de ses missions leur était insupportable.

Almandin leur parla du Royaume d'Esiah avec engouement. Son royaume demeurait inaccessible aux mortels. Alors il donna force détails et moult descriptions pour que ses parents puissent découvrir cet autre monde à travers ses yeux et son cœur. Et ils profitèrent pendant près d'une heure de ce temps si précieux passé ensemble.

Mais tout avait une fin. Le petit allait bientôt avoir besoin de se ressourcer en peurs. Il fallait déjà partir.

— Je vais rentrer avec Shaytan, proposa Mehiel. Tu peux rester.

Puis elle se tourna vers les parents d'Almandin :

— J'ai été ravie de vous revoir. Je vous laisse terminer la conversation avec votre fils.

— Merci de prendre soin de lui, confia Sybille, l'air extrêmement reconnaissante.

Elle se leva et la prit dans ses bras, tout comme Gabriel. Tous deux chérirent aussi le petit Shaytan, heureux d'avoir pu partager un moment avec lui.

Almandin ouvrit ensuite un portail vers le Royaume d'Esiah à l'aide de sa bague-armure. La lumière vacillante lui redonna la vue. Pour la première fois, il admira le visage de ses parents. Jusqu'ici, il n'avait pu les voir qu'à travers les photos rapportées du Monde des Mortels. Tout était différent de près. Il pouvait déceler le moindre de leurs traits, l'éclat de leurs yeux, brillants de fierté, émus. Ils étaient ravis de découvrir une nouvelle facette de leur fils. Son histoire expliquait tout ce qu'il avait pu faire ou voir d'étrange depuis sa naissance.

La tête d'Adel sortit subitement de l'écran de lumière.

— Je commençais à trouver le temps long !

Les parents d'Almandin sursautèrent.

Les yeux d'Adel balayèrent la pièce. Passé la surprise de les apercevoir, son corps traversa le portail et il reprit une posture digne d'un Monarque.

— Ils connaissent la vérité, dit son fils.

— J'avais compris. Très heureux de vous revoir.

Cela fit sourire Mehiel, qui salua les parents d'Almandin et repartit au royaume avec Shaytan.

Almandin eut soudain l'impression que son père se sentait à l'étroit dans ses vêtements. Il ne cessait de gigoter et de tirer sur sa chemise et le col de sa veste cintrée.

Gabriel rompit le silence :

— J'ai failli ne pas vous reconnaître dans cet accoutrement.

— La dernière fois que nous nous sommes vus, j'avais fait l'effort de paraître un peu plus mortel, confia Adel, sur le ton de la plaisanterie.

Il joignit ses mains à l'arrière de son dos.

— Je suis heureux de voir qu'Almandin vous a dit la vérité, poursuivit-il. Je pense qu'il en avait besoin. La situation n'est pas facile actuellement. Cela doit le rassurer de vous savoir informés, pour ne pas que vous vous inquiétiez lorsqu'il ne vous donne pas de nouvelles.

— Je suis encore là, tu sais, intervint Almandin. Je pense être capable de dire les choses moi-même.

Adel le ramena tendrement contre lui, une manière de lui montrer sa fierté.

— Ne m'en voulez pas trop, dit-il à l'égard de ses parents. J'étais autrefois son père, ou du moins, le suis-je un peu toujours, même s'il ne s'agit que de son âme.

Son regard rempli de tendresse se posa sur Sybille. Il

l'avait aimée du temps où elle était Reine, dans une précédente vie. Cet amour avait changé. Désormais, il aimait Shimei, s'était uni à elle. Néanmoins, Sybille demeurerait à jamais dans son cœur. Elle lui avait donné deux enfants, lui avait accordé tout son amour et avait accompli son devoir de Reine avec simplicité, sagesse et dévotion.

— Le cycle des réincarnations est une chose que nous ne comprenons pas toujours, expliqua-t-il. Il est dit qu'une âme Siahnnas restera pour toujours Siahnnas. J'ai la preuve devant mes yeux que cette légende rencontre quelques exceptions.

Son regard se concentra sur Sybille. Sa réincarnation restait un miracle. Un miracle voulu par le créateur.

— Vous êtes la première à vous réincarner dans le Monde des Mortels. Je pense que le cycle des réincarnations a une signification. À l'époque où vous étiez Reine, vous étiez brillante, dotée d'une humanité rare, d'un grand sens de l'observation et d'un goût prononcé pour la justice. Le Monde des Mortels a tendance à perdre ces valeurs qui ont fait de vous la Reine la plus appréciée du royaume depuis son origine. Les mortels avaient besoin de vous.

Enfin, il ne put s'empêcher de sourire à son fils. Il tenait beaucoup de Sybille.

— Quand je regarde ce qu'est devenu mon fils, et il sait ô combien je suis fier de lui, je me dis que sa réincarnation, bien qu'elle fût l'issue d'une tragédie, n'a donné que du bon. D'avoir vécu dans le Monde des Mortels a transformé sa vision des choses, même si j'aimerais parfois qu'il oublie les engins électroniques dont il est très friand.

— Ces engins sont très utiles ! protesta Almandin.

— Je ne sais pas si j'ai été aussi bon Roi que lui, mais je suis certain d'une chose. Il sera bien meilleur que moi, et ce, grâce à vous.

En guise de remerciements, Adel pencha sa tête devant les parents d'Almandin.

— Ne dis pas de sottises, dit Almandin, gêné. Je ne fais que suivre ton exemple.

— Tu ferais mieux de te dépêcher dans ce cas. Nous avons une petite discussion à avoir avec Satya, et il nous faut préparer ton discours et celui de Mehiel pour la commission qui se tiendra demain.

— Nous allons dévoiler notre existence à l'ONU, expliqua Almandin pour ses parents.

— Pensez-vous réussir à nous convaincre de vous faire confiance ? demanda Sybille. Regarde ce qu'il arrive à Jaipur. Les habitants désertent la ville depuis deux jours.

— Parce qu'ils ne savent pas qui nous sommes.

— Parce que vous faites peur, lâcha Sybille.

En effet. Il fallait réussir à franchir cet obstacle, celui qui déterminerait leur avenir.

Gabriel posa une main sur l'épaule de son fils :

— Dis-leur qui tu es vraiment. Explique-leur que tu as vécu parmi nous. Ils te feront confiance.

— Pour cela, je devrais dévoiler mon identité. Vous ne serez plus libres. Vous serez poursuivis par les mortels et chassés par la Confrérie.

Sa mère enveloppa une de ses mains :

— Tu es né dans notre famille pour une bonne raison. Nous avions le devoir de te mettre au monde. Prends donc le risque de dire qui tu es. Nous resterons cachés.

— Ce n'est pas une vie pour vous.

— Tu es notre unique fils, confia Gabriel. Nous n'avons pas d'autre enfant. Je sais ce que c'est que d'être père. Tes enfants ont besoin de toi. Tu veux leur offrir le meilleur. C'est aussi notre choix pour toi.

Almandin crut qu'il verserait une larme. Comme il était fier, lui aussi, d'avoir des parents si courageux et pleins d'attentions !

Il les serra fort contre lui.

— Je vous aime.

25

SATYA

Peu avant la destruction de l'arbre de vie, Almandin avait enfermé Satya dans une armoire de sorte à la séquestrer et à l'interroger. Elle était devenue une prisonnière.

La famille royale la maintenait enfermée dans les anciens appartements de sa mère. Depuis, elle n'avait eu aucune visite. Les gardes, placés devant l'entrée, avaient reçu pour instruction de ne la laisser sortir sous aucun prétexte.

La belle Princesse mourait d'ennui. Rien à faire ici. Personne à piquer au vif. Pas un vêtement correct à revêtir. Les placards de sa mère avaient été vidés. Elle conservait ses vêtements partiellement troués depuis deux jours. Son père savait qu'elle détestait apparaître sans ses beaux apparats. Après tout, elle tenait de lui sur cet aspect-là. La priver de ses bijoux clinquants et de ses belles étoffes se révélait être une bonne punition dans un premier temps.

Quand Pyrrhos et Anya entrèrent par surprise dans les appartements, la Princesse ne perdit pas de sa grâce pour autant. Même habillée de guenilles, elle devait se montrer forte et effrontée si elle voulait déstabiliser ses parents. Ils ne la laisseraient pas s'en sortir aussi facilement, étant donné le coup qu'elle leur avait porté. Elle les avait montés l'un contre l'autre en dénonçant la trahison de sa mère, s'était servie des doutes de son père pour s'accaparer le pouvoir, l'avait fait passer pour un demeuré devant le peuple tout entier. L'armée, retournée contre lui, l'avait même suivie.

Alors à la vue de ses parents, elle se para d'un sourire narquois, proche du dédain.

— Efface ce sourire insolent ! lui ordonna son père, déjà énervé par sa vue.

— Pour quoi faire ? La colère qui se lit dans vos yeux est le reflet de votre défaite.

Satya appuyait chaque syllabe comme un serpent crachait son venin. Une véritable peste.

Pyrrhos tenta de se contenir.

— Ce cynisme doit provenir de ton arrière-grand-père, lui murmura-t-il, à quelques centimètres du visage. Il fallait être fou pour mettre au monde un monstre à l'aide d'une putain de sorcière.

La Princesse ricana, une main devant sa bouche.

— Les retrouvailles avec votre famille vous ont fait perdre votre langage, père.

— Si tu continues sur ce ton, ma fille, c'est ta langue que tu perdras.

Anya s'interposa.

— Pourquoi as-tu décidé de suivre Mylès dans cette guerre irrationnelle ? demanda-t-elle à sa fille.

— Il n'y a rien d'irrationnel à désirer l'éternité.

— Ton âme est déjà éternelle, répliqua Pyrrhos. Que veux-tu de plus ?

— Le pouvoir. C'est ce que vous avez aussi voulu, père. Mais je m'aperçois que vous avez perdu toutes vos ambitions. Vous êtes devenu le pantin de votre frère.

Les mots sortis de sa bouche n'étaient que pure provocation. Pyrrhos en était conscient maintenant. Des années durant, il s'était fait berner par la même stratégie, employée par son propre Conseiller, son ancien précepteur, celui qui avait pris la place de son père dans son cœur juste pour se jouer de lui. Au fond, Mylès n'était qu'un être méprisable, capable de cruauté envers ceux qui entravaient son chemin, celui menant au pouvoir.

— Mylès a aussi essayé de jouer à ce jeu avec moi, dit-il.

— Quel jeu ?

— Me retourner l'esprit comme il a si bien réussi à le faire avec toi.

— Il n'a jamais eu à me retourner l'esprit. Je l'ai suivi de plein gré.

— Sûrement par jalousie envers ton frère. Il serait monté sur le trône. Et toi, tu serais restée ce que tu es aujourd'hui, une simple potiche arrogante et cupide.

Pyrrhos aussi savait y faire. Même les serpents pouvaient se faire mordre.

— Je suis loin d'être une potiche, cracha Satya au visage de son père. Les hommes que tu dirigeais autrefois me considèrent comme leur nouveau chef de guerre. Ils critiquent les agissements de Veland et te traitent d'impotent.

Pyrrhos en sourit. Elle se laissait emporter, comme lui le faisait si souvent avant de prendre conscience que ce jeu n'en valait pas la chandelle.

— Mais cela vient de changer, ma fille, lui dit-il avec satisfaction. Tu n'es plus rien du tout. Mylès vient de t'abandonner dans ce royaume. Il est parti avec le calice sacré et s'est empressé de revêtir le bracelet rouge des Rois sans légitimité.

— Il est descendant de Roi.

— Hors mariage. Son sang est impur, contrairement au tien. Il t'a déshéritée et t'a désavouée. C'est aussi ce qu'il m'a fait. Crois-tu vraiment qu'il reviendra te chercher ?

— Il sert une juste cause.

— Laquelle ? Asservir le peuple mortel ?

— Rendre les hommes immortels. C'est leur plus grand souhait.

— Oh non, ma fille, tu n'as pas agi pour le bien des hommes. Mylès t'a offert ce que je refusais de te donner, du pouvoir. Et sais-tu pourquoi je ne te l'ai pas donné ?

Il lui parlait comme à une enfant à qui on venait d'enlever un jouet. Une enfant qu'on avait trop gâtée et qui avait besoin de comprendre la valeur d'une vie. Trop souvent, elle avait tendance à considérer les autres comme de simples pions aux échecs que l'on pouvait facilement prendre à l'adversaire pour gagner la bataille.

— Parce que tu me ressembles trop, reconnut Pyrrhos, à regret. Ton frère a récupéré la sagesse de ta mère. Toi, tu n'as hérité que de cette soif de pouvoir qui m'a conduit à mener mes propres soldats à leur mort. Par égoïsme. Par vengeance. Je savais pertinemment que tu serais incapable de protéger les hommes car tu ne t'es jamais préoccupée des autres, seulement de ta propre personne.

— Vous aussi, père.

Sa mère releva la tête et la regarda avec pitié. C'est tout ce que sa fille lui inspirait.

— Je dois avouer que ton père a accompli une chose que je lui croyais impossible de faire, dit-elle sèchement. Il vous a éduqués, toi et ton frère. Lui n'avait pas eu cette chance. Ton oncle non plus.

— Et qu'est-ce que cela peut me faire ?

— Ton oncle pense que tu peux revenir à la raison.

— Il se trompe lourdement.

— Tu n'es qu'une petite effrontée, lâcha Pyrrhos.

— Vous m'avez donné le bon exemple sur ce point.

Anya soupira.

— Tu as trahi notre confiance, dit-elle avec une froideur qu'on ne lui connaissait pas. Tu savais que Mylès se jouait de ton père et de ton frère mais tu ne leur as rien dit. Au contraire, tu les as dupés, toi aussi. Que t'avaient-ils donc fait ? Rien. Tu n'as même pas l'excuse de ton père, cette incompréhension entre lui, son frère et son père. Tu as tout eu depuis que tu es née. Nous avons commis une erreur, celle de t'avoir trop choyée.

À cet instant, la porte des appartements s'ouvrit. Almandin et Milo pénétrèrent dans le salon.

Les lèvres de Satya dévoilèrent un sourire maléfique. Ses yeux en amande, brûlant d'envie, désiraient le guerrier. Elle ne souhaitait qu'une chose, le prendre dans son filet, l'ensorceler de son poison mortel.

— Mon oncle et Milo. Une réunion de famille qui promet d'être intéressante. Je suis heureuse de constater que vous avez survécu.

— Ce n'est sûrement pas grâce à toi, petite peste, récrimina Almandin.

La belle l'ignora et continua de dévorer le guerrier du regard.

— Milo, ce royaume n'est plus qu'un tas de ruines occupé par des fantômes. Pourquoi as-tu refusé la proposition de ton père ?

— Il n'est pas mon père, répliqua Milo. Il ne le sera jamais.

Satya n'y croyait pas. Mylès chercherait certainement à le ramener à ses côtés pour le désigner comme successeur de son empire. Satya l'avait bien compris. Cela faisait de lui le meilleur parti pour bâtir une nouvelle dynastie.

Anya cilla :

— Je ne comprends pas.

— Milo est le fils biologique de Mylès, révéla Almandin. Cela aurait fini par se savoir.

— Quoi ? Il peut donc porter lui aussi le bracelet sacré ?!

L'ancien Reine regarda le guerrier, paupières palpitantes.

— Son sang est sûrement trop impur, nuança Almandin, sur un ton incertain. Mais il a reçu un don particulier d'Elohim. Il est l'élu.

— Je ne comprends décidément rien à vos histoires.

Milo protesta d'un claquement de langue.

— Mylès a engrossé ma mère, c'est tout ce qu'il y a à savoir, Anya, dit-il, les yeux plein de colère à son égard. Mais ça ne fait pas de lui mon père. J'ai eu plusieurs pères dans ma vie. Un père biologique, et trois pères d'adoption. Almandin est celui qui m'a permis d'être là où je suis aujourd'hui. Et Adel m'a élevé comme si j'étais son propre enfant. Je leur serai à jamais reconnaissant. Mylès n'est qu'un être dépourvu de cœur. Il ne pèse pas les conséquences de ses actes. Son idéologie ne mènera qu'à la destruction. Si ce royaume est en ruine aujourd'hui, c'est de sa faute.

En disant cela, il regardait la Princesse, l'air impitoyable. Elle s'en fichait.

— Plutôt celle de mon oncle, répliqua-t-elle. Le cœur n'a jamais apporté plus que de la souffrance. Il pousse les hommes à agir de façon déraisonnée. C'est ce que vous avez déjà tous fait et c'est ce qui a précipité l'effondrement du royaume.

Pyrrhos l'attrapa soudain par le col :

— Que t'a-t-il donc promis pour que tu changes d'avis aussi rapidement ?

— Rien de plus qu'à toi.

— Il est pourtant parti en te laissant ici. Crois-tu qu'il faille lui être fidèle ?

Elle ne disait plus rien. Elle tenait tête à son père d'un regard abject.

Avant qu'il ne décide de l'écarteler, Pyrrhos la repoussa brutalement loin devant lui.

La Princesse replaça le tissu de sa robe fendue et les affronta tous du regard. Milo eut l'impression de perdre son temps.

— Où se trouve Mylès ? soupira-t-il.

— Je ne te le dirai pas, répondit Satya en détournant son regard de lui.

— Et où est Calista ?

— Je ne le dirai pas non plus.

— Mylès s'est-il rendu à la stèle pendant qu'il m'attendait ?

La Princesse soupira et lissa de nouveau sa robe. Elle n'avait pipé mot. Mais son esprit avait révélé les secrets qu'elle tentait de conserver, lèvres scellées.

— Mylès se trouve à San Diego. Il s'est bien rendu à la stèle. Il reviendra chercher Satya à la première occasion. Du moins est-ce ce qu'elle pense. Mais j'ai un sérieux doute sur ce point.

Aussitôt, la princesse fit volte-face, les yeux arrondis de stupeur.

Almandin se positionna derrière elle.

— Eh oui, il sait lire dans les pensées, murmura-t-il à son oreille. Et toi, tu vas très vite tout oublier.

Il posa un doigt à l'arrière de sa tête et le corps de la Princesse s'effondra sur lui-même comme un pantin désarticulé. Il la rattrapa de justesse pour éviter qu'elle ne se brise la nuque.

— Le don d'Elohim, souffla Anya, ébahie.

Almandin tira le corps de Satya jusqu'au mur et la laissa là, le temps qu'elle reprenne conscience.

Enfin, il s'épousseta les mains.

— Seuls lui et mon fils ont reçu un don du créateur, dit-il. Milo est l'élu, raison pour laquelle il a reçu ce don. Il n'est pas destiné à régner. Quoique son rapprochement avec ma fille me fasse douter...

Milo fit mine de ne rien avoir entendu.

— Nous avons passé en revue la liste des soldats revenus du front, dit-il. Certains manquaient à l'appel à notre arrivée à Garak. Parmi eux se trouvent Artegal et Brianna, deux de nos meilleurs guerriers. Je les ai suivis ce matin. Ce que j'ai lu dans leurs pensées me fait dire que Satya n'a pas été laissée là par hasard. Mylès a voulu faire d'elle une espionne. Elle est chargée de leur transmettre des informations par le biais des phœnix.

— Elle a appris ça de moi, constata Anya.

— Pour une fois, nous avons peut-être une longueur d'avance sur Mylès, se félicita Almandin. Il ne connaît pas les dons de Milo. Et je pense qu'il serait tout à notre avantage d'utiliser Artegal et Brianna.

— En fournissant de mauvaises informations à Satya, ajouta Pyrrhos.

— C'est exact. Milo va donc continuer à les suivre. Quant à nous, nous allons préparer la commission de demain. Car si Mylès persuade les mortels de choisir l'éternité, nous serons perdus à jamais...

26

LE CONSEIL DE SÉCURITÉ

— Pourquoi avoir envoyé Séraphin ?

Adel s'impatientait sur la plaine faisant face à la cité de Garak.

— Il avait besoin de se dégourdir les jambes et cela va lui donner l'occasion de former son fils, répondit Almandin, en face de lui.

Il sourit à Mehiel qui lui tenait le bras. Elle ne s'en rendait pas compte, mais elle le lui broyait. À vrai dire, elle était anxieuse. Jamais elle n'avait eu à parler devant des mortels dans une langue qu'elle maîtrisait à peine. Son stress allait finir par réduire à néant tous ses efforts de préparation.

— Traditionnellement, le Conseiller du Roi ne sort jamais du royaume, grogna Adel.

— J'ai décidé de rompre avec les traditions, répliqua son fils.

— Je trouve que tu les romps un peu trop en ce moment…

Adel dévisagea le vieux Conall qui attendait aussi, à quelques mètres d'eux. Le fantôme admirait l'éclat de ses dents brisées dans un miroir.

D'un seul coup, une porte de lumière apparut sur la plaine. Samael, le fils de Séraphin, en sortit et se positionna près de l'écran, dos courbé.

— Après vous, Vos Majestés, dit-il.

— Je m'occupe du royaume en attendant votre retour, soupira Adel. Soyez prudents. S'il se passe quoi que ce soit avec Mylès, j'envoie immédiatement l'armée.

Almandin lui offrit une petite tape sur l'épaule pour le rassurer et pénétra avec Mehiel dans l'écran lumineux.

Séraphin les accueillit de l'autre côté du portail avant d'emprunter le sens contraire. Il avait lui-même parcouru tout New York pour rejoindre le lieu de rencontre convenu avec la Présidente Curtis, dans une salle de meeting de la ville.

Mehiel et Almandin se retrouvèrent directement face à elle. Jason et Minéa étaient déjà arrivés et se tenaient en retrait.

— Présidente Curtis, dit alors Mehiel en penchant sa tête en avant.

La Présidente la salua à son tour et passa en revue leurs vêtements. Mehiel s'était parée d'une jolie robe blanche drapée à l'image de celles que portaient autrefois les femmes romaines. Quant à Almandin, il avait enfilé son plus beau *sherwani* rouge et vert.

— Nous n'avons pas été présentés officiellement. Je suis le Roi Lucifel.

— Almandin Winster, dit alors la Présidente.

— Tout à fait. Et voici la Reine Mehiel.

Almandin désigna sa femme, à son bras.

La Présidente afficha un mince sourire satisfait et les convia à s'asseoir autour d'une table.

Jason et Minéa les rejoignirent alors. Ils se saluèrent à leur tour.

— Ravi de voir que tu te portes mieux, dit Jason à l'attention d'Almandin.

— Comment va Milo ? demanda Minéa en essayant de lire la vérité dans les yeux du couple siahnnas.

Cette question n'était pas anodine. Minéa avait reçu un message de son fils. Elle savait maintenant qui était le véritable père de son enfant.

— Il s'en sort très bien et il sait qu'il peut compter sur nous quels que soient ses liens génétiques avec Mylès, répondit Mehiel en comprenant le sens de sa question.

Elle eut pour elle un sourire rassurant. Elles n'eurent

pas le temps d'en discuter plus car la Présidente s'installait déjà face à un porte-documents.

— C'est bien la première fois que le Conseil de sécurité invite des personnes... d'un autre monde à témoigner, reconnut la dirigeante.

Elle se servit un verre de scotch. Elle semblait en avoir besoin.

— Qui d'autre est invité ? demanda Almandin en la rejoignant à la table.

— Personne à ma connaissance.

La Présidente but une gorgée d'alcool et poursuivit :

— Cependant, vous devez savoir que certains dirigeants se sont tournés vers la Confrérie des Morts. Beaucoup ont tout de même renoncé à traiter avec eux suite à l'incident de Jaipur. Vous allez devoir vous expliquer sur cette bataille qui a eu lieu en plein cœur de la ville si vous voulez obtenir le soutien des principaux pays. Dans le cas contraire, vous serez bannis de ce monde.

— Il vous sera difficile de nous bannir car nous régnons sur les morts, fit remarquer Jason.

— On vous demandera de respecter ce choix. Sachez aussi que certains de mes homologues ont évoqué le nom du dénommé Mylès.

— Nous pensons qu'il va s'inviter au Conseil, reconnut Mehiel.

Minéa se cambra sur sa chaise. Elle n'avait pas prévu sa venue et ne savait pas comment elle réagirait face à l'homme qui avait engendré son premier enfant d'une manière dont elle n'avait jamais eu tous les détails, d'ailleurs.

— Et qu'arrivera-t-il s'il vient ? demanda la Présidente.

— Je vous fais la promesse qu'il n'y aura pas de blessés, assura Almandin.

— Je veux un cessez-le-feu.

— Il y aura cessez-le-feu uniquement si Mylès l'accepte aussi.

— Il le fera s'il espère obtenir le soutien des autres pays.

Almandin afficha un sourire de côté.

— Vous êtes dure en affaires.

— Je dirige un pays.

— Et moi un des deux Royaumes des Morts, insista-t-il. J'y ai déjà laissé la vie. Nous sommes du même côté. Alors faisons-nous confiance.

Sur ces propos, la Présidente s'abstint de répliquer.

— Avez-vous trouvé la clef que vous cherchiez ? préféra-t-elle demander.

Elle parlait des pierres sacrées, chargées d'ouvrir les coffres.

— Pas encore, reconnut Jason.

— Alors je vous ferai confiance lorsque vous l'aurez.

Une femme trentenaire fit alors son entrée dans la salle de réunion, munie d'un laissez-passer pendu à son cou. Elle avait l'air d'une politicienne, accoutrée de sa chemise blanche et de son pantalon de tailleur.

La Présidente Curtis la présenta aux deux couples royaux :

— Voici Mme Chelsea Clayton, l'ambassadrice des États-Unis qui siège au Conseil de sécurité.

— Ravie de vous rencontrer.

L'ambassadrice leur tendit la main. Ils la serrèrent l'un après l'autre. Ils n'avaient pas l'habitude de ce genre de salutations, sauf Almandin lorsqu'il représentait la société Winster. Généralement, personne ne faisait attention à sa cécité et réagissait comme s'il pouvait voir. Heureusement, il apercevait la forme de l'âme se mouvoir.

— Warwick vous emmènera tous les cinq au Conseil de sécurité et viendra me rendre compte avant le communiqué qui sera rendu, expliqua la Présidente.

— La séance se tiendra à huis clos, ajouta l'ambassadrice. Ne vous inquiétez pas. Tout se passera bien.

— Je sens que vous dites cela pour vous rassurer.

Les dons d'empathie d'Almandin avaient fonctionné

en lui serrant la main. L'ambassadrice était plus que tendue. C'était un peu comme rencontrer des êtres venus d'ailleurs après tout. On ne pouvait pas lui en vouloir d'avoir peur.

La Présidente les prépara à répondre à toutes les questions qu'elle se posait elle-même en tant que représentante d'un pays. Non pas qu'elle eût pris parti pour leur cause, mais elle savait que pour maintenir la paix dans son pays, elle devait se résoudre à travailler avec eux. En somme, elle avait choisi la diplomatie.

Personne ne savait qu'elle était là en dehors de sa garde rapprochée et du vice-président. Son temps étant précieux et chronométré, elle ne tarda pas à repartir pour Washington et laissa l'ambassadrice conduire les deux couples au Conseil de sécurité.

Ainsi, ils montèrent ensemble à l'arrière d'un long véhicule. Warwick, l'agent de la CIA qui avait suivi Margaret Cunningham en Australie, s'installa à côté du chauffeur.

Puis la voiture se mit à rouler et traversa Manhattan pour rejoindre le siège de l'ONU situé sur l'East River.

— Tout ça me semble si irréel..., lança soudain Mehiel en regardant le Monde des Mortels défiler sous ses yeux à travers les vitres de la voiture. Qui aurait dit, il y a vingt-cinq ans, que nous serions obligés de défendre notre cause et notre rôle auprès des mortels ?

— Personne, souffla Almandin.

— Mais s'ils refusent de nous aider ?

— Il nous restera les pierres.

— Quoi qu'il en soit, ce sera le choix des mortels, admit Jason.

— Plutôt le choix de leurs dirigeants, répliqua sa femme, Minéa. Et ils ne sont pas tous du même côté que le peuple...

— Et le peuple n'a pas toujours raison, intervint Almandin.

— Car le peuple n'est pas toujours au courant, lui rétorqua Mehiel.

— Les choses ont toujours fonctionné ainsi, trancha aussitôt Almandin. Les dirigeants ont toujours fait des choix pour le peuple car il est impossible de donner satisfaction à tout le monde. Quelqu'un prend toujours cette responsabilité. Et tu sais tout comme moi qu'il faut avoir les épaules larges pour assumer ces choix.

Minéa sourit à Mehiel :

— J'avoue... Je n'ai pas dormi de la nuit.

— Tu dormiras mieux ce soir, lui dit Jason et il posa sa main sur la sienne.

— Ou pas, intervint Almandin en levant un doigt.

C'était sa façon de dédramatiser les choses. Tous se mirent à rire mais cela ne dura qu'un instant.

L'ambassadrice ouvrit un porte-documents et leur dressa le portrait des membres permanents et temporaires du Conseil de sécurité. Le Français, Nicolas Legendre, présidait alors l'assemblée.

Le Conseil de sécurité avait un rôle universel de préservation de la paix au niveau international. Une grande majorité des pays du Monde des Mortels adhérait à l'ONU. C'était donc l'occasion de plaider leur cause auprès de l'intégralité des territoires.

Le Conseil avait lieu dans la traditionnelle salle du bâtiment officiel de l'ONU, autour d'une table en forme de fer à cheval, face à une gigantesque fresque.

L'ambassadrice y entra la première. Ils furent accueillis peu après, quand tous les représentants eurent pris place.

En entrant, les yeux se braquèrent sur eux. Ils n'avaient pas l'air différents des mortels, seulement un peu décalés dans le temps. Une table avait été installée à leur intention, au milieu de tous les représentants. Le Président du Conseil les invita à s'asseoir et les présenta aux autres membres.

On sentait dans le ton employé au moment de prononcer leur nom, qu'il doutait de leur identité et de leur fonction. Pour lui, cela n'était sûrement qu'une mascarade initiée par les États-Unis. La Présidente Curtis avait en effet tout fait pour leur permettre d'être entendus par ce Conseil, et cela, il ne l'avait pas apprécié.

Le Président du Conseil commença par présenter le contexte de cette réunion à laquelle personne n'assistait en dehors des représentants temporaires et permanents. Puis, au moment de parler des « Royaumes des Morts », il observa le groupe par-dessus ses lunettes et les remonta :

— Expliquez-nous ce que sont vos royaumes, à quoi ils servent, ce qu'est la Confrérie des Morts et quels sont les enjeux qui vous opposent à cette organisation.

Jason commença son exposé en présentant l'équilibre entre le bien et le mal, entre les vivants et les morts. Minéa détailla le rôle de chacune des espèces, Éduins et Siahnnas, dans la conservation de cet équilibre. Almandin en vint à leur montrer tout haut les livres des origines que Margaret avait tenté de présenter aux mortels avant qu'ils ne soient volés par la Confrérie. Ces écrits prouvaient que des êtres différents des hommes existaient, et qu'ils pouvaient vivre plus de deux ou trois siècles. Ensuite, Almandin développa le rôle de la Confrérie des Morts et leur idée de tendre vers l'immortalité.

Mehiel revint quant à elle sur l'événement de Jaipur, qui avait mis en jeu la vie des mortels et celle des nombreux soldats qui avaient participé à la bataille, juste pour que Mylès puisse récupérer le bracelet des Rois. À ce propos, l'ambassadeur d'Inde, siégeant cette année au sein du Conseil, demanda de nombreux détails sur la vie d'Almandin, ses parents, sa société, car l'attaque de Jaipur avait été menée pour le contraindre à sortir de son royaume. Almandin répondit bien évidemment à tout avec honnêteté.

Les questions fusèrent autour de la table : qu'arriverait-il si la Confrérie des Morts parvenait à ses objectifs ? Comment les Éduins et les Siahnnas pouvaient les contrer ? Quel serait le rôle des mortels dans cette guerre ?

Almandin se proposa donc de leur faire une démonstration de leurs pouvoirs :

— Les Éduins maîtrisent les esprits de la nature tandis que les Siahnnas manipulent les esprits, comme je vais vous le montrer.

Le Président du Conseil se leva de sa chaise et se plia devant eux à tel point que ses lunettes tombèrent sur la table. Certains ambassadeurs restèrent dubitatifs. D'autres se montrèrent curieux.

— Si je le voulais, je pourrais aussi faire en sorte qu'il pose ses mains autour de son cou et qu'il se brise la nuque tout seul.

D'un claquement de doigts, Almandin arrêta son emprise et le Président du Conseil reprit ses esprits. Il sembla soudain sortir d'un enchantement.

— Qu'avez-vous ressenti ? demanda l'ambassadeur russe à son homologue français.

— Que s'est-il passé ? s'étonna le Président du Conseil.

Il chercha ses lunettes, tâtonnant sur la table. Dès qu'il les trouva, il les reposa sur son nez et se rassit.

— Qui nous dit que vous n'avez pas usé d'hypnose ? s'interrogea l'ambassadrice de Chine.

Sa chaise se mit à léviter. Jason la contrôlait grâce aux esprits du vent. La représentante se cramponna aux accoudoirs. Elle avait sa réponse.

— Nos pouvoirs ne relèvent pas de l'hypnose, assura Jason, et la chaise se reposa au sol, au grand soulagement de son occupante.

— Bien... bien... tout ça pour nous faire comprendre quoi ? s'énerva le Français.

— La Confrérie des Morts se servira de ces pouvoirs contre vous, dit Almandin avec assurance.

— Comment pouvez-vous en être si sûr ?

— Je connais très bien celui qui la dirige.

— Un dénommé Mylès.

— Exact.

Almandin leur présenta le personnage en expliquant tout ce qu'il avait pu faire subir à son peuple et à sa famille. Cela donnait une idée des méthodes qu'il pouvait employer pour arriver à ses fins.

Malgré ce témoignage, l'un des ambassadeurs lança un « vous accusez un être qui n'est même pas là pour se justifier » à leur encontre. L'absence de Mylès à cette réunion le servait plus qu'autre chose.

L'ambassadrice des États-Unis, Mme Clayton, fit alors état de ses propres rapports réalisés sur la Confrérie des Morts pour prouver les accusations à l'encontre de l'ancien Conseiller du Roi. Les débats dévièrent ensuite sur des questions morales relatives à la vie et à la mort, car l'objectif de la Confrérie était de rendre les hommes immortels.

Il faut dire que le rapport à la mort avait évolué au fil des siècles. Jusqu'à l'air moderne, où les avancées médicales avaient permis de prolonger la vie, les familles se contentaient de survivre. La mort survenait régulièrement dans les grandes fratries, au fil des famines, des guerres, des grandes invasions, des épidémies. Perdre un mari, un enfant, un parent était coutumier, d'autant plus que les familles étaient relativement importantes. Mais les croyances, les superstitions, les cultures, les mœurs avaient subi de profonds changements.

Grâce à de meilleures connaissances scientifiques, de nombreuses communautés s'étaient détournées des religions. D'autres avaient consolidé leurs croyances jusqu'à parfois les pousser dans leurs extrêmes. Il n'existait pas une seule société, mais de nombreuses, toutes différentes les unes des autres.

Une telle disparité de cultures ne pouvait mener à aucun accord sur l'existence d'un créateur unique, quand bien même ils auraient apporté toutes les preuves tangibles pour l'attester. Par ailleurs, certaines communautés niaient l'existence d'une réincarnation ou d'un cycle de vie. Le sujet posé sur la table du Conseil de sécurité s'attaquait donc à des questions éthiques pour le moins épineuses car philosophiques et relevant aussi de la foi.

Pour cette raison, au fil des discussions, les deux couples royaux commencèrent à comprendre qu'il serait difficile de convaincre ce Conseil de leur accorder leur aide. Tout le long, les arguments pour et contre une intervention des mortels étaient lancés autour de la table comme s'il s'agissait pour chacun de défendre son pré carré. Dans les arguments, il y avait à la fois ceux relatifs aux mœurs, à la santé, à la prolongation de la vie, aux relations humaines, à la famille.

Le devenir des deux Royaumes des Morts ne fut aucunement abordé. Tout tournait autour des mortels et de leur futur. Au fond, le Conseil n'avait tout simplement pas envie de prendre position, seulement d'en connaître plus sur la vie et la mort, et le principe de cycle de vie.

D'un point de vue économique, trouver le « vaccin » contre la mort était un moyen comme un autre de mettre fin aux guerres en éliminant la menace de la mort. Le sujet dévia alors sur le corps, ce qu'il deviendrait, quels seraient les pouvoirs des mortels si leur existence n'avait plus de limite.

— Je vais vous montrer ce que vous deviendriez, proposa Almandin.

Il ouvrit alors une porte de lumière dont s'extirpa le vieux Conall.

Le spectre avait attendu des heures sur la plaine de Garak qu'on fasse appel à ses services. Mais cela en valait la peine. Fier d'être présenté à des puissants du Monde des Mortels, il passait déjà sa langue sur ses lèvres et les observa les uns après les autres avec curiosité.

Les ambassadeurs marquèrent un mouvement de recul. Tous, sans exception. Le Roi des âmes savait impressionner par son allure particulièrement féroce et vicieuse.

— Si au Royaume d'Odéon, les âmes retrouvent leur corps, celles restant bloquées dans ce monde, damnées ou non, prennent cette forme, expliqua Almandin.

— Et pourquoi ne les voit-on pas en temps normal ? demanda le Président du Conseil.

— Car elles n'ont pas traversé les portes des Royaumes des Morts. Par contre, ces âmes se voient mutuellement dans votre monde. Certaines, notamment, les âmes damnées, sont capables de se regrouper pour vous nuire dans votre sommeil, en atteignant vos rêves, ou dans votre vie de tous les jours, sans que vous le sachiez. Nous intervenons donc pour les ramener dans l'un des deux Royaumes des Morts.

Le Roi des âmes grimaça à outrance puis fixa les ambassadeurs, l'air de se dire qu'il s'amuserait bien avec eux.

— Vous venez donc régulièrement ici ? questionna le représentant russe sans se laisser intimider.

— En effet, acquiesça Almandin. Et vous ne vous en êtes jamais rendu compte.

— Sauf quelques pays marqués par votre passage ou votre guerre, lança tout haut l'ambassadeur d'Inde.

— Des hallucinations collectives et des événements étranges se sont faits plus nombreux les vingt-cinq dernières années car nous avons failli à notre rôle, avoua Jason. Nous l'admettons.

— Mon frère, le précédent Roi, pensait qu'il n'était pas nécessaire de récupérer les âmes damnées et avait abandonné cette mission, ajouta Almandin.

— Vous dites que nous deviendrions des spectres, lança soudainement l'ambassadeur du Royaume-Uni. Mais peut-on sans corps mettre au monde des enfants ?

Cette question pouvait avoir l'air stupide mais la procréation était de loin l'une des plus pertinentes et des plus importantes si les mortels voulaient préserver leur espèce.

— Bien évidemment, non, objecta Jason. Si vous rompez le cycle de vie, l'équilibre sera rompu, les âmes resteront dans ce monde et nos deux royaumes s'éteindront. Éduins et Siahnnas finiront par migrer ici car vous serez notre seule source d'énergie.

Ce fut l'argument qui changea la donne. Les ambassadeurs se turent. Puis les débats reprirent.

— En somme, nous deviendrions une sorte de bétail ? argua l'un des ambassadeurs.

— En effet, reprit Almandin. L'immortalité a un prix, celui de ne plus pouvoir enfanter et celui de devoir nous alimenter. Les Siahnnas pourront survivre à la seule condition de se servir de vous en manipulant votre esprit, comme je l'ai fait en début de séance. Concernant les Éduins, nul ne sait si le monde sera plus heureux ainsi. Peut-être déclineront-ils par la force des choses ?

— Nous vivons déjà plus longtemps que vous, ajouta Mehiel. Nous savons à quel point chaque seconde de vie supplémentaire est importante. Mais nous sommes aussi conscients que nous pouvons perdre des êtres chers à chaque instant. C'est la raison pour laquelle nous avons envie de nous battre pour eux, nous avons envie de profiter de ces instants de bonheur que nous pouvons partager avec ceux que nous aimons. Si le temps n'était plus compté, apprécieriez-vous autant votre vie ?

C'était une bonne question. Tout le monde sembla soudain y réfléchir.

L'immortalité était un fantasme dont beaucoup rêvaient sans penser aux conséquences que ce concept pouvait avoir sur le monde, sur la manière de vivre, sur la famille.

Les deux couples expliquèrent par ailleurs que le nombre d'âmes vivantes et mortes restait identique mais que l'équilibre entre morts et vivants se régulait de lui-même par la coexistence du bien et du mal et par l'intervention des forces naturelles – tremblements de terre, tsunami, tempêtes, typhons...

Les ambassadeurs finirent par comprendre le véritable enjeu de la guerre qui les opposait à la Confrérie des Morts. La présence de Conall donna aussi un avantage aux deux couples royaux. Personne n'avait envie de perdre son corps et de finir en ectoplasme. Encore moins, avec un corps déchiqueté comme le sien...

Finalement, Mylès ne se présenta même pas devant le Conseil. Pourtant, il était certain qu'il était au courant de la tenue de cette audition et qu'il serait informé des décisions prises en ce jour.

Les ambassadeurs avaient besoin de temps pour étudier les questions soulevées lors de la réunion. Cela se comprenait. Différents points furent tout de même soumis au vote et des résolutions furent arrêtées en attendant le retour des scientifiques sur ces sujets : rester passif dans cette guerre de sorte à maintenir la paix dans les communautés mortelles, n'intervenir qu'en dernier recours, et, sur proposition de l'ambassadeur d'Inde, expliquer l'événement de Jaipur par des recherches en laboratoire qui avaient mal tourné... En effet, rendre publique la vérité aurait pu causer des tensions car beaucoup n'étaient pas encore prêts à l'accepter.

Quant à l'immortalité, au vu des éléments évoqués, la plupart des ambassadeurs furent convaincus qu'elle ne devait pas être imposée à tous.

Les pays membres de l'ONU s'engagèrent donc à ne pas créer d'alliance avec l'un ou l'autre des camps.

Même si les mortels avaient décidé de ne pas les soutenir pour l'heure, leur décision remettait en cause les plans de Mylès et faisait gagner du temps aux deux royaumes pour trouver un moyen de mettre un terme à son ascension.

De retour chez lui, Almandin se remit donc activement au travail. Retrouver le livre de Kochab devint sa priorité, car si Mylès avait perdu le soutien des mortels dans sa quête de l'immortalité, il avait désormais besoin des pierres sacrées pour accomplir son œuvre. Et nul ne savait ce qu'il était encore capable de faire pour parvenir à ses fins...

27

LE LIVRE DE KOCHAB

La voûte de la cité d'Esiah s'éteignit. Les familles de soldats rentrèrent chez eux, respectant le couvre-feu. Des gardes allumèrent les torches jalonnant les rues. Dans les maisons, on n'entendait plus que le crépitement du feu et quelques bavardages, surtout en présence d'enfants. C'était l'heure des histoires ou des jeux en famille pour ceux qui n'étaient pas de garde cette nuit-là.

Des troupes effectuaient des rondes autour des petites huttes. Des bourreaux aussi. Ils avaient quitté l'Haoma depuis que les spectres avaient rejoint l'Hestia.

Les fantômes, eux, ne dormaient jamais. Il fallait les surveiller à longueur de temps, contrôler leur férocité, vérifier qu'ils n'entrent pas dans les maisons pour voler ou même tuer. Le soir, ces rues leur appartenaient. Ils s'y livraient à des combats épiques pendant que les Siahnnas se reposaient et assimilaient l'énergie des peurs libérées. Du moins, ils essayaient, le raffut des spectres en réveillant plus d'un.

Les phœnix de la Tour des Supplices piaillaient chaque fois que les clans de spectres s'affrontaient. Leurs sons aigus portaient loin sous la voûte étoilée, autant que les cris endiablés des fantômes. Mais plus personne n'y prêtait vraiment attention.

Ainsi, lorsqu'une porte de lumière s'ouvrit au milieu de la place principale de la cité mère, seuls ceux qui la virent apparaître réagirent. Trop tard !

La porte ne s'était pas refermée que les fantômes, aveuglés par la lumière, s'effondraient les uns derrière les autres sur quelques mètres. Les soldats présents sur les lieux tombèrent à leur tour. Malgré le chant criard des phœnix agités, malgré les beuglements des fantômes, personne ne vint leur prêter main-forte. Des corps s'amoncelèrent sur le sol sous la pression d'un pouvoir destructeur. Et les rues plongèrent une à une dans le silence.

Ce vent ravageur cessa de semer le trouble aux portes de la maison de Lilith. Là, le tissu pendu à l'entrée se souleva subitement, emporté par un courant invisible. La mère de la petite, assise derrière la table du salon, releva le nez de son livre.

Des doigts glacés se posèrent sur sa nuque.

— Le livre de Kochab, où est-il ? lui demanda une voix d'homme, près de son oreille.

La mère lâcha d'un seul coup son livre. Un frisson parcourut son dos. Elle se cabra sur sa chaise, les ongles plantés sur la table.

— Qui êtes-vous ? répondit-elle sans se retourner.

— Je veux le livre de Kochab. Il me reste peu de temps. Dis-moi où il se trouve.

La mère se tut.

L'homme posa une main derrière sa tête et ses doigts peignèrent ses cheveux. La femme plissa les yeux de douleur et se cramponna à la table. Elle crut devenir folle.

— Dis-moi où il se trouve, répéta l'homme. Le livre de Kochab.

La femme tenta tant bien que mal de résister à son emprise, laissant échapper quelques cris sourds, la respiration bloquée. Mais ses lèvres bougèrent sans qu'elle puisse les contrôler.

— L'a… l'arm… l'armoire… de… la… chambre…

La réponse obtenue, l'homme repoussa sa tête en avant. La mère perdit connaissance.

Un soupir d'angoisse se fit alors entendre à l'entrée de la chambre. La petite Lilith, tremblante de peur, posait des yeux effrayés sur l'homme qu'elle connaissait de vue, car il avait servi le Roi Pyrrhos durant son règne. Il s'agissait de l'ancien Conseiller, Mylès. Ses yeux bleus, froids et sans pitié, la dévisagèrent aussitôt.

Lilith recula instinctivement dans sa chambre. La fuite était la seule solution. Elle grimpa sur le lit, sauta par la fenêtre. Derrière le mur, elle tomba à genoux sur le torse d'un soldat inconscient. La rue était recouverte de corps. De corps inertes. Elle réprima un cri d'horreur.

La petite se releva sur ses mains, se mit à courir en allongeant ses foulées et slaloma entre les spectres et les Siahnnas assommés. Elle ne voyait personne pour l'aider. Pourtant, au loin, elle entendait des troupes s'activer. L'alerte avait été donnée.

Elle se dirigea vers les portes du Cianath, là où elle pourrait retrouver facilement la garde royale. Et elle poursuivit sa folle cavale jusqu'à percuter de plein fouet un homme. Il l'arrêta dans son élan en la serrant bien fort contre sa taille.

— Lilith ?

La petite leva des yeux pétrifiés vers lui. Quand elle découvrit son visage, son regard se chargea d'espérance.

— Seigneur... Seigneur Milo..., dit-elle, à bout de souffle. Le Seigneur... Le Seigneur Mylès... a attaqué... ma mère.

Elle le serra de toutes ses forces, pensant qu'il pourrait la protéger. Il passa une main derrière son dos et plissa le front après avoir lu dans ses pensées.

— Mon fils, tu es là.

Mylès se tenait devant eux, à bonne distance. Il avait suivi la petite.

Son long manteau blanc descendait à ses chevilles. Milo l'avait-il déjà vu habillé autrement ? Jamais il n'avait quitté cet attribut offert au Conseiller. Il détenait pourtant le pouvoir des Rois maintenant, à travers le bracelet sacré. Cet attribut-là le rendait plus dangereux qu'il ne l'était autrefois. Mylès s'aventurait au royaume car il ne craignait plus de se faire attraper. Preuve en étaient les corps jonchant le sol. Il s'était débarrassé des spectres et des gardes à lui tout seul.

Mylès s'était arrêté devant son fils biologique, et révélé à lui pour une raison inconnue. Avec un tel pouvoir en sa possession, il aurait pu éviter la confrontation en restant invisible. Il en avait décidé autrement. La voie la plus simple n'était jamais celle qu'il choisissait.

Restant sur ses gardes, Milo plaça la petite derrière lui et affronta son père d'un regard assuré :

— Pourquoi vous en prendre à la mère de cette enfant ?

— Je cherche le livre de Kochab.

— Le livre de Kochab ?

— Tu as vu comme moi les écrits de la stèle. Tu dois aussi être à sa recherche. Cette enfant est la descendante de Kochab. Elle sait sans doute où se trouve l'ouvrage.

Milo observa Lilith en arrière. La petite se cramponna à son armure, les yeux larmoyants :

— Je voulais sauver la Reine... Je lui ai confié le livre en pensant qu'elle le donnerait au Roi. Elle me l'avait promis...

Lilith n'aurait jamais dû dire qu'elle avait confié l'ouvrage à la Reine car Mylès allait certainement partir le chercher. Il avait tout entendu, c'était certain.

Les yeux de Milo se braquèrent immédiatement vers Mylès, par peur qu'il ne se soit déjà échappé. Mais son père attendait toujours, à quelques pas de lui, un sourire satisfait déjà sur ses lèvres.

— J'ai ouï dire que la famille royale s'était retranchée à Garak après la destruction de l'arbre de vie, dit-il, telle une menace.

Milo ne répondit rien. Cet homme obtiendrait ce qu'il souhaitait par n'importe quel moyen. Et il n'aspirait pas seulement à mettre la main sur le livre de Kochab. Il désirait aussi ramener sa progéniture, son héritier, à ses côtés. Sinon, pourquoi serait-il resté là à discuter ?

— Tu as besoin de moi pour desceller le livre, poursuivit Mylès. Je te propose un pacte de sang.

Le genre de pacte auquel il ne se risquerait jamais à moins d'y être contraint. L'une des deux parties finissait toujours par rompre le traité et y perdre la vie. Voilà le risque encouru pour un tel pacte : la mort.

— Vous avez besoin du livre pour trouver la dernière pierre, constata Milo. Les mortels n'ont plus confiance en vous. Voilà la véritable raison de votre venue. Nous vous avons obligé à revenir au royaume. Mais vous aurez du mal à en sortir.

Il s'entailla la main à l'aide de son bâton et braqua son arme en direction de Mylès.

Son père sembla déçu :

— Tu refuses donc mon offre.

— Vous êtes assez intelligent pour le comprendre.

— Il s'agit de la seconde offre que tu refuses. Je te laisserai cependant une dernière chance de te rallier à ma cause.

— Cela ne m'intéresse pas.

Mylès observa son fils cinq secondes dans les yeux, sans mot dire. Un soupir montra sa résignation. Puis son image se fondit dans la pierre noire des maisons. Il se rendait certainement à Garak, grâce à ses pouvoirs.

Milo se retourna vers Lilith et lui indiqua la direction du Cianath du doigt.

— Rejoins Samael, je me charge de lui.

Il ouvrit ensuite une porte de lumière et disparut à travers l'écran.

Mylès ne rencontra aucune difficulté pour franchir les remparts de la cité de Garak car les portes de bronze étaient encore ouvertes à cette heure de la nuit. Son pouvoir le rendait invisible aux Siahnnas et aux âmes damnées. Il remonta sereinement la ville, puis les escaliers menant aux portes du palais, sans semer le trouble cette fois. Les cloches du temple ne devaient pas sonner pour prévenir de sa présence. La Reine aurait été plus difficile à atteindre dans ce cas.

Les gardes stationnant en haut des marches, droits comme des piquets, ne bougèrent pas d'un pouce, même lorsqu'il ouvrit la porte du palais. Son fils ne devait pas être très loin derrière lui. Dans le couloir, il accéléra le pas, croisant sur son passage Anjali qui promenait le petit Shaytan près du jardin intérieur.

Le Prince se mit à pleurer dans ses bras quand le Conseiller passa à ses côtés. Peut-être avait-il senti sa présence ? Anjali le porta contre elle et le borda. Mylès reprit donc son chemin. Pendant qu'il marchait, il attrapa son bâton à sa taille, le transforma en dague. Puis il tira de sa poche une fiole qu'il renversa sur la lame.

C'est alors qu'il aperçut la Reine, en longue tenue du soir. Elle sortait des bains du palais et s'apprêtait à regagner sa chambre. Pendant qu'elle était seule, il s'approcha d'elle, l'attrapa subitement par le poignet et la ramena dos contre son poitrail, un bras devant sa taille. Son autre main lui servait à entraver la bouche de la Reine. Et il l'entraîna dans une chambre vide avant de la plaquer contre le mur. Mehiel poussait des cris étouffés. Ses yeux exorbités croisèrent ceux du Conseiller. Il maintenait une pression sur ses lèvres pour ne pas qu'on l'entende. La lâcher l'aurait sorti de son cercle d'invisibilité.

La Reine respirait fort par le nez. Elle attendait qu'il parle.

— La petite-fille de Kochab t'a donné un livre que tu devais offrir à Almandin. Où est-il ?

Les yeux de Mehiel exprimèrent son incompréhension.

Du coin de l'œil, l'ancien Conseiller aperçut une flamme s'enfuir vers la sortie de la chambre. Mésilande avait dû le voir. Les pouvoirs des Rois n'agissaient pas sur les animaux, encore moins sur le phœnix royal. Almandin allait sans doute bientôt arriver. Cela précipiterait tout.

Mylès leva son poing droit en l'air. La pointe de sa dague visait le visage de Mehiel. D'instinct, la Reine ferma les yeux. Elle cessa un instant de respirer. Et la dague transperça violemment son épaule. Mylès y avait mis toute sa force.

Mehiel hurla de souffrance. La main du Conseiller, plaquée sur sa bouche, brisa le son de sa voix.

Une flèche passa soudain entre leurs deux visages. La pointe d'acier se logea dans le mur de la chambre.

— Enlève tes sales mains de ma femme.

Le Conseiller se retourna de moitié. Almandin brandissait un arc, à l'entrée de la chambre. Ses doigts tremblants de rage faisaient vibrer son arme. Des gouttes de sang perlaient au sol. Elles provenaient de ses gants.

Le Conseiller le remarqua :

— Tu as pris des précautions.

— Les pouvoirs du bracelet rouge peuvent être contrés, répliqua Almandin. Fort heureusement, d'ailleurs...

— Par une incantation. Tu les maîtrises très bien, je l'avoue. Pour autant, je te demanderai de baisser ta garde.

— Sinon quoi ?

Mylès retira la dague de l'épaule de Mehiel. D'un seul jet. Mehiel poussa un cri.

Une tache rouge se forma sur le peignoir de la Reine, au niveau de sa plaie. Les yeux d'Almandin se chargèrent de rage. Sa main se resserra autour de son arc. Il fit un pas en avant. Milo l'arrêta avant qu'il ne se lance dans un combat mortel.

Contre toute attente, Almandin baissa son arc.

Mylès rattacha son bâton à sa ceinture :

— Je vous propose un marché.

— Venant de ta part, cela m'étonne beaucoup, pesta Almandin. Tu n'es pas du genre à traiter avec l'ennemi.

— La dernière fois que nous nous sommes rencontrés, n'est-ce pas toi qui as refusé mon offre ? Je n'aurais pas coupé ta main si tu m'avais donné la bague. Je n'aime pas plus le sang que toi.

— Ta bonté te perdra...

Mylès ne répondit rien.

— Mon bâton a été empoisonné, annonça-t-il après

un silence. La Reine qui a été touchée risque sa vie. Malheureusement, je crois savoir que tes pouvoirs thaumaturges ne peuvent rien faire contre les poisons. L'heure tourne.

— Qui me dit que c'est la vérité ?

D'un doigt ganté, Mylès dégagea le peignoir de la Reine, au niveau de son épaule. Sa peau était devenue bleue autour de l'entaille. Elle commençait déjà à suer.

Almandin serra les dents :

— Qu'est-ce que tu veux ?

— Le livre de Kochab.

Comme les yeux d'Almandin témoignaient de la même incompréhension que celle de la Reine, Mylès ajouta :

— De toute évidence, tu ne sais pas où il se trouve. Pourtant, la descendante de Kochab l'a, semblerait-il, donné à la Reine.

— Il dit vrai. La petite Lilith qui a voulu t'assassiner. Elle est descendante de Kochab, annonça Milo. Elle a donné le livre à Mehiel en espérant qu'elle te le remettrait avant que Mylès ne vienne s'en prendre à sa famille.

— Sa mère s'en remettra, assura Mylès.

— Qu'est-ce que tu lui as fait ? demanda Almandin avec hargne.

— J'ai simplement voulu la faire parler en manipulant son esprit.

— Technique peu innovante.

— Mais elle a fait ses preuves.

Almandin mourait d'envie de poignarder son cœur. Il se retenait de le faire. Cela n'aurait servi à rien. Il était plus fort. À coup sûr, il l'aurait battu.

— Tu sais comme moi que ce livre ne peut être ouvert que par le détenteur du bracelet sacré, lui dit Mylès.

— Maintenant que tu as perdu le soutien des mortels, nous n'avons plus l'utilité des pierres. Pourquoi voudrions-nous l'ouvrir ?

— Tu as besoin d'un antidote. J'ai besoin du livre.

— Je ne te laisserai jamais partir d'ici vivant.

— Alors trouvons un arrangement. Je te propose un marché équitable. J'ouvre ce livre en présence de Milo pour qu'il en prenne connaissance. Puis tu me laisses repartir vivant dans le Monde des Mortels avec cet ouvrage. Quant à moi, je te fournis l'antidote.

— Où est le piège ?

— Il n'y en a pas.

Milo et Almandin s'échangèrent un regard. Devaient-ils accepter ? Cet être ignoble leur avait menti durant des années. Comment lui faire confiance ? Mais avaient-ils un autre choix que de tenter le diable ?

Le guerrier hocha finalement la tête. Almandin accepta sa décision, plus par amour envers sa femme que par raison.

— Milo doit avoir le temps de consulter le livre, dit-il.

— Il l'aura. Du moins le temps que tu décideras, assura Mylès. Mehiel doit prendre l'antidote dans l'heure qui vient si tu veux qu'elle survive.

Puis il se retourna vers la Reine :

— Où se trouve le livre ?

— Dans la chambre... Le chevet...

Almandin voulut y aller mais le Conseiller l'arrêta dans son élan :

— Hors de question que tu y ailles. Milo va s'en charger.

— Je ne le ferai qu'à une condition, annonça Milo. Nous devons faire un pacte de sang.

Cela allait obliger Mylès à tenir parole. Milo tiendrait la sienne dans tous les cas.

— Nous lisons tous les deux le livre, vous nous donnez l'antidote et vous partez sans commettre la moindre effusion de sang, proposa-t-il. Nous promettons de vous laisser partir vivant, cela va de soi.

— C'est entendu. Que ce pacte soit scellé par le sang sous le regard d'Elohim. Celui qui trahira sa promesse mourra dans les prochains jours.

Le Conseiller relâcha la Reine. Elle ne tenait plus

debout. Son dos descendit tout doucement le long du mur. Elle s'assit à terre, prise de vertiges. Milo l'observa un instant avant de s'entailler la paume. La sauver, c'est tout ce qui comptait.

Mylès ôta ses gants et passa une dague dans son poing. Les deux hommes avancèrent et mêlèrent le sang de leur main. Mylès n'avait jamais été aussi proche de lui. Une étincelle dans son regard montrait toute la fierté qu'il pouvait ressentir d'avoir engendré un fils aussi brillant, malin et audacieux. En revanche, Milo ne ressentait que rancœur envers lui.

Le pacte scellé, Milo ne s'attarda pas et sortit de la salle pour aller chercher le livre de Kochab.

Pyrrhos et Anjali attendaient patiemment dans le couloir. Mésilande s'était posée sur l'épaule d'Adel.

— N'intervenez surtout pas, les prévint Milo et il s'adressa ensuite à Anjali. Emporte Shaytan loin d'ici.

— Il a déjà fait trop de mal à notre famille, Milo, lui répondit la Princesse. Je ne me contenterai pas de fuir.

— Il ne passera pas cette porte indemne, je t'en fais le serment, répliqua Pyrrhos.

— Il le doit pourtant, dit Milo. Il a blessé Mehiel. Elle a été empoisonnée. Si nous ne traitons pas avec lui, elle mourra. Nous avons besoin de l'antidote.

— Mehiel a toujours été la faiblesse de mon frère, grogna Pyrrhos.

— Que suggères-tu ? Qu'elle meure ?

La Princesse, horrifiée, protesta.

— Mylès sait très bien comment atteindre mon frère, murmura Pyrrhos, le ton aigre. Elle finira par mourir tôt ou tard si nous le laissons vivre. Je le connais mieux que quiconque. Crois-moi, il le fera sans hésiter pour gagner du temps, pour plonger mon frère dans un état tel qu'il perdra goût en la vie et cessera de le combattre.

— Non ! cria Anjali.

Aucun mot ne sortit de la bouche de Milo. Il baissa le front.

— Tu sais que je dis vrai, continua Pyrrhos, face à son mutisme. Sinon tu m'aurais déjà répliqué des mots emplis de sagesse qui me fendillent l'oreille chaque fois que je les entends.

Encore une fois, Milo préféra éviter de répondre. Il caressa la joue d'Anjali et serra ses épaules.

— Ne t'en fais pas. Je m'en occupe. Si tu veux sauver ton frère, emmène-le loin d'ici. Je vais chercher le livre. Je n'ai pas le temps de discuter.

Alors qu'il partait, Pyrrhos lui cria de loin :

— Mylès ne retournera pas vivant dans le Monde des Mortels !

De son côté, Adel semblait plonger dans une profonde réflexion, l'air inquiet, comme dans ces moments où il venait d'avoir une mauvaise vision.

— Rends-toi au dispensaire avec Shaytan, dit-il pour Anjali. Demande au Guérisseur de venir. Tout de suite.

Sa petite-fille acquiesça d'un mouvement de la tête. Elle partit aussitôt, sous la bonne garde de Mésilande qui volait derrière elle.

Adel se tourna vers son fils, Pyrrhos :

— Les hommes doivent se tenir prêts à tirer lorsque Mylès passera les portes de la cité. Je te les confie.

— Il n'y a que moi qui puisse tuer Mylès, assura Pyrrhos, sourcils froncés. Je suis déjà damné.

— Milo a fait un pacte de sang. Il est obligé de le laisser partir. Tu feras de même. Nous avons besoin de l'antidote.

— S'il rompt son pacte, je le tue.

— Tu feras à ta guise si tel est le cas et seulement si c'est le cas.

Pyrrhos émit un son rauque, puis partit accomplir sa mission.

Une fois seul, Adel inspira longuement, très longuement. Il devait garder la tête froide et calmer ses nerfs s'il voulait sauver Mehiel. Enfin, il entra dans la salle.

Almandin tournait en rond comme un lion en cage. Il

ne cessait d'observer Mehiel, assise contre le mur. Mylès lui barrait le chemin.

La Reine était devenue blanche. Elle comprimait sa blessure d'une main. Le bleu entourant sa plaie commençait à s'étendre vers le cou. Plus les secondes passaient, plus Almandin perdait patience. D'ailleurs, son bâton avait pris l'apparence d'un couteau. Il le roulait machinalement entre ses doigts, attendant le bon moment pour porter le coup fatal à Mylès. Pour peu, la journée finirait en bain de sang.

— Mylès..., persifla Adel tant il le détestait.

— Bonjour Adel, répondit le Conseiller.

Ses mots et le ton employé étaient toujours respectueux. Même dans les moments où il se montrait inhumain et malfaisant.

— Mehiel doit être alitée, dit Adel.

— Elle le sera une fois que j'aurai obtenu le livre de Kochab.

— Ainsi donc tu désires poursuivre la quête des pierres sacrées. Quelle déception cela doit être pour toi de ne pas avoir été choisi par les mortels. Penses-tu réellement qu'Elohim sera de ton côté, lui qui nous a créés pour protéger le libre arbitre des hommes ?

— Elohim désire surtout trouver un meneur d'hommes. Cette quête n'est qu'un test, Adel. Tu ne l'as pas encore compris.

— Et tu penses sincèrement que le meilleur des meneurs d'hommes est celui qui en décimera le plus ? Combien sont morts par ta faute depuis que tu sévis ?

— Moins que le nombre d'hommes ayant servi votre cause. Tes décisions et celles de tes fils ont contribué à l'extinction de notre espèce. Lorsque l'arbre de vie s'est éteint, vous auriez dû regagner le Monde des Mortels, ce monde qui était le nôtre avant la création des Royaumes d'Esiah et d'Odéon. Beaucoup sont morts ici par manque d'énergie.

— Je me demande bien qui a causé la mort de l'arbre de vie… Il me semble que c'était toi.

Adel finit par le pointer du doigt avant d'ajouter :

— Les Siahnnas et Éduins n'ont été à l'origine que des spectres, Mylès. Des spectres qui occupaient le Royaume d'Esiah à part entière, qu'ils soient bons ou mauvais. Tu veux retourner à l'origine de nos peuples ? Si tu penses qu'être un spectre est bien meilleur que d'être un protecteur pour les hommes, ne t'inquiète pas pour cela, tu trouveras bientôt le chemin de l'Haoma.

Mylès garda le silence.

— Ces années passées à errer parmi le peuple t'ont fait devenir comme ton premier fils, répliqua-t-il au bout de quelques secondes. Trop sensible pour gouverner. Irréfléchi et provocateur. C'est la raison pour laquelle je porte à ce jour le bracelet sacré, Adel.

Le bracelet se mit subitement à rougir. Face à la menace, Adel cessa ce combat perdu d'avance.

Le retour de Milo mit fin au silence. Entre ses mains, le fameux livre de Kochab : une sorte de boîte en cuir qui ne possédait aucune ouverture. Il invita son père à l'ouvrir en le posant brusquement sur une table.

— Maintenant, tenez votre promesse.

Mylès fit quelques pas vers lui, jeta un rapide coup d'œil sur le livre et annonça :

— Vous pouvez récupérer la Reine.

Almandin courut aussitôt vers Mehiel et posa une main sur son front. Elle était au plus mal. Passant l'un de ses bras autour de son cou, il la souleva et la porta en dehors de la pièce, abandonnant la bataille contre Mylès.

D'ordinaire, Almandin ne se serait pas avoué vaincu aussi facilement. Sacrifier sa propre vie n'avait jamais posé souci. En revanche, sacrifier celle d'un être cher, d'autant plus sa femme, aurait été plus douloureux que de mourir une seconde fois. Mylès le savait bien. Il venait d'obtenir ce qu'il souhaitait en manipulant les émotions du Roi.

Adel en voulait à son père d'avoir donné naissance

avant lui à un homme aussi cruel et diabolique. De l'entrée, l'ancien Roi continua à observer son demi-frère bâtard. Mylès effleurait la couverture du livre du bout de ses doigts, comme s'il s'agissait d'un trésor, d'un fabuleux trésor qui allait changer la face du monde. C'était en quelque sorte le cas.

Tout. Mylès avait tout obtenu. Même le rapprochement de son fils, Milo, tenu en laisse par un chantage, par un pacte de sang auquel il devait se conformer à tout prix s'il ne voulait pas perdre la vie. Oui, Mylès avait affaibli cette famille. Et il allait bientôt la briser. Encore plus qu'il ne l'avait déjà fait.

Adel baissa les yeux. Et le bracelet sacré, devenu rouge écarlate, fit tomber l'incantation bloquant l'accès aux pages du livre de Kochab.

Le dessus de la boîte devint souple. Le livre se para d'un système d'ouverture en cuivre que le Conseiller manipula pour dévoiler un nombre infini de feuillets écrits à la main.

Milo lisait beaucoup. Adel l'avait éduqué comme un Prince depuis ses neuf ans. Tout ce qu'il avait appris, il l'avait trouvé dans la bibliothèque de Fandor et dans ses propres étagères. La lecture était devenue une passion, à tel point qu'il dévorait les pages à une vitesse impressionnante sans jamais passer à côté de l'histoire ou de notions importantes. Milo avait appris à lire en diagonale, seule façon d'assimiler les connaissances dans un minimum de temps.

Cette fois-ci, la vie de Mehiel était en jeu. Chaque minute, chaque seconde grignotée pouvait lui offrir une meilleure chance de survie. Milo tourna ainsi une à une les pages en espérant trouver le plus rapidement possible l'information qui les mènerait sur les traces de la dernière pierre sacrée. Car la vie de Mehiel n'était pas le seul enjeu. L'avenir des peuples mortels, Siahnnas et Éduins résiderait entre les mains de celui qui serait le premier à retrouver le cinquième joyau.

Les yeux de Mylès étaient eux aussi rivés sur le livre. Il ne manquait pas un seul paragraphe. Pas une seule ligne. Ses pupilles suivirent le défilement des pages jusqu'à ce que Milo arrête subitement le mouvement de ses doigts.

Depuis quelques feuillets, le livre relatait des visions d'un autre temps. Kochab avait couché sur le papier un flux continu de détails d'une vie passée dans le Monde des Mortels. Il ne savait pas qui avait vécu cette vie. Mais un sentiment étrange l'habitait chaque fois qu'il apercevait dans ses visions un paysage semblable à la cité de Garak. Ce devait être un rêve important, significatif, car le mot « origine » revenait régulièrement. L'histoire datait d'avant l'émergence du peuple siahnnas.

Kochab avait décrit une immense cité bâtie de pierre, pourvue d'une multitude de temples, de places, d'une arène, de statues, d'arches et de colonnes. Et à la fin de chacun de ses rêves, il entrevoyait un joyau de la couleur de l'émeraude, et un autre symétrique, similaire à un rubis. Sa vision l'avait troublé des jours durant.

Milo connaissait l'histoire des origines et celle de la cité de Garak. La cité blanche faisait partie des plus anciennes villes construites au royaume. Elle rappelait l'origine de leur espèce, le Monde des Mortels, tel qu'il pouvait exister en Occident à l'époque. Ses bâtisseurs s'étaient inspirés de la grandiose cité de Rome. Mais un lieu apparaissait plus fréquemment dans les écrits de Kochab. Un lieu particulier, autour duquel toutes les visions s'articulaient.

— Le forum romain, laissa échapper Milo.

— Tu as été bien éduqué, reconnut son père.

— Mieux que toi, je présume, glissa subtilement Adel, de l'entrée.

Mylès l'ignora.

— As-tu eu assez de temps pour consulter ces archives ? demanda-t-il à son fils.

— Oui, cela suffit. Je vous raccompagne aux portes de Garak. Là, vous emprunterez un vortex pour rejoindre le Monde des Mortels et vous me remettrez l'antidote.

Milo referma le livre et le tendit à Mylès.

— Ne perdons pas de temps.

Puis il se mit immédiatement en route, incita d'un regard Adel à ne pas intervenir, et sortit de la pièce avec Mylès.

Les deux frères échangèrent un simple regard. Aucun mot ne fut prononcé. Mais chacun d'eux le savait : ils finiraient par s'entretuer, tôt ou tard. Adel le laissa partir cette fois.

Milo dévala les marches d'escalier du palais. Son père le rattrapa, se portant à ses côtés. Les gardes avaient été prévenus, et bon nombre d'entre eux regardaient l'ancien Conseiller, responsable de leur malheur, partir la vie sauve, sous la protection de leur chef. Heureusement, il faisait nuit et les habitants de la cité s'étaient maintenant assoupis. Cependant, des bruits allaient courir au matin. Le Roi Lucifel aurait laissé échapper son pire ennemi. Aucune explication plausible n'aurait pu être trouvée car le Roi, porteur du bracelet sacré, disposait en temps normal de pouvoirs lui permettant de venir à bout de n'importe quel Siahnnas. L'armée finirait donc par découvrir la vérité : le Roi avait perdu le bracelet, son meilleur atout. Encore une fois, Mylès tirait bénéfice de la situation. Tout était calculé d'avance.

Des soldats encadraient leur parcours. L'armée avait pris place sur les remparts. Des archers, en ligne, étaient déjà prêts à décocher leur flèche.

— Adel a prévu de quoi m'évincer, remarqua Mylès.

— Seulement si vous ne respectez pas vos engagements.

— Je le ferai, n'aie crainte. Je l'ai toujours fait.

Milo stoppa le pas au niveau des portes de bronze de la cité. Il attendit alors, main tendue, que Mylès fournisse l'antidote.

— Si tu n'avais pas choisi de faire ce pacte de sang, nous aurions dû nous battre dans Garak, lui dit son père.

— Je ne l'ai pas fait pour vous sauver la vie, mais pour

sauver celle de Mehiel. Sa vie compte plus que la vôtre à mes yeux. Je devais m'assurer d'obtenir cet antidote.

Mylès extirpa une fiole d'une de ses poches et la posa dans sa main.

— Le voici.

Milo referma le poing sur la fiole et fronça les sourcils :

— Je tiendrai moi aussi mes engagements. Mais la prochaine fois que nous nous verrons, je ne retiendrai ni Pyrrhos ni Adel, et encore moins Almandin.

Mylès répondit d'un sourire entendu.

— Tu as du caractère. Un peu trop même. Cela doit venir de ta mère.

Milo resta de marbre.

Le Conseiller admira son tempérament téméraire.

— À bientôt, mon fils.

Sur ces paroles, il pivota les talons, s'éloigna sur la plaine de Garak et disparut dans un écran de lumière.

Quant à Milo, il remonta au plus vite les marches du palais, dans l'espoir de sauver Mehiel.

28

DÉSESPOIR

Milo courut jusqu'à la chambre où Mehiel avait été alitée. Le Guérisseur attendait son arrivée devant la porte. Milo lui attrapa la main et lui confia l'ampoule renfermant l'antidote :

— Sauvez-la, dit-il, ébranlé.

Dans l'esprit du Guérisseur, la Reine avait peu de chance de survivre. Il venait de l'ausculter. Elle avait perdu beaucoup de sang. Son accouchement récent et le stress enduré à cause des derniers événements avaient fragilisé son organisme.

— Je vous en prie..., supplia Milo.

— Nous n'avons même pas testé l'antidote..., hésita le Guérisseur.

Il jeta un coup d'œil à l'intérieur de la chambre.

Almandin tenait la main de sa femme, assis, à son chevet. Il ne quittait pas des yeux son visage. Elle le regardait, elle aussi. Les mots n'étaient plus nécessaires. Ils se comprenaient sans se parler. Tous deux avaient peur. Non pas de la mort, mais d'être séparés.

Anjali attendait à l'extérieur avec son frère qui ne cessait de pleurer. Ses gémissements n'auraient fait qu'accroître l'angoisse de leur mère. La Princesse avait donc pris le parti de ne pas entrer dans la chambre. Elle aurait pu laisser Shaytan à Adel, aussi présent. Ses parents avaient toutefois besoin de se retrouver seuls un instant. Elle l'avait compris.

— Nous n'avons plus le temps de tester l'antidote,

confia-t-elle au Guérisseur en tentant de calmer son frère. Nous prenons le risque.

Elle ne pouvait pas essuyer les larmes coulant sur ses joues avec le petit Shaytan dans ses bras. Milo les effaça avec ses doigts, une façon pour lui de la réconforter même s'il doutait sans le dire que Mehiel survivrait.

Dans un soupir, le Guérisseur accepta d'injecter l'antidote à Mehiel. Il entra dans la chambre.

Almandin observa la seringue comme une délivrance. Pendant que le Guérisseur pinçait la peau de Mehiel, il enveloppa l'une de ses mains et la regarda dans les yeux. Elle suait abondamment. La fièvre avait monté. Et le bleu de son cou ne cessait de grossir. Le poison avait aussi infecté ses veines. Sa chair était couverte de lignes violettes légèrement visibles par endroits. Almandin tentait de se rassurer. Il espérait toutefois ne pas se bercer d'illusions.

Quand Maria arriva, Anjali lui confia son frère et rejoignit ensuite sa mère. Ils patientèrent ainsi près d'une heure autour du lit en échangeant quelques mots, quelques gestes. Le temps parut s'arrêter. Et l'attente de savoir si le sérum allait fonctionner sembla s'éterniser.

Mehiel ne montrant aucun signe d'amélioration, le Guérisseur l'ausculta à nouveau. L'antidote avait stoppé la progression de la tache bleue autour de la plaie. Le sang empoisonné avait cependant circulé longtemps dans son corps et la fièvre ne tombait pas. Il convia le Roi à sortir de la chambre pour lui parler à l'écart de sa patiente.

Ce n'était pas bon signe. Mehiel l'avait deviné. Elle serra bien fort la main de son époux. Il eut du mal à la lâcher tant il sentait la peur monter en elle. Son pouvoir d'empathie lui permettait de ressentir les émotions de sa femme. Des émotions fortes qui lui faisaient perdre tout espoir. Mehiel souffrait sans le dire.

Anéanti, Almandin partit consulter le Guérisseur, lequel lui annonça son pronostic, à voix basse :

— La Reine est très mal en point, Votre Majesté.

Même si l'antidote fait son effet, je doute qu'elle puisse survivre. Elle a perdu beaucoup de sang.

— Nous pouvons lui en donner.

— Son état général me préoccupe, Votre Majesté. Ce poison a agi très vite. La Reine est beaucoup trop faible. Elle souffre énormément.

Almandin lut l'impensable dans son regard. Le Guérisseur n'osait pas lui dire le fond de ses pensées. Il tentait de lui faire comprendre ce qui allait se passer, en douceur, en évitant de le brusquer. Mais le Roi avait du mal à l'accepter. Le Guérisseur inspira profondément et finit par annoncer la nouvelle, l'air vaincu.

— J'ai bien peur qu'elle ne tienne qu'une heure au plus.

Le monde s'arrêta de tourner. Almandin n'entendait plus rien. Son esprit niait la vérité. Son corps refusait de réagir. Sauf ses yeux, noyés de chagrin.

— Je refuse… je refuse d'y songer, dit-il après un instant de silence.

Il tamponna ses paupières et ses joues avec la paume de ses mains, tête basse. Il restait discret face à ceux qu'il ne connaissait pas.

Le Guérisseur eut l'air de compatir. S'il s'était agi d'une autre personne que le Roi, il l'aurait accueillie dans ses bras. Le protocole l'empêchait malheureusement de se montrer chaleureux ou affectueux envers lui.

— Votre Majesté, dit-il avec peine. Je vous suggère d'être à ses côtés avant qu'il ne soit trop tard.

Anjali venait de sortir de la chambre. Elle avait tout entendu.

Quand Almandin s'effondra, submergé par son chagrin, Adel, Milo et Anjali comprirent ce qui allait suivre. Personne ne disait mot. Face à la mort d'un proche, il restait difficile de consoler les autres. Surtout lors de la perte d'une mère ou d'une femme.

Almandin s'isola dans un coin. Il n'avait pas la force de rejoindre Mehiel. Il lui fallait d'abord accepter de la perdre pour l'accompagner au mieux vers son dernier souffle. Anjali, quant à elle, avait vécu toute sa vie avec sa mère. Elles s'étaient débrouillées toutes les deux, seules, à Laodra. Elles ne s'étaient jamais quittées. La Princesse pensait mourir avant elle, sur le champ de bataille. Tous deux la croyaient inébranlable, immortelle. La réalité était tout autre.

Milo lisait leurs pensées en tentant de retenir ses propres émotions. Une boule se forma dans sa gorge. Il s'en voulait tellement de ne pas avoir rapporté l'antidote plus tôt. Son père était celui qui allait ruiner leur vie. Comment pourrait-il maintenant les regarder tous deux sans culpabiliser ? Mehiel allait mourir. Ils avaient évité sa mort quelques jours plus tôt. Ils l'avaient empêchée durant vingt-cinq ans quand Pyrrhos la recherchait pour la tuer. Finalement, le destin l'avait rattrapée. Et il avait échoué à les protéger.

Almandin gonfla ses poumons, leur tourna le dos et demanda :

— Accordez-moi quelques minutes seul avec elle.

Il s'arma de tout son courage avant d'entrer dans la chambre. C'était peut-être les derniers instants qu'il partagerait avec sa femme.

Il s'assit à ses côtés et passa une main sur son front. Les yeux rougis, il lui sourit. Il ne voulait pas qu'elle le voie s'écrouler. Elle aurait eu peur de le laisser ici, de le voir perdre goût à la vie, de ne pas être là pour le pousser à reprendre pied.

Mehiel le connaissait assez pour deviner ce qui le tracassait. Elle attrapa sa main, consciente que sa mort était proche.

— Ce n'est pas ta faute, dit-elle faiblement.

— Ça va aller.

— Je sais bien que non.

Elle lui sourit à son tour. Il lui mentait toujours dans les moments douloureux ou quand il ne parvenait pas à accepter l'inéluctable.

— Avant qu'Anjali n'arrive... Promets-moi de veiller sur nos enfants, dit-elle. Promets-moi de ne pas te laisser envahir par la colère comme ton frère. La vengeance ne mènera à rien.

Cela, pouvait-il le lui promettre ? Mylès ne resterait pas vivant longtemps. Après la souffrance viendrait la rage, l'envie de tuer celui qui était responsable de la mort de sa femme. Il lui arracherait le cœur. Oh oui, il perdrait l'esprit et dans un coup de folie, il lui briserait les membres et la nuque. Il deviendrait un tueur, animé par un seul désir : celui de punir. Mehiel ne voulait pas de cela. Arriverait-il à respecter cet engagement ?

— J'essaierai, dit-il, et une larme tomba de ses cils.

Mehiel le regarda avec tendresse.

— Anjali m'a parlé du fleuve noir et de ses prédictions..., avoua-t-elle avec difficulté, et sa voix s'estompait au fur et à mesure qu'elle parlait. Je ne t'en veux pas de me l'avoir caché. Je comprends pourquoi. Tu ne voulais pas m'inquiéter.

— Je ne pense pas que le destin soit tracé, mon amour, répondit Almandin en caressant l'une de ses joues. Je n'ai pas voulu t'en parler car ça ne servait à rien.

— Ce qui arrive n'est pas ta faute, finit-elle par dire, et elle essuya les joues d'Almandin d'un doigt fébrile. J'ai fait le choix de t'aimer, j'ai pris le risque de le faire en connaissant les difficultés et les dangers que nous aurions à traverser. Mais je ne regrette rien. Tu m'avais dit que tu ne m'offrirais que des larmes. Ça n'a jamais été le cas. Il n'existe pas plus belles larmes que des larmes d'amour.

Elle passa ses doigts derrière sa nuque.

— Je t'aime et je ne cesserai jamais de t'aimer. Jamais je n'aurais pu rêver meilleur homme que toi. Jamais je n'aurais pu être aussi heureuse qu'à tes côtés. Tu m'as donné les plus merveilleux des enfants. Ni le temps ni le destin ne pourront effacer notre amour.

La Reine versa quelques larmes. Elle saisit la main

d'Almandin et la posa sur son propre bâton qui reposait sur le lit à ses côtés.

— Rappelle-toi de tes propres mots, de cette lettre que tu m'as laissée à ta mort. « Je veux que tu continues à rire. Il pleuvra dans mon cœur lorsque tes larmes couleront. Mon âme sera sereine lorsqu'un sourire viendra atténuer tes peines. Le jasmin fleurira quand mon âme sera emplie de joie. Il séchera lorsque je serai triste. Ainsi, nos âmes seront pour toujours unies », lui récita-t-elle fébrilement. Ainsi, nous serons pour toujours unis.

Elle porta une main sur le bâton d'Almandin. Il empoigna le sien. Il s'agissait de leur choix. Leurs âmes seraient désormais liées à travers le temps.

— Pour l'éternité, lui répondit-il.

— Je ne souhaite qu'une chose, désormais. Que le destin nous fasse nous retrouver, dans ta prochaine vie.

Aucun d'eux n'avait envie de perdre l'autre. Ils s'aimaient. Mais la maladie allait les séparer pour un temps. Almandin se jura de la retrouver dans sa prochaine vie.

Il appela alors leur fille. Anjali attendait à l'entrée. Elle arriva en toute hâte et s'agenouilla près de son lit.

— Maman ! cria-t-elle en pleurs.

— Ma chérie. Tu vas devoir être forte. Je sais que tu peux y arriver. Tu es devenue une femme accomplie. Et Milo est un homme bien. Je ne souhaite que ton bonheur.

Le garde entra derrière elle. Il hocha la tête et lui adressa un sourire d'amour. Mehiel avait été une mère pour lui. Il l'aimait de cette façon. Il se retenait simplement de le montrer. Il avait appris à passer sous silence ses sentiments. Lui devait rester fort. Pour Almandin. Pour Anjali, la Princesse qui s'était emparée de son cœur.

— Je prendrai soin d'elle. Je te le promets, Mehiel.

Ces mots la rassurèrent. Bientôt, elle ne pourrait plus prendre soin d'elle ni de son fils. Elle devait pouvoir compter sur d'autres pour le faire à sa place.

— Notre petit ange, Shaytan, grandira sans mère,

murmura-t-elle. Vous lui direz... Vous lui direz que je l'ai aimé et que je serai toujours à ses côtés.

Elle s'exprimait avec difficulté Mehiel s'éteignait progressivement. Le bout des doigts glacés, les lèvres desséchées, elle tentait de lutter, mais rien n'aurait pu la sauver, pas même les pouvoirs thaumaturges d'Almandin.

Des larmes coulèrent sur les joues du Roi tandis qu'il serrait contre son torse la main de plus en plus froide de sa femme. Anjali posa son front contre celui de sa mère. Et ils restèrent ainsi, dans le silence, à attendre que la mort vienne frapper à la porte, à profiter de ces derniers instants.

Puis l'état de Mehiel se dégrada d'un seul coup, comme si son corps abandonnait la lutte. Prise de sursauts incontrôlés, elle ne parvenait plus à respirer. Almandin porta une main à sa bouche, le regard empli de larmes d'effroi. Elle avait mal ; elle avait peur. Il le ressentait au plus profond de son âme, à cause de ce maudit don d'empathie, hérité de sa lignée. Qu'aurait-il pu faire ? Rien, à part l'accompagner jusqu'à la mort, abréger ses souffrances, en finir.

Parce qu'il ne pouvait plus supporter de la voir ainsi, alitée, prisonnière de ce poison remontant dans ses veines, le Roi se résolut à faire l'impensable, mettre fin à cette intenable douleur qui paralysait ses muscles, oppressait sa tête et brisait son esprit. Par amour pour elle. Il fallait l'achever.

Il posa une main tremblante sur le front de sa femme et ferma les yeux, pour ne pas la voir s'éteindre, pour ne pas la voir partir, pour garder le courage de le faire. Aller jusqu'au bout.

Le corps de Mehiel fut pris de convulsions. Cinq secondes interminables où le cœur d'Almandin se déchira en mille morceaux.

La Reine serra de toutes ses forces la main de sa fille. Puis ses muscles se détendirent et son bâton disparut en poussière. La vie venait de la quitter. Le torque du Roi se détacha de son cou. Le bijou tomba près du visage de sa défunte femme, noyé de larmes. Ses yeux éteints le regardaient, lui. Il n'avait pas eu la force de les affronter au moment où son âme s'éloignait vers les cieux.

— Je t'aime, murmura Almandin, en lui fermant les paupières. Je t'aimerai, pour toujours.

Anjali ne cessa d'appeler sa mère, ne pouvant croire qu'elle était morte. Milo la recueillit dans ses bras. Elle l'étreignit, le souffle coupé. Les yeux du garde se chargèrent d'émoi. Il observa avec horreur le Roi, agenouillé aux côtés de la Reine.

D'un geste incertain, ô combien difficile, Almandin passa ses doigts le long du visage de Mehiel, puis sur ses lèvres violacées et embrassa ses cheveux. Un hurlement de douleur jaillit de ses entrailles. Aucune souffrance ne lui avait fait aussi mal, pas même l'épée plantée au milieu de son cœur.

Sous le choc, il manqua d'air, voulut se lever, se détourner du corps de sa défunte épouse. L'angoisse était telle qu'il ne tenait plus debout. Adel se dépêcha de le soutenir.

— Viens là, mon garçon, lui dit-il, en entourant sa tête de ses mains. Je suis là.

— Pourquoi... Pourquoi elle ? lui demanda Almandin, en se cramponnant à lui.

— Personne ne pourra jamais répondre à cette question, mon fils, lui confirma son père d'une voix écorchée. C'est une chose à laquelle nous ne sommes jamais préparés.

Adel le savait mieux que quiconque. Lui aussi avait perdu sa femme avec des enfants en bas âge. Il avait détruit sa vie, s'était éloigné de ses fils après sa mort. Almandin, plus sensible, plus fragile, aurait besoin de sa famille pour continuer à vivre.

Il voulut emmener son fils hors de la pièce, loin du corps de Mehiel mais Almandin s'y refusa. Il ne cessait de regarder Mehiel en arrière.

— Nous allons devoir emmener son corps dans le sanctuaire, lui dit son père.

— Non ! protesta Almandin.

— Tu ne peux pas rester auprès d'elle. Son cœur a cessé de battre. On ne peut pas la laisser là.

Almandin s'extirpa des bras de son père et se jeta sur le lit de Mehiel.

— Je l'emmènerai moi-même, dit-il en pleurant. Je l'emmènerai moi-même.

À cet instant, plus personne ne pouvait approcher de sa dépouille, en dehors de lui et de sa fille. Son père se résolut à le laisser là, le temps qu'il admette cette terrible vérité : Mehiel venait de mourir.

29

LE LENDEMAIN

Les paupières d'Almandin s'ouvrirent lentement. Il était allongé sur un lit, dans sa chambre, à Garak.

D'instinct, il posa une main du côté droit et froissa les draps entre ses doigts. Non, il n'avait pas fait de cauchemar. Mehiel n'était plus. Il toucha alors son cou. Son torque était tombé au moment même où elle avait rendu son dernier souffle.

Il s'assit sur son lit. Qu'était-il arrivé au juste ? Personne ne se trouvait là. Le berceau était vide. Son fils, Shaytan, devait être avec Maria. Il était resté près de la dépouille de sa défunte femme. C'est tout ce dont il se souvenait. Il avait sûrement perdu la force de protéger son corps et s'était évanoui à ses côtés. Il n'avait pas eu le courage de l'emmener au sanctuaire. S'y trouvait-elle, désormais ?

Ses yeux se chargèrent de larmes. C'était plus fort que lui. Il n'arrivait pas à maîtriser son corps, ses émotions. Il endurait tout : la perte de Mehiel, le fait d'avoir abrégé ses souffrances.

Ce geste, il ne l'oublierait jamais. Sa famille ne s'en était sûrement pas rendu compte en dehors de Milo, à qui il ne pouvait rien cacher. Oserait-il leur avouer qu'il avait lui-même mis fin aux jours de sa femme ? Cet acte le condamnerait peut-être à la damnation. De toute façon, il ne regrettait rien. Il n'aurait pas supporté de voir Mehiel agoniser.

Il sécha ses larmes et inspira lentement. Il avait fait une promesse à Mehiel et devait la tenir. Cependant, la vie l'avait déçu. À quoi bon chercher à se réincarner pour tout perdre à nouveau ? Il maudissait Mylès. Il maudissait Elohim. La rage et la tristesse s'entrechoquaient en lui en une étincelle de souffrance. Il se détestait lui-même, maintenant, pour ne pas avoir su protéger Mehiel, pour ne pas avoir compris plus tôt les avertissements de son fils qui lui avait retransmis ses visions par le biais des émotions. Shaytan savait ce qui allait arriver. Ses pleurs réguliers, quand il le prenait dans ses bras, n'étaient que des cris d'alarme. Il avait vu sa mère mourir dans ses rêves.

S'armant de courage, Almandin décida de se lever. Il avait conservé ses habits du moment où Mehiel avait perdu la vie. Il les retira et les jeta dans l'âtre de sa chambre dans l'espoir d'oublier. Puis il enfila d'autres vêtements, une veste à capuche et s'apprêta à partir pour Esiah, au sanctuaire sacré, où Adel avait sûrement déjà déposé le corps de Mehiel avant qu'elle ne reçoive les derniers sacrements.

Toutefois, ses pieds s'arrêtèrent devant la porte. Une multitude de pensées déferlèrent dans son esprit. Son père, Milo ou Fandor devaient être dehors à l'attendre, par peur qu'il ne s'effondre, qu'il ne parvienne pas à affronter la mort de Mehiel. Lui voulait simplement être seul, ne parler à personne. Et le peuple ? Savait-il qu'il était en deuil ? Aurait-il le courage de faire face à leurs condoléances, à leur peine, à leur pitié ? Un Roi devait se montrer exemplaire, fort, malgré l'adversité. Ses larmes montreraient sa faiblesse. Il n'arriverait pas à les tarir. Il remonta sa capuche au-dessus de sa tête en espérant que sa famille, ses amis comprennent. Il voulait être seul. Un point c'est tout.

Almandin s'élança ainsi en dehors de la chambre comme s'il se jetait dans le vide. À l'extérieur, il stoppa de nouveau. Personne. Cependant, des regards se braquaient sur lui. Il le sentait. Son père le surveillait sans doute. À moins qu'il ne s'agisse de Mésilande. De toute façon, il ne parviendrait pas à les semer. Il poursuivit donc son chemin jusqu'à gagner les escaliers du palais descendant vers le centre de Garak.

Maintenant, il faisait jour. Mehiel était morte à la nuit tombée. Morte. Tout rappelait cette évidence : les banderoles de deuil royal, accrochées à chaque coin de rue, les affiches, placardées sur les murs, le visage terne des habitants et des soldats. C'était une journée peu banale. La Reine était morte sous le coup de l'ennemi. Triste nouvelle, certes, mais l'événement démontrait aussi clairement l'impuissance de la famille royale face à cet ennemi redoutable : Mylès. Perdre sa femme ne suffisait pas. Almandin allait bientôt perdre son peuple par la force des choses. Lui aussi avait désormais envie de mourir. Peut-être était-ce la meilleure solution pour finir de souffrir ? Cette pensée lui traversa l'esprit, un bref instant.

Pas un soldat n'osa le regarder en face quand il passa les portes de Garak, puis celles de la cité d'Esiah, et celles du Cianath. La puissance de son regard vert émeraude avait suffi à lui faire franchir tous les contrôles. Les gardes savaient où il se rendait. Le corps de Mehiel était arrivé au matin. L'armée l'avait vu de ses propres yeux. Almandin l'apprit par la bouche des gardes. C'était peut-être mieux ainsi. Il n'aurait jamais réussi à atteindre le sanctuaire sacré avec le corps de sa femme reposant sur un palanquin.

De nouveau, il prit son courage à deux mains. Le sanctuaire sacré s'offrait devant lui. Il avança lentement le long des tombeaux de ses ancêtres. Chaque pas se faisait plus difficile. Et là, il l'aperçut.

La dépouille de Mehiel gisait dans un cercueil transparent à l'endroit même où reposait auparavant la défunte Reine Sybille, sa mère. Almandin s'approcha de son corps et passa ses doigts le long de la paroi gelée. Personne n'avait pris le temps de la changer avant de l'emprisonner dans ce bloc de glace. Sûrement pensaient-ils la laisser ici le temps qu'Almandin puisse la voir. Le bleu dans son cou s'était assombri. Ses lèvres, prises dans la glace, s'étaient légèrement violacées. Le sang entachait encore sa tenue de nuit.

Almandin rêva de lui donner un ultime baiser. Le Roi posa ainsi ses lèvres sur la vitre qui le séparait de celle dont il était éperdument tombé amoureux. Une larme se cristallisa au contact du verre.

— Nous la vengerons, sois en certain.

Son frère se tenait derrière lui. Il ne l'avait pas entendu arriver.

Voilà donc la parade qu'ils avaient trouvée pour lui éviter de sombrer : ils avaient envoyé son frère, un homme rempli de haine et d'esprit de vengeance, lui parler.

— Que fais-tu là ? lui demanda froidement Almandin.

— Milo te suit depuis ce matin. Je pense qu'il s'inquiète pour toi. Tout comme notre père qui lui a demandé de te surveiller. Il doit y avoir une bonne raison à cela.

— Dis-leur de se mêler de leurs affaires. Pas des miennes. Ça vaut aussi pour toi.

Pyrrhos fit le tour du cercueil et fixa Mehiel avec une profonde tristesse.

— J'ai souhaité sa mort pendant de longues années. J'avais appris à la connaître. Aujourd'hui, j'éprouve étrangement de la peine, lui dit-il avant de poser une main sur son épaule. Mylès est le seul coupable. Je m'occuperai de lui.

— Tu n'auras pas à le faire, lui assura Almandin en serrant ses doigts sur le rebord du coffrage de verre, les yeux rivés sur le corps de sa femme. Il n'arrivera jamais vivant jusqu'à toi. Je le détruirai avant.

— Mon frère, ne jouons pas à celui qui l'aura le premier. Je suis déjà maudit, ce qui n'est pas ton cas. Tu es l'ange de la famille. Pourquoi devenir mauvais comme j'ai pu l'être ? Je ne suis pas un bon exemple, tu le sais. Ton âme est pure et doit le rester.

— Mon âme n'a jamais été pure. Ce n'est qu'une illusion. Mylès est à moi, et à moi seul. Quiconque se mettra sur mon chemin subira le même sort. Ne t'avise donc pas de l'être.

Almandin le menaça du regard, le bouscula en faisant demi-tour vers la sortie, et quitta le sanctuaire.

Il fallait qu'ils le comprennent tous. Mylès était à lui et à lui seul. Personne d'autre n'aurait le droit de le tuer. Quitte à mourir avec lui, Almandin l'achèverait.

La tension monta dans ses veines. Il devait passer ses nerfs. À défaut de pouvoir cogner Mylès, il rejoignit la salle d'entraînement du palais de Garak pour frapper contre des mobiles.

Là-bas, le Roi se mit à briser tout ce qu'il pouvait. La rage emportait chacun de ses mouvements. Il maudissait Elohim, il haïssait Mylès. Sa tête lui tournait. Il n'avait pas mangé de la journée. Quoi qu'il en soit, son estomac aurait tout refoulé.

Il aperçut son père et sa fille, du coin de l'œil, et ignora leur présence. Décidément, il n'y avait pas moyen de respirer. Adel propulsa sa lame à quelques mètres de son visage. Almandin planta son bâton dans un mannequin de bois et le fixa méchamment.

— Qu'est-ce que vous avez tous aujourd'hui à venir me déranger ? cracha-t-il, en sueur et essoufflé. Je veux être seul, n'ai-je pas le droit de l'être ?

— Non, lui dit son père. Je sais ce que tu vis. Je l'ai moi-même vécu, à la mort de ta mère.

Le Roi arracha une lance accrochée au mur, et lui envoya à son tour, avec une force qu'il n'aurait jamais soupçonnée détenir. Anjali recula d'un pas, les yeux débordant de larmes.

— Laissez-moi tranquille ! hurla-t-il.

— Tu aimerais ne plus exister, n'est-ce pas ? dit Adel. Mais le problème, vois-tu, c'est que tu es vivant. Tu as un fils à élever. Personne d'autre ne le fera à ta place, ni moi, ni Anjali. Tu dois penser à tes enfants, c'est ce que Mehiel aurait voulu.

— Sors d'ici, répondit simplement son fils.
— Non. Dis-moi ce que tu ressens.
— Ce que je ressens ? répéta Almandin, d'une voix douloureuse, en le fixant, le regard larmoyant. Tu m'as toi-même dit que tu le savais parfaitement. À quoi bon t'en parler ? Je n'éprouve que de la rancœur, de la rancœur envers Elohim. J'ai donné ma vie pour le créateur, je me suis sacrifié pour lui ! J'ai perdu tout ce que j'avais pour aider les mortels alors qu'ils ne connaissent même pas notre existence ! Et un vaurien, un individu méprisable qui croit pouvoir refaire le monde a tué Mehiel. De quel côté est le créateur selon toi ? Je ne le servirai plus. C'est terminé, tu m'entends ?
— Tu n'as pas tout perdu, Almandin, lui assura son père. Tu as ta famille.
— Tous ceux que j'aime meurent, ne le comprends-tu pas ? Qui sera le prochain sur la liste ? Anjali, Shaytan ? Ou peut-être toi.
Il les pointa chacun à leur tour. Des larmes dévalaient en même temps sur ses joues.
— Tu divagues, murmura Adel, la tristesse dans la voix.
— Je tuerai Mylès. Je le tuerai de mes propres mains.
Le visage du Roi s'endurcit. Dans le vert de ses yeux naquit une lueur noire. Sur le coup, Adel crut qu'un esprit malsain, rempli d'un désir profond de vengeance, avait possédé son fils.
— Te venger ne te mènera nulle part, lui dit-il, dans l'espoir de lui rendre la raison.
— Tu te trompes. Je me sentirai libéré d'un poids.
— La colère t'aveugle, mon fils.
Des larmes apparurent à nouveau dans les yeux du Roi.
— Va-t'en !
— Non ! répéta son père avec colère.
Adel se précipita sur son fils, lui fit une clé de bras, le força à courber l'échine, agrippa ses cheveux de l'autre main et lui releva la tête pour le confronter à sa fille. Le

Roi, dévasté, n'eut d'autre choix que de se laisser faire, n'ayant plus le courage de se défendre.

— Vois-tu ta fille, devant toi ? hurla Adel, en le retenant d'une poignée de fer, derrière son dos. Crois-tu qu'en agissant ainsi, tu arriveras à la consoler ? N'es-tu pas son père ? N'est-ce pas ton rôle d'être fort pour elle ?

— Ne t'avise même pas de me donner des leçons, protesta son fils, le ton hargneux. Tu n'as pas su le faire à la mort de ma mère !

— Et j'ai manqué ainsi à mon devoir de père ! Tu sais ce que cela a engendré ! Du mépris, de la douleur, de l'incompréhension, des regrets. Es-tu au moins allé voir ton fils ?

Almandin se laissa tomber à genoux.

Comment pouvait-il border son fils sans repenser à cette vision qui avait hanté son esprit avant la mort de Mehiel, sans ressentir le chagrin de son propre enfant ?

— Shaytan a vu l'avenir, avoua-t-il, tête basse. Il savait que sa mère allait mourir. Il m'a transmis sa vision, peu après sa naissance. Je l'ai perçue grâce à mon don d'empathie. C'est la raison pour laquelle il m'était si difficile de le prendre dans mes bras. Je ne voulais pas y repenser. Je savais qu'il arriverait un malheur mais je n'avais pas compris son message.

Adel le relâcha.

— Pourquoi ne l'as-tu pas dit plus tôt ?

— J'avais peur… J'avais peur qu'on ne comprenne pas.

Almandin releva le front et leva ses bras vers sa fille.

— Mehiel m'a demandé de vous protéger alors que j'en suis incapable. Je n'ai pas su le faire avec elle. J'ai dû… j'ai dû abréger ses souffrances. Je ne veux pas avoir à serrer votre corps sans vie contre moi. Je tiens beaucoup trop à vous. Comprends-tu, ma fille ?

Anjali hocha brièvement la tête et s'agenouilla face à lui. Almandin la porta contre son cœur.

— Je ne veux pas vous perdre, dit-il avec tendresse, tandis que des larmes coulaient sur ses épaules.

— Ça n'arrivera pas, lui souffla sa fille.

Un mince sourire se dessina sur les lèvres mouillées du Roi. Peut-être avait-il besoin de sa famille pour accepter l'adversité. Mehiel était morte et ne reviendrait plus jamais. Il devait à présent trouver la force d'aller de l'avant pour sauver son royaume.

30

RÉFLEXION

La douleur venait de passer. La peine restait cependant ancrée.

Almandin devait terminer sa mission et élever le plus jeune de ses enfants avant de rejoindre Mehiel. Il se fixa cet objectif.

Mylès avait sûrement fouillé le forum romain pendant qu'il tentait d'apaiser sa souffrance. Maintenant, l'ancien Conseiller avait une longueur d'avance sur la quête des dernières pierres sacrées. Sa seule chance de rattraper le temps restait de comprendre ce qui était arrivé.

Le livre de Kochab n'était pas apparu sans raison au moment même où ils le cherchaient. Almandin désirait savoir comment le fameux livre était arrivé jusqu'à Mehiel et pourquoi. Dans cette optique, il partit seul au centre d'Esiah pour rencontrer Lilith et sa mère. Elles auraient certainement réponse à toutes ses questions.

Il frappa à leur porte en espérant qu'elles ne se soient pas échappées après avoir appris la nouvelle de la mort de Mehiel. La venue de Mylès, l'attaque perpétrée dans le centre de la cité mère et contre elles les avaient sans doute choquées et poussées à fuir loin des combats, loin du royaume, loin de la mort.

Par chance, la porte s'ouvrit. La mère de Lilith apparut devant lui.

Elle paraissait l'attendre. Elle n'était pas surprise de sa visite dans tous les cas. Sa tête se pencha en avant. Elle le salua tel un modeste sujet, loyal et fidèle. Elle au moins ne portait pas sur lui cet étrange regard attristé qui le dérangeait. Le chagrin marquait pourtant son visage défait. Il était à présent incapable de décrocher un sourire comme si les muscles de ses joues s'étaient figés pour toujours.

— Votre Majesté, dit-elle avant de le convier à entrer.

Il fit un pas en avant et pénétra dans le salon. La petite Lilith qui l'avait attaqué les jours précédents se tenait à l'entrée de sa chambre, les doigts agrippés à l'entrebâillement. Elle se mit à pleurer à l'instant même où elle croisa son regard. Partageait-elle sa peine ?

— Je m'excuse pour le dérangement, dit-il en détournant ses yeux d'elle, pour ne pas perdre pied à son tour. Auriez-vous un peu de votre temps à m'accorder ?

— Que puis-je faire pour servir Votre Majesté ? demanda la mère.

— J'espère que le Guérisseur a bien pris soin de vous.

— Oui. Je vous en remercie.

La mère hésita à parler.

— Je suis désolée... souffla-t-elle après une pause. Pour la Reine.

— Elle devait mourir, n'est-ce pas ?

Il n'existait pas d'autre explication. Almandin ne croyait pas au hasard. Les événements, heureux ou tragiques, avaient tous un but dans la vie : faire évoluer chaque personne en s'enrichissant de ses expériences, permettre à chacun de choisir le cours de son existence. La mort aussi avait un sens. Almandin essaierait par tous les moyens d'éviter à nouveau un tel drame. Et même si rien ni personne ne pouvait vaincre la mort, au moins, maintenant, il serait préparé à l'affronter.

Son regard se fit insistant. La mère n'osait pas répondre à la question. Ils se regardaient tous deux en silence.

— N'est-ce pas ? répéta-t-il.

— C'est ce que ma mère avait prédit, dans ses visions, expliqua-t-elle. Elle vous avait déjà prévenu, un jour où vous alliez près de la rivière Anxalas. Elle m'a dit avoir senti la présence de la future Reine auprès de vous.

Vous étiez alors Prince, connu sous le nom du Seigneur Almandin.

Almandin se remémora cette dame, rencontrée avant qu'il n'avoue ses sentiments à Mehiel près de la rivière Anxalas. Elle lui avait parlé d'élu, d'héritier, de sauveur. Elle lui avait dit qu'il perdrait des êtres chers. Il avait négligé ses paroles parce qu'il avait peur de leur signification.

Milo était l'élu. Lui était le sauveur. L'héritier devait être son fils. À moins que Veland ne l'ait été. Sans le Prince, Pyrrhos ne se serait jamais rendu compte qu'il avait été manipulé par Mylès depuis sa naissance. Il ne se serait pas rapproché de sa véritable famille. La guerre se serait poursuivie et le royaume serait resté morcelé. Étant donné sa position, Veland ne porterait pas le titre de Roi dans le futur. Il demeurait toutefois un héritier de sang royal à part entière.

Tout prenait un sens désormais. La dame aux yeux blancs rencontrée au cours de sa première existence avait tenté de lui montrer le chemin et de le préparer à braver tous les obstacles, dont le plus grand : ses sentiments.

— Une Ancienne, aveugle, dit Almandin en pleine réflexion.

— C'est bien cela. Une Ancienne, comme vous les appeliez. Les Anciens avaient le devoir, autrefois, de décrire toutes leurs visions concernant les Rois. Mais il était préférable de ne pas connaître le destin. Vos ancêtres ont tenté de modifier le cours du temps mais n'ont jamais réussi qu'à empirer les événements. Ma mère a cru bon de vous prévenir sans vous en dire plus. J'ai préféré me taire. Lilith n'a pas écouté mes recommandations. Elle voulait vous aider.

La petite avança dans le salon et se posta devant lui, au bord des larmes.

— Votre Majesté… Je voulais… Je voulais attirer votre attention, dans l'arène, pour vous remettre le livre de mon arrière-grand-père, dit-elle. La Reine m'avait promis de vous le donner. J'avais vu... J'avais vu le Seigneur Mylès s'en prendre à ma mère... Et j'avais vu la Reine mourir. Je ne voulais pas que ça se passe ainsi, comme pour mon père.

— J'ai accepté depuis longtemps la mort de mon époux, dit sa mère. Il savait qu'il mourrait tôt ou tard en servant votre cause. J'ai aussi accepté mon châtiment. Mais ma fille est trop jeune pour comprendre que rien ne peut changer le destin. Son erreur a été de croire qu'elle pourrait contrarier la volonté d'Elohim.

Comme Shaytan, Lilith avait vu son père mourir dans ses visions. Être descendant d'Ancien obligeait à vivre avec un véritable fardeau. Lilith n'avait pas accepté son destin, comme Almandin n'avait pas accepté celui de Mehiel ou le sien. Ses visions s'étaient tout de même transformées en réalité. Lilith n'avait rien pu faire pour contrer la fatalité.

Almandin posa une main sur sa tête.

— Tu as fait ce que tu croyais être juste et bon. Ne t'en veux pas de ne pas avoir réussi à changer le cours de l'histoire.

Elle baissa le front.

Almandin se retourna vers sa mère.

— Jusqu'où s'arrêtent vos visions ?

— Jusqu'à l'ouverture du coffre.

La petite hoqueta :

— Ma mère et moi n'avons pas les mêmes visions, lâcha-t-elle d'une traite.

— Lilith ! gronda sa mère.

La petite empoigna les mains du Roi et le supplia du regard :

— Ma mère voit notre royaume plonger dans l'obscurité. Je vois notre royaume couvert de fleurs de jasmin. Vous avez le choix, Votre Majesté. Vous pouvez changer les choses, j'en suis persuadée.

— Comment ? demanda-t-il.

— En écoutant votre cœur et votre instinct. Elohim

vous a guidé jusqu'ici pour vous montrer le chemin. Dans ma vision, il y a un être de lumière. Il vous donnera la réponse.

L'expression d'Almandin se chargea d'espoir. Il lui répondit, un mince sourire aux lèvres :

— Merci. Tu ferais une excellente guerrière et une très bonne conseillère.

Almandin observa ensuite sa mère.

— De nombreux soldats sont morts sur le champ de bataille, dit-il. Des familles entières ont été brisées pour servir notre cause. J'ai chaque jour leur mort sur ma conscience. Elohim le sait. Je n'ai pas choisi de naître fils de Roi. J'ai accepté ma destinée malgré toutes les contraintes que cela imposait. J'ai très peu connu ma mère. Elle est morte en couches. La mère de mon père a disparu très jeune, elle aussi. Et voilà que ma femme meurt à son tour.

Il prit une grande inspiration.

— Malgré la douleur de la disparition, nous devons chaque jour continuer à penser avant tout au peuple et non à nous. Parce que Elohim nous a faits Roi ou Reine. Il nous faut toujours être brave, courageux, téméraire, sans crainte et mettre de côté nos sentiments. Parce que c'est ce que le peuple attend de nous. C'est ce qu'Elohim attend de nous.

Le rôle qu'ils avaient à jouer n'était pas toujours facile à endosser, et parfois leur pesait. Plus jeune, dans son ancienne vie, il rêvait d'être un Siahnnas parmi les Siahnnas, un homme comme tous les autres, qui servirait les mortels.

— La lignée royale possède aussi des dons, poursuivit-il. Celui de lire l'avenir ou celui de sentir les émotions des autres au toucher. Ne croyez pas que je ne sais pas ce que cela signifie de lire dans l'avenir. Ce don est difficile à assumer. Je considère qu'il a été offert par Elohim aux personnes qu'il jugeait aptes à porter ce lourd fardeau. Peut-être pour nous aider à avancer. À guider nos pas.

À faire des choix, parfois difficiles. Votre don doit servir à cette fin.

Enfin, il passa une main dans les cheveux de Lilith et lui sourit.

— Les paroles de votre fille me donnent de l'espoir, au moment où j'en ai le plus besoin. Je lui en suis reconnaissant. Parce qu'elle me prouve que le destin n'est pas immuable.

Lilith lui sourit en retour. Qu'aurait-il donné pour revenir en arrière et effacer tout le mal commis par Mylès ?

La mère de la petite se contenta de les observer tous deux échanger un moment de tendresse.

Puis Almandin pencha sa tête en avant :

— Au revoir, Madame.

Tandis qu'Almandin avançait vers la porte, la mère l'appela :

— Attendez…

Il se retourna et lui prêta toute son attention.

— Je vois souvent une sorte de tour, bien plus grande que la Tour des Supplices, lui révéla-t-elle. Vous trouverez ce que vous cherchez dans le Monde des Mortels.

Elle s'était enfin décidée à parler, à lui confier le contenu de ses visions. Cette information lui serait des plus précieuses dans les temps à venir. Il devait la garder pour lui jusqu'au moment où il comprendrait la signification de ces mots.

Il la remercia d'un sourire entendu et quitta leur maison. Une intuition lui disait qu'il les reverrait bientôt.

Dehors, les fleurs de jasmin ornaient le temple d'Esiah. Il n'avait jamais été aussi fleuri. Les soldats de l'armée royale rendaient hommage à la Reine par petits groupes. Cette attention si touchante démontrait à quel point elle avait su se faire aimer du peuple à l'image de l'ancienne Reine du royaume, Sybille. Almandin n'aurait jamais pensé que son peuple puisse être là à ses côtés, dans une épreuve aussi dure à traverser, car les Siahnnas avaient remis sa parole et ses actions en doute à maintes reprises.

La mort de Mehiel semblait néanmoins les avoir unis plus qu'autrefois.

Le Roi parcourut les rues de la cité, vidées de ses habitants et laissées à l'agitation des troupes. Il sentait le besoin de marcher, de s'évader, de prendre du recul. Près de la Tour des Supplices se trouvait dans le quartier des Arcantes son ancienne chaumière. Il s'arrêta pour l'admirer. Elle lui rappelait tellement de souvenirs : l'arrivée de Milo, sa rencontre avec Mehiel, ses premiers moments passés avec elle. À l'intronisation de son frère Pyrrhos, sa maison avait été saccagée. Plus rien ne subsistait de ce qu'il avait connu. Finalement, le temps balayait tout, les bons moments comme les mauvais.

À l'est de la cité, le Roi retrouva les bords de la rivière Anxalas, là où il avait révélé sa véritable identité à Mehiel, où il lui avait avoué ses sentiments, là où tout avait commencé. Aurait-elle eu la même existence s'il n'avait pas osé penser un seul instant pouvoir l'aimer au point de faire d'elle une Reine ? Aurait-elle eu la vie brisée s'il avait refusé de s'accorder un peu de bonheur pour se concentrer entièrement à sa vie de Roi ? Sa haine contre Mylès n'était rien comparée au sentiment qu'il ressentait contre lui-même. Il s'en voulait tellement de l'avoir menée dans une tombe.

— Elle me parlait souvent de cet endroit.

Gamerron arriva derrière lui. Il se porta à ses côtés. C'était son meilleur ami, à l'époque où il n'avait pas autant de pression sur les épaules, à l'époque où il trouvait encore le temps de lui rendre visite et de lui confier tout ce qui lui passait par la tête. Il ne l'avait pas vu depuis la mort de Mehiel.

— Ainsi donc ils t'ont choisi pour venir me chercher, soupira Almandin.

— Non. On m'a dit que je te trouverais ici.

— Mésilande, je présume. Elle rôde autour de moi depuis hier.

— Ta balade dans les rues de la cité a surtout fait parler les chaumières.

Gamerron passa son bras autour de son cou. Almandin se laissa faire en grognant quelque peu.

— Mehiel aimait se souvenir de cet endroit du temps où nous te pensions mort, lui glissa Gamerron. Parce que c'est là où tu lui avais déclaré ton amour, disait-elle.

— Je l'étais. Mort. Mais le sort s'acharne sur notre famille.

Almandin le ramena contre lui et lui asséna une petite tape amicale dans le dos.

— Je te remercie. Pour tout ce que tu as fait, lui dit-il avec une extrême gratitude.

— Si le système des portes avait fonctionné, nous aurions pu retenir Mylès. Je me sens aussi coupable pour ce qu'il s'est passé.

— Ce n'est la faute de personne. Mehiel est une simple victime. Elle est victime d'une guerre qui ronge le royaume depuis trop d'années.

Almandin soupira en regardant la rivière couler devant lui. L'eau filait à toute vitesse dans son lit, à l'image du temps.

— Je dois y mettre fin, dit-il, décidé. Après, je pourrai la rejoindre.

— Tu as encore quelques années à vivre.

— J'ai un fils à élever seul. Et un homme à attraper.

— Ton frère est parti avec son fils sur les traces de la dernière pierre.

— Mylès a malheureusement une longueur d'avance.

Almandin l'observa dans les yeux.

— Je ne veux pas que la mort de Mehiel reste vaine. Je vais avoir besoin de toi.

— Elle n'aurait pas voulu que tu baisses les bras. Je t'aiderai du mieux que je le pourrai.

— Alors attendons le retour de mon frère. Puis nous aviserons.

Les deux hommes se serrèrent les épaules et restèrent

là, face à la rivière. Il n'était plus question de se lamenter. Coûte que coûte, ils sauveraient ensemble ce royaume, en y mettant toute leur force et leur détermination.

Le soir venu, Almandin rejoignit Maria. Elle surveillait Shaytan dans sa chambre. L'enfant dormait paisiblement dans son berceau. Il replaça le linge au-dessus de son si petit corps. Maria offrit à Almandin la caresse d'une mère pour son fils, une marque d'affection et de soutien à laquelle le jeune Roi ne fut pas insensible. Puis elle décida de les laisser en paix. Quand elle referma la porte derrière elle, le silence se fit pesant.

Almandin ressentit un immense vide intérieur. Auparavant, Mehiel avait toujours quelque chose à redire ou à raconter. La chambre ne manquait pas d'animation. Le Roi aimait sa charmante épouse pour son caractère fougueux, son tempérament franc, sa ténacité sans pareille. Puis elle avait un don : celui de savoir lui tenir tête. Désormais, il fallait s'habituer à réfléchir seul, à ne compter que sur soi-même, à vivre dans le silence. La mort de la Reine avait laissé comme un trou dans son âme. Almandin devait assumer la lourde responsabilité d'élever cet enfant sans son soutien. À cette pensée, des larmes coulèrent sur ses joues. Son fils se réveilla en pleurs. Il plaqua une main derrière sa tête, le sortit de son berceau, s'assit sur une chaise basculante et commença à le border. L'enfant se rendormit quelques minutes après. Almandin tomba lui aussi de fatigue.

Une heure plus tard, des bruits étranges résonnèrent à son oreille. Des bruits de pas, s'il ne se trompait pas. Il sortit comateux de son sommeil. Une lumière apparut face à ses paupières mi-ouvertes. Elle disparut une seconde plus tard. Cette apparition si soudaine le réveilla en sursaut. Almandin se leva et partit inspecter les lieux, l'enfant plaqué contre son torse. Il craignait une intrusion de Mylès.

La porte de la chambre était entrouverte. Pourtant,

Maria l'avait refermée derrière elle avant de partir. Il jeta un coup d'œil dans l'embrasure. Une lumière à la silhouette de femme flottait avec volupté dans le couloir du palais. Le Roi cligna des yeux. La lueur s'estompa. Il se résolut à s'aventurer en dehors de la pièce en espérant ne pas être pris d'hallucinations. Le bébé dormait à poings fermés contre lui.

La lumière réapparut plus loin tel un éclair. Il la suivit tout le long, arpentant les allées du palais à pas feutrés, jusqu'à ce que le voile jaunâtre disparaisse à travers la porte de la bibliothèque éclairée par un jeu de flambeaux. Il poussa le battant avec prudence, balaya du regard l'intérieur de la salle. Les torches illuminaient des centaines de manuscrits disposés en rayonnages. Almandin y pénétra en portant par réflexe sa main droite sur son bâton.

Un nouveau bruit attira son attention derrière lui. Il se retourna vivement. La lumière passa au milieu de son corps et fit voltiger un ouvrage du rayonnage. Le livre tomba à ses pieds. Un papyrus plié en quatre avait glissé d'entre les pages. Il s'abaissa, le ramassa, examina les alentours et déplia comme il put le morceau de papier, sa main gauche prisonnière de son fils qu'il collait contre lui par méfiance. Le Roi fut très étonné de découvrir le dessin d'un pentacle et des inscriptions en syllique. Il s'agissait d'une incantation interdite dont il ne connaissait pas l'existence, certainement oubliée de tous, cachée au milieu d'un livre ancestral.

La lumière, dont on ne pouvait apercevoir que des contours flous, réapparut face à lui, assez près pour discerner en son sein quelques traits transparents plus sombres. Almandin reconnaissait le contour des yeux et de la bouche, le tracé de la silhouette. Stupéfait, il faillit en lâcher le bébé. Mehiel. Tout lui rappelait Mehiel.

La forme vaporeuse lui passa dans le corps avant de se volatiliser. Une chaleur douce monta dans les veines d'Almandin. Il tourna la tête dans tous les sens. La lumière avait bel et bien disparu. Espérant un retour de la silhouette de lumière, il attendit un instant. Aucune autre apparition. À contrecœur, il retourna dans sa chambre, se demandant s'il n'était pas devenu fou. Son instinct lui disait que c'était elle : Mehiel, sa femme.

Était-ce un signe de sa bien-aimée venue d'un autre monde ou un mauvais tour de son esprit tourmenté ? La réponse se trouvait sûrement dans ce vieux papier, arrivé là par hasard sous son nez...

31

LE TOMBEAU

La voûte venait de s'éteindre. Milo observait l'horizon, seul, face à la plaine de Garak. Quelque chose, au fond de son cœur, venait de se briser. Un arrière-goût de déjà-vu. Les êtres qu'il aimait le plus au monde mouraient les uns après les autres depuis sa tendre enfance, comme une mauvaise farce. Il se prêta à penser qu'il valait mieux rester seul, ne pas aimer pour éviter la douleur tout en protégeant les autres de lui, le fils biologique de ce misérable bâtard, Mylès. Cet homme ignoble avait tué Mehiel. Une haine féroce ravageait le cœur de Milo. Il pensa même à abattre son propre géniteur. Son heure viendrait tôt ou tard quoi qu'il en soit.

Alors qu'il resserrait ses doigts autour de la pierre blanche de l'enceinte, il vit se dessiner au loin un vortex, dans le vide, et Pyrrhos en sortit, suivi du Prince Veland.

Adel frottait une pierre contre une lame d'acier, sous le portique de la cité, adossé au mur. Il semblait les attendre, car il se redressa d'un bond en apercevant la lumière. De toute évidence, l'ancien Roi avait omis de parler de cette mission à Milo, pourtant chef de la garde royale. D'une humeur exécrable, Milo releva la tête et descendit en trombe les marches le séparant de lui.

L'ayant à peine rejoint, Pyrrhos les accosta tous deux, les traits sombres.

— Je reviens du forum romain, lança-t-il. S'il y avait quelque chose, Mylès l'a déjà trouvé. Il n'y a rien à exploiter. La Confrérie a saccagé les lieux.

— Nous devons surveiller l'accès au fleuve noir en

attendant de savoir si Mylès a déjà trouvé la dernière pierre, proposa Adel.

Milo les dévisagea tous deux, sans oublier Veland, son ami, qu'il jugea d'un œil sévère.

— Pourquoi y êtes-vous allés sans moi ? tonna-t-il.

Veland ne répondit rien, tête basse. Pyrrhos grimaça, dévoilant une partie de ses dents.

— Qui sait ce que Mylès t'aurait fait s'il avait été sur place ? lui dit-il, plein de hargne. Alors je te prierai de garder tes reproches pour toi.

— Si je suis l'élu, Michael, je suis le mieux placé pour trouver un indice qui nous mènera à la dernière pierre.

Adel l'observa dans le plus grand silence. Lui aussi avait les yeux rougis, n'ayant pas réussi à trouver le sommeil depuis la veille. Il porta sur Milo un regard compatissant, cherchant à déceler ses sentiments dans ses pupilles cristallines.

— Malgré ton air impassible, la mort de Mehiel te touche profondément, finit-il par dire. Tu n'es pas en état d'y aller pour l'instant.

— Depuis quand te préoccupes-tu de mes sentiments, Adel ?

— Depuis que Shimei et moi t'élevons comme notre propre fils. D'habitude, tu n'es pas du genre à poser des questions et à contredire mes ordres. Si tu veux nous rendre service, reste en vie, c'est tout ce que nous te demandons.

Adel déposa une main sur son épaule. Un geste affectueux que Milo repoussa brutalement de son bras. Il serra les dents et se détourna d'eux avant qu'ils ne perçoivent ses larmes naissantes. À coup sûr, Adel lui aurait retiré le commandement des troupes, le jugeant inapte temporairement à tenir ses fonctions.

Pour autant, le garde conservait un objectif, réussir à trouver la dernière gemme avant son père biologique, sauver le peuple Siahnnas qu'Almandin avait mis tant d'ardeur et de courage à défendre, quitte à perdre le plus important. Et il en était persuadé, Pyrrhos avait dû passer à côté de certains indices. Le livre de Kochab n'avait pas pu mentir. L'élu se trouverait toujours sur le chemin des pierres. Milo se résolut à mener une expédition dans le Monde des Mortels contre les injonctions d'Adel, et à l'insu de tous, même du Roi.

La dernière fois qu'il avait outrepassé les ordres, Milo était encore un enfant, peu conscient des véritables dangers de ce monde. Désormais, il connaissait les risques encourus, mais qu'il fallait prendre car la chance les avait quittés. En poignardant la royauté en plein cœur, Mylès avait gagné du terrain. Ils devaient à tout prix reprendre l'avantage.

Depuis la mort de l'arbre de vie, le centre de Gaïa avait été abandonné, faute d'avoir un système à contrôler. Gamerron n'agissait plus en tant que dirigeant de Gaïa, mais en tant qu'ingénieur en chef, et il avait maintenu à Esiah un passage ouvert entre les deux Royaumes des Morts de sorte à conserver les communications intactes entre les familles royales. Milo se rendit à la cité mère, adressa un message à son frère Nolan et, quand il eut obtenu une réponse, partit se coucher au palais. Au milieu de la nuit, il se leva, et sans faire de bruit, quitta ses quartiers.

Dans les couloirs du palais, il entrevit la Princesse Anjali, appuyée contre un mur, le front à même la pierre. Ses yeux déversaient des flots de larmes. Elle les essuyait par à-coups du revers de la main, réprimant la douleur qui lui broyait le ventre pour ne pas qu'on l'entende. D'habitude, Milo se serait concentré sur sa mission. Mais le cœur brisé de la Princesse l'arrêta dans sa lancée. Une boule se forma au fond de sa gorge. Les émotions d'Anjali se mêlèrent aux siennes. Dur était de lire dans les pensées des autres. Plus encore, dans celles de la Princesse. Surtout dans ce contexte.

Elle portait son uniforme blanc surmonté de sa fine armure couleur bronze, celle portée lors des batailles.

Comme son père, elle trouvait toujours refuge sur le terrain d'entraînement. Se battre lui vidait l'esprit et agissait sur elle comme un calmant. Se défouler l'épuisait, seul moyen de trouver le sommeil. Cette fois-ci, même ses poings ensanglantés n'avaient pas réussi à venir à bout de ses tourments.

— Que fais-tu ici dans cette tenue ?

Il posa par surprise une main sur son bras. Anjali eut un frisson.

La Princesse se cacha le visage et lui tourna le dos.

— Laisse-moi tranquille ! cria-t-elle.

— Pleure, si cela peut te faire du bien.

Elle s'essuya les yeux et reprit contenance. Puis elle se retourna vers lui, les joues humides.

— Mon père s'est effondré dans mes bras hier, dit-elle, d'une voix écorchée. Je ne sais pas s'il arrivera à se remettre de la mort de maman. Moi non plus. Tout ici me fait penser à elle. Je pensais être forte... Je pensais m'être endurcie... Mais je ne cesse pas de pleurer.

— Un jour, tu arrêteras de pleurer. Je te le promets.

Milo afficha un léger sourire. Des larmes dévalèrent le long du visage d'Anjali. Elle baissa le front.

— J'aimerais être comme toi...

— Mehiel était une mère pour moi. Ne crois pas que sa mort ne m'atteint pas.

Il inspira longuement.

— Je n'étais pas comme cela étant enfant, avoua-t-il. Je pleurais souvent. J'ai beaucoup pleuré à la mort de mes parents, à celle de ton père également. J'ai simplement appris à ne plus montrer mes sentiments parce que le devoir passe avant toute autre chose.

— Avant l'amour, j'ai compris, rassure-toi.

— J'ai été dur avec toi, je le reconnais. C'était pour ton bien, tu dois le comprendre.

Il lui remonta le menton et plongea ses yeux bleus dans les siens.

— Regarde-toi maintenant. Tu es une femme

accomplie. Tu es la fille du Roi, et tu agis comme telle. Même les Rois ont leur faiblesse. Même les Rois peuvent défaillir. Ton père a un cœur immense et tu as pris beaucoup de lui.

Elle posa une main sur la sienne.

Aussitôt, il se détacha d'elle et prit ses distances.

— Je ne peux rien te promettre, Anjali, lui dit-il avec regret. J'aimerais être confiant en l'avenir mais je ne le suis pas. Ton père n'est plus en mesure de prendre une seule décision pour l'instant. Il a perdu espoir. En plus d'avoir détruit son royaume, Mylès lui a enlevé ce qu'il avait de plus précieux. Si tu ne l'aides pas à ouvrir les yeux sur ce qu'il lui reste à protéger, nous finirons par mourir ici pendant que le Monde des Mortels sera anéanti par l'armée de Mylès.

Une nouvelle fois, Anjali ne sut comment retenir ses larmes.

— Tu as le droit de pleurer la mort de ta mère, reconnut Milo. Mais le temps nous est compté.

Anjali secoua la tête et lâcha un soupir agacé.

— Qu'étais-tu en train de faire avant de tenter de me réconforter ? lui dit-elle en relevant le front. Si on peut appeler ça ainsi… Tu ne sais pas t'y prendre, tu as encore beaucoup de choses à apprendre dans ce domaine.

— Je partais à la recherche de la dernière pierre.

— Je suppose que tu n'en as parlé à personne. Grand-père t'aurait interdit de le faire.

Elle le regarda durement. Et dans ses yeux, il eut cette sensation étrange d'éprouver sa propre culpabilité. Non vis-à-vis d'Adel, mais vis-à-vis d'elle, car s'il lui arrivait malheur au cours de cette mission, Anjali ne pourrait pas supporter cette seconde perte.

— Il l'a déjà fait, reconnut-il. Mais nous ne pouvons plus attendre. Nous devons ouvrir le coffre sacré.

— Tu te sens coupable parce que Mylès est ton père biologique.

— Mylès ne sera jamais mon père, siffla Milo entre ses dents.

Ses pupilles s'assombrirent au point de dévoiler la haine qui le rongeait. Anjali fit un pas vers lui et colla sa main sur son torse, au niveau de son cœur.

— Ton lien de parenté avec lui ne changera rien à cette guerre, murmura-t-elle. Ça ne doit pas être une faiblesse pour toi mais un atout. Tu es l'élu, paraît-il. Alors donne-nous la chance de reconstruire le royaume, pour apporter de nouveau un peu de bonheur dans nos vies. Je suis certaine que tu peux y arriver. Peut-être qu'en retrouvant la dernière pierre, tu sauveras ce royaume que mon père et ma mère ont tant voulu aider. Tu ne pourras pas y arriver seul, mais tu peux compter sur nous.

Elle attrapa le tissu de son col dépassant de son armure et le secoua légèrement.

— Tu veux que mon père retrouve espoir. Commence déjà par en avoir de ton côté et montre l'exemple, dit-elle avec sévérité. Ce n'est pas en ayant des discours pessimistes que tu lui redonneras confiance en le destin.

Un sourire s'esquissa sur les lèvres de Milo. Il observa Anjali avec fierté. Il l'avait vue grandir en même temps que lui. Mais depuis peu, elle avait gagné en maturité, avait pris de l'aplomb, se comportait comme une véritable représentante du peuple. Et malgré les instants de peine, elle trouvait le moyen de lui redonner un peu le moral. De son côté, il espérait savoir la consoler, à sa façon.

— Comment as-tu pu devenir la femme que je vois devant moi en si peu de temps ? souffla-t-il doucement.

— J'ai eu un bon maître, d'après ce qui se raconte au royaume.

Elle lui saisit les mains et approcha ses lèvres des siennes.

— Je dois y aller, dit-il avant qu'elle ne l'embrasse.

— Pourquoi es-tu si pressé ?

— Nolan m'attend.

La Princesse plissa les yeux et se mordilla les lèvres, bras croisés.

— Je suppose aussi que votre mère et le Roi Jason ne sont pas au courant de cette petite excursion dans le Monde des Mortels ?

— J'avais besoin de lui pour fouiller le forum. Mylès est déjà passé. Il ne nous arrivera rien.

— Puisque c'est ainsi, je viens avec vous.

Anjali releva la tête et le défia d'un regard inébranlable.

— Tu ne peux pas, assura Milo, sans d'autres explications.

— Tu as dit que vous ne craigniez rien.

— Ce n'est pas une raison.

Anjali passa ses bras autour de son cou.

— Je ne supporte plus d'être ici, lui susurra-t-elle. Emmène-moi avec toi.

— Si par malheur j'ai tort, ce n'est pas ton père qui nous tuera mais les mercenaires de Mylès, répondit le garde, en se laissant faire.

— De quoi as-tu peur ? J'ai confiance en toi. Je t'ai vu te battre. Un bataillon ne viendrait pas à bout de toi.

Elle frappa avec douceur par deux fois sur son torse.

— Et puis, je sais me battre aussi bien que toi maintenant, dit-elle avec un regain d'assurance.

Encore un silence, un court instant durant lequel il la jugea droit dans les yeux, peu rassuré. Ce n'était pas tant les compétences d'Anjali qu'il remettait en doute, mais sa propre capacité à assurer sa protection.

— Je ne serai pas concentré sur ma mission, déclara-t-il finalement.

— Était-ce si dur de me l'avouer ?

Il acquiesça d'un mouvement de la tête. Alors elle l'embrassa délicatement. Il apprécia ses lèvres les yeux fermés. Avait-il fait le bon choix en s'abandonnant aussi facilement à elle, en écoutant pour une fois les élans de son cœur ?

— Ça ne m'empêchera pas de venir, décida la Princesse

avant de se décoller de lui. J'en porterai l'entière responsabilité, en tant que fille du Roi.

D'un seul coup, elle se mit en marche vers l'entrée du palais, sans même porter un regard en arrière. Décidément, Anjali lui ferait perdre la tête. Elle avait hérité du caractère fougueux de sa mère et de la détermination sans faille de son père. Milo sourit à cette pensée. Il la suivit jusqu'à l'entrée de la cité de Garak, où ils ouvrirent une porte de lumière qui les conduisit à Rome, au plus proche du forum, lieu cité dans le livre de Kochab.

Dans le Monde des Mortels, le soleil s'était déjà couché. La nuit était douce et fraîche. Un frisson parcourut le dos d'Anjali. Elle leva les yeux vers les étoiles scintillantes de toute beauté. Sa peau dorée s'illumina sous les reflets de la lune. Milo la trouva magnifique.

Son frère n'était pas venu seul non plus. Selena, sa future femme, l'accompagnait. Dotée d'un don de voyance poussé, elle constituait un atout, dans la mesure où ils devaient agir vite, avant le réveil de leurs familles respectives dans leur propre royaume. Ils se retrouvèrent tous les quatre au nord du forum, près de son entrée, d'où ils pouvaient apercevoir les vestiges de la civilisation romaine, bien plus ancienne que leur peuple.

Milo serra avec joie son frère dans ses bras puis le Prince Nolan baissa sa tête face à Anjali.

— Ma famille se joint à moi pour vous soutenir dans l'épreuve que vous traversez aujourd'hui. Ta mère était une Reine formidable.

La Princesse afficha un mince sourire en guise de réponse. Que pouvait-elle dire de plus ? Un retour en arrière était impossible. Ils devaient maintenant veiller à honorer sa mémoire.

De son bras, Nolan désigna sa future femme : une belle jeune femme aux cheveux longs acajou, faisant partie de la garde prétorienne rapprochée de Sa Majesté. Elle aussi portait une armure légère en fer, qui ne protégeait qu'une partie de son corps, des épaulettes à la jupe d'acier aux bottes sculptées.

— Je vous présente Selena.

— Ta future femme, si je ne me trompe pas, dit alors Milo en lui adressant un sourire. Nolan nous a beaucoup parlé de toi.

— Selena a insisté pour m'accompagner, expliqua son frère.

— Elle me fait penser à quelqu'un…

— On ne t'a rien demandé, grogna Anjali en frappant le torse de Milo.

Puis elle adressa elle-même un sourire à Selena.

— Je suis ravie de te rencontrer.

— Moi de même, répondit la prétorienne, et elle pénétra l'âme d'Anjali de ses grands yeux noirs, comme si elle y décelait quelque chose d'étonnant. Nous aurons l'occasion de nous voir régulièrement à l'avenir. Une intuition me dit que nous sommes liées.

— Selena a souvent des intuitions, ajouta Nolan. Elle ne se trompe jamais.

D'ailleurs, elle scruta le ciel, à l'image d'Anjali quand elle venait d'arriver.

— La lune est vraiment magnifique ce soir, dit-elle. Dommage que nous ne puissions pas en profiter très longtemps. Il semblerait que nous ne soyons pas seuls.

Le reste du groupe échangea un regard. Ils observèrent ensemble le forum romain dont les ruines jaillissaient au milieu de la nuit, à la lueur des projecteurs.

— Nous allons devoir faire vite, s'enquit Nolan. Les esprits de la terre nous aideront à sonder le sol.

— La Confrérie est déjà passée par ici, prévint Milo. Peut-être n'ont-ils encore rien trouvé, et s'attendent-ils à ce que nous trouvions des indices à leur place. Nous allons donc couvrir vos recherches.

L'objectif fixé, le groupe s'enfonça dans le dédale de pierres, entre les pilastres. Milo inspectait les alentours, l'esprit aux aguets, gardant toujours un œil sur la Princesse Anjali. Il s'était promis de la protéger au péril de sa vie.

Son frère et Selena avaient fait appel aux esprits de la terre et du vent. Des fumerolles de poussière remontaient du sol à leur passage. Les deux Éduins prenaient soin de ne pas saccager les lieux, mémoire vivante de leurs origines. L'histoire, leurs deux peuples la respectaient, car ils avaient compris que l'homme évoluait avec le temps, en apprenant de ses erreurs passées, sources d'expérience et de richesse. Même la Confrérie avait laissé peu de traces. Au moins, ne remettait-elle pas en cause toutes les valeurs de leurs peuples acquises au fil des siècles.

Milo entendit des pierres rouler à l'intérieur des temples, mais il ne perçut aucune pensée. Peut-être était-il trop loin pour déceler ceux qui les épiaient. Ou sa méfiance était telle qu'il assimilait chaque son, aussi insignifiant soit-il, à un ennemi potentiel. Et puis, la route n'était pas loin, et les bruits de la ville se mêlaient à ceux de la nature. Il resta néanmoins sur ses gardes.

Ils poursuivirent leur chemin, s'éloignant un peu plus des abords de la ville actuelle, près d'une vieille basilique. Là, les esprits du vent fusèrent au-dessus des toitures et des colonnes. Toujours aucun indice. Certes, quelques vestiges anciens, encore ensevelis sous terre, furent repérés, mais rien qui puisse les guider vers les deux dernières pierres sacrées.

Milo se souvint des livres dont Adel lui faisait la lecture étant enfant. L'ancien Roi aimait lui raconter l'histoire du peuple mortel car chaque Siahnnas en avait fait partie jadis. Cette légende se transmettait de génération en génération. Chaque âme avait pris naissance, un jour ou l'autre, ici, entre la terre et le ciel. Beaucoup de Siahnnas provenaient du grand empire de Rome, dont Garak s'était inspirée dans son art de vivre et dans son architecture. Tout portait à croire que le créateur désirait les mettre sur la piste du passé, les renvoyer à leurs origines. Ces grands bâtiments, taillés à la main dans la pierre, rappelaient ceux qu'ils étaient autrefois.

À cette époque, les hommes vivaient de multiples croyances, honoraient bien des dieux, leur vouaient des sacrifices. Quel lien pouvait-il exister entre cette civilisation et les pierres sacrées ? Devaient-ils chercher un objet, une inscription ? Milo se sentait proche de percer le secret. Son attention se porta soudain sur les ruines d'un temple, dont il ne restait qu'un mur partiel et quelques colonnes, décrivant un demi-cercle. Selena se porta à ses côtés et contempla l'édifice, le regard attristé.

— Un drame s'est déroulé ici, dit-elle, accablée, comme si elle venait d'être transpercée par la douleur.

— Quel genre ?

— Je sens des âmes torturées.

Nolan et Anjali les appelèrent tous deux, et ils les rejoignirent à toutes jambes. Une branche d'arbre arriva par les airs. Le Prince la récupéra dans sa main avant d'y mettre le feu. Devant lui, un immense trou, creusé sous une allée de pierre, près du temple rond. La terre avait été remuée depuis peu. Certainement l'œuvre de la Confrérie. Le trou menait à une dalle épaisse déplacée sur le côté, derrière laquelle tout était noir. Le Prince y jeta la branche enflammée. Le trou ne semblait pas très profond. On pouvait en voir le fond.

Milo se laissa tomber à l'intérieur avec délicatesse et ramassa la torche improvisée. Le trou devait bien faire trois mètres de haut.

— Qu'y a-t-il à l'intérieur ? demanda Anjali, en s'approchant de la percée.

Le garde déplaça la torche autour de lui. Pas de danger apparent. Des inscriptions et des dessins tapissaient l'intégralité des murs. Plus loin, une petite table tenait encore debout mais le bois paraissait friable. Par-dessus, de petits objets de bronze, des coupes, une ancienne lampe à huile.

Tout au fond de la pièce se trouvait un lit sur lequel reposait un corps, bien conservé à l'abri de l'air et de la lumière. Milo identifia une femme, grâce au long drapé blanc qui descendait jusqu'à ses pieds. Elle avait dû s'éteindre dans son sommeil, couchée sur le côté. Un manteau pourpre recouvrait ses épaules.

— C'est une sorte... de chambre funéraire. Vous pouvez venir.

À leur tour, les trois compagnons sautèrent à l'intérieur. Selena marcha vers le corps, que Milo éclairait du feu rougeoyant de sa torche. Le squelette portait encore des bouts de chair séchés noircis et une crinière épaisse de cheveux bouclés roux, seule partie qui avait réellement échappé aux ravages du temps.

— J'éprouve beaucoup de peine pour elle, confia Selena.

Elle posa ses doigts sur le corps momifié. Sa main se retira immédiatement, comme si elle venait de toucher des braises.

— Je sens la présence de Megon, dit-elle avec stupeur.

— Ton phœnix, dit alors Milo en observant Nolan.

Le garde promena sa torche le long des parois. La femme avait gratté le mur à l'aide d'une cuillère et de ses ongles. Sûrement avait-elle été jetée là, ensevelie vivante. Pour quelle raison ? Il l'ignorait.

Milo avait entendu parler de ce rituel, réservé aux prêtresses romaines qui rompaient leur serment. Il arrêta de nouveau sa torche sur le visage desséché de cette femme. Il s'intéressa plus particulièrement à ses cheveux, roux et bouclés.

— Je pense savoir de qui il s'agit, annonça-t-il en pleine réflexion.

Il se retourna vers ses amis et secoua la tête, se demandant s'il ne faisait pas erreur, mais tout portait à croire qu'il s'agissait bien d'elle.

— Je sais pourquoi tu dis ressentir la présence de Megon, ajouta-t-il pour Selena. Il existe au royaume un lieu appelé le fleuve noir qui a la faculté de révéler notre destin. Cette femme ressemble étrangement au reflet de Mésilande dans cette eau.

— Je n'ai jamais entendu dire que Mésilande avait un reflet dans le fleuve noir, confia Anjali, à moitié hébétée, et elle observa le corps momifié avec insistance.

— Ton père l'a vu.

— Pourquoi n'a-t-il rien dit ?

— Il a fait un pacte avec elle, admit Milo. Il ne doit rien révéler à son sujet.

— Alors comment peux-tu être au courant ?

— Je sais lire dans les pensées.

— Lire dans les pensées ?

Anjali eut l'air perplexe. Ses yeux l'interrogeaient.

— Nous aurons cette discussion-là plus tard, Anjali, déclara Milo. Nos phœnix ne peuvent pas traverser les portes de nos royaumes dans leur forme originelle. Ils peuvent cependant venir dans le Royaume des Morts sous la forme d'un œuf.

— As-tu déjà essayé ? demanda Nolan, assez dubitatif.

— Non, mais Adel en est venu à cette conclusion en voyant les moyens employés par la Confrérie pour ramener des dévoreurs dans ce monde. Il serait bon d'avoir une conversation avec nos phœnix au plus tôt.

— Il sera à mon avis difficile de duper Megon, dit son frère.

— Tu vas devoir demander l'aide de ton père, je le crains.

Le groupe observa une dernière fois le squelette et décida de porter au plus vite la nouvelle à la connaissance des deux Rois. Nolan aida Selena à remonter, comme Milo aida Anjali à sortir de la fosse, laissant derrière eux ce tombeau de désolation.

Mais alors qu'ils s'apprêtaient à partir, une dizaine de soldats de la Confrérie arrivèrent à leur rencontre. Milo s'en doutait depuis le début. Il se sentait suivi.

Le meneur s'avança et le pointa du bout de sa lame.

— Le Seigneur Mylès m'envoie te chercher.

— Dis-lui que je réponds toujours non à son invitation, répondit le garde, une main portée à sa ceinture.

— Il ne s'agit pas d'une invitation mais d'un ordre.

— Alors la prochaine fois, dis-lui de se déplacer lui-même.

Milo transforma son bâton en épée et s'entailla le poignet. Le chef ennemi fit signe à ses hommes de reculer.

— Êtes-vous sûrs de vouloir combattre des Princes et Princesses de sang ? demanda Milo.

— Le Seigneur Mylès nous a demandé de collecter un certain nombre d'informations. Je faillirais à ma mission si je ne revenais pas avec.

Voilà donc pourquoi ils avaient attendu tout ce temps pour sortir de leur cachette, songea Milo. Mylès n'aurait jamais été en mesure d'identifier Mésilande dans cette tombe. Il s'était déplacé ici bien avant eux, avait découvert la sépulture, mais n'avait pas su interpréter les signes. Aussi s'était-il résolu à envoyer ses sbires récupérer cette information capitale, information que Milo ne laisserait jamais tomber entre leurs mains.

Les deux frères échangèrent un regard, et contre toute attente, engagèrent les premiers le combat. Les femmes, derrière eux, aussi agiles l'une que l'autre, dressèrent leurs armes contre les soldats adverses, l'une son bâton et sa précieuse saï ; l'autre la tiare, propre aux gardes prétoriens. Le groupe ennemi était constitué de plus de Siahnnas que d'Éduins, et les lames se frottèrent au milieu d'un déluge de pierres. Selena, grande navigatrice, manipulait finement les esprits du vent et en fit trébucher une grande partie, assommés par la suite par Anjali.

Les yeux de la Princesse se remplirent d'une inextinguible soif de revanche, semblable à celle de son oncle quand son cœur n'éprouvait qu'écœurement, jalousie, et volonté de destruction. Rien n'aurait pu l'arrêter. Elle semblait possédée par le feu dévorant de son âme, inconsciente du danger qu'elle représentait pour elle-même comme pour les autres.

La plupart des soldats furent battus en l'espace d'une minute. L'expérience et l'entraînement avaient fait la différence, avaient pris le dessus sur la force de l'esprit. Le dernier debout, le meneur, reçut le bâton d'Anjali dans le torse. La Princesse le poussa à terre, appuya son genou sur son ventre et planta la plus longue pointe de son saï sous sa glotte.

— Où est Mylès ? Est-il trop lâche pour se présenter lui-même ? demanda-t-elle.

Son bâton était encore enfoncé dans son torse, et elle tourna la lame dans la chair, lentement, très lentement, jusqu'à ce qu'un cri jaillisse des entrailles de son ennemi.

— Réponds ! hurla-t-elle.

Du sang sortit de la bouche de sa victime, incapable d'en dire plus. La Princesse embrasa son arme en même temps qu'elle retirait la lame aiguisée de son torse. Une odeur de chair calcinée s'échappa de sous son armure percée. Elle avait cautérisé la plaie.

— Dis-lui qu'il devra me passer sur le corps avant de récupérer Milo, dit-elle en empoignant son col. Je lui trancherai volontiers la gorge la prochaine fois que je le verrai. Ma mère...

Elle approcha son nez de son visage blafard.

— Ma mère n'avait pas mérité ça, murmura-t-elle avec aigreur. Il me le paiera.

Elle rejeta violemment sa tête contre un pavé de pierre. L'homme perdit connaissance. Milo crut qu'elle l'avait tué. Il s'empressa de vérifier son pouls. Fort heureusement, il était encore en vie.

La Princesse allait au plus mal. Des larmes coulaient à nouveau le long de ses joues basanées. Il s'agenouilla auprès d'elle.

Anjali tomba dans ses bras.

— Du calme, je suis là, dit-il en la serrant bien fort.

Il embrassa ses cheveux puis jeta un coup d'œil à son frère, lequel hocha la tête. Enfin, le Prince Nolan ouvrit un portail de lumière du bout de sa bague-armure, et emmena Selena avec lui, préférant les laisser seuls.

— Je vais me charger d'en parler à ton père, murmura Milo dans l'oreille d'Anjali. Tu es fatiguée, tu dois te reposer.

— Quand cette guerre cessera-t-elle ? lui demanda Anjali en se lovant contre lui.

— Bientôt, je t'en fais la promesse.

Il l'embrassa sur le front et l'aida à se relever.

— Nous retournons au palais. Je vais demander aux gardes de venir les chercher avant que le soleil ne se lève ici.

Son regard se posa sur les soldats de la Confrérie mis à terre. Il envoya un disque au sol, souleva Anjali par surprise et la porta contre lui.

— Et toi, tu vas me faire le plaisir d'aller dormir, ordonna-t-il.

La Princesse se perdit dans ses yeux. Elle posa sa tête contre son cœur.

— Je ne le ferai qu'à une condition, dit-elle en se cramponnant à son cou. Si tu sais lire dans les pensées, tu dois savoir laquelle.

Le garde se mit à sourire, les joues légèrement rosées. Dans leurs yeux naquit la même idée, la même envie. Milo l'entraîna à travers le vortex et la ramena à sa chambre.

32

LES PROTECTEURS

La voûte s'était levée, mais le Roi, extrêmement fatigué, ne s'était pas encore réveillé. Depuis la mort de la Reine, personne n'aurait osé les déranger, lui et son enfant, dans sa chambre au palais de Garak.

Milo avait laissé Anjali dormir en paix et avait demandé à l'un de ses hommes d'aller chercher un peu de provisions dans le Monde des Mortels, de sorte à nourrir Sa Majesté qui ne mangeait plus, comme s'il avait décidé de se laisser mourir. Milo l'avait compris bien avant tous les autres. L'esprit d'Almandin n'avait plus de secrets pour lui. Il décida de prendre les choses en main et d'accomplir les désirs de sa Princesse, dont le plus grand : redonner espoir à son père.

Alors que Fandor s'entretenait avec Adel, apparemment sur l'événement de la veille au forum romain, Milo se faufila avec un sac de nourriture dans l'appartement privé d'Almandin, certain qu'on ne l'y trouverait pas.

Le bébé dormait paisiblement dans son berceau. Le Roi avait allumé un feu dans l'âtre de la cheminée, près de l'enfant, bercé par le crépitement des braises. Almandin s'était endormi, assis, derrière son bureau. Sa tête reposait entre ses bras sur la table. Devant lui, un vieux parchemin, portant de drôles de signes, dont le plus gros, dessiné en son centre, avait la forme d'un pentacle. Une sorte d'incantation dont Milo ne connaissait pas l'existence, ni même Adel.

Milo posa une main sur l'épaule d'Almandin. Le Roi se réveilla en sursaut, porta par réflexe une main sur son bâton et le dressa sous le menton du garde quand il prit la forme d'une dague. Une goutte de sang perla sur la lame.

— Ce n'est que moi, annonça Milo, menton relevé.

Almandin baissa la main, l'air absent et contrarié.

— Que fais-tu ici ?

Milo posa le sac de nourriture sur la table.

— Je suis venu t'apporter de quoi manger.

Puis il s'essuya le menton à l'aide d'un mouchoir.

— Je ne suis pas venu te voir plus tôt car je savais que tu préférais rester seul. Mais je crains d'avoir commis une erreur en te laissant te détruire ainsi.

Le Roi secoua la tête et repoussa le sac sur le côté. Milo piqua une chaise et s'assit face à lui.

— Tu as le teint pâle, Almandin, lui dit-il, inquiet. J'ai l'impression que tu n'as pas beaucoup dormi.

— Depuis quand avoues-tu que tu te préoccupes des autres ? demanda Almandin, agacé.

— J'essaie une autre tactique.

— Qui a eu cette idée saugrenue ?

— Ta fille.

— Et depuis quand l'écoutes-tu ?

Milo n'apporta aucune réponse.

Un sourire se dessina sur ses lèvres. Il désigna de son index le parchemin reposant sur le bureau.

— Où as-tu trouvé ça ?

Almandin demeura silencieux. Dans son esprit, il repensa à cette lumière qui l'avait guidé jusqu'au parchemin en faisant tomber un livre dans la bibliothèque. La forme lumineuse avait pris l'apparence de Mehiel, l'avait traversé, avait cherché à lui dire quelque chose. Le Roi avait senti la présence de sa bien-aimée. Il ne cessait d'y penser depuis le soir. Il ne pouvait que s'agir d'elle. Il l'espérait.

— Je vois, réagit Milo. Es-tu sûr de toi ?

Le Roi baissa le front et attrapa le parchemin entre ses doigts, songeur.

— Une incantation à cinq, poursuivit Milo, lui-même en pleine réflexion. Ton père ne m'en a jamais parlé.

— Je suis persuadé qu'il n'en a jamais entendu parler lui non plus.

— Difficile à mettre en œuvre... Elle doit exiger énormément d'énergie.

— Je pense en effet qu'elle doit être réalisée par des descendants de la famille royale.

— Dans quel intérêt ?

Almandin lui montra des lignes d'écriture presque effacées.

— Le parchemin est bien abîmé et l'écriture en syllique illisible. Mais si j'ai bien compris les symboles, je dirais ôter les pouvoirs d'un individu ou briser un sortilège, notamment celui d'un Roi.

Les deux hommes mûrirent une nouvelle réflexion. Tous deux savaient que ce parchemin revêtait une importance particulière. Un nouveau mystère à résoudre.

— Intéressant, dit Milo en frottant sa barbe d'à peine deux jours. Nous devrions en parler à Mésilande. Elle saurait peut-être de quoi il s'agit réellement. D'ailleurs, où est-elle ?

— Je ne sais pas. Je ne l'ai pas vue depuis mon retour.

Milo se leva de sa chaise, inspecta la chambre d'un regard furtif, quand tout à coup, il balaya de son bâton le mur où vacillait une torche. L'oiseau agita ses ailes. Ses yeux de saphir en amande apparurent au milieu de son pelage de feu.

— Traître !

— Tu as perdu tes dons en matière d'espionnage. Il serait grand temps de te renouveler. Viens donc nous aider à comprendre.

L'oiseau déploya ses ailes et, d'un battement, rejoignit le coin droit du bureau d'Almandin.

— Je suis désolée pour toi, Almandin, lui dit Mésilande avec peine, et des plumes de feu tombèrent en cendre de son corps.

— Épargne-moi tes sarcasmes, grommela le Roi en la jugeant d'un regard suspicieux. Tu savais ce qui allait se passer. Sinon, tu serais venue me voir bien plus tôt.

— Je pensais la vie de ton fils en danger, pas celle de Mehiel.

Milo se pencha au-dessus d'eux.

— Regarde ce pentacle. L'as-tu déjà vu ?

— Ça ne me dit rien, dit le phœnix en reportant son regard sur le papier.

Soudain, Milo renversa une carafe d'eau sur le corps de Mésilande et l'oiseau disparut en vapeur. Il ne restait plus qu'un œuf, pas plus gros que celui d'une poule, qui basculait de droite à gauche sur le bureau.

Le Roi, mécontent, essuya son veston et sa ceinture.

— Mais pourquoi as-tu agi ainsi ? grogna-t-il.

— Je dois t'avouer une chose.

Le garde s'assit de guingois sur sa chaise.

— Je suis parti hier dans le Monde des Mortels à la recherche de la dernière pierre.

— Tu n'avais pas mon autorisation ! gronda le Roi, et ses yeux s'écarquillèrent en même temps que sa voix gronda.

— Cesse de hurler, le bébé dort, chuchota Milo.

Almandin se retourna vers le berceau. Enfin, il observa celui qu'il considérait comme son fils, les yeux plissés.

— Ça t'arrange bien, dit-il plus bas.

— Je ne voulais pas te déranger.

— Ce qui me dérangerait le plus serait de te voir mort, Milo…

— Je veux retrouver ces pierres au plus vite, Almandin. Il le faut. Pour le bien de ton peuple. Pour ton propre bien aussi, et je pense que nous sommes sur une bonne piste.

— Te voilà bien optimiste !

Milo gonfla ses poumons.

— Nous avons trouvé une chambre funéraire sur le forum, expliqua-t-il.

— Quand tu dis « nous », de qui s'agit-il ?
— Nolan, Selena, ta fille et moi.
— Tu as osé emmener ma fille avec toi ? s'étrangla Almandin.
Milo pencha sa tête sur le côté, sourire en coin :
— Anjali sait être très persuasive lorsqu'elle veut... Je ne pouvais pas dire non à la fille du Roi. Elle a fait jouer son rang.
— Tu sais bien me dire non, n'est-ce pas ?
— Oui, mais avec ta fille, c'est différent.
Almandin eut pour lui un regard plein de malice.
— Voyez-vous ça, dit-il, la voix pleine de sous-entendus. Que s'est-il passé ?
— Nous avons retrouvé le corps d'une femme dont il ne restait qu'un pan de vêtement semblable à une toge blanche et des cheveux roux.
— Lorsque je te demandais ce qu'il s'était passé, je te posais la question de savoir ce qu'il s'était passé avec ma fille.
— Mylès a envoyé des hommes à mes trousses. Ta fille leur a fait mordre la poussière. J'ai bien cru qu'elle allait tuer le dernier...
Le regard vert émeraude du Roi se fit plus intense. Il attendait sa réponse.
— La femme dans cette chambre funéraire, insista Milo. Je pense qu'il s'agit de Mésilande. Selena a senti la présence de Megon.
Le guerrier avait parlé avec un tel sérieux que le Roi se résigna.
— Tu veux l'emmener dans le Monde des Mortels, c'est bien ça, dit-il en jetant sa ceinture sur son bureau.
— Oui. J'ai rendez-vous avec Jason et Nolan. Ils viendront avec Megon.
Le Roi attrapa l'œuf de Mésilande entre deux doigts et contempla son reflet sur la coquille dorée. Sa mine était défaite. Mehiel aurait-elle voulu ça ? Il se rappela soudain de sa conversation avec la petite Lilith. Elle avait

mentionné l'existence d'un être de lumière. S'agissait-il de Mehiel ou de Mésilande ?

— Lilith t'a dit que l'être de lumière te donnerait toutes les réponses, poursuivit Milo.

— Il serait grand temps d'arrêter de lire dans mes pensées.

Une nouvelle fois, le garde effectua un sourire complice. Comme d'habitude, il ne respecterait pas cette volonté, de toute façon.

— Anjali peut garder Shaytan pour aujourd'hui, proposa-t-il. Elle sait se battre bien mieux que moi à présent. Elle a la rage dans le sang. Si quelqu'un s'approche de son frère, elle saura le protéger.

Le Roi eut l'air peu convaincu. Un profond soupir sortit de sa bouche.

— Ça vaut la peine d'essayer, Almandin, s'obstina Milo.

Un nouveau temps de réflexion et le Roi le regarda sur le côté.

— Où est Anjali ?

— Dans sa chambre.

— D'où tu viens, n'est-ce pas ? Je sens d'ici son parfum.

— Elle n'était pas très bien hier soir. Je suis resté avec elle. Elle avait simplement besoin de changer d'air, tout comme toi. Ta fille m'a demandé de te redonner espoir. Je suis venu ici dans cette intention.

Si la nouvelle aurait rempli de joie le cœur de Mehiel et d'Almandin quelques jours auparavant, elle n'eut pour effet que d'accroître les craintes du Roi vis-à-vis de sa fille. Milo était plus qu'un jeune garçon recueilli par la famille royale, mais le fils d'un assassin prêt à tout pour le retourner contre eux, parce qu'il était l'élu. Et si Mylès avait exploité la faiblesse d'Almandin pour le briser – son amour inconditionnel voué à Mehiel et ses enfants –, il procéderait certainement de la même manière avec Milo. Anjali serait maintenant la cible idéale. Almandin savait pouvoir compter sur Milo pour assurer sa protection.

Cependant, il était du genre à ne pas montrer ses sentiments, à faire preuve de peu de sensibilité. Plus que tout, Anjali avait besoin d'être aidée, d'être soutenue. Le Roi se demanda si le guerrier aurait le temps et la volonté de lui ouvrir son cœur.

— Elle a déjà beaucoup trop souffert..., souffla-t-il. Je ne veux pas qu'elle souffre davantage.

— Me crois-tu incapable de la rendre heureuse ?

— J'ai surtout peur que tu ne saches plus aimer.

Milo se leva de sa chaise et lui tourna le dos.

— J'ai découvert mon don pour lire dans les pensées peu après ta mort, dit-il en faisant quelques pas vers le berceau. À cette époque, il ne se passait pas un seul soir sans que je pleure dans ma chambre. Au début, je dormais avec ton père. Il prenait toujours le temps de me réconforter. Il m'a expliqué comment tu avais fait pour contrôler ton don d'empathie. Il m'a expliqué que toi aussi tu ressentais, d'une autre façon que moi, ce que les autres cachaient au plus profond de leur cœur. L'amour, mais aussi la peur, la crainte, la souffrance.

Il contempla le petit qui dormait paisiblement. Puis il observa le Roi, droit dans les yeux. Sous ses paupières coulaient des larmes. Pour la première fois depuis sa prime jeunesse, il eut le courage de les montrer, de dévoiler ses sentiments, d'expier ce qui le consumait comme un feu ardent.

— J'entends tout ce que chacun d'entre vous peut penser, je ressens tout ce que vous ressentez, dit-il d'une voix brisée. Je comprends les désirs de ta fille, son chagrin. Je sens sa colère, j'entends son cœur voler en éclats chaque fois qu'elle pense à sa mère. Je sais ce que tu ressens chaque fois que tu poses tes doigts sur ton fils, chaque fois que tu reviens du sanctuaire où repose Mehiel. J'écoute chacune de vos émotions et n'en dis rien. Je garde ces sentiments pour moi, mais je ressens la même colère, la même souffrance. Je voudrais aussi tuer Mylès. Mon père biologique.

Sa dernière phrase fut prononcée comme un soulagement.

— Ce pouvoir de lire dans les pensées est comme ton don d'empathie, un fardeau à porter, regretta-t-il amèrement. Pour vivre avec, tu dois contenir tes propres émotions, les réprimer, ne pas en parler. Tu ressens la solitude plus que toute autre personne. Tu dois te renfermer sur toi-même. Tu ne peux pas compter sur les autres, même si tu as mal pour eux, même si tout ce que tu entends, dans ta tête, te touche au plus profond de ton âme. Depuis mes dix ans, je cumule toutes les émotions des autres. Ces émotions deviennent les miennes.

Le Roi lui-même ne sut comment retenir ses larmes. Oh oui, il connaissait ce sentiment, cet isolement. Ils partageaient le même fardeau.

— Tu crois que je ne sais pas aimer, reprit Milo, l'air plus serein maintenant qu'il s'était confié. Mais tu te trompes. Je connais toute la signification de ce mot. Je sais ce que l'amour représente, parce que je l'ai vu dans ton cœur et dans celui de Mehiel. Je l'ai aussi lu dans les yeux de ton père, quand il a porté ton corps inerte dans ses bras, et quand il t'a retrouvé dans le Monde des Mortels. L'amour n'apporte pas toujours de la joie. Il apporte aussi de la souffrance. Tu ne pourras jamais rien changer à cela. Par contre, tu peux faire en sorte qu'il apporte plus de bonheur que de chagrin.

Il s'essuya les yeux et revint calmement s'asseoir face au Roi.

— Si je ne trouve pas rapidement la dernière pierre, ta fille souffrira encore plus, dit-il, le regard dans le sien. Mais si je la trouve avant Mylès, il y a une chance qu'elle obtienne ce qu'elle souhaite. Tu veux la voir heureuse. Moi aussi. Alors mettons-nous au travail. Un jour, un grand homme m'a fait comprendre que le chagrin peut laisser place au bonheur. Tu n'irais pas le contredire, n'est-ce pas ?

Derrière les larmes, Almandin eut un sourire et se prêta même à rire.

— Tu étais si jeune... Et si têtu..., dit-il avec fierté. Ça n'a pas beaucoup changé.

Le Roi serra son épaule et caressa sa joue, comme lorsqu'il était enfant, mais le garçon avait bien grandi. Il regretta de ne pas l'avoir vu s'épanouir, de ne pas avoir été là à la place de son père pour assurer son éducation.

— J'amène Shaytan à Anjali, dit Milo. En attendant, prends des forces.

Il lui sourit tendrement, se releva et s'approcha du bébé, qu'il prit et ramena délicatement contre son torse, en essayant de ne pas le réveiller. Cette vision fit naître en Almandin un espoir. Que ne donnerait-il pas pour voir les nouvelles générations grandir dans un royaume en paix et fonder leur propre famille ! Depuis son retour au royaume, les naissances se faisaient rares et les morts s'entassaient par milliers à la nécropole.

— Je ne t'aurais jamais vu avec un enfant dans les bras, reconnut-il.

— Il faut bien un commencement à tout.

Les deux hommes échangèrent un regard, après quoi, Milo se dirigea vers la sortie.

— Milo...

Le garde se retourna.

— Je t'aime comme un père aime son fils, avoua Almandin. Je ne te l'ai peut-être jamais dit, tu le sais, mais je pense que tu as besoin de l'entendre. Ma fille a fait le bon choix.

Le garde se contenta de lui sourire et sortit des appartements d'Almandin.

Le Roi mit l'œuf de Mésilande dans sa poche, attrapa un papier et écrivit un message. Enfin, il lorgna du coin de l'œil le sac de nourriture posé sur son bureau. L'odeur était alléchante. S'il voulait poursuivre cette guerre, il aurait à reprendre des forces.

Ainsi, il consentit à déguster son repas avant d'adresser

son message à Jason. Non sans penser avant tout à sa douce Mehiel. Elle lui manquait. Mais il avait à tenir sa promesse. Ainsi, peut-être, pourrait-il un jour la retrouver ?

L'œuf allait mettre du temps à se briser. Le rendez-vous fut convenu pour le lendemain dans le Monde des Mortels. Adel, des plus protecteurs depuis la mort de la Reine, ne cessait de couver son fils et Milo. Le Roi décida donc de lui en dire le moins possible, préférant le tenir à l'écart des pourparlers jusqu'à ce qu'il ait obtenu des réponses. Adel désapprouvait son comportement mais accepta sa décision. Les réprimandes furent pour Milo qu'il jugea irresponsable sur le moment. Pour autant, l'heure venant, c'est avec lui que le Roi quitta Garak à la rencontre de Jason. L'ancien Roi resta au royaume avec son second fils pour protéger les terres en leur absence.

Almandin leur avait donné rendez-vous en Italie, loin d'une zone peuplée, car les deux phœnix, comme les dévoreurs ou les cymarans, étaient incapables de se cacher aux yeux des mortels. Il valait mieux ne pas créer de nouveau l'événement en dévoilant au monde entier l'existence d'oiseaux sachant parler. Les deux Rois eurent donc à marcher pour accéder au point de rencontre.

Le Roi Jason fut le premier sur les lieux, accompagné de son fils Nolan. Il faisait jour. Quelques nuages parsemaient le ciel bleu éclatant. Autour d'eux, des chênes, des pins, un paysage de garrigue, une petite maison de pierre abandonnée, dont il ne restait qu'une partie des murs. Almandin avait pensé les réunir ici dans l'idée de leur rappeler leur ancienne vie, dans ce pays qui les avait certainement vus naître en tant que mortels. Enfin, là était leur supposition. Ce que les deux phœnix allaient dire pourrait changer leur avenir à tous.

L'œuf bleu de Megon commença à s'agiter dans le creux de la main de Jason. La coquille se morcela et bientôt, un petit bec en perça l'épaisse couche comme du verre. La tête apparut. En déployant ses ailes, Megon propulsa le reste en milles éclats de diamant. L'oiseau tourna sur lui-même, ses plumes s'allongeant en même temps que son corps. Puis il fit un tour d'horizon, et ses yeux s'écarquillèrent de stupéfaction.

Le Roi le laissa grimper sur son épaule. L'oiseau ne disait rien.

— Reconnais-tu cet endroit ? lui demanda Jason.

Megon eut l'air perdu. Il balaya plusieurs fois les lieux du regard, comprenant où tous l'avaient emmené car le paysage ne ressemblait en rien à celui du Royaume d'Odéon.

— Vous n'auriez jamais dû me faire venir dans le Monde des Mortels, leur reprocha-t-il. Jamais...

— Mésilande va bientôt se réveiller, le prévint Nolan. Tu as la possibilité de tout nous dire avant qu'elle ne soit là.

L'oiseau tourna rapidement son bec vers le Prince, plumage gonflé, s'empressa de jeter un œil sur l'horizon et vit apparaître plus bas le Roi Lucifel et Milo. Ses griffes s'enfoncèrent dans l'épaule de Jason.

— Je ne dois pas rester, précisa-t-il, désorienté.

— Pourquoi ?

— J'ai prêté serment à Elohim.

Megon voulut s'échapper, mais le Prince noua autour d'une de ses pattes une chaîne lumineuse semblable à de la soie. Retenu par le lien, l'oiseau se fracassa sur le sol, la tête la première. Il toussota, expulsa la poussière de son bec et se releva sur ses pattes avec peine. Dans son regard de glace naquit une flamme brûlante.

— Toi, tu m'as pris par surprise, cria-t-il à Jason. Je n'aurais jamais cru que cela pouvait arriver. Le Roi Lucifel a une mauvaise influence sur toi.

Il se retourna vers le Prince et leva la patte à laquelle était attachée la chaîne.

— Voilà la seule chose que tu as réussi à faire, lâche, m'enchaîner comme un simple cymaran.

— Ne sachant pas ce qui allait advenir de cette rencontre, j'ai préféré prendre des précautions. Je pense que cette chaîne était en effet nécessaire, rétorqua Jason.

L'oiseau cracha sur lui un jet de glace avant de daigner rejoindre son épaule. Et d'un seul coup, son comportement changea. Il reprit une pause majestueuse, ventre bombé. Ses yeux ne quittaient plus le Roi Lucifel et son élève. Il paraissait anxieux.

Les deux hommes arrivèrent enfin à leur niveau. Almandin arrêta ses yeux vert émeraude sur le phœnix de glace. Et bien qu'il fût aveugle dans ce monde, il distingua devant lui les âmes bleues de Jason et de Nolan, mais autre chose perturbait leur image. Une autre âme se tenait devant eux, chevauchant celle du Roi Éduin. Une lumière blanche, aux contours semblables à celle d'un homme, un être de lumière, comme celui rencontré dans la bibliothèque du palais de Garak.

Le Roi Lucifel garda cela pour lui, salua ses amis éduins, et sortit de sa poche l'œuf de Mésilande.

À cet instant, l'oiseau de glace se cramponna nerveusement à l'épaule de Jason.

— Vous n'auriez jamais dû..., répéta-t-il.

Le Roi Lucifel donna une chiquenaude sur la coquille dorée et l'œuf se mit à réagir. À l'image de Megon, le phœnix du Royaume d'Esiah reprit vie, épousseta son plumage de feu et observa le ciel. Son bec s'arrêta sur le phœnix de glace et on l'entendit inspirer d'effroi.

— Megon..., souffla Mésilande comme si elle venait de voir un fantôme. Qu'avez-vous fait ?

Son regard passait frénétiquement du Roi Lucifel au phœnix de glace. Elle fixa Megon de ses grands yeux où transparaissait la crainte de ce qui allait être dit. Le phœnix de glace eut l'air peiné.

— Nous avons retrouvé la tombe d'une prêtresse aux portes du mont Palatin, lui expliqua Milo. Je suppose que tu sais de qui il s'agit, toi qui as vu apparaître sur le livre de Kochab le lieu où tu es morte il y a de cela plus de deux mille ans.

— Je ne sais pas de quoi tu parles ! cracha Mésilande.

Les deux oiseaux échangèrent un regard triste avant de se tourner le dos.

— Cette femme portait des cheveux longs tressés presque roux et la robe blanche des prêtresses, poursuivit Milo, ce qui ressemble étrangement à ton reflet dans le fleuve noir.

Pour l'heure, Mésilande avait l'apparence d'un être de lumière aux yeux d'Almandin, de quoi corroborer la thèse de Milo.

— Beaucoup sont morts parce qu'il y a eu jusqu'ici trop de secrets, trop d'incompréhension, finit par dire Almandin, dans l'espoir qu'elle parlerait. Si seulement nous avions su, nous aurions pu éviter cela. Il est désormais temps de ne plus rien se cacher pour finir cette croisade insensée. Ne crois-tu pas ?

Mésilande leva le bec vers lui. De colère, elle agita ses ailes.

— Tu as surtout brisé notre pacte ! lui cria-t-elle de sa voix rauque, son bec de feu se tordant dans tous les sens. Vous n'auriez jamais dû nous emmener tous les deux dans le Monde des Mortels. Elohim ne nous pardonnera jamais. Nous n'étions pas destinés à nous rencontrer ici.

— Ce qu'Elohim ne pardonnera pas, c'est ton comportement, intervint calmement le phœnix au plumage argenté. Tu as délibérément laissé la première pierre sacrée du Royaume d'Odéon à Almandin avant sa mort au lieu de la confier à Adel pour qu'il nous la remette. Nous avons perdu vingt-cinq ans par ta faute.

— Lui auriez-vous permis de renaître si tel n'était pas le cas ? lui répondit sa congénère, le regardant de biais.

— L'aimes-tu au point de perdre tant d'années ?

— Qu'insinues-tu ? lui demanda Mésilande, outrée, ses tresses de feu prêtes à jaillir sur lui.

— Je ne sais pas, à toi de me le dire.

— Tu divagues, mon pauvre. Ta jalousie te joue des tours. Je voulais lui donner une chance de rejoindre Mehiel. Que représentent vingt-cinq ans pour des immortels après tout ?

— Tout, mais tu n'en as fait qu'à ta tête, encore une fois.

Mésilande le dévisagea sournoisement, gonfla sa collerette, fit claquer sur le sol terreux ses longues tresses de feu. Puis elle s'installa sur l'épaule d'Almandin, la posture triomphante. L'oiseau de glace, quant à lui, toisa le Roi avec un tel mépris que Jason tira légèrement sur sa chaîne pour qu'il se calme. Jamais ne lui avait-il connu un tel désir de rivaliser.

— Si nous comprenons bien, vous vous êtes déjà rencontrés, dit-il à leur attention.

— Nous ne pouvons pas vous parler car nous ne sommes que des protecteurs, avoua Megon. Nous ne devons pas influencer vos choix.

Almandin sentait bouillir la colère de Mésilande sous ses griffes acérées, plantées dans la peau de son épaule. Il savait ô combien elle pouvait se montrer têtue et insolente. Le phœnix de glace disposait d'un caractère plus docile. Il espérait au moins obtenir une réponse de sa part. La situation leur échappait. La solution se trouvait dans leur passé gardé secret depuis des siècles, un passé lié au créateur et à l'origine de leur peuple. Almandin aurait été prêt à les supplier s'il le fallait pour élucider ce mystère dans l'espoir de redonner vie au cœur de son royaume.

— Nous pouvons mettre un terme à cette guerre, insista Almandin. Nous devons pour cela trouver la dernière pierre. La stèle nous a indiqué l'emplacement de cette tombe. Vous êtes les seuls à pouvoir nous aider. Elohim nous a guidés jusqu'à vous. Je suis persuadé que vous êtes la clef.

Les deux oiseaux se turent.

Le phœnix de glace observa sa semblable avec hésitation.

La rayonnante Mésilande perdit son air majestueux. Son plumage de feu s'assombrit. D'un signe du bec, elle l'invita à parler et on entendit Megon inspirer difficilement, comme si son gosier était obstrué.

— À la fondation de Rome, le Roi Numa Pompilius créa deux collèges de prêtres destinés à accomplir le culte de Vesta et de Mars, les vestales et les saliens, expliqua Megon, tandis que des plumes de glace s'échappaient de son manteau d'hiver. Leurs membres étaient recrutés dès le plus jeune âge parmi les familles patriciennes et placés hors de leur famille, au plus proche du Grand Pontife. Les vestales veillaient sur le feu sacré tandis que les prêtres saliens protégeaient les boucliers du dieu Mars.

Mésilande baissa la tête.

— Ces deux collèges n'étaient pas destinés à se rencontrer, mais un jour, le grand Numa décida d'organiser un cérémonial en l'honneur des dieux. Je vis alors cette prêtresse traverser la cité sur son char, majestueuse, de toute beauté, le teint laiteux, ses yeux de saphir rivés sur la plèbe, poursuivit le phœnix aux ailes argentées, son regard pétillant de joie à l'évocation de ce souvenir impérissable. Elle leur apportait du pain. Elle avait juré fidélité aux dieux. J'ai pensé pouvoir l'en détourner. Elle rompit son vœu de chasteté.

L'oiseau s'interrompit un instant. Son expression avait radicalement changé, teintée à présent d'une profonde mélancolie.

— Le Grand Pontife apprit notre relation par un disciple, dit-il difficilement. Il nous condamna à mort. Elle fut fouettée sous mes yeux. Puis ce fut à mon tour. Je n'ai pas souvenir de ce qu'il se passa après car je suis mort flagellé devant elle après un dernier coup de sangle.

— Je fus enfermée vivante dans ce caveau avec une lampe à huile et quelques vivres, expliqua Mésilande. Je n'avais jamais revu le soleil depuis.

Elle leva ses yeux vers le ciel pour observer les rayons de lumière traverser les nuages. Cela faisait tellement longtemps qu'ils n'avaient pas revu le jour ! Cette sensation de chaleur, mêlée au bruit du vent. Mésilande l'avait oubliée à force de vivre dans un monde où la nature avait perdu ses droits.

— Les Royaumes d'Esiah et d'Odéon n'existaient pas encore, continua l'ancienne prêtresse. Contrairement à d'autres, nos âmes passèrent les portes de l'Eden. Vos ancêtres réussirent à franchir eux aussi les portes sacrées peu de temps après nous. Ils réclamaient la naissance de deux royaumes distincts, pour séparer les âmes damnées de celles bénies des dieux. Elohim n'avait jamais cru aux mortels et ne savait pas quoi faire d'eux après leur mort. L'idée de les laisser gérer leur propre royaume aurait pu lui convenir, mais il craignait leur force de conviction. Cette force leur donnait un grand pouvoir, un pouvoir qui pouvait réduire le sien au fur et à mesure des âges mais surtout briser l'équilibre des mondes.

— Nous avons malgré tout appuyé la demande de vos ancêtres, dit le phœnix de glace. Mésilande a toujours cru que l'homme était capable de s'améliorer et d'apprendre de ses erreurs. J'ai suivi son instinct.

— Puisque nous croyions tant en eux, Elohim décida de leur accorder ce privilège à la seule condition que nous devenions les gardiens des deux royaumes. Ce pacte ne sera brisé qu'au jour où vous aurez prouvé votre valeur à gouverner, conclut le phœnix de feu.

Enfin, elle descendit d'un bond sur les doigts de Milo pour être à la hauteur de son ancien amant :

— Quoi que tu puisses penser, Megon, je désire au plus profond de moi que nous puissions rentrer chez nous mais pas à n'importe quel prix.

Aucun des hommes ici présents n'aurait pu croire que ces oiseaux, protecteurs de leur royaume depuis toujours, avaient vécu une telle tragédie. Un si funeste destin imposé par Elohim, le créateur de leur monde. Cet être, ils l'avaient idolâtré depuis l'origine de leur civilisation. À croire que même les dieux étaient capables du pire.

— Nos destins sont donc liés, laissa échapper le Roi Lucifel.

— L'immortalité est un poison, Almandin, une malédiction, confia Mésilande. Si Mylès détruit ce que vos ancêtres ont créé, vous aurez démontré que l'homme est incapable de régner. Vous connaîtrez le même sort que nous.

— Savez-vous où peuvent se trouver les dernières pierres ? demanda alors Jason.

— Cette quête n'est pas nôtre, lui répondit son phœnix. Nous ne le savons pas. C'est à vous de les retrouver.

— Croyez bien que nous souhaitons plus que tout au monde votre réussite. Mais Mylès est déjà allé beaucoup trop loin et il reçoit le soutien de bon nombre d'entre vous, expliqua l'oiseau de feu. Même si vous retrouvez les pierres sacrées, l'homme qui franchira les portes de l'Eden devra faire face à la colère d'Elohim.

L'oiseau se retourna vers le Roi Lucifel :

— Si tu veux un conseil, mon enfant, considère Mehiel comme une force plutôt qu'une source de souffrance. Elle a su le faire pendant vingt-cinq ans. En ce qui te concerne, il ne te reste plus beaucoup d'années à vivre dans ce corps de mortel. Alors le sauveur que tu es doit apprendre la patience, reprendre ses esprits et aller de l'avant.

— Si la quête des pierres est liée à notre histoire, vous devriez peut-être poursuivre vos recherches du côté de vos ancêtres car la vie est un cercle sans fin, fait d'éternels recommencements, suggéra le phœnix de glace. Ce qui a créé vos royaumes peut le détruire ou vous donner une chance de tout recommencer.

Les deux phœnix se regardèrent à nouveau, les yeux débordant d'amour.

Megon baissa la tête le premier, cherchant peut-être à trouver le courage de la quitter une dernière fois.

— Nous ne vous serons plus utiles ici, murmura-t-il. Nous en avons déjà trop dit.

— J'ai une dernière question à vous poser, intervint Almandin.

Mésilande attendit.

Le Roi avait du mal à la poser car il redoutait la réponse. Si Mehiel était devenue un être de lumière, elle devait certainement avoir franchi de la même façon les portes de l'Eden. Mais pour quelle raison ?

— Qu'arrive-t-il aux âmes qui franchissent les portes de l'Eden ? interrogea-t-il après un instant de silence.

— Elles deviennent des protecteurs, ce que nous sommes, lui indiqua Mésilande.

— Mais que protégiez-vous avant de devenir les gardiens de nos royaumes ?

Megon agita ses tresses de glace derrière lui et pencha sa tête sur le côté.

— Le libre arbitre des hommes est plus compliqué que vous ne le pensez. Rien n'arrive au hasard. Tout a une signification. Si vous êtes les protecteurs des morts, nous sommes les gardiens des mondes vivants. Nous avons le pouvoir de dévier le cours de l'histoire si nous le jugeons utile. Cela a cependant un prix. Chaque fois que nous modifions l'histoire, nous changeons aussi notre propre destinée.

— Tout est une question d'équilibre entre le monde vivant et les Royaumes des Morts, continua sa congénère. Notre rôle n'a pas changé, seulement notre forme.

— Et quelle forme aviez-vous, dans l'Eden ? demanda Almandin.

— Des êtres de lumière.

Le Roi Lucifel eut un soupir de soulagement que personne ne comprit en dehors de Milo.

— Que t'arrive-t-il ? demanda le phœnix de feu.

— Il est persuadé d'avoir vu Mehiel, ou du moins, son esprit, dans les couloirs du palais, expliqua Milo.

— C'était elle, affirma Almandin.

Les oiseaux échangèrent un nouveau regard, cette fois-ci rempli d'espérance.

— Voilà qui est intéressant, dit Mésilande, l'air songeuse.

— Ouvre les portes de l'Eden et tu la retrouveras, assura Megon.

L'oiseau tendit l'une de ses tresses de glace vers Mésilande, laquelle la saisit d'une de ses queues enflammées.

— À tout jamais, Mési.

La glace et le feu se mêlèrent l'un à l'autre et leurs deux corps disparurent en fumée. Dernière malédiction dont ils avaient hérité, aucun moyen de se toucher sans redevenir un œuf de verre opaque. Un moyen de les séparer encore et toujours, jusqu'à rompre le sortilège d'Elohim en achevant leur mission.

Almandin compatissait à leur sort. Malgré des millénaires d'existence, séparés l'un de l'autre, ils semblaient toujours s'aimer, sans pouvoir vivre leurs sentiments. En dépit de leur triste passé, Mésilande avait toujours été solide, de bon conseil, l'avait toujours accompagné, lui, le Prince, puis le Roi de ce royaume pour qui elle avait tout donné, tout sacrifié, même l'éternité. Aurait-il eu le même courage ?

Mésilande lui avait donné la force de poursuivre sa quête. Il se jura de tout faire pour mettre un terme à leur pacte passé avec le créateur. C'était bien la moindre des choses qu'il pouvait espérer lui offrir en reconnaissance de tout ce qu'elle avait sacrifié pour lui, pour son peuple et pour les mortels.

Le Roi rangea précieusement l'œuf dans sa poche. Jason fit autant avec celui de Megon.

— Notre royaume possède des reliques ancestrales que nous avons soigneusement conservées, révéla le Roi Éduin. Nous commencerons nos recherches par là.

— Mon père connaît notre royaume mieux que quiconque, approuva Almandin en hochant la tête. Nous étudierons donc la question ensemble. Mais je doute que nous trouvions quoi que ce soit à Esiah. Nous restons en contact.

Puis chacun repartit de son côté, après un dernier au revoir.

De retour au royaume, Almandin et Milo furent accueillis par Adel. Il attendait devant la chambre de son fils. Il n'avait pas bougé de là depuis deux heures. Sa petite-fille Anjali gardait son frère dans l'appartement.

— Alors, vas-tu enfin te décider à me dire ce qu'il se passe ? demanda l'ancien Roi, lui barrant l'entrée des appartements.

Almandin sortit l'œuf de sa poche.

— Mésilande est une ancienne prêtresse mortelle. Nous trouverons la dernière pierre en fouillant dans tout ce qui peut nous fournir des informations sur les origines du royaume. Ou sur son passé.

— Une ancienne prêtresse ?

— Une longue histoire... Où se trouvent les reliques ?

— Au gouffre de Cirta. Où voudrais-tu en trouver d'autres ?

— Je croyais que chaque archive du gouffre de Cirta avait été scellée ?

— Là est le problème, mon fils.

Almandin se mit à réfléchir longuement en s'appuyant au mur.

— Il suffit de briser les incantations, suggéra d'un seul coup Milo.

Le Roi fut pris d'une illumination, le remercia d'une tape dans le dos, poussa son père sur le côté, entra tel un ouragan dans ses appartements et réveilla son fils qui dormait dans les bras d'Anjali.

— Mais que fais-tu ? demanda-t-elle en tentant de calmer l'enfant.

Pris de frénésie, Almandin se dirigea vers son bureau et leva le parchemin trouvé la veille dans la bibliothèque devant ses yeux émerveillés.

— Ma femme est une déesse ! proclama-t-il en retrouvant le sourire.

— Je ne comprends rien ! protesta Adel. Qu'est-ce qu'il te prend encore ?

— J'ai la solution !

Il secoua le papier devant lui. L'espoir venait de renaître.

33

LE PALAIS DE CIRTA

Almandin réfléchissait dans la bibliothèque de Fandor, seul, assis à la table. Ses yeux louchaient sur l'œuf de Mésilande. Il hésitait à faire craquer la coquille. Une ribambelle de questions occupaient son esprit. Il avait tant de choses à lui demander, tant de choses à comprendre ! Savoir qu'elle avait été humaine allait-il changer leur relation ? Allait-elle prendre ses distances maintenant qu'il avait percé son secret ? Il espérait que non.

Les doigts d'Almandin pianotaient inlassablement sur la table. Puis il cessa de les agiter et martela l'œuf d'un doigt. La coquille se fissura. Le bec de Mésilande la perça d'un seul coup et l'oisillon de feu dégarni devint un sublime phœnix.

Mésilande cracha quelques plumes qui obstruaient son gosier et toussa. Elle agita ensuite son corps, du bec à ses griffes acérées. Son manteau de feu propulsa dans les airs un épais nuage de cendres.

Ce fut au tour d'Almandin de toussoter. Il faillit s'étouffer.

L'oiseau ricana.

— Voilà ta sentence pour m'avoir trahie de la sorte ! lui reprocha Mésilande.

Elle lui tourna le dos et fit claquer ses longues tresses de feu sur la table. Son bec tordu se tourna quelque peu vers lui. Ses yeux en amande le regardaient de biais. Elle lui en voulait beaucoup.

— Pardonne-moi pour tout, soupira Almandin. Si j'avais su ce que tu avais vécu…

— Épargne-toi les excuses et agis. Tu nous rendras à tous un grand service.

Elle leva fièrement le bec et consentit à se retourner. Elle lui avait déjà pardonné.

— Je ne comprends pas... Elohim, lui dit alors Almandin.

— Que ne comprends-tu pas ?

— Qu'il puisse agir ainsi. N'est-il pas notre créateur ? Ne devrait-il pas nous protéger ?

— Il essaie, à sa façon. Il ne peut pas le faire seul.

— N'as-tu pas dit qu'il ne savait que faire des hommes après leur mort ? Pourquoi n'y a-t-il pas pensé avant de créer ce monde ?

— Peut-être ne l'a-t-il pas créé lui-même.

Almandin n'y avait jamais songé. Elohim était-il réellement le créateur de ce monde ?

— L'Eden ne peut pas accueillir toutes les âmes mortelles, expliqua Mésilande. Il s'agit d'un endroit magique qui se transforme au fur et à mesure des pensées des âmes, de leur imagination. Dans cet endroit se côtoient des âmes d'espèces différentes. Elles ne proviennent pas toutes de notre monde. L'univers est parsemé d'étoiles que des êtres, appelés créateurs, se bornent à sauvegarder. Seules les âmes les plus dignes peuvent atteindre l'Eden, car ce sont celles qui pourront peut-être un jour sauver l'intégralité de ces mondes grâce à leurs idées et à leur foi. Pour cette raison, Megon et moi avons accepté cette mission en connaissant ses conséquences.

Les deux oiseaux étaient apparemment des gardiens, chargés de protéger les hommes, de veiller sur ce monde et sur l'Eden. Si Mehiel en était devenue une aussi, elle devait à présent se trouver dans cet autre univers.

— Mehiel est devenue l'une de ces âmes, n'est-ce pas ? demanda Almandin pour se rassurer.

— Je pense qu'elle aura un rôle à jouer dans notre destinée.

L'oiseau plongea ses yeux de saphir dans les siens :

— Elohim t'accordera une renaissance. Tu porteras l'attribut des Princes d'Odéon. Tu as donc toi aussi un rôle à jouer dans notre futur. Ta mission ne s'arrêtera pas à celle que tu remplis aujourd'hui. Peut-être seras-tu amené à revoir Mehiel dans une prochaine vie ?

Almandin se mit à penser à l'instant où Mehiel avait touché son bâton. Ils s'étaient fait une promesse. Ils se reverraient, quoi qu'ils aient à traverser. Leurs âmes étaient maintenant liées.

Comme le voulait la tradition, le corps de la Reine allait être entreposé dans le sanctuaire après avoir reçu les derniers sacrements. Sa mort avait cessé de faire souffrir Almandin. Mehiel lui manquait, certes, mais il avait retrouvé sa motivation d'antan et son courage car il ne voulait pas la décevoir. Il savait qu'ils seraient à nouveau ensemble. En tout cas, il en gardait l'espoir depuis que Mésilande lui avait parlé des gardiens de l'Eden, depuis qu'il avait vu cette mystérieuse lumière dans les couloirs du palais de Fandor.

Pendant qu'il réfléchissait, le regard perdu dans le vide, Mésilande glissa sa tête sous la main d'Almandin. Le haut de son front la démangeait.

Almandin passa naturellement ses doigts dans son plumage de feu et se mit à la caresser. L'oiseau ronronna comme un chat et guida sa main jusque dans son cou.

Soudain, Almandin retira ses doigts et se redressa. Mésilande n'était pas un oiseau. Elle était humaine, à l'origine. Qu'était-il en train de faire ?

— C'est étrange... de te caresser... maintenant que je te sais... femme, dit-il, quelque peu gêné.

— Tu as le droit de me gratter le dos.

— J'ai l'impression de trahir Mehiel.

Elle approcha son bec de son nez :

— Sais-tu au moins ô combien il est difficile de se gratter le dos ou la tête quand on est un oiseau ? dit-elle en levant une patte pour tenter de se gratter le crâne. Ne t'en fais pas, elle comprendra, mon enfant. De quoi as-tu peur ? Je t'ai déjà vu sous tous les angles.

Elle termina par un sifflement obscène et son bec décrivit un splendide sourire malicieux.

Rougissant de honte, Almandin obstrua les yeux de l'oiseau d'une main et poussa sa tête contre la table. Mésilande s'extirpa aussitôt de son emprise puis lui cracha une flamme.

Il l'évita de peu en penchant la tête.

— Sale petit garnement ! protesta Mésilande en lui montrant ses griffes acérées. Tu ne changeras jamais.

— Évite de venir dans la salle d'eau pendant que je me baigne maintenant ! dit Almandin, très embarrassé. Sale perverse !

— De toute façon, il n'y a rien à voir !

Almandin fouetta son bec du bout de sa manche longue pour lui fermer le clapet.

Elle émit tout de même un léger rire moqueur.

— Maintenant que tu es là, nous allons pouvoir partir, décida Almandin.

— Où comptes-tu encore aller ?

— Au gouffre de Cirta. Avertis mon père que nous sommes prêts.

Il se racla la gorge, et se reprit.

— S'il te plaît, ajouta-t-il tout bas.

— Tu deviens plus sympathique avec moi. Je n'en serai pas moins méprisable à ton égard.

Elle ouvrit grand le bec et lui pinça les doigts. Quelle peste ! Almandin la chassa du plat de la main. Elle s'empressa de fuir. Malheureusement, Mésilande ne s'améliorait pas avec les années.

Almandin avait attendu qu'elle reprenne vie pour fouiller le palais de Cirta, le lieu renfermant sans doute des informations susceptibles de les mettre sur la piste des dernières pierres sacrées. Cependant, l'accès aux livres des Anciens requérait la présence de quatre autres membres de la famille royale car les livres avaient été scellés et seule l'incantation trouvée par hasard dans la bibliothèque de Fandor pouvait rompre le charme. C'est pourquoi il convia son père, son frère, son neveu, sa fille et Milo à le suivre. Ils n'avaient pas encore testé l'incantation mais Almandin espérait réussir à la maîtriser sur place.

Bien entendu, se rendre sur ces terres abandonnées de tous nécessitait aussi la présence de fantômes pour couvrir leurs besoins en énergie. Il demanda à Conall de sélectionner trois de ses congénères, les plus demeurés qui soient, pour les accompagner dans ce périple. Qu'ils finissent par perdre l'esprit sous le poids des manipulations psychiques ne seraient pas une grande perte.

Conall rapporta trois spectres en guenilles, dos voûtés, qui marchaient tels des singes, les yeux sortant des orbites, la langue coupée et les boyaux par endroits visibles. Il fallait avoir le cœur bien accroché pour les regarder plus de cinq secondes. Au moins, leur mutisme permettrait de garder sous silence les recherches effectuées sur le terrain.

Munis de torches, de sacs de toile et de besaces, le groupe ainsi formé se dirigea vers le palais de Cirta. Les spectres enchaînés à leurs poignets les tiraient en avant comme une meute de chiens.

Même si Milo et Anjali n'avaient pas officialisé leur relation, tout le monde était au courant de leur rapprochement. Tout se savait dans cette famille, d'une manière ou d'une autre. Mésilande n'avait pas réussi à garder le silence, comme Almandin avait laissé échapper le fait qu'elle avait été humaine avant d'être enfermée dans un corps de phœnix.

Mésilande aimait les ragots quand ils ne la concernaient pas. Sa langue de feu dérapait chaque fois qu'elle avait à faire oublier l'un de ses petits secrets : une fine stratégie visant à détourner l'attention sur une autre personne. Ces milliers d'années à servir le créateur l'avaient rendue particulièrement douée en la matière.

Quoi qu'il en soit, Milo restait à bonne distance d'Anjali. Tous deux se concentraient sur la mission. De toute façon, Milo n'aurait pas supporté qu'elle soit collée à lui. Elle non plus. C'était le genre de couple qui savait se montrer discret.

La Princesse avait plutôt choisi de marcher aux côtés de son père. La perte de Mehiel avait été un moment douloureux à vivre pour tous les deux. Ils se serraient maintenant les coudes.

D'ordinaire, Almandin aurait choisi la solitude, ce qu'il avait fait juste après la mort de Mehiel, mais il avait compris qu'il devait au contraire s'ouvrir à sa fille et lui prêter son épaule. Milo n'était pas le seul homme sur lequel Anjali devait pouvoir se reposer.

Almandin était son père, et à ce titre, il avait un devoir, celui de prendre soin d'elle. Difficile à accomplir dans ce contexte car il devait accepter qu'elle prenne des risques en combattant pour le royaume. D'ailleurs, il lui avait appris à se battre parce qu'elle avait montré de l'appétence pour l'épée et les arts martiaux. Ses capacités certaines en faisaient un atout sur le terrain. Il aurait été absurde de la cloîtrer au palais.

Depuis qu'Almandin avait avoué à sa fille avoir vu une lumière à l'apparence de Mehiel, elle nourrissait l'espoir de l'apercevoir à son tour. Elle aussi avait retrouvé son entrain. Encore quelques efforts à produire pour terminer la quête des pierres sacrées et ils parviendraient à transformer le rêve de Mehiel en réalité. Cet objectif les poussait en avant.

Mais leur mission du jour n'était pas des moindres. Ils avaient à passer en revue les milliers de livres archivés dans l'ancien palais royal de Cirta. Cette immense bâtisse, construite à flan de ravin au-dessus d'un gouffre très profond, restait difficile d'accès, raison pour laquelle le palais avait été abandonné par les Rois. Néanmoins, les multiples colonnes sculptées en façade en faisaient l'un des vestiges les plus merveilleux datant de l'époque des Anciens.

Autrefois, le palais servait à aux visionnaires, aux

Érudits, aux politiciens. C'était un lieu de réflexion et de partage destiné à l'étude. S'y croisaient de nombreux savants et bâtisseurs. On y trouvait de tout, même des objets du Monde des Mortels. Une grande salle, assiégée par des livres, avait été érigée. De nombreux ouvrages de la bibliothèque de Fandor provenaient de ses rayons. Puis il y avait aussi une salle d'archives dédiée aux Anciens. Seul le Roi avait le droit d'y pénétrer et de consulter leurs visions.

De cette période si faste, il ne restait rien en dehors de cette bâtisse, ornée de monumentales sculptures taillées dans la pierre et de ponts sous lesquels coulaient de nombreuses cascades d'eau. Quelques brèches s'étaient formées suite à l'érosion. Il était fréquent d'entendre rouler quelques pierres. Le palais n'était plus entretenu depuis des siècles.

La légende disait que les Rois y avaient renfermé tous les plus grands secrets du royaume. Adel en tout cas n'en avait jamais eu vent. Lui-même n'y était venu qu'à de rares occasions dans sa prime jeunesse. En présence de Mylès, qui plus est. À bien y réfléchir, Mylès avait tout le temps partagé la vie d'Adel. Maintenant, ils comprenaient tous pourquoi.

Arrivés sous les grandes arcades principales du palais, la sulfureuse Mésilande quitta l'épaule du Roi et alluma une enfilade de torches longeant le grand hall. Les flammes mirent en évidence un long couloir voûté semblable à certaines nefs latérales que l'on trouve dans les premières églises romanes.

Adel passa en avant.

— Les archives des Anciens se trouvent bien à l'écart des nefs. Le dernier à les avoir consultées devait être mon père… ou peut-être Mylès.

Sa voix résonna à travers les murs de pierre. Anjali leva les yeux au ciel. Elle n'avait jamais rien vu d'aussi beau :

— Pourquoi ne pas les avoir ramenées à Esiah ?

— Mon père a préféré les faire tomber dans l'oubli. Plus personne ne s'aventure ici en dehors de notre famille.

— Y a-t-il encore de l'or ? demanda subitement Conall.

Même dépouillé de son corps, le spectre appréciait encore les grandes parures confectionnées dans ce précieux métal. Fut un temps où les cités anciennes du royaume en regorgeaient. Le minerai avait servi à élever une cité de lumière.

— Si tu veux de l'or, nous t'en donnerons, lui accorda Almandin. À condition de faire comme si tu n'existais pas jusqu'à notre retour à Garak.

— Tu es dur en affaires, Majesté. Mais je m'en accommoderai.

Ses congénères glapirent et suivirent Adel de près, leurs chaînes ricochant sur le dallage dans un tintement d'acier. Impossible d'être discrets en leur présence. Il ne restait plus qu'à prier pour ne pas croiser Mylès par ici.

Le groupe s'enfonça ainsi dans les ruines de l'ancien palais jusqu'à atteindre une porte forgée dans le bronze.

Adel y était déjà venu avec ses fils et Milo quelques jours plus tôt, quand ils cherchaient le livre de Kochab. Mais ils avaient fait chou blanc. Du moins, ils n'avaient pu accéder à aucune archive, celles-ci étant scellées.

La porte de bronze s'ouvrit sur une immense galerie pourvue de trois étages. Des milliers d'ouvrages mal conservés, abîmés par l'usage, le temps et l'humidité s'étalaient sur toute la hauteur de la salle, à perte de vue.

— Autant chercher une pierre dans un cours d'eau, murmura Veland.

— J'en ai déjà trouvée une, une fois, dit Milo en lui tapotant l'épaule. Comme quoi, les miracles existent.

— Ce qui serait vraiment miraculeux, ce serait de réussir à accomplir la fameuse incantation pour laquelle nous sommes tous présents aujourd'hui, grommela Pyrrhos.

— Toujours aussi optimiste, mon frère ! s'écria Almandin. Le tout est de tester cette incantation avec la bonne pile de livres.

— Et comment comptes-tu t'y prendre ? poursuivit Pyrrhos. On risque d'y passer la journée...

— Pourquoi ne pas suivre la lumière ? proposa Mésilande.

Perchée sur le relief d'une colonne, elle pointait du bec une forme lumineuse de la taille d'un homme. Elle venait d'apparaître au fond de la galerie. Almandin demeura immobile. Il se contenta de la contempler quelques secondes.

Mésilande l'avait vue. Le reste de sa famille aussi. Almandin n'avait donc pas rêvé la première fois qu'il l'avait croisée au milieu de la nuit. Cette lumière existait réellement. C'était Mehiel. Il en était sûr désormais.

Passé la surprise, il s'élança en avant sans attendre le reste du groupe. Sa fille marcha sur ses talons. Aucun moyen de les arrêter. Ils étaient obnubilés par l'être lumineux.

Tous deux parcoururent la galerie à pas de géant. Au fond, la lumière passa à travers un mur. Ils bifurquèrent à gauche. Et là, elle avait disparu.

— Où est-elle ? demanda Anjali.

Son cœur battait la chamade. Celui d'Almandin faisait des bonds. Leur tête bougeait frénétiquement. Ils avaient perdu sa trace.

— Que s'est-il passé ? demanda Adel, derrière eux.

Puis la lumière réapparut.

Pyrrhos eut un moment de recul. Adel ouvrit grands les yeux.

Cet étrange phénomène n'avait aucune explication. Les fantômes n'existaient pas au royaume. Seuls les gardiens de l'Eden étaient capables de revêtir ce genre de corps céleste.

Anjali observa la forme lumineuse, les larmes au bord des yeux. Était-ce réellement sa mère ? Aucun détail du visage n'était visible. Personne n'aurait pu confirmer son identité. Mais la Princesse sentait que c'était elle, sa mère. Son cœur ne pouvait pas se tromper.

Les spectres aboyèrent comme des chiens et l'être de lumière se fondit une nouvelle fois dans le mur. Almandin se précipita contre la paroi et la palpa. Il devait y avoir quelque chose à cet endroit-là car Mehiel les guidait dans cette voie.

Anjali se colla aussi au mur et commença à le toucher en haut, en bas, entre chaque pierre.

— Bon sang ! pesta Almandin en continuant de passer ses doigts le long du mur. Ça doit être quelque part par là.

Adel se débarrassa de sa torche et vint leur prêter main-forte.

Au bout d'une minute, Anjali sentit un petit loquet coincé dans une fente. Elle le tira du bout de sa phalange et le mur se déporta légèrement.

Impatient de découvrir ce qu'il cachait derrière, Almandin poussa le pan de pierre de tout son poids, aidé de ses compagnons. À l'arrière, un escalier descendait dans le noir.

Adel récupéra sa torche et illumina l'entrée du passage.

Mésilande fila devant lui.

— Le champ est libre, dit-elle peu après, de loin. Venez.

Ils s'engouffrèrent à l'intérieur et débouchèrent dans une petite salle privée ceinturée de bibliothèques. Quelques plumes, du vieux papier et de l'encre séchée étaient éparpillés sur une table de travail. Le temps semblait s'être arrêté ici. Tout était soigneusement rangé.

— Incroyable…, dit Adel, stupéfait. Je n'avais jamais entendu parler de cette pièce. Elle ne figure sur aucun plan.

Il passa un doigt le long des étagères recouvertes d'une épaisse couche de poussière. Personne n'avait dû y mettre les pieds depuis des dizaines d'années.

Le groupe commença à inspecter les moindres recoins de la salle. Sur les étagères, derrière elles, sous la table et dans des coffres remplis de vieux papiers vierges ou gribouillés.

Mehiel avait encore disparu. Était-elle simplement venue pour les mettre sur la piste de cette pièce secrète ? Cela semblait être le cas.

Almandin lut la tranche des livres, rangés par numéros. Sous chaque étagère avait été inscrit le nom d'un Ancien. L'un d'eux attira son attention. Étrangement, le nom de Kochab figurait parmi eux. Il piocha au hasard l'un de ses manuscrits et l'ouvrit au milieu.

Ce n'était pas un livre ordinaire mais plutôt une sorte de journal intime. L'encre s'était estompée par endroits rendant les mots illisibles et les phrases incompréhensibles. Il leur faudrait beaucoup de patience pour tenter de déchiffrer ces pages, d'autant plus que certains passages étaient écrits dans une drôle de langue. Peut-être un code propre aux Anciens ? D'autres feuillets ne comportaient que des dessins linéaires sans véritable signification...

Almandin referma le livre et balaya la pièce du regard. Il devait bien y avoir une quinzaine d'étagères portant chacune une vingtaine d'ouvrages assez épais. Ce n'était pas grand-chose, comparé à l'immense galerie, mais il s'agissait sûrement de manuscrits particuliers qui ne devaient en aucun cas tomber dans les mains de n'importe qui. Mais pourquoi les avoir préservés ici, loin du pouvoir royal ?

Ces ouvrages n'étaient pas scellés, contrairement à ceux archivés dans la bibliothèque principale des Anciens. Ils avaient donc échappé à la mainmise du Roi. Les Anciens avaient agi dans le dos de Sa Majesté qui devait ignorer leur existence.

Quel était leur but ? L'empêcher de prendre connaissance de leurs visions ? À l'époque, le Roi exigeait de connaître l'avenir pour une raison simple : le livre sacré, écrit par les plus anciens Érudits, avait annoncé une prophétie, celle de l'élu ouvrant le coffre sacré d'Esiah.

Kochab avait vécu durant le règne du père d'Adel.

Peut-être savait-il déjà, à cette époque, que le Roi lui-même se trouvait être l'ascendant direct de cet élu ? Peut-être savait-il d'ailleurs que l'élu lui-même viendrait dans cette pièce.

Almandin fixa d'un seul coup Milo, l'air songeur. Alors qu'il fouillait une malle, le guerrier se retourna aussitôt vers lui.

Encore une fois, Almandin avait pensé trop fort. Cela finirait par lui jouer des tours.

— Je crois que nous aurons assez de lecture pour ce soir ! lança Almandin.

Il tira de sa besace un sac de toile et plongea quelques livres à l'intérieur. Mieux valait les rapporter avec eux pour les examiner de plus près.

— Récupérons-en un maximum, dit-il. Nous reviendrons chercher les autres plus tard.

— Si ses livres renferment l'emplacement de la dernière pierre, à quoi sert l'incantation que maman t'a montrée ? demanda Anjali, perplexe.

Almandin vida l'étagère complète de Kochab dans son sac :

— Je pense que nous le saurons bien assez tôt !

Ils emballèrent leurs trouvailles, après quoi, ils sortirent de la pièce secrète.

Mehiel ne refit pas son apparition et ils décidèrent de rentrer à Garak avant de manquer d'énergie. Le vieux Conall ne supportait pas les manipulations psychiques même s'il les endurait mieux que ses trois confrères à l'esprit perdu.

Les livres furent répartis entre tous. Almandin conserva les précieux ouvrages de Kochab, certain d'y trouver la clef de toute cette histoire.

Shaytan était resté avec Maria pour la nuit de sorte qu'Almandin puisse travailler l'esprit concentré. Dans sa chambre, il examina un livre puis un autre, assis à côté du feu, l'assiette remplie de chips. Au moins, cet aliment se conservait bien. Et de toute manière, il avait tellement perdu de poids en une semaine que s'en empiffrer ne pouvait pas lui faire de mal !

À l'extinction de la voûte, Almandin avait d'ailleurs fini le plus gros des paquets. Ses doigts bien gras laissaient des taches sur chaque page du dernier ouvrage qu'il tenait entre ses mains. Il tentait d'en comprendre le sens mais sa tête, de plus en plus lourde, suivait le texte avec peine. Des codes, toujours des codes dont il n'arrivait pas à deviner la signification. Il jeta le livre sur le sol, se releva et partit pour Esiah. Mehiel, il avait besoin d'elle pour avancer.

Il se rendait au sanctuaire sacré pour la seconde fois. Auparavant, il le faisait régulièrement pour se recueillir auprès de sa mère, lui demander conseil. C'était devenu en quelque sorte un rituel. Mais la vision du corps de Mehiel, allongée dans un bloc de cristal transparent, n'avait pas le même impact. Il ne parvenait pas à la regarder sans éprouver une haine profonde contre Mylès. Oui, il voulait le tuer.

Cette haine finirait par le ronger s'il continuait à y penser. Mehiel devait partir. Il devait réussir à la laisser partir. Quoi qu'il en soit, il ne l'oublierait pas. Cet être de lumière, déjà croisé par deux fois, reviendrait le voir. Il préférait se raccrocher à cet espoir plutôt qu'au corps sans vie de sa défunte femme.

Alors qu'il contemplait Mehiel dans le silence, des pas résonnèrent dans l'antichambre. Il détourna son regard. Sa fille venait elle aussi se recueillir.

Même s'ils ne se connaissaient véritablement que depuis un an, Anjali et lui avaient tissé des liens très forts de père et fille. Almandin voulait rattraper le temps perdu. Anjali avait toujours manqué d'un soutien paternel. Finalement, ils s'étaient trouvé tous les deux de nombreux points communs. De caractère notamment. Ils affrontaient l'épreuve de la même façon. Tous deux manifestaient beaucoup de pudeur dans leurs sentiments.

Les pas d'Anjali s'arrêtèrent à l'entrée de la chambre funéraire. Elle témoigna juste un peu de surprise avant de s'avancer vers son père. Puis elle se porta à ses côtés et se contenta de poser une main sur la sienne, au-dessus du bloc de verre. Il ne servait à rien de parler. Ils n'étaient pas venus pour ça.

Quand une larme d'Anjali tomba sur le cercueil de cristal, Almandin devina que le cœur de sa fille ne pouvait plus endurer cette douleur, au même titre que le sien.

— Les funérailles de ta mère auront lieu demain, finit-il par annoncer.

Mehiel n'était pas une martyre. Son corps n'avait pas à être exposé. Ils devaient parvenir à se reconstruire ensemble, sans elle.

— C'est si tôt..., bredouilla Anjali, et elle crispa ses doigts sur le cercueil.

— Il est temps.

Almandin posa une main sur la joue de sa fille et la fixa dans les yeux :

— Je suis certain que ta mère nous regarde. Elle est toujours là, avec nous, quelque part. Elle n'aimerait pas te voir pleurer ainsi. Elle aimerait vous voir heureux, toi et ton frère.

— C'est... c'est injuste.

— La vie n'a jamais été juste, ma fille. J'ai perdu moi-même ma mère lorsque j'étais jeune. Sa mort a causé beaucoup trop de tort à notre famille, elle nous a divisés... Elle est ce qui a mené ton oncle à s'autodétruire, à entraîner le royaume dans sa chute. Il n'avait pas compris pourquoi mon père avait laissé Mylès l'éduquer, et pourquoi il m'a envoyé chez Fandor vivre parmi les Siahnnas. Il s'est laissé emporter par les sentiments. J'ai fait de même... Quant à mon père, il s'est désintéressé de nous et s'est enfermé dans son rôle de Roi. Qu'aurait pensé ma mère en nous voyant nous déchirer, en nous voyant détruire le bonheur qu'elle avait tenté de nous donner ?

Anjali baissa le front pour ne pas montrer ses larmes.

— Je comprends ce que tu ressens, lui dit son père. Ta mère me manque aussi. Personne ne prendra jamais sa place dans mon cœur. Je l'aimerai pour toujours. Je l'ai pleurée, et je la pleure toujours. Mais que dirait-elle en nous voyant pleurer ?

Anjali releva les yeux. Un sourire discret se dessina sur ses lèvres quand elle imagina sa mère.

— Elle nous dirait de nous ressaisir. Pour le royaume... Et pour Shaytan.

Almandin serra les épaules de sa fille entre ses mains.

— Lorsque je suis mort, ta mère ne s'est pas laissé abattre, dit-il. Elle a pensé à ceux qu'elle aimait avant tout. Elle a pensé à toi. Elle t'a protégée. Pour cela, ta mère a fait beaucoup de sacrifices. Mais elle a aussi eu... de l'espoir. C'est ce que nous devons avoir, aujourd'hui. De l'espoir, ma fille. Pour notre famille, et pour le royaume.

Sa fille hocha la tête.

Il saisit une de ses mains et la posa avec la sienne sous le rebord de la table. C'était un geste qu'ils devaient accomplir ensemble. Comprenant ce qu'elle allait faire, Anjali inspira un bon coup.

Il y avait là un petit bouton sur lequel ils appuyèrent. À ce moment, le bloc de cristal se mit à disparaître progressivement jusqu'à découvrir totalement Mehiel.

Son corps n'était pas gelé, seulement froid et trempé. Il fallait être courageux pour faire face au corps sans vie d'un être cher, pour ouvrir les yeux et enfin accepter de lui dire au revoir.

Le cœur en miettes, il attrapa le bâton à sa ceinture, le transforma en dague et coupa trois mèches de cheveux de sa femme. Enfin, il détacha le médaillon entourant encore le cou de Mehiel et ouvrit le clapet du pendentif. Mehiel y avait enfermé quelques cheveux d'Almandin à l'époque où il avait disparu. Il déposa juste à côté l'une des mèches de son épouse. Ils avaient fini par mourir tous les deux. Ils resteraient ensemble dans ce bijou.

Quand il referma le clapet, il observa sa fille avec

beaucoup d'amour. Il espérait tant qu'elle puisse un jour profiter de Milo comme il avait pu jouir des maigres instants passés avec Mehiel.

— C'est pour toi.

Il passa le pendentif autour de son cou. Elle le serra dans le creux de sa main.

— Porte-le près de ton cœur, lui indiqua son père. Ainsi, ta mère sera toujours là, à tes côtés. Quand tu auras besoin d'elle, serre ce pendentif très fort. Elle te donnera le courage d'avancer.

Puis il ramena sa fille contre lui.

— Je t'aime ma fille, lui murmura-t-il.

— Je t'aime aussi papa, dit Anjali en l'enlaçant avec tendresse.

34

L'INITIATION

Une cérémonie en l'honneur de la Reine fut organisée le lendemain. Mehiel eut droit à un magnifique cortège. Pour la première fois, des spectres participaient aussi aux célébrations. Le royaume vivait une drôle d'époque où tout ce qui avait été forgé, pensé ou construit durant des siècles était ravagé ou remis en cause. La présence des fantômes au niveau de l'Hestia en était l'exemple type. Mais étrangement, il en ressortait plus d'unité et de solidarité.

S'il voulait préserver son royaume, Almandin devait maintenant oublier la souffrance et réagir. Mais par où commencer ? Le Royaume d'Odéon avait entamé quelques recherches sur les origines de leur peuple, sans grand résultat. Et les fameux livres retrouvés dans le palais de Cirta demeuraient très mystérieux. Almandin avait passé des heures à tenter de les déchiffrer. En vain. Impossible d'avancer dans la quête aux pierres sacrées. Jusqu'àu moment où ils pourraient débloquer la situation, ils devaient donc concentrer leurs efforts sur la protection du royaume et des mortels.

Almandin y songeait tandis qu'il aiguisait une lame dans le jardin intérieur du palais de Fandor, assis sur un banc, dos courbé. Sa pierre frottait l'acier dans un mouvement répétitif.

Son père posa un pied sur le banc et s'abaissa légèrement.

— Quelque chose semble te tracasser, dit-il à son oreille.

— Je suis persuadé que Mylès va revenir au royaume, avoua Almandin sans cesser son geste.

— Sans doute, oui. Pour trouver la dernière pierre. Ou pour nous la subtiliser avant que nous la posions. Il n'a pas d'autre choix que de nous espionner. Du moins je n'en vois pas d'autre.

— Il s'en prendra à Milo.

— Et à ton fils ou à Anjali, à défaut de t'avoir écarté de cette quête. Tu ne peux rien faire pour éviter cela.

Almandin posa la pierre sur le banc et planta sa lame dans le sol.

— Et si nous lancions les mortels à la poursuite de ces pierres ? proposa-t-il en relevant les yeux vers son père.

— Ce serait risqué, pensa Adel, tout haut. Nous pourrions ne jamais les retrouver.

— Ce serait à notre avantage. Nous en avons moins besoin que Mylès.

— Nous ne tiendrons pas longtemps à vivre parmi les âmes. Nous avons besoin de gagner le Royaume d'Eden pour reconstruire le royaume.

— La stèle révélera toujours l'emplacement de la dernière pierre même si celle-ci change de lieu.

— Ce n'est pas faux.

— Et Mylès ne pourrait plus se concentrer seulement sur nous, dit Almandin. Il sera obligé de déplacer ses pions sur l'ensemble du territoire mortel. Ce qui nous laisserait plus de marge de manœuvre tout en nous rapprochant des mortels.

Silencieux, Adel regardait son genou. Pensif, il envisageait les différentes options qui s'offraient à eux.

— Nous ne réussirons pas seuls, insista son fils. Nous devons demander de l'aide aux mortels.

— Ça n'empêchera pas Mylès de tuer Milo s'il ne parvient pas à le retourner contre nous. Je pense d'ailleurs qu'il est déjà trop tard. La prochaine fois qu'il le verra, il le tuera sans doute.

— Je ne suis pas certain… Mylès a tout fait pour avoir cet enfant. Il lui a déjà tendu deux fois la main. Et sais-tu pourquoi ?

Almandin eut l'air de comprendre quelque chose d'important.

— Il voulait pour lui le meilleur, ce qu'il n'avait jamais réussi à obtenir pour lui-même, dit-il, telle une évidence. Avant même sa naissance, il avait déjà imaginé son destin.

Il prit une grande inspiration et murmura :

— Un destin de Roi...

Oh oui, c'était ça. Milo était la clef. Mylès désirait en faire son héritier. Il y songeait encore, raison pour laquelle il n'avait jamais cessé de lui proposer de le rejoindre.

Mylès essayait de le faire changer d'idée. Il serait incapable de tuer son fils. Milo était le seul contre qui il ne pouvait pas gagner car il représentait l'avenir dont il avait toujours rêvé.

— Je n'aime pas ton regard, dit Adel, front plissé. Cet enfant, je l'ai élevé par ta faute comme mon propre fils avec Shimei. Il est hors de question de le sacrifier. Tu m'entends ?

Adel était en colère contre son fils. Ses yeux montraient son indignation.

— Je le considère moi aussi comme mon propre fils, je te signale, se justifia Almandin. Le fleuve noir a prédit qu'il s'unirait avec ma fille. Il ne mourra pas.

— Alors j'espère pour toi qu'il ne se trompe pas.

Adel fouetta son genou avec ses gants et s'apprêta à partir.

Il pivota sur les talons et s'interrompit. Milo se trouvait devant lui. Depuis combien de temps était-il là ?

— Tu ne devrais pas écouter nos conversations, lui reprocha Adel après un silence. C'est une mauvaise habitude.

Almandin baissa les yeux quand le regard de Milo se porta sur lui. Il regrettait maintenant d'avoir pensé une seule seconde l'envoyer auprès de Mylès pour tenter de l'anéantir.

— Allez, viens, dit Adel en poussant Milo dans le dos. Allons voir les fantômes se battre contre nos prisonniers...

Adel secoua la tête et siffla entre ses lèvres. Il n'avait pas du tout apprécié les idées déshonorantes de son fils. Il préférait partir que continuer à l'écouter.

Une fois seul, Almandin frappa de son pied la lame plantée dans le sol. Elle valdingua en l'air et ricocha plus loin. Il n'aimait pas devenir ainsi, prêt à tout pour exterminer son pire ennemi, Mylès. Son esprit de vengeance commençait à lui jouer des tours. Protéger ceux qu'il aimait était plus important que détruire le Conseiller. Il devait coûte que coûte retrouver la raison.

Il se leva et rejoignit ses proches à l'arène. À défaut d'avancer dans la quête des pierres, il fallait trouver un moyen de lutter contre l'immense pouvoir dont les soldats ennemis semblaient pourvus.

Les âmes damnées s'exerçaient contre les prisonniers de guerre dans de vastes terrains rectangulaires aménagés de part et d'autre des gradins. La foule s'y bousculait depuis la mise en place des jeux. Ces âmes passaient leurs nerfs en combattant constamment dans l'Haoma. Elles auraient tout ravagé dans l'Hestia si le Conseil n'avait pas accepté de leur fournir de quoi se défouler dans les cités. L'organisation de batailles sur ces terrains avait deux avantages : offrir un spectacle au peuple et concentrer l'agitation des fantômes au plus loin des habitations.

Les gradins ne désemplissaient jamais. Certains Siahnnas venaient avec des banderoles, en famille, entre amis. D'autres apportaient des paniers de cailloux et lynchaient les prisonniers.

Une partie des gradins avait été réservée à la famille royale. Pendant qu'Adel, Pyrrhos, Milo et Veland lisaient les livres rapportés du palais de Cirta, Almandin se passionnait pour une de ces batailles. Séraphin, à ses côtés, détournait régulièrement le regard du terrain de combat. Conall, quant à lui, criait à ses congénères des mots incompréhensibles. Il grognait férocement. Son armée de fantômes ne parvenait pas à entamer la formation de soldats ennemis que ses hommes combattaient.

— Quand tu m'as dit que ton armée pouvait être plus forte qu'une armée de Siahnnas, y croyais-tu vraiment ? demanda Almandin en s'impatientant.

— Ils ont ton pouvoir, Majesté, nuança Conall. Quelques âmes de plus et nous les réduirons en miettes.

— Je l'espère. Parce que les pierres que mon peuple jette aux prisonniers leur font plus de mal que les coups donnés par les tiens.

— Ce n'est qu'un échauffement. La douleur leur procurera du plaisir. Ils vont vite transformer cette arène en bain de sang.

— Ça reste à voir...

Séraphin passa un mouchoir sur son front :

— Si nous pouvions éviter d'en arriver là, dit-il tout bas.

— Leur sort m'importe peu, personnellement, lâcha Almandin avant de s'adresser à Conall. Que les âmes réussissent à leur faire manger la poussière m'intéresse davantage. Par contre, tu m'en vois navré, mais dans cette arène, je tiens à préserver les corps de toute offense.

— Tu m'avais donné ta parole, Majesté ! gronda le spectre. Nous avions le droit de faire couler le sang !

— Mais pas de les tuer. Je tiens à ce que leurs membres et leur tête restent en place. Je ne voudrais pas effrayer les enfants qui regardent.

Le visage de Séraphin devint blême. Almandin crut qu'il allait faire un arrêt cardiaque.

— Et Séraphin ne supporterait pas, ajouta-t-il.

Séraphin voulut rétorquer mais le regard d'Almandin se détourna vers l'entrée des gradins. Anjali arrivait avec son frère, tenu contre son torse par un linge passant à l'arrière de son dos.

Almandin vint à sa rencontre, récupéra son enfant dans ses bras et embrassa le front de sa fille.

— Tu es ravissante, lui dit-il.

— Shaytan a été un amour.

Adel soupira longuement :

— Profites-en car lorsqu'il deviendra comme ton père, nous aurons du souci à nous faire...

Il étira ses pieds, vautré sur sa chaise.

Almandin le nargua d'un œil provocateur :

— Tel père, tel fils. Tu ferais mieux de te concentrer sur ces livres au lieu de passer des commentaires.

— C'est ce que je fais depuis tout à l'heure contrairement à toi, je te signale, rétorqua son père, et il envoya le vieux manuscrit poussiéreux qu'il lisait sur une table. Nous ne savons même pas ce qu'il faut réellement chercher.

— Un lieu, un objet, quelque chose en lien avec les pierres sacrées et l'origine de notre peuple. Je ne sais pas. Même nos espions nous disent que la Confrérie s'est immobilisée depuis le sac du forum romain. Eux non plus n'ont rien dû trouver de leur côté...

La voix d'Anjali les interrompit :

— Pourquoi ne pas envoyer quelques-uns de nos soldats se battre avec les âmes ? Le résultat serait bien meilleur.

Elle n'écoutait pas leur dispute. Ses yeux observaient les combats qui se jouaient devant elle. La Princesse avait rejoint Conall face au champ de bataille.

Almandin déposa son enfant dans le petit lit installé à côté d'Adel et se porta à la gauche de sa fille.

Conall laissa paraître un léger rictus :

— Parce que nous sommes immortels contrairement à vous, Princesse.

— Dis plutôt que les âmes refusent de se battre aux côtés des nôtres, lança tout haut Anjali.

— Balivernes ! ragea le fantôme. Nous sommes plus forts que vous. Nous n'avons pas besoin de vous pour venir à bout de ces vauriens.

— Ah oui ? Si vous en étiez capables, vous nous l'auriez déjà prouvé. Pour l'instant, ce n'est pas le cas.

Les hommes levèrent le nez de leur bouquin.

Tous regardaient maintenant la Princesse échanger avec le fantôme. Ils attendaient la réaction du spectre qu'elle avait provoqué ouvertement.

— C'est ce que nous allons voir !

Le crâne accroché à la ceinture de Conall se balança de part et d'autre de sa cuisse quand il descendit en trombe les gradins. Anjali l'avait fait sortir de ses gongs et elle en était fière.

— Le jeu va devenir intéressant, murmura Pyrrhos, sourire en coin.

Puis il se leva et partit admirer le spectacle de plus près.

Conall venait d'arriver en bas. Il commençait déjà à alpaguer ses congénères, à leur mimer des gestes obscènes. Et il riait aux éclats. Les fantômes n'écoutaient que lui. À leurs yeux, il était un dieu.

— Ces combats me répugnent, avoua Séraphin. Je ne comprends même pas pourquoi le peuple les aime tant.

— Justement, ils font plaisir au peuple et les nourrissent par la même occasion, répondit Almandin.

Sur le champ de bataille, les prisonniers faisaient tomber les fantômes comme des mouches grâce à leurs pouvoirs psychiques. Les spectres étaient certes quatre fois plus nombreux mais ils n'arrivaient qu'à de rares occasions à pénétrer l'autre camp. Ils profitaient surtout de l'épuisement des soldats pour atteindre leur cible.

Cela n'était pas suffisant pour lutter contre eux en cas de réelle confrontation. Si les spectres étaient capables de décimer des troupes entières avec sang-froid, ils ne pouvaient le faire qu'à la condition d'être au moins dix fois plus nombreux ou de créer une armée mixte mêlant Siahnnas et fantômes.

— Sans l'appui de nos propres soldats, ils n'y arriveront jamais, regretta Anjali.

— Nos soldats n'ont pas la même force que les hommes de Mylès, expliqua son père. Je ne veux pas risquer leur vie.

— Les incantations interdites permettent à n'importe

quel homme de faire usage d'un pouvoir égal à celui d'un Roi.

Sa fille venait de lui soumettre une brillante idée. Elle le regardait avec audace. Puis il y eut un profond silence. Tout le monde venait d'entendre ses propos. Des années plus tôt, elle aurait été chassée pour les avoir prononcés. Le code d'Esiah avait interdit ces pratiques jugées hérétiques.

Un sourire apparut sur les lèvres d'Almandin.

— Vous n'êtes pas sérieux ? s'écria Milo.

— Pourquoi pas ? demanda Almandin, en se retournant vers lui.

— Milo a mis un an pour réussir à réciter une incantation interdite sans finir sur les rotules, répliqua son père.

— Parce qu'il les a apprises en étant jeune, répondit Almandin. Il n'avait pas encore la maturité. Maintenant, il est passé maître en la matière.

— Tes compliments ne me feront pas changer d'avis, commenta le concerné, le sourire amusé.

Adel remuait sur son siège, comme au temps où quelque chose le contrariait.

— La personne qui désire apprendre les incantations interdites doit être pourvue de dispositions mentales et physiques particulières, assura-t-il. Ce privilège ne peut être offert à tout le monde.

— Ma fille les a apprises en l'espace d'un mois, assura Almandin.

— Au prix d'un entraînement acharné, répliqua aussitôt Milo. De plus, elle est de lignée royale. Son évolution n'est pas comparable à celle de n'importe quel autre Siahnnas.

— Après tout, tu es toi aussi de sang royal, intervint Anjali. Tout dépend des méthodes d'apprentissage employées.

Elle eut à ce moment précis le même regard intrépide que son père quand il cherchait à défier son entourage.

— Tu insinues que ton grand-père a des techniques moins bonnes que ton père ? fit Adel, d'un air outré.

— Assurément.

Cette dernière réplique suscita chez les compagnons un rire tout en retenue.

Anjali ressemblait de plus en plus à Mehiel, de caractère. Elle possédait son côté effronté, son air insolent, qui faisait la fierté de son père. Au fur et à mesure des mois, elle avait appris l'art et la manière de converser. Anya lui avait prodigué de très bons conseils. Elle savait en faire usage et n'hésitait plus à mettre en avant ses talents d'oratrice.

— Voilà une jeune fille qui a du mordant aujourd'hui, s'extasia Adel.

— Et de très bonnes idées ! jugea Almandin, les yeux pétillants de malice.

Sur le parterre de combat, Conall avait rassemblé plus de deux cents fantômes, agités comme des bêtes, le regard vide et les lèvres retroussées. Le spectre parlait aux siens dans un dialecte propre à eux, qu'ils avaient construit au fil des siècles passés dans le niveau le plus bas du royaume, l'Haoma. Conall jeta un regard enragé sur la princesse Anjali avant de lever très haut vers le ciel la tête pendouillant d'habitude à sa ceinture. Ses hommes rugirent aussitôt, faisant tonner sur leur bouclier d'acier leur épée flamboyante, tout juste sortie des forges royales.

Le clairon sonna. Une nouvelle fournée de Siahnnas prisonniers de guerre s'aligna face à eux, à peine une vingtaine de soldats animés des pouvoirs d'un Roi. La vue des spectres belliqueux n'effaça pas de leur visage un sourire téméraire.

Puis ce fut le déluge. Les spectres se jetèrent sur eux. Les prisonniers mirent les premières rangées à terre par la simple force de leur esprit. Mais les spectres avançaient toujours et encore, plus nombreux. Leur groupe, bien compact, forma une vague de chair transparente vaporeuse. La marée d'ectoplasmes déferla telle une avalanche sur les Siahnnas. Bientôt, la vingtaine d'hommes fut engloutie.

D'un seul coup, le grand Conall attrapa l'un d'entre eux et plaqua sur sa jugulaire la pointe de son canif d'antan. Le sang coula le long de la lame translucide. Le Roi se leva aussitôt dans les tribunes. Le joueur de clairon fit sonner la fin du combat. La foule venue assister au spectacle cessa de crier.

Almandin soutint le regard méprisant du spectre. Durant quelques secondes, Conall resta arme au poing, hésitant à parachever son geste. Finalement, il jeta à terre le corps encore en vie du soldat Siahnnas avant de cracher sur son visage souillé un noyau de salive cristallin. Derrière lui, les spectres hurlaient, grognaient et cognaient contre leur bouclier. Les tribunes résonnaient sous les coups de leurs talons ; ils les frappaient de colère contre le parterre de roche noire.

Tout sourire, Conall courba majestueusement le dos face au Roi. En dépit de son avertissement, le fantôme avait failli prendre la vie d'un prisonnier. Pour cette raison, Almandin l'invita à reprendre sa position dans l'arène d'un geste dédaigneux de la main, signe qu'il n'oublierait pas cet affront malgré la tentative du spectre de montrer sa dévotion. Par provocation, Conall lécha d'un coup de langue la pointe de son canif imbibé de sang avant de se fondre dans la masse de fantômes.

Un nouveau groupe de prisonniers leur fit front. Au son du cor, la foule acclama le début d'une autre bataille. Soucieux, Almandin serra ses doigts autour de la rambarde surplombant le terrain de combat. Il lui fallait à tout prix réprimer le caractère impétueux des spectres.

— Nous ne pouvons pas les laisser partir seuls dans le Monde des Mortels, lui glissa Milo à l'oreille. Ils feraient un véritable carnage. Nous devons garder un œil sur eux.

— C'est pourquoi tu vas me dresser une liste des meilleurs soldats du royaume susceptibles d'apprendre les incantations interdites, lui répondit le Roi. Nous allons les initier. Et je ne veux pas t'entendre me dire que c'est de la folie. C'est un ordre.

Milo soupira :

— La liste ne va pas être longue.

— Une vingtaine de volontaires suffira.

Le Roi se saisit d'une coupe de vin rouge qu'il but d'une seule gorgée sans quitter des yeux le mouvement des fantômes pour analyser leur stratégie sur le terrain. Même s'ils paraissaient désordonnés, la soif de vaincre, leur goût de la peur et de la destruction leur donnaient une force qu'ils devaient apprendre à canaliser face à une armée soigneusement préparée. Ils manquaient de discipline. L'initiation de soldats aux incantations interdites leur permettrait de les contrôler sur le champ de bataille.

— Et les dernières pierres, qui va les chercher pendant que nous serons occupés à essayer de créer des miracles ? demanda Milo, bras croisés.

— J'ai relu les livres du palais de Cirta hier soir, avoua Almandin en s'affalant sur un siège tout près de sa fille, et il se servit un autre verre de vin. Je n'ai rien trouvé d'intéressant au sujet des pierres sacrées. Il ne reste donc plus qu'à attendre de voir ce que Jason récoltera dans ses archives. Quoi qu'il en soit, Mylès ne peut pas trouver ces pierres avant nous parce qu'il ne connaît pas la véritable histoire de Mésilande. Il va donc épier nos faits et gestes à l'aide de ses espions infiltrés dans nos rangs.

— Je te vois venir, dit Adel, l'air intéressé. Tu veux te servir d'eux pour mener Mylès sur une fausse piste.

Son fils hocha la tête.

— En effet, nous allons désormais jouer sur son terrain.

D'un geste tendre de la main, Almandin caressa la joue de son fils qui dormait à poings fermés dans son berceau. Le nourrisson eut un sourire. Peut-être faisait-il un rêve. Ses mauvaises pensées semblaient s'être dissipées. Almandin fut réjoui de constater à quel point il s'était apaisé, malgré l'absence de sa mère depuis déjà plusieurs nuitées. Les jours suivants s'annonçaient difficiles. Le Roi craignait que la quête des pierres ne soit précipitée, auquel cas il lui faudrait trouver une solution pour mettre en sûreté son fils, n'ayant pas l'opportunité de le garder à ses côtés au cours de ses nombreux déplacements, et encore moins s'il était amené à faire usage de son bâton.

À l'embrasement de la voûte, Milo remit à Almandin une liste des plus brillants combattants du royaume. En l'absence de nouvelles du Royaume d'Odéon, le Roi décida de les réunir à l'écart des troupes stationnées sur la grande place d'Esiah. L'Haoma représentait un terrain propice aux entraînements des soldats. Ici, ils pouvaient faire usage des incantations interdites sans blesser quiconque, en dehors des fantômes qui les accompagnaient pour pourvoir à leurs besoins en peurs. Les hommes se verraient tout de même contraints d'économiser leur énergie. Un exercice difficile à réaliser, qui servirait à tester leurs aptitudes.

L'ancien Roi Adel, Milo, Anjali, Séraphin et Pyrrhos s'étaient rassemblés pour encadrer la vingtaine d'individus désignés, rangés en cinq colonnes. Parés de leur armure, ils gravaient sur le sol de lave des lignes épaisses, à quelques mètres de là. Almandin, lui-même vêtu de sa tenue de combat, sa nouvelle armure plus fine que la première, fit le tour de la petite troupe et observa chacun de ses soldats dans les yeux pour y lire leur détermination.

Parmi eux se trouvait le Prince Veland. Il avait déjà suivi une initiation sans pour autant maîtriser les incantations. Shimei l'accompagnait. La dirigeante de l'Haoma, privée de ses missions suite à l'extinction de l'arbre de vie, répondait à tous les critères de sélection. Chaque jour, elle tirait sur des chaînes d'acier, dressait les dévoreurs, dominait les âmes errantes, mettait fin aux mutineries. Enfin, il y avait Myron. Almandin n'aurait jamais pensé que Milo l'aurait inscrit sur sa liste. Peut-être se sentait-il moins menacé par lui, maintenant qu'il avait obtenu les faveurs de sa fille ?

À la fin de l'inspection, le Roi se porta en avant de la troupe et gonfla ses poumons :

— Je vous ai fait réunir ici car vous êtes les Siahnnas les plus talentueux, les plus combatifs et émérites du royaume, annonça-t-il. Aujourd'hui, nous sommes dans l'incapacité de répondre aux Siahnnas engagés dans la Confrérie. Ils ont reçu le sang des Rois. Ils disposent de pouvoirs difficiles à contrer. Nous avons besoin pour gagner la bataille de vous faire devenir bien plus forts. La force ne se trouve pas toujours dans les poings, dans les pouvoirs qui nous ont été confiés par Elohim, ou dans le poids de notre lame. Notre sagesse, nos valeurs morales, notre comportement face à l'adversité forgent aussi cette force.

Le Roi s'arrêta de parler quand il vit, entre deux hommes assez grands, un être plus petit, aux cheveux noirs et au profil prononcé. Lors de son premier passage autour de la troupe, il n'avait pas prêté attention à l'ancien espion, sûrement parce qu'il ne dépassait pas les épaules de ses deux voisins. Il s'agissait de Pim.

Perplexe, Almandin s'en retourna vers Milo, lequel lui adressa un regard certain et un hochement de tête. Cela suffit à le rassurer sur la présence du petit homme à la voix nasillarde, dont il doutait encore des compétences. Milo pensait qu'il serait à la hauteur ; les tests mettraient au jour ses facultés.

Le Roi reprit donc sa ronde.

— Vous avez été choisis parce que nous reconnaissons en vous le talent, les conditions physiques et la dignité qui autorisent un Siahnnas à utiliser les incantations interdites.

En apprenant la raison de cette convocation, certains soldats ouvrirent grands les yeux. Almandin avait souhaité ne rien leur révéler avant, pour ne pas ébruiter les rumeurs sur un possible détournement des lois ancestrales interdisant cette pratique, même s'il avait déjà démontré sa propension à bafouer le code d'Esiah.

— Les Anciens ont interdit l'usage et la création des incantations il y a de cela trois générations, poursuivit-il en passant en revue la première rangée. Le code d'Esiah n'a pas changé depuis. En ces temps de guerre, moi, Roi Lucifel, décide en tant que gardien du royaume et héritier du premier Roi Adel, que le code d'Esiah est révolu. Si vous l'acceptez, nous vous apprendrons les incantations interdites. En contrepartie, vous jurerez loyauté à la couronne et accompagnerez les bataillons de spectres sur le front des mortels. Cependant, vous devez connaître les risques liés à l'emploi des incantations.

Le Roi s'entailla la paume de la main droite et laissa le sang couler le long de ses doigts. Puis il empoigna son bâton et l'imprégna du rouge de ses veines.

— Une incantation est un don de vous au créateur. Chaque incantation que vous prononcerez vous fera perdre des années d'existence. Chacune d'elles demande le sacrifice de votre sang. Ce sang doit ruisseler le long de votre bâton. Il représente un pacte entre votre âme et le créateur. En échange d'un don, bien que temporaire, vous lui offrirez votre dévouement pour l'éternité, à travers toutes vos réincarnations.

Tandis que le Roi marchait autour du carré formé par les soldats, le sang suivait les lignes incrustées de son bâton et se déversait sur le sol.

— Plus le sang coule, plus le don est grand, mais plus vous perdez d'énergie, dit-il tout haut, sans se préoccuper de sa blessure. Utiliser une incantation peut vous coûter la vie si vous ne connaissez pas vos limites.

— Même chose lorsque vous n'êtes pas assez concentrés sur les raisons pour lesquelles vous demandez au créateur un pouvoir qui, entre de mauvaises mains, pourrait engendrer la mort, rajouta Adel en plantant sa lame dans le sol. Les incantations ne doivent servir qu'à protéger les autres ou se défendre.

— L'initiation est traditionnellement longue, expliqua Milo en balayant ses hommes du regard. Le Roi a jugé que vous pourriez apprendre les incantations en l'espace de quelques jours. L'apprentissage sera donc condensé. L'issue incertaine.

— Je vous laisse le temps de réfléchir, annonça Almandin, et il soigna sa plaie ouverte sur la main. Que ceux qui ne désirent pas suivre cet enseignement sortent des rangs.

Le Roi observa un moment de silence durant lequel il jugea les soldats réunis d'un regard pénétrant. Tous restèrent au sein du groupe.

— Vous avez fait votre choix. Ceux qui ne réussiront pas les tests jusqu'au dernier se verront effacer leur mémoire et rejoindront leur unité. Aucun d'entre vous ne devra mentionner l'existence de cet entraînement. Suis-je clair ?

— Oui, Votre Majesté ! répondirent-ils en chœur.

Après quoi le Roi s'en retourna vers ses compagnons.

— Père, je te laisse faire ! lui dit-il avec un sourire.

Voir Shimei au sein du groupe l'amusait.

Adel bougonna. De toute évidence, il était anxieux. Il retira sa lame du sol et emmena Milo loin des autres par l'épaule.

— Pourquoi vois-je ma femme au sein du groupe ? demanda-t-il tout bas.

— Parce qu'elle désirait apprendre, expliqua Milo. Y vois-tu un inconvénient ?

— S'il lui arrive quoi que ce soit, tu peux dire adieu à Anjali, menaça l'ancien Roi en rogne. Car pour le bien du royaume, je me ferai un plaisir de couper ce qui te permettrait de lui donner des répliques de toi.

Milo se retint de rire.

— Elle est la plus qualifiée de tous ! Tu devrais être fier au lieu de te mettre à grogner. Il ne lui arrivera rien.

Puis il lui tapota le dos.

Après une dernière grimace, l'ancien Roi le repoussa

d'un coup d'épaule et rejoignit son fils en avant de la troupe.

— Premier test ! annonça-t-il.

Une vague de torpeur s'abattit sur les soldats. L'ancien Roi, terriblement vexé, ne ménagea aucun d'entre eux, pas même Shimei.

C'est ainsi qu'ils apprenaient les incantations interdites. Seuls les plus résistants seraient en mesure de les lancer. L'apprentissage commençait toujours par un test destiné à savoir si l'élève allait être capable d'utiliser les incantations interdites sans perdre la vie.

Sur la vingtaine d'appelés, seuls quinze restaient en lice à la fin de la journée, dont la femme d'Adel, Shimei. Et l'initiation se poursuivit deux jours durant, de quoi apprendre les bases et commencer à tester ses talents en la matière en affrontant les plus expérimentés. La famille royale dans son intégralité participa ainsi à la formation des soldats, à tour de rôle.

Vers la fin de ce stage pratique, Almandin vérifia leurs aptitudes en les lançant dans des combats entre eux. Le groupe avait déjà appris à prononcer les incantations les plus utiles sur le terrain de combat et savait s'en servir, du moins, temporairement. L'expérience et l'entraînement leur permettraient de développer leurs capacités.

Almandin jugeait d'ailleurs leurs progrès aux côtés de son père et de Milo :

— Je ne pensais pas Pim aussi résistant ! s'écria-t-il en regardant l'ancien espion donner le meilleur de lui-même.

— Je ne l'ai pas choisi pour rien, dit Milo. Que faisons-nous désormais ? Il leur faudra du temps pour se perfectionner. J'espère que Mylès n'a pas pris d'avance sur nous…

Almandin croisa les bras et soupira. Il fallait oser tenter ce à quoi Mylès ne s'attendait pas pour reprendre l'avantage.

— Nous allons gagner du temps en passant à l'offensive. Nous devons reprendre le calice.

Autour de lui, tout le monde se tut et l'observa avec surprise. Son expression fermée, téméraire, vindicative, montrait sa détermination : il allait infiltrer le camp adverse, d'une manière ou d'une autre.

35

LA PORTE DES SOUVENIRS

— Tu ne cesses de regarder cette lettre.

Minéa prenait l'air sur un balcon du palais royal d'Odéon. Elle tenait une lettre au bout de ses doigts. Le message provenait du Royaume d'Esiah. Milo les informait de la mort de Mehiel.

Jason posa une main dans son dos. Elle se blottit contre lui.

La nouvelle l'affectait profondément. Elle avait appris à connaître Mehiel à travers leurs échanges. Et elle savait à quel point Almandin devait souffrir de sa perte.

— Je ne comprends pas ce qui a pu se passer… Rien qu'à l'idée que Mylès ait pu tuer Mehiel… et qu'il ait pu aussi…

Minéa en était encore bouleversée. La mort de Mehiel faisait remonter en elle les séquelles psychologiques liées à sa première grossesse, à l'abandon de son enfant, à sa propre mort. Mylès était responsable de tout.

Elle ne savait même pas comment Milo avait pu se retrouver dans son ventre. Qu'avait fait l'ancien Conseiller avec son corps pendant qu'elle était inconsciente ? Elle n'osait pas imaginer l'horreur de la situation. Qu'il ait choisi le viol ou l'insémination, cela ne changeait rien. Il avait abusé d'elle. Il en était même venu à tuer pour assouvir son désir de changer le monde.

— Tout cela est du passé, essaya de relativiser Jason quand il devina ses pensées. Milo n'est pas comme lui.

Oui, elle regrettait que Mylès soit le père biologique de Milo. Un tel monstre ne pouvait pas être le père d'un si bon garçon. Elle espérait que son fils ne change pas avec le temps, qu'il ne devienne pas comme lui. La folie semblait être héréditaire, vu le caractère effroyable de Pyrrhos et de Mylès. Tous les deux s'étaient montrés mauvais comme si leur conduite avait été dictée par une passion poussée à son paroxysme.

De son côté, Milo gardait toujours tout pour lui. C'était un tort. Souvent, cela faisait l'effet d'une soupape. La pression montait, ce qui menait à l'explosion. Un moment donné, se laisserait-il emporté comme eux par des pulsions trop longtemps réprimées ?

— Je n'arrive pas à l'accepter, avoua Minéa en secouant la tête.

— Milo doit avoir encore plus de mal que toi, ne penses-tu pas ? Mehiel a aussi été une mère pour lui. Il vient de la perdre. Mylès aura ce qu'il mérite en temps voulu. Pour l'instant, aidons-les en cherchant de notre côté les dernières pierres sacrées.

Minéa l'entoura de ses bras. S'ils ne pouvaient pas revenir en arrière et sauver Mehiel, ils devaient au moins tenter de reprendre l'avantage sur Mylès pour mettre un terme à ses agissements. Ainsi, ils rendraient honneur à tous ceux qui avaient péri pour défendre leur cause.

Durant quelques jours, ils s'activèrent donc à ouvrir toutes les reliques disposées dans leur propre bibliothèque, passèrent en revue l'histoire de leur peuple, de la naissance du royaume à aujourd'hui, consultèrent les archives des Érudits. Mais rien. Rien ne leur parlait de la dernière émeraude. Rien ne mentionnait un objet la portant. Leurs alliés Siahnnas n'avaient eux non plus aucune piste. Ils étaient dans une impasse.

— Nous avons cherché des indices partout, soupira Nolan, en présence de sa mère, de son père et de Megon. Même le Royaume d'Esiah n'a rien trouvé de son côté, à part des livres et l'histoire d'une tour.

— Il reste un endroit où chercher : la porte des Souvenirs, soumit Jason après réflexion.

— Cela fait bien longtemps que nous n'y sommes pas allés, lui accorda Megon.

— Que renferme-t-elle ? questionna Nolan.

— Il s'agit d'une zone de stockage d'objets anciens que nos ancêtres ont récupérés dans le Monde des Mortels pour entretenir le souvenir de l'évolution des hommes, expliqua Jason.

— Une véritable caverne d'Ali Baba ! lança Minéa en se remémorant y avoir déjà été avec lui. Ce sera amusant d'y faire un tour. J'ai toujours aimé découvrir de nouveaux trésors !

Tout ce que Nolan n'aimait pas. De ce côté-là, il avait hérité de son père.

— Alors nous te laisserons chercher parmi ce trésor avec Megon, décréta son fils.

— Selena sera contente de nous accompagner, suggéra Minéa. Vu l'étendue à fouiller, une main de plus ne sera pas malvenue !

Une petite heure plus tard, ils empruntèrent donc la caravelle et partirent ensemble pour la porte des Souvenirs.

Si l'île flottante d'Arcanta était de loin le point le plus haut du royaume, la porte des Souvenirs était un endroit secret encore plus près de la voûte céleste. Elle en faisait même partie.

Au Royaume d'Odéon, le ciel, les nuages devaient leur présence à de la magie – ou à celle du créateur. Ce n'était pas une planète de laquelle il était possible de sortir en empruntant un vaisseau ou une fusée. Beaucoup avaient déjà essayé de s'enfuir d'ici, d'aller bien au-delà du ciel, mais chaque fois, leur ballon, leur embarcation volante, et même les cymarans, s'étaient heurtés à un champ de force.

Leur royaume était comme une terre plate sans soleil, dont le ciel, en forme de dôme bleu, procurait par magie une très grande lumière. Il constituait aussi une frontière infranchissable, un bouclier destiné à les protéger ou à les retenir ici, à les empêcher de découvrir ce qu'il y avait au-delà.

Ce que personne ne soupçonnait, c'est que ce ciel, si unique en son genre, comportait une impureté : une sorte de brèche de couleur bleue, indétectable à l'œil nu, mais dont le premier Roi s'était emparé. Là, il avait stocké ses nombreux trésors : des souvenirs de son ancienne vie, de son ancien pays, de ses origines. Et d'après les amants devenus phœnix, gardiens des deux Royaumes des Morts, pour trouver les dernières pierres sacrées, il était nécessaire de chercher dans les origines des royaumes, et donc de leur propre famille.

Cela tombait bien. Nolan avait encore beaucoup à découvrir sur son propre royaume et ses ancêtres. Là-bas, il trouverait matière à son apprentissage. Mais comme toujours, ce n'était pas une mince affaire. Loin de là.

À l'emplacement présumé de la brèche, sur l'un des flancs du dôme, le mât de beaupré frotta contre une paroi invisible et le navire trembla.

Selena consulta sa boussole comme si de rien n'était :

— C'est là.

Il n'y avait pas de dégâts, mais à cette hauteur, mieux valait ne pas abîmer la coque ou les mâts et éviter de ce fait une descente fulgurante vers le sol.

Selena envoya un peu de sable le long de la paroi, et lorsque les grains couvrirent une sorte de plate-forme, elle y laissa retomber la passerelle et tout le monde put débarquer. Les esprits du vent prirent soin de garder la caravelle en stationnement près de la paroi. La navigatrice quitta le navire la première. Nolan, qui la suivit, évita de regarder vers le bas pour ne pas succomber à un vertige.

Ils entrèrent ensuite dans un couloir étrange : les murs invisibles reflétaient le bleu du ciel, comme s'il s'agissait d'un miroir. La magie des lieux donnait l'impression de voler sans subir la force de gravité ni celle du vent. C'était un peu déroutant.

Le temps de s'y habituer, ils atteignirent une vaste

salle entourée du même champ de force. Là, il y avait des milliers d'objets à perte de vue, de grandes statues de plâtre, de bronze, et même d'or ! Des animaux en bois, en cuivre, des boîtes à bijoux, des tableaux somptueux représentant des scènes de vie ou des portraits, de grandes toiles de tissu magnifiquement brodées, des poteries, des coffres en tout genre, des meubles de toutes les époques, de la verrerie, de la porcelaine, des bijoux, des pièces de monnaie et même des morceaux de navire ! Nolan n'en crut pas ses yeux. C'était magnifique !

— Mais pourquoi tout avoir conservé ici ?

— Au moins, ces objets sont sous notre protection dans cette brèche, répondit Jason. Mon père ramenait parfois quelques œuvres dans le Monde des Mortels pour permettre aux hommes de conserver et de reconstituer leur histoire. Il préférait mettre ces objets de valeur en lieu sûr, notamment, quand les mortels se livraient bataille, pour ne pas que ces œuvres périssent sous leurs canons ou soient abandonnées au pillage.

— Il devait être passionné.

— En effet. La bibliothèque du palais témoigne aussi de son goût prononcé pour l'histoire.

Jason lui sourit. Puis, d'une frappe sur son épaule, lança les investigations :

— Répartissons-nous pour effectuer les premières fouilles.

— À mon avis, nous en avons pour la journée !

Nolan remonta ses manches et invita Selena à le suivre sur la droite de la pièce. Jason et Minéa s'occupèrent de l'autre partie.

Megon prit aussi part aux recherches à sa façon. Son œil aiguisé inspectait du haut d'une statue tout ce que ses compagnons dégageaient des amas de bibelots.

Ce n'était pas évident de tout mettre au jour. La salle était encombrée et certains objets étaient difficiles d'accès car entreposés derrière de grosses pièces. De plus, ils ne savaient pas où chercher, ni ce qu'ils cherchaient. Ils savaient uniquement qu'ils devaient trouver une piste sur l'emplacement des prochaines pierres. Voilà tout.

Chaque objet avait son histoire mais quelques-uns seulement pouvaient se rapporter aux origines des Royaumes des Morts. Heureusement, cela réduisait le champ d'investigation. Mais même en procédant ainsi, espérer trouver une piste revenait à attendre un miracle...

Ils avaient justement perdu espoir quand soudain, le bec de Megon pointa une sorte de bouclier, un ancile, que Minéa venait de retirer de derrière une statue romaine.

— Je me suis trompé. Ce n'est pas dans votre passé qu'il faut chercher mais dans le mien.

Tous cessèrent de fouiller à l'instant où il descendit de son perchoir pour rejoindre l'épaule de Selena.

— De quoi parles-tu ? s'étonna la navigatrice. De ce bouclier ?

L'objet ne semblait même pas propre au combat. C'était plutôt le genre d'arme forgée pour le simple plaisir esthétique. Sa forme et sa fragilité de conception lui enlevaient toute vertu de protection.

— C'est un des boucliers de Mars que nous portions en tant que prêtres saliens.

Selena le manipula entre ses doigts. Elle lâcha soudain un soupir de consternation :

— Un rubis et une émeraude...

Elle contempla les pierres qui paraient chacune des deux parties rondes du bouclier.

— Mais ça ne peut pas être ce bouclier, dit-elle en se reprenant. Ce ne sont pas les pierres sacrées. Elles ont une lueur différente...

— Il existait douze exemplaires de boucliers sacrés, expliqua le phœnix de glace. Un seul était celui confié par le dieu Mars aux Romains.

— Et ces boucliers ont été forgés bien avant la naissance des deux Royaumes des Morts..., argua le Prince.

Nolan avait raison.

Megon replongea dans ses souvenirs. Lorsqu'il était

vivant, son collège de prêtres prenait part à de nombreuses processions dans les rues de Rome. Ils dansaient et chantaient tout en frappant des lances contre ces boucliers. Onze exemplaires avaient été forgés à l'image du premier que le Roi Numa avait reçu du dieu Mars lors d'une épidémie de peste noire.

Les prêtres étaient chargés de la garde de ces boucliers qui assuraient victoire et prospérité à la monarchie. Parmi eux, il y en avait un qui détonnait car ses pierres avaient une lueur différente des autres. Les pierres sacrées existaient à cette époque. Il en était persuadé.

— Maintenant, je me souviens… L'exemplaire reçu du dieu Mars… était celui qui portait les pierres sacrées. J'en suis sûr. Je l'ai déjà eu entre les mains. Il offrait une telle force… une telle puissance !

— Le bouclier aurait donc en réalité été offert aux hommes par Elohim ? s'étonna Minéa.

— Peut-être savait-il déjà ce qui se passerait ? en conclut Selena.

— Il avait déjà l'idée de créer ces royaumes, supposa Nolan. Ou peut-être avait-il une autre idée en tête ?

Le bec de Megon se pencha en avant :

— Nous ne le saurons probablement jamais… Il me semble toutefois que votre ancêtre avait retrouvé plus d'un bouclier…

Tous se regardèrent et reprirent les recherches avec plus d'entrain. La salle recélait peut-être les deux dernières pierres sacrées !

Cependant, la joie fut de courte durée. Les douze boucliers n'avaient pas tous été récupérés par leur précédent Roi. Le fabuleux trésor n'en contenait que quatre. Et aucun d'eux ne semblait être celui remis au Roi Numa avant la naissance des deux Royaumes des Morts.

— Ils doivent donc se trouver dans le Monde des Mortels, suggéra Nolan.

Minéa observa le visage dubitatif de son mari :

— Nous pourrions peut-être tenter de remonter l'itinéraire des boucliers dans le temps ?

— Ces boucliers n'ont jamais été retrouvés par un mortel, rappela Jason. Seuls des livres ou des fresques en mentionnent l'existence. Une telle découverte aurait fait parler d'elle. Qui plus est, les plus anciennes âmes du royaume datent d'il y a quatre siècles au plus. Les autres ont déjà repris naissance. Je doute que nous puissions donc compter sur leur témoignage pour retrouver la trace des boucliers.

Il fallait se rendre à l'évidence. Ils n'y arriveraient pas seuls.

— Envoyons un message à Esiah. Ils auront peut-être une idée...

36

LE DÉPART

Gamerron entra en trombe dans la bibliothèque de Fandor.

— Nous venons de recevoir un message. Megon pense que les pierres se trouvent sur un ancien bouclier appartenant aux prêtres saliens.

Il porta le message à Almandin. Le Roi déplia la missive. Le Roi Jason leur rendait compte de leurs dernières trouvailles concernant les boucliers sacrés.

Réunis autour d'un plan griffonné des abords du quartier général de Mylès, Veland, Milo, Anjali, Pyrrhos et Adel attendaient les nouvelles. La belle Mésilande, posée au bord de la table, avait redressé la tête.

Une fois lu, Almandin fit tourner le message.

— Cela change tout.

— En effet, dit Adel en pleine réflexion. Mais comment savoir où se trouve ce bouclier désormais ?

Almandin se frotta le menton.

— Je ne comprends pas. Il doit y avoir un lien avec les livres provenant du palais de Cirta, l'incantation retrouvée dans cette bibliothèque et la tour dont la mère de Lilith m'a parlé…

— Tu penses que les pierres ne se trouvent pas sur l'un des boucliers ? demanda Milo.

— J'ai travaillé dans le monde de la bijouterie lorsque je pensais être un simple mortel. De nombreux anciens joyaux utilisés dans l'industrie de luxe proviennent de parures ancestrales fondues pour obtenir de l'or ou démontées à d'autres époques pour orner des pièces plus contemporaines. Certains ont même alimenté le marché noir. Il est plus simple d'extraire des joyaux d'une pièce historique pour les revendre à l'unité.

— Les boucliers auraient pu être transformés ou réutilisés pour confectionner d'autres armes, acquiesça Veland.

— Il se peut donc que ces pierres n'ornent plus les boucliers, ajouta Almandin. La seule façon de le savoir serait de dresser l'historique de ces boucliers. Et il en existe douze... Enfin, d'après les dires de Jason, il nous resterait à en retrouver huit.

— Si je ne me trompe pas, personne n'a jamais retrouvé la trace de ces boucliers, dit Adel. Cette histoire est bien trop ancienne pour que l'on découvre une seule âme capable de nous dire ce qu'ils sont devenus.

— Cela est vrai concernant les âmes du Royaume d'Odéon, rétorqua Mésilande. Mais nous pouvons peut-être interroger les spectres qui ont vécu à cette époque. Conall doit les connaître.

— Cela voudrait dire que certaines de tes connaissances ont fini dans l'Haoma.

Mésilande baissa le bec.

— Cela est compréhensible. N'ont-ils pas fouetté Megon devant mes yeux jusqu'à sa mort ?

— Tu sais de qui il s'agit, n'est-ce pas ? lui dit Almandin.

— Malheureusement, vous allez devoir vous débrouiller sans moi.

L'oiseau prit son élan et s'éclipsa dans les airs.

Ce souvenir devait la hanter. Elle n'était pas du genre à se montrer émue. Elle avait sa fierté.

La nouvelle remettait en question leur plan. Deux options s'offraient à eux. La première consistait à partir à la recherche des boucliers et des gemmes avant Mylès au risque d'avoir à braver, à un moment donné, le pouvoir destructeur du bracelet sacré. Mylès suivait en effet le moindre de leurs mouvements. Il serait difficile de retrouver les pierres sans le rencontrer.

La seconde option consistait à s'emparer du bracelet

avant de se lancer dans la quête des gemmes. Cela leur permettrait d'amoindrir la puissance de Mylès et de l'affronter plus facilement à armes égales sur le terrain. Encore fallait-il savoir où se trouvait le calice sacré à l'heure actuelle. Mylès l'avait sans doute laissé à portée de main pour mieux le protéger. Son bastion était quasiment imprenable d'après les derniers renseignements rapportés par les espions.

— Avant de penser à pénétrer le quartier général de Mylès, nous pourrions peut-être aller voir Conall, proposa Milo. Il connaît toutes les âmes du royaume. Il pourra peut-être se renseigner de son côté au sujet des boucliers.

— Si tu veux mon avis, les âmes ont quasiment toutes perdu l'esprit depuis le temps qu'elles sont là, dit Adel. Mais s'il existe une seule chance de retrouver ces pierres avant Mylès, nous devons essayer.

Almandin pencha la tête en avant.

— Très bien. Faisons cela pour l'instant. Puis nous aviserons.

Il enroula le plan du quartier général de Mylès. Puis ils rejoignirent Conall au cœur de la cité.

Le vieux spectre avait la langue bien pendue. Contrairement aux autres, le fantôme avait conservé tous ses souvenirs. Il évoqua le nom d'un certain Alaric qui avait organisé le sac de Rome en 420. Ce roi avait pillé le mont Palatin où avaient été sagement gardés les boucliers sacrés. Puis il était mort en les emmenant avec lui en Espagne. Nul ne savait ce qu'étaient devenus ces boucliers par la suite. Il leur faudrait quelques jours pour remonter les sources.

L'histoire d'Alaric concordait avec les informations fournies par le Royaume d'Odéon. Les quatre boucliers entreposés à la porte des Souvenirs avaient été retrouvés par l'un des ancêtres de Jason en Espagne. Les autres manquaient à l'appel. Comme l'avait dit Almandin, sans doute avaient-ils été revendus en pièces détachées, d'un côté l'acier, d'autre part les gemmes. Dans tous les cas, aucun musée du Monde des Mortels ne disposait d'une réplique. Ces boucliers restaient une légende évoquée uniquement dans les textes antiques romains.

Bredouilles, chacun retourna chez lui à la fin de la journée. Du repos aiderait à y voir plus clair. Ainsi, Milo regagna la chambre d'Anjali et ils s'endormirent tous deux paisiblement dans les bras l'un de l'autre.

Au milieu de la nuit, un oiseau de feu se posa sur le rebord de la fenêtre. La lumière émise par son plumage doré passa à travers les paupières de Milo. Le guerrier ouvrit lentement les yeux. Anjali se retourna dans le lit en grommelant dans son oreiller. Puis elle s'assoupit à nouveau.

Prenant soin de ne pas faire de bruit, Milo repoussa le drap, se leva et s'approcha de l'oiseau. C'était l'un de ces phœnix dressés pour transmettre les messages. Il portait à sa patte une ampoule. Milo la retira et l'oiseau s'envola aussitôt, silencieux.

L'ampoule contenait un feuillet de papier enroulé. Et l'écriture de Mylès...

« Mon fils,
Partons ensemble à la recherche des dernières pierres.
Elohim choisira qui de nous posera le rubis sur le coffre sacré.
Ce sera ma dernière proposition. »

Le message se terminait ainsi, comme une note inachevée. Était-ce une menace ?

— Qu'est-ce que c'est ?

Anjali s'était finalement réveillée. Face au mutisme de Milo, elle quitta le lit pour prendre connaissance du message reçu.

— Mylès..., laissa-t-elle échapper avec surprise. Il veut que tu le rejoignes. Nous devons en informer mon père.

Milo déchira le papier et froissa les morceaux dans son poing avant de les jeter :

— Mylès est venu jusqu'à moi. Il a su m'envoyer ce message dans ta chambre. Il savait que je me trouverais ici. Il utilise la faiblesse de ses ennemis pour les détruire. C'est ce qu'il a fait avec ton père en s'en prenant à Mehiel. Jusqu'ici, je n'avais aucune faiblesse. Ce message, il ne l'a pas envoyé par hasard ici. Tu seras sa prochaine victime si je ne lui donne pas satisfaction.

Anjali ouvrit grands les yeux.

— Ne me dis pas que tu songes réellement à le rejoindre ?

— Ton père a raison. Il me tuera ou tuera ceux que j'aime si je ne me rallie pas à sa cause.

— Il fera bien pire encore si tu le rejoins.

Milo secoua la tête.

— J'y ai déjà réfléchi. Nous aurions plus de chances de retrouver la dernière pierre si je m'allie à lui. Il cessera de s'en prendre à vous, à moins que vous ne vous mettiez sur son chemin. Et lorsque j'aurai la pierre en ma possession, je m'arrangerai pour que vous puissiez la récupérer.

— C'est trop risqué !

— C'est ça ou rester enfermé ici sous les ordres de ton père en attendant que Mylès me poignarde dans le dos. Je suis une menace pour lui. Il fera tout pour m'avoir de son côté ou à défaut, il m'éliminera. Crois-moi. Je serai plus utile aux côtés de Mylès qu'ici. Et cela me permettra peut-être de mettre la main sur le calice sacré.

Il entoura les épaules d'Anjali de ses mains.

— Je suis la faiblesse de Mylès. Je suis celui qu'il a toujours voulu avoir, un fils qui marcherait dans ses pas, qui suivrait ses convictions, pour construire avec lui un nouveau royaume. En étant auprès de lui, je pourrais comprendre ce qui le motive, je pourrais pénétrer son esprit. Et peut-être qu'ainsi, je pourrais déjouer ses plans. Il ne me fera aucun mal.

— Tu as toi-même dit qu'il n'hésiterait pas à te tuer, protesta Anjali.

— Si je m'oppose à lui.

— Il te fera faire la pire des atrocités.

— Je ferai un pacte de sang avec lui pour l'en empêcher.

Anjali secoua à son tour la tête. Elle refusait l'idée de le voir partir.

— Si tu ne m'aimais pas, que ferais-tu, en tant que fille du Roi ? insista Milo en resserrant ses doigts autour de ses bras. Pour ton peuple, ne me demanderais-tu pas de partir, dans l'espoir de mettre fin à cette guerre ?

— Si j'étais dépourvue de sentiments à ton égard... peut-être, avoua Anjali en le regardant de ses yeux emplis de détresse. Mais je ne le suis pas. Mon père a tout sacrifié pour son royaume. Vois où cela l'a mené.

— Justement, il serait grand temps que quelqu'un d'autre agisse à sa place. Et j'ai le désagréable devoir de t'affirmer que je suis le mieux placé pour ça.

D'un sifflement entre les lèvres, Anjali manifesta comme un doute. Dans un sens, il avait raison, mais son cœur parlait à la place de sa raison.

— Donne-moi l'ordre de partir et je le ferai, demanda Milo.

C'était le genre d'ordre qu'un Roi ou qu'une Reine devaient savoir donner, quel que soit leur sentiment, parce que c'était le mieux à faire pour le peuple, pour le royaume, pour mettre fin à cette guerre, pour leur donner une chance de construire un monde meilleur.

Milo et Anjali avaient une chose en commun qu'Almandin et Mehiel n'avaient jamais partagée en tant que couple : le sens du devoir. Ils s'aimaient mais d'un amour très différent. Leur rôle, leur mission pouvaient parfois passer avant les émotions. De toute façon, Anjali savait que Milo partirait quoi qu'il en soit. Il demandait seulement son approbation.

Elle l'enlaça et posa sa tête dans le creux de son cou.

— Laisse-moi le temps de savourer cet instant, murmura-t-elle. Je te donnerai l'ordre après que tu auras accompli ton devoir d'homme...

37

ENTRE PÈRE ET FILS

Quitter le royaume n'avait rien de compliqué. À l'insu d'Adel ou d'Almandin, cela l'était un peu plus. Alors Milo profita du sommeil de ses compagnons pour partir après avoir offert à Anjali un dernier baiser qui se voulait aussi une promesse de retour.

Mylès ne lui avait pas dit comment rejoindre son quartier général. Cependant, Milo savait qu'il posterait des espions auprès des proches mortels d'Almandin. Ainsi, il rejoignit la ville de Jaipur où un petit bataillon de la Confrérie résidait encore.

Quelques Siahnnas discutaient non loin de la maison des parents d'Almandin. Ils avaient l'habitude de se faire bâillonner avant chaque arrivée du Roi en visite chez ses parents. La bataille de Jaipur et la dernière visite du couple royal avant la mort de Mehiel avaient laissé quelques séquelles et de multiples ecchymoses sur leur gueule bien amochée.

À l'arrivée de Milo, connu pour son esprit combatif et téméraire, le chef du petit groupe stationné devant la maison appela donc du renfort. Mais le guerrier se présenta seul devant eux, désarmé :

— Je suis le Seigneur Milo, chef de la garde royale du Roi Lucifel. Je suis venu seul. Le Seigneur Mylès m'a remis un message. Je souhaite le rencontrer.

Les soldats se munirent d'un arc et pointèrent leur flèche dans sa direction. La rue était alors bondée de passants mortels mais personne n'était conscient de leur présence.

L'un des soldats fit le tour des toitures environnantes et jeta un coup d'œil à l'horizon. Quand ils furent certains que Milo était bien venu seul, le chef envoya un émissaire au quartier général. Milo fut tenu en joue au milieu de la rue durant une quinzaine de minutes, le temps que l'émissaire revienne avec les ordres de Mylès. Une porte de lumière fut ouverte et ils le conduisirent à lui sous bonne garde.

Milo aurait été incapable de dire où la porte le mena exactement. Elle débouchait directement à l'intérieur d'un vaste entrepôt où se trouvaient la plupart des soldats, hommes et femmes. Impossible de voir s'il faisait jour ou nuit. Étaient-ils dans le quartier général mentionné par Satya dans ses pensées ? Il ne pouvait pas le confirmer.

Son arrivée fut couverte par une troupe d'une cinquantaine de soldats bien armés qui l'entraînèrent jusqu'au salon privé de Mylès.

Deux soldats ouvrirent une porte à double battant et l'invitèrent à entrer. Ils se montrèrent très respectueux à son égard, la paume des mains tournée vers l'intérieur de la pièce, la tête penchée en avant. Le Conseiller avait dû leur donner l'instruction de l'accueillir avec le plus grand soin.

Milo s'avança.

— Quand les soldats m'ont dit que tu étais ici, je n'y ai pas cru.

Mylès lui parlait de dos, du fond de la pièce. Les soldats refermèrent la porte.

Le Conseiller se retourna alors. S'ensuivit un long silence.

À l'instant où ses yeux se posèrent sur son fils, un éclat de fierté se refléta sur son visage. Il le contemplait comme sa plus grande réussite, comme ce qu'il possédait de plus cher. Ce simple lien génétique suffisait-il à ce que le Conseiller se sente père ? Ou bien n'était-ce que le reflet d'une profonde satisfaction liée au fait qu'il avait une nouvelle fois atteint son but en parvenant à attirer son fils, l'élu, dans son quartier général ?

Au fond, Mylès n'avait jamais su ce qu'était un père. Son propre père, le Roi à son époque, lui avait peut-être appris tous les secrets du royaume mais ne lui avait sûrement montré aucune affection car Adel n'en avait jamais vraiment reçu de sa part non plus.

— Comme quoi rien n'est impossible, répondit Milo dans un soupir.

— Tu as donc bien reçu mon message.

— En effet. Dans la chambre d'Anjali. Et je souhaiterais que vous la laissiez en paix. Sa mère est morte.

Les yeux du Conseiller s'assombrirent. Peut-être avait-il compris que Milo était seulement venu ici par amour pour sa véritable famille, celle qui l'avait élevé depuis ses neuf ans. La jalousie était justement un trait de famille qui devait se transmettre de père en fils.

— Tu m'en vois désolé. L'antidote devait fonctionner.

— Nous avons perdu du temps, voilà tout, murmura Milo entre ses dents.

Le Conseiller avança lentement vers lui, le visage fermé. Sa propension à changer d'humeur ou à se montrer insensible voire intraitable relevait sûrement d'une maladie psychique à bien y réfléchir. Pyrrhos n'était-il pas devenu aussi fou que lui à force de le côtoyer ?

Mylès était toujours parvenu à ses fins en manipulant l'esprit des autres et en jouant avec les émotions. Finalement, peut-être était-il comme le reste de cette famille, submergé de sentiments insoupçonnés qui le poussaient dans la mauvaise direction ? Sur le coup, Milo se demanda s'il savait aimer.

— Es-tu là pour te venger ou acceptes-tu ma proposition ? demanda Mylès en lui faisant face.

— La vengeance ne mène nulle part.

— Alors pourquoi venir ici ? Je t'ai déjà laissé plusieurs fois une chance de me rejoindre. Tu as toujours refusé.

— J'ai changé d'avis.

— Qu'est-ce qui t'a décidé ?

— Ce message que vous m'avez envoyé était une menace. Tôt ou tard, vous seriez venu me chercher au royaume. Vous vous en seriez pris à ceux que j'aime pour m'éviter d'atteindre la dernière pierre sacrée. C'est ce que vous avez déjà fait avec Almandin.

Un sourire naquit sur les lèvres du Conseiller. À coup sûr, il le trouvait perspicace et digne d'être sa descendance.

— Lorsque nous prenons part à une bataille, nous savons que nous risquons de perdre ce que nous protégeons le plus, lui dit-il. Y compris notre propre vie.

Son sourire s'estompa et le bracelet rouge des Rois se mit à scintiller autour de son poignet.

Milo sentit comme un étau autour de sa tête. Il attrapa ses tempes. Ses genoux se dérobèrent sous son poids. Le Conseiller cherchait à atteindre son esprit.

— Qui t'a envoyé ici ?

— Il s'agit... de ma propre décision.

Milo tentait de résister à son emprise. Alors le Conseiller envoya son bâton dans ses genoux pour les faire plier et son fils tomba à terre, les mains enserrées autour de la tête.

— Je répète la question. Qui t'a envoyé ici ?

— Personne...

— Pourquoi es-tu venu ?

— Pour sauver ceux que j'aime, avoua Milo.

— Et comment comptes-tu t'y prendre ?

— En trouvant la dernière pierre sacrée.

— Sais-tu où elle se trouve ?

— Sur l'un... des boucliers sacrés...

Milo n'avait pas réussi à retenir sa langue. De toute façon, le Conseiller aurait fini par l'apprendre.

— Les boucliers sacrés ? demanda Mylès avec intérêt.

— Les boucliers... des prêtres saliens.

— Comment l'as-tu su ?

— Megon... Megon était un prêtre salien.

— Je comprends mieux.

Mylès resta silencieux le temps de la réflexion. Puis il s'abaissa à hauteur de son fils et lui demanda d'un ton apaisé :

— Qui suis-je pour toi ?

C'était le genre de question qu'une personne posait pour se rassurer. Espérait-il nouer des liens de père et fils avec lui ?

Contre toute attente, Milo leva tant bien que mal le front. Les yeux rougis par l'oppression qu'il subissait, il marmonna :

— Un... un... monstre.

Le Conseiller sembla déçu. Son expression se crispa. Il s'était résigné.

Il se releva à l'aide de son bâton et lui tourna le dos.

— Alors qu'attends-tu de moi ?

— Laissez en vie... ma famille...

Pour la première fois, Milo l'entendit émettre un rire sardonique.

Les sentiments que Milo éprouvait à l'égard d'Adel, de ses fils et d'Anjali lui étaient insupportables. Plus Milo insistait, plus le Conseiller révélait sa véritable nature, plus il nourrissait sa haine contre eux.

— Tu es donc venu ici pour me supplier d'arrêter cette bataille contre Adel et ses fils, en conclut Mylès. Je suppose aussi pour sauver la fille d'Almandin. Un très bon parti, je le reconnais. L'aimes-tu ?

— Oui...

Le bracelet sacré cessa de rougir et Milo put reprendre son souffle. Le Conseiller venait de lui faire subir un interrogatoire et avait même réussi à lui soutirer des informations précieuses capables de le mettre sur la voie des dernières pierres.

— Les pouvoirs du bracelet rouge permettent à son porteur d'obtenir la vérité de n'importe quel individu, lui révéla Mylès. C'est ce que m'avait expliqué mon père, du temps où il était Roi.

Milo se releva et inspecta la pièce d'un regard furtif

pendant que Mylès lui tournait le dos. Il ne perdait pas son objectif de vue : mettre la main sur le calice sacré.

La pièce semblait être son salon privé où il devait se retirer et recevoir ses invités. Rien ne manquait. Y avaient été installés une table pour se réunir, un coin de lecture, un bureau et une couchette vers le fond, séparée du reste de la pièce par un paravent.

Lorsque le Conseiller daigna reporter son attention sur lui, Milo cessa son inspection.

— Je vous ai révélé ce que j'attendais de vous, dit-il. Mais vous, qu'attendez-vous de moi ?

— J'ai besoin de toi pour construire un nouveau monde, lui annonça Mylès. C'est ce que tu aurais fait avec moi, si tu avais été élevé au palais à mes côtés. Acceptes-tu de terminer cette quête avec moi si je te promets de laisser Anjali et son père en vie ?

Milo demeura muet. Cela ne suffisait pas.

— L'intégralité de sa famille ? proposa alors Mylès.

D'un seul coup, la porte de la salle s'ouvrit, coupant court à leur conversation.

Une vieille femme fit son entrée. Quel âge pouvait-elle avoir ? Vu sa silhouette rabougrie et les quelques cheveux gris sur son crâne bien dégarni, Milo lui donnait près de quatre cents ans. Peu de Siahnnas survivaient jusque-là. L'une d'elles avait dépassé tous les pronostics : Philea, la sorcière aux pratiques peu éthiques qui avait laissé un laboratoire bourré de bocaux infectieux à Esiah. Elle avait pour habitude de distribuer des amulettes protectrices aux Siahnnas contre des objets interdits ou des services déshonorants.

— Voici votre petit-fils, mère, lui dit Mylès.

La vieille femme examina Milo de bas en haut. Si les pensées du Conseiller demeuraient impénétrables, Milo percevait celles de sa grand-mère génétique.

Elle cherchait à entrevoir dans son âme un futur hypothétique. C'est ce que faisaient les Anciens du temps des derniers Rois. Elle était expérimentée et son esprit décelait déjà les prémices d'un futur prospère et heureux.

— Il a tes yeux, mon fils, dit-elle subjuguée.

— Que voyez-vous ? demanda alors Mylès.

Rares étaient les fois où Milo apercevait des images au lieu d'entendre les pensées des autres. Peut-être parce que Philea était une Ancienne, qu'il en était aussi le descendant, il perçut dans son esprit une image des plus étonnantes. Le fleuve noir avait révélé la même. Exactement la même. Philea imaginait son petit-fils aux côtés du calice sacré. De toute évidence, elle détenait un véritable don pour la voyance.

Le regard de Philea se porta soudain derrière son fils. Intrigué, Milo suivit la direction de ses yeux. Rien d'étrange de ce côté-là. Le bureau était magnifique, et il n'y avait rien de spécial posé sur le plateau. Puis il comprit : ce n'était pas vraiment le bureau qu'elle observait mais ce qu'il y avait derrière.

Philea pensa soudain au calice. Il était là, caché à l'intérieur d'un mur, à hauteur d'homme, dans un trou refermé par une incantation interdite. De multiples sillons sculptés dans le mur indiquaient l'emplacement précis. Milo ne l'avait pas remarqué jusque-là.

Philea se demandait intérieurement si Milo serait capable de lever le sort qui le gardait à l'abri de l'ennemi. Jusqu'ici, personne n'avait réussi à briser l'incantation prononcée par un Roi.

— Je vois pour lui un grand destin, dit-elle en articulant chaque mot, puis son regard bleu océan dévisagea Milo. Mais il ne t'apportera que du malheur. Tu devrais le tuer.

— Il est venu de son plein gré, répondit Mylès.

— Depuis quand n'écoutes-tu plus mes visions ?

— Il est mon fils.

— Mais il ne pense certainement pas comme toi.

— Il pensera comme nous quand nous aurons créé le monde que vous avez vu dans vos visions.

La mère de Mylès était-elle celle qui tirait toutes les ficelles ? Le Conseiller semblait en tout cas l'écouter d'habitude. Elle employait le ton des chefs d'armée et ses pouvoirs de voyance en faisaient une icône pour les adeptes d'une nouvelle ère. Elle s'était elle-même érigé un empire et avait élevé son fils au plus haut rang afin de posséder le monde. Mylès n'avait fait que suivre son exemple en essayant d'obtenir un fils à qui léguer cet héritage. Mais le Conseiller, derrière ses airs d'insensible, commençait à montrer une faille de taille : l'amour qu'il portait à un fils méconnu jusqu'alors. Un amour très étrange étant donné qu'ils n'avaient jamais rien partagé en dehors des gènes.

— Ses visions ? demanda Milo dans l'espoir d'en apprendre plus.

Philea plissa les yeux et répondit à la place de son fils :

— Vois. Tu n'arriveras à rien avec lui.

Elle n'aimait pas Milo et ne lui faisait pas confiance. Elle le percevait plutôt comme une personne susceptible de mettre à mal leur plan de conquête du monde. D'ailleurs, elle l'assimilait plus à la lignée d'Adel qu'à celle de Mylès. Et elle les détestait. Elle exécrait cette lignée des Rois au plus haut point. Son esprit aspirait à la vengeance contre toute cette famille. Pourquoi ? Milo ne parvint pas à obtenir la réponse à cette question.

Les liens du sang importaient peu pour Philea. Le pouvoir, la victoire comptaient bien plus. Malheureusement, son propre fils se rebellait maintenant en émettant un avis différent du sien. Lui voulait que Milo rejoigne leur cause. Sa mère désirait qu'il meure. Et ce désaccord allait peut-être profiter à Adel et ses fils.

— Viens avec moi, dit alors le Conseiller à Milo.

Il passa devant sa mère sans même la regarder et devança Milo.

— Il ne doit pas rester ici, prévint Philea. Il ne ralliera jamais notre cause.

Le Conseiller fit mine de ne rien entendre et emmena son fils dans les couloirs de son quartier général.

Une myriade de questions se bousculèrent dans la tête de Milo. Si son intuition et son analyse de la situation étaient justes, Mylès n'avait été qu'un pion pour sa mère. Chose difficile à concevoir car tous l'avaient pris pour celui qui avait élaboré ce vaste plan de restructuration du monde. Mais un doute subsistait. Mylès connaissait-il les véritables desseins de sa mère ? Et si tel était le cas, avait-il finalement choisi une autre voie ?

Quand ils furent seuls dans le couloir, Milo laissa libre cours à ses pensées :

— J'ai l'intime conviction que votre mère vous a trompé.

Mylès stoppa net et se retourna :

— Pour quelle raison l'aurait-elle fait ?

— Pour se venger.

— De qui ?

— De votre père et de toute sa lignée.

Mylès l'observa de ses grands yeux bleus froids et distants. Il ne montra aucune surprise.

— Insinuerais-tu que j'ai été manipulé par ma propre mère ? demanda-t-il.

— Vous avez trompé de la même façon Pyrrhos et Adel. Je suppose que cette idée venait d'elle. Je ne le saurai probablement jamais.

— Quel pouvoir détiens-tu pour supposer cette trahison ? Sais-tu lire dans les pensées ?

Le pouvoir de son fils l'intéressait plus que les soupçons pesant sur sa mère.

— Non, mentit Milo.

— Alors quel est ton pouvoir ?

— J'ai surtout une très bonne intuition. Je me trompe rarement.

Mylès eut un rictus. Il ne le croyait pas.

— Désires-tu rester ? lui demanda-t-il comme s'il lui laissait le choix. Tu ne portes plus le même regard sur moi.

Lui aussi analysait les expressions des autres. Il avait

remarqué le changement d'attitude de son fils. Il serait difficile de se jouer de lui.

— J'ai l'impression que vous avez été dupé toute votre vie par celle qui vous a engendré, avoua Milo. Peut-être que d'ici quelques jours, vous pourrez m'expliquer ce que cela fait d'avoir vécu dans le mensonge pendant tant d'années. Vous comprendrez alors ce qu'a pu ressentir Michael à votre égard.

— Michael a voulu te tuer plus d'une fois. Je ne comprends pas pourquoi tu le défends.

— Parce que je sais pénétrer le cœur des hommes. Et celui de Michael a été rempli de solitude pendant de nombreuses années. Il vous considérait comme son père. Désormais, vous n'êtes plus rien pour lui. Vous auriez pu tout avoir. L'amour. Une famille. La reconnaissance. Même ce pouvoir que vous désirez tant obtenir. Mais vous n'avez rien de tout cela pour l'instant.

— Tu as tort. Tout ne peut pas être acquis. Parfois, il est déjà trop tard pour l'obtenir.

Qu'avait-il désiré à ce point à un moment donné de sa vie ? Qu'avait-il laissé échapper ?

— Pourquoi voulez-vous rendre les hommes immortels ? demanda Milo.

— Pour retirer au créateur le choix de notre destinée.

— Pour devenir un dieu, en somme.

Milo prit une pause puis désigna le poignet de Mylès de son index.

— Ce sont les actes des hommes qui les rendent valeureux et grands. Ce bracelet que vous portez vous rend puissant mais ne vous donnera jamais de distinction. Vous vous pensez fort, mais vous ne le serez jamais. Car vous n'avez personne sur qui compter réellement. Vous finirez seul, à force de ne pas vouloir ouvrir les yeux. Vous serez peut-être maître de ce monde, mais vous n'aurez aucune satisfaction. Car vous n'aurez pas obtenu ce que vous convoitez tant, ce qui vous a conduit à détruire votre frère et Almandin, par simple jalousie, comme votre mère. Cela doit être un trait de famille car nous nous ressemblons sur ce point. Vous ne montrez jamais vos sentiments, parce qu'ils sont capables de vous dévorer si vous ne les contrôlez pas.

La bouche de Mylès demeura scellée quelques secondes. Ces mots semblaient ne pas l'avoir touché.

— Si je comprends bien, tu décides de rester, conclut-il.

— Oui. Vous vouliez me voir à vos côtés, je vous en donne l'occasion. À la seule condition de ne plus toucher à un seul cheveu d'Almandin, de sa famille, ou de ses amis.

— En échange de quoi tu jures fidélité à ma cause.

— Je ne peux pas jurer fidélité à votre cause. Je peux seulement prêter serment de ne pas vous gêner dans l'accomplissement de vos plans.

— Tu m'aideras à retrouver la dernière pierre.

Mylès s'entailla la paume de la main à l'aide de son bâton. À cet instant, des bêtes rugirent dans des pièces voisines. Les dévoreurs avaient senti l'odeur de la mort à des dizaines de mètres de là, au-delà des murs. Des spectres, apeurés par leurs vociférations, meuglèrent à leur tour.

Mylès cherchait à conclure un pacte de sang, un pacte dangereux auquel Milo allait devoir répondre rapidement, sans prendre le temps d'évaluer les autres options ou les conséquences.

— Et tu me la confieras si tu la retrouves avant moi, ajouta Mylès.

— Si je la retrouve avant vous, je serai désigné comme étant l'élu, rétorqua Milo. Je vous donnerai la pierre. Il vous appartiendra alors de faire le choix entre respecter la volonté d'Elohim ou continuer de tendre vers une vision du monde imaginée de toutes pièces par votre mère. Ce sera le choix de votre vie, père.

Un soupçon de sourire se dessina sur les lèvres de Mylès :

— Il ne te reste plus qu'à tenir parole, mon fils.

Le Conseiller tendit sa main en avant. Milo hésita à la serrer.

S'il acceptait sa proposition, pour préserver sa vie, il aurait à se tenir éloigné des pierres sacrées afin de ne pas rentrer en conflit avec Mylès et de ne pas l'aider dans cette quête. Difficile de jouer son rôle d'élu dans ces conditions. Mais il trouverait certainement un moyen de détourner ce pacte avec l'aide d'Almandin. Du moins, il l'espérait. C'était peut-être leur seule chance de parvenir à leur fin.

Alors il s'empara de son bâton pour entailler sa propre paume et leurs sangs se mêlèrent dans une poignée de main ferme. Milo ne savait pas qui des deux romprait ce pacte en premier mais il y avait fort à parier que l'un d'eux finirait tout de même par mourir avant la fin de la guerre.

Mylès retira enfin sa main, déchira la manche de sa veste par deux fois et tendit un morceau de tissu à Milo.

— Le sang agite les dévoreurs. Essuie-toi.

Cette phrase maladroite, prononcée sur un ton autoritaire, pouvait laisser croire qu'il se souciait de lui. Essayait-il d'obtenir sa confiance ?

Le geste hésitant, Milo attrapa le morceau de tissu et couvrit la plaie de sa paume. Mylès suivit son exemple avant de se diriger vers une autre pièce, assez proche de son salon privé :

— Quand j'ai su que tu arrivais, j'ai demandé à aménager cette pièce pour que tu y sois à ton aise.

Deux gardes avaient été positionnés devant l'entrée de sa future demeure.

L'un d'eux fut surpris d'apercevoir Milo. Il avait servi l'armée royale avant de rejoindre la Confrérie des Morts. Il connaissait Milo de vue et de réputation. En effet, le guerrier dirigeait l'armée au côté de la famille royale au cours de certaines missions.

Alors qu'il avait lui-même trahi le royaume en rejoignant l'ennemi, le soldat se mit à réfléchir à l'acte de traîtrise que Milo était en train de commettre sous ses yeux. Dans son esprit, il pensait à la famille royale qui avait accueilli cet homme dès son plus jeune âge. Tout le monde connaissait cette histoire. Mais cet amour que cette famille d'adoption lui avait donné venait d'être balayé en une poignée de secondes. Le Seigneur Milo venait de pactiser avec le plus haut responsable de la Confrérie des Morts. Le soldat ne lui trouvait aucune excuse. Lui avait trahi pour sauver sa famille, contrairement à Milo.

Ce dernier observa le soldat dans les yeux. L'homme avait le regard à la fois perdu et interrogateur. De nombreux soldats avaient quitté le royaume, attirés par les promesses de la Confrérie des Morts. Il faisait partie de ceux qui regrettaient leur choix.

— Ce sera ton nouveau quartier, annonça Mylès, demandant d'un geste de la main au soldat d'ouvrir la porte qu'il gardait. Les fantômes se promènent régulièrement dans le couloir sous bonne surveillance. Leurs cris sont supportables. En tout cas, plus qu'au Royaume d'Esiah désormais.

Le Conseiller n'avait rien perdu de son mordant. Essayait-il de le convaincre qu'il serait mieux ici qu'au royaume ?

— Quoi qu'il en soit, je pense que tu te sentiras bien dans ce salon, lui dit-il. S'il te manque quoi que ce soit, demande à ces gardes. Je dois m'absenter quelques heures. Nous nous reverrons plus tard.

Milo hocha simplement la tête. Le Conseiller attendit qu'il entre dans sa chambre et s'en alla aussitôt. La porte se referma.

Enfin seul, Milo inspira longuement. Le salon était une véritable prison dorée. La chambre lui rappelait celle qu'occupait Minéa quand elle avait été kidnappée par la Confrérie des Morts. La Reine n'avait manqué d'aucun confort à cette époque. À croire que Mylès traitait bien ses ennemis. À moins que cet accueil n'ait été réservé qu'aux personnes qu'il avait décidé d'épargner par intérêt ou par amour ?

Milo inspecta la pièce et trouva une petite salle d'eau dans laquelle il retira le bandage de sa main avant de rincer sa paume. Pendant qu'il nettoyait sa plaie, il passa en revue les options s'offrant désormais à lui. Il venait de pénétrer le sanctuaire si bien gardé de Mylès et avait découvert où se situait le calice sacré. Seul inconvénient : il avait révélé l'existence des boucliers et Mylès allait sans doute s'empresser de partir à leur recherche. Puis il y avait aussi ce pacte qui agissait comme une épée de Damoclès au-dessus de sa tête.

Il devait réussir à prendre contact avec le royaume pour les informer. Et essayer de retirer le calice du mur. Mais par quel moyen ?

D'un seul coup, une idée traversa son esprit. Milo trouva de quoi écrire dans le tiroir d'un bureau, griffonna quelques mots dans la langue des Anciens et replia le message. Enfin, il ouvrit la porte et regarda avec insistance le soldat qui le prenait pour un traître. Ce dernier attendit les instructions.

— Pouvez-vous m'aider à bouger la couchette ? Elle est assez lourde et beaucoup trop proche du mur.

Le soldat courba l'échine et entra dans le salon. Quand ils furent près de la couchette, au plus loin de la porte, Milo s'approcha du soldat et lui glissa à voix basse :

— Vous avez servi le Roi Lucifel. Je sais que vous regrettez avoir trahi notre cause. J'ai besoin de rentrer en contact avec lui. Si vous portez ce message au Conseiller Séraphin, le Roi vous laissera revenir au royaume et vous pardonnera. J'en fais le serment.

Milo lui tendit le message.

C'était un pari risqué. Mais cette opportunité de se racheter était beaucoup trop grande pour que cet homme ne la saisisse pas.

Le soldat ouvrit grands les yeux, le visage blême. Ses yeux se dirigèrent vers la porte puis il se retourna vers Milo :

— Vous avez-vous même trahi le Roi Lucifel, murmura-t-il.

— Non, je suis justement venu dans son intérêt. Qu'Elohim reprenne ma vie sur-le-champ si je mens.

Le soldat le regarda droit dans les yeux, hésitant.

— Si le Seigneur Mylès apprend cela, nous sommes tous les deux morts, dit-il.

— Il ne vous arrivera rien si vous suivez mes instructions. Vous connaissez ma réputation. Je n'ai qu'une parole.

Milo remua le papier au bout de ses doigts.

Le soldat se saisit du pli et le fourra dans son veston. Puis il attrapa un côté de la couchette.

— Bougeons-la avant que je ne change d'avis...

38

À L'ABRI

Adel tournait en rond dans le palais de Garak. D'habitude, Milo lui rendait compte de ses moindres mouvements. En cette matinée, il ne le trouvait nulle part et les gardes n'avaient reçu aucune instruction de sa part. En général, Milo ne manquait pas un seul début de journée et veillait à ce que chacun de ses hommes soit bien positionné dès l'aube.

L'air soucieux, Adel alla s'enquérir de ses nouvelles auprès d'Anjali dont il savait qu'il partageait avec elle plus qu'une simple amourette de jeunesse.

La Princesse soupirait, assise dans l'atrium. Elle n'avait pas bougé du banc depuis au moins une heure.

— Anjali ! As-tu vu Milo ? lui demanda son grand-père.

Elle n'osa pas le regarder.

— Que t'arrive-t-il ?

— Milo est parti rejoindre Mylès..., avoua-t-elle avec regret.

— Quoi ?!

La grosse voix d'Adel retentit dans tout le palais. Des phœnix piaillèrent au-dessus de leur tête et prirent la poudre d'escampette sous la voûte de feu.

Anjali grimaça. Adel avait failli lui percer les tympans.

— Milo se trouve actuellement dans le Monde des Mortels auprès de son père biologique, expliqua-t-elle.

— Pourquoi y est-il allé ? Et quand est-il parti ?

— Il est parti pendant que vous dormiez.

— Et pourquoi ne l'as-tu pas retenu ?

La Princesse se mordilla les lèvres.

— Je lui ai donné l'ordre d'y aller, murmura-t-elle.

— Quoi ?!

Agacée par sa colère, angoissée par le départ de Milo, Anjali se leva brusquement et lui fit front.

— Je lui ai demandé d'y aller. Il avait raison. C'était la meilleure solution.

— Es-tu devenue folle ?! Il risque sa vie.

— Il le sait. Je le sais aussi. Mais je lui fais confiance.

— C'est de la faute de ton père ! s'emporta Adel, gesticulant. Il lui a mis cette idée en tête ! Décidément, j'aurais préféré que tu ressembles à Mehiel !

Le petit Shaytan se mit à pleurer.

Almandin arrivait dans l'atrium, son fils dans les bras. Il tentait de le calmer en le berçant.

— Je t'entends hurler depuis la chambre, reprocha-t-il à son père. Qu'est-ce qu'il se passe ?

La mâchoire d'Adel se crispa. Il l'aurait mangé tout cru s'il avait pu.

— Milo est parti dans le Monde des Mortels par ta faute, lui dit son père en posant un doigt sur son torse. Il est allé rejoindre Mylès...

Almandin montra sa surprise d'un haussement de sourcils.

— Il trouvera le moyen de nous tenir informés et de reprendre le calice sacré, assura Anjali.

Adel serra les dents. Il rageait.

— Milo est comme un fils pour moi, dit-il, le ton grave. S'il meurt par votre faute, je ne donne pas cher de votre peau...

Il les dévisagea tous les deux. Après quoi, il quitta l'atrium pour ne pas ravager le palais de Fandor.

— Quand est-il parti ? demanda Almandin quand le calme fut revenu.

— Durant la nuit..., répondit sa fille.

— Je n'aurais jamais dû songer à ce qu'il rejoigne Mylès... Mon père dit vrai, c'est de ma faute.

— Il l'aurait fait même sans ton approbation. Il a reçu un message de Mylès ce matin.

Almandin cessa de bercer son enfant.

— Mylès est donc revenu… et il t'a menacée… C'est la raison qui a poussé Milo à partir, n'est-ce pas ?

— Milo n'avait pas vraiment le choix. Il n'aurait jamais admis qu'il vous arrive quoi que ce soit. D'autant plus qu'il n'accepte pas être le fils de Mylès.

— Il aurait tout de même dû m'en parler avant.

— Qu'aurais-tu fait de plus ?

Bonne question. À part tenter de le retenir… Et encore, Almandin n'aurait pas réussi cet exploit. Milo était du genre têtu. Comme tout le reste de cette famille, d'ailleurs. Il avait cependant un avantage par rapport à eux : jamais il ne pliait, même s'il était question d'amour. Finalement, cet enfant né dans la souffrance, sans le désir, avait été une bénédiction pour toute cette famille. Almandin l'aimait aussi comme son propre fils. Et il espérait au fond de son cœur que Mylès ne finisse pas par le détruire.

— Tout n'est plus qu'une question de temps, dit-il. Attendons de savoir ce qu'il en est.

Il observa son enfant, son petit bébé qui n'avait pas demandé à naître durant la guerre. Si Mylès avait menacé sa famille, Shaytan, innocent, encore fragile et sans défense, courait un grave danger en restant à leur côté, d'autant plus que le départ de Milo allait tout précipiter.

Almandin se résolut à se séparer de lui pour le protéger. C'était le moment.

Quelques heures plus tard, la décision fut prise. Almandin balança un sac sur son dos, prit son enfant contre lui et traversa une porte menant au Monde des Mortels.

Depuis qu'ils avaient eu connaissance de l'existence de deux autres mondes, ses parents avaient quitté Jaipur et s'étaient réfugiés dans une ville indienne plus au nord. Des prétoriens du Royaume d'Odéon gardaient l'endroit, tenu au secret. Les hommes de Mylès n'avaient pas retrouvé leur trace car ils croyaient encore qu'ils résidaient à Jaipur, dans leur ancienne maison placée sous surveillance éduinne. La présence des prétoriens avait permis de les duper facilement.

Quand Almandin se présenta chez ses parents avec le petit, sa mère lui ouvrit ses bras et l'embrassa tendrement. Ils ne voyaient plus personne en dehors des Éduins stationnés devant leur maison. Cette visite était une bénédiction.

— Gabriel, c'est notre fils ! cria-t-elle à son mari.

Elle chercha du regard Mehiel. Malheureusement, ils n'avaient pas encore appris la terrible nouvelle.

— Mehiel ne viendra pas, dit Almandin. Elle est... morte...

Ces mots eurent du mal à sortir de sa bouche. Des larmes coulèrent jusque sur ses lèvres. Son cœur se déchirait chaque fois qu'il évoquait sa mort. C'était plus fort que lui.

Sa mère le consola en l'accueillant dans ses bras, de côté, pour ne pas gêner l'enfant qu'il portait tout contre lui.

— Que s'est-il passé ?

— Mylès... Mylès est venu au royaume. Je le hais. Elle est morte empoisonnée.

Son père, Gabriel, attendait dans le couloir. Lui aussi vint le réconforter. Voir leur enfant souffrir était plus terrible que de subir soi-même cette souffrance.

Almandin finit par s'essuyer les yeux. Il fallait tenir bon.

— Je suis désolé, j'ai encore du mal à l'accepter.

— La mort n'est jamais facile à affronter, mon fils, lui dit Gabriel. Nous n'avons pas beaucoup connu Mehiel mais nous sommes convaincus qu'elle a réussi à te rendre heureux.

Almandin hocha simplement la tête et les étreignit avec force près d'une minute, le temps que la douleur passe.

— Nous nous faisons tellement de souci pour toi...,

lui murmura Sybille en continuant de le consoler d'une caresse dans le dos. Nous aimerions tellement pouvoir t'aider mais nous sommes complètement démunis...

— Vous pouvez m'aider, dit Almandin. Mais ce ne sera pas facile.

— Nous ferons tout ce que tu souhaites, assura Gabriel.

Tous deux l'aidèrent à circuler dans leur nouvelle maison. Almandin ne connaissait pas les lieux et avait besoin d'être guidé car il ne voyait rien.

Sa mère lui désigna un siège dans le salon et l'aida à ôter son sac. Shaytan gazouillait dans ses bras. Almandin passa ses doigts sur ses joues. Il était sûr de faire le bon choix.

— J'ai un service à vous demander... Je veux respecter les derniers vœux de Mehiel, celui de donner à nos enfants un monde meilleur. Je dois pour cela en finir avec cette guerre. Je ne serais pas rassuré si Shaytan restait au royaume. Il sera plus en sécurité avec vous. Mylès ne sait pas où vous vous trouvez et il ne pensera jamais que j'ai pu confier l'héritier à de simples mortels. J'aurai au moins l'esprit tranquille et je pourrai me concentrer sur ma mission si vous acceptez de le garder auprès de vous.

Bien que cet enfant ait été de leur sang, Sybille et Gabriel hésitèrent. En temps normal, ils auraient accepté de prendre soin de leur petit-fils pour quelques jours. Mais cet enfant possédait des pouvoirs inconnus du Monde des Mortels et des caractéristiques physiologiques différentes des hommes.

— Cet enfant n'est pas humain, avoua Sybille. Tu as toi-même dit qu'il se nourrissait des peurs. Comment peut-il vivre parmi nous ?

— En vous faisant vivre avec des fantômes.

Ses parents restèrent bouche bée.

— Je sais que cela vous semble ubuesque voire impossible mais j'y ai mûrement réfléchi, assura Almandin. Cela peut fonctionner. Je suis bien conscient de ce que je vous demande. Vivre avec des fantômes n'a rien d'excitant, bien au contraire...

Il caressa le front de son fils et serra ses petits doigts.

— Je ne vous laisserais pas Shaytan si j'avais une autre solution. Mon peuple a besoin de moi. Je ne peux pas m'occuper seul de sa protection. Mylès peut venir au royaume quand bon lui semble. Il connaît ma famille, mes amis, les personnes en qui j'ai confiance. Il saurait le retrouver là-bas. Il se servirait de lui pour m'empêcher d'agir.

Il prit une pause, le temps d'un soupir.

— Vous êtes ses grands-parents. J'ai pensé que vous seriez heureux de l'avoir avec vous pour un temps. Il a besoin d'amour mais je suis incapable de lui en donner en ce moment...

Ses yeux s'humectèrent de larmes. Cette décision, il l'avait prise par devoir, par obligation, guidé par sa raison. D'ordinaire, il écoutait son cœur mais il avait déjà testé les limites du pouvoir de l'amour et avait fini brisé. Venir jusqu'ici demander cette chose impensable, être séparé de son enfant, de celui de Mehiel, lui avait demandé un incroyable courage. Jamais il ne s'était senti aussi démuni.

— Shaytan doit vivre quelle que soit la suite des événements, dit-il. Même si je venais à mourir, il doit pouvoir reprendre le royaume et protéger les mortels. Vivre parmi les humains lui offrira cette sagesse. Et je sais que vous prendrez soin de lui.

— Tu parles comme si tu t'apprêtais à ne plus jamais revenir, remarqua son père. Qu'es-tu en train de faire ?

— Je me prépare à toute éventualité.

Ses parents joignirent leurs mains et les serrèrent fortement.

Les yeux de Sybille se chargèrent d'émoi à l'idée de perdre son fils.

— Jure-nous que tu feras attention, dit-elle.

— Je récupérerai Shaytan dès que tout sera terminé. Et je ferai en sorte de revenir, c'est une promesse.

La réflexion ne fut pas très longue. Ses parents échangèrent un regard et s'encouragèrent l'un et l'autre, les doigts emmêlés. Eux aussi connaissaient un amour sincère, durable et puissant. Ils auraient tout donné pour leur unique fils.

— Explique-nous comment faire avec Shaytan, demanda son père.

Almandin leur adressa un sourire en guise de remerciement. Il essuya ses yeux, heureux d'avoir réussi à les convaincre. Savoir que son fils serait en sûreté lui redonnait espoir.

— Merci. Merci infiniment...

Il se leva et ouvrit une porte de lumière au milieu du salon :

— Ne prenez pas peur des fantômes. Vous n'aurez pas à vous en préoccuper.

Ces propos ne parvinrent pas à rassurer ses parents. Il entendit des soupirs, comme s'ils s'apprêtaient à affronter le pire.

Une femme aux cheveux poivre et sel traversa finalement le portail. Elle était suivie de deux fantômes reliés à ses poignets par des chaînes.

Il s'agissait de Maria, la femme de Fandor. Elle avait l'expérience et la poigne nécessaires pour maîtriser les spectres et veiller sur l'héritier du trône. C'était un honneur, pour elle, de se voir confier cette mission.

Au début, les parents d'Almandin furent effrayés par les fantômes. Cependant, Maria démontra dès son arrivée qu'elle saurait les mater. Elle tira sur leur chaîne pour les forcer à se mettre à genoux devant Sybille et Gabriel. Ainsi, les fantômes avaient eu leur premier avertissement : désormais, ils devaient obéir aux deux mortels.

— Je vous présente Maria, dit Almandin. Lorsque j'étais un Siahnnas, elle s'est occupée de moi dès ma tendre enfance. Elle a été une véritable mère. Elle a servi la couronne et continue à la servir du mieux qu'elle peut. Elle a accepté de venir ici pour prendre soin de Shaytan.

Maria courba légèrement la tête.

Son regard s'arrêta sur le visage de Sybille. Elle ne put s'empêcher de le fixer.

— Vous ressemblez tellement à la Reine Sybille, reconnut-elle, en anglais. Veuillez m'excuser. Nous étions très proches. Elle était une véritable amie.

— Ne vous excusez pas, dit Sybille. J'ai cru comprendre que j'étais sa réincarnation.

— Maria sait parler l'anglais et l'hindi, expliqua Almandin. Elle manipulera l'esprit des âmes que voici pour nourrir Shaytan. Vous ne craindrez rien avec elle.

— Je m'occuperai de l'enfant avec vous dans les premiers temps, ajouta Maria. Almandin souhaite que vous puissiez partager un maximum de temps avec votre petit-fils. Je ne serai qu'une aide si vous le désirez.

— J'ai amené son hochet, quelques peluches, des vêtements de sa mère et des miens pour qu'il nous sente auprès de lui, poursuivit Almandin. Tout se trouve dans mon sac.

Sybille prit une grande inspiration :

— Nous pouvons vous installer dans la chambre à côté de la nôtre.

— Les âmes risquent de faire du bruit, prévint Maria, je ne voudrais pas déranger.

— De toute façon, il sera difficile pour nous de dormir…

Sybille regardait les spectres en disant cela. Ils ne parlaient pas mais gémissaient comme des fous.

Almandin serra son enfant contre lui. Le reverrait-il un jour ? Il l'ignorait. Le risque de perdre une nouvelle fois la vie était grand. Au moins, il lui avait assuré un avenir.

Il le borda un dernier instant, embrassa délicatement son front et le tendit à sa mère. Sybille le prit contre son cœur et l'emmena avec elle dans la chambre. Maria la suivit avec les fantômes.

Quand son enfant quitta la pièce, Almandin se laissa retomber dans son siège et enfouit sa tête dans ses bras.

Son père resté auprès de lui posa une main sur son dos.

— Tu sembles éreinté. Je n'ose pas imaginer ce que tu traverses aujourd'hui. Cela doit être très difficile. N'oublie pas que tu peux compter sur nous.

— Je suis fatigué, avoua Almandin. Et je ne sais plus quoi faire...

— Par rapport à quoi ? Nous ne connaissons pas vraiment ton autre monde et j'avoue que tu nous apeures. Nous aimerions tellement pouvoir t'aider plus. Mais nous ne savons pas ce que nous pouvons faire pour toi.

Almandin redressa la tête et posa une main sur l'épaule de son père :

— Vous m'aidez déjà beaucoup. Il ne me reste plus qu'à trouver deux pierres. Deux. Et tout sera terminé.

— Quel genre de pierres ? demanda Gabriel en s'asseyant à ses côtés.

— Une émeraude et un rubis. Deux pierres particulières que je dois retrouver dans ce vaste monde... Je n'ai pas vraiment d'indice. Elles devaient se trouver sur un ancile. Le problème étant qu'il en existerait douze exemplaires. Nous n'en avons retrouvé que trois. Nous ne savons pas ce que sont devenus les autres. Malheureusement, un seul bouclier porte les gemmes que nous recherchons désespéramment. Elles sont uniques.

— De quelle époque date ce bouclier ?

— De l'époque romaine.

— Tu recherches un bouclier sacré qui servait aux prêtres saliens ?

— Oui et non. Les pierres ne sont peut-être plus sur ce bouclier. Mais je dois le localiser pour le retrouver et ainsi savoir ce qui lui est arrivé. Il doit être en lien avec une tour. Je ne sais pas vraiment de quelle tour il s'agit.

— Si les pierres ont été retirées du bouclier, elles ont forcément été revendues.

Almandin acquiesça d'un mouvement du menton.

— C'est ce que je pensais. Connais-tu un collectionneur ou un revendeur qui pourrait me renseigner ? Il s'agit de pierres précieuses particulières. Elles ne peuvent qu'être dans une collection privée à moins d'être perdues.

— Tu devrais peut-être demander à Mohan. Depuis qu'il est à New York, il a rencontré de nouveaux partenaires assez intéressants dont l'un possède l'une des plus prestigieuses collections de minéraux. Il pourra peut-être t'aider à le rencontrer.

C'était une excellente idée.

Depuis combien de temps Almandin n'avait pas vu son ami ? D'après ses souvenirs, des mois s'étaient passés.

Leur dernière rencontre remontait à son mariage. À l'époque, Almandin parvenait encore à passer d'un monde à l'autre sans trop de difficultés. Il se sentait encore mortel. Maintenant, il avait quasiment perdu toute attache avec le Monde des Mortels, comme s'il avait été adopté par une autre nation. Ses parents restaient ses derniers liens avec ce monde qui avait accueilli sa renaissance. Mohan, son ami mortel, avait poursuivi sa route de son côté. Il ignorait les chemins tortueux qu'empruntait Almandin et les difficultés auxquelles il devait désormais faire face. C'était ainsi.

Mohan avait pris la direction de la filiale Winster américaine. Derrière ses airs de bouffon, il avait toujours eu les épaules pour endosser de telles responsabilités. Avoir couvert les frasques d'Almandin durant quelques années lui avait donné l'expérience pour régler n'importe quelle situation. Son sens de la diplomatie en faisait un parfait homme d'affaires.

— Comment s'en sort-il là-bas ? s'enquit Almandin.

— Ne t'inquiète pas. Il s'en sort très bien sans toi, lui répondit son père avec un soupçon de moquerie.

Almandin traduisit cette dernière phrase par « sans doute mieux qu'avec toi dans les pattes ».

Le message était passé. Il en sourit.

— J'ai besoin de me ressourcer. Si ça ne vous dérange pas, pour la première nuit de Shaytan dans le Monde des Mortels, je resterai ici.

— Même si ce n'est pas notre maison, tu es ici chez toi, mon garçon.

Gabriel était heureux de pouvoir profiter de lui. Almandin aussi.

— As-tu des vêtements à me prêter ? Je partirai demain rendre une petite visite à Mohan pour constater par moi-même qu'il se porte mieux sans moi !

— Je te prêterai tous les vêtements dont tu as besoin si ça nous donne l'occasion de te voir parmi nous.

Son père le ramena contre lui. Qu'il était bon de se sentir de nouveau en paix !

39

RETOUR AUX SOURCES

Almandin se défit de sa longue veste cintrée et de ses vêtements amples pour s'habiller comme l'homme d'affaires qu'il était autrefois. La cravate nouée autour du cou, le col de la chemise bien replié, il quitta la maison de ses parents, canne en main, et ouvrit une porte pour New York. Cette visite avait un goût de nostalgie.

Bien sûr, les sbires de Mylès surveillaient constamment la majorité des lieux d'ouverture des portails, surtout à New York où Almandin était apparu plus d'une fois. Il lui fallut donc se défaire de quelques soldats sans déchirer le beau costume de son père pour gagner le cœur de la ville.

C'était encore un jour de pluie, le genre de jour un peu morose. Les taxis roulaient dans les flaques. Les pieds se trempaient. Mais ces petits désagréments de la vie lui manquaient. Même l'odeur des caniveaux. Almandin la respira à pleins poumons avant d'arriver dans le building où Mohan avait installé les bureaux de la compagnie.

Une personne à l'accueil lui indiqua de monter au deuxième étage. Il emprunta l'ascenseur. À l'ouverture des portes, il se laissa guider par son nez.

Mohan avait l'habitude d'imprégner sa peau fraîchement rasée d'eau de Cologne. Pour attirer les femmes, disait-il, il utilisait une marque spécifique aux senteurs très prononcées. Almandin ne pouvait pas l'oublier. Son odorat, décuplé du fait d'être né aveugle, le guida jusqu'aux toilettes « homme » de l'étage.

Almandin entendit quelqu'un siffloter dans l'une des cabines. Ce devait être lui.

La personne tira la chasse. Almandin l'attendit à la sortie.

— Comment ça va, Mohan ? demanda-t-il quand la porte s'ouvrit.

Mohan fit un bond sur place et poussa un cri bref mais intense.

Almandin en rit. Mohan lui frappa le bras.

— Imbécile ! Tu m'as fait une peur bleue !

— Dommage que je ne puisse pas voir ton visage déconfit.

Puis Mohan l'ausculta d'un peu plus près.

— Je ne comprends pas... Que fais-tu là ? Est-ce vraiment toi ?

Pour s'en assurer, il posa un doigt sur son torse.

— Tu as toujours aimé me toucher, remarqua Almandin.

Mohan retira aussitôt sa main.

— N'importe quoi ! Pourquoi m'as-tu suivi dans les toilettes ? demanda-t-il avant de le fixer d'un œil suspicieux. Dans quoi es-tu encore trempé ?

— Dans une histoire de quête à la pierre précieuse. Alors j'ai besoin de ton aide.

— Moi qui croyais que tu venais m'annoncer la naissance de ton enfant comme un véritable ami devrait le faire !

— Je n'ai pas vraiment eu le temps de m'en occuper, regretta Almandin en s'adossant à un mur.

— L'apprendre de tes parents m'a brisé le cœur.

— Tu t'en remettras.

— Tu vas devoir me donner des explications. Je ne t'aiderai pas sinon.

— Très bien...

Dans un soupir, Almandin attrapa un disque et le claqua sur le sol. Un écran lumineux apparut au milieu des toilettes.

— Après toi, dit-il en désignant l'écran de sa main.

— Mais…

Face à son hésitation, Almandin le poussa à travers la porte. Mohan s'emmêla les pieds et finit par tomber entre deux poubelles de l'autre côté du portail.

Des chats détalèrent entre ses jambes. Le cri aigu de Mohan se confondit avec leurs miaulements.

Almandin l'aida à se relever et dépoussiéra ses vêtements.

— Dommage. Maintenant, tu empestes !

— Qu'est-ce que c'est ? Qu'est-il arrivé ? balbutia Mohan, complètement perdu.

— Tu voulais des explications ! Je t'en donne. Tu as toujours cru que j'étais un extraterrestre. Je viens bien d'ailleurs. Mais pas d'une autre planète. D'un autre monde seulement. La preuve, nous sommes passés des toilettes à cet endroit lugubre en l'espace d'une seconde.

Almandin lui montra la ruelle dans laquelle ils venaient d'atterrir, celle qu'il avait empruntée d'ailleurs pour gagner New York. Au moins, il savait que le champ serait libre de ce côté-là car il s'était débarrassé des espions de Mylès ici même une heure plus tôt.

— Tu es encore tombé sur la tête ! cria Mohan.

— Non, j'ai toujours eu l'esprit très clair. Je ne cesse de le dire.

Almandin prit une grande inspiration, les mains posées sur ses épaules.

— Mehiel est morte.

Mohan cligna des yeux.

— J'ai dû mal à te croire.

— C'est pourtant la vérité.

Vu le visage fermé de son ami, Mohan sentit qu'il ne jouait pas la comédie.

— Je suis navré pour toi, dit-il avec une grande sincérité. Comment est-ce arrivé ?

— Du poison. Je cherche à retrouver une pierre avant que celui qui l'a tuée ne s'en empare.

— Celui qui l'a tuée ?

— Oui, un homme qui n'agit que pour le pouvoir.
— Elle a donc été assassinée.
— C'est le cas.
L'expression de Mohan se durcit.
— Qu'a-t-elle de si spécial, cette pierre ?
— Elle pourrait sauver ce monde.
— Et qui est ce vaurien qui a tué Mehiel ?
— Un homme redoutable...
Mohan l'observa de bas en haut.
— Tu sais... quand j'ai vu ce qu'il se passait à Jaipur... J'ai eu peur pour tes parents... Et j'ai pensé à toi. Tu ne donnais pas de nouvelles. Pourtant, tes parents n'ont pas paru inquiets. Je me suis demandé si tu n'étais pas lié à tout ça.
— En effet.
— Depuis que je te connais, des événements étranges se produisent. Qui es-tu vraiment ?
— Satan.
— Tu m'en vois ravi...
Mohan hocha mécaniquement la tête, essayant d'assimiler la nouvelle.
Puis le mouvement de sa tête changea. Il la secoua de droite à gauche, n'y croyant pas du tout.
Almandin garda le silence, l'air sûr et posé.
Mohan l'observa alors, les yeux globuleux.
— Ce n'était pas une blague ?
— Je suis maître des enfers. Tu as une autre question avant de répondre aux miennes ?
— Non, ça ira.
Mohan ferma les yeux et se massa les tempes. Puis il les rouvrit. Non, il ne rêvait pas.
— Bien, dit alors Almandin. J'ai besoin de trouver la trace de deux pierres anciennes. Elles auraient été taillées à l'époque romaine, environ sept cents ans avant l'an zéro si ce n'est pas plus.
— Tu me demandes de chercher une aiguille dans une botte de foin !

— Tu connais les plus grands collectionneurs. Je te fais confiance. Je cherche un rubis et une émeraude. Ces gemmes auraient orné l'un des douze boucliers sacrés des prêtres saliens à l'époque romaine. Je pense que ces boucliers ont été démontés. Mais les pierres sont inestimables. Personne n'a dû les détruire car elles possèdent un pouvoir envoûtant.

— Vu la façon dont tu parles, tu as déjà dû être envoûté.

— J'ai déjà trouvé quatre d'entre elles. Elles fascineraient n'importe qui. Je pense qu'elles doivent faire partie de collections particulières.

— Une collection privée ?

— Peut-être. Nous avons perdu leur trace en Espagne au Ve siècle.

— Et en plus de ça, je dois faire des recherches historiques !

Mohan rouspéta dans sa barbe.

— Bon... Je vais essayer de me renseigner. Mais qu'est-ce que j'y gagne en retour ?

— L'éternelle reconnaissance du monde !

Almandin termina par une petite frappe sur son épaule.

— Tu as surtout intérêt à me brancher avec les meilleurs partis de la ville si je les trouve pour toi, grogna Mohan.

— Ne t'inquiète pas ! Tu sais que je suis très fort à ce jeu-là !

— Ahah...

Mohan effectua une grimace. Nul doute. Il s'agissait bien de son ami vantard qui savait attirer toutes les femmes de la terre grâce à son plus grand atout : ses yeux vert émeraude.

— Satan..., dit-il d'un ton ironique. Pfff...

— Puisque tu n'y crois pas, je te laisse là.

— Comment ça, tu me laisses là ? angoissa Mohan, Où sommes-nous ? Et tu ne m'as pas donné d'explications !

Almandin recula dans la ruelle sans issue.

— Téléphone à mon père si tu as des infos ! Il suffira de lui dire que tu as trouvé deux somptueux joyaux pour parfaire notre nouvelle collection ! Par contre, sache que tu es surveillé et écouté. Alors n'en dis pas trop ! Je t'envoie dès que possible des Éduins.

— Des quoi ?!

— Tu comprendras en temps voulu !

Almandin leva une main. Mohan dressa quant à lui son poing.

— Lâche, tu pars sans tenir ta promesse !

— Je la tiendrai la prochaine fois que je te verrai !

— Y'a intérêt !

Almandin ouvrit un portail vers le Royaume d'Esiah qui illumina le visage décomposé de Mohan. Il put ainsi le contempler.

Son ami n'avait pas changé depuis la dernière fois qu'il l'avait vu. Ou si, il avait l'air un peu plus chic dans son costume gris qui mettait en valeur son teint basané.

— Bon courage Mohan ! lui lança-t-il de loin. Fais attention à toi ! Et n'utilise plus cette eau de Cologne. Tu es repérable à des kilomètres à la ronde !

— Pourquoi ai-je l'impression que je risque ma vie ?

Almandin haussa les épaules, lui adressa un au revoir de la main et s'engouffra dans le portail.

De l'autre côté du passage, l'ouverture du portail agita les soldats. La troupe stationnée sur les remparts de Garak se positionna en défense : les archers tendirent les cordes de leur arc, les fantassins préparèrent leur épée et leur bouclier. Katell orchestrait le tout, du haut de sa tour. Sa lunette lui permit d'identifier le Roi qui marchait vers les portes de la cité en dénouant sa cravate.

Elle signala aux hommes qu'il n'y avait aucun danger et demanda à ouvrir les portes de bronze.

Puis elle quitta son poste et vint à la rencontre du Roi :

— Votre Majesté, Séraphin vous cherche partout, dit-elle tout bas, de sorte qu'aucun autre n'entende. Un soldat de la Confrérie s'est présenté à la porte d'Esiah. Il dit avoir un message à vous remettre de la part de Milo.

Almandin s'arrêta de marcher à l'entrée de la ville. Milo était donc arrivé à destination. Il était encore vivant.

— Où sont-ils ?

— Séraphin l'a ramené au palais.

— Alors je me presse d'y aller !

Il la remercia d'une petite tape dans l'épaule puis gravit deux à deux les escaliers menant au palais.

L'espion parlait déjà avec Anjali et Adel dans l'atrium. Séraphin attendait avec eux. Quand Almandin arriva, l'espion se leva et courba le dos.

Anjali regarda son père de biais. Elle n'avait pas l'habitude de le voir en costume trois-pièces.

Elle lui confia le message.

— Comment t'appelles-tu ? demanda Almandin à l'espion pendant qu'il le lut.

— Liam.

— Pourquoi es-tu venu seul ?

— Le Seigneur Milo m'a chargé de vous remettre ce message.

Le Roi termina de le lire.

Milo lui indiquait l'emplacement du calice et lui donnait des informations sur le quartier général pour faciliter le siège du bastion de Mylès.

Almandin releva la tête. Ses yeux se perdirent dans le vide. Fallait-il en profiter pour lancer l'offensive ? Milo semblait le suggérer. S'ils le faisaient, ils devaient concentrer la majorité de leurs forces sur l'attaque du quartier général pour ne pas échouer. Cela impliquait de laisser le royaume sans véritable chef de guerre le temps de tenter l'impossible : reprendre le calice. Après tout, Mylès avait déjà joué cette carte en envoyant la totalité de ses troupes sur Jaipur. Almandin hésitait à faire de même.

— Tu as trahi le royaume mais tu t'es aussi rebellé contre Mylès, dit-il à l'espion après quelques secondes de réflexion. Tu sais ce qui t'attend ?

— Un procès pour haute trahison, répondit Liam. Peut-être la mort. Je ne savais pas ce que je faisais. Je l'ai compris en voyant le mal que le Seigneur Mylès a pu commettre. Je tenais à vous remettre ce message. J'ai beaucoup à me faire pardonner.

— As-tu une famille ?

— Oui. Je ne l'ai pas vue depuis des semaines.

— Et si nous te laissons partir, que feras-tu ?

— Je vous servirai jusqu'à la mort pour m'acquitter de ma dette.

L'espion se pencha en avant. Il demandait le pardon.

Almandin ne cessait de plier et déplier le message entre ses doigts. Cela l'aidait à penser. Que faire ?

— Et que dirais-tu de t'acquitter de ta dette en nous disant tout ce que tu sais sur le quartier général de Mylès et sur ses habitudes ? proposa-t-il. Tu dois connaître ces lieux par cœur. J'ai besoin d'un plan intérieur et de savoir quand et où Mylès se déplace.

— Je peux tout vous expliquer.

Dans ce cas, ils seraient en mesure de lancer une attaque éclair. Sans troupes. Uniquement avec des fantômes et leurs meilleurs combattants.

— Fournis-nous un plan et livre-nous toutes les informations que tu as sur ce quartier général. Puis retournes-y et aide-nous à y entrer demain. Ensuite, tu seras libre.

— Demain ? reprirent en cœur l'espion et Adel.

— Oui. Demain. Je vais trouver un moyen de faire sortir Mylès de sa tanière. J'ai juste besoin de savoir exactement quand il sera parti. Nous attendrons le signal sur la colline, face au quartier général.

— J'allumerai un brasero, dit Liam.

— Très bonne idée.

— Et comment tu comptes t'y prendre encore une fois ? demanda Adel, un sourcil relevé.

Almandin leva le message devant ses yeux.

— Je sais maintenant à quoi sert l'incantation de la bibliothèque…

40

MANIPULATION

La Princesse Satya restait enfermée dans l'ancien appartement qu'occupait sa mère du temps où elle était Reine. Le balcon lui avait donné l'opportunité de ne rien manquer des derniers événements : la mise en liberté des spectres, la venue de Mylès, la cérémonie organisée en l'honneur de la Reine Mehiel décédée. Après tout, elle n'avait rien d'autre à faire que d'épier. De cette vue imprenable sur la cité d'Esiah, rien ne pouvait lui échapper. C'était d'ailleurs la raison pour laquelle Mylès l'avait abandonnée ici.

Personne n'était venu la voir depuis son emprisonnement. Tout le monde se désintéressait d'elle, y compris sa propre famille. Mais un garde se présenta soudain à sa porte et l'emmena à Garak où elle était mandée par le Roi.

La belle Satya relevait toujours le front, fière, insolente. C'était sa manière d'être et de se protéger. Cependant, même si elle se montrait d'ordinaire sûre d'elle et provocante, elle craignait cette entrevue car le Roi ne l'avait sûrement pas convoquée pour échanger sur des futilités. Il l'avait déjà interrogée. Il ne lui restait plus qu'à trancher sur son sort. Les événements passés n'avaient fait que retarder l'échéance.

Apparemment, le Roi avait déjà convié ses plus proches conseillers, amis et membres de la famille royale. Ils s'étaient tous rassemblés dans la bibliothèque du palais de Garak, le lieu où ils élaboraient d'habitude leur stratégie. À croire qu'ils préparaient une nouvelle expédition.

La belle Satya attendit devant la porte qu'on lui somme d'entrer. Gamerron arriva après elle, la nargua d'un mauvais œil avant de pénétrer dans la bibliothèque sans y être invité. Il était attendu.

Le dirigeant referma la porte derrière lui mais celle-ci ne se claqua pas totalement ; elle resta entrouverte.

Alors que le garde accompagnant Satya regardait en direction du jardin intérieur, la belle tendit l'oreille vers la porte. C'était une aubaine.

— J'ai de nouvelles informations ! lança Gamerron.

Il y eut un silence. Le dirigeant devait faire tourner un message autour de la table.

— La couronne d'Angleterre ? s'exclama un homme.

Satya reconnut la voix de son frère.

— Oui, la couronne d'Angleterre, dit le Roi. Elle est constituée de joyaux semblables aux pierres sacrées. Elle rappelle la lignée des Rois. Les pierres doivent forcément se trouver là.

Nouveau silence.

Puis la porte fut ouverte à la volée, brutalement. Satya sursauta.

Almandin passa sa tête à l'extérieur et la jugea sévèrement :

— Que fais-tu ici ?

— N'as-tu pas exigé ma présence, mon oncle ? questionna la belle en papillonnant des cils.

— Si, mais je ne t'ai pas permis d'écouter.

— Qu'aurais-je pu écouter, mon oncle ?

Elle feint parfaitement l'innocence. Le mensonge restait l'une de ses armes favorites.

— Attends donc à l'extérieur. Nous n'en avons pas pour longtemps.

Puis il referma la porte.

Satya inspira lentement et passa une main dans ses cheveux, fière d'avoir su aussi bien mentir. En rentrant à Esiah, elle ne manquerait pas de tenir informé Mylès de ce qu'elle venait d'apprendre. D'ici là, elle patienta longuement devant la porte jusqu'à ce que la réunion prenne fin.

La plupart des convives ressortirent une heure plus tard, entre autres le nouveau Conseiller Séraphin, les dirigeants de Gaïa, de l'Haoma et de l'Astreïa, puis le dénommé Kadek et l'Illustre Hemett, membres du Grand Conseil élargi. Leur visage semblait saisi par le doute. Le plus vieux se frotta la barbe quand il croisa Satya. Le second rouspéta quelque peu avant de s'éloigner. La réunion n'avait pas dû se dérouler comme ils le souhaitaient.

Quand Adel et Anjali sortirent à leur tour de la bibliothèque, ils ignorèrent totalement la Princesse. La belle Satya, imbue d'elle-même, vexée par cet affront, émit un rire nerveux qui ne dura pas longtemps.

Pyrrhos attrapa sa fille par le bras et la traîna brutalement à l'intérieur de la bibliothèque. La porte claqua avec violence derrière elle.

Satya s'épousseta et redressa la tête. Il n'y avait plus que le Roi, sa mère, son père et son frère dans cette pièce. Ils allaient maintenant régler leurs comptes.

Almandin attrapa des fléchettes et les fit rouler entre ses doigts. Puis il s'affala sur un siège et lui en lança une. La pointe effleura la joue de Satya avant de se loger dans la porte. La Princesse se figea, blême.

Le Roi se mit à jouer avec une autre fléchette tout en la fixant avec mépris.

— Maintenant que j'ai obtenu toute ton attention, je veux avoir une réponse. La dernière fois que nous nous sommes vus, tu as refusé de nous dire où se trouve le quartier général de Mylès. Parle. Tu as deux minutes.

Satya se refusait à répondre.

Pyrrhos la poussa dans le dos :

— Nous t'avons posé une question, petite peste…

— Pourquoi m'avez-vous fait venir ici ? bafouilla-t-elle.

— Parce que je compte bien détruire ce cher Mylès, répondit Almandin.

Il lui envoya une seconde fléchette. Au moment où elle le vit lever le bras, Satya ferma les yeux.

Le temps s'arrêta un instant. Ses oreilles sifflèrent au passage de la flèche. L'espace de quelques secondes, elle crut qu'elle était morte. La peur faillit tout bonnement arrêter son cœur.

— Je ne vous aiderai pas ! cria-t-elle ensuite en rouvrant les yeux.

Almandin se tenait debout, devant elle. Elle sursauta de surprise. Comment avait-il eu le temps de se déplacer jusque-là pendant que ses paupières étaient closes ?

— Si tu ne nous aides pas, tu ne nous es d'aucune utilité, lui dit-il.

La Princesse déglutit. Non, il ne pouvait pas la tuer. Il aurait trahi toutes ses valeurs s'il en venait à prendre sa vie.

— Alors renvoyez-moi auprès de Mylès, suggéra-t-elle.

— Je pense que c'est ce que nous allons faire, dit son père. Ainsi, tu périras avec lui.

— Encore faudrait-il que vous sachiez où il se trouve, dit Satya.

— Nous interrogerons un de ses espions, rétorqua Veland.

— Ils sont plus malins que vous. Ils ne vous diront rien.

— C'est ce que nous verrons.

Almandin se tourna vers Pyrrhos :

— Ramène-la donc à sa chambre. Qu'elle y reste enfermée. Nous la jetterons dans le désert après avoir trouvé la pierre.

Satya se moqua de lui.

— Tu ne ferais jamais ça, réagit-elle avec un sourire malicieux. Tu ne sais pas mentir.

— J'ai perdu mon cœur en même temps que ma femme, lui répondit Almandin d'un ton glacial. J'en suis tout à fait capable.

Il plissa les yeux et pencha sa tête sur le côté, jouant à

nouveau avec la pointe d'une fléchette. Son regard était celui d'un chasseur attendant le bon moment pour abattre sa proie. Satya ne l'aurait jamais cru capable d'une telle ignominie. Son oncle était plutôt connu pour son sens du sacrifice et pour sa morale sans faille.

— Elohim ne te pardonnera jamais, dit Satya.

— C'est moi qui l'ai décidé, reprit Pyrrhos. Je suis déjà damné. Je ne crains plus rien.

La Princesse n'en revint pas de ces propos :

— Tu oserais tuer ta propre fille ?!

— Tu es déjà morte à mes yeux.

Satya ne sut quoi répondre. Quelques heures plus tôt, elle lui aurait ri au nez. Cependant, son père semblait désormais très sérieux. Son oncle aussi. Allait-elle être jetée au milieu d'un désert humain sans une seule chance de survie ?

Restée silencieuse jusqu'ici, Anya lui porta un regard faussement compatissant :

— Adieu, ma fille, dit-elle avant de se détourner d'elle.

Aussitôt, Pyrrhos tordit le bras de sa fille et l'expulsa de la bibliothèque. La Princesse s'étala de tout son poids sur le sol. Pas le temps de se relever que la porte se refermait devant ses yeux écarquillés. La sentence était tombée en une poignée de secondes.

Une paire de chaussures apparut face à son visage défait.

— Relevez-vous et suivez-moi, demanda un garde.

Ses mains étaient écorchées. Ses genoux aussi. Son père l'avait envoyée valdinguer de toutes ses forces.

En se relevant, la Princesse jura qu'elle finirait par les exterminer tous. Tous autant qu'ils étaient. Elle se vengerait.

Il ne lui restait plus qu'une chose à faire pour survivre : vendre ses précieuses informations à Mylès contre sa libération.

Couverte d'ecchymoses, elle regagna sa résidence à Esiah et élabora un plan. Elle entreprit de coucher sur le papier les quelques renseignements obtenus sur la dernière pierre sacrée, retourna sa bague, brûla la cire d'une bougie et apposa son sceau sur le message. Puis elle le glissa dans un tube, se pressa d'aller sur le balcon, attira un phœnix de quelques claquements de langue et fixa à sa patte la capsule.

Enfin, elle lâcha l'animal dans les airs, espérant que Mylès envoie bientôt ses mercenaires la secourir.

En ressortant du balcon, elle s'arrêta devant son reflet, dans la vitre le séparant du salon. Son front portait une trace. Elle tenta de l'effacer en y passant un doigt, sans succès. Paniquée, elle rejoignit le salon, s'assit devant une coiffeuse et inspecta de plus près l'horrible dessin occupant son front. Elle portait désormais la marque des sorcières : le pentacle de sang.

41

DUPÉ

Le phœnix lâché par la Princesse Satya descendit à pic vers la cité d'Esiah, s'engouffra dans les ruelles, passa devant quelques spectres suivis de bourreaux aux aguets, puis stoppa sa course près d'une petite maison bordant la Tour des Supplices.

Un homme au visage camouflé le réceptionna sur son bras gauche et décrocha la capsule portant le message de la Princesse Satya à sa patte. C'est alors qu'il sentit comme une aiguille lui piquer l'omoplate. Le phœnix s'ébranla en même temps que son maître et prit rapidement la fuite dans un battement d'ailes.

Surpris, le soldat tenta d'atteindre la zone impactée de sa main encore libre pour voir ce qui l'avait touché. N'y parvenant pas, il tira largement sur le tissu recouvrant son torse et regarda à terre si quelque chose tombait. Rien.

Un de ses confrères encagoulés le poussa subitement contre un mur dans la pénombre.

— Incapable ! pesta ce dernier tout bas.

Sa voix était plutôt aiguë.

— Qui êtes-vous ? s'étonna le soldat.

— Je suis le Seigneur Pim, espion engagé dans les troupes du Roi Lucifel au service du Seigneur Mylès, dit son confrère à travers le tissu ceinturant son masque.

— Pim le Pourfendeur ?

L'autre hocha la tête :

— Je n'ai jamais demandé à être appelé ainsi mais c'est bien moi. Vous avez été suivi. Ils seront bientôt là. Nous devons partir.

— Mais... j'ai un message de la plus haute importance à transmettre au Seigneur Mylès...

— Je suppose qu'il s'agit d'un message de la princesse Satya.

Le soldat acquiesça d'un mouvement du menton.

Pim rapprocha sa bouche de son oreille :

— L'un des gardes du Roi Lucifel a inséré un mouchard sous votre peau. N'avez-vous pas senti la piqûre ?

— Si...

— Un de nos Guérisseurs saura vous le retirer. Cependant, le Roi Lucifel a rassemblé ses meilleurs combattants et les a chargés de surveiller la chambre de la Princesse Satya. Il espère suivre les traces de l'espion resté en contact avec la Princesse pour savoir où se trouve le quartier général du Seigneur Mylès. Si vous désirez servir notre cause, vous devez mener les hommes du Roi Lucifel dans un autre quartier abandonné.

— Qui se chargera de remettre le message de la Princesse au Seigneur Mylès si je ne me rends pas au quartier de San Diego ?

— Le Seigneur Mylès ne se trouve plus à Calcutta ?

— Non. Il a décidé de changer de quartier après son retour du royaume. Plusieurs d'entre nous ont été capturés au quartier de Calcutta par l'armée du Roi. Qu'avez-vous fait ces derniers jours pour ne pas être au courant ?

— Je me suis rapproché du Roi Lucifel afin de rapporter des informations capitales au Seigneur Mylès. Je porterai moi-même le message de la Princesse au Seigneur Mylès. Qu'Elohim me brûle dans les flammes de l'Haoma si je n'y parviens pas.

Pim prêta serment en posant un poing à hauteur de son cœur. Comme tout Siahnnas manquant à sa parole signait souvent son arrêt de mort, le soldat lui accorda sa confiance, ouvrit le poing et lui tendit la capsule contenant le message de Satya.

— Le quartier se trouve au troisième passage nord de

San Diego. Montrez-leur le sceau de la Princesse en arrivant. Soyez prudent. La vie de la Princesse en dépend.

Une fois le message remis, le soldat fit un pas de côté et courut dans la rue jusqu'à disparaître de la vue de Pim. Des gardes royaux partirent à ses trousses en passant par les toitures.

Se faisant discret, Pim longea les murs pour rejoindre une voie sans issue. Là, il ouvrit une porte de lumière vers le Monde des Mortels et s'y engouffra.

Après être passé par le Brésil, qui lui servit de point de passage, il débarqua à l'intérieur de l'entrepôt dans lequel l'ancien Conseiller avait établi son bastion.

Une cohorte d'hommes montait la garde du passage. À peine la porte franchie, Pim leva en l'air le message de la Princesse, mettant en évidence son sceau. Ce geste calma la poignée de soldats. Les épées furent rengainées. L'un d'eux le menaça tout de même d'un javelot.

— Qui êtes-vous ? Dévoilez votre visage ! ordonna-t-il.

Pim abaissa sa capuche et dégagea ses lèvres.

— Je suis le Seigneur Pim. Je viens porter au Seigneur Mylès un message de la plus haute importance provenant de la Princesse Satya.

Du menton, le soldat intima l'ordre à l'un de ses collègues d'aller quérir les instructions. Un instant plus tard, Pim fut conduit dans le salon de Mylès.

Pim dérangeait sans doute une discussion car Dame Philea et Milo se trouvaient aussi dans la pièce. D'ailleurs, les yeux du guerrier s'écarquillèrent à son arrivée :

— Pim ? s'étonna Milo. Mais que fais-tu ici ?

L'espion à la voix nasillarde se contenta de se racler la gorge.

Puis il se mit à genoux, courba le dos devant Mylès et lui tendit le message.

Le Conseiller attrapa le pli et en prit connaissance.

— Du temps du Roi Pyrrhos, vous teniez un bastion

à la frontière entre les comtés de Garak et d'Esiah, non loin de la source de la rivière Anxalas, se rappela-t-il.

— Tout à fait, Seigneur Mylès.

— La Princesse devait remettre ce message à l'un de nos soldats, connu sous le nom de Théodose. Que lui est-il arrivé ?

— Les moindres agissements de la Princesse Satya sont surveillés. Le Roi Lucifel savait qu'elle essaierait de communiquer avec vous en utilisant les phœnix, comme le faisait sa mère avant la réunification du royaume pour donner des informations tactiques à l'Edenrah. Le soldat Théodose a reçu une aiguille moucharde. Je lui ai demandé de ne pas se présenter à vous afin d'éviter une incursion des troupes royales dans ce quartier.

— Traître ! lâcha subitement Milo, sourcils froncés. Je pensais que nous pouvions te faire confiance. Depuis combien de temps trahis-tu la couronne ?

Pim releva quelque peu le menton en direction du guerrier. À cet instant, une goutte de sueur perla le long de son front. Gêné, il détourna son regard vers le sol, ne formulant aucune réponse.

Milo fulminait. Mylès semblait quant à lui apprécier la situation :

— Je suis étonné par les connaissances précises dont vous disposez sur le comportement de la Reine Anya du temps du Roi Pyrrhos, dit-il, non sans arrière-pensée.

— J'ai servi le Roi Pyrrhos avec loyauté jusqu'à ce qu'il perde l'esprit, rétorqua Pim. Ses gardes ont beaucoup parlé sur ses sautes d'humeur et sur le comportement répréhensible de la Reine Anya. Ils ont raconté qu'elle avait été enfermée dans ses appartements privés après avoir été accusée de haute trahison. Les rumeurs ont circulé parmi les troupes.

Puis ses lèvres s'étirent en un sourire risible :

— Pour tout vous avouer, je suis friand de romans à l'eau de rose et cette histoire m'avait passionné.

Pim se racla encore la gorge et agita sa tête de droite à gauche.

— Je suis fidèle à notre cause, finit-il par dire d'une traite.

Le Conseiller s'approcha de lui et plia légèrement les genoux pour attraper entre ses doigts l'amulette pendant à son cou. Elle conjurait les mauvais sorts.

— Vous êtes sensible aux sortilèges, remarqua-t-il.

— La sorcière Philea a très bonne réputation dans le domaine, répondit Pim en observant d'un seul œil la vieille femme.

Il l'avait bien entendu reconnue car il était l'un de ses meilleurs clients à l'époque où elle vivait encore au royaume.

— En effet.

Le Conseiller relâcha le bijou. Il maîtrisait parfaitement les techniques d'intimidation. Pim s'essuya même le front à l'aide de sa manche.

— Avez-vous lu le message de la Princesse ? demanda Mylès.

— Non. Je sais seulement que la Princesse Satya court un grave danger.

— Qu'avez-vous appris sur les plans du Roi Lucifel ?

— Il enseigne à certains de ses meilleurs soldats des incantations interdites.

Milo ne put réprimer un petit rictus d'énervement.

— Quoi d'autre ? poursuivit le Conseiller sans le relever.

— Des gardes proches du Seigneur Milo m'ont révélé qu'ils s'apprêtaient à se rendre en Angleterre pour y retrouver un objet, avoua Pim.

— Savez-vous lequel ?

— Non. Mais je suppose qu'il doit s'agir des pierres sacrées. Le Roi Lucifel a avoué leur existence aux Siahnnas. Il a d'ailleurs juré sur sa vie et devant Elohim qu'il les retrouverait. Dans tous les cas, le Roi comptait se rendre à la tour de Londres.

— Sans doute pense-t-il que les dernières pierres se trouvent sur les bijoux de la Couronne. Avez-vous d'autres informations à me donner que vous jugeriez importantes ?

— Aucune autre, Seigneur Mylès.

Dame Philea laissa pendre devant les yeux de Pim une chaînette. Elle portait un pendentif en forme de pentacle.

— Nous vous remercions pour votre aide précieuse. Ce talisman ne vous protégera pas. Il vous fera devenir plus fort.

Pim attrapa la chaîne et cilla :

— Dans quel but ?

— Pour m'accompagner en Angleterre, déclara Mylès.

Le cou de Pim s'allongea d'un seul coup. Son visage devint blanc comme un linge. Il avança de quelques centimètres sur ses genoux, le regard en détresse.

— Je ne suis pas un homme de combat, Seigneur Mylès, se défendit-il. Je suis un espion.

— Un espion reste avant tout un combattant. Je suis persuadé que vous serez très utile sur le terrain.

Sur ces mots, le Conseiller appela son chef d'armée, lequel entra dans le salon une minute plus tard.

— Convoquez le Maître Raïken et rassemblez l'armée, lui dit-il. Il est important que la Princesse Satya soit ramenée ici saine et sauve. Je ne pourrai pas me déplacer au royaume. C'est pourquoi je vous ordonne d'aller la chercher en mobilisant nos espions restés dans les rangs du Roi Lucifel. Prenez garde. Ne sous-estimez pas la puissance de la famille royale. Ils savent sûrement que nous allons venir.

— À vos ordres, Seigneur Mylès.

Le chef d'armée courba l'échine.

Enfin, le Conseiller observa Milo dans les yeux avant d'ajouter :

— Et prévenez le Seigneur Udak de mon arrivée prochaine dans la cité mère. Ses troupes devront gagner la porte Est d'ici l'extinction de la voûte. Les soldats m'y attendront. Sous aucun prétexte un membre de la famille royale ne doit passer la porte menant à l'Haoma.

La course à la dernière pierre sacrée était lancée. Et Mylès comptait bien s'en emparer le premier.

42

LA TOUR DE LONDRES

Ayant rompu son pacte avec Jason, le Maître Raïken avait quitté le Royaume d'Odéon pour vivre dans le Monde des Mortels.

Mylès ne l'avait pas invité à le rejoindre dans son quartier général. Éduins et Siahnnas ne faisaient pas bon ménage, les uns se nourrissant des peurs, les autres s'alimentant d'amour. Le Maître avait donc décidé de s'expatrier sur une terre plus remplie d'amour que de peur, sur une île, au large du continent américain.

Mylès lui avait donné rendez-vous sur les quais de la Tamise, face à l'entrée de l'ancienne prison. Il n'avait pas perdu une minute. Si Almandin devait y venir de nuit, il allait tenter sa chance de jour. Cependant, le temps n'était pas de son côté et le soleil londonien allait bientôt se coucher. Il fallait faire vite et obtenir la dernière pierre avant le Roi.

C'est avec quelques-uns de ses alliés éduins que le Maître débarqua donc non loin de la tour de Londres. En arrivant, il loucha sur Milo. Il y avait en effet de quoi être surpris de sa présence.

— Nous avons un pacte, expliqua Mylès pour Raïken. Voilà pourquoi Milo est ici.

Le regard du Maître se reporta ensuite sur Pim. L'espion les avait accompagnés en dépit de toutes ses protestations.

D'autres combattants Siahnnas attendaient en arrière. Mylès avait prévu une rencontre avec les troupes du Roi et Almandin lui-même. Pour l'heure, aucune trace d'eux.

Apparemment, Mylès était arrivé avant, à sa grande satisfaction.

— Ne perdons pas de temps, lui dit Raïken sur un ton condescendant.

Mylès ignora son insolence et ouvrit la marche.

Il se serait bien passé des services de Raïken mais il avait besoin de lui pour gagner l'Eden. En effet, les deux coffres sacrés, celui d'Esiah et celui d'Odéon, devaient être ouverts en même temps pour parvenir à franchir la porte menant à l'univers du créateur, Elohim.

Le créateur avait été malin sur ce coup car cela imposait aux deux Royaumes des Morts de s'allier ou de trouver un terrain d'entente. Mylès avait choisi la tolérance. Mais au fond, Milo était certain qu'il aurait trahi le Maître s'il n'avait été d'aucune utilité.

C'est donc ensemble qu'ils entrèrent dans l'ancienne prison. À cette heure, les touristes avaient déserté les environs. Certains se promenaient juste près de la Tamise mais le musée était clos.

Les locaux faisaient l'objet d'une étroite surveillance car ils abritaient les bijoux de la Couronne. Ceux-ci étaient conservés derrière des vitres blindées qu'ils auraient à briser pour récupérer les précieuses gemmes.

Dès qu'ils passèrent les premières portes, une alarme se déclencha et l'éclairage s'alluma. Même s'ils savaient créer des illusions et manipuler l'esprit des hommes, ils maîtrisaient beaucoup moins leur technologie, quasiment inexploitée dans leur royaume.

Ce n'était rien pour eux. Ils restaient invisibles aux yeux des humains. Puis ils étaient capables de détruire n'importe quel mur, de franchir n'importe quelle porte ou vitre grâce aux pouvoir des Éduins. C'était d'une simplicité enfantine.

Cependant, lorsque l'alarme se tut subitement au bout de trente secondes, et qu'ils replongèrent dans le noir, Mylès se méfia. Ce n'était pas normal car aucun mortel n'était venu vérifier ce qu'il se passait. Et soudain, il y eut du bruit, comme celui d'une petite troupe courant dans les couloirs. Leurs pas lourds résonnèrent entre les murs épais et tout s'arrêta net. L'éclatement d'une vitre retentit. Mylès accéléra, conscient qu'il pouvait perdre la pierre à n'importe quel instant.

Dans la salle suivante, dès l'entrée il aperçut le Roi. Derrière le masque, c'était lui : sa chevelure châtaine visible à l'arrière sur sa nuque et ses yeux verts brillant comme de véritables joyaux.

Il venait d'arracher deux pierres d'une couronne. Il les insérait dans une bourse. Et une porte de lumière était déjà ouverte sur le royaume pour permettre son retour.

Excédé d'avoir une nouvelle fois perdu les pierres sacrées, ignorant le danger, Raïken commit l'erreur d'avancer dans la salle. Ce fut le début d'un long combat.

Les épées furent tirées de leur fourreau, les boucliers placés en protection. Almandin s'entailla la paume de la main et récita une incantation. Des mercenaires s'attaquèrent à ses gardes. Les Éduins aidaient leurs alliés en appelant les esprits du vent et de la terre.

Faisant preuve de bonne foi, Pim se jeta lui aussi dans la mêlée contre les hommes du Roi. Il se battit jusqu'à ce que l'un d'eux le jette à terre et l'assomme. Le Maître Raïken, très peu habile au maniement d'armes, se réfugia dans un coin de la pièce le temps que ses alliés Siahnnas règlent l'affaire. Milo, quant à lui, ne bougea pas d'un pouce. Ne pas prendre parti en évitant le combat était ce qu'il pouvait faire de mieux.

À ses côtés, Mylès évaluait la situation. En dehors du Roi, aucun ne portait le masque. Il repéra Myron, l'ancien chef de la garde royale de Pyrrhos. Il y avait aussi Samael, le fils de Séraphin. Aucune trace de Pyrrhos, ni de son fils ou de son père, ni d'Anjali d'ailleurs... Pour un tel enjeu, ils auraient dû être là. D'autres brillaient aussi par leur absence : Jason et son fils, Nolan.

Le bracelet sacré se mit à briller autour du poignet de Mylès. Il s'était décidé à mettre un terme à cette agitation. Almandin arrivait bientôt à son niveau, faisant feu de tout bois de tous ses ennemis. Et malgré la force que lui procurait l'incantation interdite lancée, le Roi s'effondra au même titre que les autres. Là encore, Milo resta de marbre.

Le Roi contenait ses cris, comme emprisonnés derrière ses mâchoires serrées. Son masque en étouffait le son. Mais soudain, l'ancien Conseiller fut pris d'un doute. La voix du Roi était d'ordinaire bien plus grave que celle-ci. Il la connaissait bien et d'ailleurs, ne l'avait-il pas déjà entendu gémir au moment où il lui avait coupé la main ?

— N'oubliez pas notre pacte, lui lança Milo en s'apercevant qu'il avait compris ce qui se tramait.

Mylès décida de vérifier par lui-même l'identité du porteur de masque. D'un pied, il renversa le Roi en proie aux hallucinations, le coucha sur le dos puis ôta le morceau de porcelaine lui recouvrant le visage.

Ce n'était pas le Roi. Il avait les traits plus fins, plus clairs et des cheveux blonds comme les blés dépassaient au niveau de sa frange. Il s'agissait de Séraphin.

L'ancien chef de la garde d'Adel avait joué maintes et maintes fois la doublure d'Almandin lorsqu'il n'était encore que Prince. Il avait fait illusion jusqu'ici.

Milo ne sut pas exactement ce que Mylès ressentit au moment même où il comprit avoir été dupé de la sorte. Mais il vit son terrible regard. Ses yeux bleus se chargèrent de rage. Puis il ne bougea plus comme si le temps venait de se figer. On aurait dit qu'il tentait de visualiser quelque chose dans son esprit. Mais quoi ?

Dans les secondes qui suivirent, Mylès quitta les lieux en ouvrant une porte de lumière. Il ne s'était préoccupé de personne, pas même de Raïken, resté à l'abri derrière une vitrine. Avait-il compris que la véritable offensive était menée à son quartier général en son absence ? Que la famille royale s'y était rendue pour lui reprendre le fabuleux calice ?

Essoufflé, éreinté, allongé sur le sol, Séraphin demanda par la pensée à Milo de rejoindre le groupe parti à San Diego. La vie du Roi et de sa famille en dépendait.

Sans perdre un instant, le guerrier suivit le chemin de Mylès, espérant arriver avant qu'ils ne s'affrontent.

43

TRAHIR OU MOURIR

À San Diego, Adel, ses deux fils, Veland et Anjali attendaient le feu vert de l'espion nommé Liam. Ils s'étaient cachés derrière des containers. Almandin ne voyait rien mais était déjà concentré sur sa mission du jour : infiltrer le quartier général de Mylès. C'était de loin la plus dangereuse et la plus folle des expéditions qu'il ait décidé de mener. Le vieux Hemett et Kadek avaient d'ailleurs largement insisté pour qu'il change d'avis. Mais il fallait savoir prendre des risques pour gagner car Mylès, lui, ne se privait pas de le faire et cela s'était toujours avéré payant.

Le plan était simple : une équipe se chargeait d'attirer Mylès en Angleterre, une autre l'occupait à la tour de Londres, une troisième devait évincer les mercenaires envoyés au secours de la Princesse Satya. La dernière équipe, c'était eux : la plus puissante, composée essentiellement de membres de la famille royale.

Quelques fantômes les avaient aussi accompagnés. Là encore, Kadek avait complètement désapprouvé. Mais à situation exceptionnelle, réponse exceptionnelle. Transcender les règles était devenu la coutume depuis quelque temps.

— Crois-tu réellement que Pim ait réussi à convaincre Mylès ? demanda Adel à Almandin.

— J'espère surtout que Milo a bien joué la comédie après avoir lu dans l'esprit de Pim. Il doit à tout prix garder Mylès éloigné de son quartier général le plus longtemps possible.

— Espérons que Séraphin et son fils sauront s'en sortir en Angleterre...

— Avions-nous un autre choix ?

Un brasero fut allumé aux abords du camp. Mylès devait avoir quitté le quartier. Le terrain était libre.

— Apparemment, Pim s'est montré convaincant, dit Adel avant de regarder son cadran. Je compte quinze minutes.

— C'est déjà trop, dit Pyrrhos.

— Envoyons les fantômes.

Almandin fit signe à Conall de libérer les spectres. Le fantôme s'était réjoui à l'idée de participer à leur mission. Son rôle était de faire diversion avec son équipe, triée sur le volet. Si les choses tournaient mal, et si le groupe se faisait repérer, nul doute qu'ils sauraient divertir les soldats en allant libérer leurs congénères emprisonnées à l'intérieur.

Avoir les fantômes de leur côté s'avérait très avantageux. Conall n'avait accepté de venir qu'à la seule condition d'être sûr et certain de rentrer au royaume après coup. Leur vie là-bas leur convenait bien plus. Quoi qu'il en soit, Almandin ne les aurait jamais laissés dans le Monde des Mortels à moins de mourir au cours de cette mission. Et il fallait le reconnaître, ils avaient autant de chances d'échouer que de sortir vainqueurs...

Ainsi, Conall ouvrit la porte du container et une vingtaine de spectres en sortirent comme un troupeau de bêtes sauvages. La meute se dispersa dans le camp pour semer la pagaille. Le Roi des âmes partit lui aussi profiter de l'animation. Avec sur le visage une expression carnassière qui annonçait un grand festin.

Les soldats ennemis se mirent à courir derrière eux. S'ils étaient capables de les arrêter en manipulant leur esprit, l'ingéniosité des fantômes et leur intrépidité les rendaient difficiles à attraper. D'autant plus quand les spectres chassaient seuls. Les soldats s'arrachaient déjà les cheveux.

Cette diversion permit au groupe de s'infiltrer plus facilement dans le quartier. L'objectif restait de ne laisser aucun soldat avertir Mylès de leur présence. Ils gagnèrent donc du temps en se faufilant entre ces murs sans faire couler une seule goutte de sang.

Si les soldats avaient acquis la force des Rois, sûrement grâce au sang de Mylès – explication la plus plausible encore à l'étude de Gamerron –, leur force spirituelle demeurait moins puissante que celle d'un membre de la famille royale. Seul Mylès était capable de déjouer la leur. Cela tombait bien, il était occupé sur un autre terrain.

Une bonne partie des soldats avait aussi quitté le quartier pour suivre leur maître sur Londres. Les autres étaient désormais occupés à retrouver les spectres à l'extérieur. À l'intérieur, une petite cohorte surveillait encore une petite plate-forme servant à accueillir les arrivants au point de passage du complexe. C'est tout.

Liam leur avait fourni le plan complet du quartier général. Il s'avérait d'ailleurs très détaillé et juste. Le traître devait vraiment vouloir se racheter. Sans lui, ils ne seraient jamais parvenus à gagner le salon renfermant le calice sacré.

Lorsqu'ils entrèrent dans la pièce, aucun d'eux ne s'attendait à y voir Philea, la mère de Mylès. Elle était assise derrière son bureau et consultait une liasse de papiers.

Sa main cessa de s'agiter et elle leva le front vers la porte. Bien sûr, elle ne devait pas les voir. Chaque membre de la famille royale savait maintenant créer l'illusion en manipulant l'esprit des autres mais cet esprit-là était particulièrement intuitif et habitué aux sortilèges. Il ne fallait pas oublier qu'elle était une Ancienne. Elle venait assurément de sentir leur présence.

Sans perdre de temps, Adel, qui menait le groupe, s'élança dans sa direction. La sorcière se leva brusquement, tira quelque chose d'un tiroir. Au moment où Adel arriva sur elle, elle tendit l'objet à hauteur de son cou.

Pyrrhos s'interposa, la plaqua contre un mur, bloqua le

bras de Philea en l'air avec son coude tout en maintenant fermement son poignet sous son menton.

La sorcière manqua d'air. De sa main retomba une seringue.

— Je ne suis... qu'une vieille femme...

— Assez jeune pour oser nous attaquer et donner à son fils les moyens de renverser la famille royale et de briser l'équilibre, murmura Pyrrhos.

Il arracha l'amulette pendant au cou de Philea.

— Est-ce avec ça que vous déjouez la manipulation psychique ? dit-il avant de jeter à terre le bijou. Est-ce grâce à ça que votre fils a réussi à s'emparer du calice ?

— Mon fils a le droit de régner...

— Un bâtard né hors mariage ? Il est seulement le fruit d'une aventure sans lendemain. Une erreur commise par un jeune Roi, laissé à la merci d'une putain.

— J'étais... sa maîtresse...

Anjali referma la porte du salon. Puis elle commença à le fouiller avec Veland pendant qu'Adel, Almandin et Pyrrhos réglaient leurs comptes avec la sorcière.

— Mon père n'aurait jamais descellé une femme de votre genre pour lui donner un enfant illégitime, assura Adel. Il aurait eu trop peur du jugement d'Elohim. Qui vous a descellée ?

Elle garda le silence.

Pyrrhos appuya plus fortement son bras contre la trachée de Philea. Elle suffoqua.

— Parlez !

Il aurait été prêt à la tuer.

Almandin l'empêcha en posant une main sur le poignet de son frère. Pyrrhos relâcha la pression. Philea s'effondra à terre en se tenant la gorge.

Elle reprit difficilement son souffle et avoua :

— Je l'ai fait.

La vieille sorcière avait décidé de se desceller elle-même pour obtenir du Roi un enfant qu'elle placerait à la tête du royaume. Pour devenir Reine ou marâtre, peut-être même régente.

— Bien sûr…, susurra Pyrrhos en comprenant la situation. Vous l'avez manipulé. Vous vouliez devenir elle. Vous n'avez pas réussi à prendre la place de la Reine. Alors vous avez poussé votre fils à réclamer son héritage. Ce n'était pas assez, de mettre dans votre lit le Roi. Il vous fallait ce qu'il a refusé de vous promettre : les rênes du royaume.

— Je lui ai tout donné… Et lui, que m'a-t-il proposé en retour ?

— Vous lui avez seulement offert un premier fils, raison pour laquelle il a accepté de le prendre en tant que page aux côtés de mon père au palais et de lui enseigner les secrets du royaume, constata Almandin.

— Il ne voulait pas la quitter, reprocha Philea, les traits renfrognés. Elle n'était pourtant que sa promise. J'étais son amour.

Son ton était rempli de jalousie. Sa passion avait dicté sa conduite. De là était né le crime.

— Pensez-vous réellement qu'il vous ait aimée ? demanda Adel.

Elle ne répondit rien. Ses joues et ses lèvres furent prises de spasmes. Elle était à deux doigts d'exploser de rage.

— Vous l'avez trompé, comme Mylès a trompé mon père, comme il m'a trompé, moi qui voyais en lui une figure paternelle, lui murmura Pyrrhos. Vous l'avez bercé d'illusions, en lui révélant de fausses visions. Rien que pour le pouvoir. J'en suis certain. Vous êtes ce genre de femme. Une intrigante. Qui se joue des autres comme on manipule des pantins…

— À la mort de la Reine, il a refusé de s'unir avec moi…

Cette vieille sorcière espérait donc être première dame. Almandin imagina quel complot Mylès aurait organisé à sa place pour obtenir le plus haut rang. Cet homme n'était pas devenu ce qu'il était sans avoir été guidé par sa mère. Elle devait avoir la même manière de penser. Elle était celle qui lui avait appris comment usurper le pouvoir. Philea aurait tout fait pour conquérir le cœur du Roi, comme Mylès avait écarté Adel du trône. Quitte à se débarrasser de la Reine pour s'emparer de la couronne.

Les autres le comprirent aussi en le lisant dans ses yeux, noircis de colère et d'amertume.

— Il a vu en vous le véritable danger..., soupira Pyrrhos comme s'il venait d'avoir une révélation. C'est pour ça que vous n'avez jamais reçu les honneurs, qu'il vous a bannie de la cour pour vous laisser moisir au pied de la Tour des Supplices. Vous avez cherché à le récupérer... Par tous les moyens, n'est-ce pas ?

Elle demeura impassible, son regard sans crainte plongé dans celui de l'ancien Roi. Alors il s'abaissa à son niveau et la menaça d'une dague.

— Qu'avez-vous fait à la Reine ? demanda-t-il, la voix grave.

— Elle a eu ce qu'elle méritait.

— Elle est morte en donnant naissance à mon père ! cria Pyrrhos, ravagé.

— Votre père devait mourir avec elle, susurra l'Ancienne.

Un sourire dédaigneux se profila au coin de ses lèvres craquelées. Elle ne porta aucun regard sur Adel, et pourtant, il était là. Elle l'ignorait parce qu'il n'aurait jamais dû être vivant. Elle désirait sa mort.

— Vous avez assassiné la mère de mon père, murmura Pyrrhos avec aigreur, les yeux écarquillés. Sûrement avec l'un de ces élixirs que vous avez concoctés pendant de nombreuses années dans votre taverne putride. D'ailleurs, n'est-ce pas vous qui avez créé ce virus qui a détruit l'arbre de vie du royaume ?

— Vous l'auriez détruit tôt ou tard.

— Vous avez poussé votre fils à le faire. Il croit que

son père vous a aimée. C'est ce qu'il a dit à votre petit-fils, Milo.

Les manigances et les mensonges de Philea avaient mené à de sombres querelles de famille et à la douleur de tout un peuple. Tous venaient de le comprendre.

— Vous avez manipulé votre fils, lui reprocha Pyrrhos. Vous lui avez menti. Vous avez anéanti notre royaume par orgueil, par jalousie. Je comprends pourquoi mon grand-père vous a rejetée. Vous n'êtes qu'une abominable sorcière, misérable vermine, assoiffée de vengeance comme j'ai pu l'être par votre faute. Tout cela n'aurait jamais dû se produire. Tout cela ne se serait pas passé… Je ne serais jamais devenu aussi méprisable que vous si vous n'aviez pas existé.

Il appuya la pointe de sa dague sous le menton de Philea. Du sang coula sur le cou de la sorcière.

— Michael ! gronda Adel. Nous avons plus important à faire que de juger son cas pour l'instant.

Adel s'avérait être moins impulsif que son fils et d'autant plus réfléchi. Il observa son cadran. Il leur restait trop peu de temps.

Pyrrhos arracha un cri. Il mourait d'envie de la détruire mais dégagea sa lame.

— Ce n'est que partie remise, assura-t-il avant de se relever.

Il fila tout de même un coup de pied dans le ventre de la sorcière. Elle cracha une gerbe de sang. Son temps était bientôt révolu.

De leur côté, Anjali et Veland avaient déjà poussé le bureau de Mylès pour dégager la zone autour du mur marqué d'arabesques. C'est là que se trouvait le calice sacré selon Milo.

Adel inspecta le mur et passa ses doigts sur les marques.

— Es-tu sûr que cela va fonctionner ? demanda-t-il à son fils aîné.

— En tout cas, Satya est la preuve que l'incantation a au moins un effet. Ne perdons pas de temps.

Almandin s'entailla le poignet et laissa perler le sang le long de son épée. Les autres suivirent son exemple.

De la pointe de sa lame ensanglantée, Adel dessina autour de la zone renfermant le calice un pentacle rouge sur le mur. Puis il guida la main d'Almandin pour qu'il fasse de même et lui indiqua l'emplacement d'une pointe du pentacle. C'était plus difficile pour lui car il ne voyait pas les formes ni les objets dans le Monde des Mortels. Quand il eut fini de prendre ses repères, chacun y laissa de son propre sang.

Philea observa leur danse en forme de pentacle. Elle commença à paniquer :

— Vous n'y arriverez pas !

Tous l'ignorèrent, fermèrent les yeux et récitèrent en chœur l'incantation retrouvée dans la bibliothèque de Fandor. Ils s'étaient entraînés pour ne pas commettre d'impair car une seule erreur, une seule minute perdue, et ç'en serait fini d'eux. La belle Satya avait d'ailleurs servi de premier essai…

La dernière étape consistait à planter leur épée couverte de sang dans chaque pointe du pentacle en même temps. À l'instant où leur épée toucha le mur, le pentacle se mit à briller et le sortilège fut brisé. Les arabesques s'estompèrent. Des fentes apparurent au mur. Adel y glissa le tranchant de sa lame et, d'un mouvement du coude, dégagea le pan derrière lequel se trouvait le fabuleux calice sacré.

Oui, ils avaient réussi ! Le calice se trouvait bien là, caché dans le mur. Pas un instant à perdre. Pyrrhos attrapa la coupe pour déposséder Mylès du pouvoir des Rois.

Alors qu'il se préparait à accueillir le bracelet sacré, le groupe fut assailli par une impressionnante force spirituelle. Elle était d'une telle puissance que tous sentirent une insoutenable pression broyer leur esprit. Leur dos se courba. Ils ne tenaient plus debout. Leur corps tomba à genoux. Pyrrhos en lâcha le calice. Le précieux attribut des Rois s'échoua à terre et roula sur deux mètres.

L'ancien Conseiller arrivait à point nommé. Un peu plus et il perdait son plus grand atout : le pouvoir des Rois. Furieux de s'être fait duper de la sorte, il éloigna le calice d'eux d'un coup de pied et continua encore et encore à assommer ses assaillants en usant de toute sa force mentale. La porte était restée ouverte et l'armée allait bientôt arriver.

Par chance, Liam avait vu débouler Mylès, l'avait suivi et avait vu la foudre du Conseiller s'abattre sur le Roi. D'instinct, il referma la porte du salon et se mit à garder l'entrée comme il avait l'habitude de le faire en sa présence. Il ne pouvait rien faire d'autre, à part bloquer les soldats de la Confrérie pour éviter qu'ils ne s'en mêlent et prier pour qu'on leur vienne en aide. Car affaibli par l'incantation qu'ils venaient de lancer à cinq, le Roi et sa famille n'allaient pas résister longtemps. Ils avaient beau lutter, tenter de contrecarrer l'immense pouvoir de Mylès, rien ne parvenait à stopper sa colère. Et la sorcière, toujours assise contre un mur, n'en perdait pas une miette. Ses gloussements sordides s'emmêlaient à ses toussotements. Même proche de la mort, elle continuait à se réjouir de la souffrance des autres.

Finalement, Milo fit irruption dans la pièce au moment où ses compagnons avaient déjà enduré cinq longues minutes de torture.

La vue d'Anjali, accroupie sur le sol subissant la douleur, et celle de sa famille, agenouillée devant Mylès comme des esclaves, avaient arrêté Milo à l'entrée. Il n'était pas question de se laisser mener par les sentiments. Un mot de travers, un mauvais geste, et ils étaient tous morts, y compris lui.

— Nous avons fait un pacte de sang ! cria-t-il.

L'ancien Conseiller n'écoutait rien de lui. Il était dans son monde, prisonnier de sa haine, concentré sur le mal qu'il faisait subir au groupe. Mylès montrait à présent un visage effroyable, digne d'un homme désirant mettre le monde à ses pieds par n'importe quel moyen.

Almandin eut tout juste la force de tourner légèrement sa tête. Et il pensa, aussi fortement qu'il put, à l'attention de Milo :

— *Tu es... fils de Roi.*

Le regard de Milo se reporta sur le calice. Il était là, juste devant lui, à portée de main. Cette vision de lui s'emparant du plus grand attribut des Rois s'était retrouvée dans l'esprit de Philea et dans le reflet du fleuve noir. Était-ce là son destin ?

Pendant que Mylès s'occupait de ses compagnons, Milo ramassa le calice. Il hésita quelques secondes. Une fois qu'il l'aurait fait, il n'y aurait plus de retour en arrière. Mais il n'y avait pas d'autre solution pour sauver ses compagnons. Mylès n'en avait que faire du pacte de sang qu'ils avaient fait ensemble. Il finirait par les tuer s'il n'agissait pas maintenant.

Ainsi, Milo posa la coupe sous son bras et dans la seconde qui suivit, le bracelet rouge se dessina autour de son poignet. Le Conseiller stoppa aussitôt d'assaillir le groupe. Le pouvoir des Rois lui avait échappé. Milo l'avait récupéré. Le guerrier se sentit subitement submergé d'une force insoupçonnée.

Les compagnons purent enfin reprendre leur souffle. Philea, quant à elle, poussa un cri terrible. Sa vision venait de se produire.

Les yeux ténébreux de Mylès se tournèrent vers son fils. Son regard en disait long. Il lui en voulait terriblement mais il ne pouvait plus rien faire contre lui. Le bracelet sacré rendait Milo plus fort que tous les autres Siahnnas. Mylès devait agir stratégiquement pour éviter un échec cuisant. Il avait déjà perdu tous ses avantages.

— Qu'as-tu fait ? lui dit-il plus comme un reproche que comme une question.

— J'ai vérifié la pureté de mon sang.

Milo lui lança le calice. Le Conseiller ne prit même pas

la peine d'essayer de l'attraper au vol. La coupe retomba par terre, près de lui.

— Je vous avais demandé d'arrêter, lui dit Milo. Vous n'écoutiez pas.

— Je t'avais prédit qu'il ne t'apporterait que des malheurs ! beugla la sorcière.

Mylès observa le calice à ses pieds. Que pouvait-il en faire maintenant ? Le bracelet sacré ne pouvait être revêtu qu'une fois. Une unique fois. Il avait perdu sa chance.

Il resta immobile un instant. S'il ne pouvait plus s'emparer du pouvoir des Rois, il pouvait semer le trouble au sein de la famille royale. Et il y avait un vieil adage dont il était adepte : diviser pour mieux régner.

Son pied balança le calice entre les genoux de Pyrrhos. Ce n'était pas un hasard. C'était calculé. D'une part, il empêchait son fils de conserver le pouvoir des Rois. Il ne supportait tout bonnement pas qu'il puisse le détenir et devenir ainsi maître du jeu. Ce sentiment était légitime car le cœur de son fils appartenait à la famille d'Adel. Il le savait. Pire encore, Milo était peut-être bien le véritable élu.

D'autre part, Pyrrhos avait toujours rêvé de porter le bracelet sacré. Durant des années, le calice l'avait obnubilé. Il aurait tout retourné et tué n'importe qui pour le retrouver, pour devenir un Roi légitime, indétrônable. Mylès espérait faire ressurgir cette ambition et retourner Pyrrhos contre son frère et Adel.

Mais Pyrrhos se contenta de rire. Il se mit à rire aux éclats, les ongles plantés dans le dallage. Personne ne pouvait l'arrêter. Il était devenu fou.

Réflexion faite, il repoussa brusquement le calice en l'envoyant valdinguer contre le mur.

— Crois-tu réellement que je vais le prendre ? dit-il fébrilement en relevant le front. Je ne suis plus naïf. J'ai appris de mes échecs... Te voir affronter ton propre fils est plus excitant que de récupérer le bracelet sacré... Il faut croire que nous récoltons ce que nous semons...

Il eut un sourire pernicieux. Il imaginait déjà Mylès perdre la face contre son fils bâtard.

Le plan du Conseiller fut alors déjoué. Avait-il d'autres cartes en main ?

Il n'était pas du genre à s'avouer vaincu. Contre toute attente, il se retourna de nouveau vers son fils :

— Tu dois respecter notre pacte.

— Vous étiez en train de le rompre, répondit subtilement Milo.

Le piège se refermait sur lui. Pour autant, l'ancien Conseiller demeurait impassible.

Milo avait peut-être une chance de lui rendre la raison. Ces deux jours passés dans le quartier général lui avaient permis de glaner de nombreuses informations. Et il y en avait une qui pouvait changer la donne.

— Vous avez cherché à savoir quel était mon pouvoir. Je vais vous le dire, annonça-t-il. Je sais lire dans les pensées. Sauf les vôtres. Je n'y ai pas accès, sûrement à cause de notre lien génétique. J'ai cependant pu m'imprégner des souvenirs de votre mère. Et j'ai ainsi compris ce qui vous avait motivé jusqu'ici.

Le Conseiller l'écouta sans bouger.

— Sybille, dit Milo. Tout est parti d'elle. Vous avez aimé Sybille.

Milo n'attira pas seulement l'intérêt du Conseiller mais aussi celui de sa famille d'adoption. Leurs yeux se braquèrent sur lui car tous savaient qu'il disait la vérité. Qui aurait cru que le Conseiller était capable d'aimer ?

— J'ai une révélation à vous faire, continua Milo. Michael n'est pas celui qui a tué Sybille. C'est votre mère.

Adel hoqueta de surprise.

La vieille sorcière lâcha quelques cris sourds, adossée au mur.

— Non..., siffla-t-elle. Ne l'écoute pas !

— Vous avez commencé à détester votre frère au moment où il s'est uni à Sybille, poursuivit Milo en ignorant la vieille, et il se permit même d'élever la voix.

Vous avez encore plus détesté cette famille quand elle est morte en enfantant. Votre mère savait qu'elle pourrait vous manipuler à sa guise et obtenir le pouvoir si elle vous brisait le cœur. Il suffisait ensuite de rejeter la faute sur ceux qui barraient son chemin vers le sommet. Ainsi, elle s'assurait d'entretenir votre haine contre cette famille.

— Ne le crois pas ! cria Philea. Tout est faux.

Mais Milo insistait encore plus fort :

— Savez-vous comment tout a commencé ? Par jalousie, votre mère a empoisonné celle qui lui portait ombrage, la mère d'Adel. Votre père n'a jamais eu de sentiment pour votre mère. Il est tout bonnement tombé dans ses griffes. Il s'est fait berner. Et quand il a compris à qui il avait affaire, il a eu peur d'elle, peur de ce qu'elle pouvait commettre, peur de ses dons d'Ancienne, peur des forces qu'elle pouvait soulever dans l'ordre des Anciens pour s'accaparer le pouvoir. Votre père a donc scellé tous les livres des Anciens et a mis un terme à leur lignée. Votre mère a été répudiée et n'a jamais passé les portes du palais après votre naissance. Elle a cependant pris soin de vous remettre au Roi pour vous assurer un avenir et obtenir vengeance une fois que vous seriez en âge de prendre la succession de la couronne.

Philea secouait la tête, ébranlée.

Mylès la fixa un instant avec dédain. D'habitude, il ne montrait aucune trace d'émotion.

— Ainsi, vous avez été élevé auprès de votre père et il vous a confié tous les secrets du royaume, au même titre qu'Adel, expliqua son fils. Votre père a sûrement pensé que les fautes commises par votre mère ne devaient pas vous condamner. Après tout, vous n'étiez qu'un enfant. Mais après la mort du Roi, quand votre mère a senti que le moment était venu de vous remettre la couronne, elle est passée de nouveau à l'acte. Vers la fin de la grossesse de Sybille, votre mère s'est assurée d'insérer dans son tonique des feuilles de sauge. À petites doses, cette plante n'a pas d'effet. Mais quelques grammes de plus et cela provoque des vertiges, des bouffées de chaleur, et parfois, un arrêt du cœur.

— Elle est morte ainsi..., reconnut Adel, les yeux perdus dans le vague.

Il se rappelait de tout, de ce maudit instant où sa femme était morte en couches. Ces quelques secondes l'avaient plongé dans la mélancolie de nombreuses années.

Mylès observa sa réaction, et quand Adel dévisagea Philea, qu'il la jugea avec mépris et dégoût, son propre visage se couvrit de haine et de rancœur pour sa mère. Ces mots avaient réussi à percer son cœur. Ses sentiments éclataient au grand jour.

Milo leva son poignet à hauteur de ses épaules :

— Si je le voulais, je pourrais vous anéantir maintenant en faisant simplement briller ce bracelet. Je pourrais aussi fermer la bouche de votre mère en un claquement de doigts. Mais je la laisserai parler. Elle se complaît dans ses mensonges. Votre mère est celle qui nous a plongés dans le chaos.

Philea ne trouva rien à dire pour sa défense. Mylès resta muet tout le long.

Milo lui offrit donc une dernière chance de tout faire basculer et de se racheter :

— Vous avez vu mon regard sur vous changer. Il a changé au moment où j'ai pris conscience que cette histoire relevait uniquement de l'orgueil mal placé d'une femme bafouée et repoussée par un Roi. Vous avez encore le choix : poursuivre son projet insensé ou accepter de vous être trompé.

— Ne le crois pas..., balbutia la vieille en portant une main sur son cœur. Je n'ai rien fait de tout cela.

Ces paroles durent agir comme un poignard car Mylès ne décrocha pas un mot. Il en subissait le poids.

Il lui fallut près d'une minute pour décider ce qu'il allait faire entre croire son fils ou sa mère, entre accepter de se rendre ou poursuivre la guerre qui l'opposait à son frère et toute sa descendance.

— Nous nous reverrons bientôt, sois-en sûr, dit-il à l'attention de Milo.

Il n'avait pas digéré les mots et avait choisi la fuite. Il ouvrit un vortex.

Comprenant qu'il allait l'abandonner à l'ennemi, sa mère commença à ramper sur le dallage :

— Ne me laisse pas..., supplia-t-elle en employant ses dernières forces pour rejoindre son fils.

Cependant, il traversa le passage sans un regard en arrière, sans un seul mot pour elle. Mylès disparut devant ses yeux éplorés. Il la condamnait à mort.

La vieille sorcière se mit à gémir, à moitié couchée sur le sol, une main tendue vers la porte de lumière qui venait de s'effacer. On n'entendit plus que sa complainte éraillée.

Pyrrhos avait voulu la tuer bien avant de savoir qu'elle avait empoisonné sa mère, Sybille. Maintenant, rien ne pourrait plus l'arrêter.

Ses chaussures dérapèrent sur le sol quand il voulut se relever. Il se jeta sur la sorcière, attrapa d'une main son col, de l'autre son bâton, transformé en épée. Sa main trembla au moment où il s'apprêtait à lui porter le coup fatal. De toute façon, il avait déjà tué. Il finirait parmi les âmes damnées.

Personne ne broncha. Pas même Veland, ni Anjali. Pas même Adel et son frère. Tous le laissèrent faire en détournant les yeux. C'était une manière comme une autre d'approuver sa mort.

Puis la vieille femme sentit son cœur s'arrêter. Elle avait trop enduré. Le destin l'envoyait à la mort avant même que Pyrrhos ne l'achève.

— Mon... Mon fils..., dit-elle dans un dernier soupir.

Son corps frémit un instant. Et ses yeux restèrent ouverts dans le vide. Elle était morte, emportée par le fruit de ses crimes.

Pyrrhos relâcha ses nerfs, abaissa son arme et laissa retomber le corps de Philea devant ses genoux.

— Calista se trouve dans ce quartier, lui indiqua Milo. Va la chercher. Nous devons partir avant que Mylès ne décide de revenir.

Ils avaient remporté leur première victoire. Et quelle victoire ! En une expédition, Mylès se retrouvait démuni et affaibli comme jamais il ne l'avait été. Cela ne leur offrait pas pour autant l'assurance d'ouvrir le coffre sacré. Mylès ne s'était pas rendu. Il poursuivrait seul son dessein. Almandin en était sûr : leur chemin allait bientôt se croiser à nouveau.

44

LE PUZZLE

Conall avait réussi à récupérer sa meute de fantômes lâchée dans le Monde des Mortels. Séraphin et son fils étaient revenus saufs d'Angleterre avec Pim. L'espion s'était d'ailleurs vu remettre un millier de romans en remerciement de ses loyaux services.

Katell et ses hommes avaient réussi à déjouer les mercenaires venus délivrer Satya. La Princesse, enfermée dans ses appartements, croyait encore que sa fin était proche. Bien entendu, Almandin ne l'enverrait pas dans le désert. En la menaçant, il l'avait seulement obligée à prendre contact avec Mylès pour créer une diversion. Tout cela faisait partie de sa stratégie.

Cependant, bien qu'ils aient repris l'avantage, le retour au royaume après cette écrasante victoire sur Mylès n'avait donné lieu à aucune festivité. Adel, Pyrrhos et Almandin n'avaient goût de rien. La vérité sur le passé de la famille royale avait enfin éclaté. Et la réalité restait dure à encaisser. Une seule femme, une maudite femme, avait ruiné leur existence. Sa mort n'avait pas apaisé leur souffrance.

Pyrrhos était de loin le plus heureux des trois, ce qui était rare. Il venait de retrouver Calista. Durant des mois, elle avait été maintenue prisonnière au quartier général de Mylès. Pyrrhos n'avait pas mis longtemps à briser le verrou de sa cellule. C'était étrange de le voir amoureux et aux petits soins pour une autre personne que lui. Encore plus étrange car Calista était la sœur jumelle de Shimei…

Le regard que les deux sœurs se lancèrent quand elles

se retrouvèrent en face présageait de grands moments de solitude pour Adel et Pyrrhos.

Almandin n'aurait loupé pour rien au monde leurs retrouvailles. Il s'offrit même un petit remontant en les regardant se donner la réplique dans la bibliothèque du palais. Ainsi, il dégusta un verre de vin rouge pendant que son frère et son père tentaient d'imaginer comment ils allaient pouvoir gérer les choses dans leur couple à l'avenir. Aucun d'eux n'osait déranger l'échange de leurs femmes.

Calista jetait un œil dans chaque recoin. Elle évitait d'affronter le regard incendiaire de sa sœur, certainement parce qu'elle avait beaucoup à se faire pardonner. Après tout, ne l'avait-elle pas trahie vingt-cinq ans plus tôt ? Elles ne s'étaient pas revues depuis.

— C'est étrange de revenir ici..., avoua Calista. Et de te revoir...

Même si elle détournait ses yeux de sa sœur, cette réplique lui était destinée.

— Je suis ravie de te revoir moi aussi, Calista, répondit sèchement Shimei.

Almandin esquissa un sourire et but un peu de vin.

— On sent comme un courant électrique entre vous.

— Pas du tout, répondirent les deux sœurs d'une même voix.

Ces deux-là ne s'étaient jamais entendues et pourtant, elles se ressemblaient comme deux gouttes d'eau. D'ailleurs, Adel et Pyrrhos n'arrivaient pas à décoller leurs yeux d'elles. L'une à côté de l'autre, on aurait pu croire qu'il y avait un miroir au milieu de la pièce. Heureusement, Calista avait les cheveux plus longs maintenant. Elle affichait une apparence plus négligée. Elle sortait à peine de détention.

Elles étaient sœurs et il y avait fort à parier qu'elles finiraient bientôt belle-fille et belle-mère. Cette drôle de situation avait au moins l'avantage de redonner du baume au cœur.

— Vous allez devoir vous entendre, poursuivit Almandin, amusé. Sinon mon père et mon frère vont finir par dormir chez moi. Et il est hors de question que je les récupère au palais.

Les deux hommes ne l'écoutaient même pas. Sa blague tombait à l'eau.

— Juste une petite suggestion, reprit-il alors. Il serait bon que vous conserviez une coupe de cheveux différente.

— Tu es en train de dire que nous nous ressemblons ? cria Shimei sur le ton du reproche.

Si ses yeux avaient été des revolvers, il aurait été mort.

— Je suis simplement en train de dire ce que pensent tout bas mon frère et mon père. Il faut dire que c'est une drôle de situation.

Il prit une pause et leva un doigt en l'air :

— Voyez le bon côté des choses toutes les deux. Nous avons bon goût dans la famille.

— Si on pouvait passer à des choses plus sérieuses, intervint Adel.

— Exactement, reprit derrière lui Pyrrhos. Qu'as-tu appris lorsque tu étais avec Mylès ?

La question était pour Calista.

— Pas grand-chose. Il s'est surtout servi de moi comme d'un fantôme. Je n'avais aucune utilité pour lui. Il cherchait tout simplement à te faire mal, j'en suis certaine.

— Insinues-tu que mon frère a un cœur ? dit Almandin en faisant mine de s'étonner.

Son frère lui balança un petit livre sur le dos. Il ne supportait plus ses âneries.

— Je vois en tout cas que vous vous entendez beaucoup mieux tous les deux, répliqua Calista, elle-même amusée.

Almandin fut soulagé de la voir sourire. Son frère n'aurait pas supporté de la retrouver détruite. Être enfermée aussi longtemps laissait souvent des séquelles. Le poste qu'elle occupait autrefois dans l'Haoma l'avait sûrement aidée à endurer cette épreuve. Rester constamment auprès des fantômes, dans un lieu sombre et terrifiant, l'avait en tout cas préparée au pire.

Calista leur raconta tout ce qu'elle savait. Mais à vrai dire, elle ne leur apprit pas grand-chose. Elle ne voyait quasiment jamais Mylès. Et il avait maintes fois effacé sa mémoire. Du moins, est-ce la conclusion qu'Adel tira en la voyant perdre quelquefois le fil de ses pensées. Ce genre de symptôme apparaissait souvent quand le cerveau était trop fortement sollicité. Qu'avait fait Mylès avec elle durant toute cette période ? Ils l'ignoraient. Le Guérisseur allait quoi qu'il en soit l'examiner.

Pendant qu'elle parlait, elle marchait autour de la grande table. Dans sa petite cellule, elle n'avait pas eu l'occasion de s'activer physiquement. Pyrrhos avait remarqué qu'elle avait perdu du muscle. À comparer avec Minéa et Milo, Mylès l'avait traitée avec beaucoup moins de respect. À ses yeux, elle ne valait pas grand-chose. Peut-être l'avait-il gardée avec lui pour se servir d'elle comme monnaie d'échange au moment propice. Cette façon de procéder lui aurait ressemblé.

Après une heure de confidence debout, Calista se laissa retomber sur son siège et ouvrit au hasard un livre resté sur la table. Elle continuait à parler quand soudain, une page se tourna toute seule et elle marqua un moment de silence.

Almandin haussa un sourcil. Avait-il bien vu la page se tourner toute seule ? Pourtant, l'âme de Mehiel ne se trouvait pas dans la bibliothèque, sinon, il l'aurait su.

— Qu'est-ce ? demanda Calista en leur montrant une double page couverte de lignes horizontales et verticales.

— Des livres que nous avons découverts dans une salle secrète du palais de Cirta, répondit Adel. Pourquoi ?

— On dirait un morceau de plan architectural.

— Comment ça ? demanda Almandin en montrant son intérêt.

— J'en ai vu beaucoup quand nous construisions des murs autour de nouvelles cités pour créer une frontière entre l'Edenrah et le royaume. J'ai l'impression que c'est le détail d'un plan. De quel bâtiment s'agit-il ?

Était-elle dans le vrai ?

Ces dessins recouvraient une page double au milieu des chapitres relatant des prédictions, et ce, sur chacun de ces livres. Almandin n'avait jusqu'ici pas compris à quoi ils servaient. Calista l'avait peut-être mis sur une piste.

Il reposa brusquement son verre de vin sur la table, renversant un peu de son contenu devant lui. Puis il ouvrit lui-même un livre retrouvé dans le palais de Cirta et examina le dessin. Il procéda de la même façon avec un autre et le posa à côté du premier. Il n'avait encore jamais essayé de les assembler l'un à côté de l'autre, comme il l'aurait fait avec pièces d'un puzzle.

L'idée lui vint d'essayer de le faire, et quand il trouva deux livres correspondant l'un avec l'autre, il continua sa tâche avec encore plus d'entrain. La solution était là, sous son nez, depuis le début.

— Tu es plus intelligente que Shimei..., dit-il en commençant à ouvrir tous les livres sur la grande table.

— Qu'est-ce que tu as dit ? s'écria Shimei.

— Que son intelligence était de famille, mentit Adel. Aidons-le au lieu de bavarder...

Tous se mirent au travail.

Lorsque Milo entra dans la bibliothèque avec Anjali, il ne restait plus que trois pièces du fabuleux puzzle à poser. Et déjà, la représentation finale était clairement identifiable :

— Une tour, lâcha Milo en les regardant œuvrer.

Almandin eut un pincement des lèvres.

Mylès semblait ne pas avoir renoncé à son vaste projet de restructuration du monde. Son fils avait peut-être réussi à lui ouvrir les yeux, à le retourner contre sa mère ; pour autant, Mylès n'avait pas fui pour s'absoudre de ses péchés. Il avait d'ailleurs promis à Milo une prochaine rencontre.

Milo en déduisit que l'invitation à rejoindre son père ne tenait plus. C'est pourquoi il avait décidé de revenir au royaume avec eux.

Almandin en fut très heureux. Cependant, il n'avait pas prévu la tournure particulière des événements et redoutait le pacte passé entre Mylès et son fils. Si Milo constituait désormais une menace pour son père, il pouvait aussi s'avérer être très utile dans l'accomplissement de son plan. Pour respecter les termes de son pacte diabolique, Milo devait fournir la dernière pierre sacrée à Mylès. Impossible de contourner cette clause à moins de se passer des services de Milo au cours de leur quête.

Moins le guerrier en savait sur l'emplacement de la dernière pierre, mieux il se porterait. La problématique restait que rien n'échappait à Milo. Même les pensées.

— N'avais-tu pas parlé d'une tour ? demanda finalement Anjali.

— Il s'agit d'une tour particulière, répondit son père en s'appuyant sur la table. Elle se trouve à New York. À croire que j'étais destiné à m'y rendre...

— La Rockefeller pour être exact, intervint Milo.

Almandin hocha la tête :

— Elle accueille régulièrement des expositions et des ventes privées. Mohan pourra me renseigner à ce sujet.

— Il ne reste plus qu'à y aller.

Milo posa une main sur l'épaule d'Almandin et lui fit un large sourire. Ce geste amical signifiait surtout qu'il l'accompagnerait contre vents et marées. Ce garçon était décidément plus têtu qu'une mule.

Almandin repoussa son bras puis se massa la tempe.

— Nous allons surtout prévenir les Éduins qui iront voir Mohan à notre place car notre arrivée à New York risque de se faire remarquer. Je n'ai pas envie de tomber sur Mylès alors que nous sommes sur le point de trouver les dernières pierres.

— Alors espérons que Mylès ne tombe pas sur Mohan avant nous, répliqua Milo, le ton insidieux. D'autant plus que tu lui as demandé de rechercher ces pierres si je ne m'abuse. Et Mylès connaît ta vie sur le bout de ses doigts...

Têtu, obstiné mais aussi stratège. Ce garçon avait finalement toutes les qualités d'un grand guerrier. Les proches d'Almandin constituaient la dernière carte à jouer pour Mylès. Au pied du mur, Almandin se serait servi d'eux à sa place. Milo avait raison.

— Justement, nous allons vite le savoir en envoyant les Éduins vérifier.

— Très bien, dit Milo. J'envoie donc un message à Jason.

Le regard malicieux, il frappa l'épaule d'Almandin et ressortit de la pièce en levant en l'air la main porteuse du bracelet sacré des Rois.

Almandin secoua désespérément la tête. Il ne pouvait que sourire face à tant d'audace et d'obstination. Une chose ne changerait jamais : Milo prenait toujours des initiatives sans son approbation. Heureusement, il se trompait rarement...

Mohan fut ainsi placé sous étroite surveillance éduinne. Il n'avait pas disparu et pour l'heure, aucun Siahnnas ne l'avait approché. Ainsi, il poursuivit ses recherches en s'intéressant aux différents événements organisés dans les jours voire l'année à venir dans les fameux bâtiments apparaissant dans les visions des Anciens. Cette chasse au trésor l'enflammait au point qu'il abandonna toutes les autres affaires que le père d'Almandin lui avait confiées pour le compte de la société Winster durant près de deux semaines. Au moins, il avançait pas à pas dans l'ombre, sans se faire remarquer.

Lorsqu'il trouvait une piste, il en référait aux Éduins, qui relayaient l'information à la famille royale siahnnas. De fil en aiguille, Mohan resserra ses recherches sur des enchères prestigieuses destinées à la vente d'objets d'art et de religion anciens espagnols.

Durant tout ce temps, personne ne revit Mylès et encore moins ses hommes, ni Raïken, son allié Éduin. Ils s'étaient faits discrets au point de se faire oublier. Mais tous savaient qu'il fallait se méfier de l'eau qui dort et que d'un instant à l'autre, la pierre pouvait surgir et Mylès aussi par la même occasion.

Le bataillon que Mylès avait envoyé à l'Haoma lorsqu'il pensait que la pierre se trouvait sur la couronne d'Angleterre avait été stoppé et les traîtres arrêtés. Almandin déploya ses propres hommes au niveau du seul passage donnant accès au fleuve noir, dans le cas où Mylès mettrait finalement la main sur la dernière gemme avant eux. Mylès, fragilisé par la perte du pouvoir des Rois, parviendrait sûrement à passer malgré tout. Il était beaucoup trop intelligent et malin pour se laisser battre par une poignée de soldats moins aguerris. Cependant, il perdrait du temps à franchir cette barrière et cela donnerait à Almandin une dernière chance de stopper Mylès au fleuve noir...

Dans l'esprit d'Almandin, tous les scénarios s'étaient succédé au point qu'il n'en dormait plus la nuit. Il le sentait, la pierre allait bientôt montrer son éclat. Et son intuition lui disait que les enchères mentionnées par Mohan étaient peut-être la clef...

45

LA BATAILLE DE NEW YORK

C'était la journée tant redoutée, celle qui allait probablement changer leur destin à jamais. Almandin en était convaincu. Il y avait trop de signes. D'une part, Mohan, qui avait le nez fin, ne démordait pas à l'idée de dire que les pierres ornant les boucliers de Mars avaient été retirées lors du sac de Rome pour être montées en parure par des Espagnols puis revendues à des orfèvres. Que ces mêmes pierres avaient été ensuite utilisées pour parer des objets religieux confiés à des jésuites qui les mettaient désormais aux enchères pour quelques milliers de dollars. Mohan s'était trouvé un goût prononcé pour l'histoire. Almandin en avait pris plein les oreilles en arrivant dans le Monde des Mortels...

D'autre part, il y avait le dessin de cette tour, retrouvé en puzzle dans les livres de Cirta, et les prémonitions de la mère de Lilith, descendante d'Ancienne. Tout se recoupait. Tout menait à cette tour, le Rockefeller Center, à New York.

La raison leur aurait intimé de ne pas y aller en plein jour car cette tour, l'une des plus visitées au monde, accueillait une foule colossale durant ses heures d'ouverture. Mais le dicton de la famille, « un sacrifice vaut mieux que deux », résonnait dans l'esprit d'Almandin. S'ils continuaient à trop vouloir protéger les mortels, ils perdraient face à Mylès, car lui n'allait pas se priver d'agir en plein jour.

En accord avec la famille royale d'Odéon, ils avaient donc décidé de se rendre à New York le plus tôt possible, soit un après-midi, en plein milieu de semaine, pour assister aux enchères. Dès leur arrivée au point de passage de Manhattan, ils furent repérés par les sbires de Mylès. L'ancien Conseiller allait forcément s'inviter lui aussi aux enchères. Tout n'était plus qu'une question de temps.

Comme il fallait se fondre dans le décor pour accéder aux ventes, ils avaient emprunté de nombreux vêtements dans un magasin huppé de la ville.

— Dommage que tu ne puisses pas voir ça, Almandin, lança Milo en se regardant dans un miroir. Mais je vais prendre une photo que je te montrerai si jamais nous ne sommes pas morts à la fin de la journée.

— Ton optimisme nous perdra, lâcha Adel en lui serrant fortement l'épaule.

Jason et Nolan ressemblaient à des touristes européens, Anjali, à une riche héritière indienne, Veland et son père à des vedettes de télévision. Leurs vêtements étaient à la fois chics, confortables et amples. C'est ce qu'il fallait pour se battre. Le costume cravate n'aurait pas convenu pour l'occasion.

Ils formaient la fine équipe. On aurait dit qu'ils se préparaient à un casse. En y réfléchissant bien, c'est ce qu'ils allaient faire.

— Je suis persuadé que vous êtes magnifiquement beaux, dit Almandin en frappant son bâton au sol. Rendons-nous aux enchères. Si nous ne trouvons pas les pierres là-bas, il nous restera peu de temps dans le Monde des Mortels pour effectuer les recherches et je les poursuivrai seul.

Mohan déglutit :

— Vous êtes sûrs qu'on ne peut pas opérer autrement ? demanda-t-il avant de parler plus bas : enfin, je veux dire, commettre un vol pendant des enchères…

— Si j'étais toi, mon ami, je me ferais plus de souci pour ce qui risque de se passer avant et après ce vol, si vol il y a, rétorqua Almandin avec un large sourire. Bien, allons-y.

L'une des ventes d'œuvres d'art, d'antiquités et de bijoux la plus convoitée au monde se tenait au Rockefeller. Les différents lots, présentés sur son site, faisaient apparaître des joyaux magnifiques de la taille et de la forme des pierres sacrées. Encore fallait-il être certain qu'il s'agissait bien d'elles. La seule façon de s'en assurer restait de participer aux mises à prix.

La présentation des objets enchéris avait attiré les plus grands collectionneurs de New York et de nombreux revendeurs de bijoux. La salle pouvait contenir des centaines de personnes. Almandin en connaissait certaines d'ailleurs, et il ne manqua pas de les saluer.

— J'ai envie d'aller aux toilettes..., se plaignit Mohan entre deux salutations.

Il se tenait le ventre. Son estomac était de toute douloureux. Sûrement le stress.

Almandin soupira :

— On se rejoint dans la salle... Mais ne tarde pas trop...

— Oui, j'arrive...

Mohan s'éclipsa en marchant à petits pas, les cuisses serrées.

Pyrrhos grimaça. Il n'avait jamais apprécié les mortels qu'il trouvait dégoûtants et peu réfléchis. Être obligé de se faire aider d'une telle espèce le mettait hors de lui.

Almandin attendit que Mohan disparaisse de sa vue pour passer en revue l'horizon. Mylès n'avait toujours pas pointé le bout de son nez. Il entra donc dans la salle des enchères.

Passé la porte, leurs regards furent attirés par une jeune femme aux cheveux bouclés.

— Margaret Cunningham, souffla Nolan. Que fait-elle là ?

Elle était entourée d'une multitude de gens qu'elle connaissait dans le milieu. Warwick lui servait de garde du corps. Protégée par les autorités, elle avait retrouvé sa vie d'avant. Ou peut-être cherchait-elle aussi les pierres sacrées dont elle avait tant entendu parler ?

— Elle s'est toujours intéressée aux bijoux, dit Almandin. Cela ne m'étonne pas.

— Il ne manque plus que Mylès et Raïken et nous serons au complet, s'écria Adel en faisant craquer les os de ses doigts.

Almandin lui aurait cloué le bec s'il l'avait pu car les deux complices entrèrent au même moment dans la salle réservée aux enchères. Il les remarqua tout de suite car dans son regard, ils apparaissaient en rouge et bleu. Ce n'était pas tout : ils suivaient un mortel portant la même eau de Cologne que Mohan.

Mohan s'était fait attraper par Mylès entre les toilettes et la salle des enchères. Le Conseiller avait profité d'un moment d'inattention pour prendre possession de son esprit. Il comptait sûrement se servir de lui. Almandin serra les dents et flanqua un coup de coude à son père.

Tous se mirent à regarder dans la direction du menton d'Almandin. Ils n'avaient pas encore vu les trois hommes entrer.

Mylès ne comptait certainement pas se rendre visible aux yeux des mortels car il avait conservé sa longue veste de Conseiller du Roi aux allures de soutane. Raïken, lui aussi vêtu de son accoutrement officiel de Maître, trépignait d'impatience derrière lui.

— Quand on parle du loup..., grommela Milo. Mohan est avec eux.

— Parce que ce fourbe de Mylès est en train de manipuler son esprit, remarqua Pyrrhos. L'estomac du mortel aura finalement eu raison de lui...

— En tout cas, personne ne semble les voir, poursuivit Veland. Que faisons-nous ?

— Personne n'intervient, ordonna Almandin. Mohan risque sa vie. Fondons-nous dans la masse afin qu'ils ne nous repèrent pas pour l'instant.

Jason et les autres acquiescèrent d'un mouvement de la

tête. Aussitôt, le groupe s'installa sur une rangée de sièges le long de l'allée centrale pour assister aux enchères.

Almandin n'appréciait pas qu'on se serve de son ami, d'autant plus que la manipulation psychique prolongée sur un mortel pouvait avoir des conséquences désastreuses sur les fonctions cognitives. Mais comment réagir ? L'affrontement n'était pas la solution. Ils devaient être plus malins.

Mylès partageait sans doute son point de vue car il ne se risqua pas à créer une hallucination collective pour fouiller les lieux. D'ailleurs, en agissant ainsi, il aurait attiré l'attention sur lui et dévoilé ses intentions au monde entier. Il avait toujours fait preuve de patience comme un pêcheur attend que le poisson morde à l'hameçon.

Il avait donc choisi de se cacher des mortels et avait envoyé l'un d'eux chercher les pierres à sa place. C'était plutôt bien calculé. Une fois manipulé, Mohan jouait parfaitement le rôle d'otage.

Almandin fit tourner le bâton lui servant de canne entre ses paumes. Agir ou laisser faire ? Semer la panique ou essayer de régler cela à l'amiable ? Il avait choisi d'attendre de voir si les pierres feraient leur apparition sur la grande table du commissaire-priseur pour choisir la manière la plus habile de procéder. Mais à vrai dire, il mourait d'envie d'exterminer Mylès.

Finalement, les enchères furent lancées et les premiers objets se succédèrent près du comptoir réservé au commissaire-priseur.

Les yeux de Mylès balayèrent soudain chaque rangée de sièges. Adel ne put s'empêcher de le fixer. Quand enfin leurs regards se croisèrent, Adel leva sa main et salua son demi-frère par provocation. Mylès plissa les yeux. Rarement s'étaient-ils manifestés l'un envers l'autre autant de mépris.

— Les dés sont jetés, dit Adel en se préparant à empoigner son bâton à sa taille. Maintenant, il sait où nous sommes…

— Grâce à toi, rouspéta Pyrrhos, jambes croisées.

— De toute manière, il nous aurait vus tôt ou tard, argumenta Anjali. Il nous a fait suivre depuis notre arrivée.

— Reste à savoir quand il sortira son bâton, murmura Milo.

— Calmez-vous, intervint Jason, avec sagesse, il ne semble pas prêt à attaquer.

Sans le bracelet sacré, Mylès ne pouvait pas rivaliser avec eux à moins d'inverser le rapport de forces par une bonne stratégie. Le connaissant, il avait déjà prévu son armée. Almandin avait fait de même. Les deux camps se craignaient mutuellement. Personne n'était en mesure de dire lequel sortirait gagnant s'ils lançaient les hostilités. Restait à savoir qui le premier allait dégainer. Pour l'heure, chacun avait décidé de conserver ses positions.

Almandin enleva tout de même sa veste et sortit d'une poche un disque qu'il positionna sur ses cuisses. Il en ferait usage au moment opportun.

Le commissaire-priseur présentait les différents objets placés derrière des vitres. Un écran permettait aux acheteurs du fond de mieux les visualiser.

Le groupe s'intéressa à la plaquette remise à l'entrée de la salle qui mettait en avant les plus beaux objets de la vente et ils en sélectionnèrent deux ou trois composés d'au moins un rubis et une émeraude semblables aux pierres des coffres.

Une heure passa ainsi. Mylès et eux n'étaient jamais restés dans la même pièce autant de temps sans s'affronter. C'était pour le moins inouï. Les gens autour d'eux ne cessaient d'enchérir. Les objets partaient rapidement. Puis d'un seul coup, deux lueurs vives arrivèrent dans la salle, poussées par un mortel. Malgré la distance, Almandin visualisa leur empreinte spirituelle. Aucun objet n'apparaissait à ses yeux, uniquement les âmes. L'objet venant d'entrer en scène en portait deux, l'une rouge et l'autre verte. Pour lui, elles brillaient comme des étoiles dans le ciel obscurci.

— Voici un magnifique ostensoir datant du XIVe siècle, œuvre d'un artiste espagnol du nom de Roberto Garza, déclara le commissaire-priseur. L'ostensoir, réalisé en or, est composé de cent vingt émeraudes et de trois rubis.

— Elles sont là..., soupira Almandin, ébahi.

Tous furent subjugués par leur vision. Des pierres émanaient d'étranges sons, comme des mots lointains, impossibles à déchiffrer.

— Sommes-nous les seuls à entendre le chant des pierres ? s'étonna Anjali.

— Je crois que Raïken et Mylès les entendent aussi, répondit Milo.

Aucun des mortels ne semblait les percevoir. La vente se poursuivait dans l'ignorance de tous. Mylès était fasciné par l'ostensoir. Ses yeux brillaient d'envie. L'un des deux camps allait forcément s'emparer des pierres. Mylès comptait s'en servir pour demander au créateur de supprimer l'éternel cycle de vie et obtenir l'immortalité. Pour l'autre camp, il s'agissait de sauver l'équilibre afin d'éviter un effondrement des Royaumes des Morts et l'extinction de leur espèce. Rien n'était plus crucial que ces deux pierres, désormais, à portée de main.

— Que font-ils ? demanda Almandin.

Le commissaire-priseur débuta la vente de l'ostensoir. Une dizaine de panneaux se levèrent dans la foulée.

— Votre ami Mohan lève un numéro en l'air, déclara Nolan.

Aussitôt, Almandin se retourna vers un acheteur.

— Donnez-moi votre numéro, lui ordonna-t-il.

Un homme d'affaires lui donna le sien sans broncher. Sa femme, à ses côtés, protesta à sa place.

— Mais non ! Je vous l'interdis !

La femme tenta d'ouvrir la bouche mais ses lèvres étaient scellées. La manipulation psychique avait fait effet.

Almandin se permit d'enchérir sur le compte du couple. Les yeux de Mylès se plissèrent à nouveau.

Bientôt, il ne restait plus que deux enchérisseurs. À la

grande surprise de tous, le prix de l'ostensoir s'envolait bien au-delà des pronostics, à des millions, désormais. Mohan et Almandin se livraient un combat acharné pour remporter l'objet convoité par les deux camps.

Margaret Cunningham, assise au premier rang pour effectuer son reportage, se retourna vers eux comme la plupart des acheteurs. Sa surprise fut de taille quand elle découvrit la présence du groupe, et plus encore, quand elle vit les deux amis de toujours batailler au lieu de se serrer les coudes, comme si Mohan ne reconnaissait plus Almandin. À côté de la journaliste, Warwick commença à comprendre l'enjeu des enchères. Il sortit immédiatement son téléphone.

— Warwick nous a remarqués, murmura Nolan.

— C'était ce que je cherchais à faire, reconnut Almandin en levant une fois de plus son numéro en l'air. Mohan est sous l'emprise de Mylès. Il est en train d'utiliser l'argent de ma famille pour acheter ce maudit ostensoir. Il va finir par la ruiner. Malheureusement, si nous utilisons la force maintenant, Mylès risque de s'en prendre à Mohan. J'espère donc que la Présidente Curtis va s'en mêler.

Alors que la salle était secouée de murmures, un coup de fil inattendu interrompit la vente. L'État posait son droit de préemption sur l'ostensoir. Une clameur s'éleva aussitôt dans les rangs.

Cela n'allait leur laisser qu'un petit instant de répit.

— Et maintenant ? demanda Adel.

— Je propose de briser l'ostensoir en deux, intervint Jason.

Il en avait le pouvoir. Il manipulait les éléments. Et cette stratégie leur permettrait de poursuivre l'affrontement dans leur royaume respectif.

Almandin hésita.

— Très bien, dit-il après réflexion, et il manipula son disque entre ses doigts. Faisons ainsi. Je donne le coup d'envoi.

Après quoi il lança le disque au milieu de l'allée centrale.

Une porte de lumière apparut. Une poignée de secondes plus tard, elle rejeta d'innombrables spectres et des Siahnnas initiés aux incantations interdites. Puis ce fut la pagaille.

Les mortels hurlèrent, se jetèrent sous les sièges ou coururent vers les sorties. D'ailleurs, c'est ce que les fantômes cherchaient à obtenir en les menaçant de leurs instruments de torture et en jetant à côté d'eux tout ce qui leur passait sous la main. C'était un moyen comme un autre de mettre à l'abri les mortels en les éloignant de la zone de combat.

Au même moment, Jason se leva de son siège et fit appel aux esprits de l'air et du feu pour libérer l'ostensoir de sa vitre et le couper au milieu de son pied. Le verre éclata. L'or fondit. Et les pierres enfin séparées volèrent au-dessus des acheteurs affolés.

Mylès riposta en tentant de manipuler l'esprit de Jason tandis que Raïken usait de ses pouvoirs pour attirer vers lui les deux morceaux de l'ostensoir suspendus en l'air.

En proie à une hallucination, Jason se prit la tête dans les mains et les pierres finirent par se diriger vers Raïken. Nolan les dévia à son tour en dressant un mur de chaises. Les deux morceaux tombèrent alors à terre parmi les fantômes excités. Abandonné lors du début des hostilités, Mohan retrouvait peu à peu ses esprits et prit la poudre d'escampette. Anjali lui saisit le bras et l'aida à s'enfuir.

Nul ne savait désormais où les pierres se trouvaient exactement car les piétinements les dispersaient d'un bout à l'autre de la pièce. Les spectres et les Siahnnas étaient aussi trop nombreux pour ne serait-ce qu'apercevoir une partie du sol et espérer les retrouver. Mais Almandin détectait la lueur particulière des pierres malgré sa cécité. Pour une fois, son handicap dans le Monde des Mortels s'avérait être un avantage.

— L'émeraude se trouve dans cette direction, indiqua-il à Nolan en la pointant d'un doigt. Je me charge du rubis.

Almandin remarqua que Mylès avançait vers le centre

de la pièce car des fantômes tombaient comme des mouches sur une ligne droite se dirigeant vers le rubis. L'ancien Conseiller était guidé par leur chant.

De l'autre côté, il y avait Milo, qui s'était déjà jeté dans la mêlée dans l'espoir de mettre la main sur le rubis avant lui. Le père et son fils biologique se rapprochaient indéniablement l'un de l'autre sans le savoir.

Puis, d'un seul coup, une mortelle, couchée à plat ventre près de l'amoncellement de chaises, attrapa la pierre et tenta de l'envoyer dans les pieds de Milo.

Ce devait être Miss Cunningham car Almandin entendit sa voix crier de toutes ses forces pour couvrir le grondement terrifiant des spectres déchaînés.

Bien décidé à reprendre la pierre, Mylès fit alors tomber la moitié des spectres barrant son chemin. Quand il arriva en face de son fils, Milo avait déjà ramassé la pierre et la sortait de son écrin doré à l'aide d'une dague.

Comme un avertissement, le bracelet sacré se mit à briller autour du poignet du guerrier. Une rafale de vent balaya la salle depuis sa position. Les derniers spectres s'effondrèrent à terre et le silence régna.

— Désolé, je ne maîtrise pas encore les pouvoirs de ce bracelet, dit Milo à l'attention de Mylès.

Dans la salle, il ne restait que peu de mortels en dehors de Miss Cunningham et de Warwick. La plupart étaient sonnés.

Le Maître Raïken avait disparu sans qu'on le voie, sans doute avec la pierre qui manquait à l'appel. Jason et Nolan étaient déjà partis sur ses traces.

Mylès, désormais seul, pouvait encore se montrer nuisible malgré tout. Ses mercenaires ne devaient pas être très loin.

Alors que la famille royale au complet s'était figée aux quatre coins de la pièce, Mylès fit face à son fils :

— Cette pierre, tu dois me la donner, lui dit-il.

— J'ai obtenu la pierre le premier, lui fit remarquer

Milo. Savez-vous vraiment ce que cela signifie ? Êtes-vous sûr de vouloir me la prendre ?

— Nous avons passé un pacte.

— Un pacte que vous avez encore la possibilité de rectifier.

— Je n'en ferai rien.

— Vous avez donc fait votre choix.

La déception se lut sur le visage de Milo. Il avait cru pouvoir le faire changer d'avis.

— Donne-la-moi, insista Mylès.

Milo soupira, résigné.

— Très bien.

Il lança un regard lourd de sens à Adel. Aucun autre ne le connaissait aussi bien que lui. Il l'avait élevé et ils avaient vécu ensemble de nombreuses aventures. Ils avaient parcouru à deux ce vaste monde à l'époque où ils recherchaient Almandin. Cela créait des liens. Adel saurait lire dans ses pensées sans en avoir le pouvoir.

L'ancien Roi ne comprit pas vraiment, au début ce qu'il cherchait à faire, mais quand Milo ouvrit un vortex, puis qu'il jeta la pierre à travers, Adel eut une illumination.

— Il ne vous reste plus qu'à aller la chercher, dit Milo, une fois que la pierre eut traversé l'écran lumineux.

Dans un sens, il ne trahissait pas sa parole et leur pacte. Il offrait la pierre à Mylès mais d'une manière inattendue. Mylès se figea sur place comme s'il cherchait à deviner ce qui l'attendait derrière le portail. Personne ne savait où cela allait le mener en dehors de Milo.

Profitant de son hésitation, Adel cria à sa famille de se dépêcher et il fit apparaître à son tour un vortex. Lorsque le premier d'entre eux se fondit dans l'écran, Mylès n'eut d'autre choix que de se lancer lui aussi dans l'inconnu. C'était une course contre la montre. Et le premier arrivé au fleuve noir sortirait vainqueur du combat.

46

LA DÉFAITE

En se jetant à corps perdu parmi les fantômes, Raïken, avait réussi à retrouver l'émeraude sacrée entre deux chaises et avait profité du grand chambard pour quitter la salle des enchères sans se faire arrêter.

Depuis qu'il avait trahi la confiance de Jason, traité comme un paria, il n'avait pas refait surface au royaume. Il avait même reçu l'ordre de ne plus mettre un pied à Odéon.

Malgré cette interdiction, il devait gagner la galerie souterraine située sous le palais royal pour atteindre le coffre sacré. Il fallait faire vite car Jason et son fils marchaient sur ses pas.

Empruntant un vortex, il arriva par la porte principale d'Odéon, piqua un cymaran à un garde prétorien, et d'un coup de talon, le poussa à prendre son envol.

Bien que poursuivi par les gardiens de la porte, il continua son chemin jusqu'à une plate-forme d'atterrissage, descendit du cymaran, s'engouffra dans le palais, croisa Judicaël, l'intendant, le poussa hors de son passage et dévala les marches pour atteindre le plus rapidement possible le niveau le plus bas du palais.

Le Maître connaissait les lieux par cœur, savait parfaitement où il allait. Ainsi, il sema ses poursuivants au moment où il passa l'arche menant à la galerie souterraine.

Jason et Nolan ne tardèrent pas à le rattraper. Megon, l'oiseau royal, s'était rendu à la porte principale quand, du haut du ciel azuré, il avait vu Raïken s'exciter sur sa pauvre monture pour la faire avancer plus vite. Dans sa forme de griffon des glaces, Megon était plus rapide qu'un cymaran et bien plus souple. Se faufiler avec les deux hommes dans les couloirs du palais lui avait pris moins de temps qu'à Raïken pour descendre les marches d'escalier.

— Arrêtez-vous ! cria Nolan derrière Raïken.

Mais le Maître, avide de pouvoir, comptait bien poser lui-même la pierre sacrée sur le coffre.

— Megon doit l'ouvrir ! continua de crier le Prince derrière lui.

Jason et son fils tentèrent de le rattraper et de lui rendre la raison, en vain.

Ils cessèrent de le suivre au moment où la pointe de leurs pieds commença à mordre sur la plate-forme invisible retenant le coffre sacré au-dessus du vide. Le Maître, quant à lui, poursuivit son chemin jusqu'au centre de la galerie.

— Vous faites erreur, Raïken, l'avertit Jason. Vous ne devriez pas poser cette pierre.

— Cessez de vouloir dicter ma conduite, Jason, répondit Raïken, et il leva bien haut la dernière émeraude. Que les portes de l'Eden s'ouvrent !

Megon s'apprêtait à lui venir en aide quand la magie opéra. La pierre fut posée dans l'échancrure ; le coffre s'ouvrit et s'éclipsa dans un rayon de lumière. Aveuglés, Jason et Nolan couvrirent leurs yeux d'un bras.

Au même instant, la plate-forme invisible retenant la stèle d'Odéon se déroba sous les pieds du Maître Raïken. Il lança un cri d'horreur en basculant dans le vide et disparut dans les profondeurs sombres de la percée.

Megon n'avait pas pu le sauver. L'oiseau était devenu un homme de chair et de sang, brun, grand, aussi jeune qu'il l'était au moment de sa mort sous l'Empire romain. Sa malédiction venait de s'achever. Celle de Raïken commençait à peine. Le Maître avait reçu le sort réservé à ceux qui trahissaient un pacte de sang : la mort.

Quand Jason et Nolan rouvrirent les yeux, ils

découvrirent une tout autre facette du phœnix qui avait suivi leurs pas dès leur plus jeune âge. Megon portait l'uniforme des prêtres saliens, une tunique bariolée ceinturée d'une épée.

Le jeune homme se pencha immédiatement au-dessus de la percée descendant vers le Royaume d'Esiah. Mésilande avait-elle aussi retrouvé son apparence d'autrefois ? Rien ne lui permettait de le savoir pour l'heure.

La première clef des portes de l'Eden avait été posée. Il ne restait plus qu'à insérer la seconde pour gagner le Royaume d'Elohim.

***

De son côté, Mylès fut envoyé par Milo sur la plaine faisant face à la cité de Garak.

La pierre rouge s'était prise dans un amas de roche volcanique.

L'ancien Conseiller n'avait que peu de temps pour essayer de la déloger car Katell, de sa longue-vue, observait la zone depuis les murs de la cité. D'ailleurs, en dressant son épée, elle ordonna aux hommes situés sur les remparts de s'aligner face à la plaine où une porte venait de s'ouvrir et de se refermer sans que personne en sorte.

Certes, pour l'heure, Mylès profitait de ses pouvoirs de fils de Roi. Se rendre invisible n'avait plus de secret pour lui mais une seule erreur et il finirait transpercé par une multitude de flèches. D'ailleurs, Katell sonna le clairon dans la minute qui suivit car la pierre rouge avait renvoyé un éclat en bougeant entre les doigts de Mylès pendant qu'il l'extirpait de la fente. Des flèches furent décochées en direction de la gemme.

Même entre les mains de Mylès, la pierre continuait à apparaître, comme si ses pouvoirs spirituels étaient inopérants. Mais cela, il ne le comprit que trop tardivement.

Il ne lui restait plus qu'à ouvrir une autre porte vers l'Haoma pour rejoindre au plus vite le fleuve noir en espérant ne pas tomber une fois de plus sur les hommes du Roi car cette pierre avait décidé de compliquer l'accomplissement de son œuvre.

Les flèches traversèrent le nouveau portail qu'il ouvrit et un soldat, de l'autre côté du vortex, fut touché. Mylès ne fit pas usage de ses pouvoirs psychiques pour s'effacer aux yeux de la petite troupe chargée de surveiller le point de passage car cela ne servait plus à rien. Il en usa seulement pour contraindre les gardes de se replier devant lui. Maintenant, il devait franchir les obstacles un à un jusqu'à parvenir au coffre sacré.

Ce n'était pas difficile, seulement chronophage. Et la route était longue. Il restait tout de même aux aguets car jusqu'ici, il n'avait pas revu la famille royale qui devait pourtant l'attendre de pied ferme pour récupérer la précieuse pierre sacrée.

Aucune trace d'eux, ni au niveau du point de passage ni sur le chemin du fleuve noir, pas même dans le labyrinthe menant à ses rives. Pas un écho, pas un bruit ne perturba l'avancée de Mylès.

Quand enfin il déboucha sur les rives du fleuve noir, l'ancien Conseiller marqua un temps d'arrêt.

La barque était toujours accrochée au rebord mais la passerelle invisible qu'il avait lui-même construite pour éviter d'emprunter l'embarcation avait été recouverte de sable et apparaissait au grand jour.

Une voix perturba le silence.

— Je te sens… hésitant.

Mylès jeta un coup d'œil de côté. La majestueuse Mésilande s'était posée sur un rocher. Son plumage de feu nimbait par intermittence quelques touffes de brouillard d'une couleur orangée.

— Tu es sans doute en train de te demander ce qui t'attend…, dit-elle en admirant l'une de ses pattes. À vrai dire, nous avons tous été très surpris en découvrant cette passerelle invisible. Tu aurais pu faire un brillant ingénieur, comme Gamerron.

Puis elle l'observa et pencha son bec sur le côté :

— Tu n'es pas heureux d'entendre ma voix ? Après tout, n'est-ce pas ma voix que tu cherchais à entendre depuis des dizaines d'années ?

— Mon frère et ses fils sont déjà passés.

C'était un constat et non une question.

L'oiseau remua ses tresses de feu avec délicatesse.

— Je crois bien que oui, dit-il, le ton suave. Et ton hésitation me faire dire que tu réfléchis longuement à la façon de procéder pour rester en vie. Ne sais-tu pas lire dans l'avenir ?

S'il était fils d'une Ancienne et d'un Roi, il avait forcément hérité d'un don.

— Plusieurs avenirs existent, répondit le Conseiller, le regard concentré sur la passerelle.

— Les connais-tu tous ?

Mylès demeura silencieux.

— Là-bas, tu n'auras aucun moyen de t'échapper, fit remarquer Mésilande. La pierre blanche t'empêchera d'ouvrir un vortex. Ta force spirituelle ici est limitée. Tu vas devoir te battre avec ton bâton et à ce petit jeu-là, Almandin se révélera plus fort que toi. Rends-toi à l'évidence, tu vas perdre car ton fils, Milo, est le véritable élu.

Puis, voyant qu'il ne réagissait pas à ses piques, elle ajouta :

— Je n'ai qu'un seul regret, ne pas m'être rendu compte plus tôt de ton existence, et pourtant, j'ai l'oreille qui traîne souvent partout…

Elle se la nettoya en se servant d'une griffe comme d'un Coton-Tige.

Le regard de Mylès restait fixé droit devant lui. Il hésitait encore à franchir la passerelle.

— J'ai toujours suivi Adel. Quand votre père s'occupait de toi, il ne s'occupait pas de lui, poursuivit Mésilande. C'est sûrement ce qui explique pourquoi je n'ai jamais pu entendre vos conversations. Tout aurait été différent si votre père avait avoué s'être fait berner par cette vile sorcière qu'était ta mère.

Ses derniers mots furent presque crachés. Elle finit par tousser quelques bouffées de fumée. Rien que d'y penser, elle avait failli s'étouffer.

— La morale de l'histoire, mon cher enfant, reprit-elle comme si de rien n'était, c'est qu'il n'est pas encore trop tard pour éviter de reproduire l'erreur de ton père. Avoue t'être trompé. Et donne cette pierre à Almandin.

— Ce royaume n'aurait jamais dû exister.

— Mais il existe grâce au créateur. Et lui seul détient ta vie entre ses mains. Tu ne lui reprendras jamais ce pouvoir, même avec cette pierre. Si tu penses pouvoir faire mieux que lui, prouve-le autrement qu'en détruisant tout ce que son imagination a conçu.

— Tu te complais dans une position d'asservissement.

— Je ne sers pas le créateur parce qu'il m'oblige à le faire, répondit Mésilande en relevant le bec. Je le sers car j'ai toujours été convaincue que c'était de mon devoir. J'avoue ne pas être mécontente de mon travail. À part avec ton père… Quel gâchis…

Elle secoua la tête et sa crête de feu dispersa des cendres tout autour.

Mylès l'observa de nouveau.

— Es-tu sûre de n'être que l'envoyée du créateur ?

— Qui crois-tu que je puisse être, mon enfant ?

Il marqua une pause.

— TON enfant, répéta-t-il en articulant particulièrement le pronom.

Mésilande pencha le bec sur le côté. Au début, elle ne comprit pas son insinuation. Puis tout s'éclaircit. Le créateur était le père de toutes choses et elle n'avait de cesse d'utiliser cette expression, mon enfant, avec ceux dont il restait encore une partie d'éducation à réaliser. Être immortelle l'avait rendue mère de toutes ces successions de générations sans expérience qu'elle avait eu à guider…

— Le créateur lui-même ? s'interrogea Mésilande. C'est une belle supposition...

Cette idée la fit glousser.

— À cet instant, peut-être, qui sait ? susurra-t-elle. Le créateur peut prendre possession du corps de n'importe qui et se révéler sous plusieurs formes. Il est aussi omniscient. Les pierres sont déjà réunies au même endroit. Il ne reste plus qu'à poser la dernière sur le coffre pour ouvrir les portes de l'Eden et obtenir réponse à cette question. Alors va et fais le bon choix.

D'une aile, elle désigna la passerelle. Mylès sortit son bâton et avança vers l'autre rive. Mésilande avait pourtant tout fait pour le convaincre d'admettre sa défaite. Il persistait encore et toujours à vouloir conserver la dernière pierre.

De l'autre côté de la passerelle, l'oiseau l'attendait de nouveau, perché au sommet du poteau servant à accrocher d'ordinaire la barque. Mésilande avait eu vite fait de traverser le fleuve par les airs.

Cette fois, elle ne pipa mot.

— Alors comme ça, c'est toi, celui à cause de qui nous avons dû cohabiter avec les Siahnnas ?

Mylès s'immobilisa.

Conall l'accueillit au bord de la rive. Il se languissait de pouvoir jouer avec la tête de Mylès à la place de celle qui pendait à une corde, attachée à sa ceinture. Sa langue transparente léchait soigneusement la partie la plus aiguisée de sa lame d'antan.

D'autres de ses congénères dévoilèrent leur affreux visage d'ectoplasme. Puis Almandin apparut derrière un nuage de brume. Il avait besoin d'eux pour puiser l'énergie nécessaire à une potentielle riposte car Mylès restait dangereux.

L'ancien Conseiller n'appréciait pas la vue des spectres. Il était le genre d'homme à penser qu'un Roi valait mieux que son peuple, que le pouvoir était plus important que la famille, que sa naissance était voulue par un dieu, qu'il en était un, quelque part. Les fantômes, eux, ne valaient pas mieux qu'un déchet.

— Tu as amené ces fantômes dans un lieu sacré, lui reprocha Mylès.

— Ce lieu n'a plus rien eu de sacré à partir du moment où un homme a été jeté dans les eaux du fleuve noir, répondit Almandin, arme en main. D'ailleurs, qu'est-il arrivé à l'époque où mon père a été présumé mort pour que le Guérisseur royal se retrouve dans l'estomac des coryampes ?

— Ce n'était qu'un accident, se justifia Mylès. J'avais besoin d'une autre personne pour m'accompagner au fleuve noir car l'arbre de vie ne desservait pas ces lieux en peurs. Le Guérisseur était descellé et son esprit facilement manipulable. Il avait aussi de solides connaissances en ingénierie. Cependant au moment de la construction du pont, le Guérisseur est tombé dans ces eaux.

— Un coup de malchance, encore... Comme avec Mehiel. Apparemment, tu sèmes la mort partout sans le vouloir. Tu dois toi aussi être maudit.

Almandin leva la pointe de son épée dans la direction du poing fermé de Mylès.

— Donne-moi cette pierre.

Mais le Conseiller n'était pas du tout prêt à se rendre. Sa tête pivota. Il cherchait d'un regard les autres membres de la famille royale pour ajuster sa prochaine attaque.

Puis soudain, il les vit, répartis en cercle autour de lui. « Un, deux, trois ». Chacun de ces mots fut prononcé par l'un d'entre eux. Et ils transpercèrent ensemble la pierre blanche à leurs pieds à l'aide de leur épée.

Mylès eut tout juste le temps de se rendre compte qu'il se trouvait au centre d'un pentacle de sang avant que la marque des sorcières ne se dessine sur son front. Au moment où le pentacle brilla tel un soleil écarlate, les fantômes se plièrent en deux. Leurs hurlements réveillèrent les coryampes endormies du fleuve noir. Les eaux paisibles se mirent à bouillonner. Puis tout cessa.

Mylès tituba et tomba à genoux. Sa main renfermait toujours la dernière pierre sacrée. Il ne l'aurait lâchée pour rien au monde.

Almandin arrêta le saignement de sa paume. Maintenant, Mylès était à sa merci. Il n'était plus rien, ne possédait plus aucun pouvoir, se révélait aussi inoffensif qu'une mouche. Cela n'avait pas de prix.

— Il existe une incantation qui permet de sceller les pouvoirs spirituels de n'importe quel Siahnnas, lui confia-t-il en lui tournant autour. Cela agit de la même manière que les bracelets que nous portions autrefois. Et malheureusement pour toi, tu as reçu ce sort. Tes pouvoirs sont désormais scellés. Tu as perdu.

Il se pencha devant lui :

— Donne-moi cette pierre ou je vais devoir la récupérer, d'une façon ou d'une autre.

Il finit par tapoter le poing de Mylès de la pointe de son épée.

L'ancien Conseiller vivait encore grâce à ses réserves de peurs. Mais combien de temps tiendrait-il encore dans ce lieu sans bénéficier des peurs des âmes damnées, maintenant qu'il était scellé ? Sa vie dépendait ici de celle des fantômes qu'il haïssait tant.

— Tue-moi, demanda l'ancien Conseiller, alors que Milo arrivait au bout de la passerelle.

C'était une manière d'avouer sa défaite. À moins qu'il n'ait vraiment voulu obtenir la mort de sa main ?

Personne ne sut combien cela démangeait Almandin d'obtempérer. Ou si, ils le devinaient tous, car sa main se mit à trembler. Il retenait sa colère pour ne pas se laisser porter par ses émotions.

Pyrrhos l'aurait bien fait à sa place mais Veland l'empêcha d'intervenir en le stoppant d'un bras devant son ventre.

— Ce serait trop généreux de ma part, murmura finalement Almandin avec dégoût. Tu mérites bien pire.

De son pied, il retourna le Conseiller sur le dos et

bloqua son poignet gauche sous sa semelle. Le Conseiller n'ouvrait toujours pas son poing.

— Desserre tes doigts ou je vais être obligé de m'accaparer la pierre d'une autre manière, menaça Almandin en faisant tourner son épée dans sa main. Comme tu l'as fait avec moi, pour ainsi dire…

L'expression de Mylès resta figée. Il ne regardait personne, même pas son fils venu assister à sa chute.

— Tu l'auras voulu.

D'un geste vif, Almandin trancha net la main de Mylès. Anjali détourna son regard. Pyrrhos, lui, s'en délecta.

La mâchoire du Conseiller se crispa pour contenir son cri. Il avait encore assez de force pour lutter contre la douleur. Mais au moment où Almandin fit rougir la lame de son épée, sa chair se mit à brûler, les nerfs de son cou saillirent et sa tête partit en arrière. Sa souffrance s'arrêta quand Almandin retira son épée du moignon.

— J'ai cautérisé ta plaie. Par contre, tu m'excuseras, mais tu perdras une partie de ta dextérité. Pour toujours.

Almandin ramassa la main de l'ancien Conseiller, retira la pierre de son poing puis jeta le membre dans les eaux sombres du fleuve noir. Les coryampes se l'arrachèrent en trois claquements de dents.

Conall, lui aussi à genoux, jubilait devant cette scène. C'était horrible, atroce, mais nécessaire. Après tout, Mylès avait eu le choix entre la douleur et la rédemption.

— Faites-en ce que vous voulez mais ramenez-le dans l'Hestia et gardez-le en vie, ordonna Almandin au Roi des âmes.

— Ce sera un honneur de te servir, Majesté.

Le spectre se redressa et fit signe à ses congénères de le rejoindre. Tandis qu'ils se jetaient, rugissant sur l'ancien Conseiller, la famille royale gagnait la galerie renfermant la Stèle du Destin et le fameux coffre sacré.

Mésilande vola jusqu'à l'épaule du Roi et observa la pierre reposant dans sa paume.

— Crois-tu que Jason ait réussi à ouvrir le coffre d'Odéon ?

— Raïken n'a pas pu s'empêcher de le faire, je suppose, répondit Milo, aux côtés d'Almandin.

— En tout cas, Milo a eu une brillante idée ! s'extasia Adel en les prenant tous deux par les épaules. Gagner du temps en envoyant Mylès chercher la pierre dans l'Hestia était ingénieux. Sans lui, nous n'y serions jamais arrivés.

— Parce que Milo est le véritable élu, convint Almandin.

— Ne m'oubliez pas, dit le phœnix avec une grande fierté, en bougeant ses ailes comme un humain, et il fouetta au passage, sans le faire exprès, le visage d'Almandin.

Le Roi rechigna et repoussa son aile.

Mésilande poursuivit son monologue :

— J'ai arrêté Mylès avant la passerelle en lui faisant croire que j'étais le créateur ! Grâce à moi, vous avez eu le temps de dessiner ce pentacle avec votre sang.

Tous se mirent à rire.

— Nous te remercions infiniment ! confia Almandin. Sans toi, nous n'y serions pas parvenus non plus.

Il invita le guerrier à récupérer la pierre sacrée encore dans sa main. Il pensait qu'il serait le mieux placé pour la poser sur le coffre.

Milo la refusa.

— Sans façon. C'est à toi que revient ce privilège, lui dit-il. Tu t'es battu pour ton peuple. Désormais, il ne te reste plus qu'à parler au créateur. Et ça, ce n'est pas ce que je sais le mieux faire.

— Je ne sais pas s'il est celui qui convient pour ça malheureusement, railla le phœnix. Mais nous allons lui laisser l'opportunité de le prouver.

— Il vaudrait mieux si tu veux mettre un terme à ta malédiction !

Des larmes, de la douleur, il n'en restait rien. Soulagés, ils échangèrent des sourires et des rires. Mais tout n'était pas encore gagné. Nul ne savait ce qui allait se produire au moment où la pierre allait déverrouiller le coffre.

Almandin s'arrêtait justement face à la Stèle du Destin et une phrase se grava dans la pierre.

« Ouvre le coffre et tu sauras. »

Le créateur l'attendait-il déjà ?

Sa famille s'arrêta à quelques mètres derrière lui. L'oiseau quitta son épaule pour rejoindre celle d'Adel. Almandin inspira un grand coup et inséra la gemme dans la dernière échancrure. Et le coffre disparut avec lui dans un tourbillon de lumière.

47

L'EDEN

Almandin fut aspiré vers un autre monde. D'un seul coup, son corps sembla flotter dans le vide. Il marchait dans le néant.

Sa vision se perdit dans une brume de lumière et de sons, d'ombres et de reflets. Tout ici était nébuleux, brumeux, insaisissable. Tout était en mouvement constant. Tout était irréel et méconnaissable.

Des lumières de formes variées s'agitaient autour de lui tels des nuages défilant à toute vitesse dans le ciel. Elles ressemblaient tantôt à des animaux chevauchant dans les airs, tantôt à des chimères sorties de l'imagination. Almandin se crut dans un rêve, un rêve effrayant et merveilleux à la fois. Rien ne l'avait préparé à découvrir cet univers empreint de magie qu'était l'Eden. Oui, il devait y être !

— Almandin...

Une voix diffuse l'appelait. Elle partait doucement en écho dans ce monde indéfinissable. Almandin tourna la tête dans tous les sens. C'était elle.

— Mehiel...

Une lumière l'aveugla soudain. Une porte venait de s'ouvrir droit devant, au milieu de nulle part.

— Entre donc, Roi du peuple Siahnnas, lui intima une voix d'homme, grave et puissante.

Dès qu'elle résonna dans la brume, les lumières valsant autour de lui disparurent dans un chant voluptueux. La porte se rapprocha de lui sans qu'il ait à avancer et son corps fut projeté dans la clarté. Ici, il ne maîtrisait plus rien en dehors de ses pensées. Son corps passait d'un endroit à un autre contre sa volonté, emporté par une puissance contre laquelle il était impossible de lutter.

Un paysage féérique se dessina lentement devant ses yeux, comme si quelqu'un peignait chaque détail de cet univers enchanteur sur une feuille. Quand le dessin fut achevé, Almandin entra dans le tableau et découvrit tout ce qu'il n'aurait jamais pu voir en réalité mis à part dans ses rêves. Des animaux sauvages, des hommes hybrides, des plantes vivantes se croisaient dans un magnifique paysage de collines, de forêts, de cascades, de lacs. Le vent chargeait le ciel de pétales de fleur. Un léger embrun lui caressait le visage. Il toucha ses joues, recouvertes de pollen. C'était irréel.

— Aimes-tu ce que tu vois ?

La même voix résonna à nouveau dans son esprit. Personne d'autre ne semblait l'entendre ici.

— Qui êtes-vous ? se risqua-t-il à demander.

— Tu sais qui je suis.

Le créateur, Elohim. Cette quête des pierres sacrées, Almandin l'avait achevée pour pouvoir le rencontrer.

— Où sommes-nous ? demanda-t-il.

— Dans mon imagination.

Le paysage changea brusquement. Almandin plongea dans un univers pigmenté de corps célestes. Il crut qu'il allait chuter mais ses pieds continuaient à flotter dans le vide. Il se trouvait désormais dans l'espace parmi les constellations d'étoiles. Elles tournoyaient autour de lui, comme s'il était devenu maître de l'univers. Elohim avait-il conçu plus que son propre monde ?

— Tout ce que tu peux voir ici a déjà existé, expliqua Elohim. Tout ce que j'imagine peut un jour exister. De quoi rêves-tu ?

Les étoiles prirent la forme du visage de Mehiel. Puis de tous ceux qui lui étaient chers. Ces images se succédèrent devant lui. Elles représentaient son peuple, celui des Siahnnas, des mortels, des Éduins. Il rêvait d'un autre monde qui n'aurait pas connu la guerre, qui n'aurait pas eu besoin des peurs ou de l'amour pour vivre. Les dessins se formaient au gré de ses pensées.

— Ton esprit est confus, dit Elohim. Tes désirs sont multiples. Il te faudra choisir entre l'amour et ton monde.

— Pourquoi devrais-je choisir ? argua Almandin. Mes rêves ne sont-ils pas compatibles ?

— Chacune de mes créations a un prix. Qu'as-tu à offrir en dehors de ta dévotion ?

— Un monde meilleur.

— Un monde que tu crois meilleur. Vois ce que tes ancêtres ont créé.

Elohim lui montra alors tout ce que l'homme était capable de faire : construire des machines destructrices, engendrer la peur, la souffrance, massacrer des innocents, torturer, réduire ses semblables à l'esclavage, participer à l'extinction des espèces.

Almandin ne pouvait pas le nier : l'homme n'apprenait pas toujours de ses erreurs. Il était capable du pire.

— Crois-tu que ton monde sera meilleur que celui-ci ? demanda le créateur.

— Le bien et le mal sont nécessaires, assura Almandin. L'homme a besoin des deux pour comprendre la valeur d'une vie.

— L'homme n'est qu'un esprit auquel j'ai bien voulu offrir un corps. Que pense ton esprit dénué de ce corps ?

Le corps d'Almandin disparut aussitôt en poussière. Il ne restait plus que son âme. Tout devint noir. Son esprit seulement continuait à exister.

D'un seul coup, il eut peur de tout perdre. Ses sentiments n'étaient plus liés au toucher, à la vision, à l'ouïe, au goût, à l'odorat. Dépouillé de ses sens, il ne pouvait se rattacher qu'à ses souvenirs, à l'espérance, à l'amour. Ces émotions prenaient le dessus. Elles en étaient décuplées.

— Tes sentiments sont plus grands, plus forts, dit le créateur. As-tu encore peur de la mort ?

J'ai déjà bravé la mort, pensa Almandin. *Pourquoi en aurais-je peur ?*

Non, la mort ne lui faisait pas peur. Il savait ce qui l'attendait après pour l'avoir déjà vécu. Il craignait surtout de perdre les êtres qui lui étaient chers.

— Tu n'as pas peur de la mort, remarqua Elohim. Tu as peur de perdre les tiens à travers le temps.

Le corps d'Almandin réapparut dans un déluge de sable. Il eut l'impression de perdre le contrôle de son être. Le créateur jouait avec lui à sa guise et tirait sur ses ficelles comme un marionnettiste.

Almandin examina ses doigts puis son torse. Ce monde recelait de mystères. D'où provenaient les pouvoirs extraordinaires d'Elohim ? Cet univers n'avait rien de palpable. Tout était façonné avec la force des pensées. Tout sortait de l'imagination d'un être sans corps ni ombre.

L'espace constellé se mut à nouveau et les étoiles décrivirent par alternance les contours du visage de ses compagnons, de sa famille : son père, sa fille, Fandor, Séraphin, Maria, Gamerron et même Pyrrhos. Il les aimait tous.

— Si tu n'avais pas peur, prendrais-tu autant soin d'eux ? demanda Elohim.

Almandin ne pouvait pas mentir.

— Non, soupira-t-il.

— Tu as compris le plus important, reconnut le créateur. L'honnêteté et la valeur du sacrifice. Ceux qui connaissent l'avenir sont influencés dans leurs choix, deviennent insouciants, oublient d'aimer ou appréhendent la souffrance. La crainte empêche l'évolution des espèces. Tu dois savoir avancer dans le noir.

— C'est une chose que je sais faire.

— Parce que tu n'as pas eu le choix.

En effet, Almandin ne l'avait pas eu. Il avait toujours suivi le chemin tracé par Elohim. Il avait réussi à renaître pour revoir Mehiel, parce qu'il ne voulait pas la quitter, parce qu'il voulait aussi achever ce qu'il avait commencé, quitte à perdre la mémoire et la vue, quitte à sacrifier quelques années, comme Megon et Mésilande l'avaient fait.

Le créateur avait dressé des obstacles devant lui. Almandin les avait tous contournés ou brisés. C'est ce qu'Elohim avait attendu de lui. Le créateur avait testé sa résistance, sa volonté, son cœur, son intégrité, son jugement pour savoir s'il était digne de confiance, s'il était apte à gouverner.

— Ton cœur est pur. Ton esprit est lucide, dit le créateur. Tu commences à comprendre. Désires-tu me servir ?

— À quoi pourrais-je vous servir, vous qui savez créer toute chose ?

— Une autre étoile requiert toute mon attention. Je ne peux plus veiller seul sur ton monde. Tu as montré les qualités requises pour gouverner. Je t'offre la possibilité de veiller sur l'esprit des hommes en devenant mon émissaire dans ton monde.

— Ma famille joue déjà ce rôle depuis des siècles, au même titre que la famille royale du Royaume d'Odéon.

— Tu gouverneras les deux royaumes en mon nom. Tu te consacreras à la protection des esprits des hommes, mais aussi, à celle de l'Eden.

Quelle étrange proposition ! Almandin avait toujours refusé le trône du Royaume d'Esiah. Voilà qu'on désirait lui confier les rênes d'un empire bien plus vaste !

— Pourquoi moi ?

Il existait sûrement d'autres personnes plus qualifiées que lui.

— Je t'offre le monde et tu le refuserais ? s'exclama le créateur.

— Je n'ai pas vos capacités, votre vision. Je ne désire pas régner en maître, seulement offrir une autre vie pour les âmes qui franchissent les portes de nos royaumes et pour nos peuples respectifs. Pour cela, les strates ne doivent pas disparaître car l'esprit des hommes a besoin de renaître pour évoluer. Ma mort m'a montré à quel point la vie était précieuse. Je ne serais pas ici si je n'avais pas perdu les miens.

— Ton ancêtre avait été moins hésitant. Crois-tu que le doute te soit permis ?

— J'ai seulement une conviction. Je pense que le pouvoir ne doit pas être concentré dans les mains d'une seule personne. Quant au doute, il est nécessaire. J'ai ouï dire que vous aviez vous-même douté, avant de créer les royaumes d'Esiah et d'Odéon. Le doute amène la réflexion et permet de prendre des décisions, bonnes ou mauvaises.

Le créateur demeura silencieux. Puis Almandin crut percevoir un rire retenu.

— Ton esprit est vivace, dit Elohim. Tu es intelligent et tu fais montre de sagesse. Tu as prouvé que je pouvais te faire confiance, et qu'il m'était permis de te confier un grand pouvoir. Que proposes-tu ?

— Il est nécessaire que les Éduins et les Siahnnas continuent à œuvrer ensemble dans un même but, la protection du libre arbitre des mortels. Pour ce faire, le peuple Siahnnas ne doit plus être une menace pour le peuple Éduin. Le pouvoir de manipulation des esprits doit donc lui être retiré, et notre source d'énergie doit être modifiée. La peur et l'amour sont des sentiments que nous ne devons pas ressentir par obligation mais par désir.

— Que feras-tu des âmes mortelles qui entrent dans vos royaumes ?

— Le problème n'est pas le même dans nos deux royaumes. Les âmes du Royaume d'Odéon peuvent continuer à vivre parmi les Éduins avant de renaître dans le Monde des Mortels. Cependant, concernant le Royaume d'Esiah, ces âmes ne vivent pas parmi les Siahnnas car elles sont damnées. Les faire vivre parmi nous reviendrait à abolir leur pénitence. Dans ce cas, quelle leçon pourraient-elles tirer de leurs actes commis dans le Monde des Mortels ?

— Quelle est donc ta solution ?

— Si nous supprimons les liens que nous entretenons avec elles, elles pourraient vivre librement dans les strates inférieures du royaume. Je connais un esprit qui a toutes les qualités nécessaires pour régner sur les âmes damnées.

Le créateur eut un moment de réflexion.

— Les faire vivre librement, me dis-tu ? Ne serait-ce pas une récompense pour elles plutôt qu'une purgation ?

— Certaines âmes damnées aiment la peur, la guerre. D'autres ne souhaitent qu'une chose, obtenir une seconde chance dans le Monde des Mortels. Le rôle de nos peuples sera de trancher sur la question, d'offrir une seconde chance aux âmes qui se repentent, de les mener à l'expiation de leurs crimes ou de les laisser batailler sur les terres de l'Haoma. Le mal est parfois nécessaire. L'objectif n'est pas de rendre toute âme charitable, vertueuse, honnête et droite. J'ai vécu quelques jours au Royaume d'Odéon. Les Éduins me paraissaient moins heureux que les Siahnnas car ils étaient condamnés à donner de l'amour sans vraiment le ressentir. Vivre dans un monde sans souffrances, sans différences n'aurait aucun sens.

— Les Siahnnas jugeraient du devenir des âmes, est-ce bien là ton idée ?

— Les Siahnnas, les Éduins et les spectres deviendraient juges. Les événements qui bouleversent le fonctionnement d'un royaume ont toujours un impact sur la destinée de ses alliés. L'équilibre ne peut être garanti sans la collaboration de tous. L'union est donc ce qui préservera l'équilibre.

— Seul un gardien peut obtenir le pouvoir d'agir sur l'avenir des âmes. Désires-tu le devenir ?

L'ultime sacrifice pour bâtir un nouveau monde. Almandin l'avait promis à son peuple, à ses enfants, à sa femme, Mehiel. Mésilande l'avait prévenu : cela le condamnerait à vivre une existence d'asservissement. Mais Elohim aurait-il accepté sa proposition sans faire de lui un gardien ?

Avant de regretter son choix, il exigea :

— À la condition d'offrir à Mésilande et Megon leur liberté.

Le couple servait le créateur depuis plus de deux mille ans. Il était temps qu'ils trouvent enfin le bonheur.

— Mésilande et Megon pourront vivre ensemble, accepta le créateur. Ils seront mes yeux et mes porte-paroles dans ton monde.

Almandin sentit quelque chose se former autour de son cou. C'était un médaillon en argent, muni d'un clapet.

— Accepte ce bijou. Le sang mêlé de deux gardiens en son sein te permettra de rouvrir les portes de l'Eden, lui indiqua Elohim.

De quels gardiens parlait-il ? Mésilande ou Megon ne le seraient plus s'il acceptait de porter cette charge à leur place.

— Nous n'aurons de toute façon plus besoin de regagner l'Eden, dit-il avec assurance. J'en fais le serment.

— Je l'espère pour vous. Plus aucune chance ne vous sera accordée. J'ai pourtant l'intuition que nous nous reverrons dans ta troisième vie.

Une troisième vie ? Le créateur parlait-il de celle révélée par le fleuve noir ? D'après les prédictions de l'eau divinatrice, Almandin devait renaître Éduin. La boucle pendue à son oreille droite l'avait démontré. Il deviendrait un descendant de la famille royale d'Odéon. Non pas qu'il n'appréciait pas Jason, Minéa et leur fils Nolan, mais il préférait rester Siahnnas dans l'espoir de retrouver un jour Mehiel sur ses terres, de sorte à l'épouser à nouveau par amour.

Alors à cette évocation, Almandin leva un doigt en l'air :

— Sur ce point, ai-je le droit de défendre ma position ?

— Le cycle de la vie est immuable. Tu ne pourras pas le remettre en cause. Accepte ta destinée.

— Je suis un Siahnnas, non pas un Éduin.

— Tu es avant tout une âme qui traverse les siècles et apprend de ses erreurs. Le cycle des renaissances te procurera des connaissances infinies. Elles te seront utiles, si l'étoile périt.

— De quoi parlez-vous ?

— Tu le comprendras bien assez tôt. Désires-tu revoir la Reine ?

Mehiel ?! Pouvait-il la revoir ? Ses yeux grandirent d'espoir et de désir.

— Plus que tout au monde, soupira Almandin avec amour.

Le corps d'Almandin fut propulsé à travers une autre porte. Elohim l'avait ramené à l'entrée de l'Eden, là où des silhouettes de lumière dansaient dans un décor brumeux. Et au milieu de ce dernier surgit soudain Mehiel, drapée d'un voile blanc. Elle semblait si irréelle, si envoûtante. Almandin se perdit dans ses yeux. Elle se jeta dans ses bras, comme si la mort ne l'avait pas emportée loin de lui, comme s'il sortait d'un mauvais rêve. Il pouvait la sentir, la caresser, déposer sur ses lèvres un baiser, et il se hâta de l'étreindre avant que le rêve ne s'estompe. Comme elle lui avait manqué !

Mehiel l'embrassa fougueusement en retour, passa ses mains le long de ses joues et ramena son front contre le sien.

— Je suis là, dit-elle. Je suis là.

— Ce lien qui vous unit ne peut être brisé, même à travers le temps, annonça Elohim. Vous serez les gardiens des âmes et régnerez sur le Royaume des Morts unifié. Tel est votre destin.

Almandin sourit à sa femme.

— Nous serons de nouveau ensemble. Dans une autre vie, lui murmura-t-il tendrement.

Une porte de lumière se dessina dans le vide à leur côté.

— Passez cette porte et vous renaîtrez tous deux, dit Elohim.

Mehiel et Almandin se blottirent l'un contre l'autre. Ils s'observèrent tous deux dans les yeux, sourire aux lèvres, tout en se caressant l'un et l'autre. Pas besoin de parler. Ils savaient tous deux ce qui leur restait à faire. Il n'y avait pas de doute.

Bien sûr, chacun d'eux avait rêvé de ce moment. Mais il n'était pas encore temps de renaître. Si Mésilande et Megon avaient réussi à s'attendre, Mehiel et lui feraient de même, car ce lien si puissant qui les unissait les réunirait à nouveau. C'était une évidence. Ils s'aimaient. Et ils s'aimeraient pour toujours, quelle que soit la distance, quel que soit le nombre d'années à attendre.

— Notre fils vient à peine de naître, s'excusa Almandin, le front collé contre le sien. Il a besoin d'un de ses parents. Il doit apprendre à devenir un homme. Quel père serais-je si je laissais nos enfants pour être à tes côtés ? Je ne peux pas les quitter maintenant. Tu le comprends, n'est-ce pas ?

Il serra ses mains de toutes ses forces. Elle lui offrit un baiser.

— Nos enfants ont besoin de toi, assura Mehiel. Le royaume aussi. J'attendrai.

— Tu privilégies la vie des tiens à la tienne pour une cause honorable. Au nom des créateurs des mondes, je t'accorde ton vœu au prix de ton âme, annonça le créateur.

Almandin sentit alors une brise le séparer de Mehiel. Chacun était emporté en arrière contre sa volonté. Puis tout se mit à tourbillonner autour d'eux.

Il attrapa sa main en espérant ne pas la lâcher.

— Mehiel...

— Je serai toujours là avec vous, lui cria-t-elle. Je t'aime.

Le vent devenait de plus en plus fort. La brume se densifiait. Leurs mains s'entrecroisaient. Ils allaient encore se perdre sans même avoir eu le temps de se dire au revoir.

— Les mortels oublieront votre existence, indiqua Elohim.

Almandin se retint désespérément aux doigts de Mehiel.

— À bientôt, mon amour, lui cria-t-il avant qu'il ne soit trop tard. Je t'aime.

Malheureusement, les doigts de Mehiel finirent par lui échapper et son visage se fondit dans le néant. Il allait la retrouver un jour ou l'autre. Il se raccrocha à cette idée.

— Je te rends la vue et ton pouvoir de Siahnnas, poursuivit Elohim.

Almandin fut aspiré dans un tourbillon de couleurs et de formes. Le vent fouettant son visage l'empêchait d'ouvrir grands les yeux, mais il distingua le coffre du Royaume d'Esiah de manière floue à travers ses paupières mi-ouvertes. L'Eden le renvoyait sur ses terres.

— Que le Royaume des Morts se façonne selon ton imagination. La foi sera votre source de vie…

Ce furent les dernières paroles prononcées par le créateur. Ou peut-être étaient-ce seulement les dernières entendues par Almandin ?

Quand il rouvrit les yeux, le vent avait cessé de s'agiter. Ses compagnons se trouvaient autour de lui, près du fleuve noir, sous l'immense percée remontant vers le Royaume d'Odéon. Tous s'étaient couvert les yeux d'un bras, aveuglés par la lumière.

Oh oui ! La lumière éclairait chaque parcelle de la grotte. Des lianes couvertes de jasmin commençaient à filer vers l'autre royaume. Elles grossissaient à vue d'œil, comme si leur croissance avait été accélérée par magie. Des fleurs bourgeonnèrent le long des murs et sur le sol boueux. Le coffre et la stèle disparurent tel un enchantement. Et une vague de pollen submergea l'ensemble du royaume. Almandin n'avait jamais rien vu d'aussi magnifique.

Mésilande avait retrouvé son corps de femme et regardait en direction du Royaume d'Odéon. Des marches se dessinèrent le long des parois de l'immense percée. Maintenant, les deux Royaumes des Morts étaient reliés par un impressionnant escalier tournant.

La gardienne du Royaume d'Esiah mourait d'envie de

gravir quatre à quatre les marches la séparant de l'amour de sa vie, Megon. Cela se voyait à ses yeux, brillants de mille feux d'un amour inassouvi depuis des siècles. Elle avait gagné le droit de vivre ses rêves. Elle venait de retrouver sa liberté.

Malgré sa séparation d'avec Mehiel, Almandin ne pouvait pas être plus joyeux. Son royaume venait de retrouver vie. Mésilande, celle qui l'avait toujours accompagné dans les moments les plus difficiles, allait pouvoir être heureuse avec Megon. Il ne lui restait plus qu'à voler jusqu'à lui.

— Rejoins donc Megon, Mési, lui dit-il en levant les yeux au ciel.

Il l'enjoignit d'un mouvement de bras à s'élever. Son sourire grandissant montrait son excitation. Son cœur était comblé de joie. Lui seul pour l'instant savait pourquoi.

— Je ne peux pas, répondit Mésilande, sans jamais quitter des yeux l'immense percée.

— La foi sera notre source de vie. C'est ce qu'a révélé le créateur. Alors aie la foi. Essaie de voler.

Si le créateur avait dit vrai, le royaume avait été refaçonné suivant son imagination. Almandin avait espéré que Mésilande et Megon conservent leur corps d'oiseau et d'humain à la fois.

Son amie, la belle rousse au caractère si téméraire et acariâtre, croisa son regard rempli d'espoir et de bonheur.

Ses propres yeux se chargèrent de larmes. Elle le remercia d'un sourire ému, puis fixa le haut de la percée. C'est alors que son corps prit l'apparence du phœnix d'antan. De la magie. C'était de la magie ! Aussitôt, l'oiseau remonta à vive allure vers le Royaume d'Odéon, rejetant de sa gueule quelques grands jets de flamme pour fêter la victoire.

Almandin rit à gorge déployée. La foi était leur nouvelle source de vie. Ils avaient réussi à réunir les deux Royaumes des Morts. Leurs peuples étaient sauvés. Et il laissa exploser sa joie, tournant sur lui-même dans la salle baignée de clarté.

48

FESTIVITÉS

Les coryampes du fleuve noir étaient redevenues des nymphes. Partout dans le royaume, de petits animaux, des plantes, des fleurs avaient fait leur apparition. Une bourrasque de vent avait ramené la vie au moment où Almandin était revenu de l'Eden.

Gaïa, l'arbre de vie, repoussait à une vitesse prodigieuse. Ses lianes ressortaient de la terre et de petits îlots d'eau et de verdure avaient émergé par endroits dans les cités. Les enfants y jouaient entre eux avec leurs parents ou leurs amis. Ils fêtaient tous la vie. Almandin se plaisait à les voir rire et pleurer de joie. La guerre était finie. Désormais, ils allaient pouvoir vivre en harmonie.

Dans le Monde des Mortels, tous avaient oublié l'existence des Siahnnas et des Éduins. Il ne subsistait aucune trace d'eux, ni dans les mémoires, ni dans les livres, ni dans les vidéos réalisées durant leur passage. Comment le créateur s'y était-il pris pour effacer tout souvenir d'eux ? Margaret Cunningham semblait prendre Almandin pour un simple bijoutier et Mohan avait complètement oublié la dernière année de sa vie. Même les parents mortels d'Almandin ignoraient maintenant ses origines siahnnas et n'avaient que peu de souvenirs de Mehiel. Pour eux, elle était morte en couches aux États-Unis, sa patrie de naissance. C'était peut-être mieux ainsi.

Almandin avait ramené Shaytan à Esiah. C'est là qu'il l'élèverait, parmi les siens. Bien sûr, il continuerait à visiter le Monde des Mortels avec lui. Cet enfant devait apprendre à protéger les mortels. Pour cela, il devait appréhender leur culture et leurs mœurs. Ses grands-parents mortels seraient le lien idéal pour faire de lui un grand Roi, ouvert à cet autre monde si différent du leur. Lorsqu'il serait en âge de gouverner, Almandin lui léguerait sa place. Avant toute chose, il devait l'éduquer au mieux pour qu'il comprenne l'importance de son rôle. Puis il partirait rejoindre Mehiel, suivant l'appel de son destin. Jusque-là, Milo conserverait le bracelet sacré à son poignet. Almandin restait convaincu qu'il l'utiliserait à bon escient.

Les âmes damnées étaient retournées sur les terres de l'Haoma. Elles étaient devenues libres. Bien que les portes restent ouvertes entre les strates, chacun respectait le domaine de l'autre et Conall agissait en véritable Roi. Almandin lui avait confié la direction des âmes damnées. Le fantôme participait à la construction politique de ce nouveau royaume, incluant aussi les Éduins.

Très vite, les premiers visiteurs du Royaume d'Odéon arrivèrent, impatients de découvrir les différentes cités construites deux mille ans plus tôt. Milo et sa mère eurent le droit de se revoir, de se parler, de s'étreindre. C'était une période magnifique, remplie de partage et d'émotion. Mehiel aurait été heureuse de connaître ces jours heureux. D'autant plus qu'Anjali et Milo profitaient allégrement des joies de la vie, plus proches que jamais.

Almandin leur avait préparé un magnifique présent qu'il comptait en premier lieu offrir à Milo. Il attendait le garde en haut des escaliers du palais d'où il contemplait la magnifique cité de Garak, recouverte d'un manteau de jasmin. Ses rameaux offraient un feuillage verdoyant aux maisons. Almandin aurait pu rester ici des heures, à écouter les rires et à profiter de la beauté de son nouveau chez-lui.

Le Roi des âmes se présenta en bas des escaliers et vint à sa rencontre.

L'apparence des spectres n'avait pas changé. Le vieux Conall avait conservé ses vêtements déchirés, sa gorge à moitié déchiquetée, et le crâne pendouillant à sa ceinture comme un trophée.

Il salua les gardes et pencha la tête face à Almandin :

— Majesté, une âme est entrée sur les terres de l'Haoma. Elle dit être le Maître Raïken. J'ai déjà entendu son nom sortir de ta propre bouche. J'ai cru bon de venir te voir pour discuter de son cas.

L'ennemi du Royaume d'Odéon était donc arrivé sur les terres siahnnas. Jason serait ravi de l'apprendre. Le Maître Raïken avait rompu leur pacte. Cela lui avait coûté la vie. Même plus. Son geste lui avait coûté son âme. Justice était rendue.

— Te pose-t-il des difficultés ? demanda Almandin.

— Il ne résistera pas longtemps sur ces terres, cracha le fantôme, la mine exaltée.

— Le Conseil des juges tranchera à son sujet. Jusqu'à son verdict, tu as la possibilité de faire comme bon te semble en tant que maître de l'Haoma. Préviens-moi s'il décide de franchir la porte du Monde des Mortels.

— Qui est-ce ?

— Le bras droit de Mylès.

Un sourire machiavélique se dessina sur les lèvres du spectre.

— Nous allons donc l'accueillir comme il se doit ! lança-t-il en léchant la lame de sa dague.

Puis il repartit d'un air nonchalant vers l'Haoma.

Almandin se mit à rire. Il n'aurait jamais parié s'entendre aussi bien avec le fantôme ! La fin de la guerre et l'obtention de la liberté des spectres lui valaient une entière dévotion de sa part.

Dans les airs, un phœnix différent des autres attira son regard. Un oiseau aux tresses de cristal s'amusait à poursuivre le phœnix royal aux ailes de feu sous la voûte enflammée. Et lorsque ce dernier se posa près d'Almandin, la belle Mésilande reprit l'apparence d'une femme.

Le Roi la découvrait sous un autre jour. Elle était belle. Sa crinière rousse légèrement ondulée sublimait son regard de braise et ravivait son teint pâle. Qui aurait cru que derrière l'oiseau au caractère fougueux et revêche se cachait une telle beauté ?

Le phœnix de glace se posa à son tour à ses côtés. Lui aussi avait acquis le pouvoir de passer de l'oiseau à l'homme. En un battement d'ailes, Megon redevint le prêtre salien qu'il était autrefois : la chevelure brune, le visage blanchâtre, des yeux animés de courage et de force, un corps d'athlète. Ils allaient bien ensemble. Et même si Mésilande s'était longtemps montrée sans crainte, sans peur, parfois insensible, Almandin découvrit dans ses yeux un soupçon de fragilité, d'innocence et d'empathie. Elle aimait profondément Megon. Almandin était heureux pour elle, pour eux.

— Alors, comment trouves-tu notre royaume ? demanda-t-il à Megon.

— Beaucoup trop chaud. Nous irons vivre à Odéon.

— Je n'ai toujours pas accepté ta demande, lâcha Mésilande.

— Tu le feras, assura Megon.

— J'en doute.

Le beau jeune homme redressa le front et la dévisagea :

— Préfères-tu rester aux côtés du Roi Lucifel ?

— Décidément, tu es plus jaloux qu'Almandin ! lui reprocha Mésilande.

Almandin se moqua discrètement d'eux.

— Qu'est-ce qui te fait rire ? grogna Mésilande.

— Vous êtes comme chien et chat. Toujours en train de vous quereller.

Elle plissa les yeux. En tant qu'oiseau, elle lui aurait certainement craché un noyau de salive enflammé. En tant qu'humaine, elle devait conserver un semblant d'éducation. Elle montrait ainsi son mécontentement par des expressions exagérées. Mésilande n'avait pas perdu son caractère effronté mais cela participait de son charme. Almandin l'appréciait toujours autant. Il l'aimait comme une véritable amie à qui il pouvait tout confier, comme une grande sœur sur qui il pouvait se reposer. Elle faisait partie de la famille. Cela ne changerait jamais.

Megon courba soudain la tête face à lui :

— Nous tenions à vous remercier pour nous avoir réunis.

— Ce n'est pas moi qu'il faut remercier mais le créateur, reconnut Almandin.

— Tout a un prix, Almandin, dit Mésilande. Nous le savons. Que lui as-tu promis ?

— De le servir.

— Tu le faisais déjà en tant que Roi.

— Il a fait de moi un gardien sans m'offrir l'immortalité.

Le Roi releva sa manche et montra sur son bras droit une inscription en syllique, gravée sur sa peau. La marque était apparue au moment où il était revenu de l'Eden.

— Il possède donc ton âme, regretta Mésilande avec tristesse. Sais-tu ce que cela implique ?

— Je le sais.

— Laisse-moi en douter. Tu ne seras libéré de ta servitude qu'au jour où une autre personne prendra ta place.

— Alors j'aurai grand besoin de vos conseils et de votre expérience en la matière. Nous devrons trouver le prochain élu dans les années à venir.

Megon se pencha devant lui.

— Nous sommes à votre service, Roi Lucifel.

— Ne te plie pas devant lui ainsi, dit Mésilande en lui attrapant le bras pour le secouer légèrement. Il va y prendre goût.

Almandin eut un sourire en coin. Mésilande le connaissait par cœur. Elle aimait se chamailler avec lui. C'était devenu un jeu ou plutôt un rituel.

Le regard de Mésilande se porta soudain sur la boîte que le Roi portait sous son bras.

— Qu'est-ce ?

— Tu es toujours aussi curieuse ! remarqua Almandin et il lui adressa un clin d'œil.

— Je n'arrêtais pas de lui dire ! approuva Megon.

Almandin ouvrit tout de même la boîte et leur présenta le contenu.

Deux torques avaient été soigneusement installés sur l'écrin.

— Pour qui sont-ils ? demanda Mésilande.

— Tu le sauras bientôt.

Le Roi referma rapidement l'écrin quand il vit Milo remonter les escaliers du palais.

Mésilande afficha un sourire malicieux.

— Oh, je vois, dit-elle comme une évidence. Nous devrions partir. Nous reparlerons de tout cela plus tard.

Sur ces paroles, elle reprit son apparence de phœnix et fila vers la voûte de feu, suivie de Megon.

Le guerrier arriva en haut des escaliers et sourit à Almandin, les yeux tournés vers les deux phœnix volant au-dessus de la cité.

— Ils ne se quittent plus depuis que les royaumes sont reliés.

— Au moins, Mésilande a cessé de me casser les oreilles ! répliqua Almandin, le ton moqueur.

Ils rirent ensemble. Depuis combien de temps cela n'était-il pas arrivé ?

Mais le naturel reprenait souvent le dessus et le visage du guerrier se referma à nouveau.

— *IL* est en bas, dit-il. Nous n'attendons plus que toi.

— Avant d'y aller, j'ai un présent à te remettre.

Almandin tendit l'écrin à Milo et l'ouvrit devant lui :

— J'ai fait fondre les torques de Mehiel et le mien. Je suis un peu trop superstitieux... Ils appartenaient auparavant à mes parents. Je tenais à vous les transmettre. Tu pourras l'offrir à ma fille quand tu auras décidé qu'il est temps pour toi de profiter de ce lien si particulier qui vous unit. Elle t'a offert son cœur. Il ne te reste plus qu'à trouver le courage de lui ouvrir le tien.

Les yeux brillants de Milo montraient toute sa reconnaissance. Les mots d'Almandin semblaient le toucher.

— Mehiel et moi avons eu beaucoup d'amour, plus

que je n'aurais pu l'espérer, poursuivit le Roi. Je vous en souhaite tout autant.

Milo ne répondit rien. Ses doigts gantés effleurèrent la surface des torques. Il esquissa un sourire tendre puis essuya le coin de ses yeux.

— J'ai une poussière dans l'œil, dit-il. Ça doit être le pollen.

— Cette excuse est démodée, mon fils.

Almandin referma l'écrin, le laissa entre les mains de Milo puis serra le garde contre lui, fort, très fort. Milo avait beau être le fils génétique d'un traître, il restait un fils spirituel pour lui. Il le considérait comme tel. Les liens du sang importaient peu.

Pour finir, Almandin lui ébouriffa les cheveux comme lorsque Milo était enfant. Le garde se mit à rire avant de reprendre son sérieux.

— Maintenant, nous pouvons y aller ! soupira Almandin, et son visage auparavant détendu se crispa.

Milo l'encouragea d'une tape sur l'épaule. Ils descendirent ensemble les escaliers du palais.

Il restait une dernière chose à accomplir : punir Mylès pour tous ses crimes. Almandin ne pourrait jamais lui pardonner. L'ancien Conseiller avait anéanti sa vie. Son royaume avait failli périr par sa faute. Lui donner la mort pour sentence n'aurait rien effacé. Il lui fallait trouver un châtiment à la hauteur de ses méfaits.

— Mésilande m'a parlé du pouvoir particulier de Mylès, dit Almandin, en y songeant. Elle pense qu'il arrive à prévoir différents avenirs. Crois-tu qu'il ait décidé de se rendre ou l'a-t-il fait par dépit car il s'agissait de la meilleure option pour lui ?

— J'ignore ce qu'il avait en tête, répondit Milo. Je pense également qu'il possède un pouvoir mais il ne nous dira jamais lequel. Mésilande a sûrement raison car je l'ai vu tenter de deviner ce qui se produisait ou ce qui allait se produire. Je suis convaincu qu'il aurait préféré la mort car aucune des versions du futur ne lui était profitable.

Sinon, il se serait montré plus tenace et se serait avoué vaincu moins facilement. À moins qu'il n'ait voulu respecter le pacte que nous avions…

L'avenir leur dirait si tel était le cas. Almandin esquissa cependant un rictus à la seule pensée qu'il ait pu une nouvelle fois se faire berner par l'ancien Conseiller.

— Cependant, reprit Milo, je pense qu'il aurait préféré que tu lui donnes la mort. Ainsi, il aurait démontré que tu étais comme lui et j'aurais cessé de t'idolâtrer.

— Parce que tu m'idolâtres ? demanda Almandin en remontant fièrement le menton.

Milo se contenta de lui donner une petite tape dans le dos.

— Je ne le répéterai pas deux fois, dit-il avant qu'ils n'arrivent en bas des escaliers.

Mylès avait été enfermé dans les cachots du Cianath durant trois jours, ferré aux chevilles et à un poignet. Almandin ne voulait prendre aucun risque. L'ancien Conseiller était rusé et restait dangereux malgré la nouvelle source de vie des Siahnnas : la foi.

Revêtu d'un habit de pénitent – une sorte de robe en toile –, la capuche au-dessus de la tête, l'ancien Conseiller avait perdu de sa superbe. Il n'en demeurait pas moins imperturbable, inébranlable. Rien ne pouvait le contrarier. Pas même son échec cuisant.

Quand Almandin plongea ses yeux dans les siens, le Conseiller resta de marbre. Il ne regrettait aucun de ses crimes. Ses yeux montraient cependant une certaine douleur, celle de voir son propre fils si proche d'Almandin, bien plus proche qu'il n'aurait pu l'être un jour de lui. Milo avait raison : il était jaloux de lui.

— Mylès, tu vas déambuler dans les rues de Garak, hué par la population que tu as trahie, proclama Almandin. Puis tu feras de même à Esiah et tu gagneras l'Haoma. Voilà le sort que le Conseil des juges t'a réservé.

— Pourquoi ne pas me tuer ? demanda le Conseiller.

— Je ne souhaite pas devenir comme toi, répondit Almandin avec un sourire factice.

Il ôta la capuche de la tête de Mylès et le poussa à avancer au milieu de la rue, les pieds enchaînés. Et durant des heures entières, l'ancien Conseiller supporta les cris et les jets de pierre des Siahnnas, des Éduins et des spectres. C'était un moindre mal pour tant de vies brisées.

Le soir venu, la famille royale d'Odéon, des émissaires de leur royaume, le Roi des âmes, la famille royale du Royaume d'Esiah et les membres du Grand Conseil furent réunis aux portes principales de la Tour des Supplices. Mylès, cet ennemi redoutable, allait recevoir son véritable châtiment.

L'événement avait aussi attiré bon nombre de citoyens venus des quatre coins du royaume. Une foule immense attendait avec impatience la prononciation du jugement. Ils avaient reçu l'autorisation d'y assister. Des spectres participaient aussi à la manifestation. Certains avaient élevé un mont d'ectoplasmes pour ne rien louper du pugilat.

Le Conseiller fut placé devant les portes de la Tour des Supplices. Séraphin avait reçu pour mission de lire le verdict du Conseil des juges.

Il éleva la voix :

— Seigneur Mylès, vous êtes accusé de haute trahison envers la couronne siahnnas. Les faits qui vont sont reprochés sont le meurtre de la Reine Mehiel, celui de milliers de mortels, d'Éduins, de Siahnnas, et de spectres. Pour ces faits, vous êtes condamné par le Conseil des juges à errer seul dans la Tour des Supplices jusqu'à l'obtention de la grâce royale. Le Roi des âmes damnées, Conall, détiendra la clef de la tour et sera votre maître jusqu'à votre mort.

Un grondement fit trembler la terre. Les spectres frappaient des pieds, claquaient des mains, lançaient des bruits rauques d'animaux. Ils se réjouissaient déjà à l'idée d'asservir un Siahnnas. D'ailleurs, le Roi des âmes se lécha les babines. Nul doute qu'il saurait s'occuper de son cas.

Avant la fin de la guerre, le Conseiller comptait réduire les fantômes en esclavage. Almandin avait prévu de le rendre esclave des spectres à la place. Mylès serait condamné à l'exil dans la Tour des Supplices et à servir les âmes damnées jusqu'à sa mort. Le Conseil des juges avait accepté sa proposition. Le peuple entérinait ce choix par des acclamations.

— Peut-être un jour arriverai-je à te pardonner, dit Almandin, face à Mylès.

— Tu fais fausse route, Almandin. Un jour, vous aurez besoin de moi et tu regretteras ne pas m'avoir donné la mort.

— Je ne pense pas.

Almandin ouvrit lui-même les portes de la Tour des Supplices. Puis il convia Mylès à y pénétrer. Lentement, l'ancien Conseiller posa un pied devant l'autre en direction de la tour, sous le regard d'Adel et de Pyrrhos qu'il avait trahis de nombreuses années. Enfin, quand il fut à l'intérieur des murs, le Conseiller se retourna et la porte fut refermée face à son visage apathique. Ce fut le dernier souvenir qu'Almandin conserva de Mylès, celui d'un homme imperturbable qui ne craignait aucun jugement. Il l'avait même accepté. Comprendrait-il un jour le mal qu'il avait fait ?

Almandin offrit la clef de la tour à Conall avant de faire face à l'assemblée présente :

— Aujourd'hui, un nouveau monde s'ouvre à nous, annonça-t-il. La guerre est terminée. Nos peuples sont libres et unis. Les Éduins, les Siahnnas et les spectres forment désormais le Royaume des Morts !

Le peuple s'en réjouissait et de grandes festivités eurent lieu dans toutes les cités.

Le lendemain, la cité d'Odéon organisa un bal auquel bon nombre de Siahnnas furent conviés. Ce fut l'occasion pour eux de découvrir ce monde merveilleux teinté de couleurs vives, rempli de senteurs d'épices, de terre et de fleurs. Les gigantesques cascades entourant le palais attiraient tous les regards, suscitant la surprise générale.

De nombreux Éduins participaient à l'événement, vêtus de leurs culottes bouffantes, de leurs longues chausses, de leurs coiffes excentriques et de leurs vestes aux couleurs acidulées. De gros ballons dirigeables flottaient dans le ciel. Il y en avait de toute sorte. Les Siahnnas prenaient plaisir à les regarder et à les découvrir. Certains Éduins les avaient invités à tester ces machines emblématiques. De tels engins se seraient abîmés contre les stalactites du Royaume d'Esiah. Les Siahnnas n'avaient donc jamais pu toucher le ciel. Cette fois, ils eurent l'opportunité de voler parmi les cymarans et les phœnix de glace. Tout le monde manifestait sa joie.

À l'intérieur du palais, les gens dansaient, riaient, s'échangeaient des objets de chacun de leur monde ou parlaient en groupes. Les robes volaient au-dessus de la piste, les têtes tournoyaient. Certains jouaient de la musique. D'autres amusaient des spectateurs en réalisant des numéros de cirque. D'habitude peu enthousiaste, Pyrrhos se prêta même au jeu en partageant quelques pas de danse avec Calista. Almandin prit plaisir à le regarder se mélanger les pieds. Cela l'amusait grandement ! De la terrasse, il observa sa famille, ses amis, profiter de ces moments de répit. Maintenant que son esprit était libre, il pouvait lui aussi souffler et penser à son bonheur.

Malgré cela, il n'avait pas envie de se mêler aux festivités. Shaytan dormait. Le regard porté sur la foule, Almandin balançait son berceau. Il veillait sur les autres. C'est ce qu'il avait toujours fait. Et même si le danger avait disparu, il continuerait car c'était son rôle. D'ailleurs, il aperçut Milo entraînant Anjali en dehors de la salle de bal. Étrange. Allait-il faire sa demande sur le pont que la Princesse avait observé comme la plus grande merveille du monde en le passant ? Son cœur de père le sentait.

C'était l'endroit idéal : le décor était sublime et le timing parfait. Almandin se retourna pour se pencher au-dessus de la balustrade d'où il pouvait observer les cascades et le pont, espérant y voir se présenter sa fille et l'homme qu'elle avait choisi pour être à ses côtés.

Jason le vit scruter l'entrée du palais avec grand intérêt et le rejoignit sur la terrasse.

En bas, Milo ne tarda pas à arriver. Il tenait Anjali par la main.

Collé contre la rambarde, Almandin serra le poing et le dressa avec fierté devant lui :

— Je le savais !

Milo se montrait pour une fois romantique, ce qui valut à Anjali de paraître un peu gênée. Elle n'y était pas habituée. Et pour cause, le cœur passait toujours après le devoir pour cet homme. Milo avait dû s'armer de tout son courage pour lui déclarer si ouvertement sa flamme.

Il manquait cependant quelque chose dans ce paysage féérique : la fleur de jasmin, celle qui avait représenté l'amour d'Almandin pour Mehiel, le symbole du Royaume d'Esiah. C'était la fleur préférée d'Anjali. Elle avait grandi avec l'une de ces pousses parce que Mehiel l'adorait aussi. Cette fleur représentait à ses yeux la famille. Alors Almandin devait parfaire le tableau en leur offrant ce dernier présent.

D'un doigt, il décrivit une arabesque et se concentra sur le couple. Quelques pétales de fleurs blanches volèrent jusqu'à eux et tombèrent au-dessus du pont. Almandin s'était entraîné à maîtriser ses nouveaux pouvoirs des heures entières ! Il n'avait que ça à faire depuis leur victoire. Au moins, cela s'avérait utile. Almandin aimait tellement ces enfants. Les voir si amoureux le combla de bonheur.

— L'amour est si beau, dit-il en les observant s'embrasser.

Puis il inspira un bon coup, se retourna vers Jason et vida ses poumons.

— Qui crois-tu que je deviendrai ? demanda-t-il, l'air songeur. L'enfant de Nolan ou le tien ?

— Je prie pour que tu ne sois pas le mien, avoua Jason, avec un sourire.

— Je ne te le souhaite pas...

Jason regardait les invités. Tous s'amusaient. Lui avait l'air comme Almandin : triste de ne plus rien avoir à faire.

— Qu'allons-nous devenir maintenant ? dit-il presque à regret.

Il semblait déjà s'ennuyer. Plus aucune bataille à mener. Aucun problème à résoudre.

Almandin le comprenait bien. Il contempla les parois de verre du palais et soupira :

— Pour nous occuper ? Je n'en ai pas la moindre idée. Sais-tu jouer aux cartes ?

— Je préfère les échecs.

— Un jeu de stratégie comme nous les aimons tous deux.

Almandin attrapa le médaillon offert par Elohim entre son pouce et son index.

— L'Eden est un monde de magie, étrange, déroutant... mystérieux, dit-il en réfléchissant.

— Un monde dont le secret doit rester sagement gardé.

Almandin montra le bijou à Jason :

— Ce médaillon me vient du créateur. Il nous permettra d'y retourner. Conserve-le précieusement après ma mort. Il suffit d'y mêler le sang de deux gardiens. Il remplace les coffres sacrés. Je ne sais pas qui sont les gardiens. Apparemment, j'en suis un maintenant.

Il disait cela avec un air catastrophé.

Il relâcha le médaillon et soupira encore.

— Qu'as-tu vu là-bas ? se permit de demander Jason.

— L'esprit du créateur. Il existerait, selon toute vraisemblance, d'autres mondes. Nous serions amenés à les découvrir.

— Les prédictions de notre livre sacré s'arrêtent à ta renaissance. Qu'as-tu appris sur l'avenir ?

— Qu'il est incertain. Mieux vaut ne pas savoir ce qu'il en sera. Ainsi, nous gagnerons le choix de notre propre destinée.

Jason acquiesça d'un mouvement du menton.

Almandin s'abaissa, souleva un cadre et dégagea la couverture qui le protégeait. Il s'agissait du Miroir des Limbes.

Les attributs offerts par le créateur aux deux familles royales n'avaient pas disparu.

— Comme tu l'avais demandé, je suis venu avec, dit Almandin.

De son côté, Jason avait emmené avec lui une grosse boîte à chapeau en bois dont il retira le couvercle. Il en extirpa un somptueux casque de bronze antique.

— Voici le casque d'invisibilité d'Athéna, dit Jason.

Almandin plissa les yeux et remua la bouche.

— Tu me demandes de porter ça ? dit-il en accentuant le dernier mot.

— Il faudra bien si tu désires obtenir l'attribut des Éduins.

Almandin tiqua légèrement. Après quoi, il tendit le miroir à Jason :

— Finissons-en... rapidement.

Les deux hommes échangèrent les objets. Jason passa sa main à travers le Miroir des Limbes et Almandin posa sur sa tête le fameux casque.

Coiffé de la sorte, Almandin ne ressemblait plus à rien. Ses cheveux bien épais ressortaient tels des pics dans la nuque et sur les côtés. Qui avait imaginé un tel look pour un soldat ?

Lorsqu'il retira le casque, son front portait une sorte de bijou fin se terminant en pointe à l'arrière des oreilles. Jason, quant à lui, avait dégagé de l'attribut siahnnas son bâton sacré.

Almandin se contempla dans le Miroir des Limbes dont la vitre venait de se figer. Heureusement, le bijou passait presque inaperçu. Sa peau halée faisait malheureusement ressortir sa blancheur immaculée. Mourant d'envie d'essayer ce nouveau jouet, il attrapa le bijou au milieu du front et le manipula entre ses doigts.

Son frère arrivait alors sur la terrasse :

— Vous n'avez pas bientôt fini de jouer ?

— Que fais-tu avec un bâton sacré dans les mains ? s'étonna Nolan qui le suivait, en regardant son père braquer son bâton devant lui. Peut-on désormais en avoir un ?

— Intéressant ! continua Pyrrhos en s'approchant d'eux. Les Siahnnas peuvent obtenir votre fameux boomerang !

— Ce n'est pas un boomerang, rectifia Nolan, sourcils froncés.

— Si, ça l'est. J'en veux un aussi.

Pyrrhos toisa le Prince d'un regard malicieux. Pour ne pas créer de jalousie, Jason lui remit le casque entre les mains.

Pyrrhos retourna l'objet dans tous les sens avant de consentir à le mettre sur sa tête. Comme il avait l'air ridicule avec ! Almandin aurait voulu avoir un appareil photo pour éterniser ce moment.

— Il faudra apprendre à vous en servir, protesta Nolan.

— Je sais manier le bâton sacré, assura Pyrrhos en retirant le casque. Il ne doit rien y avoir de plus simple !

Il rendit le casque à Jason. Sa nouvelle arme était plus épaisse que celle d'Almandin, mais sur sa peau blanche, cela lui allait bien.

Plus intéressé par le maniement de son attribut que par son image, Pyrrhos tenta de l'utiliser. D'un geste précieux, il retira le bijou de son front et l'envoya soudain dans les airs comme s'il s'agissait d'un disque d'athlétisme. Le bijou frappa deux vitres du palais qu'il brisa avant de revenir se loger au-dessus de ses sourcils.

Il grimaça exagérément. Une manière de s'excuser, assurément.

— Arrête, avant de tout casser ! lui reprocha Almandin. En plus, ce serre-tête ne te va pas du tout mon frère.

— Comment fait-on pour l'enlever ? pesta Pyrrhos.

— C'est impossible une fois qu'il est lié à l'âme, annonça Jason.

Le visage de Pyrrhos s'empourpra :

— Pourquoi ne pas l'avoir dit plus tôt ?!

— Personne n'a posé la question.

— En même temps, cela paraît logique, puisqu'on ne peut pas non plus se séparer de son bâton, dit intelligemment Nolan.

Almandin fit de grands mouvements de bras.

— Chut ! Vous allez réveiller le bébé ! murmura-t-il.

Le bébé montra quelques signes de réveil mais ses yeux restèrent fermés et il continua à dormir, poings fermés.

— Il dort paisiblement, remarqua Jason en souriant. Il te ressemble tellement, Almandin.

— Il ressemble aussi à sa mère.

Almandin regarda son enfant avec tendresse. Mehiel n'était pas réapparue depuis leur dernière rencontre dans l'Eden. Il espérait qu'elle ait pu partager avec eux ces instants de bonheur. Bientôt, il la rejoindrait.

49

JOURNAL D'ALMANDIN

À l'aube de ses cinquante et un an, Almandin, second du nom, mourut dans son sommeil. Son fils, Shaytan, prit sa succession, et gouverna à l'âge de vingt-six ans, devenant ainsi le plus jeune Roi du Royaume d'Esiah.

Personne ne sut vraiment pourquoi le Roi Lucifel s'éteignit à un âge si précoce pour un simple mortel. Mais on prétendit qu'il fut rappelé par son destin. Destin qui sera bientôt le mien.

Je m'appelle Almandin, troisième du nom, fils de l'ancien Roi Adel et de Shimei, première dame du royaume. Celui que j'étais autrefois m'a laissé des journaux, écrits de sa propre main, que son fils et sa fille ont pu lire bien avant moi, des récits de guerre, d'amour, d'histoire, aussi passionnants les uns que les autres, et des conseils. Des conseils personnels, qui ne s'adressaient qu'à moi.

J'aurai bientôt la lourde tâche de gouverner deux royaumes et d'en protéger un autre, l'Eden. Le créateur me parle souvent en écrivant toutes sortes de pensées sur mon bras gauche. Heureusement, je ne sens rien. Les inscriptions s'effacent rapidement. Je dois dire qu'Elohim a beaucoup d'humour.

Je sens quelque chose me chatouiller le bras et je lis : « Tu vas être en retard. »
Je soupire avant de reprendre l'écriture de mon journal.

J'ai l'impression, parfois, d'entendre mon père. Je me demande comment Mésilande et Megon s'y sont pris pour lui être aussi dévoués pendant des siècles…

Aujourd'hui est un grand jour. Mehiel, fille de Nolan, Prince du Royaume d'Odéon, et de Selena, sa femme, s'unit à moi. Nous devenons ainsi les gardiens des deux royaumes réunis, la Reine et le Roi des deux Royaumes des Morts.

Je dois vous avouer qu'il n'a pas été très simple de la persuader de m'épouser. Nous avons été élevés ensemble, au Royaume d'Odéon durant notre enfance, puis au Royaume d'Esiah, lorsque nous avons atteint l'âge de quinze ans. Nous sommes nés le même jour, à la même heure, à deux endroits complètement opposés. Elle porte sur son bras droit les inscriptions du créateur, comme je les porte sur mon bras gauche. Nos âmes sont liées à jamais.

Quelques souvenirs des temps passés nous reviennent parfois en mémoire. Nous savions tous deux quel était notre destin, mais cela n'empêcha pas ma chère future épouse d'emprunter à Anjali son caractère entêté, tenace, obstiné, en somme, indomptable. À tel point qu'il m'a fallu bien du courage pour quérir de précieux conseils auprès de Milo. Je sens des liens très forts entre lui et moi. Mais ses conseils n'ont jamais porté leurs fruits.

Mehiel a accepté de m'épouser le jour où j'ai tenté d'escalader le mur de glace de son palais pour rejoindre sa chambre. Ce jour-là, je suis tombé de douze mètres de haut. Je m'en rappelle encore, et j'en sens même la douleur en y repensant. Les deux jambes cassées, des côtes fracturées. Un traumatisme crânien. Deux mois interminables à être alité. Deux mois à me faire dorloter par ma ravissante Mehiel…

— Mais que fais-tu ? me dit une voix derrière moi.

C'est mon père. Il a retrouvé sa chevelure brune d'autrefois. De toute évidence, il est en colère, où est-ce simplement de l'anxiété ? Son front est plissé. Je devrais peut-être me lever…

— J'arrive !

— Tu fais attendre le peuple !

— Dis plutôt que tu es angoissé à l'idée de voir ton fils s'unir.

Je repose ma plume, me lève, récupère mon bâton sacré, l'attache à ma ceinture et me regarde dans un miroir. Je ne retrouve pas l'image de cet homme dont on m'a si souvent peint le portrait. J'ai des yeux verts, comme lui, mais pas aussi clairs. J'ai pris ceux de ma mère. Mon teint pâle contraste réellement avec son teint basané. Je recevrai d'ici quelques minutes la boucle d'oreille des Princes d'Odéon, celle qui me fera devenir un Éduin et un Siahnnas à la fois.

Les prédictions du livre sacré du Royaume d'Odéon n'ont pas menti. Je les ai lues, assis, à côté de Jason. Rien n'est écrit concernant le futur. Les dernières pages font mention de ce jour. Demain, nous naviguerons donc en eaux troubles.

Mon père apparaît dans le reflet du miroir. À la base de ses cils, je vois apparaître quelques larmes de joie et de fierté. Il replace mon col et passe autour de mon cou un médaillon, celui que son premier fils portait après la mort de sa femme Mehiel. Ce bijou ancien me portera bonheur, j'en suis certain.

J'ai ouï dire par des gardes que mon père rendait parfois visite à Mylès en cachette. Peut-être, un jour, arrivera-t-il à lui pardonner ses fautes. Pour ma part, je n'ai jamais vu cet homme, mais j'éprouve pour lui beaucoup trop de rancœur pour lui offrir mon indulgence.

Mésilande arrive enfin, aussi belle qu'au premier jour où j'ai découvert qu'elle possédait un corps de femme. Je la trouve très épanouie, même si elle râle souvent. Elle se transforme en oiseau de feu et vient se poser sur mon épaule.

— Allons-y, Votre Majesté, me dit-elle.

Je sors de ma chambre et passe devant des prétoriens, dont Samael fait désormais parti. Je vois un flot de révérences, les gardes pencher leurs têtes en avant. Séraphin et Katell me rendent aussi hommage. Puis j'arrive enfin à la grande porte du palais, face au pont menant au promontoire où nous nous unirons, Mehiel et moi.

Elle est là, à m'attendre, les joues roses d'émoi, ses cheveux châtains ondulés retombant derrière son dos. Sa robe magnifique d'un blanc immaculé lui sied tellement bien... Derrière elle, les tout derniers enfants d'Anjali et Milo, à peine âgés de neuf ans – ce sont de faux jumeaux – portent une longue traîne brodée. Megon, l'oiseau protecteur du Royaume d'Odéon, trône majestueusement sur l'épaule de ma future femme.

Je prends la main de ma douce Mehiel et nous échangeons un regard rempli d'amour, un amour réel qui a traversé le temps. Nous nous avançons ensuite sur le pont. La foule nous acclame, lance de longs serpentins de couleur aux abords des chutes d'eau ceinturant le palais. Ils sont des milliers. Des pétales de jasmin et de rose parfument l'air d'une odeur délicate de fleur et tapissent l'allée sur laquelle nous attend notre famille.

Ils sont tous là, formant une haie d'honneur. Le Roi Jason, la Reine Minéa, mon frère Pyrrhos et sa femme Calista, mon neveu Veland, qui n'a toujours pas trouvé chaussure à son pied. La trépidante Lilith, à ses côtés, lui siérait à merveille. J'y songerai. Puis il y a aussi Gamerron, mon ami, accompagné de son épouse Anya. J'apprécie de les voir ensemble. Celui que j'étais autrefois n'aurait jamais rêvé mieux pour eux. Ils avaient bien souffert, durant la guerre. Ils sont heureux désormais, c'est l'essentiel. Enfin, je vois Anjali et Milo. Je les aime plus que tout, comme s'ils étaient mes propres enfants. Mehiel a le même sentiment à leur égard. Rien ne pourra les effacer de nos cœurs.

Au bout du pont, celui que je considère encore comme un fils, même si j'ai l'âge d'être le sien, nous regarde nous avancer vers lui, les yeux brillants, lui aussi, de larmes. À ses côtés, nos parents respectifs contiennent leur émotion.

Shaytan a toujours éprouvé une certaine curiosité pour Mehiel, car il n'a jamais connu celle qui lui a donné vie. Malgré l'absence de sa mère dans les moments difficiles et dans son éducation de Prince, il est devenu un grand homme, plein de sagesse, de patience et d'humilité. Élevé entre deux mondes, celui des mortels et le Royaume d'Esiah, il fait partie de ceux qui connaissent la valeur d'une vie, à force de côtoyer les hommes. Je lui accorde toute ma confiance pour m'apporter conseil quant au devenir du peuple humain. Nous nous ressemblons beaucoup, tous les deux, du moins physiquement, car je n'ai pas acquis sa rigueur d'esprit. Mehiel et moi lui avons demandé d'être celui qui nous unira pour la vie. Il en fut très touché et ne put refuser. J'ai bon espoir de l'unir à mon tour dans les années à venir. Une intuition me dit qu'il porte à son épaule un oiseau plein de délicates attentions, répondant au doux nom de Cybèle...

Dans le ciel volent aujourd'hui des phœnix aux ailes de feu, d'autres aux ailes argentées. Certains tourbillonnent autour du palais en faisant tantôt traîner derrière eux de la neige, tantôt du feu, ou même les deux. Jamais un tel événement n'avait réussi à rassembler nos peuples entiers. Et pourtant, ils sont tous présents. Les Siahnnas, les Éduins, et même les spectres de l'Haoma ont fait le déplacement. En ce jour, Mehiel et moi scellons donc notre destin. Nous offrons nos âmes et nos vies aux peuples réunis.

J'espère que nous serons à la hauteur, car même si les guerres ont cessé, j'ai appris que rien n'est acquis et que tout peut basculer. Mais nous avons une force bien plus grande que tous les pouvoirs du monde : la foi, la confiance en notre avenir, et l'union de notre famille.

TABLE DES MATIÈRES

REMERCIEMENTS

Ce troisième tome du Royaume d'Esiah marque la fin d'une belle aventure en compagnie des personnages que j'ai tant pris plaisir à faire évoluer au fil de l'écriture. La publication de cette trilogie est le fruit de nombreuses années de travail et de partage. D'ailleurs, je ne remercierai jamais assez la maison d'édition Nouvelles Plumes qui m'a fait confiance, même aux instants où parfois, j'étais prise de doutes. Je remercie tout particulièrement Élodie qui a guidé le coup de crayon de Didier Graffet, l'illustrateur des magnifiques couvertures dont le roman a pu bénéficier.

Mettre le dernier point d'une histoire est toujours un moment fort. Un auteur s'attache à ses personnages comme s'il leur avait lui-même donné vie. Mais au fond, ce sont les lecteurs qui les rendent vivant.

Durant ces deux dernières années, j'ai traversé une partie de la France pour vous rencontrer. Ces séances de dédicaces resteront gravées dans ma mémoire. J'y ai fait de merveilleuses rencontres. Certains sont devenus des amis. D'autres gardent un contact régulier avec moi.

Je ferai une mention spéciale à Oriana qui se reconnaîtra. Je ne pensais pas que l'histoire d'Almandin, de Mehiel et de ses amis pouvait autant toucher les autres. Oriana a évoqué sa lecture avec une telle passion qu'elle a presque réussi à m'arracher quelques larmes.

D'avoir été distribué chez France Loisirs a permis au Royaume d'Esiah de faire son bonhomme de chemin en

France, en Suisse, en Belgique et au Québec. Je n'aurais jamais cru que cette histoire puisse traverser les frontières ! J'en profite pour remercier les magasins France Loisirs qui m'ont toujours merveilleusement bien accueillie. Passionnés de lecture, les vendeurs y font un travail exceptionnel.

La fin de cette trilogie ne marque pas pour autant celle des personnages, ni celle de mes projets d'écriture. Grâce à vous, j'ai évolué dans ma façon d'écrire, de construire mes textes, d'imaginer. Alors merci infiniment à tous ceux qui m'ont motivée à poursuivre l'écriture malgré le manque de temps et mes doutes. Merci à tous ceux qui m'écrivent, qui viennent me voir, me soutiennent. Un rêve s'est concrétisé et c'est à vous que je le dois. Puisse cette histoire inspirer une nouvelle génération d'auteurs que j'aurai plaisir à lire à mon tour.

Composition et mise en pages
Nord Compo à Villeneuve-d'Ascq

Cet ouvrage a été imprimé par
CPI Bussière à Saint-Amand-Montrond
en mars 2021

FSC
www.fsc.org
MIXTE
Papier issu de
sources responsables
FSC® C108412

Le papier entrant dans la composition de ce produit
provient de forêts certifiées FSC®
FSC® se consacre à la promotion d'une gestion
forestière responsable.

Numéro d'éditeur : 2163545
Numéro d'imprimeur : 2057005
Dépôt légal : janvier 2021

Imprimé en France